二 見 文 庫

英国レディの恋の作法

キャンディス・キャンプ／山田香里＝訳

A Lady Never Tells
by
Candace Camp

First published in the United States by St. Martin's Press
Japanese translation published by arrangement
with Hapcam Inc. c/o Maria Carvainis Agency, Inc
through The English Agency (Japan) Ltd.

どんなときも〝ごっこ遊び〟につきあってくれた祖母、
ルーラ・リー・ビビー・アイロンズに捧ぐ。

謝辞

いつもそばで支えてくれる代理人マリア・カルヴァニスの力添えがなければ、本書が世に出ることはなかっただろう。

編集者アビー・ジドルの洞察力と貴重な意見にも、感謝を。

そしてなにより、（たいていまとまっていない）わたしの考えのご意見番となってくれる、夫のピート・ホプカスと娘のアナスタシア・ホプカスに感謝したい。

英国レディの恋の作法

登　場　人　物　紹　介

マリー・バスクーム	バスクーム四姉妹の長女
ロイス・ウィンズロウ	英国の准男爵
ローズ・バスクーム	四姉妹の次女
カメリア・バスクーム	四姉妹の三女
リリー・バスクーム	四姉妹の四女
オリヴァー・タルボット	英国のステュークスベリー伯爵
フィッツヒュー・タルボット	オリヴァーの弟
マイルス・バスクーム	四姉妹の亡父
フローラ・バスクーム	四姉妹の亡母
コズモ・グラス	四姉妹の継父
イーガートン・サタスビー	コズモの知人
サム・トレッドウェル	ペンシルヴェニアの工場主の息子
シャーロット・ラドリー	オリヴァーの従妹
ヴィヴィアン・カーライル	英国の公爵令嬢。シャーロットの友人
ハンフリー・カーライル	ヴィヴィアンのおじ
サブリナ・カーライル	ハンフリーの妻
ミス・ダルリンプル	四姉妹の家庭教師兼付き添い婦人

1

一八二四年　ロンドン

マリー・バスクームはおびえていた。こわい思いをした経験ならある。開拓されたばかりの危険な土地で育ったから、心臓が速くなるようなできごとは日常茶飯事だった。しかし、母親の渡した物干しロープをクマが嗅ぎまわっているところに出くわしたのとはわけがちがう。継父コズモに腕をつかまれて引っぱられ、酒くさい息を吐きかけられて、心臓が飛びだしそうになったときのこわさともちがう。そういうときの対処方法ならわかっていた——ゆっくりと後ずさり、静かに家に入って拳銃に弾をこめる。あるいは継父の足の甲を踏みつける。そうすれば、継父は悲鳴をあげて手を放した。

けれども、今度のような思いは初めてだった。見知らぬ街で、見知らぬ人々のただなかにいて、どうすればいいのか見当もつかない——そう……マリーは途方に暮れていた。

にぎわう波止場を、もう一度見まわす。これまでの人生で、これほどの喧噪《けんそう》と人間がひとつところに集まったのは見たことがなかった。フィラデルフィアの波止場も活気があると思っていたが、ここロンドンとは比べものにならない。まわりには商品が山と積まれ、人足が積み卸しに精を出し、行き交う人々はみな急ぎ足でせわしない。

女性の姿はなかった。船を降りたときに見かけた数少ない女性たちは、同伴の男性と馬車に乗ってあっというまにいなくなった。いや、それを言うなら、同じ船でやってきた乗客の全員がとうの昔に消え、彼女と妹たちだけが、こうして自分たちの荷物の横でわびしく寄り添ってたたずんでいる。陽も傾き、影が伸びてきていた。暗くなりはじめるのも時間の問題だ。あてもなくアメリカからロンドンに渡ったマリーは世間知らずではあったが、若い娘四人だけで夜のロンドンの波止場にいるなどとんでもない、ということくらいは心得ていた。

だが問題は、これからどうすればいいのか見当もつかないことだった。船を降りたら、近くに宿屋の一軒くらいあるだろうと思っていた。しかし下船するや、波止場の近くには堅気の娘たちが泊まれるような宿などないことに気づいた。宿屋どころか、目の前に伸びる細い道に足を踏みだすことすら、ためらわれた。これまでに辻馬車が何度か通りかかったので一度や二度は止めようとしたものの、御者は無視して走り去った。マリーと妹たちの粗末な荷物の山を見て、ろくな客ではないと踏んだのだろう。

しかし、ここに留まっているわけにもいかない。このまま辻馬車が通りかからなければ、自分たちで荷物を持ち、せまく薄汚い通りを歩いていかねばならない。マリーは不安げにあたりを見まわした。船に荷積みをしている人足が数人、さきほどからこちらをちらちらとうかがっていた。いま、そのうちのひとりと目が合い、男は大胆な笑みを送ってよこした。マリーは精いっぱいのよそよそしい表情を返し、ゆっくりとこれ見よがしに背を向けた。

マリーは三人の妹を見つめた――すぐ下の妹ローズは姉妹でもいちばんの器量よしで、澄んだブルーの瞳と黒髪の持ち主だ。その下のカメリアは、いつもどおりきまじめで慎重そうなグレーの瞳に、濃いめの金髪をきれいに編んで、頭のてっぺんで冠のようにまとめている。そしてもっとも父親に似ている末の妹リリーは、ハイライトの入った明るい茶色の髪に、灰色がかったグリーンの瞳をしていた。

三人全員の妹から絶大なる信頼のこもったまなざしを返され、マリーはいっそう胃が締めつけられる心地だった。妹たちは、長女のマリーに頼りきっている。そして亡くなった母もまた、自分が死んだら妹たちを連れて継父のもとを離れ、ロンドンへ渡って、安心安全な祖父のところへ行ってほしいと言っていた。とにかく、その最初の部分は成し遂げることができた。けれどもいまここでくじけたら、すべてが水の泡となってしまう。妹たちをどこか安全で、無事に夜を越せるところへ連れていかなければならない。そして、これまでだれも会ったことのない祖父に会わなければならない――しかし祖父は、じつの娘さえも、言うことを聞かなかったからといって追いだしたような人。しかも今回は、そのじつの娘の子どもたちをなんとか受け入れさせなくてはならない。マリーは思わず知らず、ステッチ飾りの入った薄い肩掛けかばんを抱きしめた。

そのとき、人影が四人のほうへ突進してきてマリーに体当たりし、彼女は地面に尻もちをついた。びっくりしてとっさに動けず、考えることすらできなかった。と、両手になにも持っていないことに気づいた。わたしのかばん！　あたりを必死で見まわす。どこにもない。「かばんが！　書類が入ってるのよ！」マリーが跳びおきて振り返ると、逃げる人影が見えた。「待って！　泥棒！」

ローズに目をやって荷物を指さすや、マリーはスカートを持ちあげて男のあとを追った。長年の経験で姉の意図を難なく読みとったローズは、荷物のそばに寄って立ったが、リリーとカメリアはマリーにつづいた。マリーはそれまでのどんなときよりも速く走った。心臓が恐怖で早鐘を打っている。自分たちにとって大事なものは、すべてあのかばんに入っている――祖父に信じてもらえないときに納得させる、証拠の書類がすべて。あの書類がなければ、希望はない。この巨大でおそろしい、まったく未知なる街で、行くところも頼る人もなく、立ち往生することになる。なんとしてもかばんを取り戻さなければ！

妹ふたりはマリーのすぐうしろにいた。姉妹でいちばん足の速いカメリアは、もうマリーに追いつきそうだ。しかしかばんを奪った細身の泥棒は、姉妹のだれよりも速かった。マリーたちが角を曲がったとき、男の姿が半区画先に見え、もう追いつけないという悲痛な絶望に襲われた。

泥棒の数ヤード先、ドアの前で男性がふたり立っておしゃべりしていた。これが最後の望みとばかりにマリーは叫んだ。「その男をつかまえて！　泥棒よ！」

男性ふたりは振り向いて彼女を見たが、動いてくれる気配はなく、マリーの心は暗く沈んだ。妹たちの将来が目の前で消えてゆく……。

賭博場から出てきたサー・ロイス・ウィンズロウは、握りが金のステッキをさりげなくひと振りし、地面につけた。金髪にグリーンの瞳をした、三十代前半の美男子だ。彼は本来、波止場近くの賭博場から出てくるような人種ではない。身にまとったブルーの上着は最高級品で、〈ウェストン〉のものとしか考えられない上品な仕立てだ。同じく、足もとのヘシアンブーツはまちがいなく〈ホビー〉の手になるものだろう。淡い黄褐色のズボン、白いシャツ、きゅっと締められた糊《のり》のきいたネクタイ、胸もとから覗く懐中時計の金鎖——それらすべてが、上流階級と富の象徴だった。そういう人間はふつう、彼の弟フィッツが〝ごろつき〟と呼ぶような連中がたむろする場所に足を運ぶことはない。

「さて、ゴードン、きみのせいでまた時間を無駄にしてしまったよ」サー・ロイスはあとからドアを出てきた男に向かって言った。

ゴードンと呼ばれた、二十歳になるかならないかという青年は、サー・ロイスの言葉に少し顔を赤らめた。彼の身なりはサー・ロイスとちがい、様式も色づかいもしゃれ者ぶりを発揮していた。上着は卵の黄身のような黄色で、その下に着ている模様入りのサテン地のベストはラベンダー色だ。さらにパンタロンも同系色の縦縞だった。上着の肩はありえないほど大きなパッド入りで、ウエスト部分をかなり絞ったシルエットだった。襟の折り返しに大きな花を挿しており、懐中時計の鎖はだらしなく垂れていた。

ゴードンはやたらともったいぶった態度で背筋を伸ばしたが、どうにも体が揺れて、思いどおりの演出はできなかった。「わかってる。悪かったよ、ロイス従兄《にい》さん。ジェレミーのやつがよけいなことを言うから」

「弟のせいにするんじゃない」年長のロイスはやさしく言った。「彼はきみのことが心配なんだよ――無理もない。きみはこの店でたっぷりふんだくられたのだから」

ゴードンは顔を紅潮させて反論しようとしたが、ロイスは片眉をくいっと上げてそれを制し、つづけた。「ジェレミーが伯爵《オリヴァー》のところではなく、ぼくのところへ来たことに感謝したまえ」

「わかってますって！」動揺した声でゴードンは返した。「従兄のオリヴァーなら、伯爵家の体面やらぼくの親不孝ぶりやら、延々とお説教を垂れているところだろうな」

「もっともな理由があってのことだ」

「そんなこと言って、あなたとフィッツだって悪さのひとつやふたつしたことがあるはずだ！」ゴードンが言い返す。

形のよいサー・ロイスの唇に、かすかな笑みが浮かんだ。「まあ、そんなこともあったかもしれないが――オックスフォードを退学になったうえ、街へくりだして恥の上塗りをするようなことは、ぼくはなかったぞ」ロイスの目が細くなる。「それにぼくは、そんな黄色の上着を着ようとは思わない」

「でも、ぜんぶ一級品だぞ！」ゴードンがむきになった。

しかしロイスは、もはや彼の言うことを聞いていなかった。ものすごい勢いで自分たちのほうに走ってくる男に目を奪われていた。その手には小さな革のかばんが握られている。それ以上に目を引かれたのは、男のうしろから駆けてくる、青いフロックコートの女性だった。焦げ茶色の髪をなびかせ、ドレスのスカートをひざ近くまで持ちあげて、靴下に包まれた細い脚が見えるのも気にしていない。さらに彼女のうしろから、ふたりの若い娘が負けず劣らずの勢いでつづく。ひとりはボンネット帽がかろうじてリボンのおかげで背中に垂れているが、もうひとりは途中で脱げてしまったのだろう。ふたりとも顔はまっ赤だった。

「そいつをつかまえて！」先頭の女性が叫んだ。「泥棒よ！」

ロイスはしばし、あっけにとられてその光景を眺めていた。しかし男が自分の前まで来たとき、なにげなくステッキを突きだして男の足をすんなり引っかけ、男を転ばせた。男は大きな音をたてて転び、かばんは手から飛んで通りをすべってゆき、街灯の柱に当たって止まった。

男は悪態をついて立ちあがろうとしたが、ロイスが男の背中を踏みつけて起きあがれないようにした。

「ゴードン、ご苦労だが、その革のかばんを取ってくれ」

ゴードンは泥棒がロイスの足もとで体をよじって暴れているのを、目を丸くして見ていたが、ロイスに言われてかばんを拾いあげ、かすかに振った。

「ありがとうございます！」先頭で走ってきた女性が小走りに駆けより、息を切らして止まった。あとのふたりも彼女のかたわらに駆けつけ、ほんのつかのま、男ふたりと女三人が好奇心もあらわに見つめ合うこととなった。

まっ赤な顔をして髪を乱していても、正真正銘の美人ぞろいだな、とサー・ロイスは思った。しかし彼がもっとも心を惹かれたのは、いちばん前にいる女性だった。濃いチョコレート色の髪、瞳は青と緑を混ぜたような魅惑的な色で、思わず抱き寄せてどんな色かを見てみたくなる。あごは引き締まり、ふっくらとした唇と高い頬骨から見ても、芯の強さがうかがえる。おまけに、下唇がすばらしくふくよかで、中央にわずかなしわが入っているのが魅力的だった。見たら口づけを考えずにはいられない唇だ。

「どういたしまして」サー・ロイスはブーツを履いた足を悪党の背中からおろし、おじぎをした。

その隙をついて泥棒が跳びおき、駆けだそうとしたが、ロイスはすばやく男の襟首をつかんだ。問いかけるようにマリーを見る。

「訴えますか？　判事のところへ連れていきましょうか？」

「いえ」マリーはかぶりを振った。「かばんさえ戻れば、あとはかまいません」

「そうですか」サー・ロイスはつかまえた男を見た。「さいわい、こちらのレディはやさしいかたのようだ。次はこんな幸運はないと思いたまえ」

そう言って手を放すと、泥棒は転がるように駆けだして角を曲がって消えた。ロイスは女性たちに向きなおった。「さて、自己紹介をさせていただきましょう——ぼくはサー・ロイス・ウィンズロウ。こちらの若いのは、従弟のミスター・ハリントンです」

「マリー・バスクームです」ためらいもなく応える。「こちらは妹のカメリアとリリーですわ」

「椿《カメリア》に百合《リリー》とは、まさしくお似合いだ。美しい花束のようなかたがたで」

そのほめ言葉に、マリー・バスクームは目をくるりとまわした。「母の花好きが高じてしまったのですわ」

「それでは、どうしてあなたは花にちなんだお名前ではないのですか？」

「まあ、ちなんでいますとも」マリーがにこりと笑うと、片方の頬にえくぼができた。「わたしの名前は、ほんとうはマリーゴールドなんです」ロイスが丁重な返事を考えだそうと頭をひねっているのを見て、マリーはくすくす笑った。「ご心配なく。ひどい名前だとわかっていますから。だから、ふだんはマリーで通っているのですわ。でも……」そこで肩をすくめた。「もっとひどい名前になっていたかも。ヨモギ《マグワート》とかヒエンソウ《デルフィニウム》とか」

ロイスはくすくす笑った。話せば話すほど心を惹かれていく。姉妹はみな愛らしく、少なくともマリーはどんな貴婦人にも劣らぬ完璧な英語を話していた――ただ、どこのものかわからない、変わった訛りはあるのだが。姉妹の生き生きとした魅力的な表情や話し方から察するに、育ちはよさそうだ。しかし姉妹の身につけているものは、たとえ田舎から出てきたばかりであっても、若い貴婦人なら着そうにないものだった。ドレスも髪型も平凡で、まるでファッション雑誌など見たことがないかのように数年は流行から遅れている。だがなによりも、この姉妹は驚くほど礼儀作法に欠けたふるまいをしていた。

この姉妹に付き添う年長の婦人《シャペロン》も見あたらない。それに、この姉妹は帽子が脱げるのもかまわず通りを走っていた。そしていま、彼を前にして赤くもならず、視線をそらすことも忍び笑いをすることもなく、見知らぬ男と話をするのがまったくふつうのことであるかのように、彼に面と向かっている。もちろん、出会い方が出会い方だから、正式な紹介を受けるまでは相手の男と話をしないなどという作法を守る場面ではない。しかし良家の子女は、いくら助けられた恩人とはいえ、初めて会った男に自分の名前を気軽に教えたりはしない。しかもクリスチャンネームを教えることはまずないのだが、マリー・バスクームは屈託なく口にしていた。さらにためらいもなく、母親がどういうふうに名前をつけたかという話までした。それよりなにより、いったいこの姉妹は、こんな波止場付近でなにをしていたのだろう。

「きみたちは——アメリカ人か？」唐突にロイスは訊いた。

マリーが笑った。「ええ。どうしておわかりになったの？」

「たまたま勘が当たった」ロイスはうっすらと笑みを浮かべて答えた。

マリーも笑みを返した。光り輝くような笑みだった。ステッキを握るロイスの手に、思わず知らず力がこもり、言おうと思っていたことを忘れてしまった。

そしてマリーも、急に言葉を失ったようで、頬を染めて顔をそむけた。髪の乱れに突然気づいたとでもいうように両手を頭にやり、あわてた手つきでピンを直した。

「あら——まあ、帽子をなくしてしまったようですわ」マリーはきょろきょろした。

「こんなことを言ってはなんですが、ミス・バスクーム。あなたと妹さんは——いえ、あいにくこのあたりは、あまり評判のよい界隈とは言えません。もしかして、道に迷われたのですか?」

「いいえ」マリーは胸を張って視線を返した。「迷ってはいません」

彼女のうしろで妹のひとりが野暮ったく鼻を鳴らした。「ちょっと動きが取れないだけですわ」

「動きが取れない?」

「わたしたちは今日の午後、船でここに着いたんです」末の妹らしい娘が、灰色がかった大きなグリーンの瞳をロイスに向けて説明した。彼女がそこで大げさに声を低くする。「わたしたち、ここで頼る人もいなくて、どこへ行ったらいいかわからないんです。それで――」

「リリー!」マリーが厳しい声で割りこんだ。「ミスター・ウィンズロウはわたしたちの話などご関心がないわ」そう言ってロイスに向きなおった。「あの、かばんを返していただければ、もう行きますので」

「サー・ロイスです」彼はやさしく訂正した。

「えっ?」

「ぼくはミスター・ウィンズロウではなく、サー・ロイスです。もちろんかばんはお返ししますよ」ロイスはゴードンの手からバッグを取ってマリーに渡したが、まだ手は放さずこう言った。「ですが、このようないかがわしい場所にこのまま若いお嬢さん三人を放りだして行くこともできません」

「いえ、大丈夫ですわ、ほんとうに」マリーが反論する。

「そうおっしゃらずに。そうだな、どこまで……」ロイスは仰々しく間を置いた。少しあごを上げる。「それでは宿へ」マリーはきっぱりと言い、彼の手からかばんを引っぱった。

「助けていただいて、ほんとうにありがとうございました、サー。それなりの宿まで案内していただければ、それ以上のご迷惑はおかけいたしません」

サー・ロイスは楽しげな表情を顔に出さないよう、おじぎをした。ミス・マリー・バスクームは、礼を言いながらも、これ以上の詮索を避けようとしているのだ。だが彼を追い払うのは、言うは易《やす》く、行なうは難《かた》しだった。


サー・ロイスは一歩通りに足を踏みだし、さっとステッキを振りあげた。すると一区画先に停まっていた馬車がこちらに向かって動きだし、マリーは驚いた。彼を見なおしたというような表情で、彼女はロイスを振り返った。

最初、この上品な身なりをした紳士が泥棒の行く手に立っているのを見たとき、マリーはどうすればいいのかわからなかった。彼女の大事なかばんを奪った泥棒に立ち向かってくれそうな種類の男性には、とても見えなかった。しかし、彼は苦もなく泥棒の足を引っかけ、かばんを取り戻してくれた。そして今度は、こんな物騒な界隈であっというまに馬車を用意してくれた。

マリーはサー・ロイスをまじまじと見た。これほど洗練されて気品のある男性は初めてだった。着衣も靴も文句のつけどころがなく、けだるささえ感じられる優雅な物腰は、余裕のある暮らしぶりを物語っている。けれども上着の下の肩はたくましく、ぴたりとしたパンタロンに包まれた脚には締まった筋肉がついていることは、だれの目にもあきらかだった。典型的な英国貴族の男性像としてアメリカでよく耳にしていた、女性的で弱々しい姿とは大ちがいだ。

じっと見てしまっていたのだろう。サー・ロイスが笑みを送ってよこした。マリーはうろたえるほど胃が締めつけられた。サー・ロイスの笑顔にこれほど動揺するなんて、ばかげている。けれども正直なところ、豊かな金髪から新緑のようなグリーンの瞳に至るまで、彼のすべてにマリーはいつになく反応していた。男性の外見をこれほど意識するのは、まるで彼女らしからぬことだった――まして、その笑顔に胸が高鳴るなんて。彼を見ていると、体の奥が妙にあたたかくなるのはなぜ？　彼の力強いあごが、どうしてこんなに気になるの？

しかしマリーは、そんな思いを容赦なく振り払った。おかしな浮かれ気分に浸っている場合ではない。不用心な人間をだましたり、それ以上の悪さをはたらこうと待ちかまえている輩《やから》が都会にはいるのだと、聞いたことがある。

「どうしてそんなにやすやすと馬車を呼ぶことができますの？」

マリーの口調に、ロイスは上品な眉を片方つりあげた。「なにかお疑いですか、ミス・バスクーム？　まあ、無理からぬことでしょう。ですがぼくは、若く美しいアメリカ娘をかどわかそうと波止場をうろついている奴隷商人ではありません。それに、馬車も呼んだわけではなく、これはぼくの馬車です。これに乗って、ここにいる若輩のゴードンを探しにきたのです。彼がどういう状態で見つかるかわからなかったものでね。もしも彼が、その、多少くたびれていたら、歩いて連れ帰るわけにもいきませんから」

「まあ」

マリーはロイスをじっと見つめた。信用できるかどうか、まったくわからない。けれどなんと言っても、彼は泥棒を転ばせ、かばんを取り戻してくれた。つまり、法を守る人だということだ。それに、彼と一緒にいるこのゴードンという青年は珍妙な格好をしているが、サー・ロイスのほうは身分ある立派な人のようだ。彼女のような世間知らずでも、ぴかぴかのブーツと上品な上着から彼がお金持ちだとわかるし、立ち居ふるまいを見ても家柄のよい紳士だということはまちがいない。すべてが見せかけである可能性もなくはないが、妹たちと一緒なら人数では勝っているから、姉妹全員で力を合わせればなんとかなるだろう。それに、マリーたちには盗まれるようなものはなにもない――さきほどの泥棒だって、かばんを開けて書類しか入っていないのを見れば、がっかりしたことだろう。もちろん、白人の奴隷商人の話を聞いたことはあるが、奴隷商人がこの人のような人相風体と物腰だとは思えなかった。

「どうぞ、きちんとした宿まであなたがたをお送りさせてください」ロイスがせきたてた。

マリーはつかのま迷い、妹たちを見やった。リリーは見るからに元気がなく、カメリアはうなずきはしたものの、スカートから手を出して、姉にナイフが見えるようにした。「わたしがついているから大丈夫よ、姉さま」

サー・ロイスの眉が跳ねあがり、ロイスの視線の先を追ったゴードンも目をむいて大声をあげた。「こいつはおったまげた、ナイフだって？」

「そのようだね」ロイスは冷静に答え、つづけた。「言葉づかいに注意しろ、ゴードン――ご婦人がたの前だ」

その言葉にゴードンは反論しそうだったが、ロイスの顔つきを見ておとなしくなり、ひとことだけ言った。「すみません」

「ゴードン――きみはひとりで帰れるか？」ロイスはつづけた。「あいにく、ぼくの馬車に全員は乗りきらない」

ゴードンはカメリアのナイフから目が離せないまま、うなずいた。「それはもちろん。いや、危険がないというんなら……」

「大丈夫だと思うよ」サー・ロイスは請け合った。「まっすぐ邸《やしき》に帰ると約束してくれるか？」

「邸！　とんでもない！」ゴードンは反発した。「こっちの邸には母がいるんだ」

「なるほど。それならば、お父上のところへまっすぐ帰るというのはどうだ。お父上は領地にいらっしゃるのだろう？」

ゴードンはつらそうな顔をしたが、しぶしぶうなずいた。「わかった。父のところに行って、すべてを話すよ」

「よし。もしも約束をたがえたら、この件はすべてオリヴァーにゆだねるからな」

ゴードンはうめいたが、もう一度うなずき、足取りも重く歩いていった。

「あのかた、大丈夫かしら?」ゴードンのうしろ姿を見てリリーが尋ねた。「なんとなく、少し……」

「酔っていらっしゃるわね」カメリアが言葉を引き取った。

サー・ロイスはいささか面食らったような顔をしたが、とにかくこう言った。「たしかに、おっしゃるとおり。残念ながら、彼は少々甘やかされたものでね。だが、なんとか無事に帰りつくと思うよ」

「だから、あんな格好をしていらしたの?」リリーが尋ねた。「お酒を飲んでいらしたから?」

ロイスは吹きだし、首を振った。「いや、さっきの服を買ったときには、充分しらふだったと思う」そこであたりを見た。「さて、きみたちの荷物は?」

「そうだわ! 荷物! ローズが死ぬほど心配しているわ」マリーが声を張りあげた。姉妹はいっせいにまわれ右をし、やってきた方向へと駆けだした。

ロイスはため息をつき、馬車のステップに足を乗せて取っ手《ハンドル》につかまり、前へ進めと御者に手ぶりで示した。「どうやら、あとをついていかねばならないようだ、ビリングズ」

「かしこまりました、だんなさま《サー》」まるで生彩のない御者の声は、主人の気まぐれに振りまわされるのはとうの昔から慣れている証拠だった。

姉妹は波止場へと走り、馬車があとからガラガラとついていく。くたびれた旅行かばんふたつの上に、カラスの濡れ羽色のような髪とブルーの瞳をした美女が腰かけているのを見て、ロイスは口をぽかんと開けた……なんと彼女のひざにはライフル銃が乗っている。

「これは！」ロイスは軽い身のこなしで地面に飛びおり、姉妹のもとへ大またで近づいた。

「もうおひとかた、おられたとは」

「そうなんです、もうひとりの妹、ローズですわ」

「そうでしょうとも」優雅にひざを折ってローズに挨拶し、彼女も恥ずかしそうにうなずき返す。「あなたはライフル銃をお持ちになったようですね」

「当然ですわ。継父《ちち》のもとに銃を置いてくるわけにはいきませんもの」

「そうですか……」ロイスは弱気な返事をした。「だれに使われるか、わかりませんしね。あなたがたは、ほかにも物騒なものをお持ちなのかな、たとえばピストルなど？」

「かばんに入っております」リリーが言った。「いえ、実際に必要になるとは思っていませんでしたけど」

「ふむ。日々の対策としては、ライフル銃一挺と――お姉さんのナイフがあれば――充分だと思いますよ」ロイスは、馬車からついてきていた御者を振り返った。「ビリングズ、荷物を積んでくれ。それから出発する」

ロイスは馬車のドアを開け、マリーに手を差しだした。「ミス・バスクーム……」

マリーは妹たちを先に馬車にやり、ロイスが妹たちに手を貸して馬車に乗せた。マリーは最後までうしろに控えていた。できることならドアの脇についているハンドルをつかみ、自分で馬車に乗りこみたかったが、差しだされた手を断わるのは失礼というものだろう。サー・ロイスの手を取るのがどうしてこれほどためらわれるのか、マリーは自分でも説明できなかった。彼にふれるのがこわい――けれど同時になんとなくふれてみたい――そう思っていることだけはわかった。

妹を全員、馬車に乗せ終わり、ロイスが振り向いた。マリーはためらったが手を伸ばし、彼の手に手を重ねた。彼の指にそっと包みこまれる。体温が伝わってきた――やけにあたたかい――それとも、彼女の手が急に冷たくなったのだろうか？

マリーは彼の顔を見あげた。いままでよりもずっと彼が近くて、夕暮れどきの薄暗いなかでも、彼のまつげが悩ましいほど長くて濃いことがはっきり見て取れた。まつげも眉と同じ茶褐色で、豊かな金色の髪の毛よりは色が濃く、明るいグリーンの瞳を引き立たせている。彼はまっすぐにマリーを見返した。そのまなざしは熱く、激しく、彼女は急に気恥ずかしくなった。うつむくと、頬が赤く染まるのが感じられた。ほんの少しだけ、彼の手に力がこもった。

マリーはあわてて馬車に乗りこんだ。一瞬、ロイスが手を握ったままに思えたが、すぐに離れた。三人の妹がひとつの長座席に窮屈そうに腰かけていて、マリーは向かいの席に、サー・ロイスと並んで座らなければならないことがわかった。彼は御者と少し言葉を交わしたあと馬車に乗りこみ、マリーと並んでやわらかな革張りの座席に着いた。

マリーはロイスと目を合わさないように、豪華な馬車のなかを見まわした。これほど優美で快適な馬車には乗ったことがなかった。広々として、深紅の革張りの座席はゆったりとふかふかで、背もたれには同じくやわらかな革張りのクッションが置いてある。窓に掛かる分厚く短いカーテンは少し開いており、しだいに弱まる夕暮れどきの明かりが入ってきていた。がたついた小石敷きの道を、馬車が出発した。隣にいるロイスの存在が、マリーには痛いほど感じられた。広い肩が大きな空間を占め、引き締まった太ももはほんの数インチのところにある。馬車が揺れて彼にぶつかることなどないように、マリーは馬車の壁に張りついて身を縮めていた。

長いこと静まり返る馬車のなかで、四人の姉妹と彼女たちに手を差しのべた紳士は、じっくり観察し合っていた。やがてサー・ロイスが沈黙を破った。「きみたちのような若いご婦人が、いったいどちらからロンドンまで来られたのでしょう」

「スリー・コーナーズです」すかさずリリーが答えた。「フィラデルフィアに近い町ですわ。アメリカのペンシルヴェニア州の」

ロイスはうなずいた。「なるほど。それで、どうしてまたイングランドへ？」

「リリー……」マリーが警告するかのように妹を見やった。

リリーは驚いた顔で姉を見た。「でも、お話しするくらい――」

「いや、お姉さんは正しい」サー・ロイスはあっさりと言った。「都会ではいくら注意してもしすぎることはない。危険のある場所だからね。しかし」カメリアのほうを見やって、つけ加えた。「ナイフを用意しておくほどのことがあるかどうかは疑問だが。人に誤解されかねないからね」

「いつも武器を持ち歩いているわけではありませんわ、ミスター——いえ、サー・ロイス」マリーが口をはさんだ。「ですが、あなたのおっしゃるとおり、都会には危険があります。だから今日は、カメリアもナイフを身につけることにしたのですわ」

「身につける？」まるで首からナイフをぶらさげているのを見たとでもいうように、ロイスはきょとんとしてカメリアを見た。

カメリアは小さな笑みを浮かべ、かがんでスカートの裾を持ちあげ、きれいなふくらはぎをのぞかせた。そこには小さな革の鞘が装着されていた。彼女は持っていたナイフを鞘に収めると、スカートを揺すって戻し、サー・ロイスを見すえた。

「なるほど」やたらと落ち着き払った男性がわずかながらでも当惑を見せたことに、マリーが少しばかりほくそ笑む。「便利なものだ。いや、たしかに、きみたちを心配する必要はなさそうだ」

「ええ」マリーはきっぱりと言った。「ありません」

自分や妹たちのことを、どうしてこの英国人男性にこれほど明かしたくないのか、マリーにはわからなかった。悪いことなどなにもされていない——疑わしいところさえない。それどころか、一度ならずも助けてくれた。だから、おそらくこの人がいるとなじみのない反応をしてしまったり、落ち着かなくなったりするのが原因なのかもしれない。あるいは、途方に暮れていたら彼が責任を肩代わりし、宿まで連れていってくれることになって、ほっとした自分がいらだたしく思えたからかもしれない。それでも、心配ごとを今回だけでもすべてだれかの手にゆだねられたら――妹を守り、よりよい生活をさせていく使命を引き受けてもらえたら、なんとすばらしく、心が軽くなることだろう。

しかし、そんなことはぜったいにできなかった。母の苦い経験から、幸せの一切合切をひとりの男性にゆだねることなど愚かだと、わかっていた。自分しか信用しないでいるほうが、よほどましだ。

マリーの挑発的なまなざしを、サー・ロイスは長いあいだ受けとめていた。彼の瞳に浮かぶ表情――好奇心？　楽しんでいる？　それとも、受けて立つとでもいうつもり？――に、マリーは心惹かれ、そして困惑した。結局、耐えかねて目をそらしたのはマリーのほうだった。

そのあとは沈黙がつづいた――ふだんは好奇心のかたまりのようなリリーでさえ、疲れきって質問できなかった――そしてようやく、宿の前庭に馬車が止まった。サー・ロイスが馬車をおり、姉妹には馬車で待っているようにと言った。マリーと妹たちは視線を交わし、すぐさま彼のあとからわれ先にと馬車をおり、宿のなかへと追いかけた。

姉妹がなかに入ると、ロイスが小柄な男と話をしているのが目に入った。男はおもねるようなうすら笑いを浮かべながら、うなずいている。姉妹が入っていく音にロイスが振り返り、渋い顔をしたが、言いつけを守らなかった姉妹をとがめるようなことはなかった。男に向きなおって、さらにふたことみこと話したかと思うと、ポケットからなにかを取りだして男に渡した。

　男は小走りに消え、サー・ロイスはマリーたちのところへやってきた。「ホルクームは〈豚熊亭〉の主人なんだが、部屋の用意がととのうまで談話室で待っていてほしいそうだ。きみたちの荷物はうちの御者に運ばせる」

　女中がひとり現われ、談話室のひとつに姉妹を案内した。居酒屋と宿の客がひじを突き合わせて飲んだり食べたりしている場所だ。数分後、同じ女中がポット入りの紅茶とマグカップを持ってふたたび現われ、希望があれば熱々のシチューもうすぐ用意できると言った。

　姉妹はみな、ぜひシチューもお願いしますと答えた。サー・ロイスは部屋全体をさっと見まわして言った。「さて、レディのみなさま、どうやらここに落ち着かれたようですので、おいとまを申しあげましょう」

　マリーの妹たちは彼を取り囲み、感謝の言葉を口々に浴びせた。内気なローズまでもが頬を染めて、小さな声で礼を伝えた。マリーだけが少し離れたところで冷静に、考え深げな様子でロイスを見ていた。ロイスは妹たちひとりひとりに挨拶をしたあと、マリーのほうを向いて優雅におじぎをした。

「ミス・バスクーム。お役に立てて、なによりでした」

「ええ、ほんとうに」うなずいたマリーは、自分があまりにも取り澄まして見えることに気づいた。これでは感謝していないかのような態度だが、彼の前ではどうしてもかたくなってしまうのだ。

ロイスはためらいを見せたが、上着に手を差しいれて言った。「名刺をお渡しいたしましょう。もし——」

マリーは片手を上げた。「いえ、けっこうです。せっかくのお申し出はありがたいのですが、わたしたちなら大丈夫ですから。明日、祖父に連絡をしますので」

「ああ、では、こちらにご家族がいらっしゃるのですね？」

「ええ」彼の瞳にもっと質問したそうな表情が浮かぶのを見て、マリーはそそくさと前に進みでて廊下に通じるドアを開け、あからさまに突き放すような態度で彼を見た。「お世話になりました、サー・ロイス。ご尽力には心から感謝いたします」

ロイスは渋い表情で名刺をテーブルに置き、マリーに向かって帽子を浮かせると、彼女の横を通りすぎて廊下に出た。マリーはすばやく妹たちを見やってから彼について廊下に出て、うしろ手でドアを閉めた。

「サー・ロイス……」

彼がけげんそうに振り返る。

「申しましたように、ご尽力には心から感謝しておりますが——あの男性にお金を渡されるところを見てしまいました」

「男性？　どの男性です？」

「宿の主人ですわ。宿代を支払っていただくわけにはまいりません。見ず知らずのおかたに。自分たちの宿代くらいは持ち合わせております。お金がないわけではありませんのよ」それはまったくのうそでもないと、マリーは思った。彼女の財布には、まだ硬貨が数枚は入っている。

「もちろんですとも」ロイスはよどみなく答えた。「そのように考えたことはありませんよ。彼に渡したのは宿代ではありません。あれはただのちょっとした……心付けとでも言いますか、すぐに部屋の準備に取りかかってもらおうと思いまして」

「それなら、そのお金もお返しいたしますわ」

サー・ロイスが手を振って断わり、マリーは歯を食いしばった。「いいえ、いけません、サー。人に借りを作りたくないのです。もちろん、ご親切をお返しするというわけにはまいりませんが、わたしたちのために使ってくださったお金はお支払いしなければ」

「お嬢さん、そんなにたいしたことではありません。いくら渡したか、覚えていないくらいですよ」

平然とした顔を向けたロイスに、マリーはいらだちが湧いてきた。彼がごまかしているのはわかっていた。サー・ロイスがうそをついているのではないかと疑わずにはいられない。たしかにとても親切なのだが、やはり……。

「お金を受け取っていただくまで、お帰しするわけにはまいりません」マリーは腰に両手を当てて頑固に言い張った。

彼はしばらくマリーを見ていたが、やおら、その瞳が輝きはじめた。「それならば、お礼をいただくことにしましょう」

そう言って一歩前に出たロイスは、マリーのウエストに片腕をまわし、頭を下げてキスをした。

2

マリーは驚いて動けなくなった。男性にキスされそうになった経験がないわけではない。ローズほどではないにせよ、これまでに何人か求婚者もいた。それに飲み屋でも、そういう場にいる女ならだれでも手を出してかまわないと勘違いしている男に腕をつかまれ、キスはおろか、それ以上のことまでされそうになったこともある。そういうときはさりげなくかわしたり、痛い目を見せたり、幅広いやり方で対処してきた。

しかし、今回のキスには完全に意表をつかれた——流れるような動きはもちろん、キスそのもののめくるめく快感にも。彼の唇は引き締まっていてあたたかく、やさしいながらも有無を言わさず彼女の唇をひらいた。かすかにただよう謎めいたコロンの香りに感覚がくすぐられ、彼の体温や、唇の感触や、押しつけられる胸の感覚とあいまってマリーは頭がぼうっとし、息が切れてめまいまでしてきた。自分の体が熱くなってとろけるような気がして、マリーはもうしっかりと立つこともできず、ロイスのなかへ沈んでいくのではないかと思った。そんなことはもってのほかだということは、なんとなくわかっていた。けれど、いまこの場では、自分がこの瞬間に感じているもの以外はどうでもよくなってしまった。

と、そのとき、抱きよせたときと同じくらい唐突にロイスは彼女を放し、一歩下がった。マリーは彼の瞳のなかに、自分の目にも浮かんでいるにちがいないのと同じ驚愕《きょうがく》を見たように思ったが、彼はマリーよりも立ちなおるのが早かった。

ロイスはやんちゃそうな笑みをちらりと見せたかと思うと、くいっと帽子を傾けた。「さて。いまのが相応の報酬だと思いますが？」

返す言葉はおろか、なんの考えもマリーの頭に浮かばないうちに、彼はきびすを返して宿を出ていった。その背中を見送りながら、マリーは急に力が抜けてドアにもたれかかった。彼が視界から消えたあとも動けず、頭がくらくらしていた。いったいわたしはどうなってしまったの？

ここが宿の廊下で、だれかに見られていたことも充分にありうると思い至り、マリーは体を起こして廊下の左右にすばやく目をやった。恥ずかしさに襲われ、いっきに頬が染まった。品のない自堕落な女のようにふるまってしまったのだ。

震える手を上げて頬に当て、ほてりをさまそうとした。落ち着こうとした。こんなに取り乱しているところを妹に見せるわけにはいかない。サー・ロイスのふるまいは紳士的ではなかったけれど、彼女のほうもまったく自分らしくない反応をしてしまった。ほんとうは、彼に平手打ちをくらわせたほうがよかったのだろう――少なくとも、押しやるくらいは。けれども今日はたいへんな一日だったから、とっさに動けなかったのも無理はない。それでも、あの奇妙なぼんやりとした状態からすぐに目を覚まし、彼の腕から逃げるべきだったのでは？

キスされているときに襲われた、あの奇妙な心地よさ——熱気と、もどかしさと、激しい神経の昂《たかぶ》りについては——いまは考えないことにしよう。

マリーは深呼吸をしてスカートをなでつけるとあごを上げ、振り返ってドアを開け、勇ましく部屋に戻った。妹たちがいっせいに顔を向ける。

「なにがあったの？」

「どこへ行っていたの？」

「ミスター・ウィンズロウにはなんて言ったの？」

「サー・ロイスよ」ローズがカメリアを正した。「郷《ごう》に入っては郷に従え。この国の用語を使うようにしなくちゃ」

「サーもミスターも、なんのちがいがあるっていうの？」カメリアは言い返した。「どんな称号をつけて呼ぼうと、彼は彼で変わりはないでしょう？」

「ええ、それはもちろん」とマリー。「でも、彼に〝ミスター〟をつけて呼びかけるのは失礼にあたるのだと思うの」

カメリアは肩をすくめた。「じゃあ、彼を〝皇帝〟と呼びなさいとだれかに言われたら、そうするの？」

リリーが目をくるりとまわした。「カメリア姉さまったら、称号を持つのは悪いことではないわ。わたしはロマンティックだと思うけど」

カメリアは渋い顔をした。「あなたはなんでもロマンティックなんでしょ」

「さあさあ、みんな」思わずマリーが割って入った。「けんかは無用よ」

「どうしてあのかたと廊下に出ていったの？」リリーが尋ねた。

「それは……もう一度お礼を言いたかっただけよ」マリーは頬が熱くなるのを感じ、妹に気づかれないことを祈った。

「わたしたちの身元と、ここに来た目的をお話ししてもよかったんじゃないかしら」ローズが眉を寄せた。「あのかたなら、おじいさまを探すのも手伝ってくださったかもしれないわ。ひょっとして、伯爵であるおじいさまをご存じだったかも。とても立派な紳士だったもの」

「しゃれた格好をしているからって、だれもが紳士だとはかぎらないわ」カメリアが言った。

「しゃれた格好というのではなかったと思うわ」リリーが異を唱えた。「もうひとりのおかしな殿方のほうは、まるで鳥みたいだったけれど」

「ラベンダー色の縞々《しましま》ズボンをはいた鳥ね」カメリアの顔が大きくゆるむ。

「なあに？」ローズがふたりを見比べた。「なんの話？」

「ああ、ローズ姉さまもいらしたらよかったのに！」リリーがハート形の顔を満面の笑みで輝かせて跳ねた。片手を腰に当ててポーズを取り、あごを上げて、ローズを見おろすかのようなしぐさをした。「こんなふうに立っててね、まったくおかしいったらないの。それに、上着なんてこんなに肩パッドが入っていたのよ」肩の両脇に両手を広げて見せる。

　こっけいなしぐさにローズはくすくす笑い、マリーも笑顔になった。アメリカを発ってから、ローズが笑ったところを見ていないような気がしていたのだ。船上の寝台でも、姉妹がみな寝てしまったと思っていたら、ローズが声を殺して泣いているのを聞いたことも一度ではない。またローズが笑っているところが見られて、マリーはほっとした。

「襟には、わたしのこぶしほどもある花を挿《さ》していたわね」もっとローズに笑っていてほしくて、マリーは言い添えた。

「まさか！　ほんとうに？」

「ええ、それに上着の色はカナリアみたいな黄色だったの」マリーがつづける。

「それはカナリアに悪いわよ」リリーが言った。「とっても趣味の悪い色だったわ」

「わたしのナイフを見たときの、彼の顔ったら」カメリアが口をひらいた。「目が飛びだして落ちるかと思ったわ」

「サー・ロイスは彼のことを従弟だと言っていたけど、サー・ロイスとは大ちがいだったわね」リリーがカメリアをこれ見よがしに見やった。「サー・ロイスは紳士だわ」

「サー・ロイスは見た目どおりのかたかもね」マリーはそう言いつつ、話を元に戻した。

「でも、ぜったいとは言いきれないわ。知らない人にあれこれ打ち明けないほうがいいわね。ほら、サー・ロイスだって、そうおっしゃっていたでしょう。だから、彼にもわたしたちのことをなんでも話すわけにはいかないの」

「でも、彼は親切にしてくださったわ」ローズが言った。「ここへ連れてきてくださったし、泥棒をつかまえてかばんを取り返してくださったのも彼なんでしょう。泥棒に書類をぜんぶ持っていかれていたら、どうなっていたことか。わたしたちの身分を証明することができなくなっていたわ」

「そうね、たしかに助けてくださったわ。でもそれは、あきらかに地位も財産もないような娘四人が相手だったからだわ。泥棒でもカード賭博の詐欺師でも山師でも、たいした手間でなければ助けてくれていたでしょう。でも、そういう人が、じつのところは相手がステュークスベリー伯爵の孫娘だと知ったら、どうなると思う？　もうわたしたちは自分のことだけを考えていればいいわけじゃないの。おじいさまのことも考えなくてはならないのよ。おじいさまの生活に、詐欺師や悪人を呼びこむわけにはいかないわ」

「そうね」いつもやさしいローズが言った。

「どうしてそんなにおじいさまに気を遣わなければならないの」カメリアは反発した。「じつの娘を放りだした人なのよ！」

「ええ、母さまの話でも、おじいさまは偏屈なお年寄りといった感じだったわ」とリリー。

「たしかに頑固で横暴なかたでしょうね」マリーも認めた。「母さまと縁を切るなんてひどいと思うわ。でも母さまも言っていたけれど、年月が経つうちに、きっとおじいさまも後悔なさったはずよ。それにわたしたちにとっては、やはりじつのおじいさまですもの」

「それに」ローズがつづいて現実的なことを言った。天使をも思わせるほど物腰がやわらかいので、そのギャップに人はよく驚くのだが。「おじいさまに身をゆだねるつもりでここまで来たのよ。ほかに行くところも、頼る人もいないのだもの。おじいさまの気分を害するようなことはできないわ」

「そういうの、気に入らないわ」カメリアがしかめ面をする。

「わたしもよ」マリーは思いやるように妹を見た。「でも、現実から逃げてもいられないわ。あのままアメリカに残って飲み屋を経営していけたのなら話はちがっていたでしょうけど。でも母さまが死んで、継父がすべてを相続してしまったのだから、それは無理というものでしょう。ほかにどうしようもなかったのよ。行くところもないし。コズモと一緒に暮らすなんて、いやでしょう?」

「もちろんよ! あんないやらしい男のために働くなんて」カメリアが荒々しい顔つきに変わった。「どうせ、ただ働きよ。屋根と食べ物があるだけありがたいと思え、なんて言うに決まってる」

「結婚するしか逃げ道がなかったし」リリーが口をひらいた。「自分の住むところを確保するためだけに結婚するなんていやよ。わたしは好きな人と結婚したいわ。父さまと母さまのように。ふたりがどんなに幸せだったか、覚えてる?」

「ええ、みんな覚えているわ」ローズが少し哀しげな声で応えた。

　マリーもうなずいた。六年前に父親が亡くなるまで、一家の生活は順調だった。とはいえ、あまるほど金があったわけではない。夢や計画にあふれていたチャーミングな父マイルス・バスクームは、生計のために何十もの仕事を転々とした——農業、教師、旅まわりの芸術家まで——しかし、どの仕事も成功するところまでいかなかった。一家は引っ越しをくり返した。最初はメリーランド州、そしてペンシルヴェニア州でも二、三カ所。母のフローラは貴族の出で、料理や家事がほとんどできず、ましてや家計の切り盛りなどさっぱりだった。そのため一家の生活は、ひかえめに言ってもめちゃくちゃな状態であることが多かった。

しかしマイルスとフローラは気がやさしくて楽しいことが好きで、互いを心から愛していた。子どもたちも愛とあたたかさに包まれて育った。バスクーム一家は裕福ではなかったかもしれないが、少なくとも飢えることなく、楽しい毎日を送っていた。

父の最後の仕事は、フィラデルフィアに行く道沿いにある、小さな町の飲み屋だった。いつもの父のおおざっぱな経営なら、その店もつぶれただろうが、マリーがいた。当時十四歳だったマリーは家事をこなすようになり、家業でもまた大きな力を発揮して、帳簿つけばかりか日々の店の経営にもかかわっていた。父マイルスはその場しのぎでたいてい失敗に終わる判断をするので、マリーも店を完璧に守るところまではいかなかったが、なんとか黒字を保っていた。

しかし人好きのする父が亡くなると、共同経営者だったコズモ・グラスが店を売ろうとやってきた。ところが愛らしい未亡人に懸想《けそう》した彼はそのまま残り、店をやりながらフローラを口説いた。愛する夫の死で哀しみにうちひしがれ、そしてまた自分に事業の才能がないことを自覚していた母親は、再婚しようと説得された。娘たちを養う手だては、それしかなかった。

そして数年が経つうち、フローラはコズモと再婚したことを苦しいほどに悔やんでいた。

彼はほめられた人間ではなく、いつも金儲けの話やらなにやらにかかわっていた。怒りっぽく酒飲みで、うまくいかないことはなんでも、だれかれかまわず他人のせいにした。夫としても一家の大黒柱としてもろくでもなく、彼女らの生活のなかで黒い存在となっていた。実際に店を切り盛りしているのはまたしてもマリーだったが、コズモは時間をもてあまし、店の権利を主張することだけは立派で、仕入れ先を変えろだの、注文を取り消せだのと口出しをして、そのたびに実害をおよぼしてくれた。金庫からお金をくすねていくこともしょっちゅうで、あれこれ自分のやりたいことに出かけていってしまう。妹たちや母フローラは、彼が留守をすると喜んだが、おかげで店はいつも金に困っていた。

それよりもさらにマリーが軽蔑している面がコズモにはあったが、母には内緒にしておくよう気を遣った。母が判断を誤ったにせよ、自分の幸せと娘の将来を犠牲にしてしまったことはたしかで、これ以上の罪悪感を母に持ってほしくなかったのだ。コズモが酔った勢いで自分やローズにからんできても冷静さを保ち、コズモの股間にひざ蹴りを入れたり、またそんなことをしたらどうなるかと警告したりでしのいでいた。また、姉妹はかならず全員が同じ部屋で眠るようにし、夜はドアにつっかい棒をしていた。

数カ月前、母フローラが病の床に伏せって数週間が過ぎるうち、もう長くはないことが日に日に確実になった。愛する夫マイルスとまた会えるということだから、死ぬのはかまわないと母は言っていた。けれども自分が死んだら娘がどうなるかと考えると、たまらないと話した。夫となったコズモ・グラスが店のすべてを手に入れ、娘たちは彼の意のままになってしまう。娘に遺せるものは、わずかな宝石しかなかった。ある朝、とうとうフローラは娘たちを枕もとに呼び、祖父の話をした。

フローラは自分の父親のことをほとんど話したことがなかった。つまり、マイルス・バスクームと結婚する前の自分のことを。しかしことここに至るに及んで、彼女は自分の父が権力ある大物、ステュークスベリー伯爵だということを明かした。フローラがマイルス・バスクームと恋に落ちたとき、マイルスは格下貴族の次男坊で財産もなく、伯爵は激怒して結婚を禁止した。もし言いつけにそむけば永遠におまえとは縁を切る、とフローラに宣言して。しかしフローラは父親にさからい、マイルスとアメリカに駆け落ちした。

「でも、もう父のところへ行くしかないわ」フローラがマリーに言った。心配をたたえた顔は、頭の下の枕くらいまっ白だった。「これだけ年月が経てば、父もわたしを許してくれているでしょう。それにあなたたちは、なんと言っても孫ですもの。まさか追い返したりはしないわ」

「いやよ、母さま、そんなことを言わないで」マリーも妹たちも、母さまは死んだりしないと励ましたが、フローラは弱々しくほほえむだけだった。愛する母を相手に、娘たちは心にもないことを言っているのだとわかっていたのだ。

「いいえ」そのときの母の声は、マリーがそれまでに聞いた母のどんな声よりも決然としていた。「あの男と一緒にここにいてはいけないわ」語気を強めた声には、再婚してからの恨みつらみがにじんでいた。「約束して、マリー。妹たちを、かならずわたしの父のところへ連れていくと」

そしてマリーは約束した。

この十二年、慣れ親しんだ家を離れるのはつらかったが、それは妹たちも同じだった――夜中に涙したのはローズだけではない。しかし、マリーは死の床に伏せった母と約束したのだ。それに母の言うとおりだということもわかっていた。このままコズモと一緒にいるわけにはいかない。

彼は以前からろくでもない男だったが、妻を亡くしてからはいっそうひどくなった。飲酒量が増え、しかも一日じゅう飲んでいた。いやらしい流し目を姉妹に送り、隙あらばさわろうとするため、姉妹は彼とふたりきりにならないように気をつけた。ほんのささいなことに――ときには、なにもないときでも、彼は急に激しく怒りだした。一度、かっとなってカメリアに飛びかかったときなどは、カメリアが俊敏で彼が酔っていたおかげでけがもなくすんだ。彼女は手近にあった鉄のフライパンをつかみ、厨房《ちゅうぼう》から彼を追いかけたのだ。しかし、コズモが姉妹のだれにとっても危険な存在になってきたことはあきらかだった。

最悪だったのは、コズモがいつもの何週間にもわたる留守から帰ってきたとき、イーガートン・サタスビーという男を連れ帰ったことだった。サタスビーは口数が少なく青白く、ヘビのような暗いじっとりとした目つきの男だった。彼はローズとの結婚を望み、コズモも大賛成だった。ローズがあからさまに避けようとしているのにもかかわらず、サタスビーはしつこく求婚をくり返し、コズモもことあるごとに熱弁をふるい、脅すこともあれば、求婚を受ければどれほどすばらしい未来がローズを待っているかと説教することもあった。ふたりのあまりのしつこさに、マリーはもしや彼らがローズをかどわかして無理やり結婚させるのではないかと、おそろしくなってきた。

そこでマリーはできるだけの金をかき集め、母親のわずかな宝石を売り、コズモが次の旅行に出るや、姉妹でスリー・コーナーズを出奔《しゅっぽん》した。両親の結婚証明書と、自分たちの出生証明書と、母フローラが実父に宛てた手紙を持って。手紙は封がされているので内容はわからなかったが、マリーが思うに、母は娘たちを受け入れてくれるよう、厳格な父親に涙ながらにすがりついて慈悲を請うているのだろう。

どんなことであれ母が哀願しなければならないと思うと、マリーは胸が締めつけられた。そして自分も、祖父と言われる男性に会って、自分たちを受け入れてくださいとお願いするのは気が重かった。しかし母に妹たちのことを託されたのだから、母の願いをかなえようと心に決めた。

「おじいさまに会うことだけは、どうあっても成し遂げなくてはね」マリーは何度もくり返してきた言葉をいま一度口にし、妹たちを見渡した。「わたしたちが一緒にいるためには、ほかに方法がなかったということはわかっているわね。お金を稼ぐ手だてなどないでしょう？　わたしたちのだれひとりとして、家庭教師になれるだけの教育を受けていないし。お針子や女中くらいはできるかもしれないけれど、同じ家で四人とも雇ってもらうなんて無理だし」

「それに」ローズが静かに言い添えた。「母さまと約束したものね」

その言葉に、しばらく沈黙がつづいた。四人とも、母フローラを亡くしたつらさがよみがえったのだ。

マリーがうなずいた。「母さまは、おじいさまが後悔なさっているはずだと言っていたわ。そして、じつの孫たちを放りだすほど無情なかたではない、とも」

「どうかしら」リリーが首を振った。「言うことを聞かなかったからって、母さまのような人と縁を切ってしまうなんて、そんな無情な人がこの世にいるかしら」

「横暴なお年寄りにはちがいないでしょうね。でもそういう人と暮らすほうが、飢え死にするよりまだましだと思うわ。コズモ・グラスに頼って生きていくよりも」

「それに、むかつくようなイーガートン・サタスビーと結婚するしかなくなるよりも」ローズが身震いした。そして、少し不安げにマリーを見た。「わたしたち、もう彼の手の届かないところに来たのよね？　追いかけてきたりしないわよね？」

「当たり前よ、おばかさんね。脈のない女を追いかけて大西洋を渡るなんて、いくらミスター・サタスビーでもそこまでしつこくないと思うわ」

「ほかの男性なら、脈がないってことくらい何週間も前に気づいたと思うけど」カメリアが口をはさみ、目をくるりとまわした。「うちの店にやってくると、かならずローズがそそくさと逃げだすのは見てたはずよ。どうしてローズがいないのか、見え透いた大うそを言ったときは、殴り殺されるかと思ったこともあったわ」

リリーが鼻を鳴らした。「姉さまはもっとすごいうそだってついているでしょ」そう言い、長姉に向きなおった。「それで、これからどうするの？　どうやっておじいさまを見つけだすの？」

「わからないわ」マリーは認めた。ため息をつき、椅子にどさりと腰をおろす。「ロンドンがこんなに広いなんて思っていなかったから。いえ、大きな街だというのはわかっていたけれど、フィラデルフィアくらいのものだと思っていたのよ。でも、ここは……」

「だから、サー・ロイスに助けていただいたらよかったのに」ローズが言った。「おじいさまの住まいをご存じだったかもしれないわ」

「かもね」マリーはしかめ面をした。「でも、あんな――軽薄なひとに、個人的なお願いはしたくないわ」

「軽薄ですって！」ローズは眉をつりあげて姉を見た。「わたしには、完璧な紳士のふるまいをなさっているように見えたけれど」

マリーは頬がほてるのを感じた。廊下でのできごとを妹たちに話すつもりはなかった。「いえ、軽薄ではなかったかもしれないわ。でも、知り合いでもなんでもないかたでしょう。わたしたちの個人的な話を、だれかれかまわずしたくはないの。おじいさまのお住まいなら、なんらかの方法で調べられるはずよ」いったん間を置き、話をつづける。「明日の朝、わたしがひとりで探しにいってみるわ。四人で押しかけるより、おじいさまも受けとめやすいでしょうから」

「でも、わたしだっておじいさまにお会いしたいわ！」リリーが反対した。

「会えますとも、おばかさんね。事情をすべて説明したら、すぐにお邸に迎えてくださるはずよ」マリーは、空元気《から》を見せた。

マリーがひとりで行きたかったのは、これまで知りもしなかった孫娘が四人もいるという事実に、祖父がどう反応するか心配だったからだ。事情を話したときに祖父の言いそうなことを、妹たちに聞かせたくはなかった。

「マリー姉さまのおっしゃるとおりよ」マリーなら頼りになるとわかっていて、ローズはマリーを援護した。カメリアやリリーとは何歳か離れているが、マリーとローズはひとつちがいということもあって、いつも特別な絆《きずな》を見せていた。「一度に四人も押しかけられたら、お気の毒に、おじいさまはどうしていいかわからなくなってしまうわ」

「でも、マリー姉さまがいないあいだ、わたしたちはどうすればいいの？」リリーが不満をぶつけた。

「とんでもなく退屈よね」カメリアが同意する。「でも、お年を召した伯爵さまに会いにいくほうが、もっと退屈かしら。少なくとも、ここなら馬屋に行って馬を見ることができるもの」

「まあ、馬なんかどうでもいいわ」リリーがむくれた。

「近くにお店があるかもよ」カメリアが言い、リリーの表情が明るくなった。

「だめよ！」マリーがぎょっとして目をむいた。「出歩いてはだめ。道に迷ったらどうするの？　もし、なにか起きたら？」訴えるようなまなざしをローズに向ける。「ローズ、わたしが出かけているあいだ、ふたりがここにいるよう見はっていて」

「口うるさいお母さんみたい」リリーが目をくるりとまわした。「カメリア姉さまもわたしも、子どもじゃないのよ」

「アメリカでなら心配なかったでしょう。荒野に出ていったとしても、心配しないわ。でも、ここでは事情がちがうの。人もちがうの。お願いだから、外に出ないと約束して」

姉妹はもうしばらく言い合いをしたが、給仕の娘が料理の載った盆を持ってきて、口論もおしまいになった。最後に食事をしてからもう何時間も経っているうえ、船上の食事が何日もつづいたあととあっては、できたての料理は垂涎《すいぜん》ものだった。姉妹は腰を落ち着けて舌鼓《したつづみ》を打った。ようやく満足したころには、言い合いのことなどすっかり頭から消え、宿の主人に案内されていそいそと部屋へ向かった。

リリーとカメリアが同室で、年長のふたりは隣の部屋だった。内側から鍵をかけられることがわかり、マリーはほっとした。鍵をまわすと、隣でローズも安堵の息をついた。

「ドアに鍵がないんじゃないかと心配していたの」ドアの脇に置かれた堅い椅子に、ローズは力が抜けたように座った。「ここはこわくて」

「宿が？」マリーは少し驚いて訊いた。「きちんとした宿のように見えるけれど」

「ちがうの。ここのすべてよ。波止場も。ロンドンも。大きすぎるわ。ごみごみしていて……むさくるしくて」

「たいへんな一日だったものね」マリーはベッドにぴょんと乗った。「アメリカとはぜんぜんちがうし。でも、波止場に比べたら、どこもましになると思うわ。明日になったらまた変わってくるわよ。ね？」

ローズはわずかながら笑みを返した。「姉さまって、いつでも自信にあふれているのね」

マリーが肩をすくめる。「心配ばかりしていても、しかたがないでしょ」

「どうしてわたしたちが姉妹なのか、ときどき不思議になるわ。わたしなんて、なんでもびくびくしているような気がするの」

「そんなことないわ。波止場でも、ひとりで荷物を守っていてくれたじゃない。こわがりさんに、あんなことはできないわ」

「そうかしら。でも、あれはほかにどうしようもなかったからよ。あのときは、ずっとこわかったわ」

「でも、勇気を出すって、そういうことでしょう？　こわくても逃げださないこと」マリーは妹に身を寄せて、小さく眉をひそめた。「ローズ、いったいどうしたの？　なにをそんなに心配しているの？」

ローズはかぶりを振った。「勝手がちがって、とにかく不安なだけ。もしおじいさまに追い返されたら？　おじいさまが見つからなかったら？」

「そんなふうに考えないで」マリーはベッドからすべりおりて妹のそばに行き、なぐさめるように肩を抱いた。ローズはいつも姉妹のなかでいちばん繊細で思いやりも深いが、傷つきやすく、ほかのだれより心配性だった。「疲れているのよ、だからなんでも悪いように思えるだけ。でも、もうこれからはよくなるわ。大丈夫」

ローズが立って、寝支度をはじめた。今日のできごとに自分もどれほど動揺したか、マリーは話すつもりはなかった。もしサー・ロイスがあの泥棒をつかまえてくれなかったら、どんなに悲惨な状況になっていたかと思うと、寒気がした。もっと用心するべきだった。油断していてはいけなかった。訪れたばかりの街と国で危険にどう対処するのか、心得ておかねばならない。

サー・ロイス・ウィンズロウのような男性も含めて。

けれど、サー・ロイスのことを考えるなんて、ばかげている。あんなキス、彼にとってはなんでもない――それはもちろん、彼女にとっても同じこと。彼に会うことは二度とない。愚かなふるまいではあったけれど、どうということはまったくないのだ。

それでもマリーはドレスのボタンをはずしながら、彼の唇を思いださずにはいられなかった――やわらかくて、有無を言わさぬ力強さがあって……熱くて……その先を思わず望んでしまう。

少し頬を染め、マリーは白い質素な綿のナイトガウンを頭からかぶった。次々とうつろってゆく心を、無理やり引き戻した。彼のことなど考えない。太陽のもとで小麦色をした豊かな髪、若草のような緑の瞳、彼女の腕をつかんだ、力強くなめらかに動く指のことなど……。だめ。ぜったいに。ロイス・ウィンズロウのことは、もう終わったのよ。

翌朝、マリーは前夜よりもずっと明るい気持ちで祖父の邸に向かった。ぐっすりと眠り、たっぷりと朝食をとったおかげで、ハンサムなサー・ロイスのことを含め、悩みごとを追いやることができた。

ステュークスベリー伯爵の住所を知っているかと宿の主人に尋ねたところ、主人は一瞬驚いた顔をしたものの、〈ステュークスベリー邸〉がバリストン・クレセントにあり、ロンドンの辻馬車の御者ならだれでも知っているという返事をもらい、マリーは運命が動いてくれたことを確信した。

数分後、いちばん上等な昼用のドレスに着替えてボンネット帽をかぶったマリーは、淑女が使うようなきちんとした手袋をはめ、母の形見である上品な銀のイヤリングをつけ——困窮した親族といった風情には見せたくなかったからだが——宿を出発した。辻馬車を拾うのは簡単で、なんとなく達成感を味わいながらも座席に腰を落ち着けた。もちろん、昨日のようにぜいたくな乗り心地ではなかったが、少なくとも今日は自分の力でみつくろったものだ。これは幸先《さいさき》がいいわと、マリーは思った。

灰色の堂々たる石造りの建物に着き、馬車をおりたものの、そこでようやく、財布のなかにはアメリカの硬貨しかないという、おそろしいことに気づいた。御者が飛びおり、マリーが書類の入ったかばんを脇にはさみ、手提げを探っているのを、期待のこもった顔で待っている。

「ご、ごめんなさい！」マリーは赤くなり、しどろもどろで言った。財布から硬貨を数枚取りだし、御者に差しだした。「英国のお金は持っていないんです。これではだめでしょうか」

気がふれたのかとでもいうように、御者はマリーを見つめた。「金がないだって！ どういうこった？ おれをかつごう《ガル》としたのか？」

「そんな！ ちがいます――と言っても、〝かつぐ《ガル》〟って意味がよくわからないんですけど。でも、だまそうとしたわけじゃありません。アメリカから着いたばかりで、アメリカの硬貨しか持っていないんです。両替をする時間がなくて――。じつを言えば、両替の方法もわからなくて。でも、ちょっとお待ちいただけたら、かならず――」

「待つ？ なにを待つんだ？」御者はうさんくさそうにマリーを見た。「作り話してんじゃねえぞ、お嬢さん。おれだって新参の若造じゃねえんだ」

「いえ、それはもちろん、わかります。ですが、わたしの祖父がなかにいるんです。だから祖父が英国のお金を――」

「なかにいる？」御者は、うしろにある立派な邸にあごをしゃくった。「そうかい、おれだってクラレンス公爵のいとこなんだぜ」

「ほんとうですか？」マリーは一瞬びっくりした。「でも、どうして――ああ、わかりました。冗談なんですね」

御者は顔をゆがめた。「そんなことは知ったこっちゃねえ。言っとくが、銭をいただくまではここを離れねえからな！」目をすがめる。「金がないんなら、そのかわいらしいイヤリングをもらおうか」

「だめです！」マリーはとっさに両手で、耳から下がる小さな銀の輪をおおった。「これは母の形見なんです！」

御者は大声で文句を言いつづけ、通りがかりの男女が足を止めてじっと見ては足早に去ったり、十字路を掃き掃除していた少年がこちらまでやってきて見物していることに、マリーは気づいた。このままいけば人だかりができるかもしれず、祖父は迷惑に思うだろう。

「では、これを！」切羽詰まってとうとう、銀貨を取りだして突きだした。「銀貨です！アメリカのお金でも、街をひと走りしたぶんのお代には充分なはずです。そんなに遠い距離でもなかったわ！」

御者はぶつぶつ言いながら硬貨を確かめ、かじりさえしたが、アメリカ人はまぬけだとかなんとかいやみったらしいことを言いつつ、ようやくポケットにしまって御者席にのぼった。マリーは財布を締めて手提げに押しこみ、ほっと息をついた。御者ともめたことで両手が震えていた。

向きを変え、正面階段をのぼり、かばんを置いて、スカートをなでつけた。わたしは伯爵の孫なのだから、ちゃんと受け入れてもらえるわと、自分に言い聞かせる。ふたたびかばんを持ちあげると、ライオンの頭をかたどったノッカーについた大きな真鍮《しんちゅう》の輪を握り、板に強く打ちつけた。

ほんの数秒でドアが開き、青の古風なひざ丈ズボンと上着姿で、髪粉をふりかけたかつらをかぶった男性が出てきた。細長い顔と細長い鼻をして、冷ややかにマリーを見おろした。

ぶしつけな態度と珍妙な格好に少し驚いたマリーは、長いあいだ無言でたたずみ、男を見返していた。玄関に出てきたのだから きっと召使いだろうと思ったが、どうして老齢の紳士しか身につけないような服とかつらなのだろう。

「勝手口は脇だよ」男はそう言って下がり、ドアを閉めようとした。

「いえ!」マリーは、はっとして声をあげ、ドアの端をつかんだ。「ちがうんです、待ってください。わたしは伯爵さまにお会いしにきたのです」

「伯爵さまに?」男がこっけいな様子で眉をつりあげたが、すぐにもとどおりの無表情に戻った。「なにかたいへんなまちがいをされているようだ。お引き取りを」

「どうしてもお目にかからなければならないんです!」マリーはあわてて言った。「非常に個人的な用件なんです。伯爵さまも、かならずわたしに会いたいと思われるはずです。アメリカからやってきました。前もって手紙をお送りするべきだとわかっていましたが、時間がなくて、もし書いてもわたしのほうが早く着くと思いましたので、それで――」

男はマリーの手首をぎゅっとつかんでドアを放させると、彼女を押しやった。「作り話はよそでやるんだな、このばか娘が。伯爵家の玄関をけがすでない」

そう言うと、男はマリーの鼻先でドアを閉めた。

3

マリーは目の前に広がるドアを、ぽかんと口を開けて見つめた。あっけにとられて声も出ず、動くことさえできなかった。せめてもの怒りを体にめぐらせ、ノッカーを握ると、数度、打ちおろした。待ったが返事はなく、またノッカーを鳴らしはじめた。

するとようやく、ドアがひらいた。同じ男が出てきたが、今度は怒りで顔がまっ赤だった。男がおもてに出てうしろ手でドアを閉めたので、マリーも階段の最上段まで後ずさるしかなく、かばんを取り落としそうになった。

「うるさい！　いますぐやめろ！」男は声を張りあげた。「帰れと言ったはずだ。小鳥のおつむ程度の自堕落女に、玄関で大騒ぎされるような時間は、伯爵さまにはない」

「自堕落女ですって！」マリーは正面から男を見すえた。瞳を光らせ、怒りで腰に手を当てて。「よくもそんなひどいことを！　わたしはそんな女ではありません！」

男はマリーの全身にせせら笑うような視線を投げ、鼻を鳴らした。「まあ、服装からすると、ちがうか。だが、伯爵さまはみすぼらしい女にも用はない。なにを無心しにきたのか知らんが、さっきも言ったように勝手口にまわれ。いやなら、さっさと帰れ」

「なにも無心にきたわけじゃありません！」マリーは言い返したが、一張羅《いっちょうら》のドレスとボンネット帽の言われように胸を突かれた。「申しあげたように、ステュークスベリー伯爵さまにお会いしにきたのです。どうぞ、お取り次ぎください」

男は腕を組んだ。「ミスター・フーパーの許可がなければ、何人《なんぴと》たりとも伯爵さまへの目通りはかなわぬ」

「では、そのミスター・フーパーというかたに会わせてください、どういったおかたかは存じませんが」

「ミスター・フーパーは執事だ。だからすでに言っただろう、勝手口にまわれと」

マリーは、しばし男を見つめていた。こんな面倒があろうとは思ってもいなかった。じつの孫だということを祖父に認めさせるのはたいへんだろうと思っていた。しかし珍妙な格好をした召使いに、ただ祖父に会わせてもらうだけでも苦労するとは。だが、この男を押しのけてなかへ入ることはできそうになかった。

マリーはくるりと背を向けて階段をおり、大きな邸の細い脇道へとまわった。突き当たりまで行くと、下り階段が何段かあり、その先には玄関よりもはるかに質素なドアがあった。マリーはかばんを小脇に抱えてかろやかに階段をおり、強い調子でドアをたたいた。気おくれしていたことなど、腹立ちにまぎれてすっかり忘れ、ミスター・フーパーとやらに食ってかかる気持ちになっていた。

出てきたのは室内帽をかぶった若い女中で、ぼんやりとした目をマリーに向けた。ミスター・フーパーに会いたいとマリーが伝えても、やはり女中はまったく理解していない様子だった。

「人手は間に合ってます」ようやく言った女中はうしろを振り返り、たくましい腕で鍋をかきまわしている大柄な女性に声をかけた。「そうですよね、料理長？」

話しかけられた女性は、女中に顔をしかめた。「そんなことわかってるでしょ。なにをやってるの、ミリー。早くお鍋に戻りなさい」

女中はうなずいた。「はい、料理長」そしてドアを閉めようとした。

「待って！」マリーはさきほど玄関にいたときとはちがって今度はすばやく動き、ドアを押さえてなかに飛びこんだ。「ここへは働き口を探してやってきたのではありません。伯爵さまにお会いしにきたのです」

料理長も女中も、疑わしそうな顔つきになった。

「玄関に出てくださった男性から、ミスター・フーパーと話をするように言われまして」マリーはつづけた。「こちらのお勝手口で。ですから、どうかミスター・フーパーにお取り次ぎをお願いします」

マリーの口調のなにかが女中の心を動かしたのか、あるいは少なくとも料理長が納得したのか、料理長がうなずいたあと、ミリーと呼ばれた女中は邸の奥に入っていった。そのあとマリーは長々と待つことになったが、ふと気づくと、厨房にいる全員の注目を集めていた――しかも、洞穴のような部屋に視線をめぐらせてみてわかったのだが、かなりの人数だ。

ここの厨房はアメリカでやっていた飲み屋のゆうに二倍か三倍は広く、働いている人数も腰が引けてしまうほどのものだった。ここは、いち個人のお邸でしょう？　これほど大きな厨房が必要なの？　それに、これだけの大人数がなにをするというの？　そのとき、玄関に出てきた男と同じような服装の男性が二、三人いることにも気づいた。

とても背が高くやせ型で、とびきり優雅で、雪のようにまっ白な頭をした男性が大またで入ってきた。黒の上着とズボンに糊のきいた白いシャツという姿が威風堂々として、マリーはひと目で伯爵本人にちがいないと思った。ミリーが誤解し、祖父本人を呼んできてしまったのだろう。

祖父に会うのだと思うとマリーの胃は縮こまったが、真正面から向き合った。彼はマリーの前で止まり、揺るぎない視線で見すえた。

「それで？」とうとう伯爵が言葉を発した。もったいぶった口調には、あきらかに冷ややかさがこもっていた。

あからさまな侮蔑の表情にマリーはむっとしたが、無理にでも心を落ち着け、丁重にひざを折っておじぎした。「ごきげんよう、伯爵さま」船で乗り合わせた客に、伯爵への正しい挨拶の仕方を尋ねておいたのだ。「マリー・バスクームと申します。重大な用件で、あなたさまに会いにまいりました」

男の眉がつりあがり、せっかくの無表情が崩れた。「どうやらおまちがえのようだ。わたしはミスター・フーパー、〈ステュークスベリー邸〉の執事だ」

周囲から忍び笑いが聞こえ、マリーは顔を赤らめた。「ま、まあ。申しわけございません」胸を張りなおす。まちがいをしたからと言って、ここでくじけて務めを投げだすわけにはいかなかった。「伯爵さまにお会いしにまいりました。たいへん重要な用件です」

「だんなさまはお会いにならぬ」男はあっさりと答えた。「そなたの言う用件は、ステュークスベリー伯爵のお耳に入れる必要があるとは思えない」

「それは、あなたには関係のないことです」

「いや、ある。おかしな若い女が思いつきでやってくるたび、伯爵さまをわずらわせるわけにはいかない。どんな用件があると思っているかは知らぬが、わたしで間に合わぬことはない」

「そんなことはありません」マリーはあごに力を入れ、強いまなざしで彼を見た。「わたしの用件は個人的なものです。使用人を含め、ほかのだれにも知られたくないと、伯爵さまはお考えになるはずです」

ふたりの視線がぶつかり合うなか、周囲は静まり返っていた。おそらく、この専制君主然とした男にだれも逆らったことがないのだろう。しばらくしてようやく、苦労の偲《しの》ばれる押し殺したような声で執事が言った。「名刺を置いていけば、かならずや伯爵さまにお渡ししよう。伯爵さまが連絡をしたいとお思いになれば、されるだろうからな」

「名刺？」

「そうだ。名刺だ」

マリーは、昨夜サー・ロイスが渡してくれようとした小さな白い紙片を思いだした。名刺を持っていないということは、マリーにとってまたひとつ不利な材料になるのはまちがいなかった。

「名刺は持っておりません。ここで伯爵さまを待たせていただきます」

「それはできぬ。クラブからお戻りになるまで何時間かかるかわからぬぞ」

「では、クラブへまいります。どちらなのですか？」

この言葉に、執事の顔が恐怖でゆがんだ。「クラブに行くなぞ、とんでもない！」

「どうしてですか。場所さえ教えてくだされば——」

「もうよい！」執事の声は、鋭い鞭《むち》を思わせた。「早く帰りなさい。そなたの」——マリーのドレスをさげすむように見る——「住まいのある村へ。このような騒ぎは、もうごめんだ」

「わたしはアメリカから来たんです！」

「ああ。なるほど、それで。だが、伯爵さまに会う理由にはならぬ。さあ、どうぞお引き取りを」

「帰りません！」いらだちのあまり、マリーはわめきたくなった。「わたしは伯爵さまの孫なのです！」

期待したような反応は返ってこなかった。反応があったとすれば、執事の表情がさらによそよそしくなったということだった。執事はマリーから視線をはずし、氷のような声で言った。「ジェイムズ。いますぐこの御仁を外へ」

玄関でマリーを追い払ったのと同じ召使いが、厨房の奥から足早に出てきた。その決然とした表情から、いざとなればマリーを担ぎあげてでも放りだすつもりだということが、はっきりとわかった。なけなしの威厳をこれ以上なくすまいと、マリーは背を向けて大またで外に出た。背後でドアがばたんと閉じる音が聞こえた。

憤りとばつの悪さで涙が出そうになるのをこらえ、マリーは階段を上がってせまい脇道を戻り、通りに出た。そのときやっと、妹たちの待つ〈豚熊亭〉に帰るすべがないことに気づいた。

英国のお金がないので、また辻馬車を拾うことはできない。アメリカのお金を両替する方法もわからない。宿には歩いて戻らなければならないだろう。ものすごく遠いわけではないが、道順に気をつけてはいなかった。

マリーはこちらであってほしいと思う方向へ歩きだし、最初にすれちがった紳士に道を尋ねた。紳士は怪しげな目をマリーに向け、かぶりを振って、とにかくあちらが東だからとあいまいに指さした。次に、前から歩いてきた日傘を差したふたり組の女性に近づいたが、ふたりはかぶりを振ってそそくさとマリーをよけていった。通りで掃き掃除をしていた少年も、やはり助けにはならなかったが、少なくともこころよく口をきいてくれた。少年の言うことは訛りが強くて半分もわからなかったが、とりあえず歩きだした。果物と野菜を荷車いっぱいに積んで行商していた女性に会って、ようやく正しい方角がわかった。

歩きながらマリーは、幾度となく、物珍しげにちらちらと見られていることに気づいた。たぶん服装のせいだろう。彼女のドレスは質素なもので、道行くほかの女性を見るに、流行遅れでもあるようだ。けれどそれよりも、またしばらくして気づいたのは、さきほどの野菜売りの女性はべつにして、女ひとりで歩いているのは自分だけだということだった。女性の大半は身なりのよい紳士に守られているか、馬車の奥深く身をひそめているか、そうでなければほかのレディと連れだっているか小間使いを従えているか、あるいはその両方だった。マリーにとっては、なんともおかしなことに思えた。連れだって歩く人がいなければ、女性は家に閉じこもっているのだろうか？

馬車に乗っていたときに感じたよりも距離があり、マリーはまたしても道に迷った。気持ちが沈んでいるせいか、よけいに足取りが重たくなった。祖父の邸に入れてもらえなければ、話もできない。孫だということを信じてもらうのは苦労するだろうと思っていたし、受け入れてもらえるかどうかも自信がなかった。しかし、証拠の品を見せることさえできないとは考えてもいなかった。

やっとのこと、意気消沈して骨までくたびれ、マリーは宿に帰り着いた。足を踏み入れてまず聞こえてきたのは、談話室にいる妹たちの笑い声だった。そちらに足を向けたマリーはドアをノックして入り、はたと立ち止まった。

妹たちと一緒にいたのは、とびきりハンサムで落ち着きはらった、サー・ロイス・ウィンズロウだった。

サー・ロイスは、これ以上バスクーム姉妹とかかわるつもりではなかった。まともな宿に送り届けたし、本人たちからももう大丈夫だと言われたのだ。あとは姉妹がどうなろうと、彼の知ったことではなかった。

結局、彼は他人の問題をなんでもかんでも背負いこむような人間ではない。少しでもかかわりを持った人間ならだれでもかれでも面倒を見るのは、義兄のオリヴァーだ。ロイスはそういうタイプではなかった。彼は家長ではなく、けっこうな財産を継いだ貴族の子息にすぎない。もちろん、領地の管理は祖父にたたきこまれたから怠らない。小作人に困ったことがあれば相談に乗るし、相応の対処をする。しかしロイスはつねに、よけいな責任は背負いこまないようにしていた。自分の預かり知らぬことに首を突っこむようなことはしないのだ。

そんな彼にとって、昨夜出会ったアメリカの四姉妹は関係のない相手だった。ただ、知らんふりをして波止場に放置しておけなかっただけだ。なんと言っても彼は紳士なのだから。しかし姉妹を安全なところに送ったところで、自分の役目は終わったと思っていた。

ところが、姉妹のことが頭から離れない。あの姉妹はとんでもなく風変わりだった――美しいけれども、なんとも古くさく、天真爛漫で無邪気でありながら、妙に自立しているところがある。いったい、脚にナイフを忍ばせている若い娘が、どこにいるというのだろう。若い淑女四人だけで大西洋を渡るなど？　しかし、あの姉妹はどうやらそうしたらしい。いやはや、彼の妹シャーロットやほかの従姉妹など、付き添いの婦人《シャペロン》か、少なくとも小間使いがいなくては、公園にさえ出かけられないというのに。

それに、あの肩掛けかばんに入っていたという、姉妹にとってそれほど重要なものとはいったいなんなのだろう？　現金ではないかと思ったが、それにしては、なにも入っていないのではないかと思えるほどかばんは軽かった。硬貨や宝石のような重いものではないし、札束でもないだろう。

しかしなによりロイスが考えていたのは、マリー・バスクームのことだった。いや、ああいうたぐいまれな女性に、マリーというありふれた名前は似合わない。

「マリーゴールドだったな」ロイスの唇の両端が上がった。

だが彼女は花という感じでもない――遠慮がなく、田舎くさく、なんともぶしつけだ――しかしマリーゴールドという名前に漂う異国情緒が彼女には合っていた。彼女のような人間は初めてだ。貴婦人のように取り澄ましたところがなく、子どもっぽいはにかみ笑いや気どってどっちつかずといったところもない。大半の若い女性がやるように、困ったときに彼にすがりついて無力な世間知らずを演じ、助けてもらおうともしない。それどころか、できることなら助けてもらいたくない様子だった。

とはいえ、世慣れたすれっからしのようなところはまったくなかった。あまりにもうぶで、自分たちがどれほど危険な状況にあるのかまったくわかっていなかった。そして、見知らぬ男である彼と驚くほど率直に話をしているくせに、男性経験がないことはあきらかだった。

あの口づけを――やわらかな唇ととけこんできた体を思いだし、またもやロイスの口もとに笑みが浮かんだ。彼女にキスするつもりなどなかった――風変わりではあっても、彼女がきちんとした育ちの娘だということはわかっていたから――だが最後の最後で、抑えきれなかった。あのふっくらとしたなまめかしい唇を味わわずにはいられなかった。彼女はすんなりと彼にとけこんだ。うぶな反応だが情熱的だった。思ったよりも、離れるのに苦労した。

そして、忘れるのにも。

なかなか寝つけず、翌朝、着替えてひげをあたっているときも、まだマリー・バスクームのことを考えていた。そしてもちろん、彼女の妹たちのことも。あの四人は、ここロンドンという森のなかでは赤子に等しい。都会の落とし穴にまったく備えができていない。祖父に会いにいくとマリーは言っていたが、波止場に孫を迎えにこないとは、どういう祖父だろう。少なくとも代わりのだれかをよこしてもよさそうなものだが。彼女の言ったことはほんとうだったのか、それともまったくべつのことを予定していたのかと、ロイスは疑わずにいられなかった。

姉妹の予定がどんなものであったにせよ、思っていたよりも難儀しているはずだ。見知らぬ国に着いたばかりで、どこになにがあるかもわからない状態では、助けを必要とするだろう。あのように魅力的な娘四人では、よからぬ下心を持って手を貸そうと飛びつく男はたくさんいるだろう。それに、〈豚熊亭〉が申し分のないまともな宿であるのはたしかだが、姉妹が街を探検しようと出歩くのはよろしくない――ロイスが思うに、あの姉妹ならきっとそういうことをする。

ため息をついたロイスは、バスクーム姉妹をふたたび訪ねてもっと詳しく話を聞きださないことには、心おだやかに朝をすごせないと思った。それに、マリーゴールド・バスクームをもうひと目見ることも、やぶさかではない。そういうわけで、朝食後、彼は〈豚熊亭〉に出かけた。いつもなら、たいした距離ではないので歩いていくか辻馬車を拾うのだが、今日は自分の馬車を出させた。一日が終わるまでには、また馬車が入り用になるだろうと思ったからだ。

姉妹が宿の談話室でおとなしく時間をつぶしているのを見て、ロイスは少なからず驚いた――ローズは縫い物、リリーは朗読、カメリアはどうやらブーツの靴底を修理しているようだ。

「みなさん」部屋に入るなり、ロイスは流れるようなおじぎをしながら、マリー・バスクームがいないことをすばやく見て取った。「お忙しいところ、おじゃまして申しわけないのですが」

「まあ、とんでもない！」リリーが声をあげ、大きな音をたてて本を閉じた。「あ、いえ、もちろん暇なわけではないのですが、大歓迎しますわ。この本、最高につまらなくて――おかしな修道僧も、カタカタと鳴る骸骨も、幽霊さえ、ひとつも出てこないんですもの」

「それはひどい」

リリーは笑った。「お怒りになるかもしれませんけど、あなただってきっと、とんでもなくつまらないとお思いになるはずよ。こわいぐらい上昇志向なの。次から次へと上を望む青年のお話で、さもありなんと思うのだけれど、その虚栄心のせいで悲惨なことばかり起きるの。でも現実には、そんな天罰みたいなこと、めったに起こらないでしょう？」

「たしかに」

「でも、おかしな修道僧にはしょっちゅう会うのよね」ローズが茶々を入れた。

「もう、いじわるね。そういうことも現実にはないけれど、少なくともおもしろいじゃないの！」

「いずれにしても、おじゃまをしたと思ってしょげなくてもよさそうですね」ロイスが言った。

「まあ、もちろんですわ」

「あわれなヒューバートのお話を聞かされたあとでは、なんでもありがたいですわ」カメリアが言ったが、すぐに頬を赤らめた。「あ、いえ――あなたのことを〝なんでも〟と言うつもりでは――」

ロイスは声をあげて笑った。「いやいや、いいんですよ。思ったことをそのままおっしゃってくださるのはすばらしいことです、ミス・カメリア」そこであたりに目をやる。「お姉さまがいらっしゃらないようですが」

「そうなんです、姉は――」リリーが、はっと口をつぐんだ。「いけない。あなたにお話ししてはいけなかったのに」

「ああ。いや、お姉さまの指示に従うなとは申しませんよ、もちろん。ですが、お困りのあなたがたを見捨ててしまったのではないかと気になって気になって。もっとお手伝いをさせていただきたいと思ったのです」

「なんてご親切なんでしょう」ローズが言った。「でも、姉がすべてうまくやってくれると思います。少なくとも……あの……」声が不安げにしぼんだ。

「なるほど」ロイスは妹たちの顔をよくよく眺めた。「お姉さまが出かけられて、どれくらいですか」

「もうずっとよ」そう言ったカメリアが安堵の表情を浮かべたのを見て、ロイスは姉妹の不安を言い当てたのだとわかった。

「だいぶ経ちますわ」ローズも眉をひそめた。「でも、大丈夫だと思います。ここでは場所を移動するのにアメリカよりも時間がかかるんでしょう。都会には慣れていませんから」

「もう二時間よ」カメリアが言った。「そんなにかかるのはおかしいわ。姉さまは馬車で行ったのに」

「そうなんですか？　それなら少なくとも道に迷うことはないと思うが」明るい声を出したものの、ロイスは胸騒ぎを感じずにはいられなかった。「街のどのあたりへいらしたか、教えていただけませんか？」

「わからないんです」ローズが打ち明けた。「姉さまは宿の主人に場所を尋ねて、教えていただいたようなんですけれど、わたしたちにはどのあたりか教えてくれませんでした」

「では宿の主人に訊いてみよう」ロイスは言った。「宿の主人は知っているのだから、ぼくに知れても悪くないでしょう」

「どうでしょうか」ローズが眉を寄せて考え深げな顔をした。

「ちょっと、ローズ姉さま」リリーがぼやいた。「サー・ロイスが悪人であるわけないでしょう。それとも、わたしたちを利用して伯――あ、いいえ、それはわかっているわよね」

「それに彼のおっしゃるとおり――マリー姉さまは宿の主人には話したはずですもの」カメリアが言った。

「そうね、でも宿の主人にだれを訪ねるかを話したにしても、どうしてその……かたを訪ねるかまでは話していないでしょう」ローズは話し終わらないうちに忍び笑いをはじめ、あとのふたりも笑いだした。「ごめんなさい。こそこそして、失礼ですわよね」

「まったく、みごとなものだ」ロイスも応えた。「秘密結社に入っているんじゃないかと思うよ」

「『オーディン城の秘密』のようにね！」リリーが顔を輝かせて背筋を伸ばした。「邪悪な伯爵がにせものの王子を担ぎあげる集団の一員で、頭巾《ずきん》のついた衣をまとって、城の地下牢に集《つど》うのよね」

「そのとおり」

リリーは大きなため息をついた。「まあ、そんなことではまったくないのだけど」

「そうなのかい？　がっかりだな」ロイスはほほえんだ。

「お話しすべきだと思うわ」カメリアが言った。「マリー姉さまの帰りが遅すぎるもの。探しにいきたいくらいだけれど、どこへ行ったらいいかわからないし。道に迷ったか、困ったことになっているのなら、サー・ロイスのお力を借りなければ。だっておじいさまは――」

「おじいさま？　では、このロンドンにお住まいなのかい？」

「はい。マリー姉さまはおじいさまに会うために、出かけていったんです」

「どうして波止場まで迎えにきてくださるか、代わりの者をよこしてくださらなかったんだろう？」

「わたしたちが訪ねてくることをご存じないからです」ローズが答えた。

「わたしたちがこの世にいることもご存じないの」リリーが言い添えた。

その言葉がロイスの頭に入っていこうとしているとき、ノックがあり、ドアが勢いよくひらいた。ほてって疲れた顔をしたマリー・バスクームが、憤懣《ふんまん》やるかたない様子で立っていた。

「あなたなの！」マリーの口調には腹立たしさがこもっていた。

サー・ロイス・ウィンズロウを見てどうしてこれほど腹立たしいのか、わからなかった。けれども悲惨な一日にだめ押しをされているかのような気がした。顔をまっ赤にして汗だくで、ボンネット帽をかぶった頭は湿っぽく髪も乱れ、祖父の召使いとのやりとりで湯気を立てんばかりの有様だった。そんなときにサー・ロイスがいて、のんきな顔をして、くつろいで、妹たちとおしゃべりして冗談を飛ばしている。マリーは泣きそうだった。この男性の前で子どものように泣きじゃくるなんて、最悪だ。

「ええ、ぼくです」サー・ロイスは流れるような身のこなしで立ちあがり、呼び鈴を鳴らす引き綱のところへ行った。「なにか飲み物を持ってこさせましょう。紅茶でいいかな?」

「なんでも」マリーはさっさと帽子を脱ぎたくてあご下の結び目を乱暴に引っぱったが、長々と歩いているうちに結び目がかたまっていたようで、いっそうほどけなくなってしまった。

「どれ、ぼくが」サー・ロイスがそばに寄り、結び目を探るマリーの指をそっとどけさせた。

ロイスは笑顔で彼女の顔を覗きこんだが、その緑の瞳には楽しげな輝きと、マリーにはなんなのかよくわからないなにかが宿っていた。腹立ちを抱えながらも、マリーは気づくと体の力が抜けはじめていた。彼の笑顔に応えるかのように、つい口もとがほころんでしまう。彼はなんでもできて、とても落ち着いているように思えた。彼があわてふためくところなど考えられない。

リボンをほどこうとするロイスの指がマリーのあごの下をかすめ、彼女は震えないようにするのが精いっぱいだった。なんとも言えず心地いいのに、ひどく妙な感じ。思わずマリーは、この手が自分ののどをたどっていったらどんな心地だろうと考えていた。前夜の唇の感触が思いだされ、彼女の頬はいっそう熱くなった。

マリーはとても彼と目を合わせることができず、顔をそむけた。こんなことを考えていると知られたら、どうなるだろう? 彼も同じことを考えていたら?

「ほら」ロイスが最後のひと引きをして、リボンがほどけた。彼は帽子に手をかけて取り、そばのテーブルに置いた。

「ありがとうございました」マリーは急いで鏡の前に行った。鏡に映った自分は、とても自信の持てるものではなかった。よくぞ彼は吹きださなかったものだ。顔はてかてかと光り、頬は赤かぶみたいで、瞳も腹立ちのせいでまだぎらついている。マリーはポケットからハンカチを取りだし、洗面器の水につけて絞ると、顔をぬぐった。髪もととのえ、肝心な部分のヘアピンを何本かさしなおした。

「マリー姉さま！　おめかしはそれくらいにして！」カメリアが言った。「どうなったのか教えて」

「話が聞きたくて、みんなうずうずしているのよ」とローズ。

「姉さまにおそろしいことでも起きたんじゃないかって、心配しはじめていたところよ」リリーの声は心配そうだったが——ほんの少しだけ期待がこもっていた。

「おめかしなんて、してないわ！」マリーは勢いよく振り向いた。視線はまずサー・ロイスに飛んだが、彼は暖炉のそばでゆったりとくつろぎ、マントルピースに片腕をかけて彼女を眺めていた。もしや、彼のためにおめかししているなんて思われたのでは？

マリーは挑むようにあごを上げ、さっと顔をそむけて、長椅子に腰かけているローズのところへ行って隣に腰をおろした。「どうもならなかったわ。喜んでもらえるようなことは、なにもなかった。大恥をかかされてしまったけれど、この国ではそう珍しいことでもないのだろうと思えてきたわ」

「おじいさまは見つからなかったの？」リリーが尋ねた。

「住まいは見つかったわ。でも、なかに入れてもらえなかったの」

「認めてくださらなかったってこと？」ローズがショックを受けて目を丸くした。

「いえ、おじいさまご本人ではなくて。使用人たちに追いだされてしまったの。お勝手口にまでまわらせておきながら！」

サー・ロイスがうめき声を押し殺したのを聞きつけ、マリーは彼をにらんだ。「あなたたちはしゃくにさわるくらい失礼なんですね。使用人にあんなふるまいをさせるなんて。あの人たちは、わたしのことをまるで――いえ、自堕落女なんて言われましたのよ！」

妹たちがいっせいに息をのみ、大声を張りあげた。サー・ロイスはただ目を閉じてため息をついた。「いやはや」

「いやはや？」マリーがおうむ返しに言った。「おっしゃることはそれだけですか？」

「いや。まさかそんな。その使用人は、なんて卑劣なやつなんだ」ロイスの口もとがゆがんでにやけそうになっている。「ぼくがそいつを呼びつけてやりましょうか？　いや、それではだめだな。なんと言っても、彼は使用人にすぎない。その主人に相応の対応をさせるのがいちばんだ――しかし主人はきみのおじいさまだから、それもうまい手とは言えない。そのとんでもない使用人を、したたか打ちすえてやるにとどめるのが妥当かな」

「もう、ご冗談はよしてください。あなただって、ご自分の召使いには同じことをさせるのでしょう。今日の執事は、名刺を置いていけと言いましたが、もちろんわたしは名刺など持っていません。そうしたら、伝言を書いていけと言われました。伯爵さまが会うつもりなら会うだろうから、と。でも伝言など書いても、その場にいて伯爵さまに説明できなければ、たぶん執事が伝言を破り捨ててしまうでしょう」

「伯爵？」サー・ロイスの眉がつりあがった。「きみのおじいさまは貴族なのかい？」

「そんなに驚かなくてもいいでしょう」マリーは腕を組んで彼をにらんだ。「ほんとうのことですもの。わたしたちのおじいさまは、ステュークスベリー伯爵なの」

自分にとって縁《ゆかり》ある人物の名前に、サー・ロイスは驚愕した。体に力が入って顔もこわばったが、無表情を装った。マントルピースにゆったりとかけていた腕が下がり、足が一歩、すばやく前に出た。

「なんだって？」張りつめた冷ややかな声は、刺すように鋭かった。「これはなにかのおふざけか？　それとも、ぼくを巻きこもうと綿密に仕組まれた策略なのか？」

4

マリーと妹たちは、あ然としてサー・ロイスを見つめた。彼は一瞬にして、高慢な貴族そのものへと変貌してしまった。落ち着きに見えていた物静かさも質が変わった――獲物に忍びよる獣のような静けさに。

「どうなんだ?」黙っている姉妹に噛みつかんばかりの勢いで言う。「答えたまえ! 昨夜のことは仕組まれたことなのか――ぼくにぺてんの片棒を担がせようと考えたのか。伯爵に近づくためにぼくを利用しようと?」

あっけにとられて動けなくなっていたマリーに怒りが押し寄せ、はじかれたように立ちあがった。「いったいなにをおっしゃっているのかしら! 人をだまそうなんて、これっぽっちも思っていません。あなたとお近づきになるために、泥棒に書類を盗ませたとおっしゃるの? あなたって、ずいぶんたいしたおかたでいらっしゃるのね。昨夜はあなたがだれなのか、まったく知りませんでした。いまでも、あなたがご自分でおっしゃったこと以外には存じませんわ。あなたと伯爵のかかわりなぞ、それ以上に知りません!」

「わたしたちをぺてん師だと思っているのね!」リリーが声を張りあげたが、怒っているというより、うっとりしているようだった。「悪女のシンシア・モントローズみたいな！　レディ・アンがひどい兄によって地下牢に閉じこめられたとき、レディ・アンのふりをしていたのよね」リリーは姉たちを振り返って説明した。「当主の財産を狙っていたふたりは、シンシアを当主の娘に仕立てて――」

「ええ、サー・ロイスがわたしたちをどう思っていらっしゃるか、わかっているわ」マリーの目が光った。「彼はわたしたちがぺてんをたくらんでいるとお思いなのよ。しかも、ずいぶん腕のいい山師だとね。人にかばんを盗ませて、彼の前を走るように仕組んだばかりか、ちょうどそのタイミングであそこのドアから彼が出てくるのがわかっていたとお考えなの。そんなことがどうやったらできるのか、教えていただきたいわ！　それと、わたしたちの会いたい相手がステュークスベリー伯爵だとしたら、どうしてこんなに手のこんだ茶番を彼に仕掛けることになるのか、それも説明してくださるんじゃないかしら」

ロイスはまたもや考えこんだ様子で彼女を長々と見つめていたが、わずかに力が抜けたことがマリーにもわかった。「ほんとうに、ぼくがだれだか知らないのかい？」

マリーは眉を寄せた。「サー・ロイス・ウィンズロウでしょう。少なくとも、あなたはそうおっしゃったわ。でも、わたしはあまりにすんなり信じすぎたのかも。あなたのように疑り深い人は、ご自身でも少し裏表のある行動を取られるんじゃないかしら。そうでなければ、詐欺やぺてんにそれほど詳しくないでしょうから」

ロイスはユーモアのかけらもない笑いをもらした。「伯爵にお近づきになろうという人間には、これまで山ほど接してきたものでね。というのも、伯爵の父君がぼくの母と三十一年前に結婚したからだ。ぼくと伯爵は同じ家で育ったのさ」

　またしても、マリーは困惑して彼を見つめた。「そんな、伯爵さまは——同じかたの話ではありえないわ。ステュークスベリー伯爵がもうひとりいらっしゃるの？　伯爵さまは母の父さまなのよ。もうお年を召したかたのはずなのに」

　ロイスもいま一度マリーをしばし見つめた。「クリスチャンネームはなんとおっしゃるのだろう。知っているかい？」

「レジナルドよ。母から預かった封筒の表書きにはそうありました——ステュークスベリー卿レジナルドさま、と」

「それは先代の伯爵だ。いまの伯爵の祖父にあたる。レジナルド卿はもう亡くなって一年以上が経つ。レジナルド卿のご子息であるローレンス殿はすでに亡くなっていたために、ローレンス殿の息子であるオリヴァーが爵位を継いだんだ」

「それじゃあ……」ローズが少し間を置いて、頭のなかで関係を整理した。「ローレンスというかたは、母の兄になるのね。そして、いまの伯爵さまは……わたしたちの従兄ということに？」

「でも、それってすばらしいことだわ！」だしぬけにリリーが言った。「つまり、あなたもわたしたちの従兄ということね！」

　妹の言葉を聞き、マリーの顔に困惑がよぎった。この人が……キスをされて全身が燃えさかったようになってしまったこの人が、わたしの従兄？

「いや、ちがう！」ロイスの視線が一瞬マリーに飛び、リリーに戻った。「ぼくらには、まったく血のつながりはない。ぼくはタルボットの人間ではないから」姉妹がけげんな顔をしているので説明をつづけた。「タルボットというのは伯爵家のファミリーネームだ。ぼくの父はサー・アラン・ウィンズロウで、まだぼくが若いうちに亡くなり、その後、ぼくの母バーバラがオリヴァーの父上であるローレンス殿と再婚したんだ。オリヴァーのじつの母上は彼がまだ三歳のときに亡くなり、ローレンス殿は幼子とともに残されてしまったのさ。ローレンス殿とぼくの母のあいだには、もうひとりフィッツヒューという息子がいる。フィッツはぼくと、母を通して半分だけ血のつながりがあるというわけだ。そしてオリヴァーとも、父親を通して半分だけ血がつながっている。だがオリヴァーとぼくは、たんなる義兄弟にすぎない。ステュークスベリー卿とフィッツに関しては、もしきみたちの母上がレジナルド殿の娘御ならきみたちの従兄ということになるが、ぼくときみたちとはまったく血がつながっていないんだ」

「まあ。そうでしたの」マリーは、ほっとしたのを見せまいと顔をそむけた。サー・ロイスには腹を立てていたはずよ、と自分に言い聞かせる。「でも、わたしたちのことをそんじょそこらの泥棒と同じと思っていらっしゃるのだから、そんなことはどうでもいいことですわ」

「おや、まさか。きみたちはそこいらの人間とはまったくちがう」言い返したロイスの口もとには、笑みが浮かびそうになっていた。「きみたちの策略については――まあ、ぼくらが偶然に出会うよう仕向けるのは無理だったと言わざるをえまいね」

「それは、わたしたちが伯爵さまの従妹だと信じてくださったということと同じではありませんわね」

「それについては、真偽のほどを確かめる手だてがないものでね」

「相手と話をしただけで、うそかほんとうか見極められる人もいますわ」マリーはそこで話を切りあげるしぐさをした。「とにかく、あなたが信じてくださろうがくださるまいが、関係ありません。伯爵さまに書類をお見せするのに、力を貸していただかなくてもけっこうです」

「でも、マリー姉さま、どうして？」リリーが異を唱えた。

「サー・ロイスはとてもお力になってくださるような気がするわ」ローズも言った。「サー・ロイスから伯爵さまにお話ししていただければ、きっと伯爵さまも会ってくださるわ」

「伯爵さまとお話しする方法は、わたしが見つけます」マリーは奥歯を嚙みしめた。「彼の行きつけのクラブを探して、そこまで会いにゆきます」

「なんだって！」サー・ロイスはぎょっとした。「クラブになど行ってはいけない！」

「どうしてです？」

「まず、行ってもなかには入れてもらえない。クラブは紳士限定だ。どんな女性であれ、立入禁止だ。それに、もしクラブの玄関前の階段に立ったりしたら、それだけできみは社会的に身を滅ぼす」

「そんなこと、気にしません！」

「そうはいかない。きみと妹さんたちが、きみの言うとおりの人物ならば」ロイスは鋭く言い返した。

「それなら、これから手紙を書いて持っていきます」そんななまぬるいやり方はしたくなかったが、目の前にいる高慢な男性の助けを借りるつもりはなかった。

ロイスはため息をつき、マリーのそばに行った。「ミス・バスクーム、お気にさわったことがあったのなら、心から謝罪します。ですから、ゆっくり座って事情を聞かせてください。それから、できることを考えましょう」

マリーは、彼になにかしてもらおうと思っているわけでないことを示すためだけにでも、もうしばらく折れたくなかったが、合理性を大事にする性格のほうが勝った。「わかりました」

ソファに座っているローズの隣に腰をおろすと、ロイスも背もたれのまっすぐな椅子をひとつ寄せて、しっかりと座った。これから長い話を聞こうと、腰を据えたかのようだった。

「さあ……」

「わたしたちの母は、レジナルドさまの娘フローラです」マリーは話しだし、すべてを語った。両親があわただしく結婚したこと、伯爵が認めなかったこと、自分たちが急きょアメリカを発ったこと――ただし、母親がいまいましいコズモ・グラスと再婚したことは省いたが。

「わたしたちがフローラの子どもだという証明書はあります」マリーは締めくくった。「なんの証拠もなしに、伯爵さまに信じていただこうとは思っていません」

「なるほど」ロイスは目をきらきらさせて彼女を見つめた。「そうか、そうか。きまじめなオリヴァーがなんと言うか、見物だな」

「わたしたちのことで楽しんでいただけて、たいへん光栄ですわ」マリーはぴしゃりと言った。

「いや、きみたちのことが楽しいんじゃないんだ。きみたちには心から気の毒だと思っているよ。楽しみなのは、きみたちをオリヴァーのところへ連れていったときの、やつの表情だ」

「それはつまり、わたしたちを連れていってくださるということですの？」マリーの腹立ちが、押し寄せる安堵の波に流された。

「選択の余地はないようだからね」

「いつ？」リリーが熱くなった。「いつ伯爵さまにお会いできるの？　明日？」

ロイスは年若いリリーにほほえみかけた。「そんなに長く待つこともない。今日の午後、伯爵を訪ねよう」

5

〈ステュークスベリー邸〉への二度目の訪問は、最初とは大ちがいだった。今度は妹たちとともに、サー・ロイスの優美な馬車からおり立った。彼がドアをノックし、朝と同じふんぞりかえった召使いがドアを開けたが、召使いの顔はとたんに満面の笑みでくしゃくしゃになった。

「サー・ロイス！　これはよくいらっしゃいました」召使いは一歩下がってロイスを迎えいれようとしたが、ロイスの隣にいるマリーに視線が止まった。「おまえは！」

もっとなにか言いそうだったが、サー・ロイスが黙って問いかけるように見ていたので口をつぐんだ。

「なにかね、ジェイムズ？」サー・ロイスが尋ねた。「なにか問題でも？」

「あの――いえ、なにも、サー。つまり――」そこでもう一度、信じられないといった視線をマリーに投げる。

「ステュークスベリー伯爵に取り次いでもらえないか？」ロイスが言い、召使いの葛藤を打ち切った。

「かしこまりました、サー、もちろんでございます、サー」ジェイムズは頭を下げ、あわてて奥に向かった。

階段を上がっていく召使いを前に、マリーはあたりを見まわした。大きな厨房は先刻目にしていたが、〈ステュークスベリー邸〉の玄関ホールの豪華さは想像をはるかに超えるものだった。白と黒の大きな市松模様の大理石が、玄関ドアから巨大なホールへと広がり、二階分が吹き抜けになっている。壁には大きな肖像画や静物画が掛けられているが、黒い馬を描いた大型の油絵まで掛かっていて、マリーはいささか度肝を抜かれた。詰め物のきいた長椅子や椅子が壁に沿って並べられ、長い木のテーブルには大きな壺や枝付きの燭台が載っている。しかしホールの中心的存在は、目の前に広がる堂々たる階段だった。ひとつめの踊り場までは通常の倍の幅があり、そこから二階へかけては二方向に分かれている。このホールが訪問客を威圧する目的で設計され、装飾を施されたのだとしたら、狙いどおり成功しているとマリーは思った。妹たちを見ても、同じ印象を持ったようだ。

ローズが姉に顔を向けたが、大きく見ひらかれた青い瞳には、おののきのようなものさえ浮かんでいた。〝こんなところ、わたしたちのいるところではないわ〟とでも言うような。

「さて、レディたち……」振り向いたサー・ロイスは、この場所にまったく動じていないようだった。「もう少し風通しのよいところで伯爵を待つとしようか」

ロイスは先に立って通路を突っ切り、広々とした部屋へ入っていった。赤いベルベットのカーテンが掛かった床まである二対の窓は、外の広い通りに面していた。黒っぽいチーク材の家具が存在感を放っているが、マリーはふと、ソファや椅子のひじ掛けの先には龍の頭の彫り物がされていることに気づいた。座る部分には赤い絹のクッションが置かれ、金と白の壁紙にも中国の龍が描かれていた。

姉妹はあ然として部屋を見つめた。

「装飾は大目に見てくれたまえ」サー・ロイスが言った。「リージェント王子がブライトンにパビリオン宮殿（外観はインド様式で室内装飾は中国様式）を建設したとき、オリヴァーのおばのひとりが中国趣味に凝ってしまって。どうやって先代の伯爵に許しを得たのか、皆目見当もつかないんだが。それでもここが、この邸でいちばんくつろげる客間なんだよ」

マリーはまわりにあふれる絹やベルベットやなめらかな高級木材、足もとの分厚い絨毯《じゅうたん》を見まわして、どうすればここで〝くつろげる〟のかしらと思った。これほど優美でありながら、これほど異国情緒にあふれた場所は、それまで見たこともなかった。

マリーは疑わしい目でロイスを見た。このかた、真剣な気持ちでわたしたちをここへ連れてきてくださったのかしら。それとも、わたしたちを怖じ気づかせるために、わざとここへ？　しかし彼は腹黒さなどみじんも感じさせない様子で姉妹をソファにいざない、自分もそばの椅子に腰かけた。

マリーは座席に浅く座り、これからやってくる瞬間を思ってしゃちこばっていた。胸が締めつけられ、窒息しそうだ。祖父はお金も力もある人だと母から聞かされていたけれど、どちらかと言えばスリー・コーナーズで工場を持っているミスター・トレッドウェルのような人を想像していた。母の言っていた富も地位も、理解していなかったのだ——しかも母は、かつてそういう環境で暮らしていた！　まさにこの部屋で幼い母が腰かけ、いまサー・ロイスがまちがいなくくつろいでいるのと同じようにくつろいでいたと思うと、奇妙な感じがした。

マリーは彼を見やった。彼の瞳に愉快そうな輝きが戻っている。どうして彼は、最初は反対していたくせに、こうして進んで——いえ、喜んで——ここまで彼女たちを連れてきたのだろう。おそらく、紳士として見捨てられなかったか、親切心からというところだろうが、口もとがいまにも笑いそうにゆがんでいるのを見ると、教師にいたずらをしかけようとしているやんちゃな男子生徒のように思えた。

「あごを上げて」サー・ロイスは目尻にしわを寄せてほほえんだ。「伯爵はそれほどおそろしい男じゃない。とにかく、気持ちをしっかり持っていたまえ」

「ロイス！」男性がひとり、口もとに笑みを浮かべて大またで部屋に入ってきた。「おまえが来たとジェイムズから聞いたときには、信じられなかったよ。どうしてまた——」長椅子に四人の娘が座っているのを見て声がとぎれた。かすかに困惑顔になる。「これは申しわけない。連れがいるとは聞かなかったものだから」そう言い、丁重に問いかけるような表情でサー・ロイスを見た。

マリーは興味津々《しんしん》で伯爵を観察した。このかたが自分たちの従兄。彼女と妹たちの運命を決めることになる人。おそろしい人には見えない。ハンサムで、さきほどロイスを迎えて表情が明るくなったときには、いっそうすてきに見えた。が、見知らぬ人間がいるとわかり、冷ややかでよそよそしい表情に変わってしまった。サー・ロイスほどではないが長身で、肩幅が広く、乗馬が好きなのか腕に筋肉がついている。髪は焦げ茶色、瞳は荒れた海のようなグレー。文句のつけようのない服装だがひかえめで、その日の午後に何人かの男性が着ているのを見たような高めの襟や柄物のベストは身につけていない。まっ白なネクタイですら、非常に目立たない結び方をしている。

「やあ、ステュークスベリー」サー・ロイスが立ちあがって挨拶した。「こちらのレディたちを紹介させてくれ。ミス・バスクームと、彼女の妹さんであるミス・ローズ、ミス・リリー、ミス・カメリアだ」

「ようこそ、わが邸へ」伯爵はおじぎをしてから、また義理の弟を見やった。

「バスクーム姉妹はアメリカからいらしたんだ」

「ほんとうに？　それはまた遠いところからお越しになったのですね」表情がなんとも丁重で、好奇心が表に出ることはなかった。「アメリカのどちらからいらしたのですか？」

「ペンシルヴェニアです、最後に住んでいたのは」マリーが答えた。彼女はオリヴァーの顔をまじまじと見て、似ているところを探そうとした。たしかに髪の色が濃いのはマリーやローズと同じだが、それ以外は……目のあたりは似ているだろうか？　あごは？　なにも見つからないとしか言えなかった。

「そうなのですか？　ぼくはアメリカには疎《うと》いもので」

いったいここでなにをしているのだと思われているのはまちがいないが、失礼になることなくおだやかに話を切りだせる方法を、なんとか考えようとした。

しかしロイスがすでに突き進んでいた。「このかたたちは、きみに会うためにわざわざアメリカからいらしたんだ」そうオリヴァーに告げる。「彼女たちは、どうやらきみの従妹らしい」

その知らせを、伯爵はすばらしく冷静に受けとめた。まばたきひとつせず、驚いた様子もいっさい見せず。「ほう。なるほど。それはお目にかかれて、二倍うれしい。あなたがたは、その、どういったつながりで……？」

マリーは勇気を振りしぼって立ちあがり、一歩、前に出た。「わたしたちの祖父にあたるかたが、レジナルド・ステュークスベリー卿なのです」

オリヴァーの表情がかたまり、きらりと光った瞳がロイスに飛んだ。「これは、きみが考えたいたずらか？」

「ぼくがそんなやつだと思っているのか」ロイスは明るくのんきな口調で答えたが、鋼鉄のような響きが根底に流れていた。目に見えないほどの糸くずを、上着の袖からつまみあげる。「だが、いたずらと言えば、ぼくよりフィッツの血筋じゃないか？　とにかく、血筋となるとぼくにはまったく関係ないが」

「だが、わたしに会わせるために彼女たちを連れてきた」

ロイスは肩をすくめた。「知り合いになったのはまったくの偶然だ。力を貸す機会があっただけだが、彼女らの身元を聞いたとき、まずはきみがいちばんに会いたいだろうと思ったんだ」

オリヴァーの視線がマリーに飛んだ。冷ややかなグレーの瞳の眼力をまともに受けて、マリーは彼の印象を考えなおした。この伯爵は、かなりおそろしく見えることもあるようだ。

「申しわけないが、アメリカに従妹がいるとは聞いたこともない」オリヴァーの言葉が、かたい小石が落ちるがごとく、静まり返った部屋に響いた。

マリーは胸を張った。この伯爵におそれをなしてなるものか。「もちろん、信用なさっておられないのでしょう。こちらも信じていただけるとは思っておりません。おそらくあなたのおじいさまは、娘のフローラのことを一度もお話しになっていないのかもしれません。彼女は愛する男性とアメリカに駆け落ちしましたから」

オリヴァーの目がわずかに見ひらかれ、最後の一文に心当たりがあるのだろうとマリーは思った。「母フローラはマイルス・バスクームと結婚し、アメリカに渡りました。きっとお疑いになると思い、証拠の書類をお持ちしました」

長椅子の前にあるローテーブルに置いておいた革のかばんを取り、マリーは何通かの書類を出して伯爵に渡した。オリヴァーはどこか気乗りしない様子で書類を受け取り、目を通しはじめた。

「両親の結婚証明書があります。それから、わたしたちおのおのの出生証明書には両親の名前が記載されています。ただ、カメリアのぶんはありません。彼女が生まれたとき、郡庁舎が焼けてしまったのです。ですが、カメリアもわたしたちと姉妹だと証明することはできます」

伯爵は手にした書類をじっくりと読み、義弟に顔を向けた。

ロイスが表情豊かに眉をつりあげて見せる。「どうだ？」

オリヴァーは肩をすくめた。「祖父にはフローラという令嬢がいた。彼女が結婚したい相手をめぐって、祖父は彼女と激しい口論となり、彼女は家を出た。その後ふたりがどうなったのか、祖父が知ることはなかった」

ロイスはうなずいた。「令嬢と縁を切ったという話を、ぼくも彼から聞いたことがある。令嬢の名前は忘れてしまったが」

オリヴァーはマリーに向きなおった。「ご両親はいまどこに？　一緒に来なかったのですか？」

「ふたりとも亡くなりました」表現をやわらかくしようとしても意味がないと、マリーは思った。「父は数年前に。母は数週間前に」

「お母さまは、どうしてこれまで戻ろうとなさらなかったのだろう？」

「先代の伯爵さまは、母と一族との縁を切るとおっしゃったそうです。あたたかく迎えてくれることはないと、母は思っていたのでしょう。それに母も、生きているかぎり、二度と父親とは話をしないと誓ったようです」マリーは思わず、ひねた小さな笑みをもらした。「母は、かなり頑固でしたから」

「なるほど」

「ほかに方法があれば、母もわたしたちをここへ送ることはなかったでしょう。もう命がないとわかるまで、祖父とのあいだになにがあったのかも話してくれていませんでした。祖父の力を借りなければならない状況になって、初めて話してくれたのです」

オリヴァーはいましばらくマリーの目を見つめてから、手に持った書類に視線を落とした。書類を繰る。「これは?」一枚をつまみだし、マリーに差しだした。

受け取ってざっと目を通したマリーは、少し顔を赤くした。「べつになにも。いえ、これにはなにも問題ありません。わたしたちの父が所有していたペンシルヴェニアの農場の譲渡書類です」

「では、これは?」フローラが父親に宛てて書いた手紙を、オリヴァーは持ちあげた。いまだ封蠟《ふうろう》をしたままの封筒を。

マリーは手を伸ばしたが、引っこめた。祖父が亡くなっていてもう手紙を読むことができないとわかったとき、この手紙はかばんから抜いておけばよかったと思った。「母が祖父に書いたものです。内容は秘密で、祖父だけに宛てて書かれたと思います」

母が祖父に涙ながらに謝罪し、娘たちのことを頼みますと懇願している手紙を、いかめしい顔をした伯爵が読むのかと思うと、マリーはつらかった。祖父にすがりつくなんて、母の柄ではない。最高の愛情と娘たちを案ずる心があればこそ、プライドを捨てて祖父に謝罪することができたのだろう。母の心配や希望といった、そういう痛々しい言葉を、今日初めて会ったばかりのこの冷たくてよそよそしい男性に読まれるのは、よけいにひどいことに思えた。

オリヴァーは、どうしたものかとマリーを見た。「手紙はステュークスベリー伯爵宛てとなっている」と指摘する。「だから、わたしが読むべきだと思うのだが？」

「まちがいなく母が書いたものだという確認のために、筆跡を比べてみたいとお思いでしょうか」マリーはぴしゃりと言った。心の奥底にある気持ちを見ず知らずの人間に知られたら、母がきっと感じていただろうと思うような屈辱が押し寄せる。

オリヴァーはなにも言わず、片方の眉を上げてマリーを見ただけだった。マリーはたちまち自分が心のせまい、愚かな人間になったような気がした。言葉にならない声を出して顔をそむけ、腰をおろした。オリヴァーは封蠟を破り、読みはじめた。部屋は静まり返っていた。マリーは妹たちに目を向けることができなかった。もしこの伯爵が、願いをむげに却下したら、彼女は家族の期待にそえなかったことになる。妹たちはだれも彼女を責めたりしないだろうが、自分で自分がとてつもなく許せないだろう。

しばらくのち、オリヴァーは手紙をたたんだ。そして咳払いをした。「まあ、その、どうやらレディ・フローラは、まちがいなく立証されたようだ」

希望がマリーに押し寄せ、無表情なオリヴァーの顔から気持ちを読みとろうとした。いまの言葉は、マリーが思っているような意味だと見なしていいのだろうか。ロイスを見やると、彼はにこりと笑った。「いまのはどういう意味でしょう？」そしてオリヴァーに向きなおる。

「信じてくださるということですか？」

オリヴァーは軽くおじぎをして見せた。「よくいらっしゃいました、従妹殿」

6

「ありがとうございます、サー」マリーの心臓が跳ねたが、最初からずっと認めてもらえると思っていたかのように、なんとか平静を装った。「光栄です」

「いや、これまで……その……こういったことはなかったもので」ステュークスベリー伯爵であるオリヴァーは言った。「どのようにことを進めればいいのか、わからぬ状態です。だが、もちろん、ここに滞在していただかなくては。少なくとも、当座のあいだは。あなたがたの荷物は取りにいかせましょう」

オリヴァーはドアのそばへ移動し、タッセルのついた紐を引いた。すぐに、今朝マリーと話をしたいかめしい執事が、音もなく入ってきた。すばやくマリーに視線が移ると驚愕の表情がひらめいたが、たちまち消えた。マリーは唇を引き結び、ほくそ笑むのをこらえた。

「ご用でしょうか、だんなさま?」そう尋ねた執事の声には、好奇心のかけらもにじんではいなかった。

「こちらにおられる令嬢が、わが邸に滞在されることになった、フーパー。みな、ぼくの従妹だ」

ほんの一瞬の間があき、執事は答えた。「かしこまりました、だんなさま。ただちにお部屋をご用意いたします」

「よろしい。そのあいだにお茶でも用意してくれ。ああ、それから馬車をまわして、令嬢たちの荷物を取ってくるように」

サー・ロイスが宿の名前と場所を教えると、フーパーは一礼して出ていった。彼がいなくなるや、マリーはオリヴァーに向きなおった。

「ほんとうにご親切に、ありがとうございます、サー。あなたさまのご負担になるつもりは毛頭ないのですが……」声がしぼんだ。オリヴァーの丁重なまなざしには、どこかとてつもなく押さえこまれるような感じがあった。なにを考えているのか、わからない。歓迎している様子など見えないけれど、だれであれ、若い娘が四人も転がりこんできて歓迎する人などいないだろう。

「とんでもない。もうなにも考えなくていい。なんと言ってもきみたちは、わたしのおばの娘なのだからね」オリヴァーはフローラの手紙を内ポケットにしまい、腰をおろした。

気まずい沈黙がつづいた。しばらくして、サー・ロイスが沈黙を破った。「あいにく、フローラ殿のことは記憶にないんだが、ステュークスベリー」

「たしか、父の妹で末の娘だったと思う。きみときみの母上がウィローメアに来たとき、彼女は学校に入っていたのだろう」オリヴァーが説明した。「その後、彼女はロンドンで社交界デビューをした。しかし、それから姿を消した。以降、彼女の話を耳にしたことはない。

フィライダおばに、彼女はどこにいるのかと訊いたことがあるが、おばはおののいた顔をして、黙らされたよ。何年も経ってから、フローラおばは祖父と口論になって家を出たのだと知った。もちろん、ぼくらはあのとおり子ども部屋にこもらされて、おばたちに会うこともめったになかったわけだが」

「あのころと言ったら、ユーフロニアおばのことはよく覚えているぞ」ロイスがぶすっとして言った。

「そりゃそうだ、あれは忘れられないだろう」オリヴァーはひと呼吸置き、考えこんだ。「きみたちご令嬢を、ほかの身内にも紹介しなくてはならないだろうな。今夜はおばたちを晩餐《ばんさん》に招待しよう。ロイス、きみも来るんだぞ」

ロイスはオリヴァーを横目で見た。「ぼく？　どうしてぼくが出なきゃならない？」

「家族の集まりだ」オリヴァーが答えた。マリーはこの伯爵をよく知らないのではっきりとはわからないが、落ち着きはらったオリヴァーの瞳が愉快そうに光ったような気がした。

「ぼくの家族じゃない」サー・ロイスが指摘する。

「フィッツも来るだろうし」

「フィッツにはいつでも会える」

「だが、こちらのお嬢さんがたに対する責任はどうなるんだ？」オリヴァーはつづけた。いまや浮かれた声になっているのがマリーにもはっきりとわかった。「こんなにさっさと放りだすつもりじゃなかろう？」

「そのとおりですわ」リリーがかわいらしい声を出し、懇願のまなざしでサー・ロイスを見た。「お願いですから、お帰りにならないで」

マリーも妹ほど屈託なく認めることはできないものの、やはりサー・ロイスには夕食までいてほしかった。ほかの親族に会うのがこわい。けれども彼が一緒にいてくれたら、それほどこわくもないように思えた。

「そうおっしゃるなら、もちろん」サー・ロイスはリリーに向かって慇懃《いんぎん》に返したが、義兄にはけわしい顔を一瞬、向けた。

執事が大きな盆に紅茶一式の用意をして運びいれ、さらにあとからべつの召使いが、いろいろなケーキやビスケットを載せた盆を持って入ってきた。格式張った雰囲気でお茶とお菓子がふるまわれ、気どった会話が少し交わされた。マリーは言うことがなにも見つからず、ロイスが心を砕いたがあまり会話ははずまなかった。オリヴァーは旅と故郷のアメリカについていくつか質問したが、丁重ながら関心を抱いているのか、姉妹の情報を引きだそうとしているのか、マリーにはなんとも言えなかった。ほんとうの従妹だと確信していないのではないかと、不安がよぎる。

お茶の時間が終わり、オリヴァーが呼び鈴で召使いを呼び、令嬢たちを部屋へ案内して晩餐までやすんでいただくようにと指示したときには、ほっとした。オリヴァーは姉妹に向かって一礼し、夕食の席でお会いしましょうと言って、廊下を歩いていった。

「ぼくも失礼するとしよう」ロイスも立ちあがった。

マリーは振り向いて言った。「でも、お夕食には戻っていらっしゃるんでしょう?」

「ええ、もちろん」ロイスは彼女の手を取り、その上に身をかがめた。頭を上げたときも、つかのま長めに手を取ったまま、笑顔で彼女を見おろした。「どんなことがあっても、今晩はご一緒いたします」

彼の手はあたたかかった。肌の感触までひしひしと伝わり、マリーの肌は反応してうずいた。彼の視線をはずすことなどできないように思えた。やっと彼が手を放してくれると、そのおかげでマリーは金縛りのような状態から解き放たれた。一歩、すばやくうしろに下がり、顔をそむける。頬が熱くなってきているのがわかったが、必死で気づかないふりをした。こんなふうにこの男性に反応するのは、いつになったらやむのだろう。そのうち、かならず彼の存在に慣れるときが来るのだろうけれど。そう、昨夜のキスの記憶も薄れて、ほかの男性と同じように、彼のことも見られるようになるのだろう。

ほんとうに?

妹たちに挨拶し、背を向けて玄関へ歩いていくロイスを、マリーは目で追った。しかしカメリアにひじで脇腹をつつかれて、跳びあがった。

「どうしてそんなことをするの?」妹に眉をひそめる。

カメリアは、ドアのすぐ内側でひかえている小間使いを指さした。「お部屋に連れていってくれるんですって。でも、姉さまはサー・ロイスにうっとりしてらしたから」

「そんなこと、していないわ」マリーは語気も荒くささやくと、カメリアの横に並び、ほかの妹たちのあとから部屋を出た。

　カメリアは目をくるりとまわした。「わたしの目は節穴じゃないのよ。彼がいると、姉さまの目はいつも彼を追っているわ」

　そんなにあからさまだったかしらと思い、マリーは赤くなった。「そりゃあ、見るわよ。だって彼は——彼のような人は初めてだもの」

「伯爵さまは見つめていらっしゃらないようだけど」

「にやにやしないで。そういうのは無作法よ」

　カメリアはくすくす笑い、さらに身を寄せてマリーと腕を組んだ。低い声でつづける。

「いいのよ。彼はものすごいハンサムですもの。わたしでさえそう思っているけど、わたしは男性に夢中になったりしないたちだから」

　小間使いに案内されて階段を上がると、ぴかぴかに磨かれた黒っぽい木の床の広い廊下に出た。天井までの窓から差しこむ陽射しで廊下は明るかったが、壁付きの燭台が並んでいるのでいっそう明るい。左側の長い壁には肖像画が飾られているが、ところどころに長椅子や、花を生けた花瓶を置いた細いテーブルが配置されていた。小間使いが最初のドアに行って開けると、大きな部屋が現われた。

「申しわけありませんが、お部屋はふたつしかご用意できておりません」そう言って、ひざを折る。「ほかにもお部屋はございますので、ご希望でしたらご用意させていただきますが、こちらのお部屋ほど立派なものではございません」

「こちらで充分だと思います」マリーは巨大な部屋を見まわしながら、弱々しく返事をした。

リリーとカメリアが小間使いに案内されて隣の部屋に行き、マリーはゆっくりとまわって部屋のなかを見ていった。一階の客間くらいの広さがある。壁紙は白と青が模様になったもので、天井まである二組の窓に掛かるカーテンは、四本の支柱付きベッドに掛かる重厚なカーテンと同じく、壁紙の青とそろえられていた。ベッドは巨大で、マットレスはぜいたくなほど厚みがあり、ベッドに上がるための小さなステップが脇に用意されていた。部屋の奥には暖炉があり、その前には低い丸テーブルと二脚のウイングチェアがある。衣装だんす、鏡台、洗面台、そしてベッドの足もとには木製の細長い収納箱もあった。しかし家具の数と大きさよりもさらに驚いたのは、部屋があまりに広いので、ちっともごちゃごちゃした感じがないことだった。

マリーがローズを振り返ってみると、妹もまったく同じ表情をしていた。

「こんなこと、夢にも思わなかったわ！」ローズは声を抑えながらも感極まった口調で言った。

「わたしもよ」マリーがかぶりを振る。

「サー・ロイスと伯爵さまがわたしたちの本意を怪しんだのも無理ないわね。ここで暮らしたい人はいくらでもいるにちがいないわ。ほんとうにここに住まわせてくださると思う？」

ローズは少しおそれをなしているようだ。

「わからないわ。信じてはくださったようだけど」

そのとき、リリーとカメリアが頬を紅潮させて部屋に飛びこんできた。「わたしたちのお部屋、ごらんになってみて！」

「一階の中国趣味のお部屋と同じくらい広いのよ！」

「わかっているわ」マリーは自分の部屋に手を振って見せた。

「小間使いにお礼を言ったら、ものすごく変な顔で見られたの」リリーが話をつづけた。「それで、わたしがだれなのか知らないと思ったから、自己紹介をして握手をしようとしたんだけど」

「とんでもなくショックを受けていたわ」カメリアが言い添え、ベッドに飛びこんだ。「あぁ」満足げなため息をつく。「やわらかい」

「このお部屋、きれいね」リリーが言い、ベッドによじのぼってカメリアに並んだ。「こんなにたくさん高級品ばかり見たのは初めて――ベルベットのカーテンに気がついた？　彫像もあちこちにあるし。まるで宮殿にいるみたい」そこで間を置き、考え深げにつけ加えた。「でも、人が変わっているわ」

「おばさまがたって、どんな人だと思う？」ローズが尋ねた。「伯爵さまは、おばさまがたもここへ呼んで、わたしたちの品定めをするのかしら」

「いかめしくておそろしい人たちにちがいないわ」リリーが思いきったことを言った。「一族からわたしたちを追いだせと命令するかも」

「おじいさまと同じような人たちだったら、おおいにありうるわね」マリーは同意した。

「でも、重視されるのは、伯爵さまのご意見だけなんじゃないかという気がするの」

「ああいう人は初めてよ。ああいう……あんな……」カメリアが言う。

「貴族らしい人？」リリーが言葉を出してみる。

「わたしだったら〝独裁的な〟と言うけど」マリーが冷ややかに口をはさんだ。

「たしかに、えらそうだったわね」ローズも賛成した。「でも、高慢じゃない貴族なんて、いないんじゃないかしら？」

「どうかしら」リリーが反論した。「サー・ロイスは高慢に思えなかったけど、とても貴族らしい人だわ」

「気をつけて、マリー姉さま、あのかたを気に入ってる恋敵《こいがたき》がいるわよ」カメリアがちゃかすように警告した。

「なんですって？」ローズが好奇心まんまんで姉に目を向けた。「サー・ロイスがお好きなの？　ほんとう？」

「カメリアはふざけているだけよ」マリーは厳しい顔で妹を見た。「あのかたに興味はないわ」

「どうして？」リリーがかわいらしい声で言う。「とってもハンサムだと思うわ。それに、とても礼儀正しいし。あのおじぎを見た？　あんなに優雅なおじぎは初めてだったわ」

マリーは目をくるりとまわした。「わたしはべつに」

カメリアが鼻息を荒くする。「あら、おじぎしてもらったことなんてあったの、リリー？」

リリーはさっと頭を振った。「まあ、一度もないけど。でも、ほかの人がされるのを見たことならあるわよ。ミスター・カーティスなんて、いつも——」

そこへ従僕がふたり、彼女たちの荷物を持って現われ、さらに小間使いもふたり入ってきたので、おしゃべりは中断された。荷物のかばんがそれぞれの部屋に仕分けされ、小間使いのひとりがリリーとカメリアの部屋に行くと、もうひとりはローズとマリーの服を衣装だんすと鏡台にしまいはじめた。自分で簡単にできることを、ほかの人がやってくれるのを眺めているだけなんて、マリーは奇妙な感じがしたが、手伝おうと申しでたところ、仰天した顔で見つめ返されたので、すぐにやめた。

召使いにまったくなじみがないというわけではない。アメリカの飲み屋でも、もちろん料理人や使用人は使っていた。しかしマリーも妹たちも自分の部屋や服のことは自分でやっていたし、店の掃除や厨房の手伝いも、必要なときはやっていた。自分の着るもののことさえなにもしないというのは、とても奇妙なことだった。

その日の夕方、姉妹の着替えと髪の支度を手伝うために小間使いが戻ってきたときは、さらに奇妙だった。マリーが丁重に手伝いを断わると、またしても正しい道を踏みはずしたかのような顔をされた。さらに小間使いはなにも言わなかったが、マリーのドレスもローズのドレスも充分ではないことがうかがえた。毎日、晩餐のときには身支度をしていたと母から聞いていたので、マリーも妹たちもよくよく気をつけ、今夜のために一張羅のドレスを選んだ。日曜日に教会に着ていくのと同じものを。それでも小間使いの顔が一瞬くもったのを見て、マリーは自分たちの一張羅も英国のレディにとっては物足りないのだとわかった。

しかし、姉妹そろって階下におりていったとき、マリーは初めて、どれほど自分たちの衣装が不充分なのかを思い知った。姉妹を待っていた伯爵とサー・ロイスは、黒のシルクのひざ丈ズボンと上着、白いシャツの前にまっ白な襟巻きを垂らした姿だった。サー・ロイスのカフスボタンはルビーで、襟巻きのひだからもルビーが覗いていた。伯爵のほうはもう少しひかえめで、カフスボタンも襟巻き止めもオニキスだったが、サー・ロイスのものと同等品であることはまちがいなかった。

さらに婦人がふたりいた——ひとりは鉄灰色の髪ときついまなざしの堂々たる婦人で、もうひとりは最初のひとりにそっくりだけれども年は若く、髪もまだ黒く、もう少し細身だった。年長の女性は黒のサテンのドレスにレースのスカートを重ねていた。襟ぐりが深く、とくにこの年代の婦人にしては、マリーが見慣れている女性よりも胸があらわになっている。袖部分には手のこんだスリットが入り、パフスリーブになっている。耳にも、のどにも、手首にも、ダイヤモンドが光っていた。若いほうの婦人はバーガンディー色のシルクのドレスをまとっていたが、やはりハイウエストで、アンダースカートの裾三分の一あたりからレースがふんだんに流れ落ちているデザインだった。同系色の靴が、ドレスの裾から覗いている。のどと耳には真珠がきらめいていた。

その一団を見たときのマリーの感想は、まず、正装したサー・ロイスがなんとすてきかということだった。細身で筋肉質の体と、シャープで貴族的な顔立ちが、ぜいたくな素材と上品な仕立てで完璧なものになっている。思わず彼女の動悸は速くなった。

　次に、痛いほど思い知らされたのは、自分と妹たちの装いがこの場にふさわしくないということだった。自分たちのドレスはあきらかに流行遅れで、ウエスト部分が高すぎる。それよりなにより、せいぜいドレスの身頃と同じ生地のフリルが裾についているだけという、質素で地味なものだった。けれども彼女たちを待っていた人々ときたら、これから舞踏会にでも出かけるようないでたちだ。おそらくここにいる婦人のだれもが、マリーのドレスは市場へ買い物に行くのでさえも許しがたいと思っていることだろう――もちろん、彼女たちが市場へ行くことなどないのだろうが。

　バスクーム姉妹を目にした伯爵一同の顔に驚きがよぎり、マリーは恥ずかしさで頬が赤く染まった。そのときロイスが前に進みでて、ほほえみかけた。

「ミス・バスクーム。またお目にかかれて、たいへん光栄です」流れるようにおじぎをし、マリーの腕を取って一同のほうに向かせた。

　凝らしていた息をゆるめたマリーは、サー・ロイスの心遣いに感謝した。「ありがとうございます」

「お礼を申しあげるのはぼくのほうです。男というものは、美しい女性をエスコートできるとあらばいつでも大歓迎ですから」

「わたしたちの装いがあまりに不充分で、心苦しいのですが」マリーは小声で切りだした。

「なにをおっしゃいます。宝石や絹を積みあげても、あなたのお顔の輝きにはかないやしません」

彼が気やすめを言っているのはマリーにもわかっていたが、大げさなほめ言葉のおかげで心があたたまり、気持ちが落ち着いた。

伯爵であるオリヴァーも前に出て、こう言った。「ミス・バスクーム、おばのレディ・ユーフロニア・ハリントンと、おばの娘であるレディ・エリザベスをご紹介させてください」

マリーは、伯爵が彼女と妹たちの身元を説明していないことに気づき、親族に知られたくない理由がなにかあるのだろうかといぶかった。なにか試されてでもいるのだろうか。彼女たち姉妹を受け入れる前に、いちおうの基準に達しているかどうか、ほかの親族とともに確認するということ？　もしそうなら、きっと不合格になる運命だろうと、マリーの心は沈んだ。さきほど、婦人ふたりと挨拶をしたときも、わずかなうなずきと聞こえないほどのつぶやきしかもらえず、その表情にはあたたかみも関心もまったく感じられなかった。

一同はしばらくぎくしゃくした雰囲気ですごしていたが、婦人がもうふたり、べつの男性に伴われて到着した。男性は恰幅のよい、笑顔を絶やさないタイプで、全員に愛想よくざっくばらんに挨拶をした。婦人はふたりとも白髪まじりの黒髪だったが、レディ・フィライダ・ケントという婦人はレディ・ユーフロニアくらい背が高く、もうひとりのレディ・シンシア・アトウォーターはほかの婦人より小柄で物腰もやわらかく、どこか表情がやさしかった。同伴の紳士は、レディ・フィライダの夫だとわかった。

年長の婦人三人はどことなく似ていて、母フローラを思わせるところがあった――けれども一様に高慢でよそよそしい表情が顔に張りついているせいで、似ているのかどうかよくわからなかった。

オリヴァーがベストのポケットに入れた懐中時計をちらりと見て、ため息をついた。「どうやらフィッツヒューは姿を見せないつもりらしい。待っていても埒があかないから先に進めましょう。おば上、エリザベス嬢、本日のお誘いの理由をお知りになりたいことと思いますが……」

レディ・ユーフロニアが重々しくうなずいた。オリヴァーは息を吸って話をつづけようとしたが、そのとき、男性がひとり大またで部屋に入ってきた。

「悪い、悪い。また遅刻かな?」彼は年配の婦人たちを見るなり、ぴたりと止まった。「ユーフロニアおば上! これは失礼いたしました」そう言って深々とおじぎをする。ほかの男性陣の礼儀をうわまわる丁寧さは、不慣れなマリーの目にもあきらかだった。「フィライダおば上も」彼は親族の女性ひとりひとりに挨拶し、次いでサー・ロイスから伯爵へと挨拶したが、視線を移すあいだにもじょじょに顔つきがけげんになってゆき、最後にバスクーム姉妹と向き合った。

挨拶するあいだ、マリーと妹たちは、ゆっくりと彼を観察することができた。きっとこの人が、サー・ロイスの説明のなかに出てきたフィッツヒューだろうとマリーは思った。彼女の記憶が正しければ、伯爵の――そしてサー・ロイスの――弟にあたる人。たしかに似ていた。伯爵やロイスと同じように背が高い。フィッツヒューがいちばんの長身ではあるものの、体格はたくましいというよりしなやかな印象だ。そしてまた、目のくらむような美男子だった。ゆたかな黒髪は完璧にととのえられ、自然に風に吹かれたかのような風情だ。瞳は輝くようなブルー。顔はととのいすぎに思えるほどだが、おちゃめな瞳の輝きと、笑うとできる深いえくぼのおかげで、ととのいすぎているがゆえにつまらないといったこともなかった。

「申しわけないんだが」彼は愛嬌《あいきょう》のある笑みをマリーたち姉妹に向けた。「今夜はお客さまがあると聞いていたかな？」

「いや。こちらのご令嬢たちを紹介するために、おば上を招待したんだ。きみも彼女たちの経歴に興味があるだろうと思ってね、フィッツ」

マリーと妹たちは、いまや何対もの好奇の目を向けられることになった。じっと見つめられても、この状況に動じていないとでもいうように冷静でいようと、マリーはがんばった。ロイスがまだ隣に立っていてくれるのが心強かった。

「バスクーム姉妹は、われらがフローラおば上の娘なのです——おば上たちにとっては姪であり、われらにとっては従妹なんだよ、フィッツ」

つかのま、部屋はしんと静まり返った。次にフィッツが、かすれた笑い声を発した。「従妹だって？　いや、そんな、うちの一族やぼくと血がつながっているとは思えないほど愛らしいじゃないか。でも、もしほんとうに従妹なら、もちろん大歓迎するよ」

フィッツヒューは身をかがめて姉妹のひとりひとりの頰にキスをし、姉妹の頰を赤らめさせたり、忍び笑いをさせたりした。そして一歩下がり、こうつづけた。「きみたちひとりひとりを〝従妹殿〟と呼ぶわけにもいかない。名前を教えてもらわなきゃ。まずは、ぼくは従兄のフィッツと言います」

姉妹はさらに笑顔をたたえて、それぞれのクリスチャンネームを口にした。

「花の姉妹か」フィッツが言った。「じつにお似合いだ」

ユーフロニアおばが鼻を鳴らした。「フローラのやりそうな、くだらないことだわ」

シンシアおばは、姉妹にほほえみかけた。「ローズはフローラによく似ているわね。たいへんな美人さんだわ」

フィライダおばは、姉妹をよくよく観察して眉根を寄せた。「それはどうかしら」

「そうね、あまり性急に決めないほうがよいと思うわ」ユーフロニアおばも同意した。

「おば上殿、申しわけありませんが、誤解をしていらっしゃる」伯爵が年長の婦人たちを一瞥《いちべつ》した。「従妹かどうか、真偽の判定をお願いしているのではございません。彼女たちが持参した証明書に不備な点はありませんでした。彼女たちは正真正銘フローラ・タルボットとマイルス・バスクームの子どもです。わたしはただ、姪に会う機会を喜んでくださると思っただけなのです」

ユーフロニアおばは冷ややかな顔で伯爵に応えたが、シンシアおばはうなずいた。「ええ、もちろんですとも」そして姉妹に向きなおる。「フローラはどうしただろうと、いつも思っていたの。どこにいるのか、手紙でも書いてくれたらと思っていたわ。彼女と連絡を取ることは父に禁じられていたけれど、居場所さえわかったら手紙を書いたのに」シンシアは一歩前に出た。「フローラも一緒にここへ？」

「いえ、おばさま」マリーは言った。「残念ですが、母は数週間前に亡くなりました」

シンシアおばの表情が哀しみで弱々しくなった。「なんてことでしょう。フローラはたしかに少し型にはまらないところがあったけれど、父はあの子に厳しすぎると思っていたの」

そこでまたユーフロニアおばが鼻を鳴らした。「あの子は不思議の国のアリスに出てくるウサギみたいに手がつけられませんでしたよ、ええ、そうですとも。父が縁を切るのも当然だったわ」

「そうでしょうね」伯爵がおばに、すばやくぎこちない笑みを送った。「ですが、それは言っても詮ないことです。そろそろ食事の時間です。ユーフロニアおば上、エスコートさせていただいてよろしいですか？」

全員がそれぞれに組み合わさり、男性が女性に腕を差しだして、廊下を数フィートほどエスコートする。その順序は、伯爵や伯爵の英国での親族はだれもが心得ているようだったが、マリーにはどのようになっているのかさっぱりわからない。ケント卿がエスコートしているのは妻ではなく、年齢順でもないらしいが、マリーにはサー・ロイスが腕を差しだしてくれてほんとうにほっとした。

彼女はロイスのひじに手をかけ、レディ・フィライダのうしろにつづき、そして妹たちがマリーたちのあとにつづいた。

ロイスは瞳をきらきらさせてマリーを見おろした。「貴族の世界には早くもうんざりですか？」

「なにもかもが少し……格式張っているように思えます」

「ふむ。ステュークスベリー伯爵は……伝統を重んじる男ですから。こういうときはどうするべきか、などといちいち考えることがない。しきたりが身に染みついているんですよ」

「それでは、思わぬ従妹の集団が降って湧いても、どうすればいいのかわかっていらっしゃるのですね」

ロイスは笑い声をあげた。「いや。その点については、彼も初心者だと言ったほうがいい。ぼくに劣らず、まったくの不案内です。いや、じつを言えば、見ていて新鮮ですよ」

「そして、あなたはそれを楽しんでいらっしゃる」

ロイスはくすくす笑った。「少しね」

「どうして？　彼のことがおきらいなのですか？」

ロイスは面食らった顔でマリーを見た。「おやおや、ずいぶんと率直なかたなんですね」

マリーは肩をすくめた。「あなたは率直に答えてくださるかたなのかしら」

「そういうのはきらいではありません。ただ、きみのした質問は――いや、少し込みいっていて答えにくい。それに、もう着いてしまいましたから、あいにく時間がなくなった」

ふたりは話をするあいだに廊下を進み、隣室に入っていた。重厚な椅子の並ぶ長いテーブルが、広い部屋の中央に鎮座し、ドライフラワーの入った大きな花瓶が飾られていた。果物が盛られたもう少し小ぶりの飾り皿がふたつ、花瓶とテーブルの両端との中間にひとつずつ配置されている。壁の食器棚の脇には、召使いたちがひかえていた。

座席にも席順があるようだった。今度もまた、姉妹以外のだれもがまちがうことなく正しい席に着いていっていた。マリーを席に着かせたあと、ロイスは彼女の隣の席に着いた。三人の妹が座るときには、召使いたちがさっと椅子を引いていた。リリーはマリーの隣に座り、そのふたりと向かい合う形でカメリアとローズが腰をおろした。ほかのゲストは、かならず男女が交互になるような配置で座っていたのだが……。

マリーは目の前のテーブルを見た。大量のフォーク、ナイフ、スプーンはもちろん、大小さまざまな皿と、鉢と、グラスが並んでいた。そのうちの四分の三は、なにに使うのかまったくわからない。テーブルの向こうのほうでは、フィライダおばが前の晩に観たオペラの話をはじめたのが聞こえた。内心、マリーはため息をついた。長い長い、拷問のような夕べになりそうだった。

7

召使いがテーブルのまわりで立ち働き、慎重にグラスを満たし、皿に料理を盛る。ローズが給仕係に笑顔で礼を言うと、フィライダおばから鋭い一瞥が飛んだ。ローズがなにか不手際をしたのだろうとマリーは思ったが、おちおち心配もしていられなかった。彼女自身、目の前の魚をどの食事道具で食べたらいいのか真剣に悩んでいたからだ。

右側にいるサー・ロイスをこっそり見て、彼がナイフとフォークを手に取ったところで、自分も同じものを選んだ。食事が進むうち、ロイスが道具を手にするたびに、やたらと慎重に時間をかけて正しい道具の上に手をかざし、ゆっくりと取っていることにマリーは気がついた。ロイスは彼女がなにをしているか知っていて、よりわかりやすくしてくれているのだ。

マリーはくすりと笑い、ロイスに目をやった。

彼はおちゃめなウインクをして、食事に戻った。

食事の席での会話はのんびりとして、奇妙なものだった。それまでの会話は、ほとんどがお天気の話のような、あたりさわりのない儀礼的な内容だった。けれどもフィッツはおしゃべりを盛りあげようと考えているようだった。スープが出されたころ、彼はローズとカメリアににっこり笑いかけ、アメリカのどこから来たのかと尋ねた。

「ペンシルヴェニアです」ローズが小さな声で答えた。ローズは知らない人と話すのが苦手だということを知っているマリーは、この状況ではいっそう話しづらいだろうと思った。

「ああ」フィッツがにこりとする。「フィラデルフィアですか？　ペンシルヴェニアにあるんですよね？」

「はい」マリーが割って入り、助け舟を出した。「ですが、わたしたちがいたところはちがいまして。もっと小さな──スリー・コーナーズという町なんです」

「でも、これまでいろいろなところに住んだことがあるんですよ」カメリアが会話に入った。

「ええ、そうなんです」リリーも口をひらく。「しばらくメリーランドにいたことも。そのときには農場をやっていました」

「お父さまが農場を？」シンシアおばが尋ねた。「すてきね。小作人はたくさんいたのかしら？」

「小作人？」リリーはぽかんとして答えた。

「ええ。ちがう言い方をしていたのかもしれないけれど。土地を耕してくれる人たちのことよ」

「だれも雇ったりはしていませんでした」マリーが言った。「もちろん、わたしたちは手伝いましたけれど。父はなんでも自分でやっていましたわ」

テーブルについていたほかの人間はみな言葉を失い、姉妹を見つめた。

マリーは困惑して一同を見返した。いったい、この人たちはどうしたの？　こんないちばん簡単なことに声も出ないほど驚いているなんて。

「開拓地の境界でしたから」マリーはつづけた。「小さな農場だったので、家族だけでやりくりしました。種まきや収穫は、わたしたちもみな手伝いました」

「なるほどねえ」ユーフロニアおばが、さげすむように眉をつりあげた。

ほんのいたずら心で、マリーはこうつけ加えた。「ですが、もちろん、だれかひとりがライフルを持って見張りに立っていましたけれど」

すべての頭がマリーのほうに勢いよく向いた。

「インディアンが来るのが見えたら、みなに教えるためです」マリーが説明する。

シンシアおばは息をのんだ。テーブルの向かいでは、ローズがのどの詰まったような声を出してナプキンを口に当て、咳きこんだ。

「インディアン？」ケント卿が目を丸くした。「荒くれ者のインディアンかね？」

「とても荒っぽいですわ。文明がまだ行き届いていないところですから」こんなふうに彼らを刺激するのはいけないと思ったが、マリーは止めることができなかった。わが貴族の親戚たちの反応ときたら、とにかく腹立たしいばかりだ。

「それで、あなたたち――婦女子が銃を持っていたというの？」フィライダおばは、インディアンの略奪に遭うというよりも、そちらのほうがショックだったようだ。

「ナイフもです」カメリアが言い添える。

「闘うことができなければならないんです」マリーは静かに話した。

このひとことに、おばのだれかが大きく息をのんだが、隣からロイスのくぐもった声が聞こえた。マリーが横目で彼をちらりと見ると、彼は唇を真一文字に結んで熱心に自分の皿を見つめていた。

「のちのち父さまが飲み屋を買ったときにも、とても役に立ったんですよ」ローズがかわいらしい声で言った。

マリーはびっくりして妹を見た。どうやらおとなしいローズまでもが、おばたちのわざとらしいへりくだり方にうんざりしたらしい。

「飲み屋？　あなたたちのお父上は飲み屋を持っていたのですか！」ユーフロニアおばの眉は、髪の生え際まで届きそうなほどつりあがった。

「ええ。店の二階が住まいになっていました」

「住まいになっていた！　四人の若い娘が！」

「そのころには、もうそれほど幼いというわけではありませんでしたわ」マリーは指摘した。「もう充分に手伝いのできる年齢でした――調理、給仕、掃除、そういったことです。父は帳簿つけが苦手でしたから、それもわたしがやっていました」

「まあ、なんてこと」シンシアおばがつぶやいた。

「当然、そこでも拳銃は役に立ちましたわ」カメリアが慎重に言った。「けんかの仲裁をするときなど、ライフルでは距離が近いと実際に撃てませんから」

フィッツは大爆笑し、サー・ロイスは目を閉じてあわてて口を手で押さえた。テーブルの端で、伯爵が弟と義弟にすばやく視線を飛ばし、それからマリーと妹たちをけわしい顔で見た。

「野蛮です！」ユーフロニアおばが叫んだ。伯爵であるオリヴァーに勢いよく向きなおる。「伯爵さま、この娘たちはとんでもなく野蛮です！　社交界に出すことはお考えにならないように願います。うまくいきっこありませんわ。社交界の物笑いの種になってしまいます」「タルボットの人間が、飲み屋の二階に住むだなんて！」フィライダおばが鈴のような声で言った。その向かい側で、ユーフロニアおばの娘が盛んにうなずいている。

「この娘たちの言葉は訛っていてだめなところもあるけれど、いちおうまともだから、フローラも少なくとも話し方くらいは教えたのでしょう――でも、ほかのことはまるでなっていないわ！」ユーフロニアは憤慨のあまり、わなわなと震えていた。

「わたしたちはこちらにおりますけど」マリーのなかでも怒りが蒸気のように噴きだした。「ご批判なさりたいのなら、顔を見て直接おっしゃってください」

ユーフロニアが、さっと振り返ってマリーを見た。見下すようなその視線は、これまで相当の人間を縮みあがらせてきたことだろう。しかしマリーのなかに湧きあがったのは、このおばを殴ってやりたいという気持ちだった。「わたくしは」ユーフロニアおばは、耳の遠い者を相手にしているかのように、一本調子でゆっくりと言った。「伯爵さまに話をしているのです。あなたたち姉妹を監督するのは伯爵さま。彼があなたたちの保護者とならなければならないのですから、おお、神よ」

「マリー姉さまもわたしたちも、伯爵さまの監督などいりませんわ！」すかさずカメリアが言い返した。

「伯爵さまのお情けにすがって生活しているのですから、あなたたちの行動を監督なさるのは当然です！　まったく、だれかが監督しなければ。あなたたちのように礼儀作法のなっていない婦女子は初めてです」

その言葉に、バスクーム姉妹の四人ともが会話に飛びこんだ。そしてフィライダおばも、ケント卿も、ユーフロニアおばも加わり、結果、大騒ぎとなった。

「静粛に！」伯爵の声がナイフのように騒音を切り裂き、またたくまにテーブルは静まり返った。

「さて」伯爵はマリーと妹たちを見た。「年長者にそのような口をきくものではない。たいへんな無礼にあたる。ユーフロニアおば上、フィライダおば上、申しあげておきますが、こちらの令嬢たちについてはたしかにわたしが監督するところであり、おば上たちには関係ございません。わたしはただ、亡くなった妹御の忘れ形見に会えたら、喜んでいただけるかと思っただけです」そこでふたたびバスクーム姉妹に向きなおる。「そして、きみたちも親族に会いたいかと思ったんだ。しかし、あきらかにどちらの考えもまちがっていたようだ。互いに仲よくしろとは言わないが、わたしの晩餐の席についているときくらいはもう少し慎みを持って行動してもらいたい」オリヴァーの視線がテーブルをくまなく移ってゆき、けんか腰になっていたひとりひとりを見すえた。

マリーは恥じ入ってまっ赤になった。「おっしゃるとおりです。申しわけございません」

ここにいる婦人は母の姉なのだ。服装やふるまいで判断するのではなく、歩み寄るべきだった。自分の腹立ちは、ばつの悪さから来ているものだということを、マリーは心の奥底ではわかっていた。

彼女はおばたちに顔を向けた。「非礼の数々を謝罪いたします。さきほどのような物言いをするべきではありませんでした。目上の者には敬意を持って接しなさいと母からも教えられていました。その教えをむげにしたところを見たら、母は怒っていたと思います」

妹たちも、つづいておとなしく謝罪した。シンシアおばは笑顔で受けとめたが、ユーフロニアおばは冷ややかにうなずいていた。彼女もフィライダおばも、謝罪を受けても自分たちは姪に謝ろうとはしなかった。

その後は、もう少し静かな感じで晩餐がつづいた。食事が終わると、マリーは自分と妹たちは疲れもあって部屋に引き取りたいと申しでた。隣のサー・ロイスがすかさず席を立ち、彼女の椅子を引いて、腕を差しだした。

「どうぞエスコートさせてください」

「お部屋までの長い道のりも、自分たちだけで行けると思います」マリーは瞳をきらきらさせて、そう答えた。しかし実際は、彼がひじを曲げたところに手をかけた。

妹たちは早々に食堂から逃げだしたくて、先に部屋を出ていた。マリーはロイスと並び、ゆっくりめに廊下を進んだ。

「おば上たちのことはお気になさらずに。あんなふうにあなたの気持ちをくじこうと……」

ロイスが切りだした。

マリーは横目で彼を見やった。「申しあげますが、わたしはあれしきのことでくじけるようなことはございませんわ」

「ああ、そうでしょうね。だが、おば上たちはぼくら一族の人間にとっても――そしておそらく外でも、厄介な相手なんですよ。ぼくもできるだけ、ユーフロニアおばとは顔を合わせないようにしています。じつを言うと、今夜も来るかどうしようか迷ったんだが、勇気を振りしぼってね。あなたひとりで彼女に立ち向かわせるなど、どうにも良心が痛みますから」

マリーはくすくす笑った。「勇敢なかたなのね」

「あの毒舌でさんざん傷を受けて満身創痍《そうい》ですが」苦笑いをする。

「今夜はご親切、どうもありがとうございました」

ロイスは片眉をつりあげた。「礼を言われて悪い気はしないが、なんの礼です?」

「どのフォークとナイフを使うか、教えてくださったでしょう。あなたが教えてくださらなかったら困り果てていましたわ。お心遣いには、ほんとうに感謝しています――あいにく、ここではお心遣いを頼りにするしかないようですが」

ロイスは肩をすくめた。「あれぐらい、なんでもない。タルボットの家で部外者が暮らすのがどれほどたいへんか、わかっていますから」

ふたりは階段の上がり口で足を止めた。妹たちはすでにおしゃべりしながら階段を駆けあがっていたが、マリーは立ち止まってロイスと向き合い、手を差しだした。彼はその手を取った。

「妹たちとわたしのためにしてくださったこと、忘れません。わたしはほんとうに感謝しています。いえ、わたしだけでなく、妹たちも」マリーはあわてて訂正した。

ロイスは彼女の手を放さなかった。もう放すのがふつうだということはマリーにもわかっていた。自分から手を引けばよいのだということも。けれども彼女はロイスの顔を見あげた。ふたりには言葉もない。

彼の瞳に溺れようと思えば、すぐにできた。ろうそくの光を受けて深緑色になった瞳は瞳孔がひらき、昼間に見たときよりも鋭さがやわらいでいる。マリーは手を上げて、彼の頬をなでたい衝動に駆られた。彼の肌がどんな感触なのか、知りたかった。そして、ああ神様、彼の唇を、もう一度自分の唇で感じたい。

こちらを見おろしている彼も、同じことを考えているのだろうか。彼の心も、前の晩に交わした口づけのことにうつろいでいるのだろうか。彼の瞳の色がさらに濃くなり、ふと彼女の唇に視線が移ったのを見たマリーは、やはり彼も同じ気持ちなのだとわかった。またここで同じことをするほど恥知らずではないだろうけれど、大胆にもそうしてほしいと思っている自分も、マリーのなかには存在していた。

ロイスの口もとがゆるんだ。彼はおじぎをし、彼女の手の甲に軽く口づけた。マリーは身震いした。ベルベットがふれるような感触がさざ波のように全身に広がる。体を起こしたロイスの瞳は光を放ち、口もとにゆっくりと、人を見透かしたような笑みが浮かんだ。マリーの反応が、彼にはわかったのだ。そしてまさに、その反応は彼が狙ったものだった。

「おやすみなさい、ミス・バスクーム」

ささやきにもならないほどの声しか出なかった。マリーは背を向け、振り返りもせずに階段を駆けあがった。しかしあがりきったところで、下を振り返らずにはいられなかった。ロイスはまだ彼女を見ていた。

マリーはいそいで部屋に入ったが、頬がゆるむのを止められなかった。


ローズは部屋で服を脱いでいるところだった。小間使いのジェニーもいて、ローズの背中のボタンを手際よくはずしていたので、マリーは驚いた。ジェニーがひざを折って挨拶をし、ローズは姉に困った顔をして見せた。

「わたしたちをお世話するために起きていなくていいのよ」マリーがジェニーに言った。

ジェニーは困惑顔で彼女を見つめたが、そういった表情にマリーはだんだん慣れてきていた。「ですが、お嬢さま、わたしの仕事ですから」

「そうね、でも、少しくらいよけいに眠ってもいいと思うのよ。ボタンの掛けはずしは、いままで何年もローズと助け合ってやってきたのだし」

小間使いがどうしたものかとマリーを見ている隙に、ローズはするりと彼女から離れ、ドレスを胸のところで押さえた。

「でも、御髪《おぐし》はどうなさいます？」小間使いが言った。「ほどいてブラシを当てなければならないのでは？」

「それも、自分たちでできます」ジェニーが決めかねる様子でいるのを見て、マリーはその日の午後に、伯爵がどのように執事を下がらせていたかを思いだした。「いまはこれでけっこうよ」

「かしこまりました、お嬢さま」小間使いはまたひざを折って挨拶し、退出した。

「ああ、助かった！」ローズがため息をつき、ドレスを押さえていた手を離した。「ドレスを脱ぐお手伝いにまいりましたと彼女に言われたときは、どうしようかと思ったわ！ 意地悪をしたいわけじゃないけれど、見ず知らずの人の前で服を脱ぐなんてできない」ローズはドレスを拾いあげて丁寧にたたみ、脇に置いてからペチコートを脱ぎはじめた。「ここの人たちは理解できないわ。自分の髪もブラッシングしないのかしら！」

「ほんとうに、ちがうことばかりね」マリーはローズに背中のファスナーをおろしてもらえるよう、背を向けた。「ドレスの脱ぎ着さえやってもらうとしたら、掃き掃除やはたきがけなんて、たしかに耐えられないことでしょうね。働かなくていいのは楽だけれど、でも……一日、なにをしていればいいの？」

「わからないわ。ああ、マリー姉さま……」ローズの声が詰まった。「家に帰れたらいいのに！」

マリーは振り返り、妹を抱きしめた。「ローズ！　どうか泣かないで。ここにいるのがそんなにつらいの？」

ローズは大きく息をのんでうしろに下がり、小さくほほえんだ。「いいえ、そんなことはないわ。わたし、ばかなことを言って。きっと少し疲れているのよ。なにもかも、変わった体験ばかりだから」

マリーは鏡台の前に行って座り、髪からピンを抜いた。ファスナーをおろしてもらったドレスを脱ぎ、ナイトガウンに着替えて、妹をよくよく見た。

「たしかに変わっているわね」とマリー。「でも、しばらくしたら慣れてくるわ」

「そうでしょうね」ローズがため息をつく。「ただ、家がなつかしくて」

「わかるわ。わたしもよ」

「ここでは、なにをしてもまちがったことになる。ドレスは時代遅れだし――いいえ、それどころじゃない。今夜のわたしたちは、ほかの女性に比べたら、クエーカー教徒みたいだったわ」

「そうねえ。もっと言えば、貧乏なクエーカー教徒ね」

姉のちゃかした言葉にローズは頬をゆるめた。「まったくよ、極貧のクエーカー教徒だわ。こんなことを言うのは見栄っぱりだと思うけれど、どこへ行ってもみすぼらしく見られるなんて、耐えられない！　わたしたちより、男性のほうがよほどエレガントな装いなのだもの」

「あなたがみすぼらしいなんて、ありえないわ」マリーはきっぱりと言った。「粗末なものを着ていても、あの女性たちよりずっと輝いていますとも」

「もちろん、姉さまには偏見がないもの」ローズはやさしい笑みを姉に送った。「姉さまもご婦人のだれよりきれいだったわ。それでも……恥ずかしくなかった？　わたしはばかみたいに思えた。みんな、わたしたちがあまりに田舎者で、身支度の仕方も知らないと思ったんじゃないかしら。母さまに話は聞いていたけれど、お夕食を食べるのに、まるで総督の舞踏会に出席するような格好をするとは、夢にも思っていなかったわ」

「場違いな感じがしたわね」マリーも認めた。「いいえ、実際に場違いだったのよ」

「召使いは、おかしな連中だと思ったことでしょうね」ローズはつづけた。「親しみの感じられるものはなにひとつなかったわ。このお邸にあるものは、もし壊したらと思うと、こわくてなにもさわれないの。親戚の人たちはわたしたちなんて大きらいで、来なければよかったのにと思っているでしょうね」

「あなたをきらってなどいないわ。従兄のフィッツはとても感じがよくてやさしそうだったじゃない。お高く止まっていないし、怒ったりもしない。それどころか、楽しそうに笑っていたんじゃないかしら、わたしたちが……騒ぎを起こすのを」

ローズは鏡のなかで姉と目を合わせ、にっこり笑った。「わたしたち、みんなをぎょっとさせてばかりで、ひどいものだったわね？」

「最悪よ」マリーはにんまりと笑い返した。「でも……尾ひれをつけて話を大きくしなくちや、気がすまなかったのよ」

「まったくね！　姉さまがライフルを持ってインディアンを追い払いに出たことなんて、ないのにね。農場から引っ越したとき、姉さまはせいぜい十歳かそこらだったでしょう。それに、インディアンに会った記憶もないし」

「あれは、ちょっとばかりうそだったわね。でも、飲み屋の二階で暮らして働いていたのはほんとうよ。けんかも実際にときどきあったし」

「そういうことを言ってしまったのも、しかたのないことだったわ」ローズが認めた。「彼らのショックを受けた顔を見たら、胸のすく思いがしたもの」

「そうね。でも、そう悪くもない人がひとりいたわ。シンシアおばさまは笑顔で接してくださって、母さまから連絡があることを願っていらしたようだった」

「ええ」

「ほかの人たちも、見かけほど悪くはないのかもしれないわ。わたしたちももっとがんばって──礼儀正しく接するようにするべきかも。ほんとうのあなたを知ってもらえたら、あのおばさまたちだって、あなたのことが好きになるはずよ。そうよ、だれだって」

ローズは顔をしかめた。「そんなばかな。みんながみんなじゃないわ」

「まあ、心がしなびてるような人は、あなたの魅力がわからないかもね。でも、そんな人がいるかしら」

「サム・トレッドウェルのお父さま」ローズは少しつらそうに言った。

妹の口調に驚き、マリーは妹を見やった。「工場主の？　いやね！　彼はあなたのこと、ほとんど知らないでしょう」

「飲み屋の娘など自分の息子にはふさわしくない、って言うくらいには知っているわ」

「なんですって？」マリーは妹のかたわらに行き、ひざをついた。「ほんとうにそんなことを言われたの？　サム・トレッドウェルから求婚されたの？」

「いいえ、まさか。彼はお父さまがお許しにならないってわかっていたもの。サムはお父さまにはけっして逆らわないの」ローズは必要以上に力をこめて髪にブラシを通しはじめた。

マリーは目を大きくして妹を見つめた。サム・トレッドウェルは、アメリカでいつもローズのまわりをうろうろしている男性のひとりだった。ハンサムで気のよい青年だが、マリーが見るかぎり、特別目立ったところはなかった。ローズがときおりサムの話をしていたことも覚えているが、サムに新しいニュースを聞いただとか、気のきいたことを言っていただとかいうくらいで、ローズが彼に好意を寄せているとは聞いたことがなかった。

「ローズ！　あなた――サムのことが好きだったの？」

陶器のようなローズの頬に赤みがさし、ローズは顔をそむけた。「いいえ。わたしは、ただ……」

「好きだったのね！　どうして教えてくれなかったの？」

「話してもしかたがないもの。彼のお父さまが許してくださるはずがないし。サムは、父親の考え方を変えてみせると言っていたけれど、ミスター・トレッドウェルが考え方を変えるような人でないことは、わたしもわかっていたの。姉さまには話したくなかった。姉さまが彼のお父さまになにか言いにいくんじゃないかと思って」

「そりゃあ、言いにいくわよ――あなたがふさわしくないだなんて！　あなたはどんな男性にだって釣り合うわ」

ローズはくすりと笑った。「わたしの気持ち、わかってくれるのね」

「もちろん。でも、やはり話してくれていたらと思うわ」マリーはひと呼吸置いて考えた。「ローズ……彼を残して来たくなかったのじゃない？　アメリカに残ったほうがよかったの？」

ローズはきっぱりとかぶりを振った。「いいえ、そんなことはないわ。サムはすてきなことをたくさん言ってくれたけれど、求婚はしてくれなかった。そんな勇気はずっと出せないんじゃないかと思うの。彼のご両親はものすごく上流気どりだから」ローズは小さく、うふふと笑った。「わたしたちの従兄の暮らしぶりを見せてやりたいわ」

マリーもほほえんだ。「まったくね。それでもミスター・トレッドウェルがあなたは息子にふさわしくないなんて言うか、見てみたいわ」

ローズは肩をすくめた。「とにかく、サムを待って年を取るなんてつもりはないの。母さまの言ったとおり、こうするのがわたしたちにはいちばんよかったのよ。リリーとカメリアにによりよい暮らしをさせてやれる。それに、あのままアメリカにいたら、わたしはコズモにミスター・サタスビーと無理やり結婚させられていたわ。そんなこと、ぜったいにいや！

リリーの読む本にも、いやな男性に言い寄られるくらいなら死んだほうがましだって、女性がいつも書いているでしょう？」

「そうね、想像を絶するおかしな人もいるしね。わたしは、自殺するより相手を亡き者にするほうがいいように思えるわ」

ローズがくすくす笑う。「姉さまなら、そうでしょうね。でもわたしは、ミスター・サタスビーにはそんなふうに思っていたの。あんなひどい人と結婚するくらいならみずから命を絶つわ。髪は灰色だし、歯は茶色いし、わたしを見るときの目つきときたら……」ローズは身震いした。

「でも、もうどちらもしなくてていいのよ」マリーは決然と言った。「もう遠く離れたところにいるんだから。サム・トレッドウェルだって、そんなに意気地がないのなら、きれいさっぱりお別れね。ここでもっとよい結婚相手が見つかるわ」

「ああ、マリー姉さま！」ローズは腕を伸ばして姉を抱きしめた。「そんな人がここでほんとうに見つかると思う？　だってだれもが——冷たくてよそよそしいわ」

マリーの心は、すぐさまロイスに飛んだ。彼の腕、唇の感触が思いだされる。いいえ、彼は冷たくなどなかったわ。そう思い、マリーの口もとにうっすらと笑みが浮かんだ。ロイス・ウィンズロウは、とても冷たいとは言えない。

しかし、こう言うだけにとどめた。「まだこちらの男性にほとんど会っていないでしょう。好きになれる人が、かならず見つかりますとも」

「そうね、そうよね。それに、伯爵さまはわたしたちを家族だと受け入れてくださったようだもの。なにもかもうまくいくわ。いまは違和感だらけだけど、そのうちすべてに慣れていくわよね」ローズは胸を張って姉にほほえみ、長い髪を長年の習慣で手際よく一本の太い三つ編みにしながら、鏡台を立った。

ローズをよく知るマリーは、妹が無理に笑顔をつくっているのがわかっていた。それでも言ったことが現実になるように、精いっぱいがんばるはずだということも。内気でやさしくて言うことをよく聞くローズは、弱いと誤解されることが多いのだが、ほんとうは芯の強い娘であることをマリーは知っていた。堅苦しくて退屈なおばたちも、きっとローズを認めるようになるだろう。

問題は、カメリアとマリー自身だった。マリーはため息をつき、妹があけてくれた鏡台の前に座ってピンをはずし、髪にブラシを当てた。カメリアには明日、うまく駆け引きをしながら如才なく接することが大切なのだと話そう。とくに、最初のころは大事なことだ。けれどマリー自身、妹たちのためにも、うっかり暴走する自分の口を抑えなければならない。どれほど自分の性に合わないことでも、ここの人たちとうまくやっていくよう努力するつもりだった。

しばらくして夜の身支度を終え、考えごとも一段落して振り返ってみると、ローズはもうぐっすりと眠っていた。マリーも疲れてはいたが、よくあることで、落ち着かなくて眠れなかった。ガウンをはおって寒さをやわらげ、暖炉の前にある椅子のひとつにひざを抱えて座った。あれこれ考えると、将来への不安だらけで、少しも眠くなってこなかった。

本を読めば気がまぎれるのかもしれないが、本はすべてアメリカに置いてきてしまった。荷物になるのでイギリスには持ってこられなかった。このお邸のどこかに図書室があるはずだが。こんな遅くに、ガウン姿で知らない家をうろつくのはためらわれた。だれかに会ったらどうしよう。でも、客はもう帰ってしまっただろうし、伯爵も寝室に引き取ったことだろう。

マリーは鏡台の上のランプからろうそくに火を灯し、するりと部屋を出た。壁の足もと近くでまだろうそくが燃え、廊下をほのかに照らしているのには驚いた。いそいで廊下を進んで階段をおりたが、やわらかい室内履きなのでほとんど足音はしなかった。

晩餐に向かったときに通った廊下を進んだ。そこに図書室がありそうだと思ったからだ。最初のドアを覗いてみたが、そこはまたべつの優雅な応接間で、その日の午後、彼女たちが通されたところよりさらに広かった。もっと奥へと廊下を行くと、人の話し声が聞こえた。思わず足を止めて耳をそばだてる。まだ召使いが働いているのだろうか。そのとき、よく通る男性の笑い声がして、食堂から聞こえているのだとわかった。ドアは少しひらいていて、廊下に明かりがもれている。

一瞬、まだ残っている客がいるのかと考えた。しかし――もう時間が遅すぎる。ほかに音が聞こえるところはないし、召使いが働いている様子もないし、邸の奥では明かりが消えている。伯爵を交えた兄弟だけで、ブランデーかポートワインでも飲んでいるのだろう。マリらったものの、廊下を進んでドアの隙間に近づいた。

バスクーム姉妹が部屋に引き取ったあと、おじやおばが長居しなかったので、ロイスはほっとしていた。客が帰ったあと、伯爵であるオリヴァーは召使いも下がらせ、ロイスとフィッツの三人でポートワインとたばこを手にテーブルに落ち着いた。しばらくのあいだはいつもどおり、なごやかな雰囲気で静かにワインを楽しんでいた。

フィッツが長兄に視線を投げた。「ところで、オリヴァー兄さん、どうやら父親役を引き受けるつもりのようだね？」

フィッツはロイスをちらっと見て、互いににんまり笑みを交わした。

オリヴァーは渋い顔をした。「おまえたちふたりは、そうやって気楽に笑っていられるだろうさ。年ごろの娘がまとまって降って湧いたわけではないのだからな」

「とくに、ああいう娘では」フィッツはくっくっと笑った。「ミス・バスクームがインディアンから身を守るためにライフルを持っていたという話をしたときの、ユーフロニアおばの顔を見ましたか？」

「ケント卿など、目玉が飛びだしそうだったな」ロイスが言い添えた。

「まあ、たしかに、おばたちをからかうのは非常に愉快ではあったが」オリヴァーはいくぶん苦々しげに言った。「だが、あの娘たちをなんとかしなければならない」彼はロイスのほうに向き、厳しいまなざしで見すえた。「いったいまたどうして、おまえがあの娘たちと出くわすことになったんだ?」

「出くわしたというわけでは……」ロイスは反発した。「まったくの偶然だったんだよ。彼女たちがひったくりを追いかけていて、ぼくがそのひったくりを止めた。どうやら、ひったくりがかばんを盗んで逃げていたらしい。それで、どう見ても彼女たちは、本来なら波止場をうろついているような人間ではないと思ったのでね」

「波止場! なんとまあ、話は悪くなるばかりだな」

「アメリカから着いたばかりで、どこへ行ってどうすればいいのか、まったくわかっていなかったようだ。だからぼくが宿へ連れていって泊まる世話をした。だが、そのときはまだ彼女らの身元は知らなかった。今朝になって、マリーから、この伯爵家を訪ねたという話を聞いて、ぼくはてっきりぺてんをはたらこうとしているのだと思った。ぼくと出会ったのも、わざと仕向けたものだとね。だが、そんなことが可能だとも思えない。あの悪党のたまり場に、ぼくがゴードンを追いかけていっていたことなど、彼女らには知るよしもないからね」

「ゴードン!」オリヴァーの眉がつりあがった。「ユーフロニアおばのところのゴードンか? いったいそんなところで彼がなにをしていたんだ? オックスフォード大学にいるはずだろうが」

「しまった!」ロイスが顔をゆがめた。「忘れていた。彼が父上のところにおもむいて懺悔《ざんげ》をすれば、きみには話さないと約束したのに」

「謹慎処分をくらったんだな？」オリヴァーはため息をつき、もういいというように手を振った。「気にするな。彼のことは両親にまかせておけばいい。新たにできた従妹のことで、こちらは手いっぱいだ」

ロイスはしばし間を置き、義兄を見つめていた。「彼女らはにせものではないんだろうか？　正真正銘のほんものか？」

オリヴァーはため息をつき、もうひと口飲んだ。「残念ながら。彼女たちに会ってから、子ども部屋に行って、昔のおばの本を見てきた」

「つまり、彼女たちの母親の筆跡を調べたのか！」ロイスはその日の午後、マリーがオリヴァーに言っていたいやみを思いだした。

「むろんだ」オリヴァーは眉をくいっと上げた。「おばがあの手紙を書いたという彼女の話を、わたしが鵜呑みにすると思ったのか？　フローラおばの名前が何冊かの本に書いてあったし、おばが使った作文の本がいくつかあった。どの文字も、あの手紙のものと一致した」

オリヴァーはブランデーグラスを物思わしげに見つめた。「二階の画廊に飾ってある、祖父の娘たちの肖像画も調べた。シンシアおばの言ったとおり――ローズ・バスクームはフローラおばに瓜ふたつだ」

フィッツが眉をつりあげた。「つまり、彼女たちはほんとうにぼくらの従妹なんだ」

オリヴァーがうなずく。「だろうな。唯一、疑問が残るとすれば、婚姻証明書と出生証明書が法にかなったものかどうかということだ。偽造かもしれないが、真偽の判断をつけるのは不可能だ」

「もし偽造なら、彼女たちは庶子《しょし》ということになる」

「そうだ。だが、その可能性は低そうだ。フローラおばは父親にそむいたが、だからと言って、まったく慣習を無視してマイルス・バスクームと結婚しなかったということにはならない。それどころか、彼と結婚することこそが諍《いさか》いのもとだったと思う。だからわたしは、父親の庇護を離れたおばは、結婚したと思うんだ」

「出生証明書が一通足りなかったのでは？」ロイスが尋ねた。

「たしかに。だが、わたしが思うに、だからこそ彼女たちの言っていることはほんとうだという気がする。何人かの子どもをまとめて嫡子《ちゃくし》だと言ってだますのなら、全員分の書類を偽造するものだろう。一通だけ作らないというのはおかしい。そのぶん疑いの余地が残るというのに。それに、一通ずつちがう場所で発行するのも考えられない。意味のないことに、多大な労力を使うだろうか。まとまりのなさこそ、真実の証明なのだろうな」

オリヴァーはそれぞれに酒のお代わりをついだ。

「彼女たちをどうするつもりですか」フィッツがひと口飲んで、訊いた。

「わかりきっているじゃないか、わたしには責任がある。なんと言っても、彼女たちはタルボット家の人間なのだから」

「そう、もちろん、それが問題なんだな」ロイスがつぶやいた。

オリヴァーは彼に向かって眉を寄せた。「まあ、四人の人間の面倒を見るとなると、荷は重いが。そこいらで路頭に迷っている孤児を一切合切連れてくるつもりはない」

「そうお高く止まるもんじゃないよ、オリヴァー兄さん」フィッツがゆるりと言った。「ロイス兄さんは、自分はタルボットじゃないってことをことあるごとに言わずにいられないだけさ」

ロイスは憎らしげな目つきで弟を見た。「なんだと。いまだにぶっ飛ばされたいか」

フィッツは吹きだして大笑いした。「ぼくが十九になってからは、勝てたこともないくせに」

「わかった、わかった、おまえたちはふたりとも殴り合いが好きなんだろう」オリヴァーが割って入った。「だが、いま話しているのはバスクーム姉妹のことだ」

「いや、それもまた楽しい話題ですよ」フィッツは大げさに息をついた。「血がつながっているとは、なんとも哀しい」

兄はふたりとも目をくるりとまわし、ロイスはフィッツの言葉など聞かなかったかのように話をつづけた。「彼女たちをどうするつもりだ？」

「もちろん、放りだして路頭に迷わせるわけにはいかない。それに、祖父もできることなら娘との溝を埋めたかったことと思うし」

「先代の伯爵から、縁を切った娘の話を聞いたことがある」ロイスが言った。「今回のことが持ちあがるまで忘れていたが。たしか、娘の名前は言っていなかったが、伯爵は後悔していたようだった」

「心を入れ替えて考えなおしてくれたらよかったのに」

ロイスは肩をすくめた。「フローラ殿が戻るかもしれないとは考えなかったんだろう。娘は死んだと思っていたようだ。孫のことまで知り得なかっただろうな」

「若い娘を四人もどうすればいいのか、見当もつかない！」オリヴァーがいきなり言った。「とくに、あれほどロンドン社交界にそぐわない娘たちでは。衣食の面倒だけでなく、この国のどこかで生きていけるようにしなければ。当然、持参金も考えなければならないし、社交界にも出て――伴侶を見つけて結婚させなければ」

フィッツがにやりと笑った。「舞踏会に行ったカメリアが目に浮かぶよ。これだけせまい場所ではナイフも振るいやすいわ、なんて言うんだろうね」

オリヴァーはうめいた。「まさしく、そういうことが心配だ。わたしも社交界はきらいだが、意を決してやらなければならない。だが、社交界の連中は度肝を抜かれるだろうな。よい縁談が見つかる可能性は低い――それどころか、貴族社会に受け入れられるかどうか」

「社交界にお披露目《ひろめ》させる前に、嫁に出すこともできないのがつらいな」ロイスが冗談めかした。「ステュークスベリー伯爵家とお近づきになりたがっている地方の地主か、平民を見つける。そうすれば、そいつらが引き受けてくれるさ」

「おまえがだれかひとりを嫁にして、ぼくの負担を軽くしてくれるという手もあるぞ」オリヴァーが軽く返した。「おまえがタルボットと縁続きになれば、祖父も喜ぶだろう」

ロイスの表情がこわばった。「タルボットの名をいただくためだけに、どこの馬の骨ともわからない、教養なしのはねっかえりと鎖でつながれろと？」

「おいおい、ロイス」オリヴァーが眉根を寄せた。「ばかを言うな、冗談だよ。そんなふうにおまえに妻を押しつけて自分の問題を解決しようなんて、思うわけがないだろう」

ロイスは顔をゆがめて言い返そうとしたが、そのとき、ドアが勢いよくひらいた。マリー・バスクームがガウンと室内履きという格好で、ずかずかと入ってきた。焦げ茶色の髪は乱れて肩にかかり、顔は復讐の天使もかくやとばかりに燃えていた。

「厄介払いのご心配には及びません。あなたたち、どなたも」マリーは宣言した。「わたしたちは明日、このお邸を出ていきますから、なんの問題もありませんわ」

8

一瞬、三人の紳士は肝をつぶしてぽかんとしていた。最初にわれに返ったのはオリヴァーだった。シャツの袖、ゆるめた襟巻き、手にしたブランデーにすら、威厳を漂わせながら。

「とんでもない。きみたち姉妹のことはわたしが責任を持つと言ったはずだ。なにも――」

「わたしたちは家族を頼ってきたんです」マリーは苦虫をかみつぶしたような顔でオリヴァーをさえぎった。「責任を持ってくれる人ではなく」

燃えさかる瞳がオリヴァーを貫く。マリーはきびすを返し、同じく痛烈なまなざしをロイスにもぶつけた。「もちろん、だれかにお情けで結婚してもらおうとも思っていません」

マリーはくるりと向きを変え、目を見はる男性陣を残して、大またで部屋を出た。体ごとのみこまれそうな、強烈な怒りに突き動かされていた。もちろん、立ち聞きしたことはほめられることではない。マリーの頬は屈辱に燃えていた。あんなふうに、ロイスに拒絶されるなんて！　自分が、あんなふうに見られていたなんて！　とても耐えられない。

「マリー！」サー・ロイスの声が廊下に響き、駆けてくる足音がつづいた。「マリー、待ちたまえ！」

マリーは足を速めた。階段の上がり口まで来たところでロイスが追いついた。

「マリー！　待つんだ！」ロイスは彼女の腕をつかみ、ぐるりと振り向かせた。「こんなふうに逃げるのはやめて、ぼくの話を聞きたまえ」

「お話なら充分に聞きました。もうこれ以上は必要ありません」

「そう早まるな」ロイスのハンサムな顔があまりに真剣で、マリーは見ているのがつらいほどだった。「オリヴァーは冷たい男ではないし、思いやりのない男でもない。きみたちのことを問題とは思っていない。ただ、よくわからないだけなんだ。若いお嬢さんにどう接すればいいのか」

「どこの馬の骨ともわからない、教養なしのはねっかえりということ？」

ロイスの顔がさっと赤らみ、あごに力が入った。マリーの腕をつかんでいた手がおろされる。「すまなかった。あんなにとげとげしい言い方をするつもりではなかった。ただ――オリヴァーが――あいつがあんまり頭にきたもので。ああして、まわりの人間をみんな思いどおりにしようとする。いつも兄貴風を吹かして。ぼくはオリヴァーに腹を立てていただけで、べつに――そんな思いをさせようとは――」

マリーが腕を組み、ロイスはまごついた様子で止まった。マリーが疑わしげに片方の眉を上げる。「そんな思い？　そんな思いとは、事実を突きつけられるということ？」

「ちがう！　事実などではない！　そんなつもりではなかった」

「そう？　心にもないことを、どのようにおっしゃったかしら。わたしは、はねっかえりではないの？」

「いや、いや、とんでもない」ロイスは口の端をゆるめながら反論した。「どちらかと言うと、おてんばというところかな」

マリーは、思わず品のない鼻息をもらした。「それでは、心にもなかったのは〝教養なし〟の部分かしら。そうでしょう？」

「マリー……」ロイスは気まずそうに体を揺すった。

「わたしたちのだれとも結婚したくないとおっしゃったことも、心にもないことなのね。本気でわたしに求婚するおつもりかしら。そうなの？」

「いいや」ロイスは激しく返した。「そんなつもりはまったくない」

「それはようございました。この世の男性があなたひとりになっても、わたしはあなたとは結婚しませんから！」

マリーはきびすを返して階段を駆けあがった。サー・ロイスは追いかけようとしたが、二段目で足が止まった。奥歯を嚙み、渋い顔でしばらくたたずんでいた。それから廊下に戻り、食堂を振り返ると、ドアのところでオリヴァーとフィッツがこちらを見ていた。ロイスは顔をしかめて背を向け、荒々しく玄関から出ていった。

「さて」フィッツが隣の兄に言った。「なんともうまく治まったようだね」

伯爵であるオリヴァーはため息をついた。「これから毎日こんな夜を迎えるのかと思うと、先が思いやられる」

「ぼくの見るところ、兄さんの静かで落ち着いた日々は終わったと思うよ——もちろん、アメリカ人の従妹をだれかに押しつけることができるのなら話はべつだけど」

「それができればな」オリヴァーは席まで戻った。「だが、だれに頼めると？　おばたちは引き受けないだろうし、万が一引き受けてくれたとしても、あのあわれな従妹たちをいっぺんに放りだすような酷なまねはできない——ユーフロニアおばにとっても酷な話だ」

「ふむ。人死にが出るかもしれないな」

「死ぬのは、わたしか」伯爵が冷たく言い返す。

「でも、ミス・バスクームも息巻いていたとおり、妹を引き連れて出ていくかもしれないよ。そうすれば兄さんの問題は一挙に解決だ」フィッツは自分の席に腰を落とし、長い脚を前に伸ばした。

　オリヴァーは顔をしかめた。「明日になれば頭も冷えているだろう。わたしの庇護を離れればどんなことが待ち受けているか、彼女もわかっているはずだ。わかっていないのなら、わたしから話そう。当家の身内に文無しでロンドンをさまよわせるようなことは、させられない」

「だが、彼女は気分を害してしまった。しかも、かなり頑固なようだ」

「それに目端《めはし》の利く女性でもある。事情を知らせるために、ここまでやってくるだけの知恵があった。タルボットの人間だと認められればどんな利点があるか、わかっていたわけだ。

われわれの話を聞かれてしまったのは遺憾だが——おばたちを招いたのは、もっとまずかったな。どんな結果になるか、推《お》して知るべしだった」

「辺境地帯で荒くれインディアン相手に身を守るなんて話が飛びだすとは、だれにも想像できませんよ」

オリヴァーの口の端に笑みが浮かんだ。「ああ、まったく。ただし、そのことと飲み屋の二階で暮らしていたことと、はたしてユーフロニアおばがどちらにより驚いたのかは、定かではないが」

フィッツは吹きだして大笑いした。「おっしゃるとおり。ユーフロニアおばのあんな顔が見られるとは」ふと口を閉じ、考えこんだ様子で言い添える。「彼女らの話も、どこからどこまでがほんとうのことか、わからないけどね」

「そんなこと、わかるわけがない。ただ、社交界の連中がユーフロニアおばと同じ反応をすることだけはわかる。それに、彼女たちのドレス——晩餐の身支度も知らないとは思わなかった。しかるべきドレスを持っていないということも。多少、時代遅れな格好をするかもしれないとは思っていたが……さすがのマリーゴールド・バスクームも、自分たちが社交界に出るにはいかに準備不足か、わかっただろう」

「だが人間は、現実を突きつけられて、かならずしも聞く耳を持つとはかぎらない」

「まあな。だが、ぜがひでも聞く耳を持ってもらう」オリヴァーはため息をつき、ブランデーグラスをまわしながら、じっと考えた。「ロイスのことも、これぐらい自信と確信を持って対処できればいいんだが」

フィッツはなげやりに手を振った。「ロイス兄さんのことなら心配いらない。大丈夫」

「それはわかっているんだが。またひとつ黒星を増やしてしまったな。どうしてわたしの言うことは、なんでもかんでもロイスの気にさわるんだろう。バスクーム姉妹のひとりと結婚したらどうだと言ったときも、べつに悪気はなかった。ただの冗談だった――ロイスに釣り合わない妻をあてがおうなどとは思っていないのに」

「それは彼もわかっていますよ」

「だが、わが一族と縁続きになってほしいと思っているのはほんとうだ。ロイスのことは、ずっと弟のように思ってきたが、彼のほうはちがうというのも知っている。もし、うちの従妹と結婚すれば、法的なつながりができて絆がもっと強くなる。もちろん、ロイスはわたしと縁続きになりたいとも思っていないのだろうが。しかし……彼は祖父を慕っていた。先代の孫娘と結婚するとなると喜ぶかもしれないと思ったんだ」

「たしかに祖父とは仲がよかった。でも、今回のように一族全体にかかわる問題となると、ロイスにとって痛いところなんだよ。彼がいつもどこか部外者のような気持ちでいたのは、兄さんもご存じでしょう」

「わかっている。だがそれなら、なぜつながりを強くしようと思わない？」

フィッツは肩をすくめた。「人間は理屈どおりにいかないこともありますよ。兄さんもおつらいところなのは、よくわかります」

兄は目をくるりとまわして応えた。

「兄さんとつながりを持ちたくないわけじゃないんですよ」フィッツはつづけた。「彼がいらついているのは――その、兄さんがいつも人の人生を仕切りたがるからで」

オリヴァーの眉がつりあがり、なにか言おうと口をひらく。

フィッツはあわてて言った。「もちろん、その人のためを思ってのことだろうけど」おちゃめなまなざしで、兄をちらりと見る。

オリヴァーも笑うしかなかった。「そうらしいな。何度もそういうことは言われた」ため息をつく。「だがロイスを怒らせるつもりは毛頭ないんだ。彼の人生を仕切るつもりも。おまえの人生も」

「わかっています。ロイス兄さんだってわかっているはずだ。心の底では」

「底の底で、な」オリヴァーは苦笑いをした。「もうこんな気の滅入る話は終わりにして」肩をすくめる。「ほかの話をしよう。なにか話題はあるか。おまえはこの前の火曜日、いかがわしい賭博場でろうそくの射的をやりまくったそうじゃないか」

「どこからそんなでまかせを！」フィッツは笑いながら反論した。「いかがわしくなんかない、まともなクラブですよ。それに、撃ったのは一本だけで。まわりのろうそくに当てずにまんなかの一本だけ撃ち落とすなんて無理だと、フリンガムのやつが言うもんだから。そんなことを言われて黙ってるわけにはいかないでしょう？」

「たしかに」オリヴァーはぼそりと言った。

ふたりは酒のお代わりをついで、明るいおしゃべりに興じていった。

ロイスとやりあってカッカしていたマリーは、部屋に飛びこむなり、あやうく力まかせにドアを閉めそうになった。ベッドで寝息をたてている妹を見やり、そっとドアを押しやってかちりと閉めた。いまはだれとも話したくなかった。たとえ、ふだんはなんでも話すローズでも。それほどにマリーは恥ずかしい思いをしていた。

いや、恥ずかしいなどという言葉では足りない――辱《はずかし》め――そう、辱めを受けたと言ったほうがいい。それなのに、ミスター・ロイスに好感を持たれていると思ったなんて！　彼がキスをしたのは、とくに彼女に惹かれたからではないのだ。それどころか、〝どこの馬の骨ともわからない〟女だと思ったからだった――世間での評判を気にしてやる必要もないほど、卑しい女だったから。

この邸まで連れてきて伯爵に会わせてくれたから、彼は親切な人だと思っていた。けれども彼にとって、それはすべてからかい半分の行動にすぎなかった。義理の兄を驚かせてやりたいと思っただけ。あの笑顔も、ウインクも、あたたかみのあるまなざしも、ただ彼女をあざ笑っていただけ。今日の夜、彼の唇が手の甲にふれただけで反応してしまったことを思いだす。欲望が、全身を駆け抜けた。彼の瞳が輝いているのを見て、彼も同じ気持ちなのだと思ってしまった――彼はただ、マリーのうぶな反応をおもしろがっていただけだったのに。

バスクーム姉妹のひとりと結婚したらどうだと伯爵に言われたときの、ロイスの憤懣やるかたない怒りの声を思いだした。彼女たちではロンドンの社交界に受け入れられないと、伯爵に言われたのは傷ついたが、驚きはしなかった。伯爵の態度はお世辞にも歓迎しているようには見えなかったから、おばたちを招いたのも、マリーたちがどれほどここでは居場所がないかを思い知らせるためではなかったのかと思う。まともなドレスも礼儀作法も持ち合わせておらず、野暮ったさ丸出しの田舎者として紹介するつもりだったのだ。

けれどもマリーは、サー・ロイスがかばってくれるのではないかと思っていた。社会からはじかれる人間という見方ではなく、この姉妹は賢いし、自分でなんでもできるし、愛らしい娘たちだと。しかし彼は、姉妹のひとりと結婚すればどうかと言われたとき、憤慨してはねつけた。

なんと愚かだったのだろう。いまとなっては、どれほどロイスに惹かれていたか、知られていないことを願うばかりだ。マリーは思わせぶりなことを言ったりしなかっただろうかと、自分の行動を振り返った。夢見心地の少女のように、うっとり彼を見つめていなかっただろうか。キスには反応してしまったが、女性ならそれはだれでも同じだろう。あの状況で冷静でいられるわけがない。

けれど、ほかの女性は――洗練された、貴婦人として育てられた女性は――熱くキスに反応したりしないのかもしれない。教養がないと言われたのは、それが原因だったのかもしれない。しばらくのあいだ、マリーの頭は同じ考えの堂々めぐりで、考えれば考えるほど気分が悪くなっていった。ロイスと顔を合わせると思うと耐えられない。もしかしたら明日は来ないかもしれない。そうすれば、会わないうちにここを出ていける。

そう考えて感じた胸の痛みには気づかぬふりをし、出ていくことだけを考えることにした。もちろん、妹たちには説明しなければならず、それを思うと気が重かった。盗み聞きした内容を知れば、妹たちは傷つくだろう。けれども、ここを出ようと言っただけで、すなおに従ってくれるとは思えない。やっとの思いで目的を果たしたというのに、出ていくのはわけがわからないだろう。だからつらいけれど、伯爵とその親族から、この家には似つかわしくないと思われたことを伝えなければならない。そうすれば、妹たちも彼女と同様、残りたいとは思わないだろう。

問題は、当然、どこへ行くかということだ。お金はないし、知り合いもいない。アメリカに戻ることはできない。所持金は運賃にも足りなかった。暮らせる場所と、糊口《ここう》をしのぐだけの仕事を見つけなければならない。けれども見知らぬ国の見知らぬ街では、とくに先行きは暗い。ほかにどうしようもないのよ、とマリーは自分に言い聞かせた。ここにはいられない——伯爵とそのほかの人々が、彼女たちをどう思っているか知ったからには。

マリーの目に涙がにじんだが、決然とまばたきをしてこらえた。泣きはしない。サー・ロイスのせいで涙を流したりするものですか。今夜、階下《した》におりていったりしなければよかったと、心の底からマリーは思った。

翌朝、マリーが目を覚ますと、部屋にはだれもいなかった。ローズはすでに身支度をして階下におりたのだろう。だいぶ遅い時間だということに気づいた。昨夜はよく眠れず、ぼんやりとしたうろ覚えの夢から目覚めたのだが、起きてみると気分は落ち着かず、おびえたような心地さえしていた。小さな田舎町に慣れている身としては、慣れない都会の音――馬車がガラガラと走る音から、朝早くから物売りの荷車が通る音、物売りの声まで――に眠りをさまたげられてしまうのだ。

マリーはベッドからなんとか出て、のろのろと服を着た。朝食は残っているだろうか、それとも空きっ腹で出ていかなければならないのだろうか。でも、のこのこと朝食をとりにおりていったりしないほうが、出ていくときもドラマチックで目にもの見せてやれるのだろう――リリーの読んでいる本のヒロインたちは、食べ物のことなど考えもしない。けれどもマリーは、自分ははるかに平凡で現実的だからヒロインにはなれないことを知っていた。このように遅い時間では、せめて伯爵と顔を合わせずにいられたらいいのだが。

数分後にそっと食堂に入っていったとき、実際に伯爵の姿はなかったのでほっとした。けれども弟のフィッツがいた。マリーはドアのところでためらい、向きを変えて逃げたい衝動に駆られたが、フィッツが優雅に立ちあがったので、逃げるチャンスはなくなった。

「これは従妹殿のマリー」笑顔を見せたフィッツは、青い瞳の目尻にかわいらしいしわを寄せた。「ちょうどお会いしたいと思っていたんですよ」

「そうなんですか？」マリーはテーブルへ歩いていった。フィッツはすばやく角を曲がって彼女の椅子を引き、彼女が腰をおろしてナプキンをひざに広げるころには、給仕係が紅茶をそそいでいた。

「ありがとう、ウィル」フィッツが給仕係に言う。「もう下がっていい。今朝は自分たちでやるよ」

給仕係はうなずき、部屋を出ていった。

「おじゃまじゃなければいいんですが」フィッツはマリーに言った。「あなたとはとくにお話をしたかったんですが、召使いがいないほうがいいでしょう。料理をお取りしましょうか」

フィッツは使いこんだ食器の並ぶサイドボードに向きなおり、皿を一枚取った。マリーは飛びあがって彼を追った。

「自分で取れますから、ありがとう」フィッツの手から皿をもぎ取り、めいめいの料理から少しずつ皿に取りわけていった。

フィッツは彼女が戻るのを待って椅子を引いてやってから、すでに半分ほど終えていた自分の食事に戻った。はじめのうちは彼も静かにしていたが、マリーの食事がひと息ついて、ゆったり紅茶を飲むころになると、自分の皿を脇に押しやって身を乗りだした。

「ふたりの兄のことをおわびしたい。あのふたりは、はっきり言って、愚か者です」

マリーはカップを置き、腕を組んだ。フィッツヒュー・タルボットは、なんとも人好きのする青年だ。彼の言うことなら、よく考えもしないうちに鵜呑みにしてしまう人間が多いにちがいない。

「そうですね」マリーは、フィッツの魅力に惑わされまいとふんばっていた。

「でも、あなたは愚か者ではありません。ぼくもあなたも、それは承知していますよね。意地悪な言葉のひとつやふたつを真に受けてここを出ていくなんて、愚か者のすることですよ」

「言葉がどうのこうのという問題ではありません。そういう言葉をおっしゃられた理由が問題なのですわ。伯爵さまは、わたしたちを歓迎していらっしゃいません。伯爵さまにとってわたしたちは恥ずかしい存在であり、重荷でもあるのですわ」

「おやおや、とんでもない、オリヴァー兄上には恥も外聞もありませんよ。タルボット家は、そのようなものを超えたところにあるのです。昨夜あなたがどこまでお聞きになったかは知りませんが、兄上は他人に見下されることなど気にしません」

「そんなこと、とても信じられませんけど」

「ですが、ほんとうです。そういう考えは、率直に申しあげて、ステュークスベリー家の当主にはありえない。たとえばオリヴァー兄上は、ぼくの母方の祖父を恥じるそぶりもまったく見せなかった。祖父は」――フィッツは、さも恥をさらすかのように、声を落として身を乗りだした――「事業に手を出していたんですが。あなたがたはたしかにアメリカ人で、教育も不充分かもしれないが、血筋はまちがいない。あなたのお父上には財産はなかったが、良家の出だった。だから、このぼくの血筋を兄上が恥と思わないのなら、あなたがたを恥と思う理由がない」

「ですが、伯爵さまのお話では――」

「あなたは会話の途中で入っていらした。あのときはちょうど、あまり社交的ではないオリヴァー兄上が複数の若いお嬢さんを抱えることになって、たいへんだという話をしていたんです。兄上はめまぐるしいつきあいの場がきらいだし、パーティもたいてい退屈しています。友人や親戚があらたまって訪ねてくるのなんか、さらに苦手としてますから」

「それが、いったいわたしたちとどういう関係があるのか、わかりませんわ」

フィッツは小首をかしげ、マリーを見つめた。「ですが、四人もの妙齢の令嬢がいて、兄上が送りださないわけにはいかないでしょう？」

マリーは眉をひそめた。「送りだすって、どこへ？」

フィッツは笑った。「社交界ですよ、もちろん。ぼくたちの住む世界に紹介しなくちゃ。いわゆる上流社会《ボー・モンド》、上流階級《ボン・トン》というやつです。令嬢たちには社交界デビューというのがあるんです」

「どうして？」マリーはうつろな顔で彼を見返した。

フィッツの返す表情も、同じくうつろになった。しばらくしてようやく、口をひらく。

「それは……その……そういうものだからです。そのほかに、令嬢がどうやって未来の夫に出会うのだと？」

「ふつうに出会うのではないですか。生きていくうちに」

フィッツは、おかしなことを聞いたというような顔をした。「いま申しあげたようなことが、生きるということです。ぼくらの人生は。だってほら、みな社交シーズンのためにロンドンに集まってくるんですよ。パーティや、オペラや、劇場に行って。公園で馬や馬車に乗って」

マリーは信じられない顔で目を丸くした。「やることはそれだけですか？」

「いやいや、ほかのことだってしますよ。ぼくはクラブに行くし――もちろん、クラブは紳士だけのものだけど。それにタッターサルズへ馬を買いにいったり。ご婦人は買い物だ。あとは客をもてなしたり、こちらが訪問したり、そういったことをいろいろと」

「お仕事は？」

「は？」

「だれもお仕事はなさらないの？」

「もちろん、みな働きますよ。ぼくはちがいますが。ほら、ね？　ぼくは野に咲く百合のようなものなんです。土を耕したり種をまいたりはしない」そこで眉根を寄せる。「いや、それとも刈り入れか？」そう言って肩をすくめた。「まあ、どっちでもいい――どれもやらないんだし」マリーの唇から思わず笑い声がもれ、フィッツも大きな笑顔を浮かべた。「でもオリヴァー兄上は、半日は書斎にこもって、せっせと帳簿つけをしていますよ。とにかく、この会話の要点は仕事のことじゃないんです」

「正直に申しあげますけれど、サー、わたしには、その要点がわかりません」マリーは言った。

「あなたと妹さんは、ここにいればいいということですよ。ぼくはオリヴァー兄上の動揺について説明していたけれど、べつに兄は恥をかいているわけではなくて、にぎやかな社交界にかかわらなければいけないと思って気が重くなっているだけなんです」

「でも、そんな必要はありませんわ。どうして社交界に紹介されなければならないの?」

「あなたたちはぼくらの従妹だ。兄上は責任を持つと決めた。そして兄は、責任を簡単に投げだすような人間ではない」

マリーは疑わしげな視線を返した。「あなたはとても話がお上手だけれど、お兄さまのお言葉の意味は少しちがっていたと思います。お兄さまは、わたしたちは社交界に受け入れられないだろうとおっしゃったのよ」

「あなたの身になって心配しただけです。あなたに恥ずかしい思いをさせたくないと思って」

「昨夜のドレスのように?」思いだしてマリーは赤くなった。

「そのとおり。おわかりでしょうが、兄は問題があるとは思ってもいなかった。状況を予測できなかったことを、兄は無念に思っているのです」

「ミスター・タルボット――いえ、ロードかしら――いったいなんとお呼びすれば――」

「従兄のフィッツ、というのがいいですよ」彼はにっこり笑った。「あるいは、フィッツだけでも。アメリカ式のくだけた調子というのはすばらしいと思っていますから」

「わかりました、それでは、従兄のフィッツ。お兄さまの弁護を買って出るなんて、お見それいたしましたわ。でも、効果はなかったと申しあげざるをえません。伯爵さまはわたしたちに責任を持つとおっしゃってくださいましたが、したくてやっているのではないと、わかっています。わたしたちがいなくなれば、ほっとなさるでしょう。わたしも妹たちも、歓迎されない場所には残らないほうがいいと思います」

「親愛なる従妹殿、どちらの点でもまちがっておられる」ふだんは陽気なフィッツの表情が真剣になった。「あなたたちは〈ステュークスベリー邸〉を出たくなどないでしょう。だって、どこへ行く？　なにをする？　どうやって生きていくんですか？」

「わかりません」マリーは正直に答えた。同じことを考えつづけて、夜も半分は眠れなかった。「でも、なにか方法は見つかります。働き口もあるでしょうし」

フィッツの目がショックに見ひらかれた。「ですが、あなたたちは貴婦人ですよ。どんなふうに育ち、なにをアメリカでしていたにせよ、ここでは通用しません。認められる仕事といったら、家庭教師か付き添い婦人くらいのものだが――ぶしつけなことを言って申しわけないが――どこのだれがアメリカ人を家庭教師に選びます？　それに付き添いの婦人というのは、元気で魅力的な若い女性の仕事ではない。たとえ、ひとりかふたりは仕事の話があったとしても、四人まとめて雇ってもらえる場所などない」

「わたしたちにはいろいろなことができますわ。料理でも、お掃除でも――」

「召使いになるとおっしゃるのですか？」フィッツは、マリーが街で客を引くとでも言ったかのような、仰天した顔を見せた。「マリー！　とんでもありません」狼狽《ろうばい》し、かぶりを振る。

「どうして？」

「楽しくなどありませんよ。断言します」フィッツはつかのまマリーを真顔で見つめたが、いつもの笑みで、ぱっと表情が明るくなった。「それに、あなたも妹さんたちも、召使いになるような性分ではないと思う。とにかく、兄が許しませんよ」

「お兄さまに、なんの関係がありますの？」

「ステュークスベリー伯爵の従妹が、その日暮らし？　そんなこと、兄に耐えられるわけがない」

「わたしたちはなにも言いません。お兄さまの従妹だなんて、だれにも知られませんわ」

「兄は言います」

「まあ」

「オリヴァー兄上は、信念を曲げない人だ。兄は自分があなたたちに責任を持つと決めた。あなたたちを追いだしたりはしないし、あなたたちが自分でそのような状況に身を置くことも許さない」

「お兄さまだって、どうしようもありませんわ」マリーは抗議した。「わたしたちは成人した大人です」

「あなたに限って言えば、兄もなにもできないかもしれない——何時間も懇々《こんこん》と説教をするくらいしか。でもそれは、鞭で打たれるより、はるかにつらいですよ。しかし、あなたがたの出生証明書を拝見したところ、妹さんのリリーは成人していない。それに、おそらくカメリアも。となると、オリヴァー兄上がふたりの後見人となることはあきらかで、必要とあらば訴えを起こすこともいとわないでしょう」

マリーは声を失って彼を見つめた。

フィッツは笑みを浮かべ、テーブル越しにマリーの手にふれた。「ねえ、従妹殿。ぼくらは家族だ、家族というのはささいな口げんかくらいするものだ。妹さんたちのことを考えてごらんなさい。ちょっと気分を害した、プライドが傷ついたからと言って、妹さんたちに貧しくつらい生活を強《し》いてはいけない」

マリーは手を振りはらい、彼をにらんだ。「母さまと同じことをおっしゃるのね！」

フィッツは小さく笑った。「ほらね？　家族だ。あなたの母上が、こうしてほしいと望んだのでしょう？　あなたたちにとってどういう暮らしになるか、お母さまはわかっていらした。少しばかり……慣れる期間が必要なだけだ」そこで間を置く。「どうだろう？」

マリーは口を一文字に引き結んだ。どんなにフィッツがうまく表現してくれても、ここに残ると思うとしゃくにさわる。けれどもあいにく、彼の言うとおりだった。アメリカでは将来に希望がないからこそ、妹たちをここまで連れてきたのだ。しかし、この異国で孤立すれば、もっとひどい状況になる。ここに来るために、自分たちがどんなことをしてきたか、すべて思い返した。プライドが傷ついたからと言ってその努力を無にしてしまうのは、フィッツの言うとおり、あまりにもばかげている。

昨夜、マリーは、新しい親戚とうまくいくようにもっと努力しようと誓った。よけいなことは言わずに口を閉じておこうと。それなのに夜が終わらないうちからカッカしてしまい、恩恵を受けられる邸から出ていくと、早まったことを口走った。妹たちのことや、妹たちがどうなるかなど、なにも考えず。そう、自分のことしか考えなかった。

それに心の奥底では、自分が腹を立てたのは伯爵ではないことを、マリーはわかっていた。サー・ロイスの言葉が胸に突き刺さったのだ。愚かにも、彼が自分に興味を持っているかもしれない、好意を持っているかもしれない、あまつさえ女として求められているかもしれないなどと思ったから。自分が思春期の乙女のようなふるまいをしていたせいで、妹たちをつらい状況に追いやってはいけない。

マリーはため息をついた。「おっしゃるとおりです。反論の余地はないですわ。ここにいるしかありません」

フィッツはにこりとした。「後悔はしませんよ」

「だといいんですけれど」マリーは笑顔を返すことができなかった。妹たちのためには正しいことをしたが、いまやロイスと顔を合わさなければならないことしか考えられない。

いったい、自分がそれをおそれているのか……それとも期待しているのか、マリーにはわからなかった。

9

結局、もう一度ロイスに会ったらどんな反応をしてしまうかを知るのに、そう長くはかからなかった。その日の午後、マリーたちが伯爵やフィッツと同席して、客間のひとつでお茶を飲んでいると、執事がサー・ロイスとレディ・シャーロット・ラドリーの訪問を告げた。

紅茶に砂糖を入れていたマリーは、心臓が跳ねるのを感じ、とっさに小さなスプーンを握りしめ、砂糖の粒がソーサーにこぼれた。砂糖入れにスプーンを戻すのに意識を集中させ、カップを置いたまま気持ちを落ち着けてから、顔を上げてドア口のふたりを見た。

流行の最先端と思われるドレスに身を包んだ、すてきな女性にまず目がいき、次にその隣に立つ男性に視線が飛んだ。ロイスの本性がわかったいまとなっては、前とはちがったふうに見えるのではないかと思っていた。けれどもあいにく、長身で引き締まった体躯《たいく》を見たとたん、体に熱いものが走ったことは否定できなかった。ロイスの緑色の瞳と目が合い、マリーは身を引き締めた。彼の前でうつむいたりはしない。なんと言っても、ばつの悪い思いをするのは彼のほうなのだ。ここに残るつもりなら、これから彼とはまちがいなく日常的に顔を合わせることになる。彼にどう思われようと関係ないということを、はっきりさせておかなければならない。

つかのま、無表情で彼の目を見すえたマリーは、彼の連れに顔を向けた。少しだけ自分よりも年上だろうか。焦げ茶色の髪はアップにまとめ、レース飾りがついた淡いグレーのボンネット帽をかぶっている。帽子のてっぺんには、まっ赤なチェリーの房を模した飾りがついていた。そして、帽子と同じ色合いの馬車用のドレス——本来のウエストよりは高い位置にウエストがあるものの、それでもマリーたちが着ているものよりは、はるかにウエストが低い——昨夜のおばたちがまとっていたドレスと同じで、あきらかに新しいデザインだ。ボンネット帽の下から覗く顔はやさしげで、頰はバラ色、瞳は明るいハシバミ色、バラのつぼみのような唇。

「従妹のシャーロット殿」フィッツとステュークスベリー伯爵のふたりともが、笑顔で立ちあがった。

「昨夜の晩餐でお目にかかれなくて、たいそう残念でした」伯爵が言い、前に進みでて女性の頰にキスした。

「今朝、お母さまを訪問したとき、どなたにお目にかかったかをうかがったわたしのほうが、もっと残念でしたわ」シャーロットの視線は従兄弟を素どおりし、ふたつの小さなソファに群れるように座っているバスクーム姉妹に移った。

「新しい従妹殿に紹介しましょう」オリヴァーが言い、バスクーム姉妹に向かって名前を次々に挙げていった。そして言い添えた。「シャーロットは、きみたちのおばであるシンシ

ア の娘にあたる」

「まあ、なんてかわいらしいお嬢さんがたかしら！」シャーロットは声を張りあげながら近づき、姉妹と握手した。「ロイスから聞いてはいたけれど、大げさに話しているのだと思っていたの。でも、そうではなかったのね」彼女はいたずらっぽい視線をオリヴァーに投げた。「オリヴァー、またお仕事が増えるわね。こちらのお嬢さんがたへの求婚者を追い払わなければならないわ」

「それはもうしばらく先の話になりそうだが」オリヴァーは言葉を濁した。

「もちろん、今年の社交シーズンではないわ。もうおしまいに近い時期ですもの。でも、次のシーズンは大騒ぎになるわよ」シャーロットは姉妹にいちばん近い椅子に腰をおろした。「あなたがたのことを聞かせてちょうだい。お母さまの話では、ユーフロニアおばさまにひと泡吹かせたそうね。ほんとうに銃を持ち歩いているの？　ロイスが初めてあなたがたに会ったときはライフルをお持ちだったそうだけど、ロイスのうそに決まっているわ」

好意的に話を聞いてくれる人間が現われたことはまちがいなく、姉妹は前夜よりももっと現実味のある話をしはじめた。マリーは妹たちが話の主導権を握るにまかせ、自分はサー・ロイスの存在を無視することに集中した。彼のほうを見ないようにするだけでも、相当な苦労だった。とくに、おしゃべりしているほとんどの時間、彼の視線を感じている状況では。

ようやく会話がひと区切りつくと、シャーロットは伯爵に向かって言った。「オリヴァー、手助けが必要なんじゃないかと、ロイスに言われたのだけれど」

オリヴァーの顔がたちまち明るくなった。「そのとおりですよ。社交シーズンのあいだ、従妹殿たちの後ろ盾になってくださるおつもりですか」

シャーロットは甲高い音楽のような声で笑った。「ご冗談でしょう。わんぱく坊主が三人もいるのに？　謹《つつし》んでご遠慮するわ。もう手いっぱいよ。それに、このお嬢さんたちに道をつけてあげるには、わたしは力不足だわ」そして姉妹のほうに向き、つけ加える。「それにね、あなたたちのことはどなたも好きなのだけれど、社交界に入る前にやらなければならないことが山ほどあるの」

「それはわかっているよ」オリヴァーが言った。「紹介所に当たって、彼女たちに社交術も教えられる付き添い婦人を探しているところだ。見つかったらすぐに全員でウィローメアに行かせる。あちらは静かで、必要なことをすべて身につける時間もたっぷりある」

「なんですって？」マリーが妹たちを見やると、みな一様に驚きと警戒の表情を浮かべていた。「わたしたちをどこかへやるおつもりなの？」

「そうだ、タルボット家の領地であるウィローメアに。ここから北へ行った湖水地方にある」

「なるほど。ロンドンから遠く離れた場所ですの。そのほうがあなたがたのご迷惑になりませんものね」マリーは辛らつな言葉を向けた。

リリーが息をのむ。「まあ……わたしたちを隔離なさるのね？『モンタギューの盾』に出てくる邪悪な公爵さまのように！」

「なんだって？」オリヴァーが面食らった顔でリリーを見た。

「小説ですわ」マリーは肩をすくめ、妹の言葉を受け流した。「伯爵さま、少し横暴ではございませんか？」

「放っておきなさいな」シャーロットがマリーに言った。「オリヴァーはだれにでも横暴なの。そうよね、フィッツ？」

「まったくだ」フィッツはバスクーム姉妹にウインクした。「気にすることはない。兄は人に命令せずにいられないんだ」

「でも、わたしたちが行きたくないと言ったら？」カメリアが反論した。

オリヴァーの眉間にしわが寄り、すかさずシャーロットが割って入った。「きっと気に入るわ、ほんとうよ。ウィローメアはすてきなところですもの――美しくて、騒がしいロンドンから行けばほっとするわ。まったく、最高の思いつきね。お怒りはごもっともだけれど、オリヴァーといるとそういうものなの――それに彼の言うとおりでもあるわ。なんの準備もなしに社交界に出たくはないでしょう？　とんでもないことになりかねないもの。たしかに、これまでの環境とはだいぶちがうでしょうけれど」

「ちがうどころじゃないわ」カメリアがぽつりと言った。

「ね、それならわたしの言わんとするところはおわかりでしょう。あなたがたはずっとアメリカで暮らしてきたのだから、なにをどうすればいいのかわからないのは当たり前よ。でも哀しいかな、どんな理由があろうと、ここではわかっていて当然だと思われてしまうの。あいにく、容姿や装いだけととのえても充分とは言えないわ。いずれにせよ、もう社交シーズンもほとんど終わりで、みなロンドンを離れるから、閑散として退屈になるわ。だから次の時期まで、あなたがたはウィローメアに行って、必要なことをすべて身につけて――」

「でも、いったいなにを？」マリーが尋ねた。「なにを身につけるというのです？」

「立ち居ふるまい、ダンス――必要なことをなんでも」シャーロットは軽く手を振った。「それはオリヴァーがこれから雇うご婦人が教えてくれるわ。そして、来年の社交シーズンにデビューしたら、あなたたちは大旋風を巻き起こすわよ。社交界デビューの後見役には心当たりがあるの、引き受けてくださればいいのだけれど。レディ・ヴィヴィアン・カーライルよ」

「ヴィヴィアン・カーライル？」オリヴァーがおうむ返しに言った。「まさか、昔ウィローメアでさんざんぼくたちに迷惑をかけた、あの赤毛でやせっぽちでうっとうしい女か？」

シャーロットは従兄に片眉を上げてみせた。「ヴィヴィアン・カーライルは社交界の中心人物よ。あなたがもっとロンドンに出ていれば、ご存じでしょうけど」

「知っているとも」オリヴァーは言い返した。「だが、わたしの聞いた話では、レディ・ヴィヴィアンは嘆かわしいはねっかえりだそうだ。こちらのお嬢さんがたはすでにおてんばすぎるというのに、カーライルのような礼節をわきまえない人間をお手本にするのはいかがなものだろう」

バスクーム姉妹は、その言われように色めきたったが、反論のひとつもしないうちにシャーロットが口をひらいていた。「まあ、オリヴァー、そんなにやかましいことを言うものじゃないわ。なにも彼女と暮らすわけではないのよ。お嬢さんがたには付き添い婦人もつくのだし。でも、もしヴィヴィアンが後押ししてくれたら——」

「後見役なら、おば上たちのだれかで充分だろう」

シャーロットは目をくるりとまわした。「ちょっと。たしかに、タルボット家は由緒ある名家よ。でもカーライル家ほどの影響力はないわ。それに、このあわれなお嬢さまがたを全員ユーフロニアおば上に押しつけるほど、あなたも非道ではないでしょう。さすがのヴィヴィアンも、四人全員では手に余るかもしれないわ。でも、もし彼女の主催するパーティに招いてもらったり、舞踏会で引き立ててもらったり、オペラの桟敷席でご一緒させていただいたり、そういうことができれば——たちまち社交界に受け入れてもらえるの。レディ・ヴィヴィアンは突破口なのよ」

「しかしカーライル家の人間だ！」

シャーロットはオリヴァーに顔をしかめた。「これまで、ヴィヴィアンがらみの醜聞をちらとでも耳にしたことはないわ。カーライル家の先祖代々の醜聞には、彼女はなんの責任もないのよ。そんなもの、どうせとうの昔に忘れ去られているわ」

「わたしは忘れていない」

「だから、まわりの人たちは、という意味よ。ヴィヴィアンは自分の好き勝手にやる人だけれど、倫理にもとることはしない。それに、彼女は公爵の娘だわ」

「あの、すみません」マリーが口をはさんだ。「わたしたちには、なんの発言権もないんでしょうか」

シャーロットはマリーに向きなおった。「ヴィヴィアンのことなら、きっと気に入るわ。それは心配しなくて大丈夫。彼女のほうも、あなたたちをわたしと同じくらい気に入ると思うし。ヴィヴィとは長いつきあいなの。社交シーズンが終わったら、ウィローメアに会いにきてもらってもいいわね。彼女もちょうどおじさまがあちらにいらっしゃるし」

そう言うなり、シャーロットは口をつぐんでサー・ロイスをさっと見やった。申しわけないと言わんばかりのまなざしだった。マリーも彼を見たが、彼の表情はなにも変わらないように見えた。変わらぬというより無表情だった。しかし、部屋の空気が張りつめるのは感じられた。オリヴァーとフィッツがロイスを見やり、そして互いに顔を見合わせた。

シャーロットは少し息切れしたかのように、マリーたちにまくしたてた。「ヴィヴィアンのおじにあたる、公爵さまの弟君が、ウィローメアの近くにお住まいなのよ、ね、それで……」すがるような目でオリヴァーを見る。

あわてて彼が入った。「そうだな。いいと思うなら、レディ・ヴィヴィアンに当たってみてくれ」

マリーは、見えないところでいったいなにが起きたのだろうと思わずにいられなかったが、すでにシャーロットが話を先に進めていた。

「よかった」シャーロットはにこりと笑った。「では決まりね。残るは、衣装の問題だけ」

伯爵が小さくうめいた。「そのとおり。そう来ると思っていたよ」

「ええ、そうでしょうね」シャーロットがうなずいた。「見てのとおりですもの。こんな格好で人前に出すわけにはいかないわ」

マリーは自分のドレスを見おろした。自分たちの着ているものは少々流行遅れで、少々傷《いた》んではいるが、ここの人間が思っているらしいほど見苦しいとは思っていなかった。

シャーロットは意気揚々と姉妹たちを振り返った。「あなたたちをお披露目するには、衣装を総取り替えしなければならないわ。でも、とりあえず、ふだん着るものを少しばかり新しくしないとね。そうだわ！　お買い物につきあってもらえないか、ヴィヴィアンに訊いてみましょう。〈グラフトン・ハウス〉で生地を買うの。ドレスを仕立ててくれるお針子は知っているわ。できあがったら、ウィローメアにいるあなたたちのところへ送らせます。そうそう、帽子屋にも行かないとね。新しいボンネット帽が必要よ——それに手袋も。ああ、靴も！」大きな笑みを浮かべる。「これは楽しくなりそうね」

いっきにまくしたてられ、マリーは声を失った。生地の巻物——縞柄や格子柄のかわいらしい布、上品なシルク、小枝模様のモスリンなど——の映像で頭がいっぱいになった。横目でちらりと妹たちを見る。ローズはここしばらく見たことのないような幸せな表情をし、リリーの顔は見るからに輝いていた。カメリアでさえ笑顔になっている。

「明日の午後に出かけましょう——いいえ、待って、明日の午後は、ラドリーの耳の不自由なおばあさまを訪問するのだったわ。たいへんなのよ、言うことがぜんぜん伝わらないから、大声を張りあげなければならないの。しかも、おばあさまはにおいまで嗅ぐのよ——信じられないでしょう！　とても弱っていらっしゃるのだけど、それでもまだパニエをつけて、お顔を塗りたくって、虫に食われた古いかつらをかぶってらっしゃるの。でも一族の実力者だから、かわいそうなラドリーはおばあさまにびくびくしながら暮らしているのよ」

「ラドリーはきみのご主人だと説明しなきゃ」ロイスが愉快そうな口調で言った。「みな、わけがわからず困っているよ」困惑顔でシャーロットを見つめるバスクーム姉妹に、ロイスはあごをしゃくった。

マリーは思わず口もとをゆるめそうになりながら彼を見たが、ハンサムな顔をひと目見たとたん、昨夜彼に見くびられたときのつらさがまざまざとよみがえった。笑顔になる前に表情が凍りつき、マリーはシャーロットに目を戻した。ロイスの視線を感じたが、断固として無視した。

「ごめんなさい！　わたしったら、ときどきとんでもないおしゃべりになるの。つまり、先々代の男爵の未亡人であるおばあさまのことはどうでもいいの。大事なのは、明後日までお買い物には行けないということね。でも、おかげでヴィヴィアンを誘う時間ができたから、いいことにしましょ？」

シャーロットが買い物の手配について話しているあいだ、マリーは、二階にある財布の乏しい中身のことを考えずにいられなかった。流行《はや》りのドレスを新調するという話はなんとも魅力的だが、シャーロットは従妹たちの懐《ふところ》が自分と比べてどれほどさびしいか、知らないにちがいない。はしゃいでいるシャーロットの気持ちに水を差したくはなかったが、新しい服を買う余裕がないことをあとから認めるのは、よけいに具合が悪いだろう。

マリーは意を決して口をひらいた。「すばらしいお話なのですが、シャーロット。でも、あの、申しあげにくいのだけれど――わたしたちにはとても――」頬がまっ赤になったが、あごを少し上げた。「じつを申しますと、充分な持ち合わせがなくて、なにも買えないんです」

シャーロットはぽかんとしていた。リリーはつらそうに長々とため息をつき、力なく椅子にもたれた。さらに沈黙だけがつづいた。またしても失敗をしたのだとマリーは思った。この人たちは、下卑《げび》たお金の話などしないのだろう。しかしなにも買うことができない状況なのに、シャーロットに嬉々として予定を立てさせるわけにもいかない。

やおら、伯爵が口をひらいた。「どうやら思いちがいをしているようだ、従妹殿。代金の請求は、わたしのところに送られるのだが」

マリーは面食らってオリヴァーを見た。「そんな――いえ――あなたがわたしたちに服を買うことなどありません」

伯爵は片方の眉をくいっと上げた。「きみたちのことは、わたしが責任を負うことになったんだ。必要なものも買い与えないと思っていたのかな?」

「いえ、それはもちろん」落ち着きはらったグレーの瞳を向けられて、マリーは身じろぎせずにいるのもひと苦労だった。「でも、そんなことは思いも――いえ、そこまでしていただくわけにはまいりません。服の代金まで支払っていただくなんて」

「これから一生、同じドレスだけ着ていろとは、とても言えないのだが?」

「いえ、それはそうですが」マリーは同意したが、人生でこれほど情けない思いをしたことはなかった。

伯爵は小首をかしげた。「では、承知してもらえるね」愉快そうに瞳がきらめいている。

「われらが従妹殿の浪費癖に、貴重な教育を施してもらえるかもしれないな」

「ラドリーに不満を言われたことはないわよ」シャーロットは高飛車に言い放った。

こわい伯爵に難なく立ち向かっているシャーロットに、マリーは驚きを隠せなかった。自分なら肩をいからせ、勇気を振りしぼらなければ伯爵の顔も見られないというのに。けれどもシャーロットの気安さは、自分はこの家の一員だという思いから来ているものだろう……マリーと妹たちに、その感覚はない。これからもそう思えることはけっしてないだろう。

まもなくシャーロットはいとまごいをしたが、二日後に買い物に出かけることを約束して帰った。マリーはにこやかに挨拶をしたが、サー・ロイスも席を立って廊下までシャーロットを見送りに出ていたため、彼とも顔を合わさなくてはならなかった。しかしそのとき彼女の顔に笑みはなく、あくまでも冷ややかにうなずいただけだった。

シャーロットは玄関に向かって進み、妹たちもぞろぞろとあとについていきながら、靴と帽子とドレスのことをうれしそうに話していたが、サー・ロイスはマリーの腕をつかんで引き戻した。

「これから死ぬまで、ぼくとは話をしないつもりか?」ロイスが小声で訊いた。

マリーはなんとか彼を見た。ロイスはほほえんでいて、そのほほえみにどきりとしてしまう。どうして彼のあごは、こんなに男らしくてすてきなのだろう。どうして雨に洗われた木の葉のような、こんなに鮮やかな緑色の瞳をしていなければならないの?

「まさか」マリーは冷静な声で答えた。「これからわたしたちには、ときどき話をする機会もできますわ。でも、長い時間ご一緒することはないと思います」

「そうかな?」ロイスの眉がつりあがった。「タルボット家は絆の強い一族だ」

「たしか、あなたはタルボット家とのご縁には関心がありませんでしたわね。それに、あなたは身分に応じた結婚をされるのですから、わたしたちの道が交わることはないでしょう」

「マリー……」ロイスはため息をついた。「ぼくに意地悪をしたい気持ちはよくわかる。あれだけ気の利かない、浅はかなことを言ったのだからね。だが、きみを傷つけるつもりはなかったんだ。そんなつもりは毛頭なかった。どうすればそのつれない態度を改めてくれるのか、少しでいいから教えてくれないか」

「いったいなにをおっしゃっているのかしら。意地悪をするつもりなどありませんわ。わたしは真実をお話ししているだけ。あなたがなさったのと同じようにね。人をだますのは好きではありませんから」

「だます!」ロイスは顔をしかめた。「きみをだましてなどいない」

「そうでしょうとも。思いちがいをしていたのは、わたしのほうですから。これまでわたしは、もっと単純な人たちを相手にしてきたもので。おもしろがってばかにされているのもわからず、懇意にしてくださっていると勘違いして」

ロイスは驚愕の表情を見せた。「ばかにされてって――いや、マリー、そんなふうに考えては――」

傷心をあまりにあからさまにしたマリーは恥ずかしくなり、かぶりを振って、ぎこちない笑みをさっと浮かべた。「いやね。こんなことをしつこく言って、ばかみたい。失礼しました」

マリーは彼の手をふりほどき、さっさと妹たちのところへ加わった。ロイスはため息をついて、あとにつづいた。マリーは半ば心配していたものの、彼が話しかけようとすることはもうなかった。ロイスは妹たちに陽気に会釈《えしゃく》し、シャーロットに腕を差しだして、ともに帰っていった。

マリーが妹たちに向きなおってみると、三人そろってこちらを見ていたのでいささか驚いた。問いかけるように眉をつりあげる。「どうかしたの？」

「いま同じ質問をするところだったわ」ローズが答えた。「姉さまとサー・ロイスとのあいだで、なにかあったの？　姉さまが怒るようなことを、彼がしたの？」

「いいえ。そんなことがあるわけないでしょう。なにもないわ」マリーは顔をそむけ、階段のほうに向かった。ひとりになりたかったが、妹たちはみなついてきた。

「それなら、どうして彼を避けていたの？」リリーが尋ねた。「彼がここにいるあいだ、ひとことも話しかけていなかったじゃない」

「笑うこともなかったわ」ローズが言い添えた。「見ていてはっきりわかったもの」

「それにさっきだって、彼が話しかけてくださっていたのに、姉さまったら……怒っていたみたい」リリーが締めくくる。

「腹の立つこともあるのよ」立ち聞きした話の内容を妹たちに明かせたら、どんなに楽だろう。けれどもそんなことをしたら、妹たちを動揺させ、新しい親戚と対立させることになるだけだ。そんなことはしたくなかった。伯爵とうまくやることが、とくに年少の妹ふたりにとっては大切なのだ。それに、妹たちはサー・ロイスに好感を持っている。彼の本心を伝えるのは、あまりに酷だ。

だからマリーはこれだけ言った。「彼がどんなばからしいことを言っていたかは忘れたけれど、べつだん重要なことではなかったわ。あの人がどんなふうか、知っているでしょう」

ローズは疑わしげな目を向けたが、マリーは気づかぬふりをした。

「もっと楽しい話をしましょうよ」マリーは階段を上がり、自分たちの部屋に向かった。

「シャーロットとお買い物に出かける話とか」

思ったとおり、その話題でたちまち妹たちの気持ちはサー・ロイスからそれた。

「すてきじゃない？」リリーが言った。「考えてみて——ドレスに帽子に靴よ！　手袋まで。明日一日がすぎるのを待つあいだ、どう気持ちを抑えておけばいいのか。シャーロットのドレスを見た？」リリーはうっとりとため息をついた。

「でも伯爵さまは、あれほど立派なものをわたしたちに買うおつもりはないんじゃないかしら」ローズが言った。「おそろしいほど高価だったはずよ、そう思わない？　でも、みすぼらしい格好をしなくてもすむなんて、すてきだわ」

「服のことはうれしいわね」カメリアも認めた。そのときマリーがローズと使っている部屋のドアを開け、妹たちもぞろぞろと入った。「でも、どうして世話役がつかなければいけないのか、わからないわ。わたしたちは子どもじゃないのよ」カメリアはベッドに飛び乗り、横向きになって片手で頭を支え、姉妹のほうを見た。

「そうよ」リリーも言い、ベッドの足もとに置いてある収納箱に腰をおろした。「でも、ここで暮らすために知っておかなければならないたくさんのことを、わたしたちが知らないというのは事実だわ。昨夜もフォークやスプーンがずらりと並んでいたでしょう？　どうすればいいのか、わかった？　わたしはわからなかったわ」

「そうね、でも、あんなにたくさん並べるなんて無駄よ。ひとつあればいいのに」カメリアはあごを引いた。「母さまは一度もあんなに食事の道具を並べたりしなかったわ」

「それはそうだけど、どれをどう使えばいいのかは知っていたはずよ」マリーが口をはさんだ。「わたしたちは、もうアメリカにいるのではないの、カメリア。前と同じ生活はできないのよ。ここで暮らすのなら、やり方を変えなければいけない。いろいろなことの正しいやり方を学ばなければ」立ち聞きした話を妹たちに話すことはなくても、もう二度と、だれにもバスクーム姉妹のことをあんなふうに言わせないと、マリーは心に決めていた。

「あのおばさまたちのように、しなびた枯れ枝みたいになるのはお断わりよ！」

「もちろんよ」マリーはすかさず言った。「でも、あなたがあの人たちより劣っているなんて、だれにも言わせたくないの」妹たちひとりひとりの目を、しっかりと見すえる。「どのスプーンを使うかわからないだけで、ばかにされてもいいの？　ダンスのステップを知らないからって、パートナーの足を踏みつけたい？」

カメリアは顔をしかめたが、反論することはなかった。

「シャーロットの言っていた次の社交シーズンに、わたしたちは出るの。そして無骨な田舎者じゃないってことを見せてやるの」

「社交シーズンというのは楽しそうよね」リリーが言った。「シャーロットの話では、あちこちのパーティに行って、踊って、おしゃべりして、殿方と戯《たわむ》れて。もちろん、ごく慎重にだけれど。それにお芝居やオペラや――」

「そんなものはどうでもいいわ」カメリアが反論する。

「あなたはそうでしょうけど。でもリリーにとっては大事なの。そしてわたしは、あなたたちみんなに、ここで幸せに暮らしてほしいと思ってるの」マリーは決意に燃えた目で、妹一同を見渡した。「結婚して、子どもをもうけて、しかるべき待遇を受けて。田舎の家に閉じこもっていたのでは、それらはなにひとつ手に入らないわ――つまり、少なくともレディとして通るだけのものを身につけなければ、伯爵さまにそういうところへ追いやられてしまうのよ」

「マリー姉さまの言うとおりだわ」ローズが言った。「パーティに出て、みんなにじろじろ見られて話の種にされるなんて、わたしはいやよ。でも、ここではそういうものらしいじゃない。できそこないだなんて、だれにも言われたくない。みんなは？」

「いやよ！」案の定、カメリアの反応が速かった。

マリーは笑いをこらえた。ローズときたら、カメリアとリリーをその気にさせる言葉を見つけるのがうまいんだから。

「それなら」ローズはつづけた。「伯爵さまの雇った人の言うことを聞いて、なんでも言うとおりにしなくちゃ」

「うう、わかったわ」カメリアがうらみがましく言った。「言うことを聞いて、ここでのやり方を身につけるわ。でも、わたしという人間は変わりませんからね」

「もちろんよ」マリーはカメリアをさっと抱きしめた。「わたしたち、なにも変わりはしないわ」

その夜の晩餐は、バスクーム姉妹と伯爵のオリヴァーだけだったため、ずいぶんとこぢんまりしたものだった。伯爵によると、フィッツはすでによそで予定があり、ほかにはロイスやおばたちさえ招いていないということだった。今夜の伯爵は正装ではなく、昼間の着衣と同じものであることに気づき、マリーは伯爵に抱いていた印象が少しやわらいだ。

しかし、伯爵はフィッツやロイスとちがって気安くおしゃべりできる性格ではないので、マリーも妹たちもやはり気おくれしてしまい、会話はだいぶぎこちない感じで進み、天気の話と姉妹のアメリカからの旅の話に長い時間をさいた。食事が終わるとなんとなくほっとし、女性陣はテーブルを立ち、伯爵はそのまま残っていつものポートワインをたしなんだ。

その後も、その夜はゆったりと時間がすぎていった。アメリカでは手のすいた時間ができると、リリーは姉妹に本を朗読し、そのあいだにほかの姉妹は繕《つくろ》い物をしたり、靴下をかがったりした。ところが、この邸の膨大な蔵書に胸を躍らせていたリリーは、どの本も自分の気に入るような好奇心をそそられるものではないとわかって、心からがっかりした。

「ミセス・ラドクリフの本が一冊もないのよ」怒ったようにリリーは言った。「歴史とか哲学とか、そういうつまらない本ばかり！」

「骸骨のひとつやふたつ、描いた本もないの？」ローズがからかった。けれども、夜を楽しくしてくれる本は一冊もないということで、姉妹の意見は一致した。

アメリカでは、することのひとつやふたつはかならずあった——繕い物以外にも、古着を裂いて掃除用の布や包帯をこしらえたり、小麦粉の袋の縁をかがって布巾にしたり、わずかばかりの銀器を磨いたり。けれども銀の塩入れや食事道具は旅費の足しに売り、一張羅の服しか持ってきていなかったので、繕うものも処分するものもなかった。マリーは編み物用の棒針とかぎ針は持ってきていたが、毛糸はかさばるので持ってこられなかった。

姉妹はひまつぶしになるゲームや、せめてトランプでもないかと客間を探したが見当たらず、しばらくしてから、早めに部屋に引き取ることにした。

翌朝、姉妹が朝食におりていったとき、フィッツが少しくたびれた様子で邸に戻ってきたが、彼は笑みを浮かべただけで完璧なおじぎをすると、足早に二階の寝室へ向かった。姉妹とは伯爵が朝食をともにしたが、書斎で一、二時間ほどすごしたあとはクラブへ出かける予定だと彼は告げた。

残された姉妹は、またしても退屈な一日を送ることになりそうだった。

「そうだわ」カメリアが前のめりになり、グレーの瞳を好奇心で輝かせた。「探検に行きましょう」

「どこへ?」ローズが訊いた。「外には街しかないわ」

「だから、そこを探検するのよ」

リリーは口もとをほころばせて背筋を伸ばしたが、ローズは煮え切らない態度だった。

「でも、どこへ行ったらいいのか。迷ったらどうするの?」

「そのときは、ここの住所に戻る方法をだれかに尋ねたらいいわ」カメリアが答えた。「でも、きっとそれほどたいへんなことはないと思うわ。マリー姉さまだって、このあいだ、宿までちゃんと帰ってきたじゃない」

「たしかにね」マリーが言った。あのときは楽しい街歩きとはいかなかったが、宿に戻る道が見つかるか心配ばかりしていて、なにも見ていなかったのだからしかたがない。「何度か迷いはしたけれど、最後には帰りついたわ。今度はもっと注意して、通った道をよく見ておくようにしないとね」マリーは立ちあがってローズにほほえみかけた。「きっと楽しいわよ。

少なくとも、やることができるわけだし」

それでもまだローズは額にしわを寄せていたが、いつものように姉の行くところにはついていく気持ちになって、うなずいた。姉妹はボンネット帽と手袋を用意した。帽子や手袋なしで出歩くほどわたしたちは田舎者じゃないのよ、とマリーは思った。しかしぞろぞろと階下におりていった姉妹は、玄関ホールに従僕がひかえているのを見て、ぎょっとした。

マリーが思うに、姉妹だけで街へ出かけることを伯爵は快く思わないだろうが、伯爵の従妹にあたる人間がやろうとしていることを召使いが止めることはないだろう。マリーは顔を上げ、妹たちをアヒルの子のように従えて、しっかりとした足取りで玄関に進んだ。従僕がすかさずドアを開けたので、彼女はほっとした。

マリーは堂々とうなずいた。「従兄殿に訊かれたら、散歩に出たと伝えてちょうだい」

自然と早足になりながら、玄関ドアを出て階段をおり、歩道に向かった。通りに立つと、急に自由の身になった気がして胸が躍った。少しくもってはいるが、あたたかく、風も少しあって空気が新鮮に感じられる。スリー・コーナーズの家から出たときのように、木々やうねる道といった美しい風景が広がっているわけではないが、街は活気にあふれていた。一区画も行かないうちに、馬に乗った紳士をふたり見かけ、大きな馬車も反対方向へ走っていき、若い女性ふたりが姉妹よりはるかにのろいペースで歩きながら、うしろに仕着せ姿の小間使いを従えていた。女性ふたりは姉妹のほうを横目で見やったが、すれちがったあとに忍び笑いを押し殺していたのがマリーにははっきりとわかった。

「建物が多いわね」ローズがあたりを見まわした。「どこを見ても家が建ってる。それに、人も多いわ」

「ほんとうに！」スキップでもしそうな勢いのリリーが、声を張りあげた。「わくわくするわ」

十字路にやってくると、ぼろをまとった少年が姉妹のほうへ駆け足で道を渡ってきて、短いほうきで自分の足もとを掃いて進んだ。姉妹は驚いて少年を見ていたが、道端で振り返って期待のこもった表情を浮かべた少年を、姉妹はぽかんと見返した。

少年の顔がゆがんだ。「ちぇっ、はずれかよ」ぼそりとつぶやき、また道の向こう側に駆け戻り、同じことを身なりのよい紳士相手にくり返した。

「なんて言ったの？」ローズが困惑顔で尋ねた。

「わからないわ。英語だったかどうかも、わからない」

姉妹の側に道を渡ってきた紳士が、少年に小さな硬貨を投げた。

「わかったわ！　あの子にお金を払わなくちゃならなかったのよ」マリーが言った。

「どうして？」とカメリア。「埃を巻きあげたから？」

「たぶん彼は、人の靴や裾が汚れないように道路をきれいにしてるのね。このあいだも、同じような子を何人か見かけたのだけれど、なにをしているのかわからなかったの」

姉妹は前に進んでいったが、リリーは何度も十字路を振り返っていた。半区画ほど行ったところで足を止めた。「見て、あの子、あの男性にはやっていないわ」

姉妹はいっせいに振り向いた。大柄で肩幅の広い男性が、重々しく道を渡っている。頭には縁なし帽をかぶり、質素な上着を着て、無骨なブーツにだぶだぶのズボンがおおいかぶさっていた。

「あの男性にはお金がないことを、あの子はわかっているのよ」ローズが言った。「あの人は服装からすると、なにかの労働者ね」

「とすると、わたしたちのためにお掃除してくれたのは驚きだわ」マリーが言った。

姉妹は好奇心いっぱいにきょろきょろしながら、そのまま道を進んでいった。なにもかもが魅力的で、三十分ほども歩いてやっと、ろくに注意も払わずに歩いてきてしまったことにカメリアが気づいた。ほかの三人もすっかり忘れていて、急に立ち止まってあたりを見た。

「まあ、少なくとも危ない地域には入ってきていないわ」マリーが言った。「まだ立派な家ばかりだし、通りも広いし」

「引き返したほうがいいんじゃないかしら」ローズが言った。「戻る道がわからなくなる前に」

カメリアもしぶしぶ承知し、四人はやってきた道を戻りはじめた。

「変ね」リリーが言った。

「なにが？」

「わたしたちのあとから道を渡ってきた人——あの男の子がお掃除をしなかった労働者ふうの人よ。その人が、一区画先にいるの」

姉妹はみな顔を上げた。たしかにリリーの言ったとおり、大柄な男がいた。彼女たちのほうを見ながら歩いている。しかし急に足を止めて向きを変え、横にある家のドアを見つめた。かと思うと、やおらそそくさと道を渡った。

「ほんとうに同じ人？」カメリアが尋ねる。

「もちろんよ。あの帽子、あの上着——それに、あの長めの髪。あんなふうに帽子からはみでていたもの」

「そうかもしれないわね」マリーも言った。

「まだうしろにいるなんて、おかしくない？」とリリー。

「あなたはいつでも悪いことを考えるでしょう」カメリアが指摘した。「ミスター・ジョンソンの奥さんの姿が一週間も見えなかったとき、ミスター・ジョンソンが殺したんだって言ってたけれど、奥さんは足をねんざして歩けなかっただけだったじゃない」

「そんなのは大昔のことでしょ」リリーは鼻であしらった。「わたしがまだ十四歳のときの話じゃない。とにかく、彼がまだうしろにいたなんて、変だって言ってるの」

「わたしたちと同じところに行こうとしていたのかも」とマリー。

「でも、わたしたちはどこに行こうともしていなかったけれど」ローズが眉を寄せる。

「まあね。でも、同じ方向に行っていなかったとも言えないわ」

「彼が行く方向に、たまたまわたしたちが進んでいたってこと？」ローズが反論した。

「まあ、それもあまりないような気はするけれど……ほかになにが考えられる？」マリーはもっともなことを言った。「わたしたちのあとをつけていたって？」

「いいえ、そんな。ただ……おかしいな、って」

のろのろと進むあいだ、リリーはときおり振り返ってうしろを見ていた。角まで戻ってきたところで、どちらから来たかを思いだそうとしていたとき、リリーが小さな悲鳴をあげた。

「彼がいる！」

「なんですって？」残り三人がいっせいに振り返った。

「見えないけど」マリーが区画全体に目を走らせる。

「さっきわたしが見たとき、街灯の柱に隠れたの。でもほら、大きい人だから——腕が見えるでしょう」

「こちらに行きましょう」マリーは妹たちをまとめて角を曲がらせ、前に進みはじめた。

数ヤード先で、馬車が縁石に停まっていた。マリーは急ぎ足で馬車を通りすぎ、妹たちを引っぱって馬車の影に入った。そこで姉妹は振り向き、馬の影から角をそっと覗き見た。

「おい、なにをしてる？」高い御者台から御者が怒鳴った。「馬から離れろ」

「なにもしてません」カメリアが言った。「ここに立っているだけよ」

「そんな言い訳が通用するか。ミスター・ピンクリー・ファンショー閣下の馬だぞ。言っておくが、立派な馬だ。まわりをうろちょろして、こわがらせるんじゃない」

「うろちょろなんてしていません」マリーが顔をくもらせた。「静かにしてくださいませんか？　騒ぎ立てないで」

「おれが悪いってのか？」

御者がほかになにを言おうが、姉妹には聞こえなかった。そのとき、くだんの男がものすごい勢いで角を曲がってきていた。

10

男は止まり、前方の区画に目を走らせた。

カメリアがあっというまに歩道に飛びだし、両手を腰に当てて男の行く手に立ちふさがった。

「カメリア！」ローズが鋭くささやいて引き戻そうとしたが、ときすでに遅し。

「あとをつけてくるなんて、いったいどういうつもり？」カメリアは嚙みつくように言った。

彼女を止められなかった残りの姉妹は、あわてて彼女の隣に立った。

男は姉妹を見て口を開けたが、また閉じた。そして背を向け、駆けだした。カメリアがあとを追おうとしたが、今度はマリーとローズが妹の両腕をつかんで引き戻した。

「カメリア！　待ちなさい！　いったいどうしようっていうの？」マリーが言った。

「どうしてあとをつけてきたのか訊くのよ」

「はっはあ！」さげすみの笑い声が、高い御者台から響いた。「そりゃあ無骨者もあとをつけるってもんだ」御者台から大声を張りあげる。「あんたら四人、だれもかれも足首まで見せてほっつき歩いて、節操のないこった——あとをつけてきたのがひとりだけだったとは驚きだな」

それを聞いたマリーは髪の生え際までまっ赤になり、姉妹は四人とも自分たちのスカートを見おろした。たしかにほかの女性のスカートより少しは短いかもしれないとマリーも思う。なにせ、何度も洗濯したために木綿の生地が縮んでしまったのだ。しかし足首を丸出しにしているわけではない。どのみち、彼女たちの脚は丈の短いブーツで隠れている。

「なんて言い草なの！」そう言ったのがカメリアではなくリリーだったので、マリーは驚いた。リリーは前に進みでて腕を組み、怒りで顔をまっ赤にして男に対峙《たいじ》した。「わたしたちはなにも悪いことはしていないし、さっきの——あのがさつ者があとをつけてきたのは、わたしたちのせいじゃないわ。この街では、女四人で静かに歩くこともできないの？」

「まったくだわ！」争いごとから逃げることをしないカメリアも前に出て、妹と並んだ。

「そんなふうに人の悪口を言って、あなたこそ恥を知りなさい」

「ほう、そうかね？」御者は御者台からおりたが、肉付きのよすぎる体で苦労して馬車の横腹を伝う様子を見ると、なんとなく間が抜けていた。

「カメリア！　リリー！」マリーはカメリアの袖を引っぱった。「やめて。こんな街なかでけんかなどしないで」伯爵の反応が目に見えるようだった——それに、これでは伯爵に怒られてもしかたがない。御者があまりにも礼を失しているのはたしかだが、たとえスリー・コーナーズであっても、他人と道のまんなかで口論をするというのは、育ちのよい娘のすることではない。

しかし年若い妹はどちらも頭に血がのぼってしまったようだ。まっ赤な顔で怒鳴って悪態をつく御者を相手にするうち、ふたりの声も大きくなっていた。半区画ほども離れたところを歩いている人々までもが振り返ってこちらを見ている。しかも、見物人が近づいてきているのがマリーには見えた。もうすぐ人だかりができてしまいそうだ。

マリーとローズは妹たちの名前を必死でささやきながら、ふたりの腕を引っぱったが、妹たちは夢中になっていて、容赦なく引きずられながらも離れようとしなかった。そのとき、ふたつのことが起こった。小さな犬が跳ねるように走ってきたことと、近くの家から長身でやせた男が出てきたことだ。

犬はうれしそうに吠えながら、口論中の人々のまわりをぐるぐると走り、ときおり止まってはあちらこちらに飛びかかり、そのあいだもずっと短い尾を振っていっそうやかましく吠えたてた。

だが長身のやせた男は、軽くあしらうようなつれない態度だった。「ウェンズレイ！　いったいなにごとだ？」

マリーとローズは妹たちを引き離すことに必死になっていたものの、階段をおりてくる男を見ずにはいられなかった。どうやら彼が、馬の持ち主であるミスター・ピンクリー・ファンショー閣下らしい。その服装ときたら、先日ロイスと酩酊《めいてい》状態で同行していたゴードンが感嘆のため息をもらしそうなものだった。

長くて細い脚は淡い緑色のぴっちりとしたパンタロンに包まれ、明るい青の上着はウエスト部分できゅっと絞られ、肩には巨大なパッドが入り、垂れ裾の部分が非常に長くて足首にまでつきそうだ。シルクハットはほかの男性もかぶっているようなものだが、彼の場合は二インチほど高く、てっぺんが大きく張りだしているので、こういうものを見慣れないマリーの目には、縁取りのついた植木鉢のように見えた。片方の襟には片眼鏡が鎖で垂れさがり、もう片方の襟にはゴードンもくやしがりそうな巨大な花が挿してあった。ベストは青と黄と紫のペイズリー柄で、金鎖がついた派手派手しい懐中時計が時計入れのポケットからぶらさがっている。両手とも三本ずつの指に指輪がはまっており、複雑な結び方をした襟巻きのひだのあいだには、大きなダイヤモンドがきらめいていた。糊づけされた襟の先をぴんと立たせているが、立てすぎて頭を動かすと当たるので、だれかに話しかけるときには体ごとそちらに向いて話さなければならないようだ。手には、大きな金色の握りのついたつややかな黒いステッキを握っている。

姉妹の前にやってきた彼は、片手をステッキの上に置いてポーズを取り、くり返した。

「いったいぜんたい、なにごとだ?」

御者は、腹の大きさを考えると、可能なかぎりの深いおじぎをした。「ミスター・ファンショー、申しわけございません。この娘たちがあなたさまの馬にちょっかいを出して――」

「ちょっかいなんて出していません」マリーは口をはさまずにいられなかった。「ここに立っていただけです。失礼なことをしたのは、あなたの御者のほうです」

ミスター・ファンショーは振り返り、片眼鏡を使ってじろじろと彼女を見た。マリーはびっくりして見つめ返した。

じろじろ見てもマリーは動じないとようやく納得した彼は、眼鏡をおろした。「わたしのほうから話しかけてはいないはずだが」

「ええ。話しかけたのはわたしです」この人は少し頭が鈍いのではないかしらとマリーは思った。「あなたの御者の態度がとても失礼だったと申しあげました。彼が——」

このときだった。口論がやんでつまらなくなったらしい犬が、急に駆けだし、ばねでもついているかのように、何度か飛びはねた。最後に跳ねたとき、ミスター・ファンショーの淡い緑のパンタロンに前肢をかけ、長い二本線の泥汚れを残した。

ファンショーはトマトみたいにまっ赤になり、この世のものとも思えない金切り声をあげて、犬めがけてステッキを振った。「この駄犬め！　ろくでなし！　ズボンを台なしにして！」

犬をたたこうとあちこちにステッキを突きだすが、犬は軽々とよけた。

「やめて！」リリーが叫んだ。「けがをしてしまうわ！　その犬を殴らないで！」

実際のところ、ミスター・ファンショーよりも犬のほうがはるかに敏捷《びんしよう》で、けたたましく吠えながらうれしそうに跳ねまわっているので、ステッキが当たる可能性はないに等しかった。ファンショーが足を踏み鳴らしてくるくるまわり、やみくもにステッキを振りまわすうち、いかにも誘うかのようにはためく上着の垂れ裾が犬の視線を引きつけた。犬は前に飛びだし、垂れ裾の一枚に噛みついた。爪を出して前肢もかけ、うなりながら頭を振って、獲物を攻めたてる。

この行動にミスター・ファンショーは怒りを爆発させた。大声で悪態をわめきちらしながらぐるぐるまわり、犬をたたこうとする。しかし犬はしっかりと垂れ裾に嚙みついていて一緒にまわるので、どうにも届かなかった。

「ちくしょう、ウェンズレイ、この犬っころを引き離せ！」ファンショーは金切り声を出した。怒りのあまり顔が紫になっていて、マリーは脳卒中でも起こしやしないかと心配になった。

御者は大またで近づいて犬を蹴飛ばし、尻をつかんで歩道に投げつけた。犬の悲鳴がつづく。カメリアが犬に駆けよって抱きあげ、守るように犬を抱えて、けんか腰で御者をにらみつけた。

「二度とこの子にさわらないで」警告し、炎のような激しいまなざしを向けたが、知性があるとはとても言えないこの御者には通用しなかった。

「この小娘が！」御者はカメリアの腕をつかみ、ぐいと引っぱった。

御者はもう片方の手を振りあげて殴ろうとしたが、ローズが飛びかかって両腕でしがみつき、阻止した。ローズは振りはらわれたが、マリーが両手をきつく握り合わせて御者の頭に振りおろしはじめた。さらにカメリアの腕をつかんでいる御者の手にリリーが嚙みつき、カメリアも身をふりほどこうともがく。

通行人が集まってきていた。伊達男が上着の垂れ裾を丹念に調べ、どうなったのか一心不乱に確かめている姿や、数フィート離れたところで図体の大きな御者が片手で娘をつかみ、もう片方の手で三人の娘の攻撃をかわしながら、ぶざまなダンスを踊っている姿をおもしろがっている。犬はカメリアの腕から身をよじって飛びだし、歩道に着地して、もみ合っている一団にまたもや嬉々として吠え、ときおり突発的に大喜びで跳ねていた。

そこへ、ひとりの紳士が人込みをすっとかきわけ、輪の内側へと入った。しばらくたたずんで騒動を眺めていたものの、ため息をつき、前に進みでてステッキを振りあげると、御者の頭に勢いよく振りおろした。

頑丈な御者も目をぱちくりさせてよろめき、カメリアの腕を放した。彼女もまたうしろによろめいたが、腕をつかまれて体勢を立てなおした。

「気をつけて」騒ぎに割って入った紳士が言った。

その声を耳にしたマリーは、安堵の波に洗われた。「サー・ロイス！ ああ、よかった！」

思わず笑顔を浮かべて振り返る。サー・ロイスはにこやかに笑って腰を折った。その瞬間、マリーはこの人のことなど大きらいだったのだと思いだした。ぶつかり合うさまざまな感情が押し寄せたが、いちばん強かったのは感謝の気持ちだった。しかし直後、ロイスに公衆の面前での口論を――さらには人だかりができるほどのけんか騒ぎまで見られたことを思って、恥ずかしさに襲われた。このあいだの夜、はねっかえりと言われてかっとなったけれど、こうして道のまんなかで御者ともみ合っているというのに、反論できるだろうか。

「さて、きみたちはまたもやおもしろい状況にかかわっているようだね」ロイスの目が躍った。

マリーは唇を結んだ。言い訳をすることさえできない。

しかしリリーは黙っていなかった。「わたしたちのせいじゃありません」と声を張りあげ、ロイスのもとに駆けよった。「ほんとうです。わたしたちは馬の前に立っていただけで――」

「うう、今度はいったいなんだってんだ?」ロイスに打たれた衝撃からいくらか立ちなおった御者が、ロイスの前に仁王立ちになり、突っかかるように見た。

「ぼくも同じことを尋ねようと思っていたところだ」ロイスは冷ややかに答えた。「そちらのお嬢さんがたに、なにをしていた?」

「していた? なにもしてませんぜ!」御者は憤慨し、頭から湯気を出した。「あっしに乱暴したのは娘っこのほうでさ。ミスター・ファンショーにも悪さして」

「ミスター・ファンショーにはなにもしていません!」ひどいまちがいに、マリーは口を出さずにいられなかった。

「あんたたちの犬っころがやっただろ!」御者が指をさし、彼らの目がいっせいに、くだんの動物に向けられた。

当の犬は、歩道で短い尾を振りながら、好奇心いっぱいで彼らを眺めていた。ロイスはつかのま犬を見ていたが、マリーに向きなおった。「犬を買ったのか?」

「いいえ。わたしたちの犬じゃないわ。この男性が大声で騒ぎたてるのを聞きつけて、どこかから走ってきたの。それに、この犬はミスター・ファンショーに襲いかかったりもしていないわ。いえ、まったくなにもしていないわけではないけれど」マリーはいくぶん自信なさそうにファンショーのほうを見た。彼はいまだに上着の垂れ裾についた歯形を、不機嫌そうに調べている。

マリーの言葉に、ファンショーが頭を上げた。「なんだと？　あのろくでなし犬は、たしかにわたしに襲いかかったぞ。このパンタロンを見てみろ！」

「まあ、でも、その汚れは落とせますわ。それに、犬に悪気はなかったんです」マリーは辛抱強く言った。「興奮していただけで」

「上着はだめになったぞ！」ミスター・ファンショーは垂れ裾の端を持った手をサー・ロイスのほうに伸ばし、大げさに振った。「この歯形を見ろ！　破れてもいるし。これは洗って落ちるようなものではない。あの犬っころは処分しなければ！」

「やめて！」リリーが叫び、カメリアはふたたび犬を抱きあげた。まるで伊達男のファンショーが犬をつかまえ、いまにも言葉どおりのことをするとでもいうように。

「いや、そんな必要はないと思いますよ」サー・ロイスは親しげにファンショーの肩を抱いた。「ぼくの行きつけの仕立て屋をお教えしましょう。代わりの上着を仕立ててくれますよ」

ロイスが名刺入れを取りだして名刺を出すあいだ、ファンショーはロイスのオリーブグリーンの上着を品定めしていた。「〈ウェストン〉かい？」ファンショーが見当をつける。

「ほう、さすが見る目がありますね」

「あそこの上着は、わたしの趣味としてはちょっと地味なんだが」

「〈ウェストン〉も、喜んでもっと大胆なものを作ってみることでしょう」ロイスはにこりとした。「ぼくのような地味な男が、あそこの服をつまらないものにしてしまっているのかもしれませんね。ぼくの紹介だと伝えてください。超特急で仕立ててくれますよ」

「サー・ロイス・ウィンズロウ……」ファンショーは名刺をよくよく眺めた。「きみの従弟に会ったことがあるぞ。ミスター・ゴードン・ハリントンだ」

「そうですか」

「いいやつだった」

「ふむ。それでは一件落着ですね。ぼくはお嬢さんがたを送っていって――」

「でも、犬はどうするね？」ファンショーが眉をしかめた。「それに、その娘たちも放っておくわけにいくまい。困った娘たちだ。御者を襲ったのだ」

バスクーム姉妹がいっせいに異議を唱えたので、サー・ロイスは手をあげて制した。「彼女たちのことならきちんとします。まだ田舎から出てきたばかりなんですよ。いや……うちの女中頭の従妹でね。ぜひとも教育が必要だということだったんですが。残念ながら、ヨークシャーに帰すように言わなければならないかと」

「ああ、ヨークシャーね？　話し方が変だと思ったよ」

「おっしゃるとおり」ロイスはファンショーに帽子を傾けて見せ、マリーと妹たちには有無を言わせぬしぐさで制した。「さあ、お嬢さんがた。戻りましょう。ミセス・ホガースになにを言われるかと思うと、震えが来るよ」

尊大な態度にマリーは奥歯を嚙みしめたが、妹たちとともに彼のあとにつづいた。リリーは、うしろでにらんでいる御者に勝ち誇ったような視線を送ったが、マリーは彼女の腕をつねって前を向かせた。

「わたしたちは、今度はあなたの召使いになったのかしら？」ミスター・ファンショーと御者から数ヤード離れたところで、マリーはロイスに言った。

サー・ロイスはくすくす笑った。「怒ったのかい？　ステュークスベリー伯爵の従妹だとは言えないだろう、三十分で街じゅうに広まる。だが田舎から奉公にあがった娘四人では、噂の種にもならない。それに、こうしておけば、あいにくファンショーといつか再会したときにも、覚えられていることはない。召使いの顔など覚えていないからね」

「さっきだって、わたしたちのことなどろくに見ていなかったわ」カメリアが言った。「彼が気にしていたのは上着の垂れ裾だけ。あのおかしなものが足首でひらひらしているんだもの、パイレーツが飛びついたのもしかたがないわ」

「パイレーツ？」ロイスがけげんそうに訊いた。

「犬よ。見かけが海賊《パイレーツ》みたいでしょう？」

ロイスは振り返り、カメリアが抱いている小さな動物を見た。泥だらけだが白と黒のぶち模様で、テリアのように見える。片目のまわりだけなんとなく円形に黒く、それで海賊のような風情があるようだ。さらに鼻先にもななめに傷があり、口もとも片方だけ少し上がっていて、いつもにやりと笑っているかのようだった。片方の耳はぴんと立っているが、もう片方は先がなく、下に垂れている。

「かなりみすぼらしい犬に見えるが」

「ここに置いてはいけないでしょう。あのひどい御者に殺されるかもしれないわ——まあ、つかまえられたらの話だけど」

「家に犬がやってくるとは、オリヴァーはまちがいなく喜びそうだ」ロイスは冷ややかに言った。

「いやがるでしょうね?」マリーがため息をつく。妹たちのことはよくわかっていた。カメリアはどんな動物でも大好きだし、リリーもローズも心根のやさしい子たちだ。もし伯爵がパイレーツを置いておけないと言ったらどういうことになるか、マリーは頭が痛かった。

「どうしましょう。彼にはわからないよう、犬を隠しておけないかしら」

そのとき、パイレーツが通りかかった馬車に腹を立て、けたたましく吠えだした。それ見たことかと、ロイスはマリーを見やった。

「たしかにこの子は人目につくようなことをしてしまうけれど」マリーが言った。「わたしたちがここにいるのも、あと何日かのことでしょう。そのあとは田舎に行くのだから、伯爵さまがパイレーツを見ることも声を聞くこともないわ」

「上着の垂れ裾をかじられることもね」ロイスが言い添えた。

「ひらひらしているときだけよ」マリーは忍び笑いをした。「あの男性が垂れ裾をひらひらさせながら、ステッキで犬をぶとうと必死でぐるぐるまわっているところ、あなたもごらんになればよかったのに」

　ロイスもくっくっと笑った。「犬とファンショーの一件は話がわかったが、御者ともみ合っていたのは、どうしてだい？」

「パイレーツを蹴ったのよ！」ローズが言い、再燃した怒りに頬を紅潮させた。「それにカメリアが犬をかばって抱きあげたら、カメリアまでぶとうとしたの」

　ロイスの眉がつりあがった。「なんてことだ。もっと強く殴ってやればよかった」

「そうよ、そうなのよ」リリーが言った。「ローズ姉さまが彼の腕にしがみついたから、カメリア姉さまはぶたれなかっただけ。そのあとマリー姉さまが彼をたたいたのだけれど、放そうとしなかったから、わたしが彼の手をこじ開けようとしたの。でも力が強くて。手を噛んでやってもよかったのだけど、御者用の分厚い手袋をしていたから、効かないと思って」

　ロイスは笑いを噛み殺した。「ああ。そうだろうね」それからしばらく、五人は無言で歩いた。「のみこみが悪くて申しわけないが、あの馬たちになんの関係があるのか、まだわからないんだが」

「馬はなんの関係もないわ」マリーが話した。「どうして馬のことをあんなにうるさく言ったのか、わかりません。馬にはさわっていないのよ。前に立っていただけ。あそこが隠れるのにちょうどよかったから」

「隠れる？」ロイスの眉があがった。「きみたちは隠れていたのか？」

「ええ。その、男につけられていると思って」

「つけていたのよ」カメリアが口をはさんだ。「だって、わたしたちが角を曲がって隠れたら、彼も曲がってきてわたしたちを探していたじゃない」

「だれがつけてきたって？」ロイスは論点がずれないようにした。

「わからないわ。知らない男の人よ。まあ、わかるわけがないわよね？」マリーはもっともなことを言った。「ここに知り合いはひとりもいないんだから」

「だいぶ大柄で、おそろしげな人だったわ」リリーが両手で身長と体の幅を示した。

「たしかに大きかったわね」マリーも言った。「でも公正なことを言えば、おそろしげだったとは言えないわ。角を曲がってくるまで彼の顔はよく見えなかったし、曲がってきたときも彼は困っているように見えただけだった」

リリーはため息をついた。「姉さまには少しでも盛りあげようという気がないのね」

「あとをつけてくる理由に心当たりは？」ロイスが注意深く尋ねた。「その男になにかしたり、なにか言ったり――」

「いいえ」マリーはきっぱりと言った。「なにか言えるほど近づいたことはなかったわ。一区画ほど、うしろを歩いているのを見ただけで。でも、あとになってもまだうしろにいたの。だからわたしたちは角を曲がって馬車の前に隠れて、彼がほんとうにあとをつけているのかどうか確かめようとしたのよ。つけていることがはっきりしたら、カメリアが彼に話を聞こうと飛びだして――」

ロイスはくぐもったうめき声をもらした。「なるほど」

「でも、彼は背中を向けて逃げたの」カメリアがさげすむように言った。

「ひょっとして、ナイフを振りまわした？」

「いいえ」カメリアはむっとして眉を寄せた。「ナイフは持っていなかったわ。持ってくればよかった。街なかがこんなに危険だなんて知らなかったから」

「ふむ。ぼくも知らなかったよ」とロイス。

「あのひどい御者が言うには、わたしたちのスカートから足首が見えていたせいですって」リリーが片足を突きだし、下品だと言われた足を見おろした。「でもたぶん、あの御者はいやみを言っていただけだと思うわ。下品なんかじゃないわよね？　ブーツで隠れているのに」

「もちろんんだ。レディの足首が見えて下品だなどと思ったことはないよ。ぼくが思うに、麗《うるわ》しい令嬢が四人も供を連れずにいるのを見て、あとをつけたのではないだろうか。もしかして運がよければ、その、だめでもともと、声をかけられるかもしれないと」

「四人を相手に？」マリーは疑わしげに言った。

ロイスは肩をすくめた。「だからこそ、あとをつけていたんじゃないのかな。もしかしたら、ばらばらになるかもしれないって」

「まったく！」マリーは顔をしかめた。「せっかく外に出てきたというのに！　ロンドンでは、人にじゃまされずにお散歩もできないのかしら？」

「ふつうにしているぶんには問題は起きないと思うんだが――もちろん、まったくのひとりきりにはならないとして。しかし従姉のシャーロットの話を覚えていると思うが、きみたちの装いは、その……」

「ええ、ええ、時代遅れの格好をしていることは承知しています」マリーはロイスにぎらりと光る目を向けた。「でも、それでどうしてあのような男性を呼び寄せてしまうの？」

「おそらく、しかるべきレディには見えづらいのだろう。もし小間使いを従えたり、紳士を同伴していれば、なにも問題はないと思う。ぼくでよければ、喜んでその役目を引き受けるが」

「つまり、小間使いを連れるか、あなたやフィッツに一緒に出かけていただかないのであれば、家にこもっていなければならないということ？」

「森へイチゴ摘みに行ったときのように、父さまのライフルを持っていけばいいんじゃない？」カメリアが言った。

「なんてことだ」ロイスの顔がひきつった。

「だめよ、そんなことはできないわ」とマリー。「わたしたちは充分おかしいと、みなに思われているのよ。ここでの暮らしはたいへんだけれど、もうすぐわたしたちは田舎に行くのだもの」

そこでロイスを見る。「田舎では問題なく外を歩けるのでしょう？」

「もちろんだ」ロイスは眉を寄せた。「しかし、ここでだって歩ける。ぼくたち紳士の都合に合わせるのがたいへんなら、小間使いを連れていけばいいだけだ」

「ほかにもたくさんお仕事があるのに？」ローズが言った。「それに彼女たちだって、わたしたちのあとをついて歩くなんて、いやでしょうに」

ローズの言葉に、ロイスは一瞬、声をなくした。しかしすぐに言った。「暖炉の掃除や炉棚のはたきがけより、ついて歩くほうを喜ぶと思うが」

「それはそうでしょうけど、戻ってからやはりお仕事を片づけなければならないのでしょう」実際に経験した者であるからこその意見を、ローズは言った。

「うしろに小間使いがついて歩くなんて、なんだかまぬけに思えるわ」カメリアが言葉を添えた。

「でも、わたしたちはなにをしていればいいの？」リリーが哀しそうに言う。「ここはとっても退屈で」

「退屈？　街にいて？」

「あのお邸が、よ」リリーはあわれな声で答えた。「なにもすることがないの。いろいろ探したんだけれど。あんなにたくさんの蔵書があるのに、おもしろそうな本は一冊もない。ゲームもない。トランプのひとつも見つからなかったわ。靴下の繕い物でもいいから、あればいいのに」

「ああ、それなら力になれそうだ」サー・ロイスは笑顔になった。「ゲームのありかは知っているから」

「あるの？」姉妹は少し明るくなった。

「ああ、あるとも。オリヴァーの執事に訊けばいい。持ってきてくれる」

「まあ、だめよ！」リリーはショックを受けたようだった。「彼には訊けないわ。きらわれているのだもの」

「フーパーの態度が悪いのかい？」

「いいえ。でも、一度も笑ってくれないの。ぜんぜん」

「執事は笑わないものだ」ロイスは励ましを言った。「だが、そんなことはどうでもいい。ゲームはすべて二階の子ども部屋にあるんだ。それと、もう少し楽しめそうな本も。親がロンドンに来るときは、たいてい子どもを同伴しないが、ときにはすることもあってね。そういうときのために、いつでも子ども部屋が用意されていたんだ。カード用の部屋もあるよ」

「カードをしまっておく部屋？」

「カード遊びをする部屋だよ。テーブルと椅子と、ほかにも必要なものがすべてそろっている。パーティのときはかならず、早めに引きあげてホイスト遊びでもしたいという人間がいるのでね、とくに年配の面々が。ユーフロニアおばを厄介払いするには、それが最高の方法なんだ。あとで案内しよう。ああ、着いた」

　玄関のドアを開けた従僕は安堵のあまり、出迎えの挨拶をしながら笑みを浮かべそうになっていた。「お戻りになられて、だんなさまが喜ばれます」

「ほう。それでは、ステュークスベリーは在宅か？」ロイスが言った。

「クラブから戻られたばかりでございます。あの、従妹殿のことを、少々心配なさってお出でてした」

「こんなに長いあいだ連れだして、彼に謝らなければならないな」ロイスは従僕に帽子と手袋とステッキを渡した。

従僕はサー・ロイスの持ち物を置き、次いで姉妹のボンネット帽も預かろうと向きを変えた。そのときカメリアの腕に心地よく収まっていた犬が怒り、うなって身動きした。

「これは――」従僕は言葉をのみこんだが、パイレーツに目をすえたまま、ほかの姉妹の帽子も受けとった。「では、あの、お帰りになったことをだんなさまにお伝えしてまいります」

「カード部屋にいるぞ」ロイスはマリーと妹たちに向きなおり、先に立って廊下を進んだ。

新しい場所に好奇心をかきたてられた犬は、カメリアの腕から飛びおりて一同について歩いた。跳ねながら廊下を行きつ戻りつしたが、短い尾をあまりに激しく振るので、体のうしろ半分が丸ごと揺れていた。カード部屋に到着すると、犬はますます意気揚々とし、端から端まで走ったり、椅子はまだしもテーブルの上にまで飛び乗る始末だった。

「ああ、ロイス。従妹殿」ひらいたドアから、流れるような伯爵の声が聞こえた。「戻ってこられてよかった」

「そうなんだ。散歩中の従妹殿たちと、偶然会ってね」ロイスが口をひらいたが、オリヴァーは片手をあげて制した。

「悪いが、おまえの作り話は勘弁してくれ」

「作り話?」ロイスは無邪気そうに目を丸くした。「作り話なんかじゃないぞ。従妹殿たちと一緒にいるのが楽しくて、少しばかり遠くまで足を伸ばしてしまった。心配をかけたなら、申しわけ――」そのとき、パイレーツが初めて見る顔に気づいて駆けだしたため、ロイスの言葉は途中でとぎれた。

「おい」伯爵は、ちぎれんばかりに尾を振って跳びはねている小さな犬を見つめた。「これは……なんだ？」

「パイレーツ！」マリーが、さっと前に出て犬をつかもうとした。「もうっ！」犬はすばやく跳ねて逃れ、走って逃げた。「カメリア！　つかまえて！」

紳士ふたりは追いかけっこする姉妹を眺めていたが、パイレーツは新しい遊びがすっかり気に入り、あちこち駆けまわって椅子から飛びおりたり、磨かれた床で足をすべらせながら、椅子とテーブルの合間を縫うように走った。

「散歩で犬を手に入れたのか」伯爵が言った。

「きみの従妹殿は、かなりの動物好きらしい」

伯爵がロイスに横目をくれると、ロイスはどうして犬がいるのか、説明しようと口をひらいた。

「いや、いい」オリヴァーはかぶりを振った。「知りたくない」

オリヴァーが唇に指を二本当てて鋭い口笛を吹き、部屋にいるだれもが動きを止めた。姉妹は音のしたほうに振り向き、パイレーツは駆け戻って、オリヴァーの前でまたもや興奮して跳びあがった。伯爵がなにを言うか、マリーはひやりとした。

「よし！」オリヴァーは厳しいまなざしで犬を見すえ、一度だけ指を鳴らした。そして床を指さした。「止まれ。お座り」

　するとパイレーツは即座に尻を床につけ、伯爵を見あげたので、だれもが驚いた。パイレーツは大きく舌を出し、まぬけな笑顔になっている。

　オリヴァーは長いこと犬を見つめていた。「こいつは、これまで不運にも目にすることになった犬のなかで、最悪の器量だな」

「とても賢いんですよ」カメリアが口添えした。「それに気遣いもすばらしくて」

「まったくだ」オリヴァーは唇をかたく結んだ。「ともかく、ここにいるのは厳禁だ。きれいに洗ってもらうまで」

　伯爵の言葉を途中まで聞いてがっかりした姉妹だが、最後のひとことで感謝の嵐が巻き起こった。伯爵は頭を振り、片手をあげて後ずさりをはじめた。

「それが終わったら、みな書斎に集まってもらいたい」

　オリヴァーは背を向けて退出した。姉妹は互いに顔を見合わせた。

「まあ、どうしましょう」マリーは犬を抱きあげた。「お説教されるわね」

「少なくともパイレーツと一緒にいられるじゃない」カメリアが言った。

「そうね」マリーは腕のなかにいる動物を見おろし、くすりと笑った。「よくもあり、悪くもあり、だわね」カメリアに犬を渡す。「さあ、たらいかなにかを探して、この子をお風呂に入れてちょうだい。わたしもすぐに行くわ」

　三人の妹がぞろぞろと部屋を出ると、マリーはサー・ロイスに向きなおった。邸に戻ってくる道すがらでは、彼と気やすく話ができた。彼女たちを助けてくれたこともあって、怒りを持続させるのはむずかしかったし、妹たちがいたので、より自然に接することができた。けれどもいま、こうしてふたりきりになると、急に気まずくなった。

「あの、ミスター・ファンショーや御者のことであれこれしていただいたこと、感謝します。それに、実際よりも長くわたしたちといたように、伯爵さまに言ってくださって」

ロイスは肩をすくめた。「たいしたことじゃない」

「いいえ、たいしたことですわ。わたしたちを助けてくださったのは二度目――いいえ、三度目ね。伯爵さまにお会いできなくて困っていたときに、ここへわたしたちを連れてきてくださったし」

ロイスはにこりとした。「ああ、そうだね……鎧《よろい》はつねに磨いておかねばならないね。今度また、いつ騎士が必要になるかわからない」そこで間を置き、彼女に近づいた。「マリー……」

彼の立つ位置があまりに近くて、顔を見るにはななめに見あげなければならなかった。かすかな彼のにおいが感じられ、マリーの体の奥でなにかがゆり動かされた。どうしても彼の唇の感触や、ウエストに添えられた手や、力強い腕を思いだしてしまう。彼に見下されているることを知っているのに、あの口づけをいまだにせつなく思いだすなんて、いったい彼女はどうしたのだろう。心の奥底では、もう一度あの口づけを感じたいと、いまだに思っているのだろうか。

「このあいだの夜に言ってしまったことは、ほんとうに申しわけないと思っている」ロイスはあたたかな瞳で彼女の目を覗きこんだ。「きみが聞いてしまったことは、さらに申しわけなかったと思う。あのときはオリヴァーと、彼の高圧的なやり方に腹が立っていて、よく考えることもなしに言ってしまったんだ。きみを傷つけるつもりなどまったくなかった」

ロイスはだれにでも好かれる人ね、とマリーは思った。今日の午後わかったことだが、彼をきらいでいるのはむずかしすぎる。とくに、彼女を笑わせるようなことを言ったり、目尻にしわを寄せてほほえんだり、いまと同じようにじっと目を見つめられて、奥の奥まで見透かされているような気分にさせられると……。

マリーは少し距離を置いた。「わかっています」言葉を慎重に選ぶ。「わたしが聞いていると知っていれば、あんなことはおっしゃらなかったでしょうね」

たしかにマリーは怒っていたが、ロイスがわざと彼女を傷つけようとしたとは思っていなかった。だからと言って、彼が思ったとおりのことを口にしたという事実は変わらない。完全に許したわけではないとわかる彼女の口ぶりに、ロイスは顔をしかめた。

マリーはあわててつづけた。「わたしに許してもらおうなどと、お考えにならなくていいの。本人のいないところでは、いいことなど聞かれないと言うじゃありませんか。ご兄弟でお話し中のところに、おじゃましたのが悪いのですわ。それに」――肩をすくめる――「今日の午後のようなところを見られて、あなたがおっしゃったようなことはまちがっているとか、理不尽だなんて、とても言えません。ほんとうのことをおっしゃっただけなのに、責めることはできないでしょう？　あいにく、わたしも妹たちも、英国の男性の妻としてはふさわしくありません。わたしたちをきちんとしたレディにするために雇われるなんて、教育係の女性がお気の毒すぎますわ」

「あまり変わらないでいてくれたまえ」

マリーは表情豊かに彼を見た。「ずっと結婚しないでいろとおっしゃるの？」

「きみが結婚しないわけがない。ほんとうだ。きみの足もとにひれ伏す男は山ほど出てくるよ」ロイスは彼女のそばに寄り、彼女の顔を見おろした。「そのブルーグリーンの瞳にはまりこむ男もいるだろう。そして、なにも見えなくなる。きみといるだけでいいと思うはずだ。きみの耳にささやき、頬や眉や唇にキスをして……」

ロイスが身をかがめる。マリーは目を見ひらき、顔をそむけることもできずに見つめていた。そう、動くことも、息をすることさえできなかった。彼の言葉を聞くだけで、ほんとうに肌を愛撫されているかのように思え、体が反応してかたくなった。

突如、ロイスは顔をそむけた。「大勢の男がきみと結婚したがるだろうな」

「あなた以外は」その言葉が口をついたとたん、マリーはどんなふうに聞こえるかに気づいた。まるで彼に結婚してほしいと言っているみたいじゃないの。前言撤回できないかと、必死でなにか言葉を探した。

しかしロイスは、なにも気づいていないようだった。「そうだね。ぼく以外は。ぼくはだれと結婚するつもりもない」

「ぜったいに？」

ロイスは肩をすくめた。「する理由が見つからないんだ。結婚しなければならない男もいるよ。たとえばオリヴァーだ。彼はステュークスベリー伯爵夫人として優秀で、跡継ぎも産んでくれる、申し分のない女性が見つかるまで探すはずだ。ぼくの場合は、自分の責務にも跡継ぎにも関心がない」

「人を愛したいという思いの男性もいると思うわ」彼のかたくなな言葉がどうして気にさわったのか、マリーはわからなかったが、どうしても言いたくなった。

「愛など、愚か者のすることだ」

マリーは目をむいた。「どうしてそんなことをおっしゃるの？」

ロイスが肩をすくめる。「愛ゆえに苦しむ人間をたくさん見てきたからね。ぼくの母はオリヴァーの父上に夢中だった。のめりこみすぎて、ほかの人間は眼中になかった。自分たちの熱情だけが大事だったのさ。もちろん、彼らも嫉妬したり涙を流したり、腹を立てたり嘆いたりをくり返した。だがいつのまにか、もとの鞘に収まって激しく愛し合っているんだ」

「わたしの両親も愛し合っていたけれど、そんなふうではなかったわ。お互いにとても幸せそうだった――わたしたちも一緒で」

「では、きみは運がよかったんだ。きみのご両親も。そういうのはふつうではないよ」

「あなたの意見もふつうではないと思うけれど」マリーは間を置いて彼を眺めた。これほど愛を嫌悪しているなんて、どんなことがあったのだろうと思わずにいられない。愛など愚か者のすることだと言ったとき、彼の瞳にはあまりにも痛ましい表情が宿っていた。しかし、なにがあったにせよ、今日それを聞きだすことはやめておこうとマリーは思った。

「つまり……」彼女は軽い口調で言った。「あなたが結婚する気のない女性は、わたしひとりではないわけね？」

ロイスの口もとがゆるんだ。「そのとおり。ぼくが結婚する気のない女性は、いくらでもいる」

「少なくとも、わたしだけではないと」

「さっきの話だけど。ぼくを許してくれるかい？　またぼくらは友だちということでいいのかな？」

「わたしたち、友だちだったの？」とマリー。

「傷つくなあ。二度――いや、三度もきみを助けたのに？」

むくれたふりをするロイスに、マリーは笑った。「わかりました。友だちではないと？」

「そうね、友だちだわ」

しかしほんとうのところ、ふたりはいったいどんな関係なのかマリーにはわからなかった。心の奥深いところでは、先日の晩に彼が言ったことについて、まだ胸が痛んでいた。けれども、傷つけるつもりはなかったという彼の言葉は信じられる。よそよそしい態度を取りつづけるのは、意味のないことだろう。

しかし、姿を目にするたびに、まずキスすることを考えるような相手は、はたして友だちなのだろうか。

11

　ロイスが帰ったあと、マリーは妹たちを探しにいった。ほどなくして見つかったが、妹たちは二階の廊下でうろうろし、口笛を吹いたり、「パイレーツ！」と名前を呼んだりしていた。

　マリーはうめき声をもらした。「どうしたの？　いなくなったの？」

「マリー姉さま！」マリーを見て妹たちは明るくなった。「わんちゃん、見た？」

「いいえ。お風呂に入れているんだと思っていたわ」

「そうなの」リリーが言う。

「でも、お風呂が大きらいらしくて」カメリアが明かした。「わたしのドレスはびしょぬれよ。着替えてくるあいだにリリーに犬をふいてもらうはずだったの」そこでこれみよがしに妹を見る。「でもリリーが放しちゃって」

　リリーはグレーがかった緑の瞳をくるりとまわした。「放してなんかいないわ。逃げたのよ。とてもつかみにくくて」とマリーに話す。

「だから、しっかりつかんでなさいと言ったのに」カメリアが言って聞かせた。

「わかった、わかったわ」ローズが疲れたように片手を上げた。「またそんなことで言い合いをして。どうでもいいでしょう。パイレーツがいなくなって、どこにいるかわからないの」

「ああ、どうしましょう」この優雅な邸にあの小さな犬がどんな被害をもたらすかと思うと、マリーは体が震えた。「さあ、早く探さなきゃ。伯爵さまの書斎に行くことになっているんだから」

姉妹四人は懸命に探したが、犬の影も形も見つからなかった。とうとうあきらめ、階下に行った。見つかる前にパイレーツがどんなことをするかとマリーはびくびくしていたが、伯爵を待たせることのほうがこわかった。書斎のドアは開いており、伯爵はデスクについて台帳を広げていた。マリーたちがドアのところに立つと、彼は顔を上げた。

「従妹殿」伯爵が立ちあがってデスクをまわる。「どうぞ、入って」

オリヴァーは姉妹をまわりこんでドアを閉め、姉妹はなかへと進んで、いくぶん不安げにデスクの前に立ったが、重厚で黒っぽく雄々しい印象のデスクの向こうを、ふと見やった。

「パイレーツ！」カメリアが叫んだ。

姉妹は勢いよく振り向いてカメリアをにらんだが、彼女が指さした先には、横座りで床に伸びた白黒の小さな犬が、窓ガラスの四角形のとおりにできた遅い午後の日だまりにまどろんでいた。パイレーツは自分の名前を聞きつけて目を開け、頭を上げた。「ここにいたわ！見て」

「そうなんだ」伯爵が言った。「少し前に、猟犬に追いかけられているキツネのような形相で入ってきたが」

「お風呂に入れたんです」カメリアが説明した。

「だと思ったよ」伯爵は犬をちらりと見た。「たいして見かけはよくなっていないが」そう言うと、窓辺に丸く並べられた椅子を手で示した。「どうぞ、掛けて」

彼は姉妹が腰を落ち着けるまで礼儀正しく待ち、そのあと残った椅子に座った。パイレーツは起きあがって姉妹に挨拶をしにやってきたが、そのあとは伯爵の足もとに寝そべり、彼のブーツのつま先に頭を乗せた。

衝撃を受けている姉妹の視線の先を、オリヴァーは追った。「そうなんだ、こいつはなぜだかわたしが気に入ったようでね」

「あの――すみません」マリーが言った。「その――ご迷惑でしょうか？　外に連れだしましょうか？」

伯爵は無頓着に手を振った。「どうということはない。きみたちはもうすぐ田舎に行くのだから、そう長くつづくわけでもなし」

気詰まりな空気のなか、長いあいだ、四人姉妹と伯爵は無言で互いを見ていた。だが、とうとう伯爵が切りだした。「たしか明日は、従妹のシャーロットが買い物に連れていってくれるのだったな？」

マリーの心は沈んだ。今日、騒ぎを起こしたから、買い物は取りやめになるのだろうか。とても妹たちの顔は見られなかった。とくにリリーは落ちこむだろう。

「思ったんだが」伯爵はつづけた。「小遣いがいるのではないかな。もちろん、ドレスの請求書はシャーロットがわたし宛てに送るが、リボンや菓子のように自分で買いたいちょっとしたものがあるだろう」

その言葉があまりに意外で、マリーはしゃべることができなかった。あきらかに妹たちも同じように驚いているはずだ。じっと座ったまま、食い入るように彼を見つめているだけなのだから。オリヴァーは立ちあがってデスクに行き、紙幣の束を取りだして、姉妹のそれぞれに何枚かを手渡した。マリーは紙幣を見つめた。アメリカのお金に換算して英国のポンドがどれくらいになるのかわからないが、ポンドのほうが価値が高いだろうと思う。それに五ポンドというのは——しかも姉妹ひとりひとりに！——リボンや菓子を買うには多すぎるように思えた。

「でも、伯爵さま」やっと口がきけた。「こんなことまでしていただくわけには」

オリヴァーは少し驚いたように彼女を見た。「そんなことはない。シャーロットに相談するべきだったな。若い女性の身のまわり品など、あまりなじみがないもので。しかし自分で買いたいと思うものはたくさんあるだろうと思う。なんと言っても、ウィローメアにはまるまるひと月も行っているのだから」

「ひと月！」

「そうだ。それくらいが妥当だと思うが、もし異存があるなら、あとで話し合おう」

「ですが、伯爵さま……」マリーは心苦しそうにオリヴァーを見た。「こんなことをしていただくわけにはまいりません」リリーにこっそりつねられたが気づかぬふりをした。「こんなことは思いも――夢にも――これほどの負担になるなんて。ここでの生活がどのようなものか、知りもしなかったので」

「話がよくわからないのだが」

「わたしたちは祖父を見つけるつもりでした。孫として受け入れてもらうのは自然なことだと思っていました。でも、あなたは従兄にすぎません。あなたに面倒を見ていただくなんて道理に合いませんわ。祖父には食べさせてもらうだけでなく、生活させてもらうお返しに、なにかしようと思っていました」

「なにかする?」オリヴァーはぽかんとしてくり返した。

「そうです、なにかお仕事を。お掃除や料理や庭仕事――わたしたちの扶養にかかるぶんを、少しはお返しできることを」伯爵が面食らった顔をしたので、マリーはあわててつづけた。

「そういうことをするのは無理だと、いまはわかりました。でも、食事も衣服も与えていただいて、なにもかも召使いにしてもらうなんて、思ってもいませんでした」

「しかし、きみたちはタルボット家の人間だ。ほかにどうしようもない。もし祖父がきみたちの存在を知っていたら、同じことをしたはずだ。正直言って、遺言にもきみたちにかかわる条項を加えただろう。祖父がやれないのだから、わたしに責務があるんだよ」

「それはわかります。そして、わたしたちはとても感謝しています、ほんとうに。でも、こんなにぜいたくなご支援をなさる責務はありませんわ」

オリヴァーはつかのまマリーを見つめた。「従妹殿、ぼくには守らねばならない体面というものがある。もしわたしの従妹が文無しでぼろをまとって街を歩いていたら、わたしが世間の物笑いの種になる。けちで、さもしい男だと言われるか――悪くすれば、まともな格好すらさせる甲斐性《かいしょう》がない、働きづめで余裕もないと思われる。きみだって、わたしに世間で赤っ恥をかかせたくはないだろう?」

「ええ、それはもちろん。でも――」

「いや、いや」オリヴァーは両手を上げた。「〝でも〟はなしだ。わたしはロンドンをよく知っている。ゴシップで街のさらし者になるだけだ」

「わたしたちに小遣いを渡さなかっただけで?」マリーはいささか疑わしげに尋ねた。

オリヴァーは肩をすくめた。「称号を持つ者には多くの責任がつきまとうんだ」

マリーは、伯爵にいいように丸めこまれているとしか思えなかったが、これ以上言い合いをつづけてもばかばかしいように思えた。とくに伯爵が、これだけの金額を取るに足りないものだと考えているようでは。「あくまでもそうおっしゃられるのなら。ありがたく頂戴します。お心遣いに感謝いたします」

「生活ぶんのお返しという仕事だが、次の社交シーズンにデビューするために身につけなければならないことで、手いっぱいになるのじゃないかな」伯爵がつづける。「だが、もっとほかのこともやりたいというのなら、ウィローメアできみたちの母上のものに目を通してみてはどうだろう」

「ほんとうですか？」マリーは妹たちを見やり、また伯爵を見た。「母のものが、まだ残っているのですか？」

「だと思う。そういった品々はたいてい箱詰めして屋根裏に保管してある。何代も前のものも残っているよ。祖父は傷ついて怒ってもいたが、持ち物すべてを処分するまではしていないと思う」

「ありがとうございます」マリーはにっこりとほほえんだ。「ほんとうにありがとうございます」

伯爵はたくさんのことをしてくれた。考えもしていなかったところまで。けれどもこのように、母の若いころの身のまわり品を見る機会を与えてくれたことは、ドレスよりも小遣いよりも貴重なことだった。


翌日、朝食後ほどなくして、シャーロットが小さなかばんを提げた少し歳のいった女性を従え、〈ステュークスベリー邸〉に戻ってきた。

「ごきげんよう、従妹さんたち」執事に〈朝の間〉へ案内されてきたシャーロットは、明るく言った。「このあいだお話しした腕のいいお針子のミス・ランサムを連れてきたのよ。レディ・ヴィヴィアンもここに来てくださることになっているのだけれど、待っているあいだにミス・ランサムに採寸していただこうと思って。それから、新しいドレスに仕立てる布地を買いにいきましょう」

姉妹はマリーとローズの部屋に移ったが、驚いたことに、ミス・ランサムは全員をシュミーズ一枚の姿にした。そして巻き尺と記録用紙と鉛筆をかばんから取りだし、頭のてっぺんからつま先まで計測しては書き記していった。それが一時間もつづいたあと、ようやく充分な採寸ができたということで、シャーロットが彼女を送りだした。

「さあ、それじゃあヴィヴィアンを待ちましょう」ふたたび階下の〈朝の間〉で落ち着くと、シャーロットが言った。「運がよければ、それほど遅れてはこないわ」

「ふだんは遅れていらっしゃるんですか?」リリーが尋ねた。

シャーロットが肩をすくめる。「ヴィヴィアンに〝ふだん〟という言葉は存在しないの。でも、自分の時間の感覚で動いていることはたしかね」

フィッツが〈朝の間〉にのんびりと顔を出し、数分後には伯爵がパイレーツを従えて入ってきた。パイレーツは部屋をひとまわりし、盛大に尾を振ったり跳ねたりして全員に挨拶をした。それから伯爵のもとに戻り、そばに座った。どうやら飛びはねていないときは、体を横に倒して寝そべり、すぐに寝入ってしまうのが癖らしい。

パイレーツが入ってきて部屋じゅうを駆けまわるのを見ていたシャーロットは、いささか驚いていたが、しばらくして言った。「オリヴァー、犬を手に入れたとは知らなかったわ」

「わたしの犬じゃない」とオリヴァー。

「昨日わたしたちが街で見つけたんです」カメリアが言った。「一緒に連れ帰ってきまして」

「そうなの。でも、どうして――」

伯爵はかぶりを振った。「知らないほうがいいと思うぞ。そのほうが、警官がうちまでやってきたときに、うそをつかなくてすむ」

パイレーツの件では法にふれるようなことはなにもしていないとリリーが言おうとしたとき、執事がなんとも威厳のこもった声で告げた。「レディ・ヴィヴィアン・カーライルがいらっしゃいました、だんなさま」

「ヴィヴィアン！」シャーロットがうれしそうに声をあげて立ちあがった。

「ついに来たか」はるかに気乗りのしない声で伯爵は言い、同じく立ちあがる。

濃いとび色の髪の女性が、執事のあとから部屋に入ってきた。彼女はエメラルドグリーンの散歩用ドレスをまとい、帽子は黒いベルベットのハート型ボンネット帽だったが、プリーツの入ったシルクでぜいたくに裏打ちされ、中央部分を額にかかるほど愛らしい感じでへこませていた。ドレスと同じ明るいグリーンの羽根飾りが、帽子の中央部分のうしろから前にかけてついている。ほかの女性なら、派手な帽子のほうが見る者の目を奪いそうだが、それがヴィヴィアンとなると、マリーの知るかぎり最高の美女と言える顔立ちの縁取りにしかすぎなかった。

ヴィヴィアン・カーライルの目は大きく、離れぎみなところが完璧な配置となっていて、瞳はドレスと同じ人目を引くグリーンだった。レディ・ヴィヴィアンは正統派の美女というには口が少し大きすぎ、あごが角張りすぎていると言う者もいる（公の場ではけっして言わない）が、そのようにささいな欠点はマリーや妹たちにとっては気づくこともないものだった。それに彼女たちは、ヴィヴィアンの開けっぴろげで率直で自信に満ちたところに眉をひそめることもなかった。ただ、上流階級の人々のなかには不快に思う者もいるのだ。

「ごきげんよう、ステュークスベリー伯爵。そんなに緊張しないでくださいな」レディ・ヴィヴィアンは伯爵のおじぎを受けて、手を差しだした。「すぐに出かけますから。これから一日がかりになりそうなお買い物があるんですもの――」そのとき下を見て犬に目を留めた。さきほど起きたパイレーツは伯爵についてやってきて、いまは好奇心満々でヴィヴィアンを見あげていた。「んまあ。オリヴァー、それはあなたの犬？」

伯爵はパイレーツをちらと見た。「かもしれないと思うようになってきた」

「そう」ヴィヴィアンはオリヴァーと犬を交互に見た。「あなたって奥の深い人だったのね」

オリヴァーは皮肉たっぷりに片方の眉を動かして見せた。「この犬で表現されているのだとしたら、いったいどんな中身なのやら」

ヴィヴィアンは声をあげて笑い、向きなおってシャーロットやフィッツに挨拶した。最後にマリーと妹たちの前に行き、手を差しだして言った。「あなたたちがバスクーム姉妹ね。シャーロットからたくさん話をうかがっているわ。お知り合いになれて光栄よ」

シャーロットは姉妹のひとりひとりをレディ・ヴィヴィアンに紹介した。しばらく儀礼的なおしゃべりをしたあと、女性陣はフィッツと伯爵に挨拶をして、やるべき仕事に向かった。

レディ・ヴィヴィアンの颯爽《さっそう》とした深緑色の四輪馬車が、邸の前で待っていた。灰色の馬が四頭そろい、革製の幌はうしろに折りたたまれて、なかからも外からも視界がはっきりしていた。仕着せを着た召使いが、さっと進みでてステップをおろし、婦人たちの手を取って馬車に乗せた。少しばかり窮屈だったが、さいわい馬車は大きく豪華で、女性たちはみな細身だった。

「さて」馬車が路肩を出発すると、シャーロットが言った。「あの犬のことを聞かせてちょうだい。どうしてステュークスベリー伯爵についてまわるようになったの？」

「そうですとも」レディ・ヴィヴィアンもせっついた。「あんなに驚いたのは初めてよ、伯爵があんな、あんな……」言葉が出てこないようで、笑うしかなかった。

話をさせたらいちばんうまいとだれもが認めるリリーが、御者と犬とミスター・ピンクリー・ファンショー閣下との一件を話しはじめた。ニュー・ボンド・ストリートに着くころには、ヴィヴィアンもシャーロットも笑いすぎて涙を流していた。

「まあ、なんてこと」シャーロットはハンカチで目を押さえた。「その人が上着の垂れ裾に犬をぶらさげてくるくるまわっているところ、ほんとうに見たかったわ！」

「ファンショーをご存じ？」ヴィヴィアンが訊いた。

「いいえ、あなたは？」

「少しだけ。もし知り合いだったら、彼がパイレーツと踊っているところを考えてもっと楽しめたかも。ものすごいめかし屋なのよ。底なしにとんでもないセンスなの」

「従弟のゴードンみたいね」シャーロットが言った。

「もっとひどいわ。少なくともゴードン・ハリントンは、まだ十八だという言い訳ができるじゃない。ファンショーは四十に手が届こうというのに、まだガチョウほどのセンスしかないのだもの」

馬車が止まり、召使いが席から飛びおりて、彼女たちがおりるのに手を貸した。みなのあとにつづいたマリーは、店が並んでにぎやかな場所のあちこちに目をやった。目の届くかぎり、通りの両側に店がずらりと並んでいる。

「どこへ行きますの？」マリーが訊いた。

「まずは〈グラフトン・ハウス〉ね」シャーロットが答えた。「十一時前には行かないと、おそろしく込むのよ。店員もつかまらないんだから」

いまはそれほどでもないことが、マリーにも見て取れた。以前見たことがあるどんな店よりも客はたくさん入っていたが、店員はすぐに駆けつけ、おじぎをして案内をはじめた。たとえいちばん忙しいときに来店していたとしても、レディ・ヴィヴィアンにはだれかが駆けつけるのではないかとマリーは思った。

けれどもマリーも妹たちも、店員に注意を向ける余裕はまったくなかった。なぜなら店内を感動のまなざしで見つめていたから。どの方向にも布地がずらりと並んでいる。巻かれているもの、大きな棚に入れられているもの、棚に立てかけているものや棚の上に乗せられているもの、豪勢な色彩の滝さながらに垂らされている布もある。布地だけを扱っていてこれほど大きな店は、見たこともなかった。店の両側にある木のカウンターでは、店員が布地を広げて客に見せたり、計って切ったりしている。客の大半はぶらぶらと見てまわったり、布地を一心に見つめていたり、カウンターの前で立ったりしていたが、ヴィヴィアンとシャーロットにはスツールが用意され、カウンターの一区画に案内されて、見てみたい布地はどれでも喜んでお見せいたしますという風情だった。

マリーたちも、まずは店内をひとめぐりしたが、商品の充実ぶりには驚いた――エレガントなシルクやサテン、飾り気のないフランネル、ウール、リネン、ベルベット、紋織り、縦縞や格子柄の畝《うね》のあるコットン地、モスリン――けれどもしばらくしてシャーロットに呼ばれ、肝心の仕事に身を入れた。目もくらむような品ぞろえのなかから、次々と布地を選んでいった。

しばらくのち、寸法を計って裁断されて脇によけられた布地をちらりと見やって、マリーは山のような量に言葉を失った。「まあ、いけない、買いすぎだわ」

「なにを言ってるの」シャーロットが言った。「まだはじまったばかりでしょう。なんと言っても、あなたたちは四人いて……なにもかもあつらえなくちゃいけないんだから」

「伯爵さまはとてもよくしてくださいます。でも……ほんとうにいいんでしょうか？」

シャーロットの反対側にいたヴィヴィアンは、小さな笑い声をもらした。「ステュークスベリー伯爵のこと？　お金がなくなったことに気づきもしないわよ。レジナルド卿から莫大な財産を受け継いでいるし、それを増やしてばかりだということも、みな知っているわ。彼は賭けごとはしないいし、馬や馬車や衣装につぎこむこともない。お金のかかる〝大奥〟をかまえることもないし――」ヴィヴィアンは急に口をつぐみ、好奇心ではちきれそうになっているリリーとカメリアに、悔やむようなまなざしを投げた。「つまり、彼はあんな地位にいる人物にしては、驚くほど地味な生活をしているということよ」

「それって、女性関係のことですか？」カメリアが面食らったような顔で訊いた。

「ごめんなさい」ヴィヴィアンはあわてて言った。「考えなしなことを言って。あなたたちがまだ若いお嬢さんだということを忘れてしまっていたわ——どうしましょう」

「伯爵さまには愛人はいらっしゃらないと思いますけど」カメリアはつづけた。「彼が襟巻きを取るところなんて想像できません」

その言葉に意表を突かれて思わず忍び笑いしたシャーロットは、口を手でおおった。ヴィヴィアンが笑いだす。「歯に衣着せぬぶしつけな物言いは、わたしの専売特許だと思っていたけれど」

「カメリア……」ローズが警告の表情で妹を見た。「そんなだから、伯爵さまがわたしたちに付き添い婦人兼家庭教師をつけることにしたのよ」

「えっ、ほんとうなの？」とヴィヴィアン。

マリーはため息をついた。「そうなんです。礼儀正しい社交界に出る準備が、わたしたちはまだできていないとおっしゃって。そのとおりですわ」

「わたしには申し分なくすてきなお嬢さんたちに見えるけれど」ヴィヴィアンは言った。「でも、社交界の人たちが大勢いる前では、たしかに言葉をひかえる必要があるかもしれないわ。それでも家庭教師だなんて——あなたたちに必要なのはそういう種類の付き添い婦人ではないと思うけれど」肩をすくめる。「もちろん、オリヴァーは一度こうと決めたら、変わらないわ。いつでも、ものすごく頑固なのよ。ウィローメアでシャーロットと遊んでいたときからそうだったわ」

「あなたとシャーロットは古くからのご友人なんですか？」ローズが訊いた。

「物心つく前からずっとだと思うわ」レディ・ヴィヴィアンはおどけた顔をシャーロットにしてみせた。「わたしの父の弟であるハンフリー卿が、ウィローメアから遠くない〈ハルステッド館〉に住んでいて、子どものころ夏になると、そのおじおば夫婦を訪ねていたのよ。わたしの母はわたしを産んだときに亡くなっていて、わたしには兄しかいないから、父さまはおばたちの影響を受けさせるのがいいと思ったようなの。〈ハルステッド館〉は大好きだった。それにシャーロットと彼女のお母さまは社交シーズンが終わるとよくウィローメアに行っていたから、あちらでは仲よしの友だちもいたわけで、わたしにとっては最高だったの」ヴィヴィアンは姉妹ににこりと笑った。「男兄弟にばかり囲まれて育つのがどういうものか、まったくおわかりにならないでしょうね。あなたがたがうらやましいわ。ずっと姉妹がほしかったもの」

マリーは、妹たちのいない少女時代など――そして母なしで育つことも――想像できなかった。「ほんとうにお気の毒に」言葉が自然と口をついて出て、ヴィヴィアンの腕にそっと手をかけた。「とてもおつらかったでしょうね」

ヴィヴィアンの顔に驚きの表情がよぎった。そして、彼女はまばゆいばかりの笑みを浮かべた。「なんてやさしいのかしら」彼女はマリーの手を握り、シャーロットのほうを向いた。「ねえ、シャーロット、社交シーズンももう終わりだし、またおじさまのところに行くわ。そうすればみんなで行けるし――次の社交シーズンの舞踏会が終わったら、一緒に馬車で行きましょう。そうね、レディ・カドリントンのことを相談できるわ」

シャーロットは笑顔で賛成した。その後、レディ・ヴィヴィアンが濃い栗色の紋織りの布地をぶらぶらと見にいったとき、シャーロットが姉妹に言った。「レディ・ヴィヴィアンはもうあなたたちの味方よ」

「とてもすてきなかたね」ローズが言った。「好きにならずにいられない女性だわ」

「そうなの、でもたいていの人は、彼女が公爵の娘だという事実以外はよく見えないらしいのね。ずっと昔から彼女がごく親しくしている人も少しはいるのだけれど。ほとんどの人は、ヴィヴィアン自身よりも彼女の地位や財産のことばかり頭にあるのよ。カーライル家の人間として扱われないというのは、彼女にとってうれしい驚きなの。彼女の人生が完璧なものじゃないということをわかってくれる人がいるというのは、もっと珍しいことかも」

「味方につけようと思ってやったわけではないわ」マリーは反論した。

「わかっているわ。それはヴィヴィアンも同じよ。だからこそ彼女はあなたが気に入ったのよ。さあ、このふたつの小枝模様のモスリンをどちらにするか決めましょう、リリー。そうしたらもう帰らないと。ほかにもすることは山ほどあるんだから」

ほどなく、シャーロットの言うことは大げさではなかったとわかった。いざ買い物となると、気さくなシャーロットはがぜん活気づき、店から店へと案内して、圧倒されるほど大量の品物を買っていった。手袋屋、靴屋、靴下屋、羽毛細工の店（ここはレディ・ヴィヴィアンが帽子の羽根飾りを新調したいということで、立ち寄ることになった）、帽子屋とまわっていく。買ったものは扇、手提げ《レティキュール》、ボタン、ハンカチ、レース、リボン。これまで手編みの靴下ばかりはいていたバスクーム姉妹は、丸ごと機械編みの靴下を見つけて大興奮した。マリーは木綿の靴下を数足買ったが、足の部分が綿になった絹の靴下も、ひとつふたつ買ってしまった。けれどもリリーが買ったような、足首に刺繍がほどこされたイブニングドレス用の絹の靴下までは手を出せなかった。ローズは編み目の美しいショールを買ったが、それが自分のものになるという喜びと同じくらい、自分で支払いをしているということを喜んだ。そしてリリーは、〈ハチャーズ〉を通りかかると、入って本を一冊買わずにはいられなかった。一冊では収まらず、手放せない小説を二冊買っているのを見たマリーは、リリーの小遣いはおそらく一カ月もたないだろうと思った。

　これだけ買っても、まだ仕事は終わっていないとシャーロットは言った。最後に行くのは仕立て屋の予定だった。カメリアは、ドレスならお針子に縫ってもらう布地をすでに山ほど買ったと異論を唱えたが、シャーロットはあっさりと首を振った。

「あれは昼用のドレスよ。イブニングドレスも一着や二着は必要なの。田舎であっても、晩餐のときには着替えるのだから」

　どこの仕立て屋に行くかでヴィヴィアンとシャーロットは意見を交わした。ヴィヴィアンはマダム・アルスノーを全面的に信頼しているようだったが、いくつかの仕立て屋をよく利用するシャーロットは、マドモワゼル・リュエルがいいと言った。マダム・アルスノーよりセンスのよさでは劣るが、できあがるのが早いだろうということだった。

結局、ヴィヴィアンがきっぱりと言って勝ちを収めた。「信じて、シャーロット、マダム・アルスノーはかならずドレスを間に合わせてくれるわ。ステュークスベリー卿ほど支払いの確実な人物で、イブニングドレスを八着だなんて、ふだんの半分の日数で仕上げるわよ」

そこで一行はマダム・アルスノーの店に行った。オックスフォード・ストリートにあり、こぢんまりとしているが優雅なたたずまいだった。マダム本人が店の奥からいそいそと出てきてレディ・ヴィヴィアンに挨拶し、用件を聞くと、指をぱちんと鳴らして助手を何人も呼びつけた。姉妹はまたもや連れていかれていじくられ、採寸されたものの、疲れもいらいらも、シャーロットやヴィヴィアンやマダムと一緒に座って、ドレスのデザイン画を何冊も見ているうちに消えてしまった。白いドレスしか選べないということが、姉妹には不満だった。というのも、シャーロットの目に止まった海のような緑のドレスや淡い黄色のドレス、そしてヴィヴィアンが気に入った鮮やかなエメラルド色のドレスやロイヤルブルーのドレスに目を奪われたからだ。けれども、ほどなく布地やオーバースカートや襟のライン、肩掛け《フィシュ》、レースの縁取りなどの相談に没頭していき、色が選べないことなど忘れていった。

すべてが終わるころ、姉妹はそれぞれイブニングドレスを二着ずつ選ぶことができ、マダム・アルスノーは満面の笑みを浮かべていた。というのも、姉妹だけでなくレディ・ヴィヴィアンも、待っているあいだに三角形の胸当てがついた薄布仕立ての金と白のストライプのイブニングドレスと、薄いモスリンの青い朝用ドレスを注文し、シャーロットも茶色のレバンティン絹で仕立てる毛皮付きのマントに惚れこんでしまったからだ。一行はすっかり満足して〈ステュークスベリー邸〉に戻った

あいにく、姉妹が新しい友人ふたりにさよならを言って邸に入ると、伯爵が玄関ホールに出てきて、浮かれた気分もしぼんでしまった。「ああ、お帰り。戻ってよかった。さあ、なかに入って新しい付き添いのご婦人に会ってくれたまえ」

姉妹は顔を見合わせたが、おとなしく伯爵に従って客間へ入っていった。「ミス・ダルリンプルを紹介しよう」ほっとしている様子があまりにあからさまではないかとマリーが思うような調子で、伯爵はつづけた。「ウィローメアに同行して、これから数週間、きみたちを指導することも了解してくださった」

伯爵は、ソファに腰かけている女性に振り向いた。がっしりとして気むずかしそうで、焦げ茶色の髪を頭頂部できつくお団子にまとめている。濃く黒い眉は真一文字で、眉間でくっつきそうなために、いつでも顔をしかめているような印象だった。

マリーはミス・ダルリンプルと三十分すごしただけで、彼女の顔つきは残念な眉のせいというよりも、陰気な性格のせいではないかと思った。その三十分のあいだに、ミス・ダルリンプルは姉妹の姿勢をそれぞれ少なくとも一度は注意し、カメリアの無作法な言葉づかいを

たしなめ、英国の女性はどの国の女性よりもすばらしいという話を長々とした。彼女が帰るころには、妹たちが反抗するのをどうやって止めればいいのかとマリーは考えていた。いや、もしかすると、自分が先頭に立って反抗してしまうかもしれない。

家庭教師となったミス・ダルリンプルが帰ると、伯爵はこう言って、姉妹の苦難に仕上げをした。「さいわい、ミス・ダルリンプルはすぐに仕事に入れるそうだから、明後日にはウィローメアに出発することになる」

マリーの心は沈んだ。妹たちと一緒に肩を落として部屋に上がっていたとき、リリーが全員の気持ちを代弁した。「あんなひどい女性とウィローメアに行きたくないわ！」

「とんでもない人よね」いつもはだれよりも楽天家のローズまでが同じ意見だった。「これをしなさい、それはしてはいけません、しか言わないいじゃない」

「それにあちらではお友だちもいないし。またシャーロットやレディ・ヴィヴィアンに会いたいわ」リリーが言った。

「〈アストレイ・ロイヤル演劇劇場〉に行くのを楽しみにしていたのに」カメリアが顔をしかめた。「フィッツが連れていってくれると言ったのよ。有名な歴史的戦いを模写するのに最高の見せ場があるんですって」

「それにロンドン塔も。サー・ロイスが案内してくださるとおっしゃっていたわ」リリーがうれしさのあまり身を震わせた。「アン・ブーリンが斬首され、王子たちが処刑された場所。それに反逆者の門」

「わたしはそれより乗馬が見たいわ」カメリアがぴしゃりと言った。少し考えたあとでつけ加える。「でもロンドン塔も、とってもおもしろそうね」

「どんなことも、ミス・ダルリンプルと田舎に追いやられているよりはおもしろいわ」マリーも妹たちに劣らず不満顔だった。けれど、だれにも明かしていないことがひとつあった──なにかのまちがいであってくれたらと思うのだが──彼女が落胆しているのは、妹たちが挙げていったような理由ではなく、もうサー・ロイスに毎日会えない、毎日どころかまったく会えなくなるということだった。

愚か者の極みだということはわかっている。昨日、ずいぶん彼に対する気持ちはやわらいだものの、友人になったわけではない。もちろん、それ以上のものでもないし、そうなるはずもない。それでも彼の瞳の輝きや、口もとに浮かぶ笑み、皮肉まじりだけれど愉快そうにあがる眉を何週間も、何カ月も見られないと思うと、ウィローメアでの生活は耐えられないほど退屈で陰鬱なものになりそうだった。しかも、こんなふうに感じていることが、マリーにとってはまったく腹立たしいのだ。

けれどもその日の晩餐で、出発の迫った姉妹の心はいくらか慰められた。急な出発を聞きつけたロイスとフィッツが、翌日は約束していたロンドン探索をしようと申しでてくれたからだ。カメリアとフィッツは、乗馬や〈アストレイ劇場〉のほうが歴史満載のロマンティックなロンドン塔よりもいいと言ったが、多数決で負けた。

そのようなわけで、翌朝、六人は観光案内必携で、フィッツによれば少しおのぼりさんのような趣《おもむき》で、〈ステュークスベリー邸〉を出発した。フィッツとカメリアもほどなくロンドン塔訪問にのめりこみ、身の毛もよだつようなヨーマン・ウォーダーの話に、みなと一緒に聞き入った。エドワード四世の幼い王子ふたりが、おじにあたるグロスター公リチャードに処刑された話。若きエリザベス王女が反逆者の門から塔内に引き立てられたとき、悲痛な運命をたどった母アン・ブーリンと同じように、もう二度と塔から出られなくなるのではと恐れおののき、泣きながら階段にくずおれ、動くことを拒んだという話。

「王女さまなんて、なりたくないわね」ローズが言った。「ロマンティックなことより、おそろしいことのほうが多いみたい」

「王になるために親類縁者を殺してまわるより、大統領を選出するほうが楽よね」マリーも同意した。

「われわれは、もはや昔のようなやり方はしないよ」ロイスがやさしく言った。

リリーが目をくるりとまわす。「正直言って、あなたたちとほんとうに血がつながっているのかしらと思うときがあるわ。どうしてそう想像力が乏しいのかしら。かわいそうなレディ・ジェーン・グレイのことを思って、胸を締めつけられたりしないの？　わたしより若いときに女王に仕立てられて、一週間かそこらですべてを失い、処刑されたというのに」仰々しく間を置き、両手を胸の前で握り合わせる。

カメリアが鼻を鳴らす音がつづいた。「ちょっと、女優サラ・シドンズを気どってないで。早く下に行ってライオンを見ましょうよ（かつてロンドン塔には動物園があった）」

「そうねえ、わたしも見たいわ。でも宝石も忘れないで」リリーは楽しそうにおしゃべりしながら、姉について階段をおりていった。

マリーは列の最後につき、曲がりくねった階段をおりていった。庭に出たとき、彼女はふと庭の端に目をやった。塔の土台となっているその部分に、コズモ・グラスがいた。

12

マリーは足を止め、目を丸くした。どうして継父がこんなところにいるの？

その瞬間、彼は背を向けて去り、人込みにまぎれた。マリーはわれに返ってあわてて追いかけたが、彼の立っていた場所に着いたときにはどこにも見当たらなかった。コズモは背が低く、人込みにまぎれたら見つけるのはむずかしい。けれどもそのとき——建物の角を曲がるところに、たしかに長めで薄くなった砂色の髪が見えた気がした。

スカートを片手でつかんだマリーは走って庭を突っ切り、すべらんばかりに角を曲がった。しかし壁と建物のあいだに、緑色の草が生えた長い小径が伸びているだけで、その先には背の高い鉄製の門があった。人影はなく、マリーの心に迷いが浮かんだ。彼が来たのはこっちだった？　あれはほんとうにコズモだったの？

マリーは草の上に足を踏みだし、そっと歩いた。前方の建物に奥まった部分がある。マリーはゆっくりと角に近づいた。石壁に手を当てて、その先を覗きこむ。

「マリー！」

彼女は飛びあがり、勢いよく振り返った。むずかしい顔をしたサー・ロイスが足早に近づいてきていた。

「いったいどこへ行っていたんだ?」彼は彼女のそばへ来て腕を取った。「振り向いたら、きみの姿がなくて」

ああ、もう! でも、もしさっきの人影がほんとうにコズモでも、もう遠くへ行ってしまっているだろう。マリーは腕をふりほどいた。「わたしの行動をあなたに報告する義務はないと思いますけど」

ロイスの顔がゆがんだ。「ぼくが責任を持って案内しているんだ。いつでも自由きままに、あちこち行かせるわけにはいかない」

「驚くかもしれないけれど、あなたの案内がなくても、わたしは二十五年間、自分のことは自分でしてきたわ」

「いままで死なずにすんだのが、ふしぎに思えてきたよ」

ふたりはにらみあった。しかし、やがてサー・ロイスが大きく息をついた。「くそっ、まったく」手のひらを上に向けて両腕を広げ、弁解するようなしぐさを見せる。「すまない。いつもはこんなに……」

「横柄ではない?」マリーがやさしく言った。

ロイスの口もとがひきつる。「そう。横柄じゃない。ぼくはただ――つねにだれかに気を配っているという状況に、あまり慣れてなくてね。姿が見えなくなったときは肝を冷やしたよ。ロンドンは危険な場所だ――きみが思うよりずっと。ロンドン塔の近辺はメイフェアとはちがう。先日よりもはるかに厄介なことになりかねない——もちろん、きみのせいではないんだが」あわてて言い添える。

マリーは笑わずにいられなかった。「ずいぶんとそつがないのね」

ロイスはにやりと笑った。「ただいま修行中だ。覚えは悪いかもしれないが……」と肩をすくめる。一歩下がり、あたりを見まわした。「それにしても、こんなところでなにをしていた？」

「いえ、カラスが一羽見えたような気がして」マリーはロンドン塔の名物を口にした。「近くで見てみたかったのだけれど、こわがって逃げてしまったんでしょうね」

「そんなに特別なものではないよ、ただのカラスだ」

「カラスがいなくなったら王国が滅びてしまうなんて言い伝えを聞いたら、特別なものに思えますけど」

「いなくなることなんてないさ。このあたりから逃げないように、羽根を切ってあると思うから」ロイスは前に進んだ。「こっちのほうに来たのかい？」

「そう思ったんだけど」マリーはあわてて彼のあとにつづいた。もしコズモが建物の角を曲がったとしたら、まだいるかもしれないと急に思ったのだ。そこに出口はなさそうだから。サー・ロイスと継父が鉢合わせするようなことはあってほしくなかった。

奥まった部分には彼女とロイスしかおらず、マリーはほっとした。そしてあたりを見まわした。「ふう。きっと見まちがえたのね」ロイスに向きなおる。「みんなのところへ戻らなくちゃ」

「そうだね」ロイスはマリーの顔を見おろした。その瞳の輝きに、急にマリーの体は熱くなり、じっとしているのも苦しくなった。

マリーは顔をそむけた。こんなふうに感じるなんておかしい――ロイスがいると気まずいのに、このままでいたいと、これほど強く思うなんて。「あの……探しにきてくださってありがとうございました。わたしもまったくの世間知らずではないわ。こんなに大きな街には危険がいっぱいよね。さっきはきつい言い方をしてごめんなさい」

ロイスの眉がつりあがった。「ほんとうに大丈夫かな？」

マリーはなだめるような顔つきで彼を見た。「ちゃかさないで。きちんとしたふるまいをしようとがんばっているんだから。新しくやってきた付き添いのご婦人から、作法がなっていないと昨日は二回も注意されたの」

「まさか！　信じがたい話だ」

「いやみをおっしゃらなくてもいいでしょう」

「新しい付き添い婦人の話は、リリーから楽しく聞かせてもらったよ。もし付き添い婦人がほんとうにリリーの言うとおりだとしたら、これからの日々を思うと震えてしまうね」

マリーはため息をついた。「そうなの。でもミス・ダルリンプルともう少し親しくなれば、よくなるかも。最初は有能さを伯爵さまにアピールしようとしていたのかもしれませんから」

「かもしれない」

マリーはロイスを見やった。「そうであればいいけれど」

「オリヴァーに相談してみたら」

「だめよ。そんなことをしたら、よけいにわたしたちは扱いにくくて始末に負えないと彼に思われてしまうわ。じつのところ、まだなにもやってみていないのだし。それに、どうせ身につけなければならないことですもの。ここで暮らすのなら、いまのままのわたしたちではいられません。伯爵さまにとって、恥さらしになってしまうわ」

「だが彼はけっしてきみたちに……無理強いしたり、別人になってくれと思っているわけではないよ」

マリーはきらりと目を光らせた。「そうかしら？　わたしは逆の印象を持ったけれど。とにかく、ミス・ダルリンプルがわたしたちにいばり散らすことはできないんじゃないかしら」

「そうだな。紛争が起こるだろうな」

「少なくとも、あなたはそれをごらんにならなくてすむわね」マリーは無理に笑みをつくった。

「いや、前線に近いところにいると思うよ。それこそ流れ弾に当たるかもしれない」

「え？」マリーはわけがわからず彼を見た。「なにをおっしゃっているの？　わたしたちは伯爵のご領地のお館に行くのよ」

「ウィローメアだろう。そう、ぼくも行くんだ。エスコート役として」

「なんですって?」マリーは口もとがゆるまないよう、唇をきつく合わせた。「でも――あなたはここに残るのだと思っていたわ」

「ぼくがきみたちをこんなところまで連れてきたんだよ。ここで放りだすわけにいかないだろう」彼はさらに現実的なことを言った。「オリヴァーはまだロンドンでやらなければならないことがある。いっぽう、ぼくは暇だ」

「でも、だれかについていただかなくても大丈夫ですわ」彼がいてくれたら気持ちが明るくなると自覚すればこそ、逆にマリーは彼が来ることに反対してしまうのだった。「付き添い婦人もいますし、ステュークスベリー家の馬車で行きますし」

「紳士がひとりいたほうが、なにごとも楽に手配できるものだよ」ロイスも負けていなかった。

「自分たちのことは自分で手配できますわ」

ロイスは片方の眉を動かした。「ぼくを追い払いたいのかい?」

「いいえ」マリーはうそがつけなかった。「もちろん、そんなこと」

「ぼくはきみたちとすごすのを、とても楽しみにしているんだが」ロイスは一歩前に出て、マリーの髪をひと房うしろへやった。

彼にふれられて心臓が早鐘を打ったのが恥ずかしく、マリーは赤くなった。自分の反応をごまかすため、お返しにきついひとことでも思いつけたらいいのに。

「新しい帽子がとてもすてきだ」

「えっ？　ああ。ありがとう。昨日、シャーロットとレディ・ヴィヴィアンがお買い物に連れていってくださったの」マリーは自分の平凡な返事に、内心、悪態をついた。ロイスがすぐそばにいると、どうして頭が働かなくなるのだろう？

「でも、少し曲がっている」ロイスは手を伸ばし、マリーが動けないうちに、器用な手つきで太いリボンをほどき、帽子を取った。そして位置をなおしはじめたが、すぐに手を止めて彼女の瞳を見つめた。

マリーの心臓が、胸のなかで激しく打っている。

「この帽子にもひとつだけ欠点がある」ロイスがつぶやきながら前かがみになる。声がささやきほどに小さくなった。「これがあると、とてもキスしにくい」

向きを変え、逃げるべきだとわかっていた。けれどもマリーはつま先立ちになり、彼の唇がおりてくると唇を重ねた。全身に快感が押し寄せ、体が熱く、高まってくる。突然、肌のすみずみが、息をのむほど敏感になった。ドレスのやわらかな布や、じらすようにかすめていくそよ風や、すぐそこで彼の体から発散されている熱までもが感じられる。

ロイスの唇はやわらかく、あたたかく、彼女の唇をまさぐりつつひらかせ、舌が分け入ってくる。マリーは身を震わせ、両手で彼の襟をつかんだ。突然ひっくり返った世界のなかで、唯一たしかなものにつかまらなければいられなかった。ロイスは両腕で彼女を抱きしめ、きつく引き寄せた。引き締まった体が上から下まで、やわらかな彼女の体に押し当てられる。

マリーの両手がすべりあがり、彼の首にまわった。

口づけを返していることに、マリーは気づいた。唇が動き、舌も彼とともに官能のダンスを踊っている。欲望がらせんを描いて彼女の体を駆けのぼり、またおなかのあたりにおりてくる。これまでに感じたことのないようなうずきが全身に広がった。

ロイスが唇を放して彼女ののどにはわせ、彼女の頭がのけぞった。柔肌に当たる彼の唇はベルベットのようで、マリーは慣れぬ欲望の波にのまれ、まわりの世界がなにもかも消えてゆくように思った。

そのときロイスが身をこわばらせ、体を起こして腕を放した。マリーはふらつき、驚きと困惑で彼を見あげた。遠くでカメリアが彼女の名前を呼んでいるのが聞こえ、マリーの頭は即座にはっきりした。こんな公の場で、ふしだらな女さながらにロイスとキスをしていたなんて！

マリーは彼の手から帽子をもぎとり、力まかせにかぶって、急いであごの下のリボンを結んだ。それから指先で、やわらかな唇をそっと押さえた。いままでなにをしていたか、唇の様子から、みなに気づかれなければいいのだが。きびすを返し、奥まった部分から走りでた。妹たちとフィッツが草の道の端に立っていたが、ありがたいことに、ちがう方向を見ていた。マリーは彼らのほうへ歩きだした。

「そこにいたの！　見つかってよかった！」マリーは声を張りあげた。「はぐれてしまったみたいね」みなのところへ駆けより、ローズの腕を取る。「ごめんなさい。探してくれていたの？」

「ええ。先にロイスが探しにいってくれたんだけど」フィッツが説明した。「でも、今度は彼がいなくなったみたいだな」

「そのうち出てくるでしょう」マリーは明るく言い、ローズを引っぱって離れた。「動物園に行きましょう。サー・ロイスもわたしたちがいなければ、動物園まで来てくれると思うわ」

「たしかに」フィッツの視線がしばらくマリーの顔に留まったが、それから彼は向きを変えた。「ライオンやトラに会いにいこう、レディたち」

「マリー姉さま！　ゆっくり歩いて！」ローズが半ば笑いながら言った。「これじゃあ、わたしが引きずられているわ」

「あら」マリーはローズを見やって、言われたとおりに歩をゆるめた。「ごめんなさい」

「どうかしたの？」ローズが低い声で訊く。「なんだか……動揺しているみたい」

「えっ？　いいえ。わたしは……」一瞬、ロイスとのあいだに起きたことを妹に話そうか考えたが、すぐに思いなおした。いつもローズにはなんでも話してきたが、今回のことはこれまでなかったようなことだし、あまりになまなましすぎる。マリーはうしろを見やった。数フィートうしろにカメリアとリリーがいて、フィッツはふたりに並んでゆったりと歩いている。顔を戻し、マリーはささやいた。「コズモを見たような気がしたの」

「なんですって！」ローズは仰天し、顔がまっ青になった。「ここで？　ほんとうに？」

「いえ、すごく遠かったから、たしかではないのだけど。よく見ようとあとを追いかけたけど……」マリーは肩をすくめた。「見失ったわ」

「ここまでわたしたちを追ってきたと思う？」ローズはマリーの腕を、痛いほどきつく握りしめた。

「ばかげた話だとは思うけど。そんなことをしてなんになるの？　それに、もし来たのなら、どうして姿を見せないのかしら。ロンドン塔に行くとかなんとか、わたしたちをつけまわすだけで満足するわけがないわ。それに、わたしたちがここにいるって、どうやってわかるというの？」

「伯爵さまの名前を知っていたのかもしれないわ」ローズが言った。「母さまがどこかの時点で話したかもしれない。わたしたちを追ってフィラデルフィアまで来て、どの船に乗ったかがわかれば、英国に――おそらく母さまの親族のところへ行ったたってわかるでしょうね。わたしたちがここに来る理由なんて、それしかないもの。たとえ伯爵さまの名前がわからなくても、ロンドンくんだりまで来たのなら、またわたしたちの足取りを見つけたでしょう。宿屋のわたしたちは覚えられていると思うし――ステュークスベリー伯爵が召使いを送ってトランクを取りに行かせたとあれば、なおさらよ」

マリーは浮かない顔だった。動揺していたほんとうの理由はうまく隠せたが、もうひとつの話も持ちださなければよかったと思いはじめていた。「でも、そんなに早く追いかけてこられるかしら？」

「思いだして。わたしたちの船は、大西洋の嵐で遅れたわ。コズモが数日遅れで出発したとしても、わたしたちが着いたころには着いていたかもしれない。ひょっとしたら、わたしたちより早かったかも」

「でも、どうして？　彼はいったいなにがしたいの？」

「彼は、わたしをミスター・サタスビーと結婚させたがっているわ」

「強制はできないわ。ペンシルヴェニアに戻らせることだってできない。わたしたちは自由だし、成人しているし」

「カメリアとリリーはしていないわ」

「でも彼は、ふたりの保護者ではないのよ」先日フィッツに言われたことを思って、マリーはほっとした。「保護者は伯爵さまよ。その伯爵さまは、けっしてコズモにふたりを連れていかせたりしないわ。それははっきりとわかる。彼らはだれも――ステュークスベリー伯爵も、サー・ロイスも、フィッツも、そんなことはさせないはずよ」マリーはほほえんだ。

「考えてみて、ローズ、わたしたちはもうひとりじゃない。助けてくれる家族がいるの」

ローズの眉間のしわがほどけ、マリーに弱々しい笑みを見せた。「そうね、姉さまの言うとおりだわ」

「そうよ、ぜったいよ。わたしが見たのも、コズモですらないかもしれない。似ている人をちらりと見ただけかも。もし彼が伯爵さまのところへ姿を現わしたら、わたしが受けたよりもさらに冷たい歓迎を受けるでしょうね」マリーは想像してくすくす笑い、ローズの腕をぎゆっとつかんだ。「彼が入れるのはそこまでよ。会うこともないくらいだわ。だって明日には、ウィローメアに出発するんですもの。何マイルも離れたところに行くのよ。コズモには、わたしたちがどこにいるかさえわからないはずよ」

ローズの緊張が解け、マリーの腕に掛かっていた腕が離れておりた。「そうね、そうよね」笑顔になったが、今度はもっと自然な笑みだった。「わたしたちは遠く離れた、安全なところに行くのよね」

「そのとおり。安全よ」マリーはくり返した。うしろで、ロイスがフィッツの名前を呼ぶのが聞こえ、彼女もさりげなく振り向いた。ロイスがこちらに向かって大またで歩いてくる。長身の彼がゆったりと、優雅な身のこなしで。

マリーはウィローメアに行くことでコズモ・グラスからは安全でいられるかもしれないが、サー・ロイス・ウィンズロウからの危険はどうやって回避すればいいのだろう。

翌朝、朝食後すぐに、一行は〈ステュークスベリー邸〉を出発した。サー・ロイスが馬に乗っているのを見て、マリーはほっとした。同じ馬車に彼とともに閉じこめられたら、自然にふるまえるだろうかと、前の晩はほとんどそればかり考えていた。彼を見るたび、前日の午後に分かちあった、魂を揺るがすような口づけを思いだしてしまうのだから。

伯爵も邸から出てきて、ひとりひとりの手を取って馬車に乗せ、別れの挨拶をした。伯爵の横について走りでてきたパイレーツも、いまは彼の足もとに用心深く座り、ひとりずつ馬車に乗りこむ姉妹たちを好奇心もあらわに眺めていた。しかし、あとについて飛び乗ろうというそぶりは少しも見せなかった。

「パイレーツ？」カメリアが馬車から身を乗りだした。「一緒に来ないの？」

隣でリリーが、上品とは言えない鼻息をもらした。「ばか言わないで、カメリア姉さま。この子が伯爵さまを選んだことは一目瞭然よ」

犬は小首をかしげ、目を輝かせて彼らを見ていたが、動くことはなかった。伯爵が犬を見おろし、また姉妹に目を向けた。「その、おそらくパイレーツは街の犬で、田舎は合わないのじゃないかな」

パイレーツが勢いよくワンと吠え、尻を振りながら短い尾を振ったときには、姉妹はみな笑わずにいられなかった。従僕がさっと前に出てドアを閉めると、伯爵が御者に合図を送った。御者は声をあげて手綱を振り、馬車がゆっくりと動きだした。サー・ロイスも横にひかえている。マリーは、出たばかりの邸を振り返った。伯爵は玄関前のステップに立ち、みすぼらしい犬を抱きかかえて彼らを見送っていた。

マリーの目がロイスに移った。馬上の彼は、なんともほれぼれすると認めざるをえない。長身で肩幅の広い体は、濃い鹿毛《かげ》の馬の上でいっそう立派に見える。生まれたときから馬に乗っていたのではないかと思うような、肩ひじ張らない優雅な手綱さばきだ。彼を見ているとい目の保養になる。

内心ため息をつき、マリーは目をそらした。こんなふうに時間をすごすなんて、ばかげている。彼がいるとかならず湧いてくる感情にどう向き合えばいいのか、考えるほうがずっといい――いや、もっといいのは、なにも感じないようにする方法を見つけること。

「ご令嬢は、馬車の窓から身を乗りだしたりしないものです」ミス・ダルリンプルが言い、リリーのひざを強くたたいた。

「でも、それではなにも見えないわ」リリーが反論する。

「ご令嬢が見なければならないようなものは、外にはなにもありません」あっけにとられるリリーをよそに、ミス・ダルリンプルはカメリアに向いた。「それから、どうかものを指さしませんように、ミス・カメリア。指をさすのは教養のない人間だけです」

間髪入れず、ミス・ダルリンプルはローズに向かって、レディはたとえ馬車のなかであってもだらけた格好で座らないと注意し、マリーには伯爵との別れの挨拶で呼びかけの言葉が正しくなかったと指摘した。そのあとカーテンを閉め、令嬢に求められるふるまいというものについて説教した。さいわい、まもなくしゃべるのをやめてこっくりこっくりしだし、すぐにうたたねをはじめた。

そのあとは、もっと楽しい道中となった。姉妹はふたたびカーテンを開け、すぎてゆく景色を眺め、ミス・ダルリンプルを起こさないように小声でおしゃべりをした。

途中、遅い昼食をとって馬を休憩させるため、宿屋に立ち寄った。ロイスが馬車のドアを開け、ひとりひとりに手を貸して馬車からおろした。マリーは胃が少しちくりとし、彼に手をあずけないですむ方法はないかと思ったが、もちろん、なかった。彼女は心を引き締めて、彼の手に手をあずけた。ロイスの指がしっかりと、強く彼女の手を握る。マリーは彼の顔を見おろした。見返してきた彼の表情は、ゆったりとおだやかで礼儀正しかった。前の日に起こったことなど、なにもなかったような顔だ。

もちろん、彼女も同じように、無頓着でいられるはず。こういうことについては、彼のほうが百万倍も経験があるのだろうけれど、マリーはそれを見せたくなかった。彼女も礼儀正しく、気のない笑顔を浮かべ、よくやったと自分をほめた。けれども宿屋に入ったとき、まだ彼に握られた手がじんじんしていることに気づいた。彼のそばにいても動じないなどと、自分をごまかすことはできなかった。

馬車をおりるとほっとした。スプリングがよく効いて、ふわふわで快適な座席ではあったが、何時間も馬車に揺られていると、さすがに体がちぢこまってこわばっていた。宿屋の貸し切り食堂に用意された冷たい軽食も、うれしかった。ところがミス・ダルリンプルに正しいテーブルマナーだとかふさわしい会話だとか注意されて、食事はすっかり楽しくなくなった。

マリーが昂った気持ちを必死で抑えながら苦労して食事を終え、顔を上げてみると、サー・ロイスがこちらを見つめていた。その瞳は楽しげに輝いていたが、そのあいだにミス・ダルリンプルは社交界で無作法とされる行ないについて——たとえば大声でしゃべること、話すタイミングをまちがうこと、長々と話すこと——最後の点についてはミス・ダルリンプル自身、破っていることを本人は気にも留めていないようだが——あれこれとしゃべり、そしていまは、どういう話題を選ぶべきかについて講釈を垂れていた。

「若い女性が自分のことを話すところなんて、だれも聞きたくありません」ミス・ダルリンプルはのたまった。「それに、知識をひけらかすのもおやめなさい。やはり、学問かぶれだなんてレッテルを貼られるのはいやなものです。お天気の話題はいつでも歓迎されるでしょうし、ほかの人の健康を気遣って尋ねるのも、たいていうまくいきます。そしてもちろん、テーブルの飾りつけやお食事をほめることを忘れてはいけません」

「お天気？」マリーはミス・ダルリンプルに片眉を上げてみせた。「テーブルと、お天気と、みんなの健康以外の話はしてはいけないのですか？」

ミス・ダルリンプルはとがめるような目でマリーを見たが、口をひらく前に、ローズがすかさず割って入った。「少しつまらなく思えますけど」

「ですぎているとか、まともでないと思われるより、つまらないと思われるほうがましです」ミス・ダルリンプルは取り澄ました顔で唇を結んだ。

「ですが、ミス・ダルリンプル」ロイスがマリーの方向にきらりと目を光らせながら言った。「知的な会話がよしとされる場面もあると思いますが」

ミス・ダルリンプルの気むずかしい顔が、恥じらう乙女よろしく笑みを浮かべた。「そうですわね、サー・ロイス、殿方と知的な会話をつづけるときには、つねに殿方に話を合わせるべきだというのが常識です」

バスクーム姉妹は全員、ぽかんとミス・ダルリンプルを見つめた。しばらくしてやっとカメリアが言った。「つまり、殿方しか話してはいけないんですか?」

「いいえ、そんなことはありません、女性の側もときには感じよく相づちを打って、話を聞いていることを伝えねばなりません」

「まあ、そんなばかげた話はいままで聞いたこともないわ!」カメリアが声を張りあげた。

ミス・ダルリンプルの眉が不吉な感じで中央に寄ったが、なにか言う暇もないうちに、サー・ロイスがまるでカメリアの発言を聞かなかったかのような顔で、そちらに向いた。「エクセターでダルリンプルという紳士にお会いしたと思うのですが。ひょっとしてお知り合いでしょうか? ジェラルド・ダルリンプルという名前だったかと。銀行家です」

「いいえ、とんでもない。わたくしは古くからの聖職者と学者の家の出です、サー・ロイス」ロイスに注目されて、ミス・ダルリンプルは文字どおり大得意だった。「父はシェリーのご領地に近いウォーナムで暮らしております。たいへんな試練を背負っているのでございます」

マリーは急いで食事を終わらせ、ローズに意味深な表情を送って、ドアのほうをあごで示した。マリーが席を立つと、ローズも一緒に立った。「ちょっと失礼します。ローズとわたしは出発前に少し散歩したいので」

「わたしたちも行くわ」カメリアがあわててリリーとともに最後のひと口を詰めこみ、跳びあがるように席を立って姉につづいた。

ミス・ダルリンプルは反対しそうなそぶりを見せたが、サー・ロイスをひと目見やると、笑顔でふたたび腰を落ち着け、彼と食事を終わらせた。姉妹は急ぎ足で廊下を進み、帽子をかぶりながら宿の裏口を出た。宿の裏手には細い小径が右へ伸びており、マリーがそちらへ進んでいくと、妹たちもあとにつづいた。

「あの女《ひと》といると、おかしくなりそう！」カメリアが不満たらたらで歯ぎしりした。

「ウィローメアに着いたらましになるかも。いまはずっと一緒にいるでしょう。でも向こうでは、ときどき離れる時間も取れると思うの」ローズが推測した。

「あれに耐えられるくらい、そんな時間が充分に何度も取れるかどうか、わからないわ」マリーがぼやく。「ああ、どうしてあんなに押しつけがましいのかしら。彼女の言うとおりにしなければならないとしたら、わたしたちはとてもおしとやかになんてなれないかも」

「サー・ロイスが一緒に来てくださって、ほんとうによかった」リリーが忍び笑いをした。

「ミス・ダルリンプルが彼を見る目に気づいた？　彼女の怒りを散らすのが、サー・ロイスはとてもお上手だわ」

姉妹は歩きながらおしゃべりをつづけた。しかしマリーは、柄にもなく無口だった。なにかがおかしい。なにか奇妙な、落ち着かない感じがする。漠然と、背筋に不安が走っているかのような。彼女は足を止め、あたりを見まわした。庭にも、小径にも、だれもいない。さらに宿を見やった。どの窓にも人影はない。それでも、だれかに見られているような気がするのだ。

右を見ると、少し先が森になっている。木々のあいだは暗い。あそこにだれか入っても、彼女たちのことはよく見えないだろう。昨日、ロンドン塔でおかしなことがあったからといって、想像力を暴走させるなんて、やはりばかげているだろうか。

「マリー姉さま？　どうかしたの？」ローズが振り返って姉を見た。

「いいえ——なにも。ただ……なんというか……変な感じがして」妹たちも足を止め、とまどった顔をした。前日なにがあったのか、ローズ以外には話していない。ほんとうに継父を見たかどうかも定かでないのに、妹たちに心配をかけるのは意味がないように思えた。マリーは小さな笑みを見せて、頭を振った。「なんとなく、気分がね。さあ、もう宿に戻ったほうがいいわ。もう出発したいころでしょうし、ミス・ダルリンプルに遅刻でお説教されたくないし」

「そうね」ローズは眉をひそめたが、まだ数分しか外に出ていないことは言わずにおいた。

姉妹は宿のほうに引き返しはじめた。マリーは、周囲でのどんな動きにも目を光らせていた。目につくようなものはなかったが、それでも裏口を入るとき、周囲にぐるりと目を走らせずにはいられなかった。前を向くと、ローズがけげんそうな表情を浮かべていた。マリーは小さく肩をすくめ、軽くしかめ面をしてみせた。

神経質になりすぎよ、とマリーは自分に言い聞かせた。ただ変な感じがするというだけ。少し震えを感じただけで、いつもなら気にも留めないようなこと。もし昨日コズモ・グラスに似た男を見かけていなければ、なんとも思わなかったはず。森のなかにも小径にも、人影はなかった。そもそも、昨日、継父を見たことさえ疑わしい。ロンドンくんだりまで、あとをつけてきたりしないだろう。万が一そうしていても、こっそり隠れて見ていたりせず、姉妹の新しい親族からすぐにでも金を搾《しぼ》りとろうとしていたはずだ。想像力が暴走してしまっただけだろう。それでも、サー・ロイスが同行してくれているのはありがたかった。

午後の道中は、やっとのことで、マリーの疲れと退屈が朝よりもさらに早く訪れたくらいで、さほど変わりはなかった。馬車はまたべつの宿の前庭に停まり、みな馬車をおりた。だれもが疲労し、すぐにでも寝られそうな状態だったので、手早く食事をとった。マリーはとくべつ眠いと思わなかったが、妹たちは疲れ果てていた――そしてミス・ダルリンプルなど、食事をしながらいびきをかいていた。

這うように階段を上がって部屋に着くなり、ローズはベッドに入り、二、三分後には眠ってしまった。マリーはのんびり静かにしていたが、ローズが眠ってしまったのですることもなく、まもなくベッドに上がった。眠るまでしばらくかかったが、いつしかうとうとしていたのだろう。物音で目が覚めた。頭をひねると、開いた窓から差しこむ月明かりで浮かびあがる、男の影が見えた。恐怖でのどが詰まった。

男の顔は見えないほうに向いており、そろりそろりと慎重に窓のほうへ移動していた。大きな男で、どこか不格好だった。次の瞬間、マリーは、隣のベッドが空っぽで、侵入者がローズを肩に担いでいることに気づいた。

13

マリーは力のかぎり悲鳴をあげ、ベッドから跳ね起きた。「ロイス！　ロイス！　助けて！」

侵入者めがけて駆けだすと、男は驚いて身をひるがえした。縁なし帽子を目深にかぶり、襟は立ててあった。顔の半分ほどの黒っぽい覆面をしていて、顔ははっきりとわからない。ふたたび向きを変えた男は窓までの階段を駆けあがり、片脚を振りあげてまたいだ。マリーは男に飛びつき、ローズの腕をつかもうとした。

「ローズ！」結局、男の上着をつかんだマリーは、ありったけの力で引っぱり、もう一度ロイスの名前を叫んだ。男は悪態をつき、彼女をふりほどいた。

マリーはうしろによろめいたが、体勢を立てなおし、ふたたび突進した。廊下からドアの開くすさまじい音が聞こえ、さらに走る足音がつづく。侵入者は力の抜けたローズの体を肩からおろし、マリーのほうに押しやった。急にローズの重みを受けてよろけたマリーは、床に倒れこんだ。ベッドの柱に後頭部をぶつけて目もくらむような痛みを感じ、一瞬にしてなにもかもがまっ暗になった。

「マリー！　マリー！　目を覚ませ！」

　抱えられているのはわかった。たくましい腕が肩にまわっていて、かたくてあたたかなものに頭をもたせかけている。心地よくて、どこかほっとできる――とくに、耳の下から聞こえるリズミカルな鼓動が。彼女は軽く揺すられ、次に頰を軽くはたかれた。

「くそっ、マリー！　目を覚ましてくれ！」

　目を開けると、男性の顔が上で揺らいだ。おなかがひきつるような感じがして、またすぐに目を閉じる。

「マリー！　よかった。さあ、もう一度目を開けてぼくを見ておくれ。ロイスだ」

　ロイス。マリーの口もとがゆるんだ。と、次の瞬間、意識が戻ってすべてを思いだした。

「ああ！　ローズ！　あの子はここにいる？　無事なの？」マリーは目を開け、体を起こそうともがいた。

「きみのすぐ隣で床の上に横になっているよ。動かないで。頭にひどいけがをしているようだから。いったいなにがあった？　どうして窓が開いているんだ？」

「男が！　男がローズを連れていこうと――窓から外に連れだそうとしていたの」ロイスに止められたのもかまわずマリーは起きあがった。頭がずきんと痛んだが、もうぼんやりしてはいなかった。

「なんだって！」ロイスは彼女から手を放して立ちあがり、開いた窓のほうに行った。身を乗りだして両側を見る。「だれもいない」とマリーを振り返った。「ひとりで大丈夫かい？

ちょっと外を見てきたい」

「ええ、大丈夫。行ってください」

ロイスは部屋を出て、マリーはその場に座り、考えをまとめようとした。片手を頭に持っていき、おそるおそるふれてみる。ぎくりとして手をおろした。手にねばついた液体がつき、傷口から出血したらしいとわかった。

隣で、床にぐったりと横になっている妹を見る。「ローズ？　ローズ、聞こえる？」

マリーはローズの肩を強く引っぱった。ローズは横向きになっていたが、マリーが引っぱったのであおむけに転がった。マリーは妹の顔にかかるもつれた髪を、ひと房うしろにどけてやった。ローズは目を閉じていて、顔にも動きはない。一瞬、おそろしくもマリーは妹が死んでしまったのかと思ったが、そのときローズの胸がゆっくりと上下しているのがわかった。

マリーは妹の肩を揺さぶった。「ローズ！　目を覚まして！」

いったいどうしたのだろう。マリーは頭を打って意識を失ったが、こうして意識は戻った。どうしてローズはまだ目が覚めない？　しかも、これだけのあいだずっと、眠りつづけているなんて。マリーは妹の頭を手で探ってみたが、たんこぶのようなものはない。しかしローズは微動だにしない。

マリーはよろよろと立ちあがり、鏡台の上のろうそくを灯した。自分のハンカチを見つけて洗面器の水に浸すと、妹のところへ戻ってひざをつき、冷たい布でローズの顔をぬぐった。

そのあいだにも、頭が急回転していた。あの男はだれ？　どうしてローズを連れ去ろうとしたの？

まず、継父に思い至った。けれどもさっきの男はずっと体が大きかった――コズモはやせて華奢《きやしゃ》で、背丈もマリーより数インチ高いだけだ。ローズを肩に担いでいた男はそれよりもずっと大きく、ロイスと同じくらいあったかもしれない。マリーは眉をひそめてハンカチを絞ったが、また冷水に浸した。頭痛がしていて、考えがまとまらない。

「ローズ。お願いだから目を覚まして。いったいどうしたの？」マリーは妹の手首を取り、脈を診《み》た。ゆっくりしているように思えるが、それでもしっかりとしていた。ローズの頬をはたき、名前を呼んでみる。

階段を駆けあがってくる足音が聞こえたかと思うと、ロイスが部屋に入ってきた。「だれもいなかった。宿のまわりを一周してみたが、だれも見当たらない」

マリーは彼に向きなおった。「あなた、わたしの顔をはたいた？」

「なんだって？」ロイスは動きを止めて、彼女をぽかんと見た。

「わたしの意識がまだ戻っていないころ。あなたに頬をはたかれたように思うのだけれど」

ロイスは笑顔になり、部屋のなかほどまで進んだ。「やさしくつついただけだ。きみを起こそうと思って」手に持っていたろうそくを鏡台の上に置き、ローズのそばへやってきてひざをついた。「まだ起きないのかい？」

「ええ。あの男に殴られて失神させられたんじゃないかと思うのだけど、こぶなどは見当たらないの」

「あの男？　いったいなにがあったんだ？」

「少し前に目が覚めたの。なにか物音がした気がして。そうしたら、男がローズを担いでいるのが見えたの。それで悲鳴をあげてベッドから飛び起きて、男めがけて走っていったのよ。男はローズを連れたまま窓をまたいで出ていこうとしていたから。男につかみかかったら、もみ合いになって。そのとき、あなたが来る音が聞こえたの。それで男はローズをわたしに投げつけて、わたしとローズは倒れてしまって。わたしはそのときにベッドの柱で頭を打ったのだと思うわ」

「どういうことだろう。だれかがこの部屋に忍びこんで、きみの妹さんを連れだそうとしたって？」

マリーはうなずいた。「ええ、おかしな話よね。でも、ほんとうにそうなのよ」

「いったいだれが？」

「わからないわ。でも、いま気がかりなのは、そのことではないの。ローズが目を覚まさないのよ、なにをしても」

「頭でも殴られたんだろうか？」ロイスはやさしくローズの頭を持ちあげ、頭のまわりを調べた。「こぶはできていないようだが」

「わたしもそう思ったわ」マリーは心配そうにロイスを見た。「どうすればいいのかしら？」

「まず、床の上から移動させよう」ロイスはローズを抱えあげてベッドに寝かせ、つづいてマリーが上掛けを肩まで掛けてやった。

しばらくローズを見おろして立っていたが、ふいにマリーは身をかたくして顔を上げた。

「みんなはどこに?」

「えっ?」ロイスが彼女を見る。

「カメリアとリリーはどこにいるのかしら? それに、ミス・ダルリンプルも。わたし、あらんかぎりの大声で叫んだのだもの。あなたを起こしてしまったのでしょうね」

「廊下の突き当たりの男性もね。外の捜索も手伝ってくれたんだが、彼はきみが悪い夢でも見たと思っているようだ」

「まあ、どうしましょう」マリーはさっと向きを変えて部屋を飛びだしていき、ロイスもあとにつづいた。

「ふたりはまだ部屋にいるのかもしれない」ロイスが言う。

マリーは元気のないまなざしを返し、妹の部屋のドアを勢いよく開けた。「隠れているというの? あのふたりが?」

「たしかに」

ロイスはマリーの部屋を出るとき、急ぎながらも忘れずにろうそくを持ってきていて、火を掲げながらリリーとカメリアの部屋に入った。ふたつの人影がベッドに横になっており、近づいてみると、ふたりの妹はどちらもぐっすりと寝入っているのがわかった。

マリーとロイスは顔を見合わせた。ロイスがカメリアの顔にろうそくを掲げたが、すやすやと眠りつづけている。ベッドの反対側から、マリーはリリーの肩を揺すってみた。反応がないので、さらに強く揺すってみる。やっとのことで、リリーが眠ったまま眉をひそめ、なにかをつぶやいて寝返りを打った。

「薬を盛られている。そうにちがいないわ」マリーがうろたえてロイスを振り返った。「もしかしたら毒かも！　どうすればいいの？」

ロイスがカメリアの上にかがみこんだ。あまりに近くまでかがんだので、キスでもするのではないかとマリーはぎょっとしたが、彼は一、二度鼻をひくつかせただけで体を起こした。

「このにおいは嗅いだことがある。阿片チンキだ」

マリーは少しほっとした。「よかった。でも……量が多すぎたりしていないかしら？」

ロイスがもう一度ふたりを見やる。「呼吸に問題はないようだ」

「そうね。顔色もいいし」ひと呼吸置いて言葉を継ぐ。「でも、いったいどうして――今夜の食事に入っていたにちがいないわ！」

ロイスはうなずいた。「これだけの人数に薬を盛る方法は、ほかにないだろうな」

「でも、だれが――どうやって――」

「きみとぼく以外の全員が食べた料理があったはずだ。あるいは、ぼくらだけが飲まなかった飲み物か」

「わたしはプディングはいただかなかったわ。ローズは食べていたけれど、ほかの人たちはよくわからない」

「ぼくもプディングは食べていない。それからスープも」

マリーはうなずいた。「わたしも。ひとさじ、ふたさじいただいたけれど、かぶが苦くて――」彼女は口をつぐみ、目を丸くした。「あれだと思う？　だからスープは苦かったのかしら」

「ありうるな」

「みんなをどうしましょう」マリーは妹たちを振り返った。

ロイスが肩をすくめる。「眠らせておくしかないだろう」

「そうね」この状態で妹たちを放っておくのは不安だったが、目を覚まさせる方法などわからなかった。それに、目を覚まさせなければいけない理由もない。「またあとで様子を見にくることにします」

「ミス・ダルリンプルも見にいったほうがいいだろう。彼女の部屋はわかるかい？」

「わたしの向かいの部屋よ」マリーは先に立って廊下を進み、彼女の部屋のドアをノックした。

返事はなく、マリーはもう一度さらに強くノックした。そしてついにはドアを開けて覗きこんだ。ベッドに寝ている付き添い婦人の人影が見て取れたが、部屋には大音量のいびきが響きわたっていた。

マリーはため息をついてドアを閉めた。「どうやら彼女も同じような状態だわ」

ふたりが向きを変えたところで、宿の主人がふうふう言いながら階段を上がってきた。でっぷりとした体に大きなガウンをまとい、はげ頭には寝帽をかぶっている。

「お客さま。なにかございましたか？　ほかのお客さまから物音について苦情が出ているのですが、もちろんなにか理由がおありなのでしょう。なにかできることがございましたら――」

「男がミス・バスクームの部屋に侵入し、妹さんを連れ去ろうとした」ロイスがそっけなく言った。

主人はぽかんと口を開けた。「え……いま……なんとおっしゃいました？　ほんとうなのですか？」

「もちろんですとも。その証拠に、わたしの頭に大きなたんこぶがありますわ」マリーはいささかむっつりと答えた。

「おまけに、ぼくらの一行に数名、今夜ここで薬を盛られた人間がいる」ロイスが言い添えた。

この言葉に、宿の主人は声を失った。目玉が飛びだすかと思うほど目をむき、言葉にならない声を発した。なにかを一心にふいているかのように、前で両手を振った。

「まさか、そんな。とんでもない」ようやく、そう言った。「薬ですって？　どうしてそんなことが？　わたしどもはまったく――ここには、そんなことをする人間はひとりもいやしません！　ぜったいに」

「わたしたちのお夕食に入れられたにちがいないんです」マリーが言った。

「いえ、いえ、そんなことはありえません。食事をこしらえたのは、わたしの妻です。そしてわたしの娘たちが、客間のほうへお運びしました」

「それなら、そのなかのだれかが薬を入れたにちがいない」ロイスは一歩、主人に近づいた。主人はとっさに後ずさり、驚きに目をむいた。

「そんな！　ありえませんよ、そんなこと。どうしてあなたがたになにかしようなんて？　薬ではないかもしれないじゃないですか。もしかしたら、ただたんに……」力なく声がしぼむ。

「起こしても起きないんだ。息から阿片チンキのにおいがするし」

「ひょっとしたら、その、ご自分で飲まれたのかもしれませんよ。体が痛かったとか――気分が悪かったとか」

「四人全員が？」ロイスは疑わしげに尋ねた。「それこそありえないね」

「わたしたちは阿片チンキなど持ってもいません」マリーは主人の目を見すえた。「あなたは、たいして害にもならないと思ったのでしょう？　人をぐっすり眠らせるだけだと。もしかして、だれかにお金を渡されて？」

「いいえ！」主人は勢いよくマリーに向きなおった。これでもかと言うほど動揺した顔つきで。「そんなことはぜったいにありません。うちの宿は評判も上々なんです。店の名に泥を塗るようなまねはしませんよ。どんなに金を積まれたって」

「では、どうして食事に阿片チンキが入っていたんだ？」とロイス。

「宿で飲まされたのではないのかもしれません。もっと前の段階かも」

「われわれはここに着くまで、何時間も馬車のなかだった。夕食にまちがいない」ロイスは腕組みをして主人を見た。

主人は勢いをなくし、しぶしぶながらも認めた。できあがった食事は、主人の娘が個室の食堂に運ぶまで、盆に載せて厨房の隅に置かれていたのだと。ということは、おそらく炭酸水や牛乳のピッチャーも、そこに置かれていたはずだ。忙しい夜だったから、何分かは食事が放置されていた可能性はある。

「つまり、通りがかりの人間がだれでも、食事になにかを入れることができたと？」ロイスが訊いた。

「だれでもだなんて！　知らない人間が厨房にいれば気がついたはずですよ、もちろん」次の瞬間、そんなことを言えばまたとがめられると気づいた主人は、すかさず引き下がった。

「ですから、その……忙しかったんですよ。厨房のあの隅では、妻も気づかなかったかもしれません。廊下から見ると右側のところです。談話室からすばやく廊下を伝ってきて、なにかを入れることはできたでしょう」

マリーはため息をついた。「いまさらなにを言っても、遅いですわね」

ロイスもうなずき、宿の主人を下がらせた。主人は何度も何度も、こんなことがここで起こったのは初めてだと言いつづけていた。主人があいかわらずぶつぶつ言いながら、重い足取りで階段をおりるころ、ロイスはマリーに向きなおった。

「きみの部屋に戻ろう。その頭の傷を診てみないと。もっと早くに手当てするべきだったが」

「いちばん急を要するのはわたしの傷ではないわ」マリーはそう言ったものの、彼に腕を取られて部屋まで連れられていった。

部屋に入ると、マリーはローズの様子を確かめた。ローズはまわりの騒ぎも知らず、すやすやとまだ眠っている。ロイスは布をぬらしてマリーに手まねきした。

「この明かりのそばへおいで」ロイスは彼女の両腕をつかみ、傷が見えるように向きを変えさせた。「これはひどいたんこぶができそうだ。皮膚も切れている」

ロイスはマリーの髪をやさしく分け、ぬらした布を傷に当てた。その痛みを、マリーはほとんど感じなかった。頭にふれている彼の手のほうに、よほど意識が向いていた。ロイスの息が彼女の髪を浮かせ、大きくてあたたかな彼の体を背中に感じる。突然マリーは、彼がすぐうしろに立っているということしか考えられなくなった。自分の部屋で、男性が数インチしか離れていないところにいて――しかも自分は薄い木綿のナイトガウン一枚という格好だということに、初めて思いが至った。

マリーは身震いし、ナイトガウンの下で胸の先端がかたくなった。彼は気づいただろうか？　彼も、ふたりがごく近くにいるということを考えているだろうか？　周囲が寝静まっているなかで、ふたりきりだということを？

ロイスもまたさほど服を着ていないことに、マリーはいやでも気づいた。彼女の悲鳴を聞きつけて、半ズボンとシャツだけはおってきたというところだろう。シャツは裾が出ていて襟も開き、V字に胸もとが見えているばかりか、その下の肌や乳首と思われる色の濃い円形までもが覗けそうだった。

ロイスはもう片方の手を彼女の肩に置き、傷の手当てに取りかかった。彼の手はあたたかく、マリーはキスを交わしたときの彼の両手を思いださずにいられなかった。彼の手が肩をすべり、そっとなでたところを思い起こすと、鳥肌が立つ。そのとき彼の手がわずかにすべって移動し、彼女の肩の丸みを包みこんだ。

うしろで彼が身動きし、手が離れるのが感じられた。彼は咳払いをした。「できるかぎり傷はきれいになったと思う」洗面器のところに行き、布をすすいだ。「なにかつけたほうがいいな。宿の主人に、女将が軟膏かなにか持っていないか訊いてみよう」

「それなら持っているわ」マリーはベッドの足もとに置いてあったかばんに手を伸ばした。自分がわずかばかりしか衣服を身につけておらず、シュミーズで押さえられていない胸が、動くと揺れることを痛いほど意識する。

マリーは、かばんを探りながら、こっそりとロイスを見やった。彼の視線は彼女の顔ではなく、体に向いている。彼女は頬を染め、小さな容器を取りだして彼に差しだした。

「これよ。自家製だけれど、傷の治りを助けるの」

ロイスが前に出て受けとったとき、指先がかすめた。マリーはまたしても震えが走るのを止められなかった。

「寒いのかい？」ロイスが訊く。

マリーはうなずいたが、彼を見る勇気はなかった。そそくさとベッド脇の椅子に行き、ガウンを取ってはおった。ベルトを結びながら、ロイスに向きなおる。

伏し目がちな彼の瞳には、マリーが思わず息をのんでしまうようなものが浮かんでいた。ベルトの結び目を持つ手が震える。彼女は両手ともにこぶしを握り、体の両脇におろして震えを隠した。

ロイスが彼女の前まで近づき、マリーは彼を見あげた。ほのかな明かりのなかで、彼の瞳は暗がりになって謎めいて、引きこまれそうだった。「そちらを向いて。これを塗ってあげるから」

「えっ？　ええ」マリーは視線をはずし、くるりと背を向けた。

「侵入者に心当たりはないのかい？」ロイスは訊きながら、慎重にマリーの髪を傷の両側に分けた。手ぐしに髪がからみつき、またほどけてゆく。

「あの――いえ――とくには」息が荒くなるのを、マリーは懸命にごまかそうとした。うなじがさらけだされ、なにか心細いようでもあり――胸が高鳴ってうずくようでもあった。

「彼の顔は見えなかったわ。帽子を目深にかぶっていたし、顔の大部分が覆面でおおわれていた。知っている人には見えなかったけれど」コズモのことを話そうかとも思ったが、話を持ちだしたくなかった。それに、どうせコズモではありえない。侵入者は彼よりずっと体格がよかった。

ロイスはひんやりとした軟膏を、そっと彼女の頭につけ、指をすべらせて痛みをやわらげた——だけでなく、彼女の血が沸きたつような火花を血管に散らせた。

マリーは目を閉じて大きく息をのんだ。「わたしたちは英国に知り合いはいないし、ここに来てまだ数日よ。敵の作りようがないわ」彼の指がやさしく頭をすべる感触を無視するのに必死で、懸命にローズと誘拐未遂のことを考えるようにした。

「どうだろう」ロイスの声は低くかすれぎみになり、息づかいも変わっていた。手を引くときには、マリーの髪をかすめるようにふれていた。「さあ。終わったよ」

「ありがとう」声が震えている。心の動揺が顔に出てしまうのがこわくて、振り返って彼を見たくはなかった。

「どういたしまして」そう言ったロイスの声には低いビブラートがかかっていて、マリーの全身に響いたような気がした。ふたりは体がふれそうなほど近くにいる。衣服を通してでも彼の体温が感じられる。

ロイスはさらに身をかがめてつぶやいた。「今日、きみが助けを呼んだとき、ぼくの名前を口にしたね」

そのとおりだった。あのときマリーは考えることもなかった。彼の名前がとっさに口をついて出た。「ほかにだれもいなかったでしょう?」

「宿の主人。ほかの客もいた。だがきみは、ぼくを呼んだ」

ロイスはマリーのうなじにふれ、人さし指を下まで這わせていった。マリーは息をのんだ。

反応をごまかすことはできなかった。

「なんてきれいなんだ……」ロイスは身をかがめ、やわらかな彼女の首に唇を押しあてた。

マリーが身を震わせる。「わたし――」

「いいんだ。なにも考えないで」ロイスの声はかすれている。

ロイスは彼女の両肩をつかんで自分のほうを向かせたが、マリーには抗《あらが》うことなどできなかった。顔をかしげて彼を見あげた。薄暗がりのなかで彼の瞳は色濃く、烈《はげ》しさをたたえ、頬には力が入っていた。一瞬、ふたりは見つめ合い、身を貫く欲望で動けなくなった。

ロイスがさらに身をかがめる。彼の顔が近づいてくる。マリーは小さく息をついて目を閉じた。そのとき唇が重なった。すばやく、激しく。そして、まわりの世界はすべて消えた。

14

ロイスはマリーに腕をまわして抱きよせた。夢中で唇をむさぼり、両手で彼女の全身をまさぐり、まろやかな曲線を衣服の上からなぞっていく。もどかしげに彼女のガウンのベルトに手を伸ばし、引っぱってほどいた。ガウンの下に手がすべりこみ、いまや薄布一枚だけで隔てた肌をまさぐっていった。

おなかと腰に手が届いたとき、マリーは驚いてびくりとしたが、体を引くことはなかった。全身に波打つ快感のほうが、はるかに心地よかった。ロイスの手は彼女の上半身へと移り、上に行って胸にたどり着いた。マリーの乳首が反応して痛いほどにかたくなり、奥深くにあるなにかが熱くなって、心地よいうずきを感じながら目覚めてゆく。マリーは両腕を上げ、彼の首に抱きついた。

ロイスの唇が彼女の唇から離れ、頬、耳、のどへとゆっくり伝っていき、彼女のおなかに熱い炎をかきたてた。彼の唇はベルベットさながらに、マリーのやわらかなのどをなでるように味わい、探求していく。マリーは呼び覚まされた欲望にうちふるえ、小さなうめきをもらした。未知の感覚に突き動かされ、熱くなってじっとしていられないのに、すてきなけだるさにも包まれて動くことができず、先のことが考えられない。

ナイトガウンのやわらかな薄布越しにもてあそばれた乳首はかたく突きだし、ひとなでごとに、まるで胸と脚のあいだがつながってでもいるかのように、うずきが強くなっていく。マリーは両脚をきつく閉じた。彼の体に脚を巻きつけたいという自分の衝動に、ショックを受けていた。

ロイスはのどの奥で低い声をたて、彼女のガウンの襟をつかむと、うしろに押しやって下げ、床に落とした。彼女のやわらかな尻をわしづかみにして引きよせ、かたくなった欲望の証をぴたりと押しあてた。脈動が速くなるのを、マリーも感じ取った。彼女ののどからかすれた息がもれる。彼を見あげると、なまなましい欲望が燃えていた。彼がふたたび頭を下げて唇を重ね、彼女もつま先立ちになって応えた。

その瞬間、ローズがなにごとかをつぶやき、ベッドで寝返りを打った。

突如として周囲を意識し、マリーは凍りついた。彼女は一心不乱にロイスに口づけ、熱烈な愛撫を受けていた――あまつさえ、その感触に酔っていた――ほんの数フィート離れただけのところで妹が横になっているというのに！

マリーは後ずさり、同じ思いがロイスの表情にも浮かぶのを見て取った。あわててガウンをまとい、ベルトをきつく締めた。顔がほてっている――ひとつには恥ずかしさで、ひとつには、まだ体内にうずく欲望で。とてもロイスの顔がまともに見られない。

「すまなかった」ロイスも目をそらしており、あごがぴくりとひきつった。「ぼくの行動は、なんとも言い訳のしようがない」大またでドアに歩いていき、開けると振り返った。「ドアに鍵をかけてくれ——あの窓にも」そこでためらいを見せたものの、ぎこちなくうなずいて言った。「また、明日の朝に」

彼は背を向けて出ていった。マリーはしばらく立ちつくし、閉じたドアを見つめていた。動くことも、考えることすらできないように思えた。それでもとにかくドアまで行って鍵をまわし、窓の掛け金も確かめた。

そしてベッドの足もとにある長椅子に、ゆっくりと座りこむ。唇に指先を当てると、まだロイスの口づけでうずいていた。なんということをしてしまったのだろう。わたしはなにを考えていたの？　いったいどんな顔をして、またロイスに会えばいいというの？

翌朝、朝食のテーブルに集まった面々は、みなぼんやりとしていた——目が赤く、口数が少なく、動きもいくぶんゆっくりとしている。ミス・ダルリンプルでさえ、ふだんとはちがって、姉妹に注意することが一度もなかった。

寝不足で目の下にくまをつくっていたマリーは、最後に朝食にやってきた。すばやく部屋に目を走らせ、ロイスを見つけたとたんに瞳が輝いたが、すぐに妹たちひとりひとりも目で確かめた。そして自分の席に腰をおろすと、ありがたくも食傷ぎみの紅茶ではなくコーヒーがそそがれた。

それを飲みながら、いま一度みなを観察した。ローズはあくびが出て目はうつろで、動きもだるそうだ。いつもはおしゃべりなリリーまで口数が少なく、食事もいじくるだけ。マリーのなかに怒りが湧いてきた。たしかに自分も少し眠い——昨夜もまた眠りにつくのにだいぶ時間がかかった——けれども、少なくとも薬の作用に苦しんではいない。あきらかに大量の薬が使われたらしい——深刻な後遺症が残ったかもしれないのだ。だれかひとりでも、もしも目が覚めなかったら？

マリーは音をたててカップをおろした。「だれか、昨夜のことを少しでも覚えているかしら？」

ロイス以外、全員がぽかんとして彼女を見つめた。

「どういうこと？」カメリアがけげんな顔をする。「お夕食のこと？」

「いいえ、わたしが大声で叫んで大騒ぎしたことよ」みなの口があんぐりと開いた。「あなたたちは薬を盛られたの。そして、ローズがさらわれそうになったのよ」

この言葉に質問が飛び交い、マリーは詳しい話をした——自分とロイスが部屋に戻ってきたあとに起きたことは、すべて省いて。話が終わると、長い沈黙がつづいた。

「そんなことがあったのに、まるで気がつかなかったなんて！」リリーが怒ったように言った。

「そうよね。久々の刺激だっていうのに、みんなぐっすり寝ていたのね」カメリアはむっとしていた。「その男に一発お見舞いしてやりたかったわ」

「そうだ、きみの銃が役に立っただろうに」ロイスが目を輝かせた。「枕の下にしのばせて眠っていたんじゃないのかい」

「ばか言わないで」カメリアはあざけるような表情を見せた。「銃はかばんに入っているわ。弾を装塡すらせずに」そこで顔がぱっと明るくなる。「でも、すぐに取りだして持ち歩こうかしら。その男、またやってくると思う？」

「カメリア！」ローズが声を張りあげた。「そんなこと、口に出すのもはばかられるわよ」

「お言葉ながら」ミス・ダルリンプルが宣告でも下すかのような風情で切りだした。「申しあげますが、こんなことはこれまでどのお勤め先でも起きたことがございません」

「そうですね」ロイスが口調もやわらかに言った。「お勤め先でしょっちゅう誘拐事件が起きているようなら、ステュークスベリー伯爵はもちろん、あなたを雇おうとは思わなかったでしょうね。ですが、今後はこういったことに慣れたほうがよろしいかと」

ミス・ダルリンプルは彼に向かって目をむいた。

「だれが犯人だと思う？」リリーが訊いた。「邪悪なモンクレール公爵のように、その男はローズ姉さまを遠くから見初《みそ》めて、わがものにしようとしたのかしら？」

ミス・ダルリンプルはあえぎ声を発した。「ミス・リリー！　口をお慎みなさい」

自分の想像に夢中になっているリリーは、話をやめなかった。「きっとローズ姉さまをロンドンで見初めて、ここまで追いかけてきたのよ。そして思いを遂げようと、姉さまをさらったのだわ」

「あのね、リリー、あなたとカメリアは、わたしがだれかに連れ去られるのを喜んでいるように思えるわ」ローズは妹をにらんだ。

「まあ、まさかそんなこと。でもね、刺激的なことって、それくらいしか起きていないのだもの」リリーはいくぶん興奮が静まったのか、口を閉じた。

ローズはなにか訊きたげにマリーに向きなおった。コズモのことを考えているのだと、マリーにはわかった。自分も同じ思いだった。しかしマリーは小さくかぶりを振り、ローズもなにも言わなかった。

「わたしに心当たりがあるわ！」つかのまおとなしかったのもどこへやら、リリーが大声を出して指を鳴らした。「このあいだ、わたしたちをつけてきたあの男よ！ 昨夜の男も大柄だったんでしょう。先日の男も大男だったじゃない」

「たしかにね」マリーは考え深げに言った。

「このあいだ、わたしたちをつけてきたのも……」リリーはミス・ダルリンプルを一瞥した。「ローズ姉さまに気があったからじゃないかしら。姉さまをさらう機会を狙って、ずっとわたしたちを見はって、あとをつけてきていたのよ」

ロイスが肩をすくめた。「かもしれない。あるいは、ここの客のだれかが彼女を見て、さらおうと思ったのかもしれない。今朝、確かめてみたんだが、夜中のうちに宿から逃げた客はいなかった。だが、侵入者はあきらかに逃げた。部屋の窓の下に、泥だらけの足跡が残っていて、足跡は道路に向かっていた」ロイスはひと呼吸置いてからつづけた。「だれであれ、昨夜の失敗があったからには、あきらめてくれることを願うよ。それでも、注意を怠らないでいるのが賢明だとは思うが」

カメリアがうなずいた。「拳銃を持って馬車に乗ることにするわ」

「自分がこんなことを言うとは夢にも思わなかったが……それはいいかもしれないな。御者も、長距離の旅となると銃を携帯するものだ。馬丁にも持たせるように言っておこう。もちろん使うことなどないだろうが、新しい従妹殿を道中でひとり亡くしたとオリヴァーに報告しなければならなくなるくらいなら、物笑いの種になるほうがいい。とにかく、ウィローメアまで、まだ距離がある。無理のないペースで行くとすると、今夜は宿でもう一泊しなければならないだろうが、それはあまりしたくない。というわけで、少しまわり道をしようと思う。ぼくの本宅である〈アイヴァリー館〉は、予定していた道筋からそれほどはずれていない。少々遠まわりをしても、安全だとわかっている場所で寝泊まりできるほうがいいだろう」テーブルをひととおり見渡したロイスは、反対意見も質問も出ないことを確かめ、うなずいた。「よろしい。それでは御者に話をしてくるから、愛らしいレディたちは荷物をまとめていてくれたまえ」

「彼ってすてきね」ロイスの背中でドアが閉まると、カメリアが言った。

「わたしもそう思う」とリリー。「そんなふうに助けに駆けつけてくれるなんて、ものすごくロマンティックだったでしょうね」大きくため息をつく。

「どうかしら」マリーは冷ややかに言った。「そのとき、わたしは意識がなかったもの。目を覚ましたら、彼に頬をはたかれていたのよ」

「はたかれていた！」ミス・ダルリンプルが仰天した。「んまあ、なんということでしょう。完璧な紳士なら――」

「まあ、それほど激しくではありませんわ」マリーは困った。「ただ……ほら、わたしを起こそうとなさっていただけです」自分の頬で再現してみせる。

「そういうことは、なにもおっしゃらないのがよいのです」ミス・ダルリンプルはとがめるように頭を振った。「紳士はレディの部屋に入るものではありません」

マリーは目をくるりとまわした。「助けを呼んでいても？」

「そんなことが世間に知れたら、あなたの評判はがた落ちです」ミス・ダルリンプルはものともせずに言い返し、立ちあがった。「さあ、サー・ロイスのおっしゃったように、出発の準備をしなければ。あなたがたもご同様に」

ミス・ダルリンプルが部屋を出るや、カメリアはふたりの姉に向きなおった。「さてと。姉さまたちは、なにを隠しているの？　ごまかしても無駄よ。姉さまたちが顔を見合わせるのは見ていたんだから。サー・ロイスに話したこと以外に、まだなにかあるんでしょう」

「マリー姉さまが、このあいだコズモを見かけたそうなの」ローズが言った。

「なんですって？」リリーの声がうわずった。「それを隠していたの？」

「確信がなかったのよ」マリーは言い返した。

「それでも話してくれればよかったのに！　いつもなにも話してくれないんだから！」

「わたしたち、もう子どもじゃないのよ」カメリアが口添えする。

「わかっているわ。ごめんなさい。話してもよかったのだけれど、サー・ロイスとフィッツが一緒だったし、お邸に帰ったら忙しくて。どうせ、それほど重要なこととは思わなかったから」

「まあ、いいわ」カメリアはなんとなくくやしげに言った。「気にしないで。それで、どこで彼を見たの？　話しかけられたの？」

「いいえ。遠くから見ただけ。だから、彼かどうか確信がなかったの。ロンドン塔で、あなたたちを置いてひとりでいなくなったときのことよ。離れたところに彼の姿を見た気がして、追いかけたのだけれど、見失ったわ。それで……」マリーは肩をすくめた。ロイスが追いかけてきたときになにがあったかを思いだして、頬が染まる。「とにかく、見たのは一瞬のことで、しかも遠かったの。目の錯覚だったかもしれない」

「昨夜のことは錯覚じゃなかったでしょう」

「そうね。でも、わたしが見た男はコズモではありえないわ。ずっと体が大きかったもの。それに、いくら覆面をしていても、コズモだったらわかったと思う」

「だから、コズモを見たと思ったこともサー・ロイスに話さなかったの？」リリーが訊いた。

「そうよ。ぜったいにコズモではないとわかっていたから。それに……」マリーはため息をついた。「よくわからないわ。伯爵さまにもだれにも、コズモのことは話していないの。どうしてだか、わからない。伯爵さまに、ますます怪しまれるのが心配だったからかしら。それとも、たんに恥ずかしかったのかも。コズモ・グラスのような知り合いがいるなんて、言いにくいもの」

「たしかにそうだわ」カメリアがうなずいた。「わたしだって話さなかったと思う」

「それにね、侵入者がコズモであれだれであれ、わたしたちにできるのは、ローズになにごともないように見はっていることだけですもの」マリーはローズを見た。「それとも、サー・ロイスに話したほうがいい？」

ローズはかぶりを振り、弱々しい笑みを浮かべた。「いいえ。わたしも、ここの人たちのだれにも知られたくない。姉さまの言うとおりよ。とにかくわたしが注意するしかないわね」

「わたしたちみんなで注意するのよ」

長い私道に馬車が入ったのは、午後も遅くなってからだった。両側から木々がアーチをつくる私道はひんやりとして緑豊かで、その先には堂々たる館が建っていた。赤い砂岩で建てられた館は、夕暮れのやわらかな陽射しを受けて輝いている。正面には縦仕切りのついた窓がずらりと並んできらめき、建物の両端には四角く頑丈そうな煙突が据えつけられ、さらに中央部分からも二本の煙突が伸びている。どことなく威厳とあたたかみの両方が感じられる館には、歓迎ムードが漂い、マリーはひと目でここは安全だとわかった。

「なんてすてきなお邸でしょう！」マリーは声をあげて馬車から出ると、差しだされたロイスの手を取ってステップをおりた。

ロイスはほほえみ、彼女の手を短くぎゅっと握った。「ありがとう。ぼくもそう思う。〈アイヴァリー館〉へようこそ、レディたち」

執事が出てきたが、その笑顔を見てマリーはすぐに、ステュークスベリー伯爵のフーパーとは大ちがいだと思った。執事のうしろには中年の女性がつづき、エプロンをなでつけてにこにことしている。避けては通れない挨拶と紹介と指示がひととおりすむと、中年の女性あらため女中頭のミセス・アップルビーはみずから姉妹たちを部屋に案内したが、客人用の部屋が少ししか用意できていないことをずっとわびていた。

「まだ三、四週間はだんなさまがお戻りになるとは思っておりませんでしたから」女中頭はこっそりマリーに打ち明けた。「ふだんのご主人さまは、お戻りになる日にちやお客人のことをきちんと知らせてくださるんですけども――」女中頭は焦った顔をして口をつぐんだ。

「いえ、不満を申してるんじゃございませんよ、お嬢さま。お時間があれば、きちんとお知らせくださったことはわかっておりますとも」

「もちろんですわ」マリーは女中頭にほほえんだ。「急に決まったことでしたから。あなたのお仕事ぶりに、彼はぜったいの自信をお持ちになっているのね」そこであたりを見まわす。「サー・ロイスがお留守のあいだでも、とてもきれいにされているわ」

女中頭はほめられて顔を赤らめた。「ありがとうございます、お嬢さま。気づいてくださるなんて、おやさしいんですね。わたしどもは精いっぱい努めさせていただいております。ご主人さまがお戻りになられるときは、いつも立派にしているんでございますよ」

「彼が戻って、だれもがうれしそうだったわね」

「ええ、さようですとも。だんなさまはいいおかたです。立派にお育ちになりましたよ。サー・アランが亡くなられてレディ・バーバラが再婚なさって、幼いぼっちゃまをウィローメアに連れてってしまいになったときは、もう二度とお目にかかれないかと思いました。お戻りにならないうちに、ご成人あそばされるのじゃないか、わたしどもはみなクビになって、お邸も閉めてしまわれるのじゃないかって。でも先代の伯爵さまがお許しになりませんでした――ぼっちゃまのことも含め、すべてを仕切っていらしたのは伯爵さまでしたから。ロイスぼっちゃまはご自分の領地と領民のことを知るべきだとおっしゃって。召使いもそのままにされて、年に三、四回はお戻りになられました。伯爵さまはかならずロイスぼっちゃまをお連れでしたよ。わたしどもとぼっちゃまが、互いを知ることができるように、ってね」ミセス・アップルビーは笑みを浮かべてため息をつき、やさしい顔で頭を振った。「ぼっちゃまは大喜びでいらしてくださいましたよ――それも、伯爵さまとふたりきりのときはいっそううれしいようで。ロイスさまは先代の伯爵さまが大好きだったんですよ。まあ、じつのお父上のことはほとんど記憶にないでしょうし、おじいさまは生まれる前に亡くなっていらっしゃいますし」

ミセス・アップルビーは部屋の前で止まり、ひと息吸った。「さあ、ここです。すっかりおしゃべりしてしまいました。お夕食の前に顔を洗っておやすみになりたいでしょうに」

「まあ、いいえ――あの――いえ、そうですわね、もちろん。でも、お話しできてとても楽しかったわ」マリーはにっこり笑った。親しげであたたかいこの女中頭は、〈ステュークスベリー邸〉の召使いたちとは正反対だった。

マリーの部屋は〈ステュークスベリー邸〉での部屋よりもせまく、調度品も豪華ではなかったが、とても快適で心地よかった。くつろげる環境のなか、旅の汚れを落としたあとは少し眠ることができた。目が覚めると、ディナーのために一張羅のドレスをまとい、食事前に少し館を見てまわることにした。階下の玄関ホールをゆったり歩きながら、回廊に飾られた肖像画を見ていると、うしろから男らしい声が響いた。

「凶悪に見える面々だろう？」

「あら、ロイス」マリーは振り返った。

彼もディナー用の服に着替えていたが、彼の場合は、タルボット家の人間がしていたように正装していた。いつものとおり、彼を見るとマリーの心臓は憎らしくもどぎまぎしてしまう。昨夜のふたりはいったいどうしたことだったのだろうと考えずにいられず、のどまで赤くなる。彼も同じことを考えているだろうか――それとも彼にとってはありきたりなことで、もうすっかり忘れてしまっただろうか。

急な緊張をごまかそうと、マリーは明るく言った。「というより、とても信心深いかたがたに見えるけれど」

「そんな話は聞いたことがないな」ロイスは彼女の隣まで来て、大きな油絵を見あげた。

「これがエリザベス女王から称号を授けられた、一代目の准男爵だ。海賊のようなものだったと思うんだが、略奪相手をスペインに絞っていたから女王からもおとがめはなかった。そして、哀しくも没落してしまったアイヴァリー家からここの土地を買い――自分の領地とした」

「こちらが奥さまかしら？」マリーは横に並ぶ絵を示した。そこには赤みがかった金髪で、頭のうしろまで広がる大きな襞襟のドレスをまとった女性が描かれていた。

「二代目の奥方だ。初代の準男爵は、海を捨てたあと、塔から身を投げたと伝えられている。四六時中、邸にいるのが耐えられなかったんだな。このレディ・マーガレットは一度も〈アイヴァリー館〉で暮らしたことはないそうだが、夫よりずっと長生きして、鉄のこぶしで領地を統治したということだ――もちろん、立派な手腕を持っていたようだ。財産を増やして孫に継がせたらしい。息子はいまひとつ不出来で、成人したのちも、実権は彼女が握っていたそうだ」

「とてもよくご存じなのね」

「ああ。レジナルド卿から、領地と一族について学べと言われていたのでね。母親がタルボットの人間と結婚したからと言って、自分の領地の人間と疎遠になってはいけないって。もちろん、そのとおりだと思う。レジナルド卿はいつも正しかった――ただし、自分の娘と縁を切ったことはあきらかにあやまちだったが」横目でマリーを見る。

マリーは笑みを浮かべた。「そう言ってくださってありがとう。母さまはおじいさまの話をしてくださらなかったけれど、一度だけ、おじいさまとの諍いについて話してくださったわ。おじいさまがどんなかたなのか、わたしには判断のしようがなかった。母さまがおじいさまをどう思っていたかさえ、わからない。でも、あなたは彼をとても慕っていたような感じね」

ロイスはうなずいた。「ああ。いまでもそうだ。先代の伯爵は短気な年寄りで、扱いにくい人物だった。しかし、他人に求めることは自分にも課す人だった。人好きのするタイプじゃない。うなずいてもらえるのが最高のほめ言葉というくらいの人だった。でも、血のつながりもない子ども相手に、たいていの人間より時間も手間もかけてくれた。ぼくにとっては、じつの父親よりも父親らしかったよ」

さきほど聞いた女中頭の話そのままの言葉に、マリーは口もとをほころばせた。ミセス・アップルビーは、まちがいなくサー・ロイスを正しく理解しているようだ。

「義理のお父さまとはどうでしたの？　オリヴァーのお父さまとは？」

ロイスは肩をすくめて顔をそむけ、そのまま彼女と並んで廊下を進んだ。「可もなく不可もなくといったところだ。でも継父と母は、あまり領地にはいなかった。ふたりとも、へんぴなウィローメアより、にぎやかなロンドンが好きでね。オリヴァーもフィッツもぼくも、ふたりに会うことはめったになかった。たいてい閉ざされた冬のあいだのひと月やふた月だけ――もしくは両親が困窮して、経済的に持ちなおすまで田舎にしばらく引っこんでいるようなときだけだったね」

「お気の毒に」マリーは、そんなふうにほとんど両親の顔を見ることさえなく育つというのがどんなものか、想像してみようとした。彼女はロイスのように金銭面で恵まれてはいなかったかもしれないが、家族に愛されて仲睦《むつ》まじくすごした自分の暮らしのほうがよかったように思えた。

「まあ、困窮しても命までなくすようなことはなかったよ」ロイスは、マリーが心を痛めた理由を取りちがえていた。

マリーは彼の様子をうかがったが、彼は顔をそむけていた。もしかしたら、話しやすい内容にわざと意味を取りちがえたのだろうか。

「ここの領地を切り盛りしていたのは先代の伯爵だ」ロイスがつづける。「だからローレンス継父上《ちちうえ》はすねをかじるしかなかったし、母方の祖父は母の資産をがっちりと投資に当てていたから、臨時収入くらいしか入ってこなかった。どうやら両親に金銭を管理する能力がないことを、だれもが知っていたらしい。先代の伯爵はいつも両親にうるさく言っていたよ。実際、ローレンス継父上が先に逝《い》って、ほっとした部分があるんじゃないかと思う。オリヴァーの代になる前に息子が財産を食いつぶすのではと、心配しておられたからね。祖父――いや、レジナルド卿は、ぼくの土地と財産も、ローレンス継父上と母に引っかきまわされないように管理してくださった」彼はにんまりと笑い、痛々しい言葉の響きをやわらげた。「さあ、館を案内しよう。こんなつまらない先祖の絵より、見て楽しいものはたくさんある」

ロイスが腕を差しだし、マリーはその腕を取った。これほど彼の近くに寄り添うと手が震え、呼吸が速くなってのどが詰まりそうになる。マリーの頭は彼の口づけと愛撫のことでいっぱいで、全身がまたもやちりちりしはじめた。

こうして廊下をゆっくりと歩き、ロイスがあの部屋この部屋と指をさし、館と彼の生活についてよどみなくおしゃべりをしているいまでさえ、マリーは彼が足を止めて彼女を抱きしめ、キスしてくれやしないかと思っていた。もちろん、そんなことはまちがっていると、重々承知している。ふたりが距離を置いておかねばならない理由はたくさんあった。しかしあいにく彼に惹かれる力は、ふたりを隔てようとする理性よりもずっと強かった。

彼も同じ気持ちだろうか？　いいえ、だめよ、とマリーは自戒した。そんな可能性を考えるだけでも愚かなこと。たしかに彼女に魅力を感じてはいるかもしれないが、ロイス・ウィンズロウのような男性にとって、昨夜のようなキスはささいなことにちがいない。そういった経験などいくらでもあるのだろう。

最後に彼は、テラスへとマリーを連れだした。そこからは下の庭を見おろすことができたが、庭は花が咲き乱れ、区分けをされるでもなく小径がうねるように伸びていて、自然を生かしたすばらしいものだった。

「ほんとうにすてきなお邸だわ、サー・ロイス。ウィローメアがここよりすてきだなんて、とても想像できません」

ロイスはくすくす笑った。「ウィローメアを楽しみにしておいで。きっと考えが変わるよ。ぼくにとっては〈アイヴァリー館〉も大切な場所だが、壮大なウィローメアには足もとにも及ばない」

「壮大なのがかならずしも魅力的だとはかぎらないわ」マリーは言った。

「ずいぶんとそつのない答えだ」ロイスは彼女に面と向かった。

あまりに近すぎて、ロイスの瞳の虹彩を縁取る深い緑色の輪が見えるほどだった。のどが詰まり、激しく脈打つのが感じられる。ロイスはキスをしたいと思っている。彼の目や、ゆるむ口もとを見れば、それはわかった。前の晩に交わした口づけの記憶がよみがえり、マリーの全身がうずいた。

でも、彼はキスなどするべきではない。マリーも、キスしてほしいなどと思ってはいけない。昨夜起きたことは、たまたまおかしな状況に置かれて刺激を受けたがゆえの、あの場かぎりの事故のようなもの。しかしいまは、もっと冷静で落ち着いているはず。それでもなぜだかマリーは動けなかった。断崖の縁に立っているかのように、ただ震えながら立ちすくんでいた。

ふいにロイスが目をそらした。「もうなかへ戻ろうか」

「そうね」マリーは震えるように息を吸い、彼とともにドアのほうへ戻った。今度は腕を取らないように、気をつけながら。

15

翌朝〈アイヴァリー館〉を出立したとき、ロイスは新たに従僕ふたりを連れており、ひとりは馬車の前を、ひとりは馬車のうしろから随伴させた。ふたりともベルトに銃を挿していることにマリーは気づいた。

最初の二日間よりも短い、六時間か七時間という行程だったが、景色がもっと楽しいものになっていった。昨日〈アイヴァリー館〉に近づいたとき、英国らしいのどかな風景が、なんというか——広々としてきたようにマリーは思った。青みがかった丘が遠くに見えていたのだが、今日はその場所へ実際に入っている。目の前に広がる風景のなかに、深く美しい湖がぽつぽつと見えるようになってきた。たしかオリヴァーは湖水地方と言っていた。荒涼とした雰囲気さえ感じさせる、深遠なオーラを放っている。

午後も半ばになって、サー・ロイスが馬車の横まで馬を下がらせ、ウィローメアの敷地内に入ったことを告げた。姉妹はミス・ダルリンプルのお小言をものともせず、いっせいに窓に張りついて身を乗りだし、これから自分たちの家となる館をひと目見ようとした。

馬車が長々としたイチイの並木道を抜け、ついに緑の芝生が広がる場所へ出ると、まるではめこみ台に据えられた宝石のように、その中央に館が鎮座していた。ウィローメアの館は大きく広がりを見せる三階建てで、あらゆる方向に建物が伸び、ロイスの邸よりもはるかに大きかった。〈アイヴァリー館〉のように対称形ではなく、あきらかに何度かに分けて塔や棟があちこちの方向に建て増しされたようだが、全体としては感じよくまとまっている。黄色がかった石造りの館は午後の陽射しを受けて、あたたかく迎えてくれるかのような輝きを放っていた。ところどころ石が色あせ、黒っぽくなってしまった部分があちこちに見られ、アイビーに一面おおわれた壁もある。樹々や灌木で建物の角ばった感じがやわらぎ、両側に庭が伸びていた。

「まあ」リリーが息をのんだ。

マリーがミス・ダルリンプルをうかがうと、さすがの彼女も目を丸くして館を見つめていた。

「なかなかのものだろう?」ロイスが身をかがめ、馬車の窓から姉妹たちに話した。「大丈夫。〈ステュークスベリー邸〉よりずっと快適だから。ここではくつろげるよ」

それはどうだかマリーには自信がなかったが、それでも館がすてきなのはまちがいない。しかし……ここより小さくて角張った〈アイヴァリー館〉のほうが、なんとなく好きな気がした。

少なくとも、召使いたちは〈ステュークスベリー邸〉よりは堅苦しくなかった——が、もしかしたら、姉妹のほうが彼らを驚愕させるようなふるまいをしなくなったということなのかもしれない。一行の到着は伯爵から知らされていたので、召使いたちが準備をする時間もあり、姉妹はそれぞれの部屋に通された。マリーの部屋は西の棟にあって、大きな緑の広がりに見える庭が見渡せた。その向こうには、〝ターン〟と呼ばれるインクのような色の池が、田園地帯に点在している。あるターンのそばに、小さな木のあずまやが建っている。池の水は近くの川から流れこんでおり、その支流にはアーチ型の小さな石橋が掛かって、まるでおとぎ話の世界のように見えた。

マリーは窓を離れ、ゆっくりと部屋を見ていった。小間使いは〈アヤメの間〉と言っていたが、たしかに壁紙は繊細な花柄だ。カーテンもベッドカバーもアヤメの深い青を思わせ、暖炉のそばに置かれた山吹色のひとり掛け用ソファがあたたかなもてなしを演出している。〈ステュークスベリー邸〉ほど調度品が重々しくなく、それもマリーにはうれしかった。ここに来たのも、あながち悪いことではなかったかもしれない。

しかしそんな希望に満ちた考えは、翌日、ミス・ダルリンプルが姉妹をきちんとしたレディにしようと意気込んで教育をはじめたとたん、消え去った。彼女はまず、社交界デビューをする令嬢に求められるさまざまな芸術的技能をテストするため、音楽室に姉妹を行かせてピアノと歌の実力を見たあと、勉強部屋に移って水彩画と木炭画を描かせた。姉妹のだれひとりとして絵の描き方を知らず、絵筆を握ったことすらないということを知るのに、そう時間はかからなかった。音楽の素養ときたら、ミス・ダルリンプルには卒倒ものだった。四人とも音程はとれるし、少なくともカメリアはきれいな澄んだ声をしていたが、ピアノが弾《ひ》けるのはリリーだけであり、それも流行りの陽気な歌がいくつか弾ける程度にとどまっていた。

縫い物の段になると、マリーはもう少しましになるかと期待したが、破れやほつれをつくろったりドレスを仕立てたりといった実用的な技量に、ミス・ダルリンプルが感心することはなかった。彼女が望むのは、刺繍のような細かい針仕事の腕前だった。

「でも、ふだん着のドレスを縫ったほうが役に立ちますわ」マリーは言った。「ローズは縫い物がとても上手なんですのよ。わたしたちのドレスはほとんど彼女が縫いました。もちろんわたしたちも手伝いはしますけれど、きれいに仕上がるのはローズのおかげです」

「いけません！」ミス・ダルリンプルは両手を上げ、おののいたように目を丸くした。「そんなことはだれにも話してはだめよ！　あなたがたの可能性をまちがいなくつぶしてしまいます」

「どうして？　服が縫えるのはいいことだと思いますけど」

「木を切ったり床磨きをするというのと同じです」

「あの、それだってできますわ。斧を使うのは下手ですが」

ミス・ダルリンプルは一瞬、白目をむきそうな顔になった。椅子にくずおれ、落ち着きを取り戻そうと一心に顔をあおぐ。「あなたがたに足りない技量をすべて教えこんでいる暇はありません。もっとも大切なものに的を絞りましょう。ダンスが踊れなければ、うまくいく可能性はありません」

「ダンスならできます」リリーが反論した。

「跳んだり跳ねたりではいけませんよ」ミス・ダルリンプルは姉妹の心が萎《な》えそうな表情を見せた。「カドリールやコティヨン、カントリーダンス、そしてワルツでなければ。どの舞踏会に出ても、踊れなければならないものです。それらのダンスを修得するまでは、地方の集まりであっても、あなたがたを連れていったらとんでもないことになるでしょう」

姉妹は日々の日課として、朝食のあとは立ち居ふるまいのレッスンを受け、次に昼食の席ではミス・ダルリンプルも同席して、まずはテーブルマナーの練習をし、めまいがしそうなほどの食事道具と皿の名前と使い方を覚えた。その次は音楽と歌を教わり、最後に小さな舞踏室でダンスのレッスン。歌や踊りといった、ふつうは楽しいことまでが退屈でつらいことになるなんて、教える側がいかめしい性格である証拠ではないかしらとマリーは思った。

まずは姉妹同士で踊ったが、女性役のときでも男性側のステップを踏んでいることに気づいたミス・ダルリンプルは、サー・ロイスを呼んでパートナー役をお願いした。ロイスはいつもどおり快く引き受け、彼が入ったことでレッスンはずいぶん明るくなった。彼のダンスの腕前はすばらしく、それまで自分にダンスは到底無理だと思っていたマリーでさえ、楽にステップを踏むことができた。そのうえ、気楽で無理のないおしゃべりをロイスがつづけてくれたおかげで、マリーは自分の足の動きより彼の声に意識が向けられ、驚くことに、しばらくするとステップをまちがえることも足がもつれることもなく、波の上をすべるように一曲を終えることができた。

カントリーダンスはいちばん簡単だった。アメリカで流行っていたリール（スコットランド高地地方の軽快な踊り）によく似ていたからだ。カドリールやコティヨンは踊る人数も多くステップも複雑なのでむずかしく、人数が少ないいまの状況では実際と同じように再現するのは不可能だった。しかし、ワルツには姉妹も興味を引かれた。

「さあ、今度はワルツですが」ミス・ダルリンプルは口もとを引き締めた。「かならずしもきちんとした踊りとして認められているわけではありません。数年前まで、地方の集まりではワルツはよしとされておらず、十年前にロンドンのアルマック舞踏会で初めて取り入れられたのです。じつを言えば、わたくしも若い令嬢に踊らせるようなダンスではないと思っております。とくに、その、多くの面で品性に欠ける令嬢たちに教えるのは、大きな不安がございます」

　そこで姉妹にいかめしい顔を見せつけ、言わんとするところを痛感させようとした。

「ですが」ミス・ダルリンプルはつづけた。「たいへん人気のダンスとなりましたので、ワルツを踊れないことには社交界デビューの準備ができたとは言えません。したがって、最上の優雅さと威厳を保ちつつ踊っていただきます。パートナーとはかならず腕を伸ばしただけの距離を取り、ひかえめで静かな会話のみにとどめなさい。それから、相手が婚約者か夫でないかぎり、同じ殿方とはひと晩にワルツは一曲しか踊ってはいけません。そしてもし、幸いにもアルマック舞踏会の招待状を受け取ることになりましたら」――への字に曲がった口もとを見れば、そんなことはないだろうと思っているのが一目瞭然だったが――「後援の貴婦人《パトロネス》のどなたかから許可をいただき、相応のパートナーに紹介していただくまでは、ワルツは踊ってはいけません」

「なんてばかばかしい決まりなのかしら」カメリアが言った。

ミス・ダルリンプルの顔は、レモンを飲みこんだかのようにしわくちゃになったが、彼女の口が動く前にサー・ロイスが先手を打った。「まったくだね。だが、ミス・ダルリンプルのおっしゃることはまったくもって正しい。社交界デビューが成功するもしないも、アルマック舞踏会のパトロネスに大きく左右される。なんとも退屈な場所だし食事もひどいものだがね。レディ・ジャージーときたら軍隊の指導とまちがえているんだ。それでもアルマック舞踏会の招待状ほど価値あるものはない」

いつものことだが、マリーの妹たちは、たとえカメリアといえども、サー・ロイスの言うことはすぐに受け入れ、アルマック舞踏会で許可なくワルツを踊って将来をふいにすることのないよう、かたく誓った。

ワルツの模範演技としてロイスの腕に抱かれたマリーは、どうしてワルツがはしたないものとされたのか、たちまちわかった。〝腕を伸ばしただけの距離〟は、あまりにも近いように感じた。彼の顔を見あげなければならず、彼の体温は伝わってくるし、ひげそり用石けんとコロンの香りもする。片方の手は彼の手に包まれ、彼のもう片方の手はウエストに添えられている。公衆の面前で、これほど近くに抱きよせられた形を取るなんて。マリーは恥ずかしくて頬が赤く染まった。彼女の心まで顔に書かれていたら、どうしよう。

ロイスの瞳になにかがきらめいた――一瞬ではあるけれども、おそらく彼女の気持ちを映しだしたようなもの——けれど、それはすぐに消えた。彼の表情はどこかよそよそしく、笑みも消えた。声も顔つきも他人行儀になった彼に連れられてダンスのステップに入り、マリーはいらだちを覚えて眉をひそめた。しかし、そのいらだちが恥ずかしさを忘れさせ、ステップに集中できた。二度目にフロアをまわるころには、力を抜いて自然に彼についていけるようになった。

「そうだ、それでいい」ロイスが低い声で言った。

「なにかおっしゃいまして？」マリーは、気どった態度を取られたときの正しい反応として、ミス・ダルリンプルから何日も教えこまれてきた表情をつくった。なにが〝気どり〟なのか、よくわからなかったが、ロイスのよそよそしい態度は充分、そういう反応を返すにふさわしいものだと思えた。

「よくできた」ロイスがぼそりと言う。「ほめられたときにそういう反応が返せて、ワルツのステップをまちがわなければ、デビューは成功したも同然だ」

「やめてください。なにをおっしゃっているのか、ぜんぜんわかりません。ほめてなどいなかったじゃありませんか」

「きみが自分のことを考えるのをやめて純粋にダンスを楽しんでいたから、それでいいと言ったんだ」

「楽しんでなどいないわ」

ロイスは片眉をつりあげた。「それなら、楽しくなるまで練習をつづけなくては」

「それに、どうしてわたしが自分のことを考えていたなんておっしゃるのかしら」

「きみの顔にそう書いてあったよ。社交界の荒波を越えていきたいなら、表情を抑えられるようにならなければいけないな」彼は身を寄せてささやいた。「たとえば、きみのウエストに手を添えたとき、このあいだの夜のことを考えていたのがわかったよ」

マリーの頬がかっとほてって、あやうくつまずきかけたが、彼の手に力がこもり、ほんの一歩よろめいただけでダンスをつづけられた。

「ずいぶんとうぬぼれ屋さんですこと」

「たしかに。でも、きみがあのときのことを考えていたのはわかった。ぼくもそうだったから」

「そうですの？　まったく他人行儀でしたけれど」

ロイスはくくっと笑った。「それじゃあ、きみにしなだれかかればよかったのかい？　そんなことをしたら、ダンスが踊れなくなっていたよ」

「もちろんです。あなた、おっしゃっていることがおかしいわ」

「そうかな？」ロイスがきらめく瞳で彼女を見おろし、マリーはなじみのある例の厄介な熱っぽさが全身に広がるのを感じた。

彼女は顔をしかめて体を離した。手のひらでピアノをたたいてワルツのリズムを取っていたミス・ダルリンプルは、動きを止めてマリーをにらんだ。

「ミス・バスクーム！　レディたるもの、ダンスの途中で止まったりいたしませんよ！」

「踊りたくなったんです」マリーはむっつりと言った。

「そんなことは重要ではありません。最後までなんとしても踊りきるべきです。そのあとでなら、頭痛がするとでも言って、付き添い婦人のところへ戻ってもかまいません。ですが途中でやめるのはぜったいにいけません」

「もう、いい加減にしてください、ただの練習でしょう！」

ミス・ダルリンプルの胸が怒りでふくらみ、まるで鳩の胸のようだとマリーは思わずにいられなかった。

なにか言う間もなく、サー・ロイスがあいだに入った。「ぼくが悪いんです、ミス・ダルリンプル。ぼくがミス・バスクームをからかってしまって、気が散ったんでしょう。ぼくを叱ってください」

ミス・ダルリンプルがロイスに向かってはにかみ笑いをするのを、マリーは半ば苦々しい思いで見ていた。姉妹にこれほど厳しい彼女が、ロイスにちょっと笑いかけられただけで骨抜きもいいところになるのは、なんとも腹立たしかった。

「まあ、サー・ロイス、進んで責めを負われるなんて、あなたらしいですこと」

「まったく。彼は完璧な紳士ですものね」

ミス・ダルリンプルはマリーに眉をしかめた。「いやみを言うのはかわいらしくありませんよ、とくに若い人が」

「わたしはかわいらしくあろうなんて思っていません」マリーは語気も荒く返した。「ねえ、ミス・ダルリンプル、わたしたちは一生、かわいらしく、愛らしくなければいけませんの？　素の自分に戻ることのできる時間はないのですか？」

ミス・ダルリンプルは唇を引き結んだ。「夫を見つけたいのなら、ありません。頭のなかでも節度ある考え方のできる女性でなければ、殿方は妻に迎えたいとは思いません。そうですわね、サー・ロイス？」

今度ばかりは彼も返答に困った。「いや……その……」

「サー・ロイスが奥さまをお選びになる基準でしたら、よく存じておりますわ」マリーは目をきらりと光らせ、彼を一瞥した。「さいわい、わたしはサー・ロイスほどの模範的な夫を探そうとは思っておりません」

マリーの辛らつな口調には、妹たちでさえ驚いた。ミス・ダルリンプルが説教しようと息を吸いこんだが、ふいにマリーは、彼女の言葉をあとひとことでも聞いたら、爆発してしまいそうな気分になった。

「すみません」と短く言った。「今日はあまり気持ちよくお話ししていられる状態ではないようです」

それだけ言うと、マリーはきびすを返して部屋を飛びだした。うしろでミス・ダルリンプルが鋭い声で彼女の名前を呼ぶのと、ロイスがなだめる小さな声が聞こえた。

マリーは廊下を走って裏口から外へ出た。妹のだれかがあとを追ってくるのではないかと心配しながら。いまはだれとも話をする気分ではなかった。たとえローズでも。自分がばかなことをしたのはわかっていた。うっとうしいミス・ダルリンプルにどう思われようとかまわないけれど、妹たちは、どうして姉がロイスのことをあしざまに言うのか、わけがわからないだろう。実際、自分でもよくわからない。

マリーはテラスを横切ってステップをおり、庭に出た。館に近いあたりは散歩をしたことがあったが、今日は植物がより自然のままに生い茂っているところまで入っていった。その先には小さな果樹園があって、さらに先は草地が広がっている。いつもより長く散歩をすれば、どうしてサー・ロイスに腹が立ったのかわかるかもしれない。あの夜、彼がオリヴァーに言ったことについては、もう怒っていない。宿でふたりのあいだに起きたことにも、怒っていない。あれは彼女にも責任があったし、たまたま妙な状況になって、いっとき興奮しただけのこと。

でも、彼はふたりのあいだに燃えあがった炎など忘れたかのように、前に進むことができている。のんきな様子で、以前のたわいのない調子で戯れの言葉までかけてくる。それなのにマリーのほうは何度となくあの数分間を思いだし、あの口づけや愛撫を追体験してしまう。そう、もし本心を語るなら、もう一度あの時間をすごしたいと思っている！　なんて愚かな。なんて無意味な。そう、それこそが、いちばんの問題――彼女の腹立ちのもとになっているのだ。彼女は到底手に入らないものを――手に入らない人を――ほしがっている。

頭を上げてあたりを見たマリーは、こんなところまで来たのかと少し驚いた。いつのまにか、自分の頭より高い豊かな緑の生け垣が両側に生い茂る、細道にいた。ここは、いったいどこ？

彼女はひとまわりしてみた。曲がりくねった生け垣が見えるだけ。とうとう肩をすくめ、また前に進みはじめた。どこかでまた生け垣が切れるはずだ。また館が見えたら、戻る方向もわかるだろう。

数分後、マリーは分かれ道にやってきた。どちらの方向でも生け垣はさらに高くなり、曲がったあとは先が見えなくなっている。ここはいったいなんだろう？　そのとき、生け垣の向こう側からカサカサという音が聞こえた。

「なに？」マリーは音がしたほうに向いた。妹のだれかが探しにきたのかもしれない。そして残るふたりも、数フィートと離れていないところをうろうろしているのかも。「だれかいるの？」

深い沈黙が返ってきただけだった。しかしそれでも、生け垣の向こうにはだれかがいることはわかっていた。どんなささいな音も聞き逃すまいと耳をそばだて、数歩、前に出た。すると、また音が聞こえた――小枝が折れる音だろうか？

マリーは足を止め、気持ちを落ち着けて待った。生け垣の向こうは静まり返っているだけ。しかし、だれかが……なにかがいるのはまちがいない。なにもないがゆえの静けさではなく、無理やり静かにして息を殺しているかのような、重い沈黙。

「そこにいるのはだれ？」鋭い声で訊いた。「答えなさい！」

息遣いが聞こえた？　自分の動悸が耳に響いて、よくわからない。かすかな香りが鼻孔をくすぐり、記憶を呼び覚ました。パイプの煙のにおい、ウイスキーまじりの……コズモのにおい。

小さく鋭い、なにかが折れるような音がした。マリーはきびすを返し、反対方向に走った。どの道から来たのかわからず、来た道をたどることはできない。とにかく全速力で走った。心臓が破れそうなほど。生け垣の向こうにいる人間と鉢合わせしませんようにと祈りつつ、やみくもに右へ、左へと曲がる。と、あずまやに出た。細道に掛かったアーチ状の格子を伝うようにバラが伸び、甘い香りを放っている。その花のトンネルを抜けたところで、庭がひらけていた。マリーはそこへ向かってひた走った。

男の影があずまやに入った。逆光で、暗いシルエットしか見えない。マリーは悲鳴をあげて急停止し、足もとに落ちた花びらですべった。

「マリー？」男が前に出る。

「ロイス！　ああ、ロイス！」マリーは走り寄った。ほっとするあまり、節度も忘れて。

あきらかに動揺した彼女の様子を見て、ロイスも駆けだした。マリーは彼に飛びつき、首に抱きついて力をこめた。

「マリー！　なにがあった？　いったいどうした？」ロイスは彼女を抱きしめ、ぐっと引きよせた。「大丈夫かい？」

マリーはうなずいて彼にしがみつき、安心感に浸った。けれどもじょじょに、自分がどれほどなれなれしいことをしているか気づいた。全身、上から下までロイスの体に押しつけ、やわらかな自分の体にごつごつした骨と筋肉が当たっているのがわかる。彼のたくましさとあたたかさに包まれている。

もしこんなところを見られたら、大騒ぎになるだろう。そう思うそばから、またべつの考えが浮かんだ。これ以上、彼の腕のなかにいたら、顔を上げてキスしてしまう。マリーは身震いしてうしろに下がった。

「寒いのかい？　ほら、これを」ロイスは上着を脱いで彼女の肩にかけた。「さあ、なにがあったか話してくれ」

「それが――いえ、たぶんなんでもなかったのだと思うわ」そばにロイスがいると、さっきまでの恐怖が大げさでばかげているように思えてきた。

ロイスは疑わしげに眉を上げた。「きみは地獄の番犬に追われているかのように走ってきたぞ。なにもないのに、あんなふうに逃げやしないだろう」

マリーはのどもとが熱くなるのを感じた。「それが、その――なんとなく――いえ、とくになにも――たぶんくだらない勘違いだったのだと思うの」

「いいから話してくれ。くだらない勘違いかどうかは、それから決めよう」

マリーはため息をついた。「わかったわ。散歩をしていたのだけれど、通ってきた道をちゃんと見ていなくて。それで……」

「カッカしていたから？」

マリーはかすかにほほえんだ。「ええ、そのとおりよ。きつく当たってごめんなさい。ただ——ミス・ダルリンプルにがまんができなくなって。でも、どんな言い訳も——」

「それはいいんだ。散歩していて、なにがあった？」

「とても高い生け垣のあいだに入ってしまって、どこにいるのかわからなくなったの。それで止まって、どちらに行こうか考えていたら——その、物音が聞こえて」

「どんな音だ？」

「こわい音ではなかったわ。葉っぱがカサカサいう音。生け垣の向こう側でなにかが葉っぱに当たったり、葉のあいだを歩いているような——それがなにかはわからないけれど、人がいたように思えたの。だから帰る道を教えてもらおうと思って、声をかけてみたわ。庭師か、妹のだれかが探しにきたのかと思ったから。でも返事はなかった。だからまた前に進みだしたけど、やっぱり物音がして——いえ、空耳だったのかもしれないけど、また声をかけてみたの。答えはなかった——でも、生け垣の向こうに人がいるような気がしたのよ。おかしな話に聞こえるかもしれないけれど——」

　ロイスはかぶりを振った。「いや、そういう感覚はわかるよ」

「小枝の折れる音がしたから走ったの」においを感じたことや、それが継父に関係していることは、話すつもりはなかった。「自分がどこを走っているのかわからなかった。そんなときに、あなたがやってきたの」マリーは肩をすくめた。「飛びついたりしてごめんなさい。ひどいあわて者よね」

「いやいや、きみがあわて者だと思ったことは一度もないよ。さあ、きみのいたところに戻って、調べてみよう」

「ただの気のせいだったかもしれないわ」マリーはそう言いながらも、彼と並んで、もと来た道を引き返した。

「ほかの女性とくらべたら、きみはずいぶん気のせいが少ないと思うよ」

「おほめの言葉だと受けとっておきます」

ロイスはにっこり笑った。ところどころ陰になったあずまやの下では、彼の瞳は深い緑の葉の色だった。「ほめているとも」

思わずマリーも笑みを返した。「でも、いま考えると、動物だったのかもしれないわ。なにかがいたのだとして」

「きみが声を出したとき、逃げるような音がしたかい？」

「いいえ。静まり返っていただけ。耳を澄ましていたんだけれど」

「動物なら、たいてい人間の声を聞いたら逃げると思わないかい？　犬だったら吠えるとかうなるとか、寄ってくるとか」

「それじゃあ、庭師だったのかも」

「庭師なら、呼びかけられて返事をしないのはおかしいよ。人間なら返事をしないなんて考えられない――見つかりたくないと思っているのでもなければ」

ふたりは高い生け垣までたどり着き、マリーはできるだけ正確にロイスを案内しつつ戻った。「ここはいったいなんなの？」

「迷路だよ。何世代も前につくられたもので、荒れ放題になっていた。子どものころによくここで遊んだんだが、オリヴァーが爵位を継いでから以前の状態に戻したんだ。まんなかにきれいな池がある」

「ここだと思うわ」マリーは右側の生け垣を指した。「物音を聞いたのがちょうどこのあたりで、あちらの方向に何歩か行ったけれど、走って引き返したの」

ロイスは少し生け垣を調べ、両方向を覗いてみた。「一緒に来て。ここの向こう側にも行けると思う」

マリーは彼についていったが、進んでいくごとになにもかも自分の想像だったのじゃないかと思えてきた。ばかげているではないか？　しかもコズモかもしれないと思うなんて、まったくおかしい。もうあのにおいはしない。もしほんとうににおいがあったとしても、コズモのたばこのにおいだと、どうしてわかる？　彼ひとりがたばこを吸っているのではない。大勢の男性が、同じたばこか似たようなものをパイプに詰めているはずだ。

「このへんが、ちょうどさっきのところの反対側だと思う」ロイスは下を向き、そのあたりを注意深く見ていった。

マリーも一緒に調べたが、なにかが見つかるとも思っていなかった。しかし彼女の隣でロイスが身をこわばらせ、生け垣のすぐそばの地面を指さした。「見て」

マリーは彼が指さした先を目で追った。わずかに湿った土に、足跡がついている。

ロイスは重々しい口調でつづけた。「だれかがここにいたんだ」

「でも、どうして？」マリーは声をひそめて訊いた。「どうしてこんなところに黙って立っていたの？」

「それはこれから調べる」

「この足跡は、前についたものかもしれない。今日の午後のものとはかぎらないわ」マリーはこっそりにおいを嗅ごうとした。煙のにおいが少しでも残っているだろうか？　しかし、もはやなにもにおわなかった。

「いや、それはないだろう」ロイスが言った。「足跡は新しそうだし、乾いていない。庭師のものでもない。あきらかに紳士用の靴の跡だ」

「まあ」マリーはもう一度、足跡を見た。彼の言うとおりだ。ブーツのような幅の広いものではなく、細くて紳士向けの靴底のようだった。「つまり……」考えを口にすることさえはばかられ、マリーは彼を見あげた。

「妹さんを誘拐しようとした男と同一人物だと思うかって？」

マリーはうなずいた。

ロイスはつかのま黙って考えこんだが、こう言った。「ちがうと思う。あの事件からは何日か経っているし、何マイルも離れた場所へ来ているんだ。こんなところまで、ずっと身を隠しながらあとを追ってこなければならないとなると」

「そうね、ありそうもないわね」

「庭師たちに訊いてみよう」ロイスはつづけた。「だれかうろついている人間を見かけなかったかどうか。近くの村にも従僕を送って、ぼくたちがここへ来てから見慣れない人間が現われていないか、調べさせよう」そして口調が厳しくなる。「そして敷地内の見まわりも、もっと念入りにするよう、きつく申し渡しておこう。毎日、庭師全員でここの仕事に当たらせる。きみも妹さんたちも、なにも心配する必要はない。ただ、もう邸からこれほど離れたところまでは、ひとりで来ないようにしてほしい。邸まわりの庭だけにしておくんだ」

「そこまでしなくても」マリーは反論した。

「かもしれない。だが、今回だけは……ぼくのためと思って言うことを聞いてくれ」ロイスは向きを変え、腕を差しだした。「さあ、迷路をぜんぶ見てみないかい？」

マリーはほほえんだ。「とても楽しそうね」

生け垣は両側とも高く、ときに曲がって、ときには直線で伸びていた。ロイスはどの角でも迷いなく進んでいったが、マリーはどんどん自分の場所がわからなくなっていった。

「ここでひとりきりにはなりたくないわね。出口がわかる前に飢え死にしてしまいそう」

「いったん覚えてしまえば、そんなに悪いものじゃない。だが、たしかにこの迷路は侵入者を防いでくれているんだ」

ふたりはとうとう、のどかな円形の広場に出た。周囲は生け垣に囲まれ、出口は一カ所しかない。広場には静かでおだやかな池があった。睡蓮の葉が浮き、大きな金魚が二匹ゆったりと泳いでいる。心地よい風景の仕上げとして、石のベンチが二台、池の両端に置いてあった。円形広場に入ってゆくのは、ひんやりとした緑の部屋に入っていくかのようだった。まわりの世界から切り離されたような心地がして、さっきの恐怖心はどこか遠くに感じられ、ばかげたもののようにさえ思えた。

「きれいね」マリーは深呼吸をして池に近づいた。

「気に入ってくれてうれしいよ」ロイスも彼女の隣に立った。「少し座ろうか？」と、ベンチのひとつを手で示す。

ふたりは並んで腰をおろした。少しして、ロイスが顔をくもらせて言った。「きみたちに乗馬を教えようと思っていたんだが、うろついているやつがいるとなると、やめたほうがいいかな」

「えっ？　いいえ、そんなことをおっしゃらないで」マリーは反対した。「乗馬だなんてカメリアが喜ぶわ。カメリアだけでなく、わたしたちみんな――なにしろ、お目付役のミス・ダルリンプルから逃げられるんですもの」

ロイスはくすくす笑った。「それは一考の余地があるな」

「お願い……」マリーはすがるように彼の腕に手をかけた。「足跡の人物がわたしたちに危害を加えようとしているかどうかなんて、わからないでしょう。考えれば考えるほど、ばかばかしく思えるの。それに乗馬のときは、あなたがご一緒してくださるのでしょう。お願いだから、教えてくださるとおっしゃって」

ロイスはマリーを見おろした。彼の瞳に深みが増している。「そんなふうにお願いされると、断わりにくいな」

マリーの心臓が突然、のどに詰まったように感じられ、動けなくなった。ほんの一瞬、それでも長々と感じられたが、すべてが止まったような気がした。頬をなでるそよ風。カエルが池に飛びこむ小さな水音。迷路の中心になっているここは、日陰で涼しい。

ロイスが身をかがめてマリーのウエストに腕をまわし、マリーは彼にとけこんだ。あたたかな唇が重なり、彼の腕が鉄のようにしっかりと彼女を抱く。熱と欲望に包みこまれ、ほかのだれも寄せつけないふたりだけの世界。自分たちといまこの瞬間のこと以外、なにも考えられなくなってゆく。ロイスの手が動き、服の上から愛撫する。その手がけだるげにマリーの背中と腰をさまよったかと思うと、胸のほうにすべりあがった。

彼にふれられて、マリーの体に火がつき、おなかの奥深くに熱が集まってくる。ロイスはうめき声をもらし、彼女をひざの上に引っぱりあげた。彼女の背中を抱え、彼女ののどに唇を這わせ、首筋に唇を寄せてついばむ。彼女の胸をまさぐる手は激しくなり、ふくらみを包んで布越しに先端をもてあそんだ。そこはすぐにかたくとがり、薄い布地がぴんと張りつめた。

マリーは脚のあいだがうずき、熱く彼を求めているのを感じていた。彼がほしい。自分でも理解しきれないほどの、激しい昂り。彼女は両手をロイスの肩にすべらせ、首へとずらし、彼の豊かな髪に指をからめた。自分の下で彼の脈が速くなるのがわかり、マリーの腰が自然と動いてしまうと、彼は反応して鋭く息を吸った。

ロイスが彼女の名前をささやき、熱い吐息がマリーの胸にかかった。彼の口はさらに下へと移り、ドレスの胸もとまでおりると、ドレスのなかにまで分け入り、小さく震えているやわらかな胸を探しあてた。マリーが息をのみ、脚のあいだが湿り気を帯びる。

ふいに、ロイスは悪態をついて頭を上げた。マリーの顔をじっと見おろす彼の瞳は、薄暗いなかでは深い色に見えた。表情はかたく、肌もこわばって、唇は口づけの名残で赤くふっくらとしている。

「なんてことだ。きみは危険だ、マリーゴールド・バスクーム」

彼は立ちあがって彼女も抱きあげ、なめらかな動きで彼女を立たせた。「もう、なかに戻らないと」

うなずくのがやっとのマリーを連れ、ロイスは向きを変えて迷路を出た。

16

当然のことながら、サー・ロイスの提案に難色を示したのはミス・ダルリンプルだった。ショックを受けた様子で、乗馬服もないのに乗馬などさせられないと言った。

「どうして?」カメリアが反論した。「あるものを着ればいいわ」

「ぜったいにいけません」ミス・ダルリンプルはかぶりを振った。「乗馬服は特別にあつらえられるもので、その、下肢をおおう布がさらにつけられるのです。昼用のドレスで馬に乗るなんて、レディとしてあるまじき行為——まったくもってみっともない行為です」

どれほど姉妹が訴えても、ミス・ダルリンプルは譲らず、そして今度ばかりはサー・ロイスも断固として付き添い婦人の側に立った。

「もう、こんなんじゃ退屈で死んでしまうわ」小さな舞踏室を出て二階に上がりながら、カメリアが不満をこぼした。

ダンスのレッスンは終わり、午後の残りは自由にすごしてよいことになった。ミス・ダルリンプルは昼寝が日課だったからだ。最初の数日は、自由時間にだだっ広い館や敷地を探索した。

「ほかになにをすればいいの？」リリーが言った。「お邸のなかは、ぜんぶ見たわ。迷路には行ってはいけないとロイスに言われたし。姉さまだけ行ってきたなんて、ずるい」

「そうね」マリーは顔にしわを寄せてなにもおもてに出さないようにしたが、迷路という言葉を言われただけで全身があたたかくなった。「いい考えがあるわ。母さまのものを見たらどうかとオリヴァーが言ってくださったこと、覚えている？」

妹たちの顔が明るくなった。屋根裏部屋の入口を教えてもらうため、小間使いを探しにいった。そんなことを頼まれて、小間使いは目を丸くしたが、小走りでどこかに行ったかと思うと、女中頭のミセス・メリーウェザーを連れて急いで戻ってきた。

「たぶん北の屋根裏部屋だと思います、お嬢さま」ミセス・メリーウェザーは言った。「ごく最近のものは、そちらに収納してございますから。従僕に上がらせて、お望みのものを取らせてまいります」

「まあ、いいえ、わたしたちは自分で行きたいの」マリーが言った。「場所さえ教えてくだされば」

「ですが、お嬢さま……」女中頭はあいまいな顔をした。「屋根裏部屋は風通しも悪いですし、明かりもありません。定期的にお掃除はしておりますが、埃っぽいんです。お召し物が汚れてしまいます。トランクをおろしてこさせるほうが、ずっと楽ですよ」

「いいのよ」マリーは、あれこれ指示しようとする召使いを受け流すのがうまくなってきていた。「屋根裏部屋を探検してみたいの。きっと楽しいわ」

奇妙なお楽しみだと女中頭は思ったかもしれないが、教育が行き届いているのでそれを顔に出すことはなかった。如才なく笑みを浮かべただけで、姉妹を屋根裏部屋に案内するよう小間使いに指示した。屋根裏部屋はだだっ広く、館の北の棟をほとんどおおう形になっていた。東の壁にいくつか明かり取りの窓が並び、箱、トランク、家具の山があるのが見えたが、ところどころに変わったものがたくさん混じっていた。たとえば仮縫い用の人台、そり、象の足でつくられた奇怪な傘立て。女中頭の言ったとおり、埃っぽかったが、それも無理はない。ここはあまりに広すぎて、ウィローメアの召使いでも日々掃除をするのは厳しいだろう。

「いちばん新しいものはここからはじまっておりまして、あちらに行くに従って古くなります」ジュニーが指さしながら言った。「レディ・フローラのものは少しさかのぼったところだと、ミセス・メリーウェザーが申しておりました。多くのものは〝ぼっちゃまたち〟ものだそうです。だんなさまがたはそう呼ばれておいででした。ミセス・メリーウェザーは、だんなさまがたがまだ幼いころからこちらにお勤めだったんですよ」ジュニーは部屋を見まわし、明るく尋ねた。「なにかお出ししましょうか？」

「いいえ、自分たちでやれるわ」マリーが言うと、ほっとした笑顔が返ってきた。

ジュニーはランプを渡しておりていき、姉妹は探検をはじめた。埃も、ときおり見つかるクモの巣さえも、マリーは気にならなかった。長年にわたる雑多な不用品を掘り起こすのは、姉妹が英国にやってきて以来したことのなかで、もっとも楽しい作業だった。

「なんて楽しいの！」リリーは声をあげてトランクを開け、小さな軍服ふうの上着を引っぱりだした。「これ、だれのだと思う？」

「〝ぼっちゃまたち〟のうちのだれかでしょう」ローズが言い、見にやってきた。「これを着ている伯爵って、想像できる？」

「これが司令官の制服だったらね」マリーはぶっきらぼうに答えた。「見て、おもちゃのマスケット銃よ！」

姉妹はトランクを引っかきまわし、ボールやクリケットのバットやビー玉の袋、果ては蝶の標本セットを出しては戻した。

「これはだれのトランクかしら」ローズが考えた。「三人とも使ったものかもしれないわね」

マリーは、その隣にあった小さめで茶色のトランクのふたを開けた。もう少し年長で大きくなった男子用の服が入っていた。樟脳《しょうのう》のにおいに混じって、そこはかとなく男性用のコロンの香りが感じられた。そのにおいに、マリーはロイスを思いだした――いま彼が使っているものとはちがうけれど、なんとなく似ている。このトランクは彼のものだろうかと思い、彼のものをこそこそ覗いているのは失礼にあたる気がした。それでも、服の横に押しこまれていた紙の束を手に取らずにはいられなかった。水色の紙からはもっと女性らしいにおいがして、紙の束は紺色のリボンで結わえられている。束をひっくり返してみると、表には〝ロイスへ〟と流れるような女性の字で書かれていた。

恋文だわ、とマリーは思い、好奇心がうずいた。色あせたインクに親指をすべらせてみる。なかが見たくてたまらなくなった。けれどもそれは、あまりにもロイスのプライバシーを侵害することになるだろう。マリーはしぶしぶ手紙の束をトランクに戻し、ふたを閉めた。

「見て！」数フィート離れたところでローズが声をあげた。「ドレスよ！　このあたりから母さまやおばさまの持ち物になるんじゃないかしら」

ローズとカメリアは二枚の上着を取りだした。どちらもベルベットで、ひとつは茶色、ひとつは濃い緑色だ。直線的で鋭利とさえ言えるシルエットの上着で、フリルもひだ飾りもなく、左右の前身頃に大きな金属製のボタンが並んでいる。襟と折り返しは紳士物ふうのデザインだが、サイズやラインはあきらかに婦人用だった。同じ色づかいの、長くて裾の垂れたスカートもあり、さらに小ぶりでしゃれた上品な帽子もあった。

「乗馬服だわ！」リリーは青の上着を引っぱりだした。それは軍服ふうのスタンドカラーのデザインで、前立て付きの小さな筒型軍帽ふうの帽子もそろっていた。

姉妹は興奮ぎみに視線を交わした。

「これを着ればいいわ！」カメリアの瞳が輝いた。「そうすれば、口やかましいあの人も、乗馬を止められやしない」

「下のほうにブーツまであるわ」リリーがブーツを一足掘りだし、自分の足と比べた。「大きさが合うかしら」

「合わせてみせるわ」カメリアが言葉を返す。

「ドレスは手直しできそう――いえ、ローズにやってもらうのだけど」

「もちろんよ」ローズは手にした上着をよく調べた。「生地は傷みもないわ。それに四着あるし」

「階下に持っておりましょう」カメリアがせかした。「今晩、さっそくやればいいわ。わたしも手伝うから、ローズ——縫い目をほどいたり、まち針を打ったり、なんでもやるわ」

姉妹はトランクを詰めなおしてドアまで運び、また戻ってべつのトランクを開けた。ウエディングドレスが何重にも丁寧に薄紙で包まれて入っていたほか、服が何枚もしまわれていた。姉妹の母親は駆け落ちをしたのだから、ウエディングドレスはあきらかにおばのだれかのものだろうということになった。けれども次のトランクを開けたとき、なじみのあるバラの香水のにおいがふわりと立ちのぼった。マリーはのどが詰まり、涙が湧いてきた。

「母さまのだわ！」

「きっとそうね」ローズはうやうやしい手つきでトランクに手を入れ、折りたたまれたドレスを出した。「見て！　子ども用のドレスよ」

ピンクのバラがたくさん刺繍された、白地の木綿のドレスと、ピンクのリボンのサッシュは、どちらも長年のうちに色あせていた。ローズは向きを変えてドレスを脇に置こうとしたが、手を止めてあたりを見まわした。「だめだわ。ミセス・メリーウェザーの言うとおりよ。ここではものが出せない——汚れてしまうわ」

マリーはうなずいた。「取りわけておいて、それも階下におろしましょう」

そのトランクをドアまで引きずっていったちょうどそのとき、ドアが開いてジュニーが姿を見せた。夕食の時間が近づいてきたと知らせに来たのだった。マリーたちは屋根裏の探索をつづけたかったが、たしかに日が落ちてきていて、とりあえず今日のところは引きあげることにし、部屋まで持っておりてほしいトランクをふたつ、従僕に運んでもらうよう頼んだ。なんと言っても、屋根裏部屋を探検する時間はたくさんある。

その夜、夕食がすむと、姉妹は早々に断わりを言い、乗馬服を手直しするために階上の部屋に戻った。ほとんど手を入れる必要がないとわかり、おおいにほっとした。完璧に合うというわけではなかったが、充分に着られる。ブーツはどれも少しだけ小さめだったが、足を押しこめばなんとか入り、歩くのではなく馬に乗っているのだから充分だと姉妹は思った。

翌日、四人は乗馬のレッスンをはじめた。乗馬となると、カメリアはたちまち成績ナンバーワンの生徒の座に着いたが、ロイスがゆったりと指導してくれるおかげで、全員がすんなりと学べた。ロイスから乗馬レッスンの予定を聞いたときにマリーが思ったとおり、館の外に出るのはすてきなことだった――ミス・ダルリンプルから逃れられるだけでなく、たんに野外にいるだけでもうれしかった。外に出て体を動かしているだけで、どれだけ自分が窮屈に感じていたか、マリーは痛感した。

まずパドックで手ほどきを受けたあと、外に出て、庭の周辺や草地を走った。そのあいだずっと、ロイスは姉妹の姿勢に目を光らせていたが、マリーは彼が周囲にもしっかり目を配っていたことに気づいていた。一同は木立を抜け、低い石垣に沿って走る古い道に出た。

リリーが、まわりに広がる田園地帯でひときわ高い遠くの丘を指さした。「あれはなに？」

丘の上に、なんらかの建造物が建っていたが、遠いので、はっきりとはなんなのかわからない。

「〈かがり火の丘《ビーコン・ヒル》〉だ」ロイスが教えた。「このあたり何マイル四方にもわたって、あそこがもっとも高い場所でね。その名のとおり、古い時代にはあそこで火を焚いて、田園地方を盛りあげたんだ」

「でも、あの建物は？」

「あれはローマ時代の砦の遺跡さ。一日遠出をするにはおもしろい場所だ。乗馬に慣れたら、行ってみてもいいな。バスケットに弁当を詰めて、朝から夕方まで出かけるというのも。どうかな？」

「ええ、もちろん」リリーの瞳に星が輝いた。「なんてすてきなお話かしら」

「そんなにすてきかどうかは、わからないが……」

マリーは笑った。「遺跡というのは、どんなときでもすてきなものよ」

「そうですとも、あれこれ想像してみて！」リリーはだれにも見えないものを見ているような、遠い目をした。「あそこで生きて、死んでいった人々——密入国者に、反逆者に……」

ロイスは忍び笑いをした。「密入国も、反逆も、そんなにないと思うが」

「せっかくなのに水を差さないで」マリーが言った。

「ああ、そうだった。申しわけない」ロイスはまじめな顔をこしらえた。

乗馬のレッスンで毎日、午後のほとんどがつぶれたが、翌週は午後に雨が降ったので、ふたたび屋根裏部屋に上がった。母フローラのものと思われるトランクがさらに三個見つかり、下におろすためにドアのところまで引っぱってきた。階段をおりはじめたころ、ミセス・メリーウェザーが廊下をやってきた。

「片づいてようございました。おじゃまをしたくはなかったんですが、お客さまがいらっしゃいまして。レディ・カーライルがお見えです」

「ヴィヴィアンが？」マリーは驚いた。「でも、ロンドンで会ったばかりなのに」

ミセス・メリーウェザーはにこりとした。「レディ・ヴィヴィアンではございません。いらしたのはレディ・サブリナです。レディ・ヴィヴィアンのおじ上さま、ハンフリー・カーライル卿の奥さまでございますよ。ここから遠くない〈ハルステッド館〉にお住まいです」

「それじゃあ、レディ・ヴィヴィアンのおばさまということ？」

「まあ、いいえ――」ミセス・メリーウェザーは一瞬、言葉に詰まってから言った。「いえ、そういうことになりますが、そんなふうに考えている者はおりません。レディ・サブリナはハンフリー卿の二度目の奥さまなんでございます」

客間に入っていったとき、どうして女中頭がレディ・サブリナをヴィヴィアンのおばだと思えないのか、マリーはすぐにわかった。ソファに座ってミス・ダルリンプルとおしゃべりしている女性は、せいぜい三十一歳か三十二歳というところだった。明るいブルーの瞳、淡い象牙色の肌。彼女もまた、まさに英国の涼しげな美女だった。

姉妹は廊下の鏡の前で足を止めて髪をなおし、服についた埃も払ったものの、レディ・サブリナの透きとおるような美しさを目の当たりにして、マリーはたちまちぎこちなくなり、動揺した。おばたちと同じような冷たい態度を予想して、身構えた。

ところが姉妹がみな驚き、そして喜んだことに、レディ・サブリナは笑顔で前に進みでて、ミス・ダルリンプルが紹介する姉妹ひとりひとりと握手した。「お目にかかれてとてもうれしいわ。ずっとお会いしたかったのだけれど、あなたたちが新しい住まいに慣れるまではと思って、数日がまんしていたんです。でも、こんな田舎ではあまりにもさびしくて、もう待っていられなかったの」

腰をおろした姉妹は、レディ・カーライルのあたたかくやさしい笑顔にほっとした。マリーはちらりとまわりを見やり、サー・ロイスがいないことに気づいた。落胆の気持ちを、断固として払いのける。

「あら、サー・ロイスはどちらに?」リリーが訊き、マリーは彼の不在に気づいたのが自分だけではないとわかって、胸をなでおろした。

ミス・ダルリンプルがいさめるような顔をリリーに向けたが、レディ・サブリナは美しく響く笑い声をたててこう言った。「客が来たのを見て、彼は一目散に逃げたのでしょうね。殿方ってみなそうでしょう? 女のおしゃべりなんて、とんでもなく退屈なんですわ」

レディ・サブリナほどの魅惑的な女性とわざわざ距離を置く殿方は、そういないだろうとマリーは思った。けれどもサー・ロイスがどうやらこの美女に惹かれていないと思うと、ほんのりとした気持ちにならずにはいられなかった。

「さあ、あなたがたのことを聞かせてくださいな」レディ・サブリナはつづけた。「あなたがたはレディ・フローラのお嬢さんで、はるばるアメリカからやってきたのだとミス・ダルリンプルからうかがったわ！　なんてわくわくするお話でしょう」

彼女は話しやすく、すぐに姉妹はうちとけておしゃべりした。妹たちが、飲み屋だとか銃だとか、荒くれインディアンだとかの話題を持ちださなかったので、マリーはほっとした。どうやらマリーと同じくらい、この感じのよい訪問客にショックや不快感を与えたくないと思ったようだ。

「またご近所さんができるなんて、最高だわ」レディ・サブリナが言ったとき、紅茶のカートが部屋に押されて入ってきて、ミス・ダルリンプルが紅茶をつぎはじめた。「この数年は、ウィローメアには独身の殿方しかいなくて、ほんとうに退屈でしたの」

「レディ・ヴィヴィアンはいらっしゃらないんですか？　あなたの姪御さんなのでしょう？」カメリアが尋ねた。「ロンドンで、シャーロットと一緒に会いました。とてもすてきなかたでしたわ」

レディ・サブリナは、かわいらしい笑い声をたてた。「ええ、すてきよね。わたしと同い年なのに、わたしが彼女のおばだなんて、おもしろい話でしょう？　若いころはとても仲のいい友だちだったのよ。わたしは近くに祖父母と暮らしていて。海軍の司令長官だった祖父は、もうずいぶん前に亡くなってしまったけれど。大好きな祖母も」彼女はため息をついた。「昔は楽しかったわ。大好きなヴィヴィアンとシャーロット。ふたりとも、昔ほどはうちの小さな村を訪ねてくれなくなってね」

「社交シーズンが終わったら来ようかと、話していましたわ」マリーが言った。

「ほんとう？　うれしいわ」サブリナの表情が明るくなった。

「舞踏会をひらかなくちゃ。あなたがたをこちらでお披露目するの。どうかしら？」姉妹が賛成する間もなく、先をつづける。「ミス・ダルリンプルから、伯爵さまと弟君ももうすぐいらっしゃるとうかがったわ。シャーロットとヴィヴィアンも来るとなると、なかなかの人数ね。でももちろん、それよりも前に一度うちにいらしてね」

姉妹は翌週にレディ・サブリナを訪問することとなった。そのあとレディ・サブリナは腰を落ち着け、自分がひらくつもりの舞踏会について思う存分に話をした。

サブリナが帰ると、リリーが興奮ぎみに言った。「すてきな人！　あんなかたとお近づきになれてうれしいわ。それに、きれいよね？『オセロの廷臣たち』のレディ・ジャスミンが、きっとあんなふうじゃないかと思うの」

「そうね、とても感じのいいかただわ。わたしたちの服のことを、なにも言わずにいてくださったし」マリーは自分のスカートを見おろした。「部屋に入ってすぐ、裾に埃がついているのに気がついたんだけれど、彼女は変な目で見ることさえなかったわ」

「あなたたちに関心を見せてくださったなんて、格別にお心の広いかたですわ」ミス・ダルリンプルは立ちあがり、自分の言うことを痛感させようと、姉妹の顔をそれぞれ見すえた。

「カーライル家は、わが国でももっとも高貴なお家柄のひとつです。そんなかたがあれほど寛大だとは驚きましたが、あきらかにたいへん情け深く高尚なかたなのでしょう。お手本として見習わなければなりませんよ。今週の残りは、訪問したときの会話にふさわしい話題を考えることに使いましょう」

その言葉を投げつけて、ミス・ダルリンプルは部屋を出た。カメリアは心からのうめき声をもらし、椅子にだらしなく大の字でもたれかかった。「いまわたしに言えるのは、レディ・カーライルがミス・ダルリンプルと同じ人種でなくてほんとうによかった、ということだけよ」

「そうね」ローズもうなずいた。「彼女を訪ねるのが楽しみだわ。ただ……」

「なに？」マリーは振り返って妹を見た。

「シャーロットが注文してくれた服が間に合えばいいんだけれど！」

「そうよね！」リリーが鈴のような声で相づちを打った。「レディ・サブリナのドレス、ため息が出そうだったわね？」

新しいドレスが届いたときに感じられるはずのうれしい驚きについて、心を弾ませておしゃべりしながら、姉妹は部屋を出た。

その夜、ロイスが夕食に現われず、マリーは驚いた。しかも彼女は、だれにも――妹たちにも――認めたくないほどがっかりした。そして自分ががっかりしたことに、いらだちもした。

「サー・ロイスがいらっしゃらないと、お夕食がずいぶんつまらなくなってしまうわね」ローズがマリーの心を代弁するようなことを言った。

マリーは肩をすくめた。「わたしは、姉妹だけの時間が持てて楽しいけど」

ローズは妙な顔つきで姉を見たが、リリーはあからさまに目を丸くした。けれども口では、こう言っただけだった。「どこにいらっしゃると思う？　体の具合でも悪いのかしら？」

「昼食のときにはなんともなさそうだったけど」カメリアが返事をした。「村にでも行かれたんじゃないかしら。たぶん酒場にでも」

ミス・ダルリンプルがとがめるような顔を向けた。「あなたはサー・ロイスがどこにいらっしゃるか、詮索するような立場ではありません。それに、殿方が若い娘と始終そばにいて神経をすり減らすのも、無理からぬことです」

「わたしたちといると退屈だということ？」リリーが口をへの字に曲げて訊いた。

「いいえ、もちろんちがうわ」マリーはあわてて妹にとりなし、ミス・ダルリンプルをきつい顔でにらんだ。「サー・ロイスはわたしたちを好きでいてくださいます。でも、ほかのかたがたとお会いしたいこともあるでしょう。たとえば、ほかの殿方とお酒を召しあがるとか」

「殿方が、わたくしたち女性とずっと一緒にいてくださると思ってはいけません」ミス・ダルリンプルは物知り顔で言った。「そういうものなのですよ。殿方にはほかにご興味がおありなのです……程度の低いたぐいのことが多いですが」

リリーが顔を輝かせて彼女を見た。「どんなこと？」

ミス・ダルリンプルは眉根を寄せた。「わたくしたちが詮索することではありません。良家の子女は、殿方がどこに行くか、どうして行くかなどと尋ねないものです」

「それじゃあ、どうやって知るの？」カメリアがもっともな質問をした。

「レディには知らなくてよいことがたくさんあります」ミス・ダルリンプルは占い師のようなことを言って、ふたたび魚を食べはじめた。

夕食後、一同はいつものとおり、小さめでよりくだけた雰囲気の客間に移ったが、そこではロイスがいないとさらに困ることになった。とりなし役のロイスがいないため、ミス・ダルリンプルはおもしろい話題をすべて却下し、静かにホイストをやって遊ぶ以外のにぎやかな活動は阻止された。

若い娘はもうやすむ時間ですよとミス・ダルリンプルに宣告され、姉妹は異議を唱えることもなく、ぞろぞろと各自の部屋に引きとった。マリーも部屋に戻って服を脱ぎはじめた。しかし夜の身支度を終えても、まだ眠くない。ローズと同室ではないので、ここでは前よりさびしかった。

つかのま迷ったが、マリーは隣室に忍んで行き、そっとローズの部屋のドアを開けて覗いた。暗くてローズはすでにベッドに入っていたので、マリーは引っこんで自室に戻った。しばらくは寝返りを打っていたものの、起きてガウンのベルトを締め、階下の図書室から本でも持ってくることにした。リリーが言うには、ここの蔵書はロンドンの邸と五十歩百歩というところらしいが、退屈で立派な学術書でもあれば眠れるだろうと思った。

マリーはミス・ダルリンプルを起こさないよう、そっと廊下に出た。夜に充分な休息を取ることは、過酷な社交シーズンに備える令嬢にとって必須であるとミス・ダルリンプルは考えていて、ひっきりなしのパーティや社交活動で疲労して外で倒れた令嬢の話を、数えきれないほど口にしていたのだ。ミス・ダルリンプルの部屋からは動きが感じられなかった。

マリーは反対側の、ロイスの部屋のほうを見やった。彼の部屋のドア下から明かりはもれておらず、まだ帰っていないのだろうかと思った。カメリアの言ったとおり、酒場に行ったのだろうか。まだそこにいるのだろうか。それから酒場で女性を口説いて——それ以上のことをして——いるのだろうか。

どうでもいいことじゃない、とマリーは自分に言い聞かせた。ロイスが酒場でひと晩すごすほうがいいというのなら、それでかまわない。なにもロイスと特別な関係でもないのだし、やきもちなど焼くものですか。そう思っても、ほかの女性を口説いていると考えるだけで、胸を突かれるような痛みが走った。彼にとっては、彼女も酒場の女も、口説くのに変わりはないのだろうか。

マリーは気持ちが沈むような考えを追いやり、忍び足で廊下と階段を進んだ。ろうそくの明かりだけで充分だったが、一階に着いたとき、図書室に通じる廊下の壁付き燭台にまだ灯がともっていることがわかった。廊下の突き当たりのドアからも、明かりがもれている。

マリーは図書室の前で足を止め、廊下の先へ目をやった。明かりがもれているのは喫煙室で、まちがいなくロイスがいるのだろうと思った。本を取って部屋に戻ればいいだけのことなのだが、マリーはためらった。けれども、頭に響く小さな声に導かれ、喫煙室に向かった。

正直言えば、階下におりてきたのも本を借りるためではなく、ロイスが帰ってきたかどうかを確かめたかったからではないの？

図書室に入るのはやめ、ひらいたドアへと向かった。思ったとおり、ロイスがいた。どっしりとした革のひとり掛けソファにゆったりもたれ、ブーツを履いた脚を無造作に足首で組み、ポートワインのびんをそばの床に置いて、グラスを手にしている。濃い金髪はくしゃくしゃに乱れ、上着は脱いで襟巻きもはずし、シャツの襟もとのリボンもほどいている。

「やあ、マリーゴールド・バスクーム」ロイスはにっこり笑って立ちあがり、少しふらつきながら一礼した。

「サー・ロイス」マリーは一歩、部屋に入り、ろうそくをドア近くの小さなテーブルに置いた。「図書室に本を取りにきたら、明かりが見えたものだから」

「そいつはうれしい。どうぞ入って、座って。ポートワインをどうかな？　いや、それはまずいか。果実酒でもないかな」ぼんやりとまわりを見る。

「いえ、けっこうです。のどは渇いていませんから」

「ぼくもだ」またにこりと笑って、ソファに腰をおろす。「だが、それでも飲まずにいられなくてね」

「そうですか」

「おやおや。お怒りですか、ミス・マリーゴールド？」

「そのおかしな名前で呼ぶのはやめてください」

「でも、きみの名前だよ」ロイスが返す。「ぼくは好きだが」

マリーは目をくるりとまわした。「酔ってらっしゃるのね」

「ほら、お怒りだ」ロイスは悲嘆に暮れたため息をついた。

マリーは口もとがほころぶのを抑えられなかった。髪がくしゃくしゃに乱れ、ひと房の髪が額にかかって目に入っているロイスは、少年のようにかわいらしい。子どもの彼が目に浮かぶようだ。服がやぶれ、髪はぼさぼさ、なにかまずいことをしでかして、窮地に立たされている少年……。

「どうしてわたしが怒らなくてはいけないの？」マリーは言い返した。「ミス・ダルリンプルは、いたって自然なことだとおっしゃっていたわ。殿方は女性の相手をせずに酒場に行き、お酒を飲んだり、殿方ならではの〝程度の低い〟たぐいのことをお楽しみになるのですって」

ロイスは吹きだした。「そんなことを？〝程度の低い〟たぐいのお楽しみって非難されたのは、いったいどういう内容のことなんだろう？」

「はっきりとはわからないわ。広い範囲のことをお考えのようだったけど。重要なのは、殿方の行くところやすることを詮索するのは、令嬢のすることではないということですって。知らないほうがいいのだとか」

「では、きみの繊細な耳には入らないようにしないとね」

「いいえ。わたしとしては知りたいわ。いえ、知る権利があるのよ。だって、ミス・ダルリンプルしかいない夕食なんて、それはもう退屈でしかたがなかったんだから」

「ミス・ダルリンプルより楽しい食事相手と見てもらえて、うれしいよ」ロイスはひと呼吸置き、首をかしげて彼女をしげしげと眺めた。「ほんとうのことを言うと、酒場には行った。村で人の集まるところと言えば、酒場だからね。うちの従僕を送って、ぼくらが到着してから見知らぬ人間が来ていないか、探らせたんだ――宿に侵入した謎の男がついてきていないかどうか、確かめるためにね。だが地元の人間は、うちの従僕のような知らない人間には話をしないかもしれないから、ぼくが自分で行くことにしたんだよ」

「まあ」そんな事情を思いつきもしなかったマリーは、話を聞いて心が浮き立った。「それでは、わたしたち女性の相手にうんざりしたからではないのね？」

「女性の相手にうんざりすることはありえないな」またしても、ロイスの愛らしい笑みがきらめいた。

「退屈なお客の相手から逃げだしたのだとばかり思っていたわ」マリーはちゃかすように言った。「でもレディ・サブリナに会ったら、まさかそんな理由ではないだろうと思ったけれど」

なにかがロイスの瞳にひらめき、すぐに消えた。彼は立ってワインを飲み干し、酒のデカンターが並ぶどっしりとした食器棚にグラスを置いた。「レディ・サブリナとは古くからのつきあいでね。あいにく、彼女を見てもなんとも思わなくなった。だがきみが相手だと、平静を保つのははるかにむずかしい」ロイスは食器棚にもたれ、けだるげに足を交差させた。

「そんなにくつろいだ格好のきみとふたりきりで、さっきからずっと見せつけられているのだけど？」

「あっ！」マリーは自分を見おろし、頬をまっ赤にした。「こ、ここに来たのがまちがいだったわ。だって、こういう状況で生活したことがないものだから」

「ぼくもだ。だが、ぼくらを引き合わせてくれる運命がうらめしいなどと言うつもりはない。ぼくはそれほど紳士じゃないよ」

マリーは目を上げて彼の顔を見た。言葉は軽いものだったが、瞳に宿る表情はまったくちがっていた。翳《かげ》りと欲望をたたえ、抑えることのできない炎が揺らめいている。呼応するかのように、マリーの腹部に欲望がかきたてられた。息をのみ、あわてて目をそらす。

「戻ります」かすかに声が震えていた。もう一度ロイスの目を見る勇気はなかった。

背を向けようとしたが、その瞬間、ロイスが動き、考えられないほどの速さでふたりのあいだの距離を埋めた。彼の手がマリーの腕をつかみ、マリーは驚いて彼を見あげた。彼の目はまぶたが重くかぶさり、緑に見えないほど色が深まり、表情には欲望が刻まれていた。

「だめだ」ロイスがかすれた声で言う。「戻らせない」

17

ふたつの唇が合わさってぴたりと重なり、ロイスがマリーの手首を放して両腕で抱きしめた。彼の舌に残るポートワインの味わいを感じながら、ふたりは何度も何度も激しく唇を重ねた。ようやく唇が離れたかと思うと、ロイスの唇は彼女の顔を伝い、耳に行き着いてついばんだ。「宿でのあの夜以来、こうしたくてたまらなかった」ロイスがつぶやいた。羽根が軽くふれるような吐息が、マリーの全身を震わせる。「まったく地獄だった。〈アイヴァリー館〉で――自分の邸で、うちの食堂で――きみと一緒にいて、きみの顔を見て、きみが自分のベッドにいるところを想像して」彼の唇がマリーの首筋を這いおり、敏感な肌を舌先がなぞり、歯がのどをついばむ。「そしてここでも毎晩、きみがすぐ廊下の先にいるとわかっていながら……少し歩けばきみの部屋に行けると思うと、眠れない」

マリーは震える息を吐きながら頭をのけぞらせ、のどを差しだした。彼の言葉に、口づけと同じくらい燃えあがった。彼の名をつぶやき、彼の腕に手をすべらせて、豊かな彼の髪に指をからめた。彼の感触がマリーの感覚を燃えたたせてゆく――やわらかなローンのシャツ、引き締まった首の肌、指をすべる絹のような髪。

全身に響く快感を、どう言い表わしたらいいかわからない。なにを取っても、官能を攻めたててくる——彼の荒々しい息づかいまでもが、彼女の身を震わせる。彼の両手がゆっくりと、しっかりと、彼女をまさぐりはじめると、マリーは自分の欲望の強さに身震いした。あの夜、宿で彼にキスされたときは、あらゆる神経、感覚、筋肉のなかで情熱が目覚めるのを感じた。でも、今夜は……。

今夜は、快感が生まれたことに驚きはしなかった。彼の指や唇から生まれる悦びは、すでに知っていた。だから初めてではないぶん、自分の反応は弱まるのではないかと思っていた……ところが驚いたことに、想像していたことで快感は強まっただけだった。激しい欲望や快感を待ちわびながらも、前ほど驚きはしないはずと思っていたのに、さらに強烈だったのだ。

やわらかな唇が肌をなぞる。彼の歯が肌をこすり、ついばむ。そして舌は、肌の上に熱く湿った絵を描いていく。張りつめた緊張のなかで粉々に砕けそうになりながら、もっと先を求めてマリーは震えた。腹部に感じた痛いほどの熱さが、外へ広がってゆく。

ロイスの唇がナイトガウンの襟もとに届き、彼はもどかしげに悪態をついた。体を起こした彼は、マリーのガウンのベルトを勢いよく引いてほどき、ガウンの前をゆるめた。ロイスは瞳をきらめかせてガウンを大きくひらき、張りのある白い木綿の布だけにおおわれた、華奢な肢体をあらわにした。深い丸襟からは鎖骨と白い胸もとが覗くくらいだったが、胸の丸いふくらみがガウンを押しあげていた。

マリーの肢体に目を釘付けにしたまま、ロイスは彼女のガウンの襟をつかんで肩から腕へとすべらせた。体がわずかに動いただけでもマリーの胸は震え、先端が薄布の下でとがった。ロイスの手がナイトガウンの結び目に伸び、ひとつひとつほどいてゆく。リボンがほどけるたび、白い肌があらわになっていった。

マリーは、自分を見るロイスの表情が微妙に変化するのを見ていた。瞳が輝き、肌も紅潮していく。口もとがゆるみ、息づかいが荒く、速くなっていく。そんな彼を見ていると、マリーも自分の奥深くでさらに昂りが強くなるのがわかった。

胸の内側のふくらみに、ひらいたガウンの襟もとが掛かっていて、ロイスは人さし指でそのラインをなぞった。マリーが激しく息をのみ、脚のあいだが熱くなる。耐えがたいほどゆっくりと、片方の胸からもう片方へと敏感な肌をたどる彼の指。その指先にある細い指紋のひと筋ひと筋まで、感じられるような気がする。

ロイスは彼女のナイトガウンをひらき、両手を差し入れて両方の胸を包んだ。マリーはこれ以上、彼の目を見ていられず、頬を染めて目を閉じた。頬がほてるのは恥ずかしいからなのか、欲望のせいなのか、わからない。彼にふれられて、全身に興奮が満ちている。両手で全身をまさぐってほしい。ふれて、探って、昂らせてほしい。彼女の乳首はかたくなって彼の手のひらに突き当たり、ひざは震えだして、もう立っていられないかもしれなかった。

マリーは支えがほしくて彼のシャツの前をつかんだ。布を通して彼の体温と、心臓の響きが伝わった。彼にふれられているように、彼にふれたい。平らなところも、角張ったところも、くぼんだところも、彼のあらゆるところを感じたい。がまんできず、マリーは片手をシャツのなかに入れ、ゆっくりと彼の胸をなでた。彼の肌が震え、突然、熱くなった。顔を上げて彼の目を見ると、荒々しい炎が燃えていて、どきりとする。彼は揺るぎないまなざしを、挑発的とも言えるまなざしを彼女に向けたまま、両手で彼女の胸を愛撫しつづけていた。

マリーは震える息を吸いながら彼の胸をなで、小さくカールした胸毛をもてあそび、皮膚の下にある引き締まった筋肉を感じていった。がっちりとした胸の骨をなぞると、手を広げて肋骨の上をすべらせた。彼の呼吸はのどでかすれていたが、マリーが手を上にずらして平たくかたい男性的な乳首にふれたときも、彼は動かなかった。

宿で彼にされたことを思い起こし、マリーが親指と人さし指で彼の乳首をそっとつまむと、小さな甘い声が返ってきた。彼女はかすかな笑みを浮かべ、なでたりやさしくつねったり、彼をもてあそんだ。

「きみの口で」ロイスが消えそうな声で言った。「口でしてほしい」

驚いたマリーは、思わず口を開けて彼を見あげた。けれど、彼の望むことはしてあげたい――それに、彼のキスがはじまったときから、ほんとうは彼の肌に唇を寄せたくてたまらなかった。

満足げな笑みが彼女の口もとに浮かび、瞳に情熱的な花が咲くのを見て、ロイス自身の顔にも欲望がみなぎった。彼はマリーを放して一歩うしろに下がり、シャツを頭から脱いで床に捨てた。マリーがまた寄り添い、彼のウエストに両手を広げた。ゆっくりと上に手をすべらせながら身をかがめ、彼の胸の中心にキスの雨を降らせる。

ロイスの体に震えが走っただけでマリーは喜びを感じ、さらに悩ましいキスを彼の胸から上へとつづけていった。首に受けた彼の口づけにどれほどぞくぞくしたかを思いだし、彼女も舌と歯を使いはじめた。彼の肌は熱く、かすかにしょっぱくて、彼が震えたりうめいたりするたび、マリー自身の欲望も高まっていった。

ロイスが彼女のナイトガウンのひらいた襟もとに手をかけ、勢いよく引っぱった。大きな音をたてて前身頃の縫い目が裂ける。マリーは息をのんで彼を見た。ロイスの顔には欲望がみなぎり、瞳は黒に近くなっていた。ナイトガウンが破れたこともかまわず、彼は布地をはぎとり、むさぼるようなまなざしに彼女の体をさらした。両手を下へ動かし、彼女の胸から腹部、腰へとすべらせる。

マリーは身震いした。もう両脚がくずおれそうだ。そのとき、ロイスの手が彼女の脚のあいだに伸び、マリーは驚きと悦びの声をもらした。全世界が急に止まり、そこに広がった甘美な快感だけに焦点が当たったかのようだった。こんなことは夢にも見たことがなかった。男性がこんなところにふれるなんて。そして、それがこんなふうに感じるものだったなんて。

ロイスは身をかがめてキスした。熱く、激しく彼女の唇をひらいて舌を差しこみ、指では魔法を紡ぎつづけている。肉のひだをこじ開けてひらき、最高にやわらかな指づかいで敏感な肌をなであげる。

激しい快感に震え、マリーの指が彼の腕に食いこんだ。彼が唇を離し、どうしようもなく荒い息をするばかりのマリーを抱えあげると、ガウンの上に横たえた。その隣に横向きで寄り添い、ふたたび口づけをはじめる。指は彼女の胴と腹部を伝い、太ももを上下し、じらすように欲望の芯のすぐ近くまで来ては遠ざかり、ついにマリーは耐えきれず泣きそうになった。

ロイスの唇が貪欲にマリーののどを伝い、とうとう胸にたどり着いた。片方の乳首に舌が円を描き、さらにもう一方に移るあいだも、指はずっと悩ましく踊っていた。彼の手と唇に与えられる悦びでマリーは身もだえし、ひときわ強烈な欲望が湧きあがった。もう一度、あそこにふれてほしい。いまやそこは欲望でしたたり、飽くことなくうずいている。とにかくほしい――なにがほしいのか、もはやマリーにもわからなくなっていた。ただ、満足しきれていないことだけはわかる。彼女は欲望そのものと化していた。

ロイスの唇が乳首をしっかりととらえ、熱い口のなかへくわえこんだ。と同時に、彼の手が熱く燃えるすべらかな芯を探りあてた。マリーはうめき、床にかかとをめりこませそうなほど背をしならせて、彼の手に体を押しつけた。

ロイスが胸を吸う。彼の口が動くたび、マリーの体の芯で白熱した欲望が火花を散らす。そしてついに、ロイスはのどで低くうめき、彼女の脚のあいだに身を置き、ズボンの前に手をかけた。そして彼女の顔を見て――はたと凍りついた。

「なんてことだ!」彼の唇から悪態がもれ、ロイスは彼女の上から転がりおりて体を起こし、両手で頭を抱えた。

マリーはひじをついて起きあがり、困惑して彼を見つめた。ふつふつと煮えたぎる全身は収まらず、脚のあいだの執拗なうずきに、じれったさのあまり叫びだしそうだ。

「ロイス？」かすれた声しか出なかった。

「服を着て」張りつめたかたい声。ロイスはまだ彼女を見ない。

「でも、どうして——」

「いいから着るんだ！」鞭のように声が響いた。「ガウンをはおって部屋に走って、ぼくが完全に酔っぱらっていなくて運がよかったと思ってくれ」

マリーは赤かぶのようにまっ赤になった。急に自分がむきだしにされ、つまらない人間になった気がした。よろよろと立ちあがり、寝ていたところに広がるガウンを拾ってまとい、ベルトを力いっぱい締めた。やぶれたナイトガウンをつかんで丸くまとめると、部屋を飛びだした。

裸足だったのでほとんど足音なく廊下を走り、階段を駆けあがった。もぐるように部屋に入ると、背中で鍵をかけてドアにもたれ、肩で息をした。脚は震えていた。

いったいなにをしてしまったの？　彼になんと思われるだろう？

マリーはうめいて床にへたりこみ、丸めたナイトガウンを胸に押しあてた。もうどんな顔をしてロイスに会えばいいのか、わからない。少なくとも彼は、酔っていたという言い訳ができる。でも彼女はまったくのしらふで、頭はすっきりしていた——それなのに、ふしだらなふるまいをしてしまった！

泣くのがふつうだった。恥ずかしくて、途方に暮れて、涙を流すはず。ところが、涙は出てこなかった。自分のふるまいにおののいてはいるものの、いまだ体が震える欲望の名残は否定できない。血はどくどくと激しく流れ、肌は敏感になって、素肌にはおったガウンの布地までが痛いほど感じられる。

彼女のしたことは言語道断だった。けれど……。

マリーはまたうめき、指先が食いこむほど頭を抱えて、暴走する考えを止めようとした。階下で起きたことを、自分はあますところなく喜んで受け入れた。ロイスのキスと愛撫に、全身が沸きたった。もし彼が中断しなければ、彼女が止めることはなかっただろう。もし、いま彼がこの部屋に来たら、また彼の腕に飛びこむだろう。

それでも、自分とロイスのあいだにはなにも起こりえないことも、マリーにはわかっていた。そのことは彼が以前にはっきりさせている。つまり、自分を彼に捧げるということは、最悪の決断だということ。彼女は身を落とす。けがれてしまう。それこそが、女になった瞬間、どの若い娘の頭にも響いてくる現実。

これまでマリーはずっと、どうしてだれもが、そんなことをしつこく教えこまれるのだろうと思っていた。彼女にとって、肉欲の罪をおかさずにいるのは造作もないことに思えていた。男性にキス以上のことをしたいなどと思ったことはなかった。けれど、いまならわかる。悦びを知ると、すべりやすい坂のように足もとが危うくなる。転げ落ちないように、今後はもっともっと気をつけなければ。

それはつまり、ロイスと距離を置くということだ。ため息をつき、マリーは立ちあがった。そうむずかしいことではない。いまのところ、ロイスはいちばん会いたくない人物だった。次に彼と会ったら、きっと顔がまっ赤に染まってしまう。彼にどう思われているか、想像するのも耐えられなかった。以前ははねっかえりだと思われていたけれど、いまはふしだらな女とも思われているはずだ。

マリーはナイトガウンを丸め、ベッドの足もとにある収納箱まで行ってふたを開けた。そして、たたんだ毛布の下に、やぶれたナイトガウンを押しこんだ。小間使いに見られるわけにはいかない。前がこんなにやぶれているのに、説明がつけられない。

ナイトガウンをしまいこむと、鏡台の抽斗《ひきだし》からべつのナイトガウンを取りだしてかぶり、ベッドに上がった。明日、一睡もしなかったような顔を見られたくないのなら、眠らなければ。

翌朝、目覚めたときには、まさしくマリーがおそれていたとおりの顔になっていた——目の下のくま、疲れた口もと。このままベッドにいて、具合が悪いと言おうかと思った。鏡で自分を見たところ、だれも仮病を疑う人間はいないだろう。

けれども、おりていけないほど具合が悪いとなったら、妹たちのほうが大挙してここへやってきて、質問攻めにあい、心配されるだろう。そんなことになるのはごめんだった。そう、階下におりて、ミス・ダルリンプルのレッスンを受けるほうがましだ。妹たちもいやなレッスンに気を取られ、姉に元気がなくても深く考えないだろう。

少なくとも朝食には遅すぎる時間だとわかって、マリーはほっとした。呼び鈴で小間使いを呼び、紅茶とトーストを頼んだ。質素な朝食を終えると、できるかぎり最高の表情を貼りつけ、みなに会いに階下へおりた。

妹たちとミス・ダルリンプルだけでロイスはおらず、おおいに胸をなでおろしたが、称号ごとの正しい呼びかけを説明するミス・ダルリンプルの話に集中するのは、いつもより格段にたいへんだった。ともすると前夜のことに気持ちが移ろい、今日のロイスは彼女と同じようにも相手を避けようとしたのだろうかと考えた。彼のなかで、彼女の評価はどれほど下がったのだろう?

昼食の時間にもロイスはいなかったが、ダンスのレッスンの時間になると、いつもの小ぶりな舞踏室に姿を現わした。彼を見てマリーの心臓は速くなり、あわてて顔をそむけた。足首をひねったとでも言って引っこみ、妹たちと踊ってもらおうかと思った。けれどもそういうことをするのは彼女の柄ではなく、すぐに考えるのをやめた。

彼女の番になると、マリーは大またで前に出て、ふだんより頬の赤みが強いのはわかっていたものの、まっすぐに彼の顔を見た。昨夜、自分がしたことは恥ずかしく思っているが、それを彼には見せるまいとした。ロイスがおじぎをし、彼女をフロアにいざなった。少なくとも、今日のレッスンはワルツではなかった。彼の手をウエストに感じることも、くっつくほど近くに立つこともない。ただ向き合い、ときどき彼の腕に手を添えるだけでいい。けれども体のなかがゼリーのように震えている状況では、それすらもむずかしかった。

ロイスの表情は礼儀正しかったが、これまでに見たことがないほどよそよそしかった。瞳の輝きはなく、口もとも笑っていない。それどころかマリーの見るかぎり、彼はまるで伯爵のオリヴァーをみごとにまねているかのようだった。彼のよそよそしさに、マリーのなかでなにかがぷつりと切れた。彼のほうが怒るなんて、なんてずうずうしいのだろう？

妹たちと踊っているときの彼は、ずっといつもの彼らしかった。彼らを見ていて、ロイスがローズやリリーと笑い声をあげておしゃべりしていると、いらだちが募った。こちらが彼と顔を合わせるのをこわがっているのに、気安く接しろというのは無理な注文だと、心の底ではわかっていた。しかし彼の友情を失ったのではないか、もう二度と前のようには接してくれないのではないかと、心配せずにいられなかった。

やっとレッスンが終わると、ミス・ダルリンプルはいつもの昼寝をするため自室に下がり、妹たちもドアに向かいはじめた。マリーもあとにつづこうとしたとき、ロイスが彼女の腕にふれるまではいかないが、手を伸ばした。

「マリー、ちょっと話があるんだが……」

マリーは立ち止まって彼に向いたが、緊張で胃が締めつけられるようだった。ロイスのあごには力が入っている。さきほどよりも、またさらに無表情に見えた。

「昨夜のふるまいを謝罪しなければならないと思って」ロイスは、いまの背中くらいこわばった堅苦しい口調で言った。「ぼくのしたことは非難されるべきことだ」

マリーはなんと言えばいいかわからず、無言で立っていた、同意すればいいのだろうか。彼を許せばいいの？　彼だけでなく、自分にも同じだけの責任があったと認めればいい？しかし、まず頭に浮かんだ返事をそのまま口にしてはいけないことだけは、わかっていた。つまり、昨夜がこれまで生きてきたなかでいちばん胸躍らせた夜だったということは――。

「ぼくのしたことは心から反省しているよ」ロイスは背中で両手を握り合わせた。「撤回できるものなら、したいくらいだ」

マリーは心のどこかに痛みが走るのを感じた。「いいえ、あなたが悩む必要はないわ。あなたのせいではなかったもの」

「いや、ぼくのせいだ。ぼくは卑劣だった。オリヴァーが知ったら殺されるだろうな、それも当然だ」

「オリヴァー！」マリーの眉がつりあがった。「オリヴァーにはなんの関係もないでしょう？　わたしたちと一緒に喫煙室にいたわけでもないのに」

「いや、それはそうだが。ただ、つまり――きみは彼の従妹で、彼が保護者代わりだろう。そして、ぼくはきみを預かっている立場だ。ぼくはきみを守るべき立場にいるんだ。酔って誘いをかける立場ではなく」ロイスのあごがぴくりと動いたかと思うと、彼は勢いよく身をひるがえして行ったり来たりしはじめた。「ぼくは高尚な人間じゃない。それは重々認める。だが、ふだんなら無垢《むく》な若い女性を誘惑したりはしない。相手が自分に預けられているようなときは、なおさら」

「そんなことを言うのはやめて。それじゃあ、まるで――籠《かご》入りの卵か、子どもの話みたいじゃない」

ロイスは顔をゆがめた。「おいおい、マリー、つべこべ言わずに謝罪を受け入れてはくれないのかい？　もちろん、きみは子どもじゃない。でもぼくはきみより年長で経験もある。きみはまだここの世界に入ったばかりだ。そしてぼくは、男の持つ危険性をきみに教える立場なんだ。自分がそのひとりになるのではなく。ぼくは酔っぱらって、自分を見失っていた」

マリーの胸にくすぶりつつあったいらだちは、この言葉に爆発した。彼はキスして、愛撫して、あまつさえナイトガウンを破ってはぎとった。その理由が、彼女の美しさに暴走したとか、彼女への想いが紳士としての節度を越えさせたとかではなく……酔っていたからだなんて！

「それじゃあ、宿でのふるまいはなんのせいだったの？」マリーは言葉をたたきつけた。「あのときは、たしか酔っていなかったわ」

ロイスは彼女を見つめ、口をひらきかけたが、また閉じた。頬のあたりが赤く染まる。とうとうぎこちない口調で、こう言った。「もうあんなことは二度と起こらない、約束する」

「わかりました！」マリーは腕を組み、目を三角にした。

ロイスは、さっとおじぎをした。「では、これで……」

背を向け、大またで離れてゆく。マリーは彼の背中に捨てぜりふを投げつけた。「心配しないで。大切なオリヴァーには内緒にしておくから」

ロイスは一瞬止まり、振り返って非難のまなざしでにらんだが、そのままドアを出ていった。

なにか投げつけるものでもあればいいのにと、マリーは思った。けれどもこの家のものは、いっときの感情で壊すにはなにもかも高価すぎる。気持ちがささくれ立ち、自分が愚かでさもしくなった気がした。ほんもののレディなら、キスをした彼に烈火のごとく怒り、謝罪はすんなり受け入れるのだろう。いや、謝罪を厳しく要求するのかもしれない。

なにごともなかったかのような顔をしてほしかったわけではない。彼が紳士であるのがいやなわけでもない。ただ……ひとことでいいから、彼女とのキスはすばらしかったとでも言えないのだろうか？　後悔の言葉ではなく、お世辞のひとつやふたつ言えないの？

そう、言えないのだ。だって彼は、そんなことを感じてやしないのだから。彼は、あんなことは起きなければよかったと思っている。自分を見失ったことが腹立たしいと思っている。ふたりが愛を交わす寸前まで行ったのは、ただたんに彼が泥酔して、なにをやっているかわからなくなっていたから。

マリーはあごに力を入れた。まぶたが涙でじんわりと熱くなるのが感じられたが、意志の力で引っこめた。こんなことで泣いたりしない。あまりに屈辱的すぎる。マリーは向きを変え、二階へ上がった。ローズが居間に座り、カメリアのドレスの裾のひだ飾りを縫いつけていた。

「ほかのふたりは？」マリーは妹が座っている長椅子に腰をおろした。

「なんだか言い合いをしていたわ――なにが原因かもわからないけれど――結局、聞いていられなくなって、どこかよそでやってちょうだいって言ったの」ローズは顔を上げ、疲れたような笑みを見せた。「今日はわたしといても、楽しくないかもよ」

「同じだわ。伝染するのかもしれないわね」マリーはため息をついてうしろにもたれ、両脚を伸ばして足首で交差させた。ミス・ダルリンプルにかならず怒られそうな姿勢だ。そう思うと少し気が晴れた。「でも、なんの理由もないのにあなたが滅入るなんて、ないわよね。どんな生き物より天使のようなあなたが」

「買いかぶりよ」ローズは頭を振った。「今朝、ジュニーに怒鳴ってしまったの。どうして髪を自分でととのえさせてくれないのかしら！　あれこれ世話を焼かれるのはいやなのに」

「わかるわ。あなたは病気のときでもひとりになりたいほうだものね。でもそれは、おんぶに抱っこでなんでもやってほしいってだだをこねるより、ずっと立派なことだと思うけど」

ローズは半笑いした。「そうかも。でも、それがジュニーの仕事なのだし、あんなにきつく当たらなければよかったわ。小間使いのお仕事って楽しいものではないと思うの。とくにここでは。少なくともアメリカだったら、料理人もジョージーもアニーも自分の家を持っていたわ。ここではみんな、階上にせまい部屋があるだけ。わたしたちより早く起きて、わたしたちがやすんでから寝る生活よ。それでいて、だれにもありがとうと言ってもらえない」

「もし言ったら、頭がおかしいかのような目で見られるわ」マリーも指摘した。

ローズがくすくす笑った。「そうね。わたしのほうが、本人たちよりも気の毒に思っているのかもしれないわ」そこでため息をつく。「でも、ジュニーに声を荒らげたのは、やっぱりやさしいふるまいとは言えないわ。ただわたしは――ここって、閉じこめられているような気分にならない？」

マリーは驚いて妹を見た。「閉じこめられている？　でも、このお邸はとても大きいわ。部屋も個室で、アメリカにいたころの倍の広さよ」

「いいえ、そういう意味じゃないの。まわりの人たちのことを言っているの。だれもがわたしたちを見ているでしょう。心のなかでは、あなたはここにいるような人間じゃない、ほんもののレディじゃないって思われているのよ」

「わたしたち三人より、あなたはずっとレディらしいわ。ほかの英国婦人とはちがうかもしれないけれど、そんなのいいじゃない」マリーは肩をすくめた。「なんでもかんでもミス・ダルリンプルの言うとおりにするような覇気のない子より、あなたが妹のほうがいいわ」

「そうよね」ローズはほほえんだ。「姉さまの言うとおりよ。わたしがばかなの。だれに聞いてもきっと、わたしたちはすばらしい境遇に恵まれたと言うわ。きれいなところに住めて、なんでも好きなものを食べられて、新しい服もまるごと与えられて。自分が恩知らずのように思えてしまうわ……」ローズは口ごもり、ドレスに置いた両手を見おろした。「でも、あ、マリー姉さま、アメリカが恋しくならない？　戻れたらと思うことはないの？」

「ないわ。正直、少しも恋しくなんかないの。いえ、母さまは恋しいわ。ときどき母さまのことを考えて、泣いてしまうこともあるの。でもスリー・コーナーズやコズモや飲み屋のことは、なつかしくもなんともない」マリーは心配そうに眉を寄せた。「あなたはちがうの？ローズ、ここにいるのがつらいの？」

「ああ、姉さま！」顔を上げたローズは、くっきりとした青い瞳を涙でぬらしていた。「わたしは恋しくてたまらないの！　恋しくて――」手を口に当てると、大粒の涙があふれて頬を伝った。「彼にこんなに会いたくなるなんて、思ってもいなかった」

マリーはローズに目を丸くした。「彼って、だれ？　ローズ、まさかコズモだなんて言うんじゃないでしょうね」

ローズは涙まじりにくすりと笑い、頬の涙をぬぐった。「まさか！　コズモじゃないわ。百年経ったって、彼はなつかしくなんかならない。わたしが会いたいのはサムよ」

「まあ。サム・トレッドウェルなの。でも、たしかあなたは……」マリーは間を置き、アメリカで妹に言い寄っていた青年のことを、妹がなんと言っていたか思いだそうとした。「ロンドンのお邸で彼の話をしたとき、サムのことはなんとも思っていないと言ったわよね」

「ええ、なんとも思っていないわ」ローズはため息をついた。「少なくとも、思いたくない。でも、アメリカを離れる前は――こんなにつらくなるなんて思っていなかったの。どんなに彼に会いたくなるか、わからなかった。彼の笑顔がどうだったか、ずっと考えてしまって、またあの笑顔が見たいと思ってしまうの。彼の茶色の瞳は最高にすてきだったわ。彼に見られると――」ローズはきつく自分を抱きしめて、小さく震えた――「体じゅうがぞくぞくするの」

「彼を愛しているの？」

「わからないわ」ローズは腕を体の脇におろした。「よくわからない。でも、ほかの男性と人生をともにすることを考えても、想像ができないの。でもサムだと、いつも彼と一緒にいることしか考えられない。わたし、とっても変よね？」

「いいえ！　ぜんぜん変じゃないわ」マリーはためらった。「彼と――キスしたことはあるの？」

妹の頬がバラ色になった。「マリー姉さま！」

「キスしたのね！　油断ならないわ、どうして話してくれなかったの？」

ローズは頭を振った。「できなかったの。だって――いえ、とってもすてきで、その……特別なことだったから。自分ひとりの胸に大事にしまっておきたかったの。それに姉さまに話したら……その、軽蔑されるんじゃないかと思って」

「まあ、そんなことあるはずがないわ。あなたのことを悪く思うなんて、考えられない。キスしたのはいつ？　どういうふうに？」

「ナン・サットンの家に歩いていっていたときのことよ。サムが馬に乗って走ってきたの。フィラデルフィアに出張に行った帰りだと言っていたけれど、ああ、馬に乗った姿がほんとうにすてきだったのよ」ローズの瞳が思い出に輝いた。「彼は馬をおりて、わたしと一緒に歩いたわ。彼と一緒にいたくて、ナンの家は通りすぎてしまった。彼が馬を厩舎に入れたとき、まわりにだれもいなくて。彼に手を取られて、それからキスされたの」また頬を染める。「二度」

「それで——終わらないでほしいと思った？」マリーが尋ねた。

妹はびっくりして姉を見た。「ええ、そうよ、思ったわ。でもどうして——姉さま、だれとキスしたの？」

「ロイスよ」二度のキスをはにかみながら告白してくれた妹の手前、マリーは自分とサー・ロイスがキス以上のどれほどのところまで行ったか、明かすつもりはなかった。「でも、リリーやカメリアにはひとこともらさないと約束して。あのふたりでは、さんざんからかうに決まっているわ。それに、もしふたりがサー・ロイスになにか言うようなことがあったら……」

「ええ、もちろん、なにも言いやしないわ。安心して。でもマリー姉さま、彼を愛しているの？

「いいえ、まさか」マリーは激しくかぶりを振った。「わたしたちのあいだに、そういったことは関係ないの。彼は酔っていたから、そんなときにしたことで縛るわけにはいかないわ。実際、今日の午後にとても礼儀正しく謝罪してくれたし」マリーの表情がかたくなる。「あんなことは、起きなければよかったと言われたわ」

ローズが食い入るように見つめた。「ほんとう？」

「言われたも同然ってこと。撤回できるものなら、したいとかなんとか。後悔しているのはまちがいなしよ」

ローズは姉の手を取った。「姉さまは？」

「正直に言って？」マリーは妹を見て、首を振った。「いいえ、後悔していないわ。わたしはとてもよかったわ。そんなことを言ったら、堕落したことになるかしら？」

「まさか。だってサムとキスして、終わってほしくないと思ったと言ったでしょう。姉さまが堕落しているのなら、わたしも同じよ」

マリーは小さく笑った。「少なくとも、わたしたちには仲間がいるのね」

ローズは姉の手をぎゅっと握った。「ほんとうに、そういう方向に望みはないの？」

「サー・ロイスと結婚ってこと？」マリーはくくっと笑い、かぶりを振った。「いいのよ、そんなことで悩まないで。彼を想って心がつぶれそうになったりしていないから。わたしとのあいだに起きたことを後悔していると言われて、少しプライドが傷ついただけ。すぐに立ちなおれるわ。結婚なんて――とくに厄介な英国紳士が相手なんて、したいとも思わない。なんとなく独身で終わりそうな、暗い予感がするわ――幸せな結婚をした妹たちにとって、迷惑な存在になるのはまちがいないわね。だって、みんなやさしいから、負担を承知でわたしの面倒を見そうだもの」

「いいえ、ふたりして一生独身になるんじゃないかしら。リリーとカメリアはわたしたちを両方とも面倒見なくちゃいけないのよ」ローズが言った。「もしくは、伯爵さまのお荷物でいつづけるか」

「そうね、それがいいかも」妹が元気を取り戻したのがうれしくて、マリーは笑顔でローズの裁縫袋を持ちあげた。「わたしにも繕い物を手伝わせて。まち針を突き刺したい気分なの」

18

翌日、バスクーム姉妹がミス・ダルリンプルと音楽室で、音符や和音に四苦八苦していたとき、執事がレディ・サブリナを案内して入ってきた。

「レディ・サブリナ！」ミス・ダルリンプルは驚くほど機敏に椅子から飛びおき、あわてて前に出た。「思いがけず、なんてうれしいことでしょう。ほら、みなさん、こちらに来てご挨拶を」

ミス・ダルリンプルが言うまでもなく、姉妹は見るからにうれしそうな顔で挨拶に立とうとしていた。

「大事なところをおじゃましなかったかしら」レディ・サブリナは丁重に話をはじめた。

「いいえ、とんでもない」ミス・ダルリンプルはにこやかにほほえんだ。「ピアノの腕を磨いていたところですのよ」

とんでもなくひかえめなその表現に、姉妹は四人とも目を丸くしたが、レディ・サブリナはただほほえんでうなずいただけだった。あきらかにミス・ダルリンプルの言葉を信じたようだ。レディ・サブリナは廊下を進んでくるあいだに、カメリアがいやいやながらたたいていた鍵盤の音を聞かなかったのだろうかとマリーは思った。

「それなら一、二時間、みなさんを連れだしてもかまわないかしら」

「もちろん」姉妹が口をそろえて乗り気で返事し、レディ・サブリナは笑った。

「とくにおもしろい用事ではないのよ」と姉妹に言う。「あまり期待しないで」

「おもしろさというのは人それぞれですわ、レディ」マリーが言った。「わたしたち、とても楽しめそうな気がします」

「今日は教区司祭の奥さまのミセス・マーティンをお訪ねする予定なの。それで、あなたがたもご一緒されたらどうかしらと思いつきましてね。わたしにとってもお仕事が楽しくなるし、あなたがたもご近所のかたにお会いできるでしょう？　ミセス・マーティンのところへは、地主の奥さまも火曜の午後によくお訪ねになるの。だからうまくすれば、彼女にもご紹介できますわ」

「なんとすばらしいお考えでしょう、奥さま」ミス・ダルリンプルの笑みがこれでもかと広がり、さらにうなずくことでいっそう強調された。「ほんとうにすばらしいわ。この子たちのことを考えてくださるなんて、なんとご親切なのでしょう」彼女は向きを変え、監督をまかされた姉妹たちを、らんらんとしたまなざしでにらみつけた。「この子たちも心から感謝申しあげていることでしょう」

　このときばかりは、付き添い婦人の意見にもやすやすと賛同できた。とくにマリーは。レディ・サブリナと出かければ、ダンスのレッスンをしなくてもよくなるだろうから。その日の朝食でサー・ロイスに会ったとき、少し冷ややかでありつつ丁重な態度でいられたが、午後にまた彼のそばに寄るのはごめんだった。

　姉妹は急いで帽子と手袋を取りにいった。レディ・サブリナの装いには遠く及ばないにしても、小物類だけでも流行遅れでないのはうれしかった。姉妹が階段をおりてきているとき、サー・ロイスが玄関を入ってきた。

　レディ・サブリナに目を留めると、一瞬ロイスは動きが止まったが、前に進みでて丁重なおじぎをした。「レディ・サブリナ。いらっしゃるとは存じませんでした」

「ごきげんよう、ロイス」サブリナは彼に手を差しだした。「いまはそんなにあらたまってしまったの？　以前はただのサブリナと呼んでくださっていたのに」

「もう何年も前の話でしょう、奥さま」ロイスの表情は、前日にマリーに見せたものよりさらによそよそしかった。「まだあなたがご結婚なさる前だ」

「そうね、でもわたしはなにも変わっていなくてよ」サブリナの明るいブルーの瞳が、愉快そうに輝いた。

「あいにく、ぼくはちがいます」

　失礼と言っていいようなサー・ロイスの短い返答に、マリーとローズは視線を交わし、リリーがあわててぎこちない沈黙を埋めた。「レディ・サブリナがご親切に、ミセス・マーティンへのご訪問にお供させてくださるそうなの」

「そうなのかい？」ロイスは、帽子と手袋をつけて準備万端で並んでいる姉妹を、おもんぱかるように一瞥した。「だが、ダンスのレッスンはどうする？」

「お役目がお休みになっても、あなたはお気になさらないでしょう？」マリーが言った。

「午後は自由におすごしになられますわ」

「サー・ロイスがダンスを教えてくださっているの」リリーがレディ・サブリナのかたわらでささやいた。

「これから？」レディ・サブリナの瞳がきらめいた。「おじゃまをして、ほんとうにごめんなさい。それじゃあ、わたしも一緒にお手伝いをさせていただこうかしら」

この言葉にはいっせいに抗議が起き、レディ・サブリナは笑いながら、出かける予定のままでいくことにした。彼女はサー・ロイスに向きなおった。「というわけで、今日は逃れられたわね。でも言っておくけれど、従妹さんたちと一緒に、あなたにも招待状をお送りしますから」

「ぼくの従妹じゃない」

「舞踏会の招待状ですか？」ロイスの言葉などなかったかのように、リリーが言った。

「いいえ。それはもう少し先の話。いえ、だいぶ先の話ね。だから、来週の〈ハルステッド館〉での晩餐にご招待いたしますわ。どうか、ぜひおいでになって」

「喜んで」マリーが約束した。

「ぼくは空いているかどうかわからないが――」サー・ロイスが言いかけた。

サブリナはよく通る笑い声で彼の言葉をさえぎった。「まだ日にちも申しあげておりませんのに！」

　ロイスの顔がこわばった。「彼女たちは喜んでうかがいますよ」

「でも、あなたも来ていただかなくては。あなたがいらっしゃらないと、ハンフリーががっかりしますわ。それに、お嬢さまがたにもエスコートが必要よ」

「そうですね」ロイスはさっと一礼し、マリーたちに向きなおった。「明日まで待ってもらえれば、ぼくがミセス・マーティンのところへ連れていこう。そうすればレディ・サブリナのご厄介にならなくてもすむ」

「厄介などではありませんわ」サブリナは困惑顔になった。「一緒に来ていただけたらうれしいの」

「ぼくは明日のほうがよいと思います」ロイスはマリーに意味ありげな視線を送った。「そちらのほうが安全ですし」

「安全！」レディ・サブリナが笑った。「まあ、ロイス、どんなことが起こるとお考えなの？　このあたりでは追いはぎなど出なくてよ」

「レディ・サブリナの馬車で大丈夫だと思います」マリーはにべもなく言った。

　ロイスは唇を真一文字に引き結んだが、こう言っただけだった。「わかった。もしよければ、うちの従僕をひとり供させよう」

　彼は大またで出ていき、サブリナはあっけにとられてうしろ姿を見ていた。

「サー・ロイスのことはお気になさらないで」リリーが言った。

「そうですわ。この二日ほど、彼はご機嫌ななめなの」とカメリア。

「いいのよ」サブリナは手袋をはめた手を優雅にひと振りして、やりすごした。「ロイスのことはまったく気にならないわ。ミニスカートをはいて三つ編みをしていたころからの幼なじみですもの」

一行が馬車に収まると、ロイスの従僕が高い御者席で御者の隣に座った。サブリナは姉妹に向かってにこりと笑い、こう打ち明けた。「ほんとうは下心があって、今日あなたたちをお誘いしたの。ミス・マーティンの訪問は、たいていとても退屈なものだから、あなたたちがいればもっと楽しくなるのではと思ったの。許してくださいね」

自分たちが力になれるのなら大歓迎だと、姉妹はサブリナに答えた。自分たちも退屈していたのだから、よけいにありがたい。

「でも、自分のことばかり考えたわけではないのよ」サブリナはつづけた。「司祭の奥さまにお会いするときは、だれかついていったほうがあなたたちも楽じゃないかと思ったの。もちろん、彼女は善良なかたで、教養もおありになるわ。彼女のお父さまも聖職者で、有名な学者でもあったから、彼女も高い教育を受けています。古代ラテン語とギリシャ語は当然のことながら、ほかにも三つの言語を操り、哲学者の話なら伯爵さまやハンフリー卿と対等に議論できるの。正直、マーティン夫妻がお話をはじめると、ときどき学生に戻ったような気分になるわ」

「おお、こわ」リリーがはしたない言葉を口走る。

「こわがる必要はないの。冷たいかたではないのよ。でも彼女はときどき、ほかの人間には自分と同じような古典の知識がないということを忘れてしまうのね。だから、わたしがついていったほうがすんなり行くかと思ったの。わたしはもう彼女に慣れているから、こわいと思わないもの」

「もうおひとかたのご婦人はどうなんです、地主の奥さまというのは？」ローズが声をひそめて訊いた。

「ああ、ミセス・バグノールドね」サブリナの目が輝いた。「たぶん彼女は、そこいらの地元民よりは少し自分を高く見ているかもしれないわ。しょっちゅうご自分で言われるのだけれど、彼女のおじいさまは伯爵で、お父さまは五人の息子のうち末の弟でしかないのに、貴族の血筋をとても意識してらっしゃるの。だから……少しうっとうしく感じることがあるかも。もちろん、わたしに対しては、ハンフリー卿のお兄さまが公爵だからとても愛想がいいのだけど、ミセス・マーティンは彼女にとって、おつきあいするには少し身分が低いのよ。でも、あなたがたは伯爵の従妹だから問題ないわ」

マリーはローズに目くばせした。おばたちと同じ人種がまたふたり、これから待ちかまえているということらしい。「ご一緒してくださって心強いですわ、奥さま」

「どうぞサブリナとお呼びになって。わたしたち、よいお友だちになれそうですもの。心配いらないわ。長居はしませんから。いいこと、気を楽に持ってね。嚙みつきやしませんから──万一嚙みつかれても、わたしがついていますわ」

マリーの浮かれ気分は大幅に盛りさがり、姉妹が柄にもなく黙りこむうち、馬車は司祭の館に到着した。二階建ての茶色いれんが造りの建物で、横には四角いノルマン教会が建っている。館そのものが陰気な感じで黒っぽく、アイビーや低木が生い茂っている。早くもリリーがこわい話を創作しているのではないかとマリーは思った。

召使いが出てきて客間に通されると、中年の女性がふたり座っていた。ひとりは背が高く貧相で、もうひとりは背が低くふくよかだった。やつれた印象すらあって猫背ぎみなほうがミセス・マーティンで、白髪まじりの砂色の髪をしていた。ほっそりとした面長で、額には消えることのなさそうなしわが寄っている。金属縁のめがねをかけ、ガラスが光っているので目の表情が読めない。ふたりのうちバグノールド地主の奥方のほうが、室内帽の下から覗く髪がまっ白で年上のようだ。丸顔に低い鼻、丸い大きな目が赤ん坊のような印象を与えているのが、なんとも不似合いだった。

ふたりとも、かろうじて笑みだとわかるような表情をしていたが、マリーの見たところ、ミセス・バグノールドは警戒しているとでもいうような目つきだった。レディ・サブリナがバスクーム姉妹を紹介した。「レディ・フローラのお嬢さまがたです。おふたりとも彼女のことは覚えておいでかと思います。現在の伯爵さまのおば上にあたるかたですわ」

「ええ、覚えております」ミセス・バグノールドはうれしそうな顔も見せなかった。「生意気な娘御でしたね。たしかレジナルド卿のお気に入りだったかと思いますが――先代の伯爵さまはご立派なかたでした。わたくしの祖父であるペンストーン伯爵を思いだします」

サブリナは笑いながらマリーを見たが、マリーは口もとに力を入れて笑いをこらえなければならなかった。あきらかにサブリナは、隣人のことをよく理解しているようだ。

「オリヴァー卿が立派でないというわけではございませんよ」ミセス・バグノールドはつづけた。「ですが、先代やわたくしの祖父のようなわけにはまいりません。ふたりのような殿方には、もう二度とお目にかかれないでしょう」

「そのとおりでございます」サブリナは愛想のよい表情をしてみせた。

会話はとぎれとぎれにつづいた。というのも、ミセス・マーティンもバスクーム姉妹も、ほとんど会話に参加しなかったからだ。会話のほとんどが、マリーたちの知らない人や場所の話題だったが、レディ・サブリナがときおり明るい調子で、申しわけなさそうな笑みを浮かべながら話を戻した。「ですが、アメリカからのお客さまもいらしております。彼女たちはケルトン卿をご存じありません……」それを言うなら、ミセス・ハーグリーヴズも、ブラックストーン伯爵夫人も。

ミセス・マーティンが小間使いに紅茶とケーキを申しつけ、ある意味、マリーは助かった。手持ちぶさただったところにすることができ、急に水を向けられてもしゃべらなくてよい言い訳ができたからだ。それでも、なにか重大な失敗をしないかと心配だった。紅茶を絨毯にこぼすとか、小さなケーキを口に入れる量が多すぎやしないかとか。ふだんは、人前で失敗をするのをおそれたりしないのだが、ミス・ダルリンプルの訓練のおかげでひとつだけたしかになったことがあった――自分は、社交的なものごとの機微に哀しいほど疎《うと》いということだ。無知なところを露呈して、レディ・サブリナに恥をかかせたくはなかった。

しばらくすると、サブリナでさえも話題が尽きて、長い沈黙がおりた。隣でローズがどんどん緊張していくのがマリーには感じられた。それに沈黙が長引けば長引くほど、カメリアかリリーがどうにかしなければと思いはじめることも、これまでの経験からわかっていた。マリーは必死でなにか言うことを探したが、頭はまっ白だった。

結局、ミセス・マーティンがあわてた様子で口をひらいた。「読書はお好きですか、ミス・バスクーム？」

「リリーが」カメリアが声を張りあげた。

「まあ、ほんとうに？」めがねがあるのでよくわからないが、ミセス・マーティンは表情がわずかながらにやわらぎ、リリーに顔を向けた。「それでは、ウィローメアの蔵書を楽しまれていることでしょうね。幅広い分野の本がそろっておりますでしょう」

「ええ、そうですね」リリーは珍しく緊張した面持ちで賛同した。

「どのような本がお好きですの？」

マリーは爪が手のひらに食いこむほど手を握りしめた。リリーは自分の好きな本を明かしてしまい、高い教育を受けたこの女性に軽蔑されるようなことを言われるか、ユーフロニアおばお得意の、仰天して凍りついたというような目で見られるかだろう。そしてカメリアが――マリーもだが――リリーをかばわざるをえなくなり、訪問はいつもどおりの悲惨な結果になる。ただ今回は、レディ・サブリナもそのやさしさが仇《あだ》となって、巻き添えを食ってしまう。

「あの、小説が」リリーは小声で答えた。

「まあ、ほんとう？」ミセス・マーティンの眉がつりあがった。「奇遇ね。わたくしも小説が大好きなのよ」

「そうなんですか？」リリーが元気になった。「従姉のシャーロットが〈ハチャード〉に連れていってくださって――」

「すてきなところよね」ミセス・マーティンの声にあたたかみが宿ったのは、もはや疑いようがなく、マリーは締めつけられていた胃がゆるむのを感じた。

そのとき、リリーが言った。「ミセス・プレストン著の『覆面の海賊船』を買いました」

その言葉を口にしたとたん、リリーはまっ赤になって口をつぐんだ。申しわけなさそうな顔でマリーを見て、あわててひざに視線を落とした。恥じ入ったリリーを見たマリーは締めつけられたように胸が痛くなり、熱い怒りが湧いてくるのを感じた。

「『覆面の海賊船』はまだ読んでいないわ」ミセス・マーティンが沈黙を破った。「でも、ミセス・プレストンの二作目である『ミラベラの貴婦人』を超えることはないと思うわ。『ミラベラの貴婦人』は、わたくしが思うに、彼女の最高傑作ですわ」

リリーの頭がぱっと上がり、輝くような笑みが広がった。「ええ、わたしもそう思います。わたしも『ミラベラの貴婦人』は大好きです。奥さまはミセス・ラドクリフもお好きですか？」

「もちろんよ」ミセス・マーティンは、いまや興奮で頬をバラ色に染め、にこにこしていた。「わたくしの蔵書をごらんになって。ウィローメアの蔵書ほど立派ではないけれど、あなたの気に入る本が何冊かあると思うわ」

「ええ、ありがとうございます！　ぜひ拝見したいですわ」リリーは弾むように立ちあがりかけ、あわててティーカップを脇の低いテーブルに置いた。

ミセス・マーティンも立ちあがってリリーの腕を取り、しきりにおしゃべりしながら彼女を連れて部屋を出ていった。マリーはこっそりローズとカメリアを見てからレディ・サブリナの顔もうかがうと、みな一様に驚きの表情を浮かべていた。マリーは笑わずにいるのが精いっぱいだった。

「ああいった本が好きな仲間がミリアムに見つかって、よかったわ」ミセス・バグノールドが言った。「わたしはああいった本は好きでなくてね。本もあまり読まないもので。でも読むときには、実用的な本が好きなの。もちろん、うちのだんなさまはまったく読書をしないけれど」

「ご主人のお体はいかがですか？」サブリナがショックから立ちなおって愛想よく訊いた。「近ごろは馬に乗っておられるところを拝見しておりませんが」

「また背中が痛んでいるの、かわいそうに」初めて、ミセス・バグノールドの声がやわらぎ、頭を振った。「背中にひどい痛みが走るのね。ほとんど歩けないのだけれど、座っていることもできないの。馬になど乗っていられないでしょうね」

「お気の毒に。ドクター・ベリーには診ていただいたのですか？」サブリナが尋ねる。

「あの先生は頼りになりません。あの先生のしてくださることといったら、吸玉療法か下剤でお通じをよくするくらい」ミセス・バグノールドの口もとがいかめしくこわばった。「あれで祖父は命を落としたんです。わたくしにはわかります」

リリーがミセス・マーティンとうまくいったことに勇気づけられたのか、カメリアが言った。「お力になれるんじゃないかしら、マリー姉さま」そう言って地主の妻に向きなおる。

「姉は薬草やそういうたぐいのものに通じているんです」

「そうなのですか？」ミセス・バグノールドはいささか尊大なまなざしをマリーに向けた。

「ほんとうに？」

「あの——まあ、そうですね。妹たちの具合が悪くなったときはいつもわたしが手当てをします。民間療法に少しは心得があるので」

驚いたことに、ミセス・バグノールドはうなずいた。「そう言えば、わたくしの世話係もそういった治療をしていました。魔女だと陰口をたたく者もいましたが、もちろん、たわごとです。いつも頭痛や腹痛に効くお茶をいれてくれましたよ」ひと呼吸置き、尋ねた。「どういった治療がありますかしら？」

「背中の痛みは、こういった低い位置から脚にまでありますか？　それとも、背中だけですか？」

「おっしゃるとおりよ。背中の低い位置から脚まで痛みがあるの」

「ミスター・ベントンもそういった痛みを抱えていました。ビショップボーフウの湿布が効果がありますわ。ドクセリモドキとも言いますが。葉を煎じて布に包み、背中に当ててください。もちろん、やけどをしないように注意して」

ミセス・バグノールドは長いあいだマリーを見つめていた。「やってみるわ。ビショップボーフウね？」

「はい、奥さま」

「どうやらあなたは、なかなか利発なようね。先代の伯爵さまの面影があるわ」

「あの、ありがとうございます」マリーはどう反応すればいいのかわからなかったが、その返事でミセス・バグノールドは満足したようだった。またサブリナのほうに向き、ハンフリー卿の馬についておしゃべりをはじめたので、マリーにはちんぷんかんぷんで、しばらくすると、サブリナのすべすべした額にもさすがに苦痛のしわが寄っていた。

そうするうち、リリーとミセス・マーティンが戻ってきた。リリーはうれしそうに本を何冊か抱えていた。すかさずレディ・サブリナは席を立ち、いとまごいの挨拶をして、姉妹を馬車へと連れていった。

「信じられる？」リリーが興奮で頬を紅潮させて言った。「ミセス・マーティンが三冊も本を貸してくださって、読み終わったらまた貸してくださるとおっしゃったの。ミセス・ラドクリフの著書をすべて持っていらっしゃるし、わたしが聞いたことのないものも何冊かあったのよ。わたしもロンドンで買った二冊を持ってきますと言ったら、とても喜んでくださったの」

「司祭の奥さまがあなたの本を読みたがるなんて、だれが想像できたかしら」カメリアが驚いた。

「まったくだわ」レディ・サブリナが苦々しげに言った。

リリーをはじめ、みなが驚いてサブリナを見ると、サブリナはため息をついた。「ごめんなさい。怒ってるような言い方をしてしまって。でも、わたしがずっとホメーロスだのチョーサーだの、アリストテレスだののことをがまんして聞いてきたことを思うと、まさかロマンス小説を読んでいただなんて！　人ってわからないものね」

サブリナは豪華な革の背当てクッションにもたれ、目を閉じた。

「大丈夫ですか、レディ——いえ、サブリナ？」マリーが尋ねた。

「ええ、大丈夫よ」サブリナは目を開けてほほえんだ。「おわびしなければね。もっとべつの日に司祭の奥さまのところへお連れしたらよかったわ。あのふたりと同時だなんて、荷が重すぎたわね。わたしでも頭が痛くなったわ。ミセス・バグノールドにおそれをなしていなければいいのだけれど」

「あのかたは、わたしたちのおばほどひどくありませんわ」カメリアが率直に言った。

「ご主人のことを案じていらっしゃるようね」ローズも言う。

「ミセス・マーティンは冷たいかたではないと思いますわ」とリリー。「ほんとうは内気なかただと思うの。だからあまりお話しにならないのじゃないかしら。図書室にふたりでいたときは、とても楽しいかたでした」

「すばらしいわ、あなたたちはものごとのいい面を見ることができるのね」サブリナの口調は明るかったが、張りつめた感じがあることにマリーは気づき、サブリナの頭痛が相当ひどいのだろうとわかった。

とっさに、マリーはサブリナの腕に手をかけた。「あのおふたりにご紹介くださって、ありがとうございました。あなたのおかげで、ここに来るのがずっと楽になりましたわ」

「そう言っていただけて、とてもうれしいわ」レディ・サブリナの愛らしい笑顔は、どことなくこわばっていた。

彼女の疲労を見て取ったマリーは、妹たちをせかして馬車をおり、館に入らせた。リリーは借りた本をレディ・サブリナに見せようとしていたのでがっかりしたが、すぐに気持ちを切り替え、貴重なものを姉妹に見せることで満足した。その日の夕食の時間、リリーはサー・ロイスにも意外な体験を披露し、最後は司祭の奥方があれほどすてきな人だとは思わなかったと正直に明かして、締めくくった。

サー・ロイスの口もとがわずかにゆるんだが、重々しく答えた。「いや、正直言って、ぼくにとってあのふたりは少々こわいことのほうが多かったが」

「レディ・サブリナにご紹介いただけて、ほんとうによかったわ」ローズが言い添えた。

「そうかい？」ロイスの笑みは皮肉めいていた。

「もちろんですわ」マリーは挑戦的に少しあごを上げた。サー・ロイスときたら、まるでレディ・サブリナと姉妹の友情をこわそうとしているかのようだ。わけがわからないが、ここ数日、彼は機嫌が悪いせいだということにした。「彼女の友人として紹介を受ければ、きっとおおいに役立つことがありますわ」マリーはもっともなことを言った。「あなたもよくおわかりだと思うけれど、英国ではかならずしもわたしたちは最高の印象を持ってもらえるわけではないから」

「レディ・サブリナとはすんなりと友だちになれたようだが」ロイスがひねくれたように指摘した。

「どうしてあなたがそんなことを気にするのか、わからないわ」マリーは語気も荒く言い返した。

「べつに気にしてなどいない」ロイスはワイングラスをさっとおろした。「ぼくはただ、きみたちの安全を考えただけだ。きみも同じように考えると思っていたが」

マリーだけでなく、テーブルについていた妹たちもみな驚いた。「どういうことかしら。レディ・サブリナと出かけることがどうして安全ではないのか、わかりません」

ロイスは冷めた笑いを発した。「いいや、わかるさ」テーブルに視線をひとめぐりさせ、ため息をつく。「くそくらえだ」ナプキンを脇に放って席を立つ。「失礼する。今夜はご一緒できるような気分ではないようだ」

ドアに向かいかけ、振り返った。「だが、今度ウィローメアから出かけるときには、かならず知らせてくれたまえ」

ロイスは出ていき、部屋に残された者はみな、そのあとを見つめるばかりだった。

「なんなの！」カメリアが眉をつりあげた。「いったいどうしたというのかしら」

「サー・ロイスの態度をわたくしたちがうんぬんする立場ではありません」ミス・ダルリンプルが説教よろしく言いはじめ、カメリアはマリーに向かって目をくるりとまわした。「ですが、若い殿方が田舎に引きこもって令嬢の面倒を見させられて、いらいらがたまってきているのでしょう」

「退屈なら、お帰りになればいいじゃありませんか」マリーがきつい口調で言った。

ミス・ダルリンプルはあきれた様子で息をのんだ。「そんなことはできません。紳士というものは女性を放りだしたりしないものです。伯爵さまかミスター・フィッツヒューが到着なさるまでは、自分が責任を持たねばとお思いなのです」

「わたしたちは子どもではありません。いつもだれかに見守ってもらわなくても大丈夫です」マリーは妹たちに視線をめぐらせた。「これまで自分たちで充分にやってきました」

ミス・ダルリンプルはため息をついた。「そういうことを言うから、あなたがたはだれも望ましい縁談相手になれないのですよ」

「〝望ましい〟縁談相手なんて、わたしたちはなりたくないかもしれません」カメリアが顔をゆがめた。

「そうでしょうね。ですが、伯爵さまに対してそれでは筋が通りません」ほかならぬ縁組みにかかわる反抗を退けたミス・ダルリンプル先生は、満足げに菓子パンの皿に注意を移した。

カメリアの目に炎が燃えあがったのを見たマリーは、テーブルの下で妹の脚を蹴飛ばした。「いたっ！」傷ついたような顔を姉に向けたものの、カメリアはおとなしくなり、姉妹は無言で食事を終えた。

翌朝、ミス・ダルリンプルは気分が悪いという知らせをよこし、バスクーム姉妹はおおいにほっとした。

「ひどくないといいけれど」ローズが後ろめたそうにマリーを見た。「でも、これで一日自由になって、うれしくないとは言わないけど」

カメリアはもっと冷たかった。「昨夜、魚とハムと、さらにローストビーフまで食べなければ具合は悪くならなかったんじゃないかしら。おまけに菓子パンとゼリーをふたつもたいらげて」

「問題は、空いた一日をどうするかだわ」リリーが言った。

そこで午前中は屋根裏部屋に上がり、冷製肉とチーズの昼食をとりにおりてくるころには、母フローラのものが入ったトランクをさらに二個見つけ、居間に持ってきた。しかし昼食後は、カメリアが外へ探索に行こうと言いだした。

「迷路を案内するわ」マリーが言った。妹たちを連れていかないとロイスには約束させられたが、いまのところ彼の命令に従う気分ではなかった。「でも、わたしたちだけでは迷子になるかもしれないけど」

　カメリアがしかめ面をした。「手前の庭よりもっと遠くがいいわ」窓枠にもたれ、やるせなく外を眺める。「そうだわ！　あの小さな池はどうかしら？」

「ターンのこと？」

「そうよ、庭の向こうにある池。あそこまで散歩すれば楽しいだろうし、近くに小さな家のようなものもあるじゃない」

「あずまやね」マリーはうなずいた。「わたしも気がついたわ」窓辺に行き、暗い色の小さな池と、かたわらに建つ古めかしい建物を見た。

「ピクニックしましょうよ」リリーが言った。「料理人にお願いしてあの小さなケーキをバスケットに詰めてもらって、池のほとりでお茶しましょう」

「サー・ロイスのことは？」ローズが立ちあがった。「外に出るなら知らせてくれっておっしゃっていたけれど」

「あなたまで、わたしたちだけではなにもできないなんて思うようになったんじゃないでしょうね？」カメリアがうんざりしたように言った。

「いいえ、そんなことはないわ。でも――」

「大丈夫よ」マリーが口をはさんだ。「もし彼に話したら、一緒についてくるか、従僕をつけるか、そういうことになるわ。そうしたら、すべて台なしになってしまうでしょう」

「そうね」ローズもまた、少し物欲しそうに窓の外を見やった。「でも、宿に忍びこんだあの男のことは？」

「まだうろついているとは思えないけど」

「でも、庭でああいうことがあったんじゃ――」

「マリー姉さまはだれの姿も見ていないのよ」カメリアが反論した。「足跡があっただけで、それではなにもわからないわ。ともかく、姉さまはコズモを思わせるにおいがしたと言っていたけれど、わたしたち四人ともコズモならなんとかできるじゃない」

「そうよ、できるわよ」マリーが賛同した。「宿の男はわたしが悲鳴をあげたら逃げたわ。もしほんとうにコズモが庭にいたのだとしても、わたしがひとりきりになったときでも、なにもされなかったし」

「父さまの拳銃を持っていきましょう。カメリアはナイフを持っていって」リリーが言った。

「ライフルはどうする?」

しばらく話し合ったあと、ライフルは必要ないということになった。ほかの武器も持っていくのだし、ライフルはかなり重いからだ。そこで姉妹は拳銃の箱を取りだして弾をこめ、一挺はカメリアのポケットに隠し、もう一挺はリリーのポケットにしのばせた。毛布も持ち、丈夫な歩行用ブーツと古いボンネット帽に替え、階下におりた。料理人に頼んでケーキと水差しを小さなバスケットに詰めてもらうのは簡単だった。しかし、そのバスケットを運ぶのに従僕の付き添いはいらないということは、なかなかわかってもらえなかった。

マリーが不安を感じるなか、姉妹はバスケットと水差しと毛布を持って裏口から出た。サー・ロイスの逆鱗《げきりん》にふれるような計画を妹たちにすすめてはいけないことはわかっていた。

けれどマリーは、ウィローメアに来てからの毎日に飽き飽きしていた。一日じゅう館から離れられず、愚にもつかないことを際限なく教えこまれる。ああしろ、こうしろと指示されるのは、もううんざりだった。しばらく外に出て、新しいことや思いがけないことをすれば、どれほど楽しいだろう。

それにロイスがお説教をはじめたら――まちがいなくするだろうけれど――外に出ようと言ったのは自分だと話して、彼の怒りの矛先を妹たちから自分に向ければいい。どうせ、ロイスはすぐに怒るのだから。

姉妹は館から西に向かい、庭を迂回して、木立から南に伸びている枝をかきわけ、その向こうに広がる草原の斜面を進んだ。ターンは館から見たとおり、深くて美しく、せばまっている端の部分に小さなアーチ状の橋がかかっていて、一枚の絵のようだった。姉妹はまず、あずまやを探検した。ただの円形の部屋といったもので、内周にぐるりとベンチがついている。かつては置かれていただろう調度品も取り払われ、アーチ形の窓は鎧戸が閉められて釘で打ちつけられているため、出入口からしか湖は見えなかった。

そこで、池のほとりに毛布を広げることにした。ケーキを出して食べながら、おしゃべりしたり笑ったり。それが終わるとバスケットをしまって食べかすをスカートからふるい落とし、ゆったりと横になってとりとめのない話をしながら、空に浮かぶ雲を眺めたり、やさしい水面の音に耳を傾けたりした。

マリーがうとうとしかけたとき、なにかポキリと折れるような音がして、リリーのくぐもった悲鳴が聞こえた。マリーがぱっと目を開けて起きたちょうどそのとき、近くの茂みから男がひとり飛びだし、こちらに突っこんできた。

19

　とっさにマリーははじかれたように立ちあがった。リリーの悲鳴と同時に男がローズの腕をつかみ、ローズは男に向かってこぶしを振ったが、あいにく男の腕に当たっただけだった。カメリアが毒づいて拳銃を取りだすのが聞こえたものの、ローズが男に近すぎて撃つのをためらっているのがわかった。マリーはバスケットをつかみ、男の頭めがけて力のかぎり振りまわした。しかし男の頭ではなく肩に当たって半分に割れ、男はうしろに一歩よろめいた。

　リリーの投げた素焼きの水差しが、男の背中の上のほうに当たった。男がわめいて振り返り、ローズをつかんだ手がゆるんだ。ローズが地面に伏せる。と、カメリアはそれを好機と発砲した。男の帽子が飛び、男は仰天して悲鳴をあげ、目を丸くして振り向いた。すでにリリーがもう一挺の銃をポケットから抜いていた。

　男は背を向け、木立に向かって駆けだした。リリーよりも銃のうまいカメリアがリリーの手から銃を取り、狙いをつけた。腕を支えに、もう一発。男は腕をつかんでよろめいたが、地獄の番犬に追われているかのように走った。

「ローズ!」かたわらの妹にマリーは飛びついた。「大丈夫?」

ローズはうなずき、体を起こして、男につかまれていた腕をさすった。「平気よ。でも明日はあざになりそうね」気を張りながらもほっとして、くすりと笑う。「しばらく袖の短いものは着ないわ」

「くやしい！」カメリアがポケットに銃をしまった。「二回も撃ちそんじるなんて」

「二発目は当たったわよ」リリーが息を切らしぎみに言って、姉と同じ毛布に座りこんだ。

「あいつ、腕を押さえていたもの」

「まあね、でも狙ったのは背中よ。的としては充分に大きかったのに」

「あいつは走っていたし、距離もあったでしょう。一発目では帽子を飛ばしたわ」

カメリアはくだんの帽子を拾いあげ、ひっくり返してよくよく調べた。「貫通してる」ひとつめの穴に指を突っこみ、もう一方の穴にも入れてみる。「あいつの頭にもひびが入っていればいいのに」

マリーは笑いだした。「あの男の顔、見た？」

リリーも口をそろえる。「そうなの！　まさか若い娘が撃ってくるなんて思ってもいなかったんでしょうね」

「あなただって水差しをぶつけようとしたじゃない」

まもなく四人は大笑いしていた。脇腹を抱えて体を揺すり、思いだしては新たに笑いがこみあげる。しかし生け垣を突っ切ってくる音が聞こえ、姉妹はさっと顔を上げた。庭からターンにつづく小径へといっせいに目が向く。次の瞬間、ロイスの姿が小径に現われた。上着たりしていて、全速力で駆けてくる。しかし四人が毛布の上でゆったりしているのが目に入ったのか、じょじょにスピードがゆるみ、そして止まった。

「いったいなにがどうしたんだ？　銃声が聞こえたぞ」息が荒い。

マリーは、彼が持っている折れた枝を見た。「それで、その棒きれで闘うつもりだったの？」

ロイスは顔をしかめて枝を脇に投げた。「これしか手近になかったんだ。銃声が聞こえたときにはもう館を出たあとで。池でピクニックをするつもりらしいと聞いたから、こちらに向かっていたんだ」怒りに顔がゆがむ。

「撃ったのはわたしよ」カメリアが言い、銃を出して彼に見せた。「男は銃を持っていなかったわ。少なくとも、銃は見えなかった。一発は当たったけど、逃がしてしまったの」

「つまり、襲われたんだな！」ロイスの顔つきがいっそうけわしくなる。

「ええ。宿に侵入してきたのと同じ男だと思うわ」マリーが言った。「かなり大柄で、ローズがいったんはつかまったのだけれど、わたしたちが撃退したの。そのあとでカメリアが撃って。二発」

ロイスの表情が石のようにこわばり、マリーの声はしぼんだ。姉妹が視線を交わす。ついにカメリアが一歩前に出て、無言でロイスに帽子を差しだした。そのとき、庭師とロイスの従僕のひとりが走ってきた。彼らは一団が目に入ると走るのをやめ、脇腹を押さえて身をかがめ、息をととのえようとした。

ロイスは言葉もなくカメリアから帽子を受け取ったが、視線はマリーの顔からはずさなかった。マリーは肩をいからせた。「妹たちを責めないで。わたしが悪いの」

「それはまちがいないな」ロイスが言った。

「そんなことはないわ。わたしたち全員が来たかったの」ローズが反論し、リリーとカメリアも口をそろえた。

ロイスは三人を、ぎらりと光るまなざしでにらんだ。「持ち物をまとめて館に戻りたまえ」そして向きなおる。「ジャレット。ギディングズ。姉妹を館までまっすぐ送り届けてくれ。目を離すんじゃないぞ」

「かしこまりました《イェッサー》」男ふたりは近づき、待った。姉妹が動かないので、不安げにロイスに目をやり、また姉妹を見る。

「ミス……」庭師が帽子のひさしをつまみ、一歩下がった。

「マリー姉さまを残しては行かないわ」カメリアがつっかかるように言った。

ロイスがしゃべる前に、マリーが言った。「いいえ、行って。わたしなら大丈夫よ」

「でも――」

「いいから。サー・ロイスとふたりきりで話したほうが、ずっと話しやすいから」

姉妹は三人ともマリーからロイスへと視線を移した。

「なんだというんだ！」ロイスが爆発した。「取って喰いやしない！」

マリーも励ますようにうなずいた。「さあ、行って」

気が進まない様子で何度か見たものの、三人の妹たちはそろそろと去っていった。心配そうな従僕と庭師があとからついていく。マリーは彼らが帰るのを見送り、そしてロイスに向きなおった。

「誘拐犯を撃つ、か」くだけた口調で言い、ロイスは毛布を拾いあげた。そのとき、割れて変形したバスケットが目についた。それをつま先でつつく。「やつの頭にぶつけたようだな」

「そのつもりだったけど。男の背が高すぎて」

ロイスは、よそよそしい冷めた笑いをもらした。「なるほど、そうだろうとも」荒っぽくバスケットを蹴りあげる。「なぜなんだ、マリー！　頭がおかしいのか？」

急な動きにマリーはひるんだが、すぐに落ち着きを取り戻した。「言いすぎじゃないかしら」

「館から出るなと言ったはずだ」身をひるがえして彼女をにらむ。

「いいえ、言っていないわ。出るときは知らせろと言っただけよ」マリーは訂正した。彼の神経を逆なでするることはわかっていたが、止まらなかった。はらわたが煮えくりかえっているのを、まだ高ぶらせたかった。爆発させてもいい。いいえ、爆発させたい。「でも、そんなことはどうでもいいの。わたしたちは子どもじゃないのだから、あれこれ命令しないで。ああしろと言えばなんでもすなおに従うわけじゃないのよ」

「頭でもおかしいのか？　どうしたというんだ？　命にかかわる問題なんだぞ！」ロイスは頬を紅潮させ、目を光らせてつかつかとマリーに近づいた。「死んでいたかもしれないんだ！　それでもいいというのか？　妹たちが殺されてもかまわなかったと？」

マリーは激しく息をのんだ。彼の言葉に、怒りが胸に湧きあがってくる。「とんでもないことを言わないで！　わたしはこれまでずっと妹たちの面倒を見てきたのよ。妹たちはなによりも大切なの」

きびすを返し、大またで歩み去った。ロイスがあわててあとを追い、あずまやの前で追いついた。彼女の腕をつかみ、ふたりきりになれる小さな建物に彼女を押しこんだ。

「それなら、どうしてこんなところまで妹たちを連れてきた？」ロイスはまだ毛布を持ったままだった。円形の部屋の床に投げ捨て、悪態をついた。「どういうことになるか、わからなかったのか？　暴力を振るわれたかもしれない、連れ去られたかもしれない。全員、殺されていたかもしれないんだぞ！」

「それはどうかしら」マリーは腰に両手を当てて対峙した。「そのうちのどれも、実際には起きていないでしょう？　男がこのあたりにいる可能性もちゃんと考えて、なさそうだと思ったの」彼があざけるように鼻を鳴らしたのは、聞かなかったことにした。「それなりの注意は払っています。まだ明るいうちだし、わたしたちも気をつけていたし。それにこちらは四人よ。いくら男性でもひとりで四人を殺すのはむずかしいわ。両手に拳銃を持っていたとしても、弾をこめなおさなくてはならないし」

「それでは、きみたちは命ふたつだけを危険にさらしていたというのか」

「ばかげたことを言わないで。わたしたちは銃を持って出ていたし、カメリアは腕がいいの。

あの子のほうが男を撃ったのよ。二度も。権威をふりかざしてわたしたちにわめきちらすより、男をつかまえるほうが大事と思うなら、逃げたあたりに人をやって探させたらどうかしら。跡をたどれる血痕があるかもしれないわ」

「権威をふりかざすだって！　なんて言い草だ、ぼくが権威にこだわっていると思うのか？　きみたちを思いどおりにしたいと？」

「この一日、二日はそればかり気にしているように思いましたけど——いつ、どこへ、だれと、わたしたちが行けばいいのか。牢獄のようなあの館から出るには、あなたの許可が必要だったわ。館近くの庭しか散歩もできない。レディ・サブリナはご親切にも、わたしたちを連れだそうとしてくださったのに、あなたは反対した。あれが、だれもかれも思いどおりにしたいという欲望以外のなんだというの？」

「殺されていたかもしれないんだぞ！　きみたちがどこへ行ったか聞いたとき、なにごともなかったか確かめなければと、こちらに向かった。そうしたら途中で悲鳴と銃声が聞こえた。殺されたのかと思ったよ。ここまで来たら、地面にきみたちの亡骸が横たわっているかもしれないと思ってこわかった。それを、権威にこだわっていたとなじるのか！」

　ロイスは二歩前に出て、マリーの両腕をつかみ、燃えるような目で彼女を見おろした。

「くそっ、マリー、きみといるとおかしくなる」

　マリーは彼を見返して立ちすくんでいた。彼の熱が伝わってくる。彼の瞳が燃えている。彼女自身の胸に躍る炎も負けてはいない。そして、彼女の血を沸き立たせているいらだちも、怒りも。マリーは彼にかかっていきたかった。彼をぶって、わめきちらしたい……。彼女の視線が揺れて、彼の唇で止まった。

次の瞬間、マリーはつぶれんばかりにロイスの胸に押しつけられた。彼の腕にきつく抱きすくめられ、血がにじみそうなほど強く唇を重ねられる。ふたりはとけ合い、唇もひとつになって、上から下まで全身がぴたりと重なり合っていた。マリーの手が彼のシャツの背中に食いこみ、夢中でシャツをまとめあげる。彼の体にとけこみたい、ひとつになりたい、彼のなかに入ってしまいたい。

ロイスの両手がマリーの髪に移動し、ピンを抜いて豊かな髪を放った。彼の両手に髪があふれ、彼女の肩にもはらはらと落ちる。ロイスは彼女の髪に手をうずめ、彼女が息も絶え絶えになるほど唇を重ねた。

マリーは彼の激情の渦にらせんを描きながら落ちてゆくような気がした。突然、はちゃめちゃになった世界のなかでただひとつ、たしかなものであるロイスにしがみつく。彼は何度も何度もキスをしながら、ドレスの背中に手を這わせ、縦に並ぶボタンをはずしていった。ドレスがひらき、彼の両手がすべりこんで、彼女の背中をまさぐる。その手と彼女の肌を隔てているものは、薄いローンのシュミーズ一枚だけだった。

ロイスはマリーの名をつぶやきながら、のどに唇を這わせ、ドレスが彼女の肩からすべり落ちると彼女の手首をつかんだ。マリーはもどかしげに袖から手を抜き、床にドレスを落とした。顔を上げたロイスの瞳は、彼女の体を下へたどるうちに色が濃くなっていった。

のどでかすれた息をしながら、ロイスはシュミーズのひもの結び目に手をかけ、そっと引いた。リボンはするりとほどけ、シュミーズの前が下がってひらいた。マリーは彼を見ていた。彼女の瞳も、ロイスの瞳と同じくらい強い輝きを放っている。彼の顔に映る欲望を目の当たりにして、マリーは満足感で――いや、喜びでいっぱいになった。激情の炎が彼を焼き尽くすところが見たかった。

ためらうことなく、マリーはゆるんだシュミーズをつかんで頭から脱ぎ、脇に放った。これほど彼の前で自分をさらして、頰がまっ赤になったが、マリーはしっかりと立ち、ななめに彼を見あげた。あらわになった胸を見て、ロイスの目が大きく見ひらかれ、まるで充分に息が吸えないとでもいうように鼻がふくらんだ。

うやうやしいとでも言える手つきで、ロイスはマリーの胸を包み、なめらかな肌をなで、かたくなった先端でゆっくりと指をとどめた。

「なんてきれいなんだ」ロイスはつぶやき、白い肌をなでる自分の指先を目で追った。「マリーゴールド……きみはどんな花もかなわないほど美しい」

彼が身をかがめたのでマリーは驚いたが、彼は床に毛布を広げた。そして彼女を抱いて横たえ、かたわらにひざをついた。ペチコートのひもをほどいて抜き取る。靴と靴下を脱がせ長い指でじっくりと彼女の肌を愛でながら、飾り気のない実用的なライル糸の長靴下を下げていく。ときおり手を止め、あらわにしたばかりの魅惑的な肌に唇を寄せる。そのたびにマリーはびくりとし、腹部に熱いものが広がってゆくのだった。

彼女に目をとどめたまま、ロイスは立って自分の服を脱いだ。マリーは恥ずかしくありながらもうっとりと、それを眺めていた。彼の広い胸、流れるような筋肉と骨格、それよりはやわらかさの感じられる平らな腹部。金色の胸毛が、胸からへそへ、さらに誇らしげに脈打つ脚のあいだのものへとつながっている。彼女は真紅に頬を染めて目をそらした。

慎み深く育てられた娘たちとちがって、マリーには男女の知識がないわけではなかった。幼いころは何年か農場で暮らし、住んでいたのも小さな町で、いつも自然や動物に近いところにいたので、どう大人になっていくかという漫然とした知識は入ってきた。おまけに、しょっちゅう飲み屋で給仕の手伝いをしなければならなかったため、店主の娘はふつうの給仕娘より扱いがいいとは言え、男たちのおしゃべりや冗談を耳にして、夫婦生活の基本的な部分はわかっていた。

それでも、男性の裸を実際に見たことはなかった――ましてや、大きくなっているところなど――それは、どきりとするような光景だった。それでも、ふたたびロイスに視線を戻してみると、いやなものではなかった。

ロイスが服を足で脇にどけ、マリーのかたわらに横になり、片ひじをついて体を支えた。しばらく彼女を見つめながら、彼女の体をゆっくりとなで、彼女の全身に震えを走らせる。マリーは目を閉じて、心地よさとあたたかみに浸った。少しごつごつした彼の手が気持ちいい。五感が高まり、体を駆け抜けてゆく初めての感覚のどれもこれもに敏感になっていた。

ロイスが身をかがめて口づけた。ゆっくりとした甘美な唇の動きが、マリーをうっとりと昂らせてゆく。そのあいだもずっと彼の手は動きつづけ、彼女の丸みをまさぐっていた。マリーが身をよじり、小さなうめきをもらす。ロイスはほほえみ、唇を下へ這わせていった。のどのやわらかな肌、鎖骨を伝い、繊細なくぼみを舌で突きつめていく。唇はさらに下へ……わななく丸い胸をたどり、とうとう先端へ。かたくなった片方に舌で円を描いたあと、軽く舌先で何度かはじくと、つぼみを口に含んでやさしく吸った。

口で胸を愛でながらも、手は彼女の体を伝いおり、腹部や腰や脚をなでていく。ひとなでごとに、彼の手はマリーの脚のあいだへと近づいていき、ついにそこへすべりこんだ。喫煙室のときほどマリーも驚きはしなかったが、快感はあのとき以上だった。巧みな彼の指づかいに、彼女は思わず声をもらし、両脚がどうしてもひらいてゆく。

マリーは彼の腕や肩を両手でしゃにむになでた。彼のすべてにふれたい。新たな快感の高みを味わわされるたび、どうしようもなく指が彼の肌に食いこんだ。息が荒くなり、肌は汗ですべり、体の奥で欲望が渦を巻き、体が締めつけられるほどのもどかしさでうずいている。ロイスの欲望も感じることができた。とぎれとぎれの荒い呼吸、力の入った筋肉、汗で湿った肌。

「お願い……」マリーがつぶやいた。

うめき声が返ってきた。「もうだめだ、きみがほしい」

ロイスは彼女の脚のあいだでゆっくりと動き、柔肌にぶつかるまで、そっと探るように腰をずらしていった。そこで躊躇し、彼女の目を見る。

「いいえ。やめないで」

ロイスはマリーのなかに突き入り、マリーは裂けるような痛みに小さくあえいだ。ロイスが動きを止め、彼女の首のくぼみに顔をうずめる。彼がのどでかすれたような息をするのが聞こえたが、彼は動かぬまま、マリーの力が抜けるのを待った。そうして、ふたたび彼はマリーのなかで動きはじめた。かすかな痛みの名残は薄れてゆき、代わりに欲望が凝縮してふくらんでくる。彼は一定のリズムを刻んで出入りし、そのたびごとに、マリーの欲望とうずきは高まっていった。

彼にすっぽりと満たされる感覚は、想像もしたことのないものだった。まるで、いままで気づかなかった空洞がそこにあったかのような感覚。けれどいまはそれ以上に、なにか不可解なものが、彼女に手招きをしているような気がした。あたかも彼女は走っているかのようだった。必死で走り、ほんの先にあるものに手を伸ばしているかのような。

突如、とらえどころのない感覚が、マリーのなかではじけた。全身がこわばり、ロイスに向かって背をのけぞらせ、快感の波に体を洗われる。ロイスが彼女の首もとでくぐもった声をあげ、強く、激しく腰を突きだした。その瞬間、ふたりは完全にひとつとなり、快感だけのまっ暗な世界にのみこまれた。肉体と同じように、魂もからまり合って。

マリーは時間の感覚も忘れたかのように漂っていたが、しだいにロイスの重みと、背中にちくちくする毛布と、木の床のかたさが感じられてきた。跳ねるようだった動悸もゆるやかになり、彼女は笑みを浮かべて、全身に響く快感の余韻に浸った。このまま暗くなるまで、ロイスの腕に抱かれていたいと夢見心地で考えた。彼はきっとわたしの首筋に口づけ、腕をなで、甘い言葉をささやいて――。

ロイスは彼女の上から転がりおりて、うめいた。「くそっ。なんてことをしたんだ」

マリーの頭が、一瞬にして冴えわたった。急に自分が裸でいることを意識し、それまでのような心地よさは吹き飛んだ。ロイスを見やると、彼は起きあがって向こうを向き、頭を抱えている。そのなめらかな広い背中、肩、ごつごつとした背骨をマリーは見つめた。あのでこぼこを、首まで舌でなぞりたい。しょっぱいあたたかさ、サテンのような肌、その下にあるかたい骨を、味わいたい。けれども、そんな衝動は沈黙でまたたくまに消されていき、彼女のおなかに冷たいものが生まれた。

マリーは起きあがって服を手で探った。どうしてこんなに散らばっているの？

「なんてことだ、マリー、すまない。ぼくは――こんな――」

「やめて」マリーの声は、ばねのように張り詰めていた。わかっていたはずなのに。ロイスがもっとちがった反応をしてくれるかもしれないと思うなんて。「謝ったりしないで」

マリーはすでにシュミーズをかぶっていたが、リボンまでは結んでいなかった。そのまま立ちあがり、長ズロース、そしてペチコートをはいた。靴下は丸めてドレスのポケットに入れた。ロイスの前ではいつも身につけるものをどこかに押しこんでいるような気がするわと、苦々しく考える。

を見た。


「いや、マリー。待ってくれ」振り返ったロイスは、彼女が頭からドレスをかぶっているのを見た。

背中でボタンを留めるのはたいへんなので、マリーはドレスをうしろ前にかぶっていた。早くここから出なければ。目の奥にじわりと迫ってきている涙があふれないうちに。

「話をしよう」ロイスが立ちあがった。

「いいえ、話などないわ」マリーは丈の短いブーツに足を入れ、横のボタンを留める間もなく、ドアを飛びだし、ドレスのボタンをかけながら進んだ。

「だめだ、待つんだ！」追いかけようとしたロイスだが、自分はまだ裸だということに気づいて、ドアのところで止まった。悪態をついてまわれ右をする。

マリーは飛ぶように地面を突っ切り、ロイスが庭を抜けてきたのと同じ道をたどった。みじめでよけいに足が速くなり、小径を駆け抜ける。自分より脚が長くて速く走れるロイスに追いつかれないうちに、自分の部屋へ逃げこみたかった。涙が頬を伝っていた。泣いているところを男性に――泣く理由をつくった男性に見られるのだけは、いやだった。

彼女は人生でも最高に美しい、最高にときめく経験をした。なのにロイスは、謝罪と後悔しか口にしなかった！

運が味方をしてくれ、マリーはだれにも見られず戻った。裏口を開けてなかにすべりこみ、奥の階段をあがった。廊下に人気《ひとけ》はなく、走って部屋に入った。音をたてぬようにドアを閉めると、鍵をかけて床にへたりこみ、ようやく息をついた。そしてやっと、泣くことができた。

どれくらいの時間そこに座っていたのか、わからなかった。ひざを抱え、腕に顔を伏せていた。廊下に足音が聞こえ、ドアに小さなノックがあって、ロイスが切羽詰まった小声で彼女の名前を呼ぶのが聞こえた。ドアノブをがちゃがちゃまわしさえした。マリーは奥歯を嚙んでなにも言わなかった。ややあって、彼は大またで離れ、廊下の先でドアがばたんと閉まる音が聞こえた。

マリーはため息をついて頭を上げ、ドアにもたれた。ベッドに這いあがって今日はこのまま寝てしまいたい――けれどマリー・バスクームはあきらめたりしないし、くじけもしない。そしてもちろん、自己憐憫《れんびん》に浸って部屋に閉じこもったりもしない。だれかに思いを吐露したかったが、ローズに話すことはできなかった。いつもならまっ先に秘密を打ち明ける相手なのに。内気でサム・トレッドウェルとのキスを打ち明けることさえできなかったローズでは、とてつもないショックを与えてしまうだろう。しかも、たぶんローズはまっすぐロイスのところへ向かって厳しくなじり、姉の花を散らせた罪をつぐなって結婚しろとまで言うかもしれない。

ローズが女らしい指をロイスの目の前で振り、上から怒鳴りつけている姿を想像して、思わずマリーは口もとをゆるめた。けれどももちろん、そんなことは望んでいない。夫など必要ないし、ましてやロイスに結婚してもらわなくてもいい。大丈夫、彼の謝罪などいらない。妹たちに面倒をかけることなく、このまま生きていけばいいだけのことだ。

じっと座るうち、マリーは二階がひどく静かだということに気づいた。妹たちの部屋や、廊下の先の談話室から声が聞こえるでもない。そう思ってすぐに気づいた——階下からかすかに人の話し声が聞こえてくる。と、よく響く低い男性の声がした。マリーは立ちあがり、慎重にドアをほんの少しだけ開けた。

妹たちとはちがう女性の笑い声が、ふんわりと二階にまで届き、フィッツの声がつづいた。フィッツがここに来ている！　そしてどうやらだれかを連れてきたらしい。妹たちは階下で彼らと話をしているのだろう。マリーは目を閉じて息をついた。こんなときに人に会って、礼儀正しくふるまわなければならないとは。でも、かえってそれは好都合かもしれない。フィッツやほかにも客人がいれば、ロイスがふたりだけで彼女と話したり、ましてや言い合いをしたりするのは、ずっとむずかしくなる。どうせ、そのうちみなと顔を合わせなくてはならないのなら、いまがいちばんいいのではないだろうか。

急いでマリーは服を脱いで顔を洗い、新しいドレスを着て髪をまとめた。しばらく時間をおいて、この数時間のできごとを頭から締めだし、勢いよく部屋を出た。話し声をたどっていくと客間に着いたが、そこでは妹たちが腰かけてレディ・ヴィヴィアン・カーライルと従姉のシャーロットとおしゃべりしていた。フィッツヒュー・タルボットは暖炉の前に立ち、マントルピースにさりげなく片腕で寄りかかっていた。

フィッツが顔を向けてほほえんだ。「マリー！　会えてうれしいよ」

前に進みでた彼は、気どらないながらも上品に、マリーの手の上におじぎをした。マリーは心から喜んで挨拶し、ソファに並んで腰かけているシャーロットとヴィヴィアンにも向きなおった。

「お目にかかれてうれしいですわ。こんなに早くいらっしゃるなんて」

「ロンドンが退屈になってきてね」シャーロットが明るく言った。「そんなとき、フィッツがオリヴァーよりも早くこちらに向かうと聞いて、わたしたちもご一緒することにしたの」

「フィッツはぜんぜんうれしくないようだったけれどね」レディ・ヴィヴィアンがいたずらっぽく笑い、小ばかにしたような視線をフィッツに送った。「わたしたちが一緒だと馬車を使わなくてはならず、二頭立ての二輪幌馬車をオリヴァーに残してこなければならないから。断わられなかったのが驚きだわ」

「なにをおっしゃいます。ふたりもの美しい女性をエスコートするほうがいいに決まっているじゃありませんか。だが、マリー、ぼくの兄はどこかな？　きみたちふたりで庭を散歩していると妹さんに聞いていたんだが」

マリーは妹たちを見る勇気がなかった。「それは……」

「兄がきみを置いて帰ったなんて言うんじゃないだろうね。まさかロイス兄さんがそんな恥知らずではないと思うけど」

マリーは口もとをほころばせずにはいられなかった。フィッツをきらう人などいないだろう。彼と一緒にいて、力が抜けないこともありえない。「いいえ、置いていかれたりしていないわ。あいにく、その逆なのよ」

フィッツはにやりと笑った。「そうなの？　なるほど、あいつにはいいきみかもな」

「そのとおり」男性の声が響いて一同が振り返ると、ロイスが部屋に入ってきたところだった。

このうえなくさっぱりとして冷静に見えるのが、マリーは憎らしかった。

ロイスはシャーロットとヴィヴィアンに一礼し、フィッツと握手した。「来てくれてうれしいよ」

「ぼくもだ」

「伯爵さまはご一緒ではなかったの？」マリーは、ロイスがフィッツのいる暖炉に行ったものの、彼を見ないよう、フィッツに視線を据えていた。

「ああ、オリヴァー兄さんはまだロンドンで仕事があってね。でも、ぼくはロンドンにうんざりしていたもので。ロンドンでうろうろして兄さんが仕事関係の人間や弁護士と会っているのを見るより、新しい従妹殿たちと一緒にいたほうがずっと楽しそうだからね」

「そうしてくださって、ほんとうにうれしいですわ」リリーがきっぱりと言った。「もうひとり、ダンスのパートナーができましたわ。これでずっと楽になります」

「たしかに。しかも、ずっと上手なパートナーだ」フィッツはちゃかし、愉快そうに半分だけ血のつながった兄を見た。「ロイスの足は両方とも左足だからな」

ロイスが眉をつりあげた。「ぼくはすばらしいパートナーだと思われているが」

「ぼくほどじゃない」

「それにあなたは、とても謙虚でもあるわね」マリーが笑いながら言った。「謙虚になれないこともあるんですよ」フィッツは言い返した。「ダンスかおじぎとなれば、どんなやつにも負けない」

「それが事実でなければ、腹立たしさも減るんだが」ロイスがしぶしぶ言った。

執事のボストウィックがドアのところに現われ、だれかが気づいてくれるまでたたずんでいた。「トランクが到着いたしました、奥さま」シャーロットにおじぎをする。「どちらにお運びいたしましょうか？」

シャーロットの顔が輝いた。「ドレスよ！」目をきらきらさせて姉妹に向きなおる。「新しい服をどこに運べばいい？」

リリーは憚《はばか》ることなく大歓声をあげ、跳ねるように立ちあがった。「わたしたちの新しいドレス？　持ってきてくださったの？」

「ええ、そうよ。トランクを積んだ荷馬車はあとから来ていたのだけれど、到着したようね。二階のあなたのお部屋に運ばせましょうか、リリー？　お部屋で出してごらんになる？」

「ええ、ええ、そうします！」

シャーロットは笑い、執事にうなずいた。そして男性陣のほうを向いてほほえんだが、姉妹に向けた顔よりはわずかに落ち着いて見えた。「では、殿方には失礼して。こちらの用件のほうが大事かと思いますので」

「ああ、そうか、ファッションの女神のお召しですね。女神の声が聞こえますよ」フィッツはにやりと笑った。「もちろん、みなさんがいないなんてとても残念だけど、しかたがない。今夜、ディナーのときにみなさんがどんな衣装をまとわれるか、楽しみにしていますよ」

「あなたのためだけに、いちばんすてきなのを選びますわ」リリーが約束した。

女性陣が立ちあがり、マリーは胸をなでおろした。ロイスとフィッツをあとに残し、みなと一緒に部屋を出た。


「酒でも飲んで、道中でのどについた埃を洗い流すか？」ロイスがドアに向かった。

「ああ、そうするよ。葉巻もあるとありがたいな。ロンドンからの道のりがどれほど長いか、来るたびに思い知らされる」

「だからめったに来ないんだな」ロイスは弟と一緒にゆったりとした足取りで喫煙室に入り、酒の並んだ戸棚まで行った。

先日の夜、この部屋でマリーとふたりきりになったことを思いだす。彼の手でガウンをひらいたときの、白い肌。そして今日の午後、あずまやで彼の下になっていたマリー。ロイスは映像をきっぱりと頭から追いやり、弟に酒をついだ。

「早く来てくれてよかったよ」ロイスはフィッツに箱から葉巻を差しだした。「召使いたちに準備するよう伝えて、〈アイヴァリー館〉からも従僕をふたり連れてはきたが、英国でも最高の射撃の名手がいれば心強い」

フィッツは肩をすくめた。「あなたからの手紙を読んで、オリヴァー兄さんもぼくも、ぼくが来たほうがいいと判断したんだ。さっき従妹殿からも話を聞いて、正解だったと思った。ほんとうにまたローズが誘拐されそうになったの？」

「そうらしい。ぼくはその場にいなかった。無断でどこにも行かないよう言っておいたんだが、もちろんあの姉妹は、付き添い婦人の具合が悪くなったとたん、自分たちだけで出かけてしまった。まったく、あの付き添いは役に立たん」

「ああ、具合が悪くなるとは、気が利かないね」

ロイスは苦々しい顔をした。「おまえは気楽なものだ。あの姉妹を抑えておく役目を仰せつかっているわけじゃないんだから」

「そんなにたいへんなのかい？」フィッツの青い瞳が笑っている。

ロイスは冷めた笑いを発した。「ぶらぶらと馬屋に馬を見にいったり、馬屋番とおしゃべりしたりしてはいけないと、まずそこから教えなければならないんだ。どうやら郷里の飲み屋では、それが日常だったらしい。従僕が家具を動かそうとしたときに手伝おうとして、どうして召使いたちにまちがっていると思われたのかも、わかっていなかった。ダンスのレッスンは問題なかったが、日に日にミス・ダルリンプルとの言い合いが増えている。たしかに彼女は口やかましい。だが、いつも姉妹の肩を持つわけにもいかないし、ミス・ダルリンプルの言うことはたいてい正しい。ただ、もう少しうまく、姉妹に行儀作法を教えてくれればいいんだが。それと、姉妹が多少そぐわない行動をしても、見逃してくれたらいいのに」

「そんなに手がつけられないんですか？」

「いや、そういうことじゃない。ただ……英国のレディよりは自由なやり方に慣れているということだ。ミス・ダルリンプルの言うとおり、ああいうふうだと、自分で自分の首を絞めることになる。だが……抑えつけることもできず」

「バスクーム姉妹を抑えつけるのは至難の業《わざ》に思えるね」フィッツは言葉を切り、少しして慎重につけ加えた。「あなたはアメリカ娘が気に入ったようだけど」

「気に入った？」ロイスの眉がつりあがり、そしてくっと笑った。「そういう表現でいいのかどうかわからないが……そうだな、たしかに彼女たちはおもしろい。彼女たちがいると、退屈しない」

「とくに〝おもしろい〟と思った人は？」

ロイスは警戒するようなまなざしを弟に投げた。「どういう意味だ？」

「いや、部屋に入ってきたとき、あなたの視線がまっ先にマリーに行ったように見えたもので。それに、ほかのだれにも向けないような目で見ていたように思うんだ」

「レディ・マリーとは……ぼくは……」ロイスはあたりをうかがい、音をたててグラスを置いた。「じつを言うと、彼女と結婚しようと思っている」

「なんだって！」フィッツは身を乗りだした。「本気ですか？　彼女と結婚？」

「もちろん本気だ。でもいまのところ、彼女はえらくぼくにおかんむりで――しかたのないことなんだが」

「妹たちを先に帰らせろと、どやしつけたそうだけど？」フィッツは思いきって訊いた。

「マリーと話をするために、あなたは鬼のような形相で彼女を引き留めたとか。妹たちが姉の救出に戻ると言って聞かなくて、なんとか説得して止めたんだから」

ロイスは弟を長いこと見ていたが、やがて言った。「そういうことでもないんだが。いや、まあ、そうだったとも言えるか」ロイスは行ったり来たりしはじめた。「彼女に横暴だと思われていてね。だが、ぼくはそんな――いや、ほんとうのところ、彼女ともめるといつも抑制がきかなくなってしまう」振り向き、フィッツにぎこちない笑みを見せた。「求婚する前に、おまえにアドバイスをしてもらったほうがいいかもしれないな。レディの扱いならお手のものだろう」

好奇心たっぷりにロイスを眺めていたフィッツは、肩をすくめた。「はっきり言って、求婚のことなどなにもわからないね。結婚の話にはならないよう、神経を使っているから。若いレディにも近づかないようにしているんだ。ぼくが相手にするのは女優とか、オペラの踊り子とか、心やさしき未亡人とか――」

「そして人妻」ロイスがいやみっぽく口をはさんだ。

「夫がやさしい場合限定で。決闘なんかしたくないからね。どうせ、ぼくには人間を撃つことなどできやしないのに、空中に弾を放ったあげく、相手が射撃の名手だったりしたら目も当てられない」

「そりゃ問題だ」

「重要なのは、心得ている女性を相手に選ぶということですよ。互いに楽しめればいいという関係を望んでいる相手。心を捧げ、薬指に指輪をはめてくれる男を期待しているような若い娘はパスだ」

「ところが、ぼくはまさしく結婚を望んでいたりするんだよ」

半分血のつながった弟は、魅入られたように兄をまじまじと見つめた。「それは初耳だな」

「なんと言っても、領地があるだろう」ロイスはぞんざいな手ぶりをした。「跡継ぎのことを考えなきゃならない」

「ああ、そうか。領地に、跡継ぎね。それで話はわかったよ」フィッツは残った酒をあおり、じっとグラスを見つめた。

「それに、もう結婚する歳だ。身を固める潮時さ」

「たしかに。中年にさしかかろうかという年齢だものね」

「冷やかしているんだな」

「え？　冷やかし？」

ロイスは顔をしかめた。これまで弟にはなんでも話してきた。女性がらみの問題で隠しごとをしたことはない。自分の罪を明かすことには、なんのためらいもない――それどころか、喜んで罪を告白してもいい気持ちだった。どれほど自分を抑えられなかったか。どれほど節操もなくマリーを求めたか。話せば、どんなに晴れ晴れとするだろう。だが今回は、フィッツといえども話すわけにはいかなかった。自分の名誉だけでなく、マリーの名誉にもかかわることなのだから。

ロイスは顔をそむけた。「とにかく、それはどうでもいいことだ。いま心配しなければならないのは、しつこくローズを連れ去ろうとしている頭のおかしな男のことだ」

「姉妹も今日はその男の顔を見たが、知らない男だったとか――でも、ロンドンであとをつけてきた男と同一人物だと思っているらしい。それはご存じでしたか?」

「ああ」ロイスはため息をついた。「あのときは、なんの心配もしていなかったが。あの日、姉妹は自分たちだけで出歩いて、まあ、あのとおりだから人目を引いたんだな。だから、勘違いした男がついてきたのだろうと思った。カメリアが出ていったら、逃げたようだが」

「ロンドンを出てまで追ってきて、二度も誘拐未遂をはたらくほどローズにご執心というのも、おかしな話に思えるんだけど」

「ぼくもそう思う」

「まあ、とんでもなくだらしない変態男もいるけどね。それにローズは目立つ美人だし」

ロイスはうなずいた。「たしかにきれいだ――しかしぼくは、マリーのほうが美しいと思うが」そう言って目をそらしたため、弟の愉快そうなまなざしには気づかなかった。

「アメリカから追いかけてきた人間という可能性はあるかな?」フィッツが尋ねた。

ロイスがまた向きなおった。「ロンドンから追ってきたというより、さらになさそうな話だ」

「相当な距離だからね。だけど少なくとも一度は、ローズを街で見かけて行動に出たんだろう」

「まあ、そうだろうな。しかし、姉妹は男に見覚えがないんだろう?」

「うそをついていないのであれば」

「ひねくれたやつだな」ロイスは腕を組み、可能性を考えた。「姉妹の話には多少の演出はあるかもしれないが、うそはつかないだろう。マリーは妹が誘拐されそうになった晩にたんこぶをこしらえたし、ほかの妹たちも薬を盛られていた。そして今日の午後は、ぼくが池に向かっている最中に悲鳴と銃声が聞こえた。策略にしては手がこみすぎている。しかも、さらに自由が奪われるという、自分たちの得にならない結果になっているんだからな」ロイスはため息をついた。「庭での一件以来、おとなしくなると思っていたんだが」

「なんの一件? まだほかになにかあったの?」

マリーが迷路でこわい思いをした一件を、ロイスは話した。足跡のくだりを聞いていたフィッツが眉をひそめた。

「でも、その足跡は、さっきローズを誘拐しようとした男のものとは一致しなかったんだろう」フィッツが指摘する。「妹たちの話では、男はだぶついた服を着て縁なしの帽子をかぶっていたということだけど」

「そうだ。ぼくも帽子は見た。紳士のものらしき靴跡とはそぐわないものだった。だから少し気にかかっているんだ」

「つまり、賊はふたりいると?」フィッツの声が疑わしげに甲高くなった。

「正直、賊がいたかどうかも定かではないんだ。うちの従僕ふたりを村にやったり、ぼく自身も村に行って話を聞いてまわった。しかしここ最近、よそ者を見かけた村人はいなかった。当然、宿屋にもいないし、コテージを借りた者もいない。オリヴァーの猟場管理人によると、森で焚き火をしたあとが一度か二度は見られたが、旅人や密猟者ということも考えられる」

ロイスは肩をすくめた。「姉妹が庭に出ているときはつねに姉妹に目を光らせ、そばについているよう、庭師に命じている。猟場管理人のところの下男にも、領地の周辺を見まわりさせているし、夜は館の外に見張り番を置いている」

「それだけすれば、どんなにあきらめの悪い誘拐犯でもおそれをなして逃げていくと思うけど」

「ぼくもそう考えていた。今日の午後までは」

「それだけの厳重な見張りをつけておくのも、長い期間となると現実的ではないね」

「そうなんだ」

「それに従妹殿たちも行動を制限されて、いらいらしているようだし」

「いらいらなんてものじゃない」

「となると、男の正体と、ローズを追う理由をはっきりさせたほうがいいかと思う」フィッツは酒の残りを飲み干して立ちあがった。「カメリアが男に弾を命中させたと言っていたね。だから明るいうちに現場に戻って、血痕を探してみようじゃないか」

おそろしげな笑みがロイスの口もとに浮かび、彼もまたグラスを脇に置いた。「行こう」

20

婦女子一同がリリーの部屋に入るころには、従僕がトランクを運びいれていた。姉妹は迷わずトランクのところに行って、みごとな品々を取りだしにかかり、ヴィヴィアンとシャーロットはやさしい笑みを浮かべてそれを見守った。ベッドの上はもちろん、ほかの空いた場所にもドレスを広げていく。

「シャーロット！　これがみなわたしたちのものだなんて、うそでしょう！」マリーが声をあげた。

「うそじゃないわ」シャーロットはにっこりと答えた。「あなたたちは四人だし、それぞれに昼用のドレスとイブニングドレスがいるわ。それに乗馬服も——ロイスが連絡をくれたのよ。あなたたちがロンドンで用意した乗馬服は、最低限のものだったものね。社交界デビューの暁《あかつき》には、もっともっと衣装が必要になるわ」

「そんなこと、とても想像がつきません」マリーは部屋じゅうに広げられたドレスを見わたした。

「デザイン画で見たよりも、ずっとたくさんあるみたい」ローズがつぶやくように言った。

優雅さの度合いがさまざまなドレスはもちろん、室内履き、ナイトガウン、ケープ、毛皮付きの外套、とびきりやわらかい木綿やローンの下着まである。

「宝石?」小さな箱を開けたローズが、驚いてシャーロットを振り返った。「宝石まで用意してくださったの?」

「ピンやイヤリングなんかを少しだけね」ヴィヴィアンが安心させるように言った。「かならず必要になるものですもの」

シャーロットは姉妹をひととおり見まわした。「お気に召さなかった?」

「とんでもありませんわ!」マリーが答えた。

「最高です!」リリーが言い換え、シャーロットに抱きついて、次にヴィヴィアンを抱きしめた。「こんなにしてくださって、なんてすばらしいの」

「みすぼらしい格好で外に出させるわけにいかないでしょう?」シャーロットが満面の笑みを見せた。「そんなことをすれば、結局、わが一族の評判が落ちるのですもの」

「つまり、精いっぱいエレガントに装うのがわたしたちの務めなんですね」マリーがほほえんだ。

ヴィヴィアンはベッドの端に載った服を少し脇に寄せ、軽く腰かけた。「さあ、着てみて。シャーロットとふたりで、どんなにすてきか鑑賞させていただくわ」

姉妹たちには、なんの異存もなかった。すぐさまマリーは自分の選んだイブニングドレスに袖を通した。ほっそりとした白いシルクのドレスは、最新の流行に倣ってウエストの位置がわずかに低めで、ドレスをまとっている体の細さがうかがえる。マリーがこれまでに持っていたどのドレスよりも襟ぐりが深く、白い胸の上部があらわになる。さらには、短いパフスリーブが肩のすぐ下の二の腕からはじまるデザインになっていて、肩もむきだしになる。オーバースカートは金色レースの一重のひだ飾りが裾についており、同系色の蜂蜜色のサテンでできたバラ飾りで留めつけられ、優雅なドレープを描いて広がって、淡い金色と白のストライプのアンダースカートを覗かせていた。

うぬぼれ屋のすることだとわかっていたものの、マリーは鏡の前で右を向いたり左を向いたりせずにはいられなかった。今夜、ディナーのときには、これをまとって階下におりていく。この姿をロイスに見せてやるのよ！

「今夜はそれを着たらどうかしら」ヴィヴィアンがマリーの思いを口にした。「巻き髪に金のリボンをからませて。それと、そうね、このカメオをつけるといいわ」

ヴィヴィアンが掲げた金の鎖の先には、茶色の台座に載った白いカメオがぶら下がっていた。マリーはヴィヴィアンにネックレスをつけてもらい、鏡を見て目を輝かせた。

「完璧ね」シャーロットも同じ意見だった。

マリーはほかにも数着のドレスを着てみた。同柄の水色の毛皮付き外套がついた、ディミティー織りのドレス。白と淡いピンクのイブニングドレス。どれをまとっても口もとがゆるんでしまうが、やはり白とシャンパン色のイブニングドレスがいちばんのお気に入りだった。

二階でマリーの服の手入れをしてくれていた小間使いのプルーは、この館に到着してからずっと、髪も結いますと申し出てくれていた。今夜ばかりはそれに甘えて、髪をととのえてもらおうとマリーは思った。

姉妹が服を見ているあいだ、ヴィヴィアンとシャーロットは午後の一件を話題にした。

「そんなふうに男が突進してきて、とてもこわかったんじゃなくて？」シャーロットが訊いた。「わたしなら震えあがっていたわ」

「もちろん、こわかったわ」ローズが言った。「でも、わたしはいつもいちばんのこわがりですから。カメリアはこわくなかったと思います」

「いいえ、あの男はこわかったわ」カメリアも認めた。「体がとても大きかったもの。それに、あの男が現われるなんて思ってもいなかったから」

マリーがうなずいた。「もう二度と会うことはないと思っていたものね」

「だから、ポケットから銃を取りだすのにあんなに手間取ってしまったの」カメリアはつづけた。「取りだしたときにはローズがつかまっていて、ちゃんと撃てなかったのよ」

「銃が撃てるだけでもすごいわ」ヴィヴィアンが言った。「撃ち方を教えてくださる？」

カメリアは驚いて彼女を見た。「本気ですか？」

「ええ、本気よ。わたしにできる大半のことより、ずっと役立つ技術だと思うわ」

「ミス・ダルリンプルはそうおっしゃらないと思いますけど」リリーが言った。「あなたはピアノが弾けて、歌えて、絵も描けるのでしょう？　フランス語だってご存じでしょうし」

「パリでドレスが買える程度よ」ヴィヴィアンは笑って答えた。「料理人とやりとりするとかね。でも、もし追いはぎに遭ったとしたら、歌やフランス語では太刀打ちできないわ」

「追いはぎに遭ったことがあるんですか？」リリーは目を丸くして訊いた——マリーの見たところ、おののきと同じくらい羨望のこもったまなざしで。

「いいえ」とヴィヴィアン。「でも、もし遭ったら、お財布よりは銃を出したいわ」

ようやく、ファッションショーの熱も収まってきたころ、ヴィヴィアンが息をついて言った。「今夜、あなたたちが階下におりてきたときのみんなの反応が見られなくて申しわけないのだけれど、帰らなくてはならないの」

「でも、ぜひともディナーにはいてもらわなくちゃ」シャーロットが反対した。

ヴィヴィアンはほほえんだ。「残念だけど、今晩、家の者がみんな寝静まったころに〈ハルステッド館〉に馬車をつけるのは、さすがにわたしでも気が引けるわ。心配しないで、しょっちゅうおじゃましに顔を出すから。レディ・サブリナとわたしがずっと一緒にいるのは、あまりいいことじゃないですもの」

「彼女はレディ・サブリナがお好きではないの？」ヴィヴィアンが帰ったあと、リリーはシャーロットに尋ねた。

シャーロットはいささか驚いた顔でリリーを見た。言いよどんだが、しばらくして言葉を選びながら言った。「レディ・ヴィヴィアンとレディ・サブリナは、その、だいぶ性格がちがうから」

「とても仲のよいお友だちだったと、レディ・サブリナはおっしゃっていたわ」

シャーロットは肩をすくめた。「ええ、昔はね。何年も前のことよ」

「わたしもレディ・サブリナはあまり好きじゃないわ」カメリアが言った。

「えっ？」姉妹が勢いよく振り返ってカメリアを見つめた。

「いつからそんなことになったの？」リリーが訊く。

「あなたは彼女を気に入ったと思っていたけれど」ローズは困惑顔だ。

カメリアは肩をすくめた。「きらいとは言っていないわ。最初はもっと印象がよかったのよ。でもこのあいだ……いえ。司祭の奥さまと地主の奥さまがわたしたちを気に入ってくださったとき、期待はずれだったようなお顔だったから」

マリーはカメリアをしばし見つめて眉をひそめた。「レディ・サブリナはご気分がすぐれなかったのだと思うわ。頭痛がしていらしたでしょう」

「気のせいよ、カメリア」ローズは困ったような顔をしていた。「彼女はとても親切にしてくださっているわ」

「まあ、サブリナのことをどう感じるか、見極める時間も機会もたくさんあるわ」シャーロットが言った。「ともかくいまは、これを整理して、小間使いに片づけさせましょう。そろそろディナーの身支度をする時間よ」

マリーの予想どおり、プルーはようやくマリーに貴婦人らしい装いをさせられるとあってうれしそうだったが、髪型もレディ・ヴィヴィアンが提案したとおりにしてほしいと言うと、大感激していた。身支度にはふだんのマリーでは考えられないほど時間がかかり、とても毎日こんなことはしていられないと思った。それでも、時間をかけただけのことはあったと思わざるをえない仕上がりだった。

夕食の前にみなが集まる控えの間に入っていったとき、ロイスが彼女を見て背筋を伸ばし、まるで初めて彼女を見るような顔で釘付けになったのを見て、マリーは満足感でほくそ笑んだ。威厳をこめて彼に会釈し、しなしなと歩いてフィッツとリリーがおしゃべりしているところへ仲間入りした。

食事のあいだ、ずっとロイスの視線を感じていた。ほとんどは目を合わせずにいられたが、一度だけ、どうしても顔を向けずにいられなかった。緑のまなざしが熱くそそがれ、視線がかち合ったときには、彼の瞳になにかがはじけ、それに応えるかのようにマリーの背筋に震えが走った。マリーはあわてて食事に目を戻し、震えが収まるのを待った。

食事がすんで客間に移ると、マリーはできるだけ妹たちにはさまれるようにしてソファに腰をおろした。男性陣が食後のポートワインを飲み終えてあとから客間に入ってきたとき、ロイスとふたりきりで話しかけられないようにするためだ。午後のことを彼がどんなに話したいと思っていても——おそらく、あずまやで起きたことはあやまちで、どれほど後悔しているかをあらためてくどくどと話したうえ、もう二度と起きないと宣言されるのだろうが——今夜は聞きたくなかった。

しかし、サー・ロイスがひたすら話すチャンスを狙っていることは痛いほど伝わり、そう簡単にあきらめてくれそうにないことはわかっていた。だから翌朝、彼女が朝食を終えてすぐ〈朝食の間〉を出ると、サー・ロイスが席を蹴って追いかけてきたのには驚きもしなかった。

ロイスは彼女の腕をつかみ、前置きもなく言った。「ふたりだけで話したい」

マリーの心臓が跳ねた。ロイスの表情はよそよそしく、やたらと深刻で、まるで知らない人のように見えた。まっ先に思いついた言い訳をしてみた。「ごめんなさい、ミス・ダルリンプルのレッスンの時間なの」

「先に庭を散歩すると言えば、許してもらえるよ」

こんなことをしても意味がないのはわかっていた。いずれは彼と真剣に話さなくてはならない。そして乗り越えなくてはならない。つらいだろうけれど。すでに胃がきりきりしていたが、涙を見せることなくやりすごせることを祈った。

「わかったわ」マリーはこわばった笑みを見せた。「帽子を取ってきます」

帽子を持って戻ってくると、サー・ロイスは階段の下で待っていた。彼は先に立って廊下を進み、勝手口を開けて彼女を通した。テラスに出たマリーは、階段を駆けおりながら帽子のリボンを結んだ。彼のほうは見なかった。彼に腕を差しだされることもなくほっとして、無言のままふたり並んで歩いた。彼女は当たりさわりのない、形どおりの話題を探そうとしたが、頭は前日の思い出でいっぱいだった。欲望のにじんだ彼の顔がちらつき、彼の胸にふれた感触や、舌でなぞった味わいが忘れられない……。

マリーは足を速めた。

「これじゃ、まるで競走だ」ロイスが冷ややかに言った。

「きびきび歩くのが好きなの」

「なるほど。だが、ぼくは話がしたいんだ。声を張りあげながらあとを追いかけていくのは困る」

「それなら、散歩など誘わなければよかったんですわ」

「マリー、頼むよ……きみが怒っているのはわかっているし、それは当然のことだ。でも、頼むからチャンスを――やりなおすチャンスを与えてくれないか」

マリーは驚いて立ち止まり、振り返った。「怒ってなどいないわ」

「いや、怒って当然だ。ぼくの行動は――言語道断だった。卑劣なふるまいだった。弁解のしようもない」

マリーの顔がまっ赤に燃えた。「謝る必要なんかありません。あなたひとりでしたことではないんですから」

ロイスの眉がつりあがり、口の両端が上がった。「やはりきみは、通りいっぺんの反応をする人ではなかったね」

「育ちが悪いというのでしたら、ごめんなさい。悩んで倒れでもすればよかったのでしょうけれど、わたしはどうあってもそういうふうになれないし、そんなことをしようとしてもばからしくなるだけなの。起きてしまったことはしかたがないわ。とにかく前に進んで――忘れるのがいちばんだと思います」

「あいにく、それはできない」ロイスの口調は重かった。「ぼくは一線を越えた。そのことは謝らなければならない」

「わかったわ。謝罪は受け取りました」マリーはうなずき、背を向けた。

「待って。まだ終わっていない」

またくるりと向きなおる。「ほかになにがおありなの?」

「ほら。ちょっと座ろう」石のベンチにロイスは彼女を誘った。

「しかたがないわね」マリーは腰をおろし、警戒した目で彼を見た。

ロイスも隣に腰かけたが、すぐに立って数歩離れ、振り返ってまた戻った。「いや、話すことは準備しておいたんだが、いざ話そうとすると、とんでもなくばからしく思えてね。ぼくは——マリー、つまり、なんだ、結婚してほしい」

最初、彼の言ったことが理解できなくて、マリーは目をむいて見つめていた。一瞬、歓喜が湧きあがり、心臓がどきどきしはじめた。彼と結婚し、ともに暮らし、彼の隣で残りの一生をすごし、夜は彼のベッドで眠る姿が浮かんだ。いっきに降って湧いたあこがれの気持ちに、自分でもびっくりした。けれどもすぐに、現実的な自分が顔を出した。彼女は領地を持つ貴族でもなんでもない。ただのマリー・バスクームだ。

「どうしてわたしに求婚を?」不信感のにじむ声。

ロイスは目を丸くした。「どうして? そんなことはわかりきっていると思うが」

「わたしにはわからないわ。わたしの評判を守るため? 昨日……ああいうことがあったから、紳士としてはそうするものなの？」のどから顔へと赤みがさすのがわかり、マリーは顔をそむけた。「大丈夫よ、そんな必要はないわ。だれにもしゃべりませんから」

ロイスの顔にショックが浮かんだ。「人に知られるのがこわくて結婚しなければと思っているわけじゃない――だが、もちろん、きみの名誉のためには秘密にしておいたほうがいい。ぼくには結婚するほかにやりようがない。きみの……きみの純潔を奪ってしまったとあっては」

「そういうふうに表現するのね」マリーは冷ややかに言った。

「いったいどういう意味だ？」ロイスはにらんだ。「ぼくは紳士だ。きみの知る男というのは、無垢な若い乙女を誘惑して捨てるような人間なのだろうが、ぼくはそういうたぐいの男ではない」

「心配いらないわ」マリーはきらりと目を光らせた。「あなたを責めるつもりはまったくありません。自分の行動はまるごと自分で責任を持ちます。わたしは一人前の女性で子どもじゃない。自分のしていることはちゃんと自覚しています」

ロイスは彼女を食い入るように見た。「なにを言っている？」

「わかりきったことだと思いますけど。求婚してほしいなどとは思っていないの。たった一度のあやまちで、あなたを一生、縛りつけておくつもりはないわ。運命のいたずらだったのよ」マリーは顔を紅潮させて言った。

「いたずらなどとは思っていない」ロイスが言い返す。「まったく自然の流れで起きたことだったが、自分がなにをしているかはよくわかっていたよ。その結果、どうなるかということも」

「結果――わたしと結婚することで罰を受けるということね」

「ちがう！　くそっ、きみは最高にひねくれているぞ。これは罰なんかじゃない。なんというか、ぼくらがしたことを考えればこうなるという結末だ」

「わたしたちがしたことは、べつに結婚につながるようなことじゃありません」

「もちろん、それだけが理由じゃない。昨日のことは結婚を早めたにすぎない。理由ならたくさん……」

マリーは腕を組み、疑わしげに彼を見た。「そうなの？　いったいどんな理由？　まさか、ステュークスベリー卿を怒らせないためだなんて言わないで」

「なんだって？　とんでもない。オリヴァーにはなんの関係もない」ロイスは顔をゆがめた。しばし間を置き、考えをまとめる。「そうだな、あきらかに、ぼくらは惹かれ合っている。ベッドのなかでも外でも、うまくやれると思う。ぼくにはそれなりの収入もある。きみに楽をさせてあげられるし、ぼくはけちな男でもない。きみも〈アイヴァリー館〉を見たと思うが、ゆったりしていただろう？　いまのところロンドンには部屋を少ししか借りていないが、もちろん、社交シーズンにはメイフェアに一軒家を借りてもいいし、買ったっていい。きみがにぎやかな社交の場を気に入ったなら」

「んまあ。お得な結婚をしたらどんなにすばらしいか、話してくださっているのね」マリーは神経の高ぶりを抑えながら、はっきりと言った。「どうしてあなたがそんなことを望むのか、不思議でしょうがないわ」

「男なら、美しい妻を迎えたいと思うのは当然だ」ロイスはかたい口調で答えた。「タルボット家と縁つづきになるのもいいことだ。先代の伯爵も喜んでくださるだろう」

「だからわたしと結婚したいの？」マリーは目を丸くした。「わたしの祖父を喜ばせたいから？」

ロイスは言いよどんだが、こうつづけた。「かもしれない。そういう思いはあると思う。先代の伯爵は――とてもよくしてくださった。縁つづきになれば、きっと喜んでくださっただろう。伯爵は、娘さんと縁を切ったことを悔やんでいた。きみたちの存在を知っていれば、ぜったいに支援をしたと思う。だが、もうできないわけだから、オリヴァーやフィッツやぼくに最善のことをしてほしいと思っているはずだ」

「あなたは結婚して先代の伯爵に気に入られれば本望だろうけれど、わたしはそうじゃないわ」マリーの瞳が光った。

「先代の伯爵を喜ばせるために結婚するわけじゃない。それは要因のひとつでしか――」

「〝要因〟の話はもうたくさん。充分すぎるほど聞いたわ。結婚に対するあなたの思いは、少し冷淡に思えます」

「ふつう結婚とはそういうものだ」

「愛は関係ないの？」

「愛のあるなしで結婚するつもりはない。ぼくは愛など信じないし、そんなとらえどころのないもののために一生を投げ打ったりしない。だれかを愛したと思ってある日目覚めたら、今後四十年も人生を生き地獄に変えるような妻が隣に寝ているのさ」

「そんなふうに結婚を考えているなら、あなたは結婚しないほうがいいと思うわ」マリーは鋭く言い返した。「もちろん、わたしはそんな結婚でがんじがらめにされたくない」

「おやおや、マリー、ロマンティックな夢みる乙女じゃあるまいし」

「そうよ、あなたはわたしのことを、心のこもらない屈辱的な求婚でもほいほい受けるような、切羽詰まった女だと思っているのよ。がっかりさせて悪いけれど、わたしはそれほど困ってはいないわ。昨日のことは、自分の意志で、自分がそうしたくてしたことで、あなたを追いつめて結婚させようと思ったからではないの。わたしは相手の収入のために結婚しようとは思わないし、相手の家が気に入ったから結婚することもないわ！　ましてや、会ったこともない頑固で偏屈な老人の望みをかなえるために結婚することもね。わたしは現実的な女だけれど、冷血というわけじゃない。わたしは両親を見て育ったわ。ものがなくて〝貧相な〟結婚生活だったけれど、ふたりは幸せだった。愛し合っていた。そうでない結婚なんて、わたしにはできない。わたしがイエスと言うのは、わたしがいなければ生きていけないと言ってくれる人よ――理屈で無理やり自分を納得させた人ではなく。なかでも、紳士だからという理由だけで求婚する人なんて、お断わりよ」

マリーはきびすを返して大またで館に入り、ロイスはそのうしろ姿をただ見つめるばかりだった。

マリーは憤りでカッカしながら勢いよく階段を上がった。こんな気持ちでは、妹たちと一緒に日課の行儀作法レッスンを受けることなどできない。話もできなければ、息をすることさえむずかしい。それだけ怒りが強かった。ミス・ダルリンプルからなにかひとつ、ばかばかしい注意を受けただけで、爆発するかもしれなかった。

しかし、談話室の小部屋を通りすぎたとき、ローズがひとりでいるのが見えた。屋根裏からおろしたトランクのひとつを前にしている。トランクは開いており、いくつか物が前に積まれ、ローズは本を持ってかがみこんでいた。マリーがドアのところにいるのに気がつくと、ローズは顔を上げてほほえんだ。

「よかった！　戻ってきたのね。今日の午前中は、姉さまがサー・ロイスとお散歩に出かけたから、ミス・ダルリンプルがお休みにしてくださったの。シャーロットが来てからは、ミス・ダルリンプルがとってもやわらかくなって、びっくりだわ。レッスンならまたべつのときにやればいいってシャーロットが口添えしてくださったら、この世でいちばん理にかなった意見だと言わんばかりに、ミス・ダルリンプルは笑顔で賛成したのよ」

「母さまのものを見ているの？」マリーは妹のところに近づきながら言った。自分の口調が落ち着いていて、自分でも驚く。

「しーっ。妹たちには言わないで。あとで見ましょうって言ってしまったの。カメリアとリリーはまだシャーロットと朝食を食べているわ。シャーロットはのんびり起きてくるし、リリーはコーヒーをゆったり楽しむのが好きでしょう？　でも、わたしはがまんできなくて、つい見てしまったの。ほら、母さまの日記よ」革装丁の小さな本を見せる。「特別なことは書いていないわ——日付からすると、まだ十歳のころの日記ね。食べたもののことや、姉妹でお散歩したことや、お勉強のこと。ほら、早くも頭の上に本を載せて歩く練習を、家庭教師にさせられているわ。ミス・ダルリンプルと同じね」ローズはくすくす笑った。「母さまはすごくいやだったみたい。カメリアが知ったら喜びそう」

「すてき」マリーは動揺をまぎらわそうとしつつ、妹のそばにひざをついた。小さな日記を手に取り、古びた革の表紙をなでる。

ローズは眉を寄せてマリーの手に手を伸ばした。「姉さま……どうしたの？　落ち着かないみたい」

「そう？」マリーは笑おうとしたが、うまくいかなかった。

「ええ。なにがあったの？　ミス・ダルリンプルが、姉さまはサー・ロイスとお庭でお散歩していたとおっしゃっていたけれど。またなにかお説教されたの？　いやなことを言われた？」

マリーは手から日記が転がり落ちるのもかまわず、はじかれたように立ちあがった。「あ、ローズ！　彼に求婚されたの！」

妹は穴が開きそうなほど姉を見つめた。「え——なんですって？」

「彼に求婚されたの。あんなに驚いたことって、ないわ」

「それで姉さまは、なんて？」ローズは弱々しい声で尋ねた。

「もちろん、ノーよ」

「ほんとうに？」

「相手がだれでも結婚のチャンスさえあれば飛びつくほど、平凡で、やぼったくて、なんの取り柄もない女だと思われたのかしら？」マリーは両腕を広げ、嚙みつかんばかりの勢いで訊いた。

「うそ！　そんなことを言われたの？」

「いいえ、いいえ、言われてはいないわ。でも、そういう女でもないかぎり、彼の求婚を受けやしないわ。彼ったら、ぼくらは〝うまくやれる〟なんて言ったのよ」

「んまあ」

「そうなのよ。自分には〝それなりの収入〟があって、わたしが彼のお邸も気に入っただろうって言うのよ。想像できる？　まるで〈アイヴァリー館〉がよかったから結婚するみたいに！　それに、自分は〝けちじゃない〟から、ロンドンに家を買ってもいいとかなんとか。もちろん、彼にとっての利益は、先代の伯爵を喜ばせることができることですって。それと、タルボット家と縁つづきになること」

「マリー姉さま、なんてひどい話！」ローズもすっくと立ちあがり、マリーに両腕をまわした。

ローズのやさしい思いやりに胸が熱くなり、マリーは妹をきつく抱きしめた。胸の大きなわだかまりが少しやわらいだが、目に涙があふれてきた。マリーは体を離し、あわてて涙をぬぐった。「泣かないと決めたのに」

「彼も、口で言うほどのことは思っていなかったのかもしれないわ」ローズが助け舟を出した。「言葉の使い方が下手なだけなのかも」

「そうかもね」マリーはため息をついた。「溺れる者に手を差しのべてくれてありがとう。でも、彼の気持ちは言葉どおりのものだと思うわ。あんなに冷たくて残酷な求婚は初めてよ」

「彼――愛情についてはひとことも？」

「ええ、ひとことも」マリーの声は苦々しさにあふれていた。「きみがいなければ生きていけないとか――きみの瞳は星のように輝いているなんて、一度も言わないし、わたしがミセス・サー・ロイスとかなんとかになるのが誇らしいとも言わなかったわ」

「つらかったわね」

「彼は、わたしなんかもらい手がないと思っているのよ、そういうことなの。礼儀作法はなっていないし、やることは田舎者まるだしだし、アメリカ的な嘆かわしいふるまいをするし！」

「だから姉さまと結婚するっていうの？」

「いいえ、彼は紳士だから、わたしと結婚するんですって！」

「えっ？　マリー姉さま、話がよくわからないわ」

マリーは自分の怒りの理由に突然、気がつき、はたと口をつぐんだ。少し顔をしかめる。

「ああ、ローズ……まだ話していないことがあるの。きらいにならないでほしいわ」

「まさか。きらいになるわけがないわ」

「そうね、あなたならそうかもしれない。でも、きっと軽蔑されるわ」マリーはため息をついたが、いつものように胸を張った。「彼にキスされた話はしたわよね」

「ええ……」

「昨日、あずまやで、彼はものすごくわたしに怒って――」

「姉さま！」ローズが息をのんだ。「まさか、サー・ロイスが無理やり！」

「いいえ！　そんなことはないわ。そういうことじゃないの。お互いの気持ちがあってのことよ。でも、ちょっと行きすぎてしまったかも」

「それって――」

マリーは髪の生え際までまっ赤になってうなずいた。「慎重に表現したロイスの言葉を借りると、わたしの〝純潔〟はなくなったということかしら」

「姉さま！」ローズはいちばん近くにある椅子にどさりと座った。

「わたしがきらいになったでしょう。ごめんなさいね。話さなければよかったけれど、もうごまかしていられなかったの」

「ううん、きらいになったりしていないわ。話してくれてうれしいの。ただ驚きすぎて、なんと言えばいいかわからないだけ」

「わたしも、自分でも驚いているわ」マリーも妹の隣の椅子に座った。

ローズは姉の手を取った。「姉さま、ねえ……どんな感じだった？　ひどかった？　こわかった？」

「そうね……すばらしかったわ」記憶がよみがえり、マリーの口もとがゆるんだ。「求婚を受ける気持ちにさせられそうになったくらい。あれは――あの感じは――いままでに経験したことがなかったわ。彼にふれられると体じゅうが目覚めて、まるで体のなかが踊っているみたいなの。自分がきれいになった気がして、うずうずして、焼けるように熱くて」

「すごい」姉の顔が輝くのを見て、ローズの瞳も明るくなった。「彼と結婚したほうがいいんじゃないかしら」

「愛してくれていないのに、結婚できないわ。彼は、しかたなく結婚しなければと思っているのよ」

しばらくして、ローズがやさしく訊いた。「姉さまは彼を愛しているの？」

「いいえ」即座に、きっぱりと返事した。「まあ……好感は持てるかもしれないとは思ったけれど」ロイスとつながったように感じ、あまりに彼の存在が大きくて、どこからどこまでが自分でどこからが彼なのか、わからなかったあの瞬間を思いだして、胸を突かれたような痛みが走った。「でも、いまとなっては、あれはまったく肉体的な欲望だけだったのだとわかるわ。世間でもよく戒められていること。それだけよ。ふたりの――わたしたちのあいだに愛はないわ」

ローズはため息をついて顔をくもらせた。「それなら、結婚してはいけないわ。愛がなくて幸せな結婚があるはずないもの」

「まったくね」マリーは力なく相づちを打った。

廊下の先で人の話し声がして、マリーは不安げにローズを見た。「お願い、リリーとカメリアには内緒にしておいて」

「もちろんよ。だれにも言わない。約束するわ」ローズはマリーの手をたたいた。

「ありがとう」

「マリー姉さま！　戻られたのね！」妹ふたりが部屋に入ってきて、さらにシャーロットがつづいた。「よかった。これで母さまの思い出の品を調べられるわ。シャーロットも一緒でいいかしら？」

「もちろんよ」マリーは従姉にほほえみかけた。「でも、あなたには少し退屈なんじゃないかしら」

「いいえ、とんでもない、すごく楽しそうだわ」シャーロットが言った。「わたしの母は、まったくフローラおばさまの話をしてくれなくて。でもあなたがたがいらしてから、かなり話してくださったのよ。フローラおばさまのことは、とても心を痛めておいでだったわ。当時はおじいさまに反発することができなかったけれど、妹を亡くしたことを後悔していらしたわ」

一同はトランクの中身をあらためはじめた。ほとんどが古い衣服だったが、少々傷みの見られる頭部が陶器でできた布製の人形や、ティーポットが少し欠けている小さなティーセットもあった。古い作文帳には、子どもの字で書かれたメモやエッセイがぎっしりだった。日記帳もすべてフローラのもので、レッスンや食事や、おもに姉妹のことが書かれていた。リリーが劇的な演出をしながら声に出して読むかたわら、ほかのみなはトランクの中身をあらためていたが、いばりんぼのユーフロニア《フローニー》のことや、シンシア《シン》がフィライダ《フィル》のレモンキャンデーを盗ったこと、四人そろって家庭教師にいたずらしようと画策したくだりになると、みな大笑いした。

「ユーフロニアおばに見せてやりたいわ」シャーロットが宣言した。「今度、うちのぼうやたちのことを悪童だと言ったら、ミス・カーペンターのベッドにカエルを入れた話をつきつけてやるわ」

「まあ、見て！」ローズが木の箱を取りだして開けた。ふたの裏には鏡がついていて、一世紀前の衣装をまとった男女の小さな像が映っていた。ふたりは互いに前かがみになり、両手を掲げて合わせている。

「オルゴールだわ！　なんてかわいらしいの」シャーロットが手を伸ばし、ねじを巻いた。男女の像が上下に動き、まわりながらメヌエットを踊る。

「宝石箱ね」ローズはオルゴールを下に置き、サテン張りの箱部分に入っているものを出しはじめた——子どもにしかはめられない小さなサイズの指輪がふたつ、金線細工のボタン数個、イヤリングふた組、花瓶に生けられた花を型取ったぴかぴかのブローチ、べっ甲のブレスレット、白いかつらをかぶった紳士の肖像画ペンダント。

「子ども用のおもちゃの宝石ね」シャーロットがブローチを手に取って眺めた。「この年齢のころは高価なものはそう持てなかったし、数少ない高価なものは、きっと家を出るときに持っていかれたのね」そう言って肖像画ペンダントをひっくり返した。「これはお父さまである先代の伯爵だわ」

「なんて哀しいの」ローズはペンダントを親指でなでた。「おじいさまに腹を立てすぎて、肖像画さえ持ちたくなかったのね。あとで後悔なさらなかったかしら」

「ここに手紙もあったわ」べつのトランクからカメリアが小さな束を取りだした。手紙が束ねられていた深緑色のリボンを、カメリアはほどいた。「レディ・シンシア・タルボット。この手紙はすべて、ここウィローメアのシンシアおばさま宛てだわ」

姉妹はシャーロットを見て、けげんそうな顔をした。「わたしの母に？　でも、フローラおばさまから手紙は一度も受け取っていないと言っていたわ。どこで暮らしているのか住所だけでもわかれば、援助の手を差しのべられるのに、って」

「封がされたままよ」カメリアは束を彼女に渡した。

シャーロットはいちばん上の手紙を裏返し、開けられていない封蠟や宛名を見た。「ユーフロニアおばさまかレジナルド卿が、母の手に渡らないようにしたんでしょうね。母だったら、これだけの手紙に知らぬふりをするはずがないわ。父親に敬意を表して、最初の一通くらいは読まずにおくかもしれないけれど。母はやさしい人だから、一通も読まずにいるなんてできないわ」シャーロットは親指で束をはじいて数を数えた。「八通あるわ。なんて哀しいことかしら」シャーロットもローズと同じことを言った。そして頭を上げた。「この手紙を母に持っていってもいいかしら？　きっと読みたいと思うの。この手紙の存在は、ほんとうに知らなかったと思うのよ」

シャーロットは手紙を結わえなおして脇によけ、姉妹はつづけてトランクの中身を見ていった。マリーが最後のトランクを開けると、大半は衣類だった。しかしその上に、リボンで結わえられた小さな革のケースが載っていた。リボンをほどいてみるとケースがひらき、何枚かの紙が出てきた。角張った手書きの文字を見て、マリーは鋭く息をのんだ。

「父さま！　父さまの字だわ！」すばやく手紙に目を通す。「おじいさまのお許しを願いでているわ。ああ、たいへんだったでしょうに」マリーの目に涙がきらめく。「駆け落ちの責任はすべて自分にあると書いてあるわ。母はおじいさまにそむきたくはなかったのに、自分がそそのかしたのだと。そんなこと、まったくのでたらめなのに！」マリーは激しい口調で言い、妹たちを見た。

「でも父さまは、おじいさまに母さまを許していただきたかったのね。幼い娘三人のことも書いてあるわ――リリー、あなたはまだ生まれていなかったみたい――娘たちが家族を知らないまま大きくなるのが、とても残念だって。ちょっと読むわね。〝あなたさまの援助をお願いするつもりはございません。わたしたちの暮らしは、英国でフローラやわたしが知っているようなものではありませんが、とても幸せですので、いまとちがう生活は望みません。けれども妻は、お父上の愛を失ったかのように感じております。ですからどうか妻に手紙を書き、妻を見捨てたわけではないのだと言ってやっていただきたいのです」

マリーは手紙をローズにわたし、リリーやカメリアも肩を寄せ合って読んだ。

「いつ書かれたものかがわからないわ――いいえ、月や日は書いてあるけれど、年号がないもの」ローズが指摘する。

「そうね」マリーはうなずいた。「差出人の住所は、メリーランド州のリトルボローね。あそこに住んでいたことは覚えているわ。父さまが学校をひらいたの。わたしが七歳かそこらのときに引っ越したのよ」

「ほかにはなにが入っているの？」

マリーはひざの上にある革のケースを見おろした。「手紙よ。ボルチモアの消印がついた手紙が数通。どうやら事務弁護士からのものらしいわ」束を親指でめくる。「ミスター・マイルス・バスクームの捜索について、レジナルド卿とやりとりしているわね。ここに、マイルス・バスクームがリトルボローに引っ越したとあって、かかった費用の明細もあるわ。それが最後の手紙ね。日付は一八〇六年七月十日。メリーランド州のリトルボローでも周囲の町でも、父さまとその家族は見つからなかったと書いてある。〝わたしの良心は痛むばかりです〟とマリーが読みあげる。〝依頼を遂行できていないというのに、経費を受け取りつづけるのは心苦しく存じます〟」

マリーは妹たちを見まわした。なにか胸に明かりがともったような心地だった。

「おじいさまは、わたしたちを探してくださっていたの？」リリーが尋ねた。

「そうよ、そうなのよ！」シャーロットの顔に笑みが広がる。「やっぱり、ずっとかたくなままでいられるわけがなかったのよ。祖父は悪いかたではなかったもの」

「でも、長く待ちすぎて、父さまに手紙が書けなかった。書こうと思ったときには、わたしたちの行方はわからなくなっていた」マリーのまぶたの裏に、熱いものがこみあげてきた。

「連絡を取ろうとしてくださったんだわ。わたしたちのことをお知りになりたかったのよ」

「もしかしたら、ここまで来てほしいとさえ思っていたかも」リリーが言った。

マリーはうなずいた。「初めてここに来たとき、なんとなく自分の家のように感じたの」のどを詰まらせたような音をたて、シャーロットがマリーに寄りかかって抱きしめた。

「もちろんですとも。ここがずっとあなたの家だったの」

21

レディ・サブリナの晩餐会が二日後にひらかれ、ウィローメアの面々は全員、出席した。ロイスとフィッツは馬で行くとわかり、マリーはほっとした。この二日間、ロイスとは顔を合わせないようにすごしてきたのに、ここへきて馬車でひざを突き合わせるなんてとんでもなかった。しょっちゅうロイスに視線を送られていたことから、もう一度話をしたいと思っていることはわかっていた。きっとまた結婚を迫られるにちがいなかった。だからこそ、毎晩夕食のあとで客間に移るときは、妹たちにはさまれて座るように気をつけたのだ。

今夜のバスクーム姉妹はレディ・サブリナにお披露目しようと、最高のイブニングドレスをまとっていた。リリーはじっと座っていられず、座席で落ち着きなくもぞもぞするばかりで、体を伸ばして馬車のカーテンをめくり、外を覗いた。

「はっきり言ってね、リリー」カメリアが四度目の注意をした。「外は暗くてなにも見えないわよ」

「わかっているわ。〈ハルステッド館〉の明かりがもうすぐ見えるんじゃないかと思っているだけ。あとどれくらいで着くかしら?」

シャーロットが辛抱強くほほえんだ。「もうすぐよ、もうすぐ」

次にリリーが外を覗いたとき、彼女は小さな金切り声をあげた。「あれだわ！　なんて豪華なの」

ほかの姉妹もこうなると、ひと目見ようと窓に張りついた。客を迎える明かりで煌々と輝く〈ハルステッド館〉は、じつに立派な邸だった。大きさではウィローメアの館と同じくらいだったが、外観の面ではるかに壮麗だった——ただマリーの目には、ウィローメアのように整然としていないがゆえの魅力はないように思えたが。黒っぽい灰色の石造りで、完璧なアルファベットのEのような対称形をしており、邸の前に広がる芝生も同様にきっちりととのえられ、芝生を横切る散歩道は完璧なXの形で、その散歩道と交差する一本の小径が、玄関先の曲線を描く馬車道とつながっていた。玄関扉の両脇に颯爽《さっそう》とした従僕が立っており、ひとりが馬車のドアを開け、もうひとりが玄関扉を開けて、入っていく一行をおじぎで出迎えた。

執事に案内され、二階まで吹き抜けで床が白黒の大理石の玄関ホールを抜け、落ち着いた海の碧色《へきしょく》と白で統一された控えの間に通された。部屋の中央にあるベンチで、冴えわたった美しさを醸しだすアイスブルーのドレスをまとい、大きな白真珠のチョーカーを首に巻いたレディ・サブリナが待っていた。数フィート離れたところでは、乳白色の肩と白鳥のように優雅な首を引き立たせる濃い金色のドレスをまとったレディ・ヴィヴィアンがいて、白髪まじりで少しなで肩の年輩の紳士と陽気におしゃべりしていた。

マリーたち姉妹が入っていくと、サブリナの目が大きく見ひらかれた。流れるような動作で立ちあがり、進みでて姉妹に挨拶をした。「まあ、すごいわ、なんて美しいんでしょう」頭を振りながらマリーの手を両手で握りしめ、内緒話でもするように前かがみになった。「ロンドンで仕立てたドレスの威力はすばらしいでしょう?」

彼女は姉妹にクリスチャンネームを使って心あたたまる挨拶をし、それからほかの面々に向きなおった。「シャーロット、フィッツ、あなたたちも親愛なるヴィヴィアンも、こんなに早くいらしてくださって、うれしいわ。それにロイス……」ゆっくりと笑みが浮かぶ。「あなたも仲間入りしてくださるなんて」手を差しだすと、ロイスは手を取ってかがみこむようにおじぎし、そして手を放した。一歩下がり、近づいてくるヴィヴィアンと年配の紳士のほうを向いた。

「サー・ロイス。タルボットのみなさん」年配の男は、ひかえめな物腰でそれぞれと握手した。

「あなた、伯爵さまの従妹たちを紹介いたしますわ」サブリナがにっこりと男性にほほえみ、姉妹の紹介をした。マリーの思ったとおり、紳士はサブリナの夫でありヴィヴィアンのおじであるハンフリー・カーライル卿だった。サブリナは思いついたかのように、ヴィヴィアンに顔を向けた。「いけない、もちろん、あなたがたはレディ・ヴィヴィアンをご存じよね」

「もちろんですわ」ヴィヴィアンはサブリナの横をすり抜け、輝くような笑みを浮かべて、バスクーム姉妹のひとりひとりにあたたかな挨拶をした。「またお会いできてうれしいわ。

どなたも、とてもすてきよ。次の社交シーズンには、ロンドンは大騒ぎね」

「来年はロンドンにいらっしゃるの？」サブリナが驚いて姉妹に向いた。「そうなの……すばらしいことね。あなたがたなら、きっと大丈夫。年配のご婦人がたにおそれをなさないようにだけ、気をつければいいわ。少なくとも」にこやかにえくぼを作って言い添える。「おそれをなしてもいいけれど、それを見せないようにね」

「それなら心配ありませんわ」ヴィヴィアンが請け合った。「バスクーム姉妹がおそれをなすものなんて、ないと思います。いずれにせよ、デビューが円滑にいくようにわたしが付き添いますから。次のシーズンには彼女たちの後見役を務めるつもりですの」

「そうなの」

「ええ。舞踏会をひらいて、姉妹をみんなご紹介しようと思っております」

「公爵さまのお邸で？」サブリナの笑みがわずかに揺れた。

「もちろんですわ。あそこの大舞踏室くらいしか、間に合う部屋がありませんもの。シーズンでも目玉の催しとなりますわ」

「あなたにまかせておけば安心ね」サブリナはマリーに顔を向けた。「正直言うと、〈カーライル館〉に初めてうかがったときは、わたくしも圧倒されましたのよ」マリーの腕を取り、ヴィヴィアンたちから離れつつ、頭を寄せて内緒話をするように声を落とした。「あのヴィヴィアンは、もちろんそのお邸で育ったのよ。だから、わたしたちがそれだけ威風堂々とした場所に放りだされたときの気持ちなんて、わからないのよね。まあ、このお邸だって立派なものだから、人によってはくつろげないでしょうね。あなたにとってはウィローメアも同じようなものかしら」

「たしかにウィローメアは大きなお邸ですわ」マリーはウィローメアが好きだったので、言葉を濁した。もし先にロンドンの〈ステュークスベリー邸〉に滞在しなかったら、おそらくもっと威圧されていただろう。ウィローメアは〈ステュークスベリー邸〉より広大だが、建物が無秩序に広がっていたり召使いも親しみがあったりで、堅苦しさが少ない。使いこんで味わいのある家具や、邸で暮らした何代にもわたる人々の足跡が残っていて、生活感があるのだ。

気づくと、ふたりのうしろから、ほかのみなもゆっくりとついてきて、いつのまにか、またマリーとサブリナの周囲に集まっていた。

「心配しないで」サブリナが話をつづけた。「かならずウィローメアに慣れると思うから。少なくとも〈ハルステッド館〉も昔ほど陰気な感じではなくなったわ。ハンフリー卿と結婚してすぐ、この部屋も含めて、いくつかの部屋に手を入れたのよ」

「そうね、昔はこの部屋と食堂を結ぶ扉は、ジャコビアン様式の彫刻入りクルミ材だったものね」レディ・ヴィヴィアンが明るく言った。「もちろん、あんな古くさいものはなくしたほうがいいと、みな思っていたんでしょうけど」

サブリナは小さく忍び笑いをした。「あいにくヴィヴィアンは、昔のほうがずっとよかったと思っているのよ。手を入れてしまったわたしを、いまだに許してくれないの。もちろん、あの扉はすてきだったけれど、あまりに大きくて暗い色だったんですもの」そこでロイスを見る。「あなたも覚えておいでよね、ロイス?」

「それは申しあげられません、奥さま」

そっけない返事に、一瞬、部屋は静まり返ったが、フィッツが助け舟を出した。「このお邸の変化は、あなたと同じくらい美しいですよ、レディ・サブリナ」

サブリナはフィッツに輝くような笑みを見せた。フィッツをちらりと見たマリーは、笑みを返した彼が目もとまでは笑っていないことに気づいた。そのとき初めて、フィッツのお世辞の裏には、まったくちがう真意があるのかもしれないと思った。鋭い目でもう一度フィッツを見てみたが、彼はすでに顔をそむけていて、表情は見えなかった。フィッツはサブリナのことをよく思っていないのだろうか。

マリーは眉をひそめた。サブリナやヴィヴィアンのように、どんな集まりでも注目の的になっていただろうと思われるすてきな女性ふたりでも、ひとつ屋根の下で暮らすと衝突してしまうのは、当然のことなのだろう。それでも、サー・ロイスやフィッツのように女性の扱いはお手のものの男性でも、サブリナのような美女に悪い感情を抱いているのはどうしてなのか、不思議に思わずにはいられなかった。

ハンフリー卿は、その部屋にいるなかで最高位の女性である姪をエスコートして食堂に入った。というわけでサブリナにはフィッツが付き、シャーロットはサー・ロイスがエスコートした。マリーたち姉妹は、そのあとからぞろぞろとついていく。みながテーブルについてみると、いつもの序列とはちがって、サー・ロイスとフィッツが女性たちのまんなかに配置され、一同全員が長いテーブルの上座に集められているのがわかった。

「順序がなっていなくて、ごめんなさいね」サブリナが言った。「うまく釣り合いが取れるように、独身の紳士をお招きしようかとも思ったのだけれど、できなかったの。だから、紳士はあなたたちおふたりだけになってしまって、許してちょうだいね。そのほうが、楽しい会になるだろうと思ったのよ」サブリナは左に座っているロイスにほほえんだ。「お互いによく知っている人たちばかりだから、まるで家族の集まりみたいでしょう?」

「現に血縁関係にある人間もいますからね」ロイスが言った。「まあ、まったく関係のない人間もいますが」

彼はテーブル越しに視線を送ってよこし、マリーは頬が赤く染まっていくのを感じた。いまいましい人! こんなふうに反応してしまうのが腹が立つ。いまだって彼を見るだけで、本能的に惹かれてしまっている。彼の豊かな髪の指どおりや、彼の手の感触、彼の下で全身に快感が押し寄せていたことがよみがえる。

マリーは自分の体の反応が恥ずかしく、料理の皿に目を落とした。女性というものは、こんなふうではないはずよね? こんなに男性を求めて、欲望にうずいて――彼の愛ではなく、肉体を求めるなんて? もし彼の求婚を受けたら、あの快楽がいつでも好きなときに手に入るのだということを、マリーは考えずにいられなかった。少なくとも跡継ぎが生まれるまで、肉体の交わりはだれもが認めることで、当たり前のことになる。でも、快楽のためだけに結婚するわけにはいかなかった。激情に流されただけの結婚は、長くはつづかない。つづくわけがない。そして結局、それでは幸せになれないことはわかりきっていた。

まわりでは会話がつづいている。フィッツもヴィヴィアンも話し上手で、どことなく場がしらけてくると、いつでもふたりがロンドンの噂話やニュースを提供して場を盛りあげた。マリーはほとんど会話に参加しなかったが、レディ・サブリナまでもが今夜は口数が少ないようだった。話題がロンドンや社交シーズンのことに及ぶと、サブリナの瞳が輝くことにマリーは気づき、そういえばサブリナが田舎は退屈だと言っていたことを思いだした。うんと年上の男性と結婚して、こんな田舎に引っこんでいなければならず、彼女もつらいのだろうと思った。

晩餐はいつ終わるともしれなかった。ウィローメアでの夕食よりはるかにあらたまっていて、次から次へと料理が出てくる。魚料理の段階で満腹になってしまったマリーは、そのあとはただ皿をつつくだけになっていた――けれど、どの料理のときにも使う食事道具が自然とわかっていることに気づき、ささやかな誇らしさが胸にこみあげた。

やっとサブリナが席を立ち、ポートワインを飲む男性陣を残して女性は部屋を移りましょうと合図したときには、ほっとした。サブリナが談話室と呼ぶ部屋に移動したが、奥行きの長い部屋に椅子とソファが何カ所かにかためて配置され、ぴかぴかに磨かれたマホガニーのテーブルが中央に置かれていた。

「いらっしゃい、マリー」サブリナはふたたびマリーの腕に腕を通した。「一緒に部屋をまわりましょう」

マリーは笑顔で大きな部屋の外周を歩きはじめ、ヴィヴィアンと妹たちは片隅のソファと椅子に落ち着いた。

「またお友だちができてうれしいわ」サブリナは愛らしい笑顔でマリーに言った。「ここでは同じくらいの歳の人がいなくて、毎日がさびしいの。話し相手がいるって、ほんとうにすてきだわ」

「友人だと思ってくださって、うれしいです。わたしは妹たちとの暮らしに慣れていますから、女性の話し相手がいないなんて、どんなにつらいことか想像もつきませんわ」

「晩餐のときは気詰まりではなかったかしら」

「いいえ、とても楽しかったですわ」マリーは心にもないことを言った。少しも楽しめなかったが、サブリナが悪いのではない。

「ロイスったら……」サブリナはため息をついた。「時がたてば傷も癒えるのじゃないかと思っていたのに。またお友だちに戻れるだろうって。でも、あきらかに無理なようね。そんなにも傷が深かったんだわ」

マリーの心に好奇心がむくむくと湧いてきた。「あなたとサー・ロイスはお友だちだったんですか？」

サブリナは少し目を丸くして、こちらを向いた。「もしかして――知らなかったの？　だれからも聞かなかった？」

マリーはかぶりを振った。「どんなお話？」

「サー・ロイスとわたしは昔、死にそうなほど愛し合っていたの」

マリーは食い入るようにサブリナを見つめた。突然、心臓が足もとまで落ちたかのような気がした。「なんですって？」

サブリナがうなずき、なつかしげな表情をした。「心から愛し合ったわ。でも、よくある哀しい結末よ――わたしの両親がいい顔をしなかったの。そして、先代の伯爵さまからも反対されたわ」

「どうして――いつ――いえ、ごめんなさい、知らなくて」マリーは力のない声で言って口をつぐんだ。こんなところにいたくないと思った。いま聞いた話で頭がくらくらしていたが、懸命にショックを隠そうとした。自分がロイスに少しでも特別な感情を抱いていると、サブリナに思わせるわけにはいかなかった。

「召使いかシャーロットから聞かなかったなんて、驚きだわ」サブリナが話しつづける。「このあたりでは知れわたっていたのよ。もちろん、もうずいぶん昔の話だけれど。ふたりとも若かったのね。たぶん、両親が正しかったんだわ。でも当時は、とてもつらかった」

「どんなことがあったんですか？」このような質問は、ミス・ダルリンプルには失礼だと言って怒られそうだが、訊かずにはいられなかった。

「わたしの家はかなり血筋がよいほうなの――母の従兄は伯爵で、父も男爵の子息よ。でも、財産がなくて、わたしは裕福な家に嫁がなければならなかった。だからサー・ロイスとの結婚を反対されたの」

「でも、ロイスだって――」

「ロイスの財産と地位もそれなりのものよ。でも、両親は困窮を極めていて、もっと財産のある資産家の結婚相手が必要だった。そんなとき、ハンフリー卿からも求婚されたのよ」

「無理やり結婚させられたんですか？」マリーはあ然とした。

「いいえ、両親もそれほど残酷ではなかったわ。でもロイスとの結婚は許されず、わたしも両親に逆らうことはできなかったの」

両親からどんなに望まれたとしても、愛する人がいるのにべつの人と結婚するなんて、マリーには想像がつかなかった。しかしそれを口にはしなかった。

マリーの思いをくみ取ったかのように、サブリナは小さなため息をついた。「臆病者だと思うでしょうね。あなたなら、アメリカ人らしいその大胆な反骨精神で立ち向かったのでしょうけれど。でもわたしは、自分のせいで家を断絶させるようなことはできなかった。あなたのふるさとでは事情がちがうのだろうけれど、ここでは、わたしたちのような人間のあいだでは、両親の望むとおりの結婚をするの。ハンフリー卿はいい人よ、やさしくて。これまでとても模範的な夫でいてくれているわ」

マリーは、自分の母親が父親の意向にそむいたことを思った。国のちがいというより、性格のちがいではないだろうか。

「自分のしたことを悔やんではいないわ」サブリナは目に涙を浮かべ、そっと言った。「でもロイスを傷つけたことはほんとうに後悔しているの。彼はものすごく怒ったわ。親の言うことなどはねつけろと言った。グレトナ・グリーンまで駆け落ちしようって。でも、わたしにはできなかった――そんな醜聞を起こせば、わたしの家の問題はいっそう深刻になる。ロイスがとんでもない騒ぎを起こすのではないかと心配したけれど、先代の伯爵さまとオリヴァーが、スコットランドにあるタルボット家の土地に彼をやってくださったの。ときが経てばロイスも許してくれるのじゃないか、彼も幸せな結婚をしてくれるのじゃないかと思っていたのだけれど。彼はこれまで独身を貫いてきた」

もっともなことでしょうね。

いまやマリーにはすべてがはっきりと見えた。ロイスの行動のなにもかもが理解でき――驚きとやりきれなさに包まれる。彼がサブリナにそっけなく、失礼なほどの態度だったこともうなずける。彼女と顔を合わせるのがつらすぎるのだろう。傷つけられたことを責めているのだろう。彼はサブリナを愛していた。その気持ちは、消えることはないのかもしれない。

「あの――昔のつらいことを聞いて、ほんとうにお気の毒ですわ」マリーはふさわしい言葉を懸命に探した。とにかくここを出て、家に帰りたい。部屋にこもって、このことをもっとゆっくり受けとめたい。どうしてロイスはなにも話してくれなかったの？

「やさしいのね」サブリナがマリーの腕をそっとつかんだ。「胸の内を明かせる人がいるって、とても心強いわ」

マリーはあいまいにほほえみ、もうこれ以上胸の内を明かさないでと思った。それを感じ取ったのか、サブリナはほかのみなのところへゆっくりと歩いていった。マリーは、ソファに座ったローズとカメリアのあいだにするりと入った。

まもなく男性陣も部屋を移ってきたが、それからはあっというまに活気がなくなっていった。ロイスは見るからに落ち着きがないし、さすがのフィッツももはや会話をはずませようとはしなかった。帰りの馬車のなかではだれもが無口で、いつもはおしゃべりなリリーとシャーロットまで静かだった。マリーは目を閉じて座席にもたれたが、頭のなかは煮えたっていた。自分とサー・ロイスのあいだに起きたことをすべて、今度は新しくわかったことをふまえて反芻《はんすう》してみた。彼が恋に落ちることはないと言っていたのも、無理はない。彼はすでに、もう手の届かない女性に恋してしまっていたのだ。だれと結婚しようが、どうでもいいのだろう。

少なくとも、マリーは求婚を受けなかった。おかげで少しは、情けない気持ちもやわらぐ気がした。それでも、憤りを燃やさずにはいられない。サブリナとの過去を明かさぬまま、よくも彼女に求婚できたものだ。もちろん、マリーを愛することはないと明言していたけれど、ほかの女性を愛していることを明かすのとは別問題だ。手の届かぬほかの女性に焦がれている男性と結婚したい女性なんて、いないように思えた。当然、マリー自身、そんな結婚はごめんだった。

館に着くと、マリーは頭痛がすると言ってまっすぐベッドに入った。ロイスのほうは一度も見ることなく。小間使いにあれこれ世話を焼かれるのも耐えられなかったので、ドレスだけ脱がせてもらうと、髪は自分でできるからと言って、すぐにプルーを床につかせた。

鏡台の前の椅子にどさりと座ったマリーは、髪からピンを抜いて巻き毛を引っぱったが、痛くて涙が出てきた。正直、泣きたかった。火がついたようにしゃくりあげて泣くほうが楽だった。そうすれば、少なくとも胸に渦巻くドロドロした感情を少しは吐きだすことができるだろう。けれども、涙も眠りも簡単には訪れなかった。翌朝、太陽が初めて空に光の筋を投げかけるころになっても、彼女はまだベッドで寝返りを打っていた。

二、三時間は眠れただろうか、目を覚ましたのは朝食の時間が終わってからだった。紅茶とトーストを部屋まで運んでもらえば充分だ。今日はずっと部屋にこもっているつもりだった。ミス・ダルリンプルには好きなだけ小言を言わせておけばいい。まだとてもロイスに会うことはできない。

母のトランクに入っているほかのものも、また見てみようかと思った。日記もまだぜんぶは読んでいない。あるいは子ども部屋を見にいって、母フローラのものだった本などを探してみようか。あいにく、どちらの計画もやる気が起きなかった。しかしトランクのことで屋根裏部屋を思いだし、サー・ロイス宛ての手紙の束が頭に浮かんだ。あれはサブリナからの恋文だったのだろうか？　そう思うと心が動かされ、屋根裏に上がって手紙をとってきたくてたまらなくなった。

そんなことはまちがっている、ひどいプライバシー侵害で、そんなことをしてはいけない、とマリーは思った。けれども気持ちが抑えられず、トーストを食べて服を着るあいだも、何度も考えてしまうのだった。結局、気持ちをまぎらわすために、一週間以上前に収納箱にしまいこんだ破れたナイトガウンを取りだし、繕うことにした。

ベッドの足もとにある収納箱に行き、毛布の下を探って丸めたナイトガウンを引っぱりだした。収納箱のふたを閉めてから、なにかおかしいと気づいた。もう一度収納箱を開け、よくよく考えながら中身をあらためた。そして、わかった——書類を入れたかばんが、毛布のあいだにないのだ。

マリーは眉をしかめて収納箱に手を入れ、内側をぐるりと手で探って、小さな革の肩掛けかばんを探した。毛布の下や、あいだにも手を突っこんでみた。小間使いがなにかの拍子にさわって、場所が変わってしまったのかもしれない。この収納箱にかばんを入れたのはまちがいないが、念のため、すべての抽斗を見て、大きな衣装だんすの底まで調べた。かばんはどこにもなかった。

裁縫箱にナイトガウンを押しこむと、マリーは呼び鈴でプルーを呼んだ。小間使いは革のかばんを見ていなかったが、マリーが探した場所をもう一度すべて確かめ、四つんばいになってベッドの下まで覗いた。

次にマリーは、妹たちに聞くことにした。階下の図書室から笑い声が聞こえたので、すぐに見つけられた。図書室に足を踏み入れると、三人の妹はフィッツやロイスとテーブルのひとつについていた。かばんがないことにあわてて、ロイスに会うかもしれないことを忘れていた。マリーは顔が赤くなっては青くなり、舌が口のなかでくっついてしまったような気がした。入ってこなければよかったと痛烈に思ったが、もはや出ていくことはできない。

やっとの思いでロイスから視線を引きはがし、ローズを見た。「なにをしているの?」けげんな顔で一同を見まわす。「ミス・ダルリンプルはどこ?」

「しーっ」フィッツが人さし指を口に当てて注意する。「ぼくらはちょっと、とんずらしてるんだ」

「フェローっていうトランプを使った賭けゲームを教えてもらっているの」カメリアがにんまりと笑った。

「そうなんだ、ぼくときたらまんまと、カメリア嬢はゲームを知らないと思いこまされて」フィッツはつづけた。「ところがどっこい、彼女は海賊シャープ船長も顔負けだ。ごらんのとおり、ぼくの財産をずいぶんと減らしてくれたよ」前に積まれたボタンの山を手ぶりで示す。

「たしかに危険な状況にあるようね」マリーはそっけない顔を見せた。「妹たちが道を踏みはずさないようにお願いするわ。ミス・ダルリンプルがこれを見たら、お怒りなんじゃなくて?」

「知らないの?」リリーがさえずった。「われらがミス・ダルリンプルは、フィッツのすることならなんでも文句をつけたりしないの。ご寵愛《ちょうあい》がサー・ロイスから彼に移ったみたい」

「非常にがっかりしているんだがね」ロイスはマリーが全身を震わせるような笑みを浮かべた。「心配無用。フェローは社交界のレディたちにもまったく問題なく受け入れられているゲームだから」

マリーが笑顔を返すことはなかった。こんなふうに傷ついて怒っているのに、それでも彼の笑みに反応してしまうなんて、腹立たしいにもほどがある。

「一緒にやりましょうよ、姉さま」ローズが誘った。「もうひとり入っても大丈夫よ」

「いいえ」マリーはあわてて断わった。「わたしはいま、ちょっと、繕い物をしていて」ロイスが信じられないと言いたげに眉をつりあげたが、気づかぬふりをした。

リリーが顔をしかめた。「手伝ってって言われるのかしら」

「いいえ。じつはね、わたしの肩掛けかばんがなくなったの。どこにもないから、だれかが持っていったのじゃないかと思って」

五人とも、一様にぽかんとしていた。

「わたしたちの書類が入ったかばんよ」マリーは説明した。

「そんなもの、わたしたちには必要ないでしょう?」リリーが困惑する。

「わたしもそう思ったのだけれど、あれを持っていくなんてあなたたちしかいないもの」

妹たちは、かばんを持っていったりはしていないと言った。持っていくどころか、伯爵家の邸に住むようになってから、書類など思いだしもしていなかった。

「かばんがないのか?」ロイスが眉根を寄せた。「ほんとうに?」

「ええ。プルーと一緒に部屋じゅうを探したけれど、どこにもなかったわ。いったいどこに行ったのか、まったく思いつかなくて」

「盗まれたと思っているのかい？」フィッツが訊いた。

マリーは仰天して彼を見た。「盗まれた？　あんなものを盗る人がいるかしら？　重要なものはなにも入っていないのよ。父名義の農場の譲渡証書と、ミスター・マクリーディから買った馬車と馬を売ったときの領収証だけよ。大事な書類――わたしたちの出生証明書と、両親の結婚証明書と、母が書いた手紙は、伯爵さまが預かって、ロンドンの金庫に入れてくださっているもの」

「盗んだ人間は、それを知らなかったのかも」とロイス。

「本気で言っているの？」マリーは男性ふたりを交互に見た。「ほんとうに盗まれたと思う？」

フィッツが肩をすくめた。「ちがうかもしれない。ここに泥棒が押し入って、それだけを盗むというのもあまり考えられないな」

「そうね」マリーは、この館にある高価な品々を思った――たかが革の小さなかばんより燭台や花瓶を選ぶだろうし、ましてや銀製の食卓用飾り皿や茶器、まさにこの部屋のマントルピースに置かれた金とエナメルの箱にかなうはずがない。

「それでも……なくなったのには理由があるだろう」ロイスが言った。「この二、三週間で、おかしなことがいくつか起きている。かばんがなくなったのは、いつ？」

「わからないわ」マリーはため息をついた。「ここに来てからだったら、いつでも可能性があるわ。最初に着いたとき、収納箱に入れたのだけれど、それからずっと気にすることもなくて。たまたま今日、気づいただけなの」

「ボストウィックに召使いを調べさせよう。だれかが手に取って、べつの場所に置いたのかもしれない」

マリーはうなずくと、出ていこうと背を向けた。ちょうどそのとき、ミス・ダルリンプルの騒々しい声が廊下から聞こえた。「お嬢さまたち？　どちらにおられるのですか？　音楽のレッスンのお時間ですよ」

カメリアがうめいたものの、妹たちは椅子を立った。フィッツも立ちあがり、まじめな顔で、自分が付き添い婦人の矢面に立つと約束した。

マリーも彼らにつづいて部屋を出ようとしたが、ロイスが立ちあがって言った。「マリー、少し時間をくれないか」

マリーは振り向かなかった。「みんなと一緒に行かなくちゃ」

「ミス・ダルリンプルには、あとでぼくから説明しておこう」ロイスがテーブルをまわりこんで近づく。

彼よりも先にドアに駆けつけるしか、逃げる方法はなさそうだったが、競走するようなはしたないまねはしたくなかった。マリーは彼に面と向かい、胸を張った。「かばんについてほかにお話しすることは、もうないわ」

「なくなったかばんの話をするつもりじゃない」ロイスは図書室のドアを閉めてマリーのところへ戻った。

マリーは閉ざされたドアを見やった。「ドアを閉めるなんて少し軽率ではありませんこと?」

「かもしれない。だが、ぼくもきみもこれからの話をこの館のだれにも聞かれたくないだろうから」

「わかったわ」マリーは、暴れる感情を抑えこもうとするかのように腕を組んだ。動揺、怒り、憤り、苦悩、嫉妬——そのすべてがせめぎあっていたが、ロイスに少しでも、ひとつでも気取《けど》られたくはなかった。よく考えもせずここへおりてきたのが悔やまれた。「いったいなにを話したいの?」

「ぼくたちの結婚のこと」

「結婚なんてしないわ」

「しなくてどうする」いらだちがロイスの顔によぎった。「いい加減、現実を見るんだ、マリー。きみの風評が、きみの将来がかかっているんだ。ぼくと結婚する以外にないんだよ」

マリーの眉がつりあがった。「以外にない?」

「マリー、そういう態度はよせ。いったいどうした? きみの名誉のためには——」

「名誉なんてどうでもいいの!」マリーの瞳が燃え、腕を体の両脇におろしてこぶしを握った。「わたしを愛していない男性とは結婚しないと言ったでしょう。ましてや、ほかの人を愛している男性とはね!」

ロイスは目を見ひらいた。「なんだって?」

「昨夜、レディ・サブリナがあなたのことを話してくださったわ」サブリナの名前にロイスが顔色をなくしたのを見て、マリーは手痛い満足感を味わった。

「それはきみたちふたりとも、さぞ楽しかっただろうね。サブリナはなんと言っていた？」

「あなたたちは愛し合っていたけれど、彼女のご両親が結婚に反対して、ハンフリー卿と結婚させられたということだったわ。あなたは駆け落ちしようと言ったけれど、彼女は拒んだと」

ロイスはくるりと目をまわした。「いまだにうそばかりついているのか」

「それでは、ちがうというの？」マリーは頭を高くもたげて近づいた。「彼女を愛してはいなかったと？」

ロイスの頬がぴくりと動き、瞳には邪悪な光がきらめいた。一瞬、マリーは、答えてくれないのではないかと思った。

しかしそのときロイスは、うなるような声を出して顔をそむけた。「いや！　いいや、愛していたとも。だが、彼女の言ったこととは少し話がちがう」そしてきびすを返す。「彼女の両親は、ぼくとの結婚を反対したりはしなかった。両親ではなく、彼女自身が決めたことだ。サブリナもそれなりにぼくのことは好きだったが、彼女がいちばん関心を持っていたのは金さ。いや、ちがうな――もうひとつある。金と、地位だ。ぼくにもそのふたつがあるにはあったが、ハンフリー卿も彼女に言い寄るようになった。そこで彼女は、ぼくを宙ぶらりんの状態にしておいて、彼の出方を見ていたんだ。そして彼に求婚されると、ぼくを切った

——いつものあのにこやかな笑顔と、器用なうそ泣きでね」

皮肉たっぷりの最後の口調に、マリーは身の縮む思いがした。彼の傷がいまだに癒えていない、なによりの証拠だ。彼はまだサブリナに未練を持っている。

「だから、彼女がわたしたちを訪ねてきたときに席をはずしたのね？　昨夜も、彼女のもてなす晩餐に行きたくなかったのね？　彼女に会うのが耐えられないんだわ」

「ああ、彼女に会いたくなかった。一生、二度と会わなくても万々歳だ。でも、きみには関係のないことだと思うね」

「あなたはわたしに求婚したのよ。それなのに、あなたが彼女をどう思っていたのか、いまだに思いを残しているのかどうか、わたしには関係ないことだと言うの？　未来の夫に愛する女性がほかにいても、妻は気にしないと？　あきれるほど傲慢なのね。あなたは妻を、人としてすら見ていない。どこかに大事に保管してある、ほかの所有物と同じ！　感情もなく、考える頭も、プライドもない存在なのよ」

「なんだって？　ちがう！　そんなことは思っちゃいない。頭でもおかしくなったのか？　きみのことをそんなふうに思っていると思わせるようなことは、なにもしていないぞ」

「じゃあ、なぜ彼女のことを話してくれなかったの？　あなたの心はサブリナに捧げたんだってことを」

「捧げてなどいないからだ！　まったく、マリー、きみはぼくの言葉をねじ曲げて解釈している。昔、彼女を愛したことは認めるが——もう十二年も前だ。もう愛してはいない」

「そうかしら？　彼女との思い出や、大きかった彼女の存在が忘れられず、傷が深かったものだから、彼女がわたしたちを訪問した日の夜は酔っぱらっていたでしょう？　酒場に行って、飲んで、館に帰ってからも飲んで、愛して失った女《ひと》のことを考えていたのよ」

「酒場に行ったのは情報を集めるためだ。町で不審な男を見かけていないかどうか。酔っぱらっていたのは、町の人間にできるだけしゃべってもらおうと、陽気にやっていたからさ」

「たまたま、それが、あの日の夜だったというの？」マリーは疑わしげに片方の眉をあげた。

「あの夜、あなたはわたしにキスをした。酔っぱらっていたあなたの前に、彼女ではなく、たまたまわたしがいたから！」マリーは涙がこぼれ落ちるのがこわくて、口を閉ざした。彼のことで涙を流すところなんて、見られたくない。

「ちがう！　そうじゃない！」ロイスは瞳に炎を燃やし、長い脚で一歩、前に出た。

「そう？　あなたは泥酔していた。彼女を忘れようとしていた。ほんとうに求めている女性の身代わりに、わたしを利用したのよ」

「そんなふうに思っているとは、なんというおばかさんなんだ」ロイスは彼女の両肩を、指先が食いこむほどきつくつかんだ。「この数週間、ぼくをきりきり舞いさせているのは、ほかならぬきみだ。わからないのか？　毎晩、ベッドで考えるのは、きみのことだ。夜も眠れず、廊下の先にあるきみの部屋に行きたくてたまらないのを、汗だくで、身を焦がしながら耐えているんだぞ。ああ、マリー、ぼくがほしくてたまらないのは、きみの唇、きみの胸、きみのやわらかな白い肌なんだ。それなしでは、ぼくはもう生きていけない……」ロイスはかたく唇を結んで彼女を見おろし、緑の瞳をもどかしさと熱っぽさでぎらつかせていた。

マリーは言葉もなく、彼を見あげていた。驚きすぎて、口がぽかんと開いている。なまなましい情熱のたぎる彼の言葉に心を揺さぶられ、マリーは体の奥が熱く、うずいていた。

「そうなんだ、マリー、ぼくが望むのは、きみだけだ」つかのま、彼女を見つめるロイスの顔には、まぎれもない欲望が刻まれていた。彼は頭を下げてキスをした。

22

マリーは震え、彼のキスと、全身にうねる渦に引きこまれまいとした。けれど彼にふれられたとたん、呼び覚まされた欲望はもう否定できなかった。ロイスの唇が激しく、強く、彼女の唇を求め、抗うことができない。

マリーは彼に抱きつき、体を押しつけ、もう一度、彼の強さ、たくましさを感じ、その引き締まった体をやわらかな体で受けとめたかった。彼の両手が動き、ぴたりと体が寄り添うように背中とお尻を支えられ、マリーは身震いした。愛し合ったときのことが怒濤《どとう》のようによみがえり、いまかきたてられている快感と、妖しいまでにないまぜになる。彼の指先が、ふっくらとした尻の肉に食いこみ、彼女を持ちあげて、かたく張りつめた彼にぴたりとあてがった。彼がそのままマリーを揺さぶると、うずいてうち震える彼の欲望が伝わった。

ロイスの唇が、肉体でかなわぬ思いを唇で遂げようとでもいうように、マリーの唇をむさぼり、片手が上がって彼女の胸を包んだ。彼女の肌はこのうえなく敏感になっていた。全神経が肌の表面に集まってきたかのようで、わずかな動きにも反応してしまう。ロイスは彼女のドレスの前に手をすべらせ、自分の望むものをおおい隠している布を、もどかしげに押しやってなかへ入った。むきだしの肌をなで、かたくなったつぼみを指でもてあそぶと、マリーの両脚のあいだに潤いが噴きだした。彼女はわななき、いまにもひざがくずおれて床にへたりこみ、とろけた欲望のかたまりになってしまいそうだった。

しかし、ロイスのもう片方の手が鉄のように彼女を抱え、支えていた。彼は頭を上げてマリーの顔を見おろした。声にならない音をたて、身をかがめて彼女ののどに口づける。やわらかなのどを唇が下へとなぞり、ついばみ、歯や舌も使って、彼女の欲望をさらにかきたてる。

ロイスは彼女の胸を手のひらで包み、頭を下げて先端を口にふくんだ。やさしく、しかししっかりと吸い、舌を先端にからめて、あたたかいベルベットのような感触を残していく。マリーのなかに欲望が脈打った。体にぽっかりと穴が開いたような気がして、早く埋めてほしくてたまらなかった。彼が力強くなかに入り、彼女を押し広げ、彼女を彼のものにした、あのすばらしい感触がよみがえる。あれをもう一度、味わいたい。彼を知りたい。彼を抱きしめたい。彼を包みこみたい。マリーは張りつめた興奮と欲望で体を震わせた。

「マリー……頼む……」ロイスはつぶやき、やわらかな彼女の胸にキスをして、彼女の脚のあいだに手をすべりこませてそこを包んだ。「どうか……」

彼の指がしゃにむに動き、ドレスの布を通して彼女を昂らせていく。マリーの内側で快感が高まり、絶頂に向かってらせんを描く。意識が朦朧とし、体が締まり、うずく快感だけに神経が集中していった。あと少し……いまにも手が届きそう……。

「きれいだ」低くかすれた彼の声が響いた。「ぼくの愛らしいマリーゴールド。ぼくの妻」マリーはびくりとし、醒めた理性がまたたくまに戻った。彼女は身を振りほどいた。「いや！」肉体はまだ欲望にうずき、肌は震えていたが、それは無視した。

「マリー！」ロイスがぼんやりと前に一歩出て、手を伸ばす。

「いやよ」彼女は飛びのき、急いでドレスをかき合わせてむきだしの胸を隠した。「やめて。こんな手を使って話をごまかさないで。前にも言ったはずよ――あなたとは結婚しないわ」マリーはくるりと背を向けた。

「それはどういう――」ロイスは憚りなく悪態をつき、彼女の背中を見つめた。「無駄だ、マリー、きみはぼくと結婚するんだ」

彼女は目をらんらんと輝かせ、頬を紅潮させてきびすを返した。「そう思っているのなら、わたしのことをなにもわかっていないのね」


それから数日間というもの、マリーとロイスのあいだには静かな戦いが勃発していた。館にいるほかの人々にはまるでわけがわからなかったが、どうしようもなかった。ロイスが部屋に入ってくると、マリーは口実をつけて退出した。夕食のように避けようのない場所では、ふたりのあいだの空気は冷たく、会話もおざなりで、短くつっけんどんな返事しかしない。マリーが乗馬に出ることはなかった。いっぽうロイスは、しょっちゅういかめしい顔をして大またで外に出ていき、ひとりで長いこと馬に乗って出かけた。このふたりが突然、険悪になったことをだれかがうっかり話題にすると、それがだれであれ冷ややかな視線を向けられ、不都合なことはなにもないと否定されるのだった。ただひとり、ローズだけは事情をわかっているものの、彼女もマリーと同じく沈黙を保っていた。

ウィローメアに充満していた氷のような緊張感を破ったのは、数日後にガラガラと音をたてて庭に入ってきた伯爵の馬車だった。たちまち館じゅうに知らせが飛び、だれもが挨拶をしに出てきた。足もとにみすぼらしい犬を従えたオリヴァーがきびきびと館に入り、何重にもケープがついた乗馬用の上着を脱いだ。その上着と手袋を従僕にわたしたとき、バスクーム姉妹が廊下に現われ、付き添い婦人もつづいた。

リリーが甲高い歓声をあげた。「パイレーツを連れてきてくださったのね！」

パイレーツは鋭くひと声吠えて姉妹のもとへ駆けより、うれしそうにけたたましく吠えながら、できるかぎりのジャンプとねじり飛びを披露した。

「置いてこようとはしたんだが」跳ねまわる動物にオリヴァーは目をやった。「邸の者が連れていってくれと泣いて頼むのでね、断われなかった。彼は〈ステュークスベリー邸〉に来て以来、ランプをふたつ、花瓶を三つ、それから暖炉の衝立をひとつ破壊したんだ。嚙んでだめにした靴は数えきれない。ユーフロニアおばから贈られた室内履きはどうでもよかったが、あのブーツは気に入っていたんだぞ」

マリーはくすくす笑った。「それでもこの子を追いださずにいてくださったんですね」

「おや、そんなことができるものか。ホーンビーが必死ですべてをこいつから隠そうとしているのを見るほうが、はるかに楽しいのでね。いまのところ、パイレーツのほうがわたしの従者よりも一枚上手のようだ――わずかな差で」オリヴァーが指をぱちんと鳴らすと、パイレーツは静かになってお座りしたが、短い尻尾はまだ振っていた。オリヴァーはマリーの手の上にかがんで挨拶した。「従妹殿」それから妹たちにも次々と同じ挨拶をくり返し、それから弟に向かって握手した。「フィッツ」

「ようこそ」フィッツが挨拶した。「ぼくの二輪幌馬車を無傷で持ってきてくださったんでしょうね」

オリヴァーは冷ややかに弟を見た。「二輪幌馬車の扱いなら大丈夫。おまえのはクッションがよく効いているが、あの葦毛《あしげ》の馬は左に寄る癖があるな」

フィッツは不信感たっぷりに鼻を鳴らした。「どちらかと言えば、操る側の問題ですよ」

「ロイス」伯爵は、最後に義弟と握手し、尋ねるように眉を上げた。「なにかニュースは？」

ロイスはかぶりを振った。「先日、手紙を書いてからはなにも。今週は静かなものでしたよ」

オリヴァーはうなずき、姉妹に顔を向けた。「ちょっと失礼する。道中の埃を洗い流したいのでね。ではまた、お茶の時間に？」

姉妹は同意し、しぶしぶレッスンに戻った。しかしロイスは前に進みでた。

「オリヴァー……少し時間をもらえないだろうか」

マリーがふたりの紳士に鋭いまなざしを投げる。オリヴァーは、やや驚いたように義弟を見た。

「非常に大事な話があるんだ」ロイスがつづけた。

「いいとも。わたしの仕事部屋に行こう」

ふたりが出ていくのを、マリーは胸騒ぎを覚えながら眺めていた。

オリヴァーとロイスは無言で廊下を進んだが、伯爵の仕事部屋に入ってドアを閉めたとたん、オリヴァーが眉をひそめてロイスを振り返った。「なにがあった？　新たな問題はなかったと聞いたように思ったが」

「ああ、そういったたぐいのことではないんだ。ぼくが話したいのは、まったくべつの問題で。その……」ロイスは気まずそうに間を置いた。

「なんだ？」オリヴァーはすっかり好奇心をかきたてられていた。

「きみの従妹殿に結婚を申しこみたいのだ。つまり、マリーに」

つかのま、オリヴァーはロイスを見つめていたが、満面の笑みが広がった。「なんだ、すばらしいことじゃないか！　ああ、ああ、いいとも、許可するとも。だが、ロイス、どうしてそういうことになったんだ？　おまえはたしか――」

ドアにせわしないノックがあって、オリヴァーの言葉はとぎれた。

「ちょっと待て」オリヴァーはドアの外に言い、ロイスに向きなおった。

しかし、ノックはつづいた。今度はもっと強く。「ステュークスベリー伯爵！　サー・ロイス！　おふたりにお話があります」

「マリー！」オリヴァーはロイスの不安げな表情には気づかず、笑顔でドアを開けた。「これは都合がいい。たったいまロイスから、いい知らせを聞いたところだ」

「オリヴァーに結婚の許可を願いでた」ロイスは言い、彼女に正面から向き合った。「そのつもりだと言っただろう」

「さっき、あわてて彼と連れだっていったから、そうじゃないかと思っていたわ」マリーは腕を組み、嫌悪感もむきだしにふたりを見た。「そして、あなたは彼に〝許可〟を与えられたようですね」

「ああ、もちろん。ふたりとも、うんと幸せになってほしいと思っているよ」オリヴァーは彼女にほほえんだ。

「もちろん幸せになりますわ。でも、ここにいるふたりでなるのではありません」マリーはオリヴァーをにらんだ。「あなたも彼と同じで、わたしの言い分などおかまいなしですのね」

伯爵は目をむき、マリーとロイスを交互に見た。「すまない。なにか軽率な発言でもしたかな？　てっきり、ロイスはきみに申しこんだものと――」

「ええ、わたしと結婚する予定のことなら、彼から聞かされましたわ。彼にも言ったことを、ここであなたにもお返事します。わたしにはロイスと結婚するつもりはありません。いまも、今後も。ですから、楽しいささいな計画は好きなだけお立てなさいませ。ただし、わたし抜きで」

マリーはきびすを返し、大またでドアを出ていった。残された紳士ふたりは、そのうしろ姿をぼう然と眺めるのみだった。

「さて」オリヴァーがくるりとまわってロイスを見た。「おまえのレディの口説き方には改善の余地があるようだな」

オリヴァーはドアを閉めて戻り、デスクの前側にもたれて両脚を伸ばすと、足首を交差させた。そしてロイスをいぶかしげに見た。

ロイスは奥歯を嚙みしめた。「そんなに得意げな顔をしなくてもいいだろう。マリーを説得するのはきみの役目だぞ。彼女ときたら、世界一の頑固者だ。ぼくと結婚するのがふたりのどちらにとっても最善の道だということを、まったくわかろうとしない。しかも、いまやレディ・サブリナと仲よくするという考えにとらわれているんだ！」

「サブリナと！」オリヴァーの顔から、愉快そうな表情が消え去った。「なるほどね」

「なるほどね、じゃないよ」ロイスが見ると、オリヴァーの顔には哀しみと同情の入り混じった表情が浮かんでいた。ロイスははねつけるように手を振り、うなるように言った。「そんな目で見るのはやめてくれ。サブリナとはなんの関係もないことだ」

「そうかな？　おまえの結婚話は、突然、降って湧いたような印象を受けたが」

「マリーゴールドをサブリナの代わりにしようなんて思っちゃいない！　なんてことだ、きみもマリーと同じくらい、たちが悪い」

「彼女はサブリナのことを知っているのか？」オリヴァーの眉がつりあがった。

「サブリナから、ずいぶんと偏《かたよ》った話を聞かされてね。サブリナとぼくが熱烈に愛し合っていたのに、彼女の両親が結婚を許さなかった、と。ほんとうはどうだったか、説明しようとしたんだが。サブリナをどう思っているか話したのに、まったく聞く耳を持たないんだ」

「で、どう思っているんだ？」オリヴァーは静かに訊いた。

「べつに――どうしてもというときは、しかたなく同席する程度で。ぼくがあれ以上ばかなまねをしないよう、スコットランドにやってくれたことには、いままでいちばん感謝しているよ」

「当時はそうは思っていなかったようだがな。たしか、わたしに向かって、脳みそのない祖父の操り人形だと言ったぞ。あと、情熱も思いやりも持たない、善人面をした石頭とも」

「まあ、たしかにそのとおりだと思うが、サブリナの件ではきみは正しかった。彼女と結婚しなくてすんでよかったよ」

オリヴァーはかすかな笑みを浮かべて義弟を観察し、そして尋ねた。「本気でわたしの従妹と結婚したいのか？　もちろん、わたしはうれしいが、気負って考えることはない。先日そんなことも言ったが、本気だったわけじゃない。言っておくが、おまえのことはすでに家族だと思っている。おまえがだれと結婚しようと」

「わかっているよ」ロイスは一瞬オリヴァーと目を合わせたが、すぐにそらした。「きみに言われて考えたわけじゃない。理にかなったことだからだ。先代の伯爵も喜んでくださることだろう」

「だが、もちろん、それだけでは結婚に不充分だ」

ロイスは顔をしかめた。「愛だの永遠の献身だの、きみまでたわごとを並べたてるつもりじゃないだろうね。理にかなった結婚を考えるという意識は、ほかのだれよりわかってもらえると思っていたが。いい縁組みだと思うよ。彼女がばからしい社交界デビューに耐える必要もない。大半の令嬢より年齢がいっているし、口うるさいおば連中がぎょっとするような言動をするし。だが結婚してしまえば、妹たちの受け入れも、よりスムーズになる。わかるだろう。マリーとぼくはうまくいく――この愚かな状況さえなんとか越えれば」

オリヴァーは片方の眉をつりあげた。「それだけの甘言に、どうして彼女がまだ陥落していないのか、まったくわからないな」

ロイスは顔をゆがめたが、くくっと笑わずにいられなかった。「ああ、そうだとも。ぼくのやり方がまずかった。どうしてこんなに下手なことしかできなかったのか、わからない。マリーには、最悪のぼくを引きだす才能があるんじゃないかな」

「それなら、彼女と結婚したいと思うのはおかしくないか」

ロイスは義兄をにらんだ。「ふん、どうだかね」背を向け、部屋を出ていきかける。ドアのところで止まり、くるりと振り返った。「でも、ぼくはかならず彼女と結婚する」

その夜、夕食が終わり、客間でくつろぐ女性陣のところへ三人の紳士がふたたび加わるというとき、ロイスはマリーのもとへ行った。彼女はリリーと並んでソファに腰かけていた。大またで近づいてくる彼に知らぬふりをしていたマリーだが、目の前に立たれては見あげるほかなく、冷静に問いかけるようなまなざしを必死で保っていた。

女性ふたりにおじぎをしたロイスは、ここ数日間のようなこわばってうらみがましい表情はしていなかった。リリーを見て言う。「お姉さまをお借りして、部屋をひとめぐりしたいと思うのですが。お姉さまは承知してくださるでしょうか？」

リリーは小さく笑った。「残念ながら、わたしには答えられませんわ、サー・ロイス。姉さまはとにかく人には頼らないかただって、あなたもご存じでしょう」

「ふたりとも、わたしがいないかのようなおしゃべりはやめてちょうだい」思っていたほど不機嫌な声にはならなかった。ロイスの機嫌が悪いときのほうが、簡単に腹を立てられる。こんなふうに笑顔で来られ、軽い冗談でも言っているかのように緑の瞳が表情豊かだと、つい笑みを返したくなる。彼の笑みを消さないために、どんなことでもしたくなる。「自分に訊かれたことは自分で答えられますわ」

「ええ、もちろん。ですが、あなたの答えが心配で」ロイスは言った。「ぼくは断わられるのが好きではありませんから」

マリーは片方の眉をくいっと上げた。「それはよくわかっています」

「ですが、あえて危険を冒しているので、願わくば、ぼくの心を踏みつけないでいただきたい。一緒に部屋をまわってくださいますか？」

マリーはため息をついた。「こんなすてきなお誘いを断わるわけにはまいりませんね。あとで妹にこっぴどくお説教されます」

「そうよ、そのとおり」リリーが言い、ロイスににっこりした。

マリーは立ち、ロイスの差しだした腕に手をかけた。ふたりは大きな客間の端を、ゆっくりとまわりはじめた。今夜はシャーロットがピアノを奏でていて、ミス・ダルリンプルのゆったりとした悲しげな曲とはちがって生き生きした選曲がありがたく、声を小さくすればふたりきりの話もできるくらいの音が響いていた。

「まったくお上手ね」マリーはロイスに言った。「心を踏みつけないで、ですって。リリーはあなたに味方するに決まっているわ」

「そうとも。ぼくだっていろいろと考える男なんだ、言動はよく誤解されるが」

その言葉は謝罪をほのめかしているようにも受け取れ、マリーは彼を見あげた。ロイスは前を見ていて、マリーはその横顔に見入った。丸みのあるあごや頬、まっすぐな鼻、すっと伸びたまつげ。人さし指で横顔の線をなぞり、額から鼻、唇へと伝っていきたい衝動に駆られた。

マリーは目をそらした。そぞろ歩くふたりのあいだに、沈黙が広がっていく。その日、気持ちのいい天気だったことをマリーが言い、ロイスも同意した。今度はロイスが、その日はミス・ダルリンプルでなくシャーロットがピアノを弾いていることを喜び、マリーもうなずいた。

とうとう、単調な会話だけでこの散歩は終わるのかしらとマリーが思いかけたとき、ロイスがだしぬけに言った。「きみと仲違《たが》いしたいとは思っていないんだ」

「わたしもよ」

「ずっとおしゃべりしたかった」

「わたしも」マリーはもう一度、彼を見やった。今度は彼はこちらを向いて彼女を見おろし、笑みを浮かべていた。マリーは心臓が胸のなかで転がるかと思った。

「この何日かの態度を許してほしい。ぼくはがっかりするのもうまく耐えられない男なんだ」

「そう」マリーはあいまいな音をたて、頬をゆるめないようにした。

「だが、きみを脅して結婚させようとしていたことに気づいた。ぼくはそんなことがしたいんじゃない。無理やり結婚を承諾させるわけにはいかないし、そうしようとがんばって、きみが離れていくのもいやだ」

「そ、それはよかったわ」ロイスがあきらめるのかと思うと、マリーはなぜか、落胆のようなものを覚えた。もちろん、それでいいのだと思う。彼に腹を立てたり、いつもいがみ合っているのはいやだから。それなのに、胸を突かれたような後悔の気持ちに襲われた。お膳立てをされた結婚はいやだけれど、彼の妻になるとはどんなものなのか、考えてみずにはいられなかったのだ。

マリーは咳払いをした。「わたしたち……お友だちになれるわよね」

「それがいいだろうね」

「ええ、それじゃあ……こうして少しお話しできてよかったわ」マリーはまわりを見やった。半分ほど部屋をまわり、リリーが座っているソファに戻ろうとしていた。その方向に向きながらマリーは言った。「のちのちきっと、このように決められてよかったと思われますわ」

「だといいが」

マリーはかたい笑顔を浮かべた。「わたしと結婚なさらなくて、幸運だったとお思いになります」

「きみと結婚しないとは、ひとことも言っていないが」

「えっ？」マリーは目を丸くして彼を見つめた。「でも、さっき――」

「脅して無理やり結婚させることはしないと言ったんだ。きみを妻にすることをあきらめるとは、言っていない」ロイスはリリーが座っているソファの前で足を止めた。マリーに向きなおる。

「でもどうして――それじゃ――」

小さくくすりと笑い、ロイスは前に少し身をかがめた。ささやく彼の息がマリーの耳をくすぐり、彼女の全身に震えを走らせた。「ぼくのいとしいきみ、説得にはほかにも方法があるんだよ」

マリーがなすすべもなく見つめる前で、ロイスはおじぎをして彼女の手を取り、手の甲にそっと接吻して、最後にきらめく瞳で見すえ、歩み去った。

翌日の午後、マリーの妹たちは乗馬に出かけたが、マリーは行かなかった。ロイスの見えるところにいたくないから残るのだと、自分に言い聞かせていた。しかし心の奥底では、べつの理由があることはわかっていた。屋根裏部屋で見つけた手紙の束が頭から離れず、前夜も寝付けないまま、数日前にロイスが言ったことを考えていた。もし、あの手紙を読むことができたら、ロイスとサブリナの関係がもっとわかるのではないだろうか。ロイスが言ったように、何年も前に気持ちの整理がついた、青春の初恋にすぎなかったのか。それとも、サブリナがほのめかしたように、生涯引きずっていく愛なのか。

妹たちが階下におりていったのが聞こえると、すぐにマリーは立って廊下にすべりでた。だれもいないのを確かめ、すばやく廊下を進んで裏階段を上がり、屋根裏部屋のドアに行った。トランクは時間もかからず見つかり、しばらくは逡巡してたたずんでいた。しかし、いくらロイスの手紙を見るのは悪いことだと自分に言い聞かせても、ここまで来て背を向けて階段をおりていくわけにはいかない。息をついて、とうとうトランクを開けた。

いちばん上に、手紙の束が載っていた。マリーは手に取ってリボンをほどき、スカートに埃がつくのもかまわず床に座って、ひざの上に手紙を置いた。トランクの平らなふたにろうそくを置くと、いちばん上の手紙をわずかに震える指で取って広げた。

「愛するロイス……」という書きだしではじまっている。マリーは紙を裏返し、下に書いてある差出人の署名を目で追った。「あなたに永遠の愛を、サブリナ」

やはり彼女からの手紙だった。ロイスはサブリナの手紙をとっておき、大事に束ねて、ずっとなくさぬように保管していた。それから何年ものあいだ、処分しなかった。マリーの目に熱いものがにじんだ。

束のなかに、べつの筆跡でべつの紙に書かれた手紙が交じっていた。見たところ、それはロイスからサブリナに宛てたものだった。どうして送らなかったのか、それとも送ったけれど、戻されたのだろうか。ゆっくりと、マリーは手紙をひらき、読みはじめた。

ぼくの女神へ

昨日、またきみを訪ねたが、やはりきみの小間使いに追い返されてしまった。きみが外を覗いてくれるのではないかと、窓の下で待っていたが、きみの姿は見えなかった。きみが自分の意志で出てこないのではない、ご両親の命令でそうしているのだ、ご両親の命令で、きみは父親とも言える年齢の男と無理やり結婚させられそうになっているのだと、自分に言い聞かせてきた。それはちがうとオリヴァーには言われたが、ぼくは信じなかった。だが今日の午後、付き添い婦人を連れず小間使いだけを従えたきみと町で会ったとき、きみはひとこともぼくに声をかけることなく、去っていった。ぼくの心を土足で踏みつけて。うそをついていたのはオリヴァーではなかったのだと、思い知った。

手紙はしばらくこのままつづき、近々サブリナがハンフリー卿と結婚することが発表されたことへの絶望がつづられ、不実なサブリナを痛烈に責めたてる内容へと変わっていった。

ぼくらが交わした愛の誓いは、きみにとってはなんでもないものだったのか？　ぼくを愛している、ぼくと結婚したいと言ったのは、口からでまかせだったのか、それともあとになって、あの言葉はなかったことにしたいと思ったのか？

ロイスは、オリヴァーと先代の伯爵が手配したとおり、スコットランドに発つ予定であることにもふれていた。そして最後に、まるで抑えきれなくなったかのように、愛の言葉がふたたびあふれでていた。ふたりが出会ったとき、彼女がどんなふうに彼を見たか、彼はいとおしさたっぷりに彼女の姿を微に入り細をうがって描きだしていた。ふたりが言ったこと、したこと、彼女を見るたび鼓動が速くなったこと――すべて彼は覚えていた。

涙があふれて視界がかすみ、マリーは目を閉じて、涙が頬を伝うにまかせた。彼の言葉は若者ならではの情熱と豊かな感情にあふれていたが、たしかな愛をも感じられるものだった。これほど人を深く愛し、相手を気遣える人が、心を捧げた相手のことをほんとうになんとも思わなくなるものだろうか？

マリーはいそいで手紙をたたみ、ほかの手紙と合わせて結わえなおした。もうこれ以上、読むことはできなかった。そもそも、読みたいという気持ちに負けなければよかったのに。ろうそくを持つと手紙をトランクに戻し、屋根裏をあとにした。自分の部屋に戻ったものの、すぐにここにひとりでいればあれこれ考えすぎてしまうと思った。だから小枝模様の新しいモスリンの昼用ドレスに着替え、シャーロットの手が空いていますようにと思いながら、階下におりていった。

しかし階段をおりたところでロイスとシャーロットがおしゃべりしているのに鉢合わせし、しまったと思った。

「こんなところでなにをしているの？」なんと失礼な言葉か考えるひまもなく、マリーは口走っていた。とっさに、申しわけなさそうな顔でシャーロットを見た。「つまり――その――妹たちと乗馬に出かけたと思っていましたけれど、サー・ロイス」

「いや、今日の午後は従僕たちを供につけたんだ。ぼくはオリヴァーと仕事の話をしていたものでね」

「まあ」マリーはその場を離れる口実を懸命に探そうとしたが、シャーロットがいち早く口をひらいた。

「一緒にいらっしゃいな」シャーロットはマリーの腕に腕をまわした。「わたしたち、ちょうど客間のオリヴァーのところに行くつもりだったのよ」

今日はものごとがどんどん悪いほうへ進む。マリーはおざなりな笑顔をシャーロットに見せてついていき、館の表側にある小さめの客間に入った。これから彼女は、いまのところ会いたくない男性も含め、大勢の人間と上品な会話をしなくてはならない。

入っていったとき、フィッツはどうやら購入を考えている新しい馬たちの話を兄にしていたようだ。

「だが、馬なら昨年買ったばかりじゃないか?」オリヴァーがおだやかに言った。

「ええ、そうですよ、でも今度の鹿毛の馬たちもすばらしいんです。馬を見れば兄さんもわかりますよ」

オリヴァーは薄笑いを浮かべた。「ああ、そうだな」部屋に入ってきた一団をちらりと見る。かたわらで寄り添っていたパイレーツが頭を上げ、ひと声吠えて挨拶をした。

「パイレーツを許してやってくれ」オリヴァーがマリーに言った。「ついさきほど、散歩の途中でツバメを空に飛びたたせたのはもちろん、たくさんのリスを追いかけて木に帰したもので疲れていて、きみたちに会えてもいつものはしゃぎっぷりを発揮できないんだ」

「ロイス兄さん」フィッツが言った。「あなたもパーキントンの馬を見たでしょう? あいつらは金を出す価値があると思いませんか?」

「そうだな」ロイスは形だけ賛同し、暖炉まで歩いていってマントルピースに片腕をかけた。

「新しい馬が必要な場合は」

「あなたもオリヴァー兄さんくらい意地悪だな」フィッツは顔をしかめて言った。「でも、ぼくの場合はほんとうに新しい馬が必要なんだ。ほら、あの御者台の高いフェートン(二頭立ての軽四輪馬車)を買うとね」

オリヴァーはうめき声をたてた。「また買うのか?」

「まるで馬車隊を持っているような言い方をしないでください。おっと」——兄の次のひとことを制するかのように片手を上げて――「数えるのもやめてくださいよ。前にぼくの拳銃を数えたみたいに」

この言葉にオリヴァーとロイスは頬をゆるめた。「たしか、あのときはずいぶんとじゃまをしてくれたな」

「目にあざができただけでしょう」フィッツには反省の色もなかった。「当然の報いだ」

「伯爵さまを殴ったの？」マリーは驚きのあまり、失礼な質問だと考えるまもなく口にしていた。

「ああ、そうとも」フィッツは悪びれもせず肩をすくめた。「もちろん、当時はまだステュークスベリー伯爵ではなかったけど。オックスフォードから戻ってきているときだったな。兄さんはいつもああだこうだと口うるさくて、なんとも退屈な人だった」

「ロイスとわたしがいなくなると、おまえはここで悪さばかりしていたからだ」オリヴァーが鋭く返した。

「ぼくは先代の伯爵のお気に入りだったもので」フィッツはマリーにひそひそと話して、にんまり笑った。「ふたりとも、いつもうらやましがっていた」

兄ふたりがそれぞれの言い分を語りはじめないうちに、ボストウィックが戸口に現われ、レディ・ヴィヴィアン・カーライルの来訪を告げた。シャーロットとマリーが跳ねるように立って挨拶に行った。

「こんなに早くまたお訪ねすることになって、お許しくださいませね」ヴィヴィアンは伯爵に言った。「でも、あと三十分レディ・サブリナと一緒にいたら、客間の床に血が滴っていたでしょうから」

「ウィローメアにはいつでも歓迎しますよ」伯爵は立ちあがって深々とおじぎをした。「しかしレディ・サブリナとは、またお互いに慣れれば仲よくやれると思いますが」

ヴィヴィアンは小さな笑い声をあげた。「ねえ、ステュークスベリー伯爵、あなたがいつでも礼儀正しくあらねばとお考えなのは存じてますけど、うそは罪ですわ。サブリナとわたしはけっして仲よくできませんし、それはだれもが知っているわ。仲のよいふりをする理由もないし」

「あなたも変わりませんね」伯爵はそっけなく返した。

またレディ・ヴィヴィアンは忍び笑いをした。「あなたもね」そしてマリーに向く。「ステュークスベリー卿は、シャーロットとわたしが女学生だったころのことをよくご存じなの。たしか伯爵はオックスフォードにいらして、わたしたちのことをそれはもう腹立たしく思ってらしたわ。わたしはしょっちゅう、こちらに来ていましたの。おじ夫妻が大好きだったものでーーハンフリー卿の最初の奥さまですけれど。シャーロットとは、笑いながらウィローメアの廊下を走りまわりましたのよ」

「そして、みなにとんでもないいたずらをした」ロイスがやさしく言う。

「標的はたいていわたしだったがね」オリヴァーが逆襲したが、くつろいだ様子で笑っていた。「まったく、はねっかえりだった。それをおまえがさらにあおっていたな、ロイス」

「ぼくが！」ロイスは憤慨したようだった。「彼女らをけしかけて手を貸していたのはフィッツですよ。ぼくはただのしがない――」いきなり話すのをやめたロイスは、あたりを見まわした。「なにか聞こえなかったか？」

一瞬、だれもが動きを止め、なにごとかと彼を見た。そのとき、かすかに、甲高い叫び声が聞こえた。女性の声で、かなり距離がある。マリーははじかれたように立ち、窓に駆けよった。妹たちの声は、これだけ離れていても聞きわけることができた。

目に飛びこんできたのは、奇妙な光景だった。館に向かって妹たちと従僕がふたり、馬で近づいてくる。妹たちが館に向かって叫んでいるのはまちがいないが、緊迫した様子はない。現に、妹たちの馬は歩く程度の速度だ。馬に乗った従僕が、だれも乗っていない馬を引いている。もう片方の手には拳銃が握られている。その横でふたりめの従僕が馬に乗っていたが、彼のうしろにはカメリアが相乗りする形で、彼を抱えていた。カメリアの頭に帽子はなく、ダークブロンドの髪がほどけてうしろに垂れている。リリーとローズがそのうしろについていたが、どちらも拳銃を手にしているのがマリーには見えた。

「いったいなにごとだ！」ロイスが声を張りあげた。彼もほかのみなも、マリーにつづいて窓に駆けよった。「カメリアになにかあったらしい！」

23

「なにかあったのは従僕のようだわ」マリーはまわれ右をしてドアに向かった。「カメリアが馬の上で彼を支えているのよ」

マリーは廊下を走って玄関を飛びだし、幾何学的な芝生を駆け抜け、ほかの者もマリーにつづいた。馬車道に着くころには、騎乗した面々は数フィート先まで近づいていた。

「マリー姉さま！ よかった、いてくれて！」カメリアが叫んだ。「テディが馬から落とされてしまって」

もうひとりの従僕が馬からおりた。顔から血の気が失せ、鼻と頬のそばかすが目立っている。ステュークスベリー伯爵の姿を目に留めたとたん、気絶しそうな面持ちになった。あわてて帽子を取り、矢継ぎ早にしゃべりだす。訛りが強くて早口で、マリーには言っていることがよくわからなかったが、とにかくしきりにわびて、嘆いているようだった。

「ジェフ！」伯爵が一喝し、彼のおしゃべりを制止した。「もういい。テディをおろすから手伝ってくれ。そのあとで話を聞く」

従僕は黙り、三人の紳士のあとについてカメリアの馬に行った。けがをしたテディを担いでおろし、地面に寝かせた。テディは目を閉じており、ジェフよりさらに顔色が悪く、みなで彼を馬からおろしたときも、顔をしかめたりうめく以外は動かなかった。

「さて、いったいなにがあった?」オリヴァーが詰問した。

「申しわけございやせん、だんなさま。見たこともない男がいきなり現われて、ぶっぱなしてきやして」ジェフの話し方がゆっくりになったので、マリーもだいたい聞き取れたが、彼はまだ落ち着きなく体を動かしながら、帽子を両手で握りしめていた。

「撃たれたというのか?」

「どうしようもありやせんでした。申しわけねえです、だんなさま」

「もう、たいへんだったんですから」カメリアが震える従僕を押しのけた。「だれかが撃ってきたんです。そのあと、馬で突っこんできて」

「テディは撃たれたのか?」

「いえ——少なくとも、わたしが見るところでは。出血はありませんでした」

「そのとおりよ。出血はしていないわ」けがをした従僕が地面に寝かされてすぐ、マリーはそばにひざをつき、けがの様子を慎重に観察していた。

「男が銃を撃ったとき、テディの馬が跳ねあがって」リリーが説明した。「テディは落馬したんです。それでけがを」

ローズが言葉を継ぐ。「そこでカメリアが馬から飛びおりてテディの銃を拾って、男に撃ち返したの。そうしたら逃げていったわ」

「ライフルを持っていればよかったのに」カメリアはくやしそうだった。「拳銃では射程距離が短いの。一発も当たらなかったと思うわ。それに弾が二発しかなかった。ジェフの銃をとって追いかけようとしたんだけど」

「でも、テディを連れて帰るほうが大事だと思って」ローズが口をはさんだ。

「とにかく、また襲われたときのために弾を残しておかなきゃならなかったのよ」カメリアがつづけた。「予備の弾薬も弾丸も持っていなかったから、ジェフの銃しか頼りにできなくて」

「わたしの銃は見せかけなの」リリーが言った。「弾が入っていないのよ。ローズとジェフが持っているのはジェフの銃よ」

「今度、乗馬に行くときは、ありったけの銃を持っていかなくちゃね」カメリアが宣言した。

「今度！」伯爵はあきれたように姉妹を見ていたが、いまや眉根が寄ってしかめ面になっていた。「今度など、ない」

姉妹はたちまち抗議の声をあげた。

「なんですって！」

「いやよ！」

「そんなのずるいわ！」

「静かに！」伯爵が一喝した。ほんのわずかに声を大きくしただけだったが、みな静まった。

「今日、命を落としていたかもしれないのだぞ。次はもっと正確に狙われるかもしれない」

「あの男は本気で撃つつもりではなかったと思います」ローズが言った。「一発目を撃つところは見えなかったけれど、二発目のときは空に向けて撃っていました。威嚇して、馬からおりさせるつもりだったのじゃないかしら」

「ローズ姉さまの言うとおりです」カメリアも同意した。「拳銃を使って命中させるにしては遠すぎました――とくにこちらは動いていたわけですし。ローズをつかまえようとしていたんだと思います、前のように」

「で、わたしがまた同じことをさせると思うのか?」オリヴァーがいぶかしげに尋ねる。

「でも、乗馬に出るときはかならず集団で、武器も持っていれば……」

伯爵は眉をこすった。「この話はまたあとにする。ジェフ、馬を馬屋に戻して、ほかの従僕に医者を連れてこさせろ」

「それにはおよびません」草の上に寝かせた従僕のかたわらでマリーが言った。「意識は戻っていますし、頭部に切り傷もこぶも見当たりません。頭を打ったというより気を失ったんだと思います。痛みで。肩がはずれているわ」

メアリーの妹たち以外は、全員があ然として彼女を見つめていた。とうとう伯爵が言った。

「だとしても、どうして医者を呼ぶにはおよばないんだ?」

「それほど長く痛みをがまんさせることにはならないからです。わたしが処置できますわ」

「できるだろうともさ」ロイスがぼそりと言った。

「殿方のみなさま、彼をあのベンチまで運んでください――そして、しっかり彼の腕を押さえてください」

男三人は慎重に従僕を持ちあげ、馬車道の縁にある石のベンチまで運んだ。ロイスとフィッツが彼をしっかりと押さえたところで、マリーが前に出て、彼の腕を両手で持って支えた。つねに声をかけながら、腕を正しい位置に定めると、すばやく一発で腕を上方向に押して関節をはめた。

シャーロットが小さく声をもらして失神した。その隣にいたレディ・ヴィヴィアンが彼女を支え、そっと地面に寝かせた。

「だれか、布をくださいな。腕が動かないように縛りますから」振り返ったマリーは、地面に寝かされた従姉を見た。「まあ、どうしたの？」

「あいにく、気を失って」ヴィヴィアンが顔を上げてにっこりした。「彼女はいつもこうなの。少し気が弱いところがあって」

「そうですか。テディもそうらしいわ。もしや、気付けの塩はお持ちじゃありません？」

「いいえ、ないわ。でもシャーロットは持っているはずよ。卑しからぬ貴婦人は、旅行のときにはかならず持ち歩きますから」ヴィヴィアンは伯爵にきらりと目を光らせた。「ということは、わたしはどうだというお話は抜きにしておいてね、オリヴァー」

彼は表情豊かに眉をつりあげただけで、館のほうに向いた。「ボストウィック！」片手を上げて身ぶりで伝える。

マリーが館に視線を移すと、芝生の上で召使いが大勢集まり、目を丸くしてこちらを眺めていた。しかし執事はひとりそこを離れ、主人の指示をいただこうとあわてて駆けよってきた。

ボストウィックが気付け薬を持ってくるのを待つあいだ、ロイスは襲ってきた男についてカメリアたちに質問をはじめた。「顔は見たか？　前にローズを連れ去ろうとした男と同じだっただろうか？」

カメリアはかぶりを振った。「いいえ。覆面をして帽子を目深にかぶっていたから、顔はよくわかりませんでした。でも、前の男よりずっと小柄だったわ」

「たしかかな？」伯爵が訊いた。「馬に乗っていると、ちがって見えるものだが」

カメリアは動じることなく見返した。「前の男は、馬に乗っていようと乗っていまいと大男でした。ぜったいに同じ男じゃありません。今回の男はジェフと同じくらいでした」遠巻きにマリーの治療を目撃して感心していた、無傷の従僕を指さす。

マリーはローズの腕に手をかけ、脇に引っぱっていって小声で言った。「コズモだった？」

ローズは肩をすくめ、やはり声をひそめて言った。「わからないわ。体格は同じくらいだったけれど、ほんとうに顔が見えなかったから。だれとも言えないの。でも、銃で人を襲うなんて、コズモらしくはないでしょう？」

マリーは、もっともな話にうなずいた。継父が関与しているのかどうか、うかがい知れる証拠は、いまだにひとつもない。伯爵やロイスに継父のことを言わなくても、なんの支障もないだろう。

包帯と気付け薬の塩が届いたころには、シャーロットはすでに気がつきはじめていたが、やはりヴィヴィアンは友の鼻の下に気付け薬を嗅がせてやり、マリーは手際よく従僕の二の腕を胴体にきつく固定し、三角巾で腕を吊ってやった。処置が終わって振り向くと、だれもがマリーを見ていた。シャーロットも起きあがり、レディ・ヴィヴィアンにウエストを抱えられて立っていた。

「どうしてそんなことができるの?」シャーロットは感心して尋ねた。

マリーは肩をすくめた。「わたしたちが暮らしていたところでは、いつも医師がいるとはかぎりませんでしたから。小さなけがや病気は自分で処置できるようになるの」

「小さな、ね」シャーロットはのどに詰まったような声で返した。

レディ・ヴィヴィアンは陽射しを受けてきらめく緑の瞳でマリーや妹たちを見て、にっこり笑った。「あなたたちがイングランドに来てくださって、ほんとうにうれしいわ」

伯爵は上品とは言えない鼻息をもらした。「まあ、きみはね」そしてバスクーム姉妹に向きなおった。「レディたち、今日の男がつかまるまで、乗馬はおやすみだ。ロイス、フィッツ」館のほうにあごをしゃくる。

弟ふたりはうなずき、兄について館に入った。

「どこへ行くのかしら?」婦人たちもあとにつづいて館に入ろうとしていたとき、ローズが言った。

「捜索隊を出すつもりなのだと思うわ」シャーロットはみなを客間に率いて、呼び鈴で召使いに紅茶を申しつけた。「オリヴァーはかんかんよ」

「ほんとうですか?」マリーは驚いた。「どうしてわかるんです?」

ヴィヴィアンは声をあげて笑った。「そういうものをおもてに出したら、オリヴァーじゃないわ——いえ、それを言うなら、伯爵ではないと言うべきかしらね」

「一帯をくまなく調べさせるはずよ」シャーロットは自信たっぷりに言った。

「そんなに気になさるなんて、思いもしませんでした。いえ、だって、彼にとってわたしたちはよく知りもしない相手なのに」カメリアが言った。

シャーロットは驚いた顔で彼女を見た。「オリヴァーのことがわかっていないのね。好きとかきらいとかの問題じゃないの——いえ、あなたたちがきらいという意味ではないのよ」彼女はあわててつけ加えた。「彼もあなたたちのことがよくわかってくれば、おおいに敬意を表することまちがいなしよ」姉妹の不審げな表情に、彼女はつづけた。「とにかく、そんなことはどうでもいいの。現実に、あなたたちはタルボット家の人間なのだから、あなたたちのことは彼に責任があるのよ」

「わたしたちがだれかに襲われたということは、彼にとって侮辱も同然なんですね」カメリアが言った。

「そうなの」とヴィヴィアン。「でもそれよりも、あなたたちの身をぜったいに守るという決意が固いのね。あなたたちは彼の庇護のもとにあるの。どれほど知らぬ仲であろうと、あなたたちは彼の家族なんだから」

「だれも、彼の家族をおびやかすことはできないの」シャーロットが言い添えた。

マリーはうなずいた。「わかります。ただ、彼がそういう人だとは思っていなかっただけで」

「ステュークスベリー伯爵を見くびってはいけないわ」ヴィヴィアンが言った。「どんなときでもね。なんと言っても、彼はサブリナをしりぞけたという分別の持ち主ですもの」

「なんですって?」マリーは目をむいて彼女を見た。

「ごめんなさい。あなたがたが彼女のことを気に入ってるのを忘れていたわ。わたしの色眼鏡で見させてはいけないわね。レディ・サブリナのことはなにもふれないでおくのがいちばん。あるいは、わたしの言うことは先入観が入っていると前置きすればいいかしら。だってね、彼女ったら、わたしの大切な、すてきなおばさまの後釜に座ったんですもの。おばさまがお墓に入ってまだ三カ月しか経っていないというのに、哀しみに暮れて心を乱された、お気の毒なおじさまに近づきはじめたのよ」

「そうね、それは先入観のない事実を述べた話だわ」シャーロットはいかにもきまじめな顔でうなずいた。

レディ・ヴィヴィアンは肩をすくめた。「わたしには、彼女を好きなふりはできないわ。人の悪口を言うくらいなら黙っていたほうがいいと、よく言われるけれど、彼女を知らない人には注意してあげたほうが親切だと思うの。サブリナの友情というのは――自分を好きになってくれそうな人はほんとうに好きなようだから、偽りではないでしょうけれど――まずなによりも、自分の利益になるかどうかが大事なのね」

「だから、彼女のことは好きじゃないと言ったでしょう」カメリアが勝ち誇ったように言った。

「わたしの言ったことで、彼女を遠ざけるのはやめてね」とレディ・ヴィヴィアン。「さっきも言ったとおり、サブリナに対するわたしの意見は偏っているから。でも、彼女との友だちづきあいは慎重にね」

従僕が紅茶を運んできたので話はとぎれ、それからしばらくは紅茶をそそいだりケーキを配ったりと、おきまりの手順がつづいた。しかしそのあいだずっと、マリーの頭には耳にしたばかりのことがこだましていた。召使いがいなくなるや、マリーはヴィヴィアンに顔を向けた。

「でも、ステュークスベリー卿ではなく、ロイスだったのでは？」マリーは訊いた。「だってサブリナから、彼女とロイスが愛し合っていたと聞いたんです」

「彼女がロイスの心を手中にしたというのは、ほんとうよ」シャーロットが言った。

「でも、最初はステュークスベリー伯爵を狙っていたのよ」とヴィヴィアン。「オリヴァーはあきらかに伯爵家の跡取りだし、ハンサムでしょう？　昔からずっとね。じつは、わたしも昔は彼を憎からず思っていたのよ」楽しげに忍び笑いをもらす。

「そうなの？」シャーロットが音をたててカップをソーサーに置いた。「ぜんぜん知らなかったわ！」

「だって、あなたには言えないでしょう？　彼の従妹だもの。そりゃあ、彼のことはひどいやかまし屋だと思っていたけれど、あんなに彼にいたずらしたのは、振り向いてほしかったってこともあったの」ヴィヴィアンはまた笑った。「とにかく、オリヴァーはサブリナとはなんの関係も持たなかったでしょうね。サブリナ本人が言っていたもの」ヴィヴィアンは紅茶を飲んで、ため息をついた。「どう考えても、わたしの若気の至りをさらけださなくちゃならないようね。わたしはまだ十六歳の内気な少女で、脚もひょろ長くて歯はむきだしで、髪はだれかに火をつけられたみたいだったわ。だからサブリナからお友だちになりましょうって言われたときは、それはもううれしかった」

「覚えているわ。あなたが彼女とばかり一緒にいて、妬いていたのよ」シャーロットが言った。

「ばかだったの」ヴィヴィアンは冷静な声で言った。「三歳年上で社交界デビューもしていて、近隣の田舎でも評判の美人の令嬢が、わたしと友だちになりたいだなんて、あるはずがないってわからなかったのね。それと、公爵の娘はだれもかれもが〝友だち〟になりたがる格好の獲物なんだという、貴重なレッスンを学べていなかった。今回ばかりは、サブリナの関心を引いたのはわたしの父ではなく、おじだったけれど。おばが亡くなってまもなく、サブリナはおじのハンフリー卿が有望株だとにらんだんでしょう。わたしを利用しておじの邸に入りこみ、おじの信頼を得た。心やさしいふりをして、白くてやわらかい肩でおじを慰めた。そのあとは当然、おじの心を癒すほかのものも差しだして、おじに哀しみを忘れさせた。

そして数週間もしないうちにロイスを捨て、おじと結婚したのよ」

ヴィヴィアンはため息をつき、頭を振った。「ああ、だいぶしゃべりすぎてしまったみたい。意地の悪い女だと思ったでしょうね」

話題がちがうことに移ったが、マリーはあまりしゃべらなかった。頭のなかで、必死にサブリナと会ったときのことを反芻し、新しい目で見てみた。サブリナが気遣ってかけてくれた言葉はすべて、姉妹が不安になったり、怖じ気づいたり、場違いに感じたりしても気にするなということではなく、ほんとうは逆にそれを思い知らせる、巧妙なやり口だったのではないだろうか？　おかしいかもしれないが、思い返してみると、彼女の言うことはいつも姉妹たちに、服装がふさわしくないとか、行儀作法がまちがっているとか、知識が足りないとか、そういうことを心配させるものだった。あの日、司祭夫人の訪問に連れていったのも、ミセス・マーティンが姉妹をきらってくれたらと思ったのだろうか。その日、カメリアはそういった感じのことを言っていた。マリーは信じたくなかったが、彼女が信じたくないのは正直なところ、サブリナに操られていただけだと考えるとつらいからだった。

ヴィヴィアンが見るサブリナは、まちがいなくロイスが語った人物像と同じだった。ふたりが正しいとすれば、サブリナが両親にハンフリー卿と結婚させられたと言ったのは、うそだったことになる。サブリナ自身が富と地位に目がくらみ、ロイスを捨てたのだ。しかし、サブリナがロイスと別れることにした理由がなんであれ、結果は同じだった。ロイスは心傷つき、もうだれも信じない、だれも愛さないと決めた。今日の午後にマリーが読んだ手紙は、事実を裏付けただけだった。

数分後、ヴィヴィアンがいとまごいの挨拶をして立ちあがると、すぐさまマリーも立って玄関まで一緒に行った。「レディ・ヴィヴィアン……少しお話ししてもよろしいですか？」

ヴィヴィアンは明るい緑の瞳を輝かせて振り返ったが、口調は丁寧で、好奇心も驚きも感じられなかった。「もちろんよ。外のベンチでお話ししましょうか？」

マリーは感謝の笑みを返し、ふたりで玄関を出て階段をおりると、馬車道の前に広がる小さな芝生に出た。レディ・ヴィヴィアンの馬車が待機し、従僕もドアを開けるべくひかえていたが、彼女が急ぐそぶりはなかった。ヴィヴィアンは従僕に軽く合図し、玄関扉から数フィート離れて並べられた石のベンチに歩いていった。マリーとふたりで腰をおろすと、マリーに顔を向けて、彼女が話しだすのを待った。

マリーは急にまごついた。「ごめんなさい。わたしは――わたしの行動は、あつかましいですよね。ミス・ダルリンプルにいつも注意されているのですけど」

「ミス・ダルリンプルね。ふう」ヴィヴィアンは気にしないで、というような手ぶりをした。「心のせまい人よね。どうしてステュークスベリー伯爵はあんな人を雇ったのかしら。いいのよ、話したいことをおっしゃって。あつかましいと思えば、わたしが答えなければいいだけなのだから」

「そうですね」マリーは笑った。「お話ししたかったのは……わたしは英国の男性に慣れていないということなんです。彼らの言葉をどう受け止めたらいいのか、わからなくて。行動も」

「サー・ロイスのことをおっしゃっているの？」とヴィヴィアン。

「どうしておわかりになるの？」マリーはびっくりして目を丸くした。「そんなに顔に出ています？」急に頬が熱くなり、マリーはあわてて両手を当てた。

ヴィヴィアンはくすくす笑った。「いいえ、心配しないで。わたし、こういうことにかけては目鼻がきくってことなの。でもね、まあ、あなたが男性のことで悩んでいるとして、ここにいる男性のうちふたりは従兄でしょう？　ということは、従兄でない人が、おそらく該当者だというのはおのずとわかるわね」

マリーは声をあげて笑った。「そうですね。まあ、目鼻がきくというお話はさておき……あなたはわたしよりサー・ロイスのことをよくご存じです。そして、彼とレディ・サブリナのことも。それで、あの――彼は彼女のことを忘れられると思いますか？」

ヴィヴィアンは眉をわずかにつりあげた。「彼ったら、まだ彼女に未練があるの？　そうは思っていなかったけれど」

「彼女を愛してはいないというんです。たしかに、恋いこがれているというわけではないと思います。というより……その逆というか。彼女を避けているし、彼女や彼女の行動について言うことが辛らつで」

「マリー、あなたが彼女を好きなのは知っているけれど――」

「いえ、彼女に腹を立てるのはおかしいと言うつもりではないんです。彼女のしてきたことはよくわかっているつもりですし」

ヴィヴィアンは小首をかしげてマリーを見た。「では、どうしてロイスが彼女をやたらときらっているのが問題なの？　彼のことが好きなら、うれしいことだと思うけれど」

「とても強い感情だからですわ。愛ではないけれど、愛と対極にあるもの。彼の心はそんな思いでいっぱいです。とりつかれています。彼女に対する感情が敵意であっても、彼女が世界でいちばん重要な女性でありつづけているんです」

「ああ、なるほど、わかったわ。彼の心はサブリナにとらわれている——たとえ怒りや憎悪であっても、彼の心がすべてサブリナに向いているかぎり、あなたを愛することはできないと心配しているのね」

「はい」マリーはほっとしてほほえんだ。「そのとおりです。彼に求婚されました」

「そうなの？　それは、サブリナのことがふっきれたという強い証だと思うのだけれど」

「ふつうはそう思われるでしょう。でも、彼はわたしに釘を刺したんです。わたしのことも、どんな女性のことも、もうけっして愛さないと。わたしたちが結婚するのは、互いに得るものがあるからだと。それだけなんです」

「なるほどね」ヴィヴィアンはつかのま黙った。「そういう結婚をしている人はたくさん知っているわ。わたしの両親も、そういう理由で結婚したわ」

「おふたりは幸せでした？」

ヴィヴィアンは肩をすくめた。「さあ、どうかしら。母は、わたしが赤ん坊のころに亡くなったし。兄たちや父は、そういう話をしないし。でも風の噂で聞いたところによると……あまり幸せではなかったみたいね」

「わたしの両親は幸せでした。心から愛し合って。わたしはそういうものを手に入れたいんです。でもロイスはしつこくて求婚をやめないし、わたしは彼が紳士だからそうしているにすぎないとわかっていても、気持ちが揺れそうになります」

「まあ、そうなの？」

「はい」マリーは頬を赤らめた。少なくともヴィヴィアンは、マリーとロイスのあいだになにがあったのか、うっすらと勘づいたはずだ。「彼は、わたしの世間体のために求婚しているんです。もちろんそれはとてもありがたいことですけど、でもわたしは――そんな結婚はしたくありません」

「今度はわたしにあつかましいことを言わせて」ヴィヴィアンはマリーの手を取り、彼女の目を覗きこんだ。「あなたはサー・ロイスを愛しているの？」

マリーの顔がいっそう赤くほてった。うそをつけたらどんなにいいかと思ったが、ヴィヴィアンの射るような緑の瞳には、そんなことができなくなるようななにかがあった。

「わかりません！」苦しみを吐きだすかのような言葉だった。「そうかもしれないと思うときがあって、こわいんです！　彼はおもしろいうえに、とてもやさしくて、たしかにわたしのことをはねっかえりなんて言うけれど、それを本気で気にしているふうでもなくて。少なくとも、恥ずかしいと思っているそぶりはまったくありません。人前に出ればちがうのかもしれませんが」

「彼は人前に出ても、家にいるのとなにも変わらない人だと思うわ」

「妹たちのことも気に入ってくれています。それに、パイレーツと出会ったいきさつを、伯爵さまにはぼかしてくださって。彼だけなら、あの日のことをまるごと秘密にできたのだけど、犬が……」

「あの犬を秘密にしておくのは至難の業ね」

「それから、あの、ロイスが部屋に入ってくると、体のなかに灯りがともったような気分になるんです」

「ああ」ヴィヴィアンは物知り顔でうなずいた。

「そんなふうに感じたことはおありですか？」

「一度か二度かしら。少なくとも、ある程度は」

「それは愛でしょうか？」

「それを訊く相手として、わたしはどうかしら。そういう感情を、わたしはいつも少し怪しいと思っていたから。わたしは冷たい女だって、どなたかに言われたのじゃない？」

「あなたが？」ショックがそのまま、マリーの顔に出た。

「公爵の娘となると、求婚者をがっかりさせることも多かったのよ。でも、あなたのご両親のような愛情は感じたことがないと思うわ。わたしは自分の両親に反抗して、海を渡って逃げ、召使いも地位も富もないところで生きていけるかしら？　そこまでしようと思う男性には、まだ出会っていないわ」ヴィヴィアンはひと呼吸置いた。「あなたはロイスのためにそこまでできる?」

「はい」マリーは自分の返事に自分でも驚いた。「いえ、ですからつまり、彼にちゃんと愛されていて、それしかふたり一緒になれる方法がないのだったら、そのときはそうします。それは、彼を愛しているということになりますか?」

ヴィヴィアンは肩をすくめた。「わからないわ」

「まあ、わたしはそういう生活に慣れていますから」マリーはにっこり笑った。「それほど大きな犠牲を払うということにはなりませんものね」彼女はひとつ、息をした。「だけど、彼を愛したくないんです」

「だれかと結婚してみて、相手が愛してくれなければ、つらいわよね」

「ええ。互いに愛し合っていないとわかっていて結婚するより、ひどいものだと思います。わたしがロイスを愛していても、彼がけっして同じように感じてくれないのなら、わたしは一生幸せになれない道を自分で選ぶことになります」

「彼はしつこく求婚をやめないと言っていたけれど」

マリーはうなずいた。「一度、求婚されて、はっきりと断わったのですけれど、彼はあきらめないと言って。でもそのとき、脅すようなことはしたくないとも言いました。だから、やめるのかと思ったら……べつの方法を試すだけだと言うんです」マリーは赤面し、〝べつの方法〟がどのようなものか想像したことをうかがわせた。

「わたしの考えがサー・ロイスと同じかどうかはわからないけれど。でも英国紳士とのこれまでの経験から考えて、もし義務や体面だけで求婚するのなら、一度で充分だと思うわ。断わられても断わられてもプライドをかけて挑むなんて――それに〝べつの方法〟もやってみるなんて、体面の問題ではないと思うの」ヴィヴィアンは瞳をきらきらさせて立ちあがった。

「お役に立てたかどうかはわからないけれど……」

「いいえ、とても助かりました」とっさにマリーは腕を伸ばして、さっと彼女を抱きしめた。

「ありがとうございました」

レディ・ヴィヴィアンが馬車へと歩いていくのを見守るマリーの頭のなかは、大忙しで回転していた。レディ・ヴィヴィアンが思うとおり、ロイスはほんとうに、口で言うよりもマリーを大切に思っているのだろうか？　求婚したのも、世間体のためだけではないのだろうか？

ため息をつき、マリーは妹たちのところへ戻った。

その日は、暗くなって視界がきかなくなるまで男性陣が捜索をしていたので、夕食が遅かった。

「だが、なんとしても見つけてやる」伯爵がいかめしい顔で約束した。「明日はもう一度、馬で見てこよう。そのあいだ、きみたちは館から離れないように」

「そんな！」姉妹がほぼいっせいに口をそろえて声をあげた。

「わたしたちもお手伝いしたいんです」マリーが言った。

伯爵は目を丸くした。「ばかなことを言うんじゃない」

「ばかなことじゃありません。人手が多いほうが、もちろん助かるでしょう?」

「そして犯人に、またきみたちをつかまえるチャンスをくれてやるのか?」

「彼が狙っているのはローズだけです」カメリアが指摘した。

「つまり、わたしは置いていくつもりなの?」ローズが憤慨して言った。「やれるものならやってごらんなさい!」

「ローズだけが狙いかどうか、はっきりしていないだろう」ロイスがもっともなことを言った。「きみたち全員をさらうつもりだったかもしれない。あるいは、だれでもいいから最初につかまった人間とか」

「だれもつかまる気はないから、そんなことはどうでもいいことよ」マリーが言った。「わたしたちだけで、武器も持たずに出かけるとは言っていないわ。捜索には何人かで出るのでしょう。わたしたちも拳銃を持って、加えてもらえればいいのよ」

「あのジェフっていう人より、わたしのほうがずっと射撃がうまいわよ」カメリアが言った。

「それに、この子のほうが冷静だわ」とマリー。

オリヴァーは無念そうだった。「たしかに、わたしのところの従僕は銃で撃たれたことなどめったにないからな。しかし、今日のようなことがあったからには、対策はとらせるとも」

「よかった。もっと心強くなりますね」マリーが応えた。「そしてあなたがた三人がいれば――あなたがたも、銃の腕はまずまずなのでしょうか」

挑発的な言葉に、オリヴァーの眉がつりあがり、ロイスは笑いをこらえた。

「ああ、まずまずだと思う」オリヴァーは目に見えて平静を装っていた。「現に、フィッツは名手の域に入るはずだ」

「よかった。彼とカメリアはべつべつのグループになるのがいいですわね。カメリアがわたしたちのなかでは銃がいちばんうまいですから。ふたグループ以上に分かれるおつもりなのですよね？」

オリヴァーはしばしマリーを見ていたが、サー・ロイスに向かって視線を投げた。

「ぼくを見ないでくれよ」ロイスはどことなく得意げに言った。「ぼくなど、もう三週間もこれにつきあっているんだぞ。今度は義兄さんの出番だ」

オリヴァーは頭をめぐらせてマリーを見たが、なにも言わないうちに彼女が言葉を継いだ。

「あなたがた三人がついていらして、おまけに従僕もいれば、犯人も、よもやまた襲おうなどとは思わないでしょう。もしも襲ってきたら――あなたがたでは守りきれないとお思いですか？」

フィッツが吹きだした。「負けたね、オリヴァー兄さん」

オリヴァーは雷のようなまなざしを弟に投げたが、やがてため息をついた。「しかたがない。三つのグループに分かれて捜索に出る計画だったんだが。猟師と庭師は徒歩で、北の森に入ってもらう。そこはフィッツとロイスが血痕を見つけたが、その先がわからなかった地域だ。フィッツとロイスとわたしは、それぞれ従僕をふたりと姉妹をひとりずつ連れて——シャーロット、きみは数に入れなくていいね？」

「ええ、いいわ」シャーロットは明るく答えた。「でも、ヴィヴィアンがいなくてよかったわ。もしいたら、わたしも引きずっていかれてたもの」

オリヴァーは苦しげな表情で目をつむった。「少なくとも、それを回避できて助かった。わたしは姉妹をふたり——リリーとカメリアを引き受けよう。きみたちの腕前で、わたしの未熟な部分を補ってもらえるだろう。ローズはフィッツと行きたまえ。銃の腕前は弟がいちばんだし、ローズがもっとも狙われているのだから。マリー、きみはロイスたちに同行してくれ」

「でも——」マリーは反対しかけたが、オリヴァーにじろりと見られて黙った。この局面ではいちおうオリヴァーに勝ったと言えるのだから、ロイスと組まされたことは文句を言わずにおこう。それに、ロイスとは休戦したのではなかった？

「そもそも、どうしてローズがさらわれそうになったのかしら？」シャーロットが訊いた。

「だって、知らない男なんでしょう？」と言ってローズを見る。「もちろん、あなたはとてもきれいだわ、でも……」彼女はオリヴァーに向いた。「ローズを見ただけで誘拐しようなんて、少し行きすぎてやしない？　そんなに過激な行動に出るかしら？」

オリヴァーはうなずいた。「わたしから金をせしめるためではないかと思っている。なぜローズに固執するのかわからないが――たんに彼女の容姿が気に入ったということだと思うが――姉妹がやってきたときに、身代金目的でだれかを誘拐しようと狙っていたんだろう」

筋の通った話だと、マリーは思った――ますますコズモ・グラスがかかわっている可能性は低いように思えて、マリーはほっとするばかりだった。

翌朝の出発時間はそうとう早く、あまりの早さに姉妹が音《ね》をあげて同行をやめることを伯爵が期待したのではないかと、マリーは思った。しかし姉妹は、昔から飲み屋での食材の仕込みや掃除で早起きには慣れており、時間どおりに馬屋で男性陣と落ち合った。

ロイスとマリーは従僕をふたり連れて、ウィローメアから南へ馬を進めた。ロイスはときおり止まってポケットから小さな折りたたみの望遠鏡を取りだし、あたり一帯を見わたした。人影はなく、昨日姉妹を襲ったのがだれであったにせよ、もう遠くへ行ってしまっているというマリーの考えを裏付けた。またしばらくして、ロイスが馬を止めた。マリーが頭をめぐらせて彼を見やる。彼は、遠くにそびえる〈かがり火の丘《ビーコン・ヒル》〉を見つめていた。

「ちょっと思ったんだが」ロイスが言った。「あの上からなら、館も周囲の敷地も、簡単に監視できるんじゃないだろうか」

「犯人は、みんなが馬で出かけるのを、あそこから見ていたと?」

「充分にありうることだと思う。こういった道具があれば」――ロイスが小型の望遠鏡を振って見せる――「状況をすべて、しっかりと把握できる」

「じゃあ、あそこへ行ってみましょう」

ロイスは躊躇したが、言った。「わかった、でもぼくのあとから来るんだ。そして馬をおりろとか、ほかにもなにかするように指示したら、かならず従ってくれ」

マリーが眉を寄せ、ロイスはつけ加えた。「でなければ、明日、ぼくひとりで戻ってきて調査する」

マリーはため息をついた。「わかったわ、約束します」

彼女は言われたとおりにした。彼のうしろにつく形でふたりは馬を進め、断崖の上へと道をたどった。近づくにつれ、古い時代の遺跡から崩れて転がった石が目に入るようになった。ロイスは手綱を左手で握って拳銃を抜き、いつでも撃てるように準備した。マリーも彼に倣った。丘の頂上は不気味な静けさに包まれていた。マリーは一帯に視線をめぐらせてみた。ロイスの言ったとおりだ。館も庭も敷地も、望遠鏡などなくてもはっきりと見える。道具があれば、それこそ外に出ている人間ひとりひとりの姿まで確認できるだろう。

ロイスは馬をおり、マリーにも手を貸しておろした。ふたりは崖の縁にある低く平らな岩まで行った。地面を見ると、そこここに足跡がある。しかし、それだけでは犯人がここにいたということにはならない。ここまで上がって景色を見にくる人も、ときにはいるのだろうから。

「こすれた跡がある」ロイスが岩の縁と、かたわらの地面を指さした。「だれかがここにいたんだ。腹ばいになって岩に両手をつき、望遠鏡を支えるには格好の場所だ」

ふたりはそのまま歩きまわった。崖の縁から下がり、ばらけた石や低くなった壁の合間を縫うように進む。

「サー・ロイス!」従僕のひとりが興奮した声をあげた。壁の残骸が二枚合わさって雨風がしのげるようになっているところに、従僕は立っていた。

ロイスとマリーは急いで彼のほうに行った。

そのあたりの地面には、あきらかに手をつけた跡があった。まぎれもなく四角形の四隅にあたる箇所に穴が空けられ、土や泥が払われ、四角形の内側にある草は平らになっていた。

「ここにテントがあったのね。火を焚いた跡もあるわ」円形に組まれ、中央のくぼみに黒い灰がたまった石を、マリーは指さした。

ロイスは唇を真一文字に引き結んでうなずいた。「村でいくら訊いてもわからないはずだ。ここで野営をしていたとは。ここでぼくらの動きをすべて見ていたんだ」

「あっ、見て!」マリーは暗がりのなか、壁にたてかけられたものに目を留めた。それを拾いあげたマリーは、振り返ってロイスに見せた。姉妹の書類がすべて入っていた、革の肩掛けかばん。いまは空っぽになり、捨てられている。「わたしのかばんよ!」

24

〈かがり火の丘〉でのマリーとロイスの発見に、館は騒然となった。小間使いたちは廊下で内緒話をし、ミス・ダルリンプルは話を聞いてどれほど心臓が危うくなったかをことこまかに表現した。レディ・サブリナの舞踏会に招待されたという事実でさえ、だれかがウィローメアを監視していたという話には見劣りがした。ステュークスベリー卿は、自分かロイスかフィッツと、さらに従僕がついていないかぎり、姉妹は乗馬に出てはいけないと申しわたし、昼夜ともに敷地の周辺を見まわる人員を増やした。

「軍の駐屯地ででも暮らしているみたい」数日後、庭の散歩に出ながらマリーは不平を言った。マリーの要望を聞いたロイスは、どうしてもついていくと言いはった。「どうしてエスコートまでついてこなくちゃならないのかしら」

「見まわりの庭師に自分の命を預けるなんて、本気かい？」ロイスは片眉をつりあげた。

マリーはため息をついた。「わかったわ。どうぞ好きになさって」

「それほど丁重にお誘いされたら、断われないな」

マリーは思わず口もとをゆるめた。「ごめんなさい。散歩では、もう少し態度をあらため

「そんな必要はない。きみには、もうだいぶ慣れた」

その言葉には、彼女も大笑いをせずにいられなかった。

ロイスがにっこりする。「そうだ。そのほうがいい。きみが笑っているのを見たのは久しぶりだ」

マリーは驚いて彼を見た。

「気がついていないと思ってた?」ロイスはやさしく訊いた。「きみが沈んでいるのはぼくのせいだと、わかっていないと?」

「いいえ、あなたのせいじゃないわ」あわててマリーは言った。

「ごまかさなくていい。見ればわかる。その理由もね」ロイスはマリーの手を取り、甲にそっと口づけた。「できることなら時間を戻して、なかったことにしたいよ。そうすれば、きみを悲しませたりしないのに」

マリーの頰に赤みがさし、彼女はまごついて顔をそらした——彼の唇の感触のみならず、言葉にも動揺してしまった。

「ぼくは紳士にあるまじき行動をした。自分の欲望に支配されてしまった」ロイスがつづける。

「べつにそういうわけで——」

「沈んでいたのではなかった?」

「ええ。いいえ」マリーは手をふりほどいた。「あなたが自分を責める必要はないわ。わたしは一人前の大人ですもの。自分の行動くらいわかっています。あなたに誘惑されたからではないわ」

「でも、きみは後悔している」

「いいえ」マリーは目を見ひらいて彼を見た。「少しも後悔なぞしていません。後悔なんて。だって――」言葉を切ったマリーはいっそう頬を染め、足を速めた。

ロイスはいとも簡単に速度を合わせ、歩きながらふたたび彼女の手を取った。

「なに?」ロイスが訊く。「どうして?」彼の親指が、ゆったりとマリーの手の甲をなではじめた。ふれるかふれないかの軽さだったが、それでも彼女の全身に震えが走った。

ふたりはあずまやに向かって歩いていた。その向こうにある迷路のことが――そして迷路のなかで起きたことが、否応なしにマリーの頭に浮かぶ。彼の口づけ、愛撫、全身を駆け抜けためくるめく快感。そんな記憶と、彼の親指が絶え間なく奏でる快感で、血がうなりをあげて逆流しているような心地がした。

「ロイス、やめて」マリーはふたたび手を引いた。「わたしがどんなふうに思ったか、わかっているのでしょう。どうして言わせなくてはならないの?」

「それは」ロイスは手を伸ばして彼女を引きとめ、自分のほうに向けさせた。「きみが言ってくれると、うれしいから」

彼はこぶしで、羽根のように軽くマリーの頬をなでた。マリーは顔を上げて彼の瞳を覗きこみ、目がそらせなくなった。この深い緑にはやすやすと引きこまれ、なにもかも忘れて快楽しか思いだせなくなる。

「あれは衝撃的だったわ」マリーはかすれた声で正直に言った。

ロイスの瞳があたたかみを帯び、瞳孔がひらいた。「マリーゴールド……きみはすばらしい。そんなにも正直で。狡猾《こうかつ》さのかけらもない」

マリーは顔をそむけようとしたが、ロイスは彼女の両腕をつかんで動けなくした。「だめだ、逃げないで。あれはぼくにとっても衝撃的だった」

マリーの息がのどで詰まった。腕をつかんでいる彼の手が熱い。自分の血のめぐる音が耳に響いてくる。彼の言葉で腹部に欲望の波が突き抜けたのを、気づかれてしまっただろうか。

「ぼくは、あれを手放したくない……きみを手放したくないんだ」ロイスは身をかがめ、マリーのこめかみにそっとキスした。唇はさらに下へ移り、あごの線をなぞって耳へと動いた。

蠟が火でとけるかのように、マリーの内側が急にやわらかく、熱くなった。目がゆるりと閉じ、両手を彼の胸に当てて体を支える。彼の唇がのどをすべると、身震いがした。彼の片手が体の脇を伝い、胸の丸みを抱える。マリーの体のなかで熱がはじけ、胸の先端がとがった。

口づけが激しくなり、ロイスはマリーをあずまやの暗がりへと引きこんでいった。片手で彼女のしなった背中をなで、腰を自分に押しつける。マリーは、彼のかたいものが自分のやわらかな肉体にうずまるのを感じ、たったそれだけのふれあいで、愛を交わしたあのときの記憶がすべて洪水のようによみがえった。マリーは知らぬ間に体を動かし、ロイスのくぐもったうめき声が返ってきた。彼は貪欲に、激しく唇を奪い、ドレスの胸もとに手を入れて、彼女の素肌を愛撫した。

このままのめりこみ、彼の腕にうずもれて、もう一度あの情熱と快楽の大渦にのまれていきたかった。マリーは懸命に、どうして彼からのあまりにも甘い誘いに抗おうとしているのか、思いだそうとした。欲望に屈するのは、そんなにいけないこと？　彼が深く入ってきたときの、悦びと充足感を味わうことも？　互いに深く、完全に相手のものになり、ほかのことなど消え去るひとときを持つことも？

しかし、そのひとときのあとになにが待っているのか、マリーは知っていた。むなしさがひたひたと忍びより、そんな思いはすべて自分だけが感じているものだと思い知らされる。彼はいっそう結婚を迫ってくるだろうけれど、のどから手が出るほどそれを受けたいと思いながらも、やはり拒絶しなければならなくなる。言い合いをして、つらい思いをして。そういうものへの扉を開くなんて、まったくばかげている。

断腸の思いで、マリーは身を離した。「これは――誘惑？」声が少し震えている。

「求愛だ」

マリーはけげんな目をロイスに向け、全身に鳴り響く悦びに必死で耳をふさいだ。

「こんなに急に求愛して、本気でわたしをだませると思っているの？　それでほんとうに、あなたが本気で結婚したいと思っていると？」

「ぼくは本気できみと結婚したいと思っているとも！」ロイスはじれったさのあまり両手を横に振りあげ、うわずった声で言った。

「わたしがどういう意味で言っているか、わかっているでしょう」

「いいや、わからない」ロイスは近づき、低く甘い声を出した。「きみとベッドに入りたい。きみだってぼくがほしいんだろう。それは否定させない」

「そうね」マリーはすなおに答えた。「できないわ。でも、それ以上のものがなければだめよ」

「ぼくになにを言わせたい？」

愛している、という言葉よ。マリーはぎりぎりのところで言葉を押しとどめた。彼の口から出るのでなければ、なんの意味もない。

「なにも言ってほしくないわ」マリーはきびすを返し、大またで離れた。

「なんなんだ！　マリー――」あわてて彼女のあとを追う。

マリーは近くの庭と遠くの庭を隔てている壁のところで止まり、景色を見わたしていた。ロイスがかたわらに立ったときも、振り返らなかった。彼は景色には目もくれず、マリーの横顔が見える位置に立った。

「もうぼくの子を身ごもっているかもしれないと、考えたことはないのかい？」ロイスがやさしい声で言った。「きみは、子どもを父親のない子にしたいのかい？」

「いいえ、まさか。もし――もしそういうことになったなら、あなたと結婚するわ」

ロイスは目を輝かせて彼女のそばに寄ったが、マリーはすかさずうしろに下がり、彼の胸をしっかりと片手で押さえた。

「だめよ。身ごもらせて結婚させようという魂胆で誘惑しようとしても」

「マリー……ひどいよ」

マリーは目をくるりとまわし、彼から離れて庭のほうに戻った。が、突然、体を硬直させた。「ロイス……」彼女の声は不自然なほど小さく低かった。

「なんだ?」ロイスは眉根を寄せ、彼女の顔をけげんそうに見た。

「庭の向こうに男がひとり立っているわ。庭を出てすぐのところ、あの最初の木の下に」

ロイスも同じく動けなくなった。「左のほう?」

「そうよ」マリーは目を見ひらいて彼を見あげた。「あそこに立って、ただこちらを見ているわ。遠くて顔はわからないけれど」

ロイスはうなずいた。マリーの片方の手を取る。氷のように冷たい。彼はその手を口もとへ持っていった。「大丈夫だ。階段の向こうにある、あのベンチに行くんだ」

ロイスが手を放すと、マリーは向きを変えて、言われたように歩きはじめた。背後でなにかがこすれる音と落ちる音が聞こえ、さっと振り返ると、ロイスが壁を飛びこえ、すでにその向こうの小径を走っているところだった。

マリーは小径におりる階段に急ぎ、スカートをひざまで持ちあげ、ロイスを追って駆けだした。彼が追いかけている男の姿は見えないが、庭を抜けて草地へ出ていく音は聞こえた。

ロイスはどんどん彼女と距離をあけて侵入者に近づき、とうとう男に飛びかかって、もろとも地面に倒れこんだ。マリーはふたりに近づくにつれて足取りをゆるめ、息をととのえようとしたが、男性ふたりは地面を転がりながら取っ組み合いと殴り合いをくり広げていた。マリーは男を殴って気絶させられそうな、小さな岩か枝でもないかとあたりを見まわしたが、そのときロイスが男をうつぶせにし、腕をつかんで背中側にねじりあげた。

男は苦痛の声をあげ、あばれるのをやめた。「わかった、わかった」いかにもアメリカ人らしい発音の声が、息切れしつつ言った。「降参だ」

ロイスは手をゆるめて立ちあがり、男を引っぱりあげて立たせた。すこしやせ形ではあるが体格のいい青年で、明るく人なつこそうな顔には頬にかけてそばかすが散っていた。目尻にしわの見えるグレーの瞳は迷いのない光を放ち、その上にあるまっすぐな眉は、短く刈りこんだくせっ毛の髪と同じダークブロンドだった。

マリーはびっくりして息をのんだ。「サム！　サム・トレッドウェルじゃないの！」

「やあ、マリー」青年はばつの悪そうな笑顔を見せた。

「知り合いなのか！」ロイスがマリーを見つめる。

「ええ。彼は――同じ町に住んでいた人よ」マリーは困惑顔でサムを見るばかりだった。

「まさか、信じられない――サム、いったいどういうつもりだったの？　どうして妹たちを撃ったりしたの？　どうしてローズをさらおうなんて？」

サム・トレッドウェルはぽかんと口を開け、言わなくてもわかるほどの驚愕の表情で食い入るようにマリーを見つめた。「撃つって——ローズをさらうって！　いったいなんの話です？」言われたことがのみこめるにつれ、驚愕はたちまち心配へと変わった。「ローズは無事なんですか？」

「きみはマリーの妹たちに銃を発砲してはいないのか？」ロイスがうなるように訊いた。

「まさか！　どうしてぼくがそんなこと？」サムの声が動揺でうわずった。「マリー、いったいどうなっているんですか？」

「やましいことがなにもないなら、どうして逃げた？」

サムは目をしばたたいた。「あなたが追いかけてくるのが見えて。襲われると思ったから」

「なんということだ！」ロイスはうんざりしたようにサムの腕を放して一歩下がったが、警戒を解いて彼から目を離すことはなかった。

「マリー、事情を話してください」サムが言った。「ローズは無事なんですか？」

「ええ、なにごともなく。昨日、何者かが妹たちを銃で狙ったの。だからあなたを見たとき、あなたがその犯人かと思ったのよ」

「でも、ぼくがローズを傷つけることなどありえません！」

「そうね。ただ、前のあなたとはちがっているかもしれないでしょう。あなたはここでなにをしているの？」

「ローズに会いにきました」わかりきったことであるかのように、サムはあっさりと言った。「なんの知らせもなくあなたたちが町を出ていったとわかって、あとを追ってきたんです。

足跡を追うのにずいぶん時間がかかったけど」

「どうして庭でこそこそしていた？」ロイスが疑いの目を向ける。「ローズに会いたかったのなら、どうして堂々と玄関から訪ねてこなかった？」

「申しわけありません、サー」サムはまたばつが悪そうにした。「それはわかっていたんですが、ローズがぼくに会うことをどう思っているのか、わからなくて」助けを求めるような顔でマリーを見る。「あんなふうにいなくなったから、ぼくに怒っているんじゃないかと思ったんだ。それに、お邸があまりに立派で。裏手にまわって待っていれば、いつかローズが出てきて、ふたりきりで話ができるかもと思って」

ロイスは大きなため息をついた。「どうやら、ローズの求婚者のひとりなのかな？」

「ええ。わたしたちに薬を盛って、ローズをさらおうとした犯人ではないわね」

またしてもサムの口がぽかんと開いた。「だれかがそんなことを？」表情がこわばり、両手でこぶしを握る。「だれが？　いったいだれがローズに悪さをしようとしているんだ？」

勢いよくロイスに向きなおる。

「わからないの」マリーが答えた。

サムは背筋を伸ばしてロイスを見た。「あなたが伯爵さまですか？」

「いや、ちがう。ありがたいことに」ロイスはしみじみと言った。「だが、すぐにきみをステュークスベリー伯爵に会わせよう」

三人はぞろぞろと館に戻った。ロイスはサムがいきなり駆けだしたりしないよう、いちばんうしろからついていった。

　マリーが肩越しにロイスを見やる。「サムは逃げないと思うわよ」

「そんなことするものか！」サムは憤慨したようだった。「危険のただなかにあるローズを置いていくなんて」

「まあ、ぼくもそうは思っているんだが」ロイスが答えた。「しかし、若きミスター・トレッドウェルを全面的に信用しているわけではないのでね」

　三人が歩いてくるのが、館からも見えたにちがいない。裏口に着くころには、オリヴァーが廊下に立って待っていた。そのうしろではフィッツが、オリヴァーの仕事部屋の戸口にもたれかかっている。

「賊をつかまえたようだな。よかった」オリヴァーが三人を迎えた。

「でも、サムではないんです」マリーがとりなした。「いえ、ここにいるのはサムですけれど、でも、昨日妹たちを襲おうとしたのはサムではありません」

「ほんとうに？」オリヴァーは青年の上から下まで、失礼極まりなく、しかも相手が縮みあがりそうな冷たい視線を走らせた。

　サムは顔を赤らめ、いっそう背筋を伸ばしてあごを突きだし、オリヴァーに対峙した。

「サミュエル・トレッドウェルです、伯爵さま。ぼくがここへ来たのは――」

「サム！　ああ、サム！」ローズが妹をうしろに従えて階段を駆けおり、廊下の端に立ってサムを見つめていた。彼女の顔は急に光り輝き、青い瞳はきらめいて、満面の笑みが浮かんでいる。「来てくれたのね！」

ローズは廊下を走らんばかりに駆けより、サムからわずかに手前で止まった。こぼれるような笑顔のまま、両手でスカートを握りしめて彼を見つめる。

「ローズ！」サムも恍惚とした満面の笑みを返した。半歩、ローズに近づいて止まり、両手を上げたものの、また体の脇におろした。「もう会えないかと思った！　きみがいなくなって、行方がわからなくなったときは、気も狂いそうだった」

「急に町を離れなくてはならなくなったの」ローズが答え、笑顔が揺れた。「でもあなたは――あなたにはどうでもいいことなんじゃないかと思って」

「わかってる！　そうなんだ！　ぼくがばかだった！　早く求婚しておくべきだった。両親が考えを変えてくれるかもしれないと思って、ずっと待っていた。両親もきみのことをよく知れば、きみのご家庭に対する不満も気にしなくなるんじゃないかって。それで――」

「ちょっと待ちたまえ」オリヴァーがおそろしいほど慇懃な声を出した。「わたし、わたしの従妹の家庭に、きみの家族は不満だと？」

サムもローズもびくりとしてまわりを見まわし、急に周囲の人間に気づいたとでもいうように、決まりが悪そうにした。サムは赤くなって、しどろもどろで答えようとする。

しかしマリーがすかさず割って入った。「彼のご家族は、わたしたちの両親が飲み屋を経営していて財産もなかったことに不満を持っていらっしゃったの。たしか、あなたのご一族がわたしたちを鼻であしらったのと、同じ理由ですわ」

オリヴァーは長々とマリーを見ていたが、まいったというようにうつむき、口の端にかすかな笑みを浮かべた。「まさに図星だね、従妹殿」

「そんなにやさしい言葉をくださって、ありがとうございます」サムは真剣な顔でマリーに言った。「でも、ローズを批判した両親はまちがっていました。ぼくも、ただ待っていたのがまちがいだった。両親に認められようと反対されようと、ローズと結婚しますとはっきり言えばよかったんだ」

ローズが目を見はり、口を手でおおった。

オリヴァーが咳払いをした。「アメリカではどうだか知らないが、この国では、家長に結婚の許可を願いでるのが習わしだ」

「古くさい考えよね」カメリアが抗議する。

しかしサムはうなずいた。「そうします、伯爵さま。あなたとふたりだけでお話しさせてください」

オリヴァーはうなずき、仕事部屋に来るよう手ぶりで示した。サムは胸を張って上着の裾を引っぱり、オリヴァーについて仕事部屋のドアに向かった。

「ちょっと待って、サム・トレッドウェル！」廊下いっぱいにローズの声が響きわたり、だれもが彼女に注目した。ローズの頬は紅潮し、瞳は力強く燃えている。「今度は、わたしの従兄がわたしたちの結婚を認めるかどうかをいちばんに考えるの？　言っておくけれど――あなたが結婚したいと思っているのは、このわたしよ。だから、わたしに訊くのが筋ではなくて？」

「でも、ぼくは――その――」青年は目を丸くした。

「わたしがイエスと言うと思っているのね」ローズは腕を組んだ。「わたしを丸めこんだと思っているんでしょう。なにも心配することはないと。でもね、わたしがあなただったら、ステュークスベリー伯爵の意向を気にするよりも、ローズ・バスクームがどうしたいかを考えると思うわ！」

ローズはきびすを返し、早足で廊下を進んで階段を上がった。サム・トレッドウェルは彼女の背中を見つめるばかり。廊下に向けて一歩踏みだしたものの、そこで止まって、どうしたものかとオリヴァーを振り返った。

「みなで一杯飲めば、落ち着くさ」オリヴァーはサムに言い、仕事部屋に招き入れた。フィッツもつづいて入った。ロイスもたれていた壁を押して離れ、仕事部屋に向かおうとする。マリーのそばで目を輝かせて足を止め、少し彼女のほうに身をかがめた。

「ふた組一緒に式を挙げてもいいな……」

マリーは唇をかたく結んだ。「ひと組の式さえあるかどうか。いずれにしても、あなたとわたしは、ローズとサムとはちがうわ」

「アメリカに逃げたら、ぼくもあとを追っていく」

「それは、あきらめが悪いだけでしょう」マリーはやり返した。「あのふたりとはわけがちがうわ」

ロイスはにやりとしてそのまま進み、マリーはローズのあとを追って階段を上がったリリーとカメリアにつづいた。

「サム・トレッドウェルと結婚するの?」ローズの部屋に入ったとたん、リリーが息をはずませて訊いた。「なんてロマンティックなのかしら」

「いまのところ、サム・トレッドウェルとどうするか、なにも考えていないわ」ローズはむずかしい顔で部屋を行ったり来たりしていた。「でも、結婚の話を周囲の人間とばかりして、本人と話さないなんて、どこがそんなにロマンティックなのかわからないわ」

「そのとおりね」マリーはうしろ手でドアを閉め、つかのま妹を眺めた。「それでも……船に飛び乗って大西洋を越えて追いかけてくるなんて、気持ちがなければできないことよ」

「わかっているわ!」ローズは声を張りあげた。「彼に会えて、すごくうれしかった。抱きついていきたかった。わたしが彼のことをどう思っているか、どんなに会いたかったか、知っているでしょう、マリー姉さま。彼はご両親にはっきりと立ち向かって、わたしに求婚するべきだったと、すばらしいことを言ってくれたわ。それなのに、まず先に伯爵さまとお話しするなんて!」

「そうね。腹が立つわよね。でも、サムは習わしを重んじる性格の青年でしょう。あなたをないがしろにしているわけではないと思うわ」

「かもしれないけれど」ローズは姉を見てあごを引き締めた。「でも、わたしは振りまわされるのにうんざりなの。最初はコズモから、いつもイーガートン・サタスビーと結婚しろと言われて」ローズは、さもいやそうに震えてみせ、リリーもそれをまねた。「次は、わけもわからず何度も男にさらわれそうになった。伯爵さまはわたしたちの保護者面をして、付き添い婦人を押しつけるし、付き添い婦人はこう言いなさい、あれを食べなさい、こういうふうに行動しなさい……もうわめきたくなりそうなの。そして今度はサムが現われて、わたしと結婚してもよいか伯爵さまにおうかがいを立てるんですって。伯爵さまはわたしの心まで思いどおりにするおつもりかしら！」

「姉さまの言うとおりだわ」カメリアが賛成した。「彼らみんなに、どこかに行ってしまえって言っちゃえばいいのよ」

「サムなら、行動をあらためてくれるような気がするわ。彼はほんとうにあなたを愛していると思うの」マリーはローズに言った。「ほかのことについては……わたしたちにつきまとっている犯人をつかまえる方法を思いついたわ」

「ほんとう？　どうするの？」妹全員がマリーに注目した。

「とにかく、男性たちを説得するの」マリーはそう言い、話しはじめた。

25

まず第一歩は、シャーロットに協力を仰ぐことからはじまった。姉妹の話を聞いたシャーロットはいささか心配そうな顔をしていたが、役目を引き受けてくれた。ミス・ダルリンプルに、今夜は親族だけで夕食をとるので食事の席に出なくていいと言ってもらうのだ。シャーロットもヴィヴィアンと同じくミス・ダルリンプルを快く思っていないので、そうむずかしい役目ではなかった。

その夜、姉妹が夕食におりていくと、驚いたことに伯爵がサム・トレッドウェルも同席するよう、引き留めていた。みなが食堂に入る前、サムはまっすぐローズのところに行き、熱心な調子で内緒話をしていた。ローズが頬を染めて何度も笑みを浮かべるのを見て、マリーはサムがうまくやっているらしいことを感じ取った。

食事はいつもどおりに進み、女性たちが席を立つ時間になった。いつもならシャーロットが席を立つ合図をするのだが、今夜は姉妹がお願いしたとおり、席に座ったままで、代わりにマリーが口をひらいた。

「殿方のみなさんがポートワインを召しあがっているあいだ、わたしたちもここに残りたいと思います」

英国紳士の三人はわけがわからず、ただマリーを長々と見つめていた。下座に着席していたサム・トレッドウェルは笑いをこらえ、シャーロットと同じく、食事道具の観察をはじめた。

「なんだって」オリヴァーが抑揚のない声で訊いた。

「ですから――」マリーが少し声を大きくして話そうとした。

「いや、いい、言ったことはわかっている」つづけてなにか言おうとしたオリヴァーだが、召使いたちに目をやった。少し前から、やたらとテーブルを片づける手の動きが遅くなっている。「もういい、ボストウィック。片づけはあとにしてくれ」

「ポートワインをお持ちいたしましょうか、だんなさま?」

オリヴァーはかぶりを振った。「ほろ酔い気分にはならないほうがよさそうだ」召使いが退出すると、彼は姉妹に向きなおった。「さて、いったいなんのつもりかな?」

「神聖な伝統をこわそうとしているのではありませんわ」マリーは言った。「ただ、じゃまの入らないところでお話ししたかっただけで、食事のときがいちばんよさそうでしたので。お三方がここにそろわれますし、召使いもポートワインと葉巻を用意すればいなくなりますから」なだめるような調子でつづける。「ワインと葉巻を召しあがってくださって、かまいませんのよ。わたしたちのことならお気遣いなく。ただ計画をお話ししたかっただけですから」

伯爵はため息をついた。「わかった。その計画とやらを聞かせてもらおうか」

「わたしたちは全員、ずっと見はられてどこにも行けない状況にうんざりしています。だからいちばんよいのは、ローズを狙っている犯人をつかまえることです」

「だから、いま、その努力はしている」伯爵がやわらかな物言いで返した。

「そうですね、ありがとうございます。ですが最善の方法は、罠をしかけることですわ」

「まさかとんでもないことを言いだすのじゃあるまいな」伯爵の眉が大きくつりあがった。

「隠れている犯人をおびきだしたいんです。犯人に罠をしかけます。おとりは、わたしたちです」

「ありえない」伯爵はテーブルを押して立ちあがった。

ロイスは義兄に目をやった。「ボストウィックにワインを運ばせればよかったな」

「悪党をとらえるのにわたしが従妹を利用すると、本気で思っているのか？」ロイスの言葉を無視して伯爵はつづけた。

「考えてみてくだされば、妥当な話だということがおわかりいただけますわ」マリーは食いさがった。「犯人には、わたしたちを撃つつもりはないようです。ローズをさらいたいだけです」

「迷惑な話だ」とロイス。

「それに、わたしたちが自分で犯人に立ち向かうと言っているのではありません」マリーはたたみかけた。「男性たちに待機してもらい、犯人が現われたら取り押さえてください」

「危険すぎる」オリヴァーは首を振った。

「でなければ、わたしたちは一生ここでもたもたして、犯人がまた現われるのを待つしかないんです！」カメリアが抗議した。「ひょっとしたら、もう犯人はどこかに逃げて、わたしたちだけがばかみたいにここで座っているのかもしれないわ！」

「いまやっていることは意味がありません」マリーがつづける。「守っていただいていても、犯人を近づけないだけで、とらえることはできません。でも、あなただっていつもいつもわたしたちを守れるわけではないわ。犯人はどこかでいっきに襲いかかってくるかもしれない——でも、それがいつ、どこでなのかはわからないし、つかまえられるようになにもかもお膳立てしておくこともできません」

「罠をしかけることくらい、ぼくらだって考えてみたさ」ロイスが口をひらいた。「だが、うまくいかないことはわかりきっていた」

「どうして？」

無言で見返したロイスの顔を見て、マリーは思わず笑ってしまった。

「すごくおかしなことを考えたから、わたしが理由を説明するわね。罠がうまくいきっこないのは、あなたがたがわたしたちになりすますとか、そういうことを考えていたからでしょう。それじゃあ三歳の子どもでもだませないわ。成功させるためには、わたしたちがおとりにならなくちゃ」

「従妹殿……」フィッツが最高にチャーミングな笑顔を浮かべて話に加わった。「あなたたちはすばらしく勇敢だ。それはだれも疑う余地がない。でも考えてみて。もし――うまくいかなくてあなたたちがけがでもしたら、兄上がどんな気持ちになるか――ぼくらみんながどんな気持ちになるか」

話し合いは堂々めぐりがつづき、少しも前に進まなかった。ロイスも黙りこみ、眉を寄せて考えながら見守っていた。

しかしとうとう、咳払いをして言った。「オリヴァー、提案があるんだが」

「ありがたい」オリヴァーは義弟を見た。「うまくいくといいが」

「いくと思う。バスクームの令嬢が望んでいることをやろうじゃないか。罠をしかけるんだ」

マリーが驚いて彼を見ると、ロイスは笑みを浮かべた。

「そんなに驚かなくてもいいじゃないか、きみ。ぼくは話のわかる男だと言っただろう」

「頭のおかしな男だ」オリヴァーが反論した。「いったいなにを考えている？　そんな計画にわたしが賛成するわけがないだろう」

「じつは理由がいくつもあるんです。まず、彼女たちの提案はもっともなことだ。それはきみも、ぼくも、わかっているはずだ。マリーの言ったことはすべて正しい――こちらの有利な状況に、相手をおびきだせばいい。ふたつめは、このお嬢さんがたは、きみが賛成するまで納得しないということだ。そしてみっつめ――もっとも重要な点だが――きみが賛同しなければ、彼女たちは自分たちだけで計画を実行する」

伯爵は義弟を穴が空くほど見つめた。

「サー・ロイスの言うとおりです」とカメリア。「あなたがかかわりたくないとおっしゃるなら、わたしたちだけでやるまでです」

「もちろん、あなたがたが加わってくだされば、はるかにうまくいくと思いますけれど」マリーは断言した。

「これは脅しだ！」オリヴァーのグレーの瞳は怒りで明るい銀色に変わり、体はこわばって、発作的に爆発するのではないかと、一瞬マリーは心配になった。

オリヴァーは歩いてテーブルから離れたが、また戻った。しばしマリーの瞳を射るように見つめ、椅子の背を握りしめていた。「いいだろう」かたい声で言う。「罠をしかけよう。だが、まずは計画を聞いて、全員が賛成してからだ――それから、きみたちだけではなにもしないと、約束しなさい」

マリーは用心深く彼をしげしげと見た。「わかりました。ではあなたも、納得できる理由もなしにいまの言葉を撤回しないと約束してくださったら、自分たちだけではやらないと約束します」

「よろしい」オリヴァーは短くうなずき、腰をおろした。「それで、どのような罠をしかけるというんだ？」

「まず、出かける場所をつくります。どこか歩いていけるところがいいでしょう。援護の人たちが隠れられるように、囲いのある場所へ」

オリヴァーはフィッツとロイスをうかがい、こう言った。「水車小屋だ」

ほかのふたりもうなずいた。

「きれいな場所だから、きみたちも行きたいと思うようなところだ。歩くとかなり距離があるが、不自然なほどじゃない」ロイスが興奮ぎみにしゃべる。「なにより、行くのが簡単だ。川に沿って行けばいい」

「なにもかも考えていたような口ぶりね」マリーが言った。

ロイスは肩をすくめ、すこしはにかんだように笑った。「もしだれかがローズに変装できるようなら、罠をしかけようとぼくらが考えていた場所だ」

「きみたち全員が行く必要はない」とオリヴァー。

「そうですね」マリーも賛成した。「四人そろって行けば、犯人もおそれをなして逃げるかもしれません。前回のことがありますから。ローズとわたしだけで行きます」

カメリアが首を振った。「わたしも必要でしょう」

「もう話し合って決めたのよ、カメリア。ふたりだけのほうが弱そうでしょう。それに、銃を抜いて撃ったのはあなたなんだから、あなたには警戒するはずよ。それに、銃の腕前はあなたがいちばんだから、あなたは身を隠して目を配りながら、ついてきてちょうだい」

「なんだって？　やめなさい」オリヴァーが頭を振った。「わたしが猟師とその仲間を連れていく。カメリアが危険を冒すことはない」

カメリアが猛烈な勢いで抗議し、マリーは伯爵をこわい目でにらんだ。

「あなたのおっしゃる猟師たちとカメリアで射撃の腕を競わせてごらんになりますか」マリ

ーは言った。「ライフルでも拳銃でも、妹はだれにも負けませんわ」

「すばらしい」フィッツがにんまりした。「ぼくも参加しよう。標的を立てて——そうだな、従妹殿——歩幅十歩ぶんか、二十歩ぶんか？」

「射撃大会なぞひらくつもりはない」伯爵はにべもなく言った。

「わたしは賊の人相風体も知っています」カメリアが指摘した。

「部外者がさしでがましいんですが」サムが口をひらいた。「カメリアは、スリー・コーナーズのどの男より銃の腕はたしかです。ぼくも見はり番としてお役に立ちたいです」

「わたしも」リリーが言った。「なにかしなければいられません。カメリアのように上手ではないけれど、銃を撃つくらいはできますし、遠くのものを見つけるのは得意です」

オリヴァーは長々と苦悩のため息をついた。「いいだろう、きみたち三人は通り道に身を隠して、ローズとマリーが水車小屋に着く前に犯人が襲ってこないかどうか、見はっていてくれ。ロイスとフィッツとわたしは前夜から水車小屋に泊まって、犯人が襲ってきたらとらえる準備をして待つ」

「でも、あなたにはここにいていただきたいの、オリヴァー」マリーが反対した。「ちょっとした騒ぎを起こすつもりなんです。犯人の注意を引くような——あるいは、召使いのだれかが犯人の代わりにここを見はっていた場合を考えて、召使いの耳に入るような」

オリヴァーは身をかたくした。「うちの使用人のなかに裏切り者がいると？」

「いいえ。あの、そんな証拠はなにもないのですけど。可能性がないとは言えません」

「よく考えてみろ、オリヴァー。犯人は姉妹の行動をよく察知しているだろう」ロイスが口を出した。「外から見はっているだけなのかもしれないが……」

「ああ、わかった。それで、どうしたい？」

「テラスで口論を起こしたらどうでしょう。館を見はっている人間からよく見える場所で」

オリヴァーの顔に苦しそうな表情がよぎった。「大声で、わざとらしく。すばらしい」まった息をつく。「いいだろう。みなに見えるように、テラスで口論をしてみせる」

「それでローズとわたしが外に出ます。そして……」マリーは肩をすくめた。「犯人をつかまえます」

フィッツがにやりと笑った。「そうとも、つかまえるんだ。いやあ、きみたち姉妹が来てから、ウィローメアはずっとおもしろくなったな」

「もう少しおもしろくなくても、わたしはかまわないが」オリヴァーはつっけんどんに言った。

オリヴァーは仕事部屋から敷地の地図を持ってきて、各自がどの位置についてなにをするかをきっちりと確認し、最後の詰めを行なった。そしてようやく、椅子を押しやって立ちあがった。

「これで準備はできた。トレッドウェル、きみも今夜はここに泊まるのがいちばん楽だろう。部屋を用意させる。ロイスとフィッツは、今夜遅くに出て水車小屋で一夜を明かしてくれ。見はりの者は明朝早く、まだ暗いうちに出るんだ」一同を見まわすと、みなうなずいた。彼はマリーとローズに向きなおった。「きみたちふたりは、また明日の朝会おう」

全員が早いうちに部屋に引きあげ、客間で少しおしゃべりをしようという者もいなかった。しかしマリーは、すぐには眠れそうになかった。ナイトガウンに着替えてガウンをはおり、腰をおろして本を広げたが、少しも集中できない。心はあちこちに飛んだ。まずロイスに、そしてこれから待ち受ける一日に、次は妹たちを銃で狙った犯人に。継父のことを伯爵に黙っていてよかったのだろうか。もし、彼が犯人だったら？ もし手に負えなかったら？

ロイスが彼女や妹たちの肩を持つ発言をしてくれたことを思いだし、マリーの口もとに笑みが浮かんだ。ヴィヴィアンの言ったことは当たっているだろうか。ロイスが何度もあきらめずに求婚するのは、義務感や体面以上のものがあってのこと？ 彼の心のなかには、彼女に対する思いが少なからずあるのだろうか――まだ愛というものではなくても、愛に育てていけるようなものが？ それは、これからの一生を賭けるだけの価値があるものなのか？

マリーはマントルピースにある置き時計を見た。ロイスとフィッツが水車小屋に出発するのは何時ごろだろう。ロイスにいってらっしゃいも言っていないし、気をつけてとさえ声をかけていない。もちろん、明日、彼になにがあるわけでもない。そして、彼女にも。それでも胃のあたりに這いのぼってくる不安を消すことはできなかった。マリーはドアに行き、開けて廊下を覗いた。音も、動きもない。反対側を見る。ロイスの部屋のドアの下から、明かりがもれていた。

一瞬ためらったが、マリーは忍び足ですばやく廊下に出た。一度止まってもう一度あたりをうかがい、ロイスの部屋のドアを小さくたたいた。入れ、と返事があって、マリーはなかにすべりこみ、うしろ手でドアを閉めた。

ロイスは上半身裸でクルミ材の鏡台の前に立ち、抽斗のなかを見ていた。音に振り向いた彼は、彼女を見て凍りついた。「マリー！」目が輝いて一歩前に出たが、そこで止まった。「気でもちがったのか？　こんなところでなにをしている？」ささやきほどに声を抑え、彼はほんの数歩で彼女のところまで来た。

「あの——話があって」マリーの視線が彼の胸に移る。広い胸が目の前にあり、逆Vの字に生えた明るい茶色の胸毛がじょじょに一本の直線になって腹部へとつながり、ズボンのウエスト部分に消えていく。その巻き毛に指をからめたい猛烈な衝動に駆られ、マリーは息をのんだ。

ロイスは悪態をついてシャツをつかみ、さっとはおった。「こんなところに来ちゃいけない」うなるように言う。「だれかに見られたら、きみの評判は地に落ちる」

「そうなれば、あなたの勝ちだわ。わたしはあなたと結婚しなければならなくなる。そうでしょう？」

ロイスは顔をゆがめた。「ぼくは勝負をしているわけじゃない。なにを言うんだ、マリー！」間を置いて息を吸い、髪をかきあげる。彼はマリーをまわりこんでドアの鍵を閉め、きびすを返した。「わかった。どんな話があるんだ？　もうあまり時間がない。数分したら陛下でフィッツと落ち合うことになっている。だから、きみのためはもちろん、ぼくのためにも声を小さくしておいてくれ」

頭のなかをよぎっていたばかばかしいほどロマンティックな考えに、マリーは思いをはせた。そう、なにも手厳しい言葉でいってらっしゃいを言う必要はない。

「継父のことを話しにきたの」マリーは落ち着いた声で言った。

「えっ？」

マリーは手短かに母の再婚のことと、不幸にも選んでしまった虫の好かない男の話をした。ローズがいやがっているにもかかわらず、親子ほども年の離れた自分の友人イーガートン・サタスビーとローズを結婚させようとした話を、ロイスは眉をひそめて聞いていた。

「それで、彼が今回の件にかかわっていると思うのかい？　彼がローズをさらおうとした犯人だと？」

「いいえ。あの男はコズモよりずっと若かったわ。問題なのは、ロンドンでコズモを見た——いいえ、見たと思ったことかしら。ロンドン塔であなたや妹たちとはぐれたとき、わたしが行った場所があったでしょう。コズモを見たような気がして、探そうとしたの。でも、そこへあなたが来て、そして……」ロイスが来てからどうなったかを思いだし、マリーは口をつぐんだ。

ロイスの瞳の色が濃くなり、彼もまた思いだしていることがわかった。マリーは目をそらし、あわててほかにもコズモがかかわっているかもしれないと思った理由を話した——迷路での事件や、このあいだ妹たちを撃った男の背格好のことを。

ロイスは長々と彼女を見ていた。「どうしてこのことをオリヴァーに話さなかった?」

「なにも証拠がないからよ! 小柄な男性なんてたくさんいるわ。継父だとは断言できない。それに……こわかったの」マリーはうつむいた。

「こわかった?」ロイスは彼女のあごに手をかけて上向かせ、ほほえみかけた。「きみが? いったいどうして?」

「コズモのような男とかかわっていることを、伯爵さまに知られたくなかったの。あなたたちのだれにも」

「心配するな。どこの家にも、厄介者のひとりやふたりはいる。それに、彼とはなんの血のつながりもないじゃないか」

「わかっているわ。でも、すでにわたしたちは無作法な田舎者だと思われているわ。コズモのような継父がいれば、よけいに心証が悪くなる。伯爵さまも、わたしたちを受け入れたことを後悔なさるかもしれない。あなただって――」マリーは口をつぐんで後ずさり、顔をそむけた。

「ぼくが、なんだって?」ロイスは前に出て彼女の頬にかかった髪を、うしろに払ってやった。彼にふれられて、マリーの肌はいっきに目覚めた。

マリーは息をのんだ。「見ないで」

「そんなことはできない」ロイスの声は低く張りつめていた。「ぼくを見て」マリーが顔を向けると、彼はつづけた。「きみから目をそむけることは、ぜったいにないよ」

その言葉にマリーは震え、急にのどが涙で詰まった。「ロイス……」

もうなじみになったあたたかな感覚が、マリーの全身に広がった。こんなふうに反応するなんてだめよ、と自分に言い聞かせてはみたものの、彼女ののどもとで脈が激しく打ちはじめていた。わずかに体が彼のほうにかしぎ、呼吸が速くなってくる。

「かわいいマリー……」ロイスの手は彼女の頬をなでつづけていた。「きみといると、どうしてこんなふうになるのか。こんなにきみがほしくなるとは」

マリーは返事ができなかった。ああ、彼に瞳を覗きこまれるこの感じ。息もできなくなる。

「そんな格好でぼくの部屋に来ちゃいけないよ」ロイスの口もとが官能的な笑みを描いた。彼の手がマリーののどをすべりおり、ガウンの襟の下に入りこむ。鎖骨のかっちりとした線に沿って動いたかと思うと、ナイトガウンの下にもぐりこんだ。「自分の部屋に走って帰るんだ。まだ時間があるうちに」

「走りたくないわ」マリーは正直に答えた。

ロイスはかすれた笑い声をもらし、身をかがめてキスした。世界の時間はふたりのためにあるとでも言うような、のんびりとした口づけは、このあいだの激しく必死な口づけとはまったくべつのものだった。彼女を抱きしめることはせず、何度も何度も唇を味わいながら、手で彼女の肩、胸、首をなぞっていくだけ。

マリーの体に火がついた。奥が急に熱くやわらかくなり、中心の深いところでゆっくりとした小さなうずきがはじまる。彼女はロイスのシャツの端に両手をもぐりこませて彼を引きよせ、つま先立ちになってキスした。もう一度、自分を満たしてほしかった。彼に脚を巻きつけ、男らしく激しい動きとひとつになりたい。深い充足感、彼をのみこむときの肉の広がり、うずきが癒えて渇きが満たされるあの感じを、もう一度――。

「お願い」マリーは彼の唇にささやいた。「お願い」

「まだ、だめだ」彼の唇がほほえみ、カーブする感じが伝わった。「今回はゆっくりと……すみずみまで徹底的にね」

その言葉にうそはなかった。マリーのガウンのベルトをほどくと、ロイスはガウンを肩から脱がせて床に落とした。いったん動きを止めてキスし、両手を彼女の髪に差しいれて、それからまた彼女の服を脱がせはじめた。薄い木綿のナイトガウンを頭から脱がせて脇に放ち、彼女を抱きあげてベッドへ運ぶ。そして彼女から視線をはずさぬまま、体を揺すってシャツとズボンを脱いだ。

彼の視線を受けてマリーが体を伸ばす。少し恥ずかしかったけれど、昂りを感じてもいた。ロイスが彼女のかたわらに横になり、片ひじで体を支えて、彼女にキスしはじめた。まずは口に、そして顔に、それから首筋、全身を、あますところなく味わいつくす。唇とともに手も彼女の体をまさぐり、さまよい、彼女の反応を引きだしてゆく。マリーは身を震わせ、絶えることのない欲望に脚の動きが止まらなかった。それでも彼は、じれるほどゆっくりと、彼女の上でなめらかに動いていた。

ロイスがマリーの脚をそっとひらき、左右それぞれの内ももに手をすべらせた。しかし熱くほてるうずきの中心の近くまでは行くのに、けっしてふれることはない。そして彼女の胸を口にふくみ、唇と歯と舌を使ってひたすら快楽をかきたて、彼女を昂らせ、もう爆発するとしか思えない最上の高みへと連れていった。

しかしそこで、彼女の熱情の烈しさはこんなものではないことを、マリーはロイスに思い知らされた。彼の手が、マリーの脚のあいだにすべりこむ。その悩ましい感触にマリーはびくりとし、息をのんだ。彼はすべらかな熱いひだをひらいて愛撫し、彼女の口からかぼそいあえぎを引きだし、彼女の欲望をひときわあおった。マリーは腰を動かし、一心不乱になって痛いほどに求め、両手を彼の豊かな髪にうずめた。体のなかで欲望が凝縮して渦を巻き、手をかたく握りしめる。

「お願い、ロイス」いま一度、マリーは言った。

今度はもはや彼も耐えきれず、彼女の脚のあいだに身を置いて、深くなかへ突き入った。満たされる感触に、マリーは歓喜の声があがりそうになったのを抑えこんだ。彼の背中にしがみつくと、彼がなかで動きだす。彼の肌は熱く、なめらかで、汗ばんでいた。荒い息づかいが耳に届く。マリーは彼の音とにおいと感触に包みこまれ、互いの猛烈な激情の炎のなかで、彼にとけこんだ。

ロイスが叫んで彼女の首筋に顔をうずめ、マリーは彼の体に巻きつき、しがみついた。絶頂がふたりをさらい、互いの存在しか感じられない、砕け散りそうな世界へと投げだされた。

ロイスが彼女の上にくずれこむ。マリーはひとり笑みを浮かべ、彼の重みを存分に堪能した。この瞬間を、できるだけ長く味わっていたい。完全なる充足感のなかを、たゆたっていたい。身も心も使い果たし、深く原始的な方法でロイスとつながっている。いまだけは、ふたりは互いに愛し愛されていると信じることができた。

ドアに小さなノックがあり、小さな呼びかけが聞こえた。「だんなさま、だんなさま？ご準備がととのわれたかどうか見てくるように、フィッツさまから仰せつかりました」

くぐもった声で悪態をついたロイスは、彼女から転がりおりた。「わかった」と返事をしたが、声はかすれて低くなっていた。彼は咳払いをして、もう一度言った。「わかった。すぐに行くと伝えてくれ」

召使いは返事をして立ち去った。ロイスは振り返ってマリーを見おろした。話そうと口をひらいたが、マリーが手を上げて彼の口をふさいだ。

「だめ。なにも言わないで。台なしにしてほしくないの」

「うう、まったく！」ロイスはベッドから飛び起き、ぐるりとまわって服を拾い集めた。乱暴な手つきで身につけると、腰をおろして靴下とブーツを履き、最後に白いシャツの上から黒っぽい上着をはおった。

ロイスはベッド脇に戻り、彼女の上にそびえるように立った。身をかがめて彼女の両横に手をつき、目を覗きこむ。

「きみはぼくと結婚する」ロイスはきっぱりと言った。「かならずだ。きみが結婚してくれなければ、だれともしない」

ロイスは身をかがめ、自分のものだと宣言するような激しい口づけを、これが最後とばかりにぶつけ、大またで部屋を出ていった。

「そうね」マリーは暗闇のなか、つぶやいた。「わかっているわ」

マリーは服を着て廊下にすべりでると、部屋に戻った。よく眠れず、数時間後にリリーとカメリアとサムが部屋を出る音で、目が覚めた。マリーはドアのところに行ってわずかに開け、隙間から覗いた。リリーとカメリアはもう通りすぎており、階段をおりる小さな足音が聞こえた。しかしサムはまだ廊下を歩いていた。そのときドアがひらき、ローズが出てきた。ナイトガウン姿で黒髪を肩に垂らしたローズが、サムに手を伸ばす。サムは彼女を抱きよせ、彼女の頭に顔を寄せた。

ふたりのやさしい時間をじゃましたくなくて、マリーはドアを閉めた。ローズはサムと結婚するつもりだろうかと思ったこともあったが、いまではもう疑う余地もない。マリーは笑顔でベッドに戻った。

その朝、マリーとローズは、オリヴァーとミス・ダルリンプル、シャーロットと朝食をとった。シャーロットは名うての朝寝坊だ。現に、ウィローメアに来てから彼女と朝食をとったことはない。ところが今朝のシャーロットは午後も半ばの時間であるかのようにぱっちりと目を覚まし、召使いの前ではその日の予定についてなんとか黙っていたものの、見るからに興奮で胸がはちきれそうになっていた。マリーはまったく食欲がなかったが、体裁を取り繕うために食事を口にした。ローズも料理をつついているだけのようだ。

ローズは目の下にくまをつくっていたが、それもローズをいっそう愛らしくはかなげに見せているだけだった。大きな不安の表われだということは、マリーも承知していた。ローズはいつでもぐっすり眠るほうなので、眠りを妨げられるのはよほどのことにちがいない。マリーはローズの代わりにほかの妹を連れていけたらと思った――たとえばリリーだったら、劇的な場面をあますところなくおおいに楽しめるだろう――しかしあいにく、ローズは今回の計画には欠かせない存在だ。

朝食の席を立つとき、マリーはローズと腕を組んで、そばに引きよせた。「大丈夫よ」とささやいてほほえむ。「わたしも一緒にいるんだから。それにサムも見はっていてくれるわ。カメリアも、リリーも、ロイスも、フィッツも」

サムの名前にローズの顔が明るくなり、笑みさえも浮かんだ。正直、マリーとしてはカメリアやロイスの存在のほうが心強かったが、ローズにとってはサムが守ってくれているというのがいちばん大きいのだろう。

「そうね」ローズはうなずいた。「がんばろうって決めたんだものね」

いちばんたいへんだったのは、計画どおり、あと一時間待つことだった。ふたりは客間でシャーロットとミス・ダルリンプルとすごしていたが、ほどなくしてミス・ダルリンプルは妹ふたりがいないことをとやかく言いはじめた。シャーロットは自分の役目をわきまえ、ハンカチを握りしめて口を出さないようがまんしていたが、どこかに行ってほしいとでも言わんばかりにミス・ダルリンプルを見ていた。

「あのふたりはどこへ行ったのです？」ミス・ダルリンプルは四度目をくり返し、マントルピースの時計を振り返った。「時間を守るのが美徳というものです」

「気分でもよくないんじゃないでしょうか」ミス・ダルリンプルとひともめあるとは、マリーは想定していなかった。「レッスンは午後まで延期してはいかがですか」

ミス・ダルリンプルは舌打ちをはじめ、マリーに向かって人さし指を、いかにもむっとさせるようなやり方で振った。「妹さんたちの悪しき行ないに感化されてはなりませんよ、ミス・バスクーム」

「いい加減にしてくださいな、ミス・ダルリンプル」シャーロットの声は、あのなんとも言えない貴族ならではの威厳をたたえていた。マリーには一生かかっても出せない声だ。「姉妹とは、今日わたくしが予定を立てておりますの。ですから、あなたのレッスンは明日まで延ばしていただきます。今日は、明日の活動をもっと楽しくできるような手をなにか考えられてはいかが？　昨日のレッスンはまったくつまらなかったわ」

ミス・ダルリンプルはクモでものみこんだかのような顔になったが、うなずいただけで席を立った。「はい、承知いたしました、奥さま」

ミス・ダルリンプルがつかつかと部屋を出ていったあと、ローズは感心しきりのまなざしを従姉に向けた。「どうやったらあんなことができるの？」

シャーロットは肩をすくめた。「ユーフロニアおばさまになったつもりでやればいいだけ。あんな家庭教師、よく耐えていたわね。ヴィヴィアンの言うとおりだわ。オリヴァーに代えてもらわなきゃ。すべてが片づいたら、彼に相談しましょう」彼女は少し前にミス・ダルリンプルがしたように、振り向いて時計を見た。「もう時間？」

「そろそろです」マリーが立つ。シャーロットを見ると、彼女もうなずいて立ちあがった。これからテラスに出て、最初の芝居をするのだ。

マリーとローズは二階に上がってボンネット帽を用意し、武器を身のまわりに隠した。マリーはフィッツの銃のコレクションを一挺借りたが、ルパージュ製の小型拳銃は驚くほど小さくて軽かった。ローズのほうは、犯人につかまえられたときにはナイフのほうが役立つだろうということで、小さなナイフを隠し持つことにした。

帽子を手に持ち、武器を無事にポケットにしまって、ふたりは階段をおり、テラスに出た。そこではシャーロットとオリヴァーが腰をおろして庭を眺めていた。シャーロットは早くも不安でハンカチをくしゃくしゃに丸めていた。オリヴァーのほうは完璧にくつろいでいるように見える。パイレーツもこのときばかりは伯爵の足もとではなく階段の上に立って、敵が現われやしないかと庭を見はっているようだ。

姉妹のふたりが出てきてオリヴァーが立ちあがり、一礼した。「準備はいいかな？」

マリーがうなずいた。「まずは少しおしゃべりをしたほうがいいかと」

「そうだな」オリヴァーは庭一面に視線を泳がせた。「いい天気だ。しかし残念ながら、もうすぐ秋がやってくるが」

「まあ、オリヴァー、どうしてそんなに——冷静でいられるの？」シャーロットが訊く。

「どうしてって……冷静にしなきゃならないだろう？」オリヴァーはかすかに笑った。「でないと、興奮したところを犯人が見たときに、興奮しているとわからないじゃないか」

「あなたが？」とシャーロット。「興奮することなんてあるの？」

「ふつうは、しないように努めるものだ」彼は袖を引っぱり、マリーとローズのために椅子を引いた。「ここは、椅子をすすめるのがいちばんだと思うが？」

マリーは椅子をちらりと見たが、座らなかった。「そうですね。ですが、今日は遠くまで出かけたいと申しあげにまいりました」マリーは東を指さした。「古い水車小屋があると聞きましたので、見にいってみたいんです」

オリヴァーは眉をひそめた。「それは賛成しかねるな。当然、危険が考えられる」

「でも、少しお邸を離れたくてしかたがないんです。ここでは息が詰まって」マリーはローズを振り返り、ローズもうなずいた。

「そうなんです、お願いします」ローズは訴えるようにオリヴァーを見つめた。

シャーロットは打ち合わせどおりの会話が交わされるのを見守る役を演じ、姉妹とオリヴァーを交互に見た。

オリヴァーがかぶりを振った。「だめだ」あっさりと言う。「もってのほかだ」

「どうしてですか」マリーは意固地になり、両手を腰に当てた。だんだんと声もうわずってくる。「わたしたちはここで毎日、ミス・ダルリンプルと閉じこめられているんですよ。護衛がなければ、乗馬にも出られない。自分の家でこんなに自由がないなんて、もううんざりしているんです」

いつしか声が大きくなり、すらすらとせりふが出てくるようになっていた。オリヴァーは、これまで姉妹が陥ってきた苦境をことこまかにあげつらい、それに対してマリーは理不尽な制約の数々を持ちだして反論した。緊張が高まるにつれてシャーロットは立ちあがり、双方のあいだを行ったり来たりしながら、座って落ち着いてお話ししなさい、怒らないで、怒鳴るのはやめて、少なくともここではみなに聞こえてしまうわと、とりなしていた。

場の空気が変わって落ち着きをなくしたパイレーツは、伯爵と姉妹のあいだを跳びはねたり、ぐるぐるまわったりして、ただでさえ騒がしいのにいっそう甲高く鋭い声をあげだした。「静かにして、パイレーツ、静かに！」ローズが合間に叫ぶが、パイレーツが唯一命令に従う伯爵は、なにも犬に合図をしない。

それどころか、伯爵もマリーもパイレーツの声に負けじと声を張りあげ、館の窓に張りつく顔がいくつも見えるようになった。

「あなたに止められたって、わたしたちは水車小屋に行きます！」マリーはたたきつけるようにオリヴァーに言った。

「なんだと！」オリヴァーはテーブルのガラスの天板をドンとたたき、それでパイレーツがすさまじく吠えだした。「だめだったらだめだ！　命令はぜったいだ！」

それを最後にオリヴァーはきびすを返し、大またで邸に入っていった。シャーロットはつらそうにローズとマリーを見てから、オリヴァーのあとを追いかけた。「オリヴァー！　待って！」

パイレーツは伯爵を追ったが、止まって振り返り、姉妹を見た。数歩、姉妹のほうに戻り、また止まり、くるくるまわり、最後には姉妹とドアのあいだで寝そべった。マリーとローズは顔を見合わせた。にせものの口論を演じたことで、不思議と神経が静まっていた。

「あとどれくらい、これをつづければいいと思う？」ローズが姉の両手を取り、食い入るように顔を見た。「なんだか、ばかみたい」

「もう少しよ。もし犯人が見ていたら、もうなにも起こらないんじゃないかと思わせてはいけないわ。でも、召使いのなかに裏切り者がいるのだとしたら、犯人に伝えにいくだけの時間を与えなくちゃいけないし」マリーは妹の手を振りはらい、顔をそむけて声を張りあげた。「あの男にあれこれ命令させるものですか！　父親じゃあるまいし」

「そうよ、そのとおりよ」ローズは姉を追いかけて腕をつかみ、振り向かせた。「そんな筋合いじゃないわ！」

「使用人たちは見ているかしら？」マリーは小声で尋ねた。

「窓にいっぱい張りついているわよ」

「茂みのうしろから覗き見している庭師もたくさん。このままつづけましょう。この調子でゆっくり行くのよ」マリーは一歩離れ、大声で言った。「ふん、わたしは行くわよ！　あなたはここに残って、伯爵さまの言いなりになればいいわ」

「あっ、マリー姉さま、待って！」ローズはあわてて姉のあとから階段を駆けおりた。

パイレーツが階段の端まで走りより、けたたましく吠えた。庭のなかに姉妹が消えると、犬もあとを追って階段をおりていった。


最初の問題は、もちろん庭師の目を逃れることだった。あきらかに数人の庭師は口論を見ていた。じかに姉妹を止めようとする庭師はいないとしても、姉妹の身の安全を確かめようと、あとをついてくることは充分に考えられる。そうなると計画は水の泡だ。

しかしフィッツが昨夜、通る道を指定していた。若いころに彼がよく使った道で、庭の大半から死角になっていて、すぐに側庭に出られる。川と水車小屋への最短距離ではないが、ずっと庭園を通らずに行けるのだ。マリーとローズは力のかぎり走った。馬屋の近くで目を丸くした従僕と何度か出くわしたものの、引き止められることはなかった。ほどなくして、ふたりは小さな丘の中腹を川に向かって這うようにおりていた。

「ふう！」マリーが息をととのえようと岩の上に座り、ローズもそれに倣った。

館や馬屋からついてきている者がいないか、ふたりはずっとうしろを確かめていたが、だれも来ていなかった。しかし一瞬置いて、小さな白黒の生き物が転がるように丘を下ってきた。ふたりの前でパイレーツが止まり、にこにこしながら短い尾を振った。

「パイレーツ！　だめよ。帰りなさい！」マリーは彼を追いはらって帰そうとしたが、だめだった。

「無駄よ、この子は伯爵さまの命令以外、聞かないんだから」

マリーはため息をついた。「犬がいるからって、犯人が及び腰にならなければいいのだけど。小さい犬だから問題にはならないかしら」

「この犬のことを知らない人にとってはね」

ふたりはまた歩きだし、犬もついていく。パイレーツはときおりぴょんぴょんと前に出て、前方の道を調べたり、なんだかわからないにおいを追って走っていったりしたが、かならず戻ってきた。

「みんながどこに隠れているのか、はっきりわかっていればいいのに」ローズが歩きながら小声で言った。「そのほうがもっと安心だわ」

「きょろきょろして探すのはだめよ」マリーは前方の道に視線を据え、わずか数フィート離れたところを流れている川に、ときおり目をやった。「犯人を探すのもいけないけど」

ふたりは黙りこんだ。最悪なのは、ゆっくり歩を進めなければならないことだった。犯人についてこさせる時間を与えなければならないからだが、刻一刻と時間が経つうち、不安が募ってきた。マリーは不穏な音を聞き逃すまいと、耳をそばだてた――枝の折れる音、土を踏む足音、人間が通るとびっくりして飛び立つ鳥の音。しかし木の葉が風に揺れる音くらいしか聞こえてこない。人気《ひとけ》などまったくないように思えた。

護衛であれ犯人であれ、きょろきょろ探さないようにこらえるのは、つらいくらいたいへんだった。マリーは両手をポケットに入れて小型拳銃を握りしめ、犯人の音でも姿でも少しでも気づいたら、ほんの数秒で銃を抜くことができると自分を励ましていた。

川に沿って草原を抜けているときは、まだ楽だった。しかし木や茂みが迫ってきて道がせまくなり、視界が悪くなると、マリーの心臓は動悸が速くなり、ぷつんと切れるのではないかと思うほど神経が張りつめた。あの音はなに？　足を踏みしめる音？　そして、近くでなにかがこすれる音――木々のあいだを人間か、動物が静かに動いている音？

とうとう水車小屋が見えてきた。道理には合わないことだが、マリーは少しほっとした。襲われるとしたら小屋の近くだろうと、みなの意見が一致していた。しかし少なくとも、すでにロイスとフィッツの視界に入っているはずだ。

ところが木々はじょじょに川寄りになり、茂みも水車小屋を取り囲むように生えている。苔《こけ》むした灰色の石造りの、じめじめした黒っぽい建物だった。小屋まで、あとほんの少し。マリーは走りださないようにするのに苦労した。隣ではローズの足取りも速くなっており、マリーはローズと腕を組んだ。

ローズはちらりと姉を見て、無理に笑顔をつくった。「ごめんなさい」

「いいのよ。もうほとんど終わりだわ」いいや、もちろん終わってはいない。あと数分のうちに犯人が襲ってこなければ、また長い道のりを歩いて帰らなければならない。

ふたりの足もとで元気よくついてきていたパイレーツが、いきなり狂ったように吠えたてて前に飛びだした。一瞬のち、前方の茂みから男が飛びだした。

26

ローズが悲鳴をあげ、マリーは銃を抜いた。発砲したが、弾は大きくそれ、次の瞬間、男はふたりに襲いかかっていた。ローズをつかんだ男は、彼女の両腕が体の横につくよう、うまく腕で抱えてしまい、ローズはポケットから出したナイフを使うことができなかった。

男は木立に戻ろうとし、マリーはうしろから飛びかかって男の背中にぶつかった。男はよろめき、ローズが暴れたのとあいまって、バランスを崩した。男がひざをつく。マリーは男の頭めがけて銃を振りおろし、会心の一撃をくらわせた。パイレーツは跳ねるのと吠えるのを中断して飛びつき、男の足首に咬みついた。

男はぎゃっと叫んで脚を激しく蹴りだし、パイレーツを跳ね飛ばした。体をねじって起きあがるとマリーを押しのけたが、ローズをつかんでいた手も離れた。ローズは飛びのいてよろめきながら立ちあがり、水車小屋に向かって駆けだした。男はローズを追いかけようとしたが、全速力で自分めがけて走ってくる男ふたりを目にした。ひとりは両手に拳銃を持っている。

男は悪態をつき、きびすを返して、もと来た方向へ引き返した。よろよろと立ちあがったマリーがつかみかかったが、男はかわした。しかしそれで時間のロスが生まれ、さほど走らないうちにロイスに追いつかれ、体当たりされて地面に倒れた。ふたりはそのまま地面を転がり、殴り合った。フィッツは近くまで寄ったものの止まり、立ったままふたりを眺めた。

マリーがフィッツの隣に駆けよる。「なにをしているの？　早く犯人の頭を殴って！」

「そして、ロイス兄さんの楽しみを奪えと？」

パイレーツもフィッツと同じ意見らしく、うれしそうに吠えたてながら、闘う男ふたりをよけつつ周囲を駆けまわっていた。

「なんてこと！」マリーはもう一度、銃床で一発お見舞いしようと近づきかけた。しかしそのとき、ロイスの重量級のパンチが当たり、さらにもう一発つづき、男はぐったりとなった。

さらにロイスがこぶしを振りあげたが、フィッツが彼の肩をつかんだ。「もういい、もういい。こいつを館までずっと運んでいくつもりは、ぼくにはないよ」

ロイスは迷ったが、うなずいて立ちあがった。振り向いた彼の顔は、頰と唇が切れて血が流れ、頰骨のあたりにはすでに青あざができつつあったが、その顔でマリーに笑った。「あいにく、たいした見物にはならなかったが、それでも任務は完了だ」

彼に抱きつきたい気持ちと泣きたい気持ちに引き裂かれそうなマリーは、くるりと向きを変えてローズのもとへ行った。ふたりはしっかりとしがみつくようにしばらく抱き合い、緊張がほどけるのを待った。うしろから、フィッツとロイスが犯人を立たせている様子が聞こえてくる。

　マリーとローズが振り返ったとき、男たちは三人で道に戻ろうとしているところだった。犯人はふたりにはさまれてよろめき、パイレーツも跳びはねながらついていく。

「あずまやで襲われた男と同じかな？」近づくふたりにフィッツが尋ね、マリーもローズもうなずいた。

「腕に包帯を巻いている」ロイスが言った。「カメリアの弾がかすった傷だろう」

「今日は来るんじゃなかった」男がぼやいた。「だから失敗すると言ったのに」

「失敗か？」フィッツが陽気に言った。「思ったとおりだったようだな。まあ、伯爵にすべてを話す機会が待っているぞ。歩いて戻るあいだに、どうするかよく考えたほうがいい。誘拐は流刑《るけい》に値する罪だったよな、ロイス兄さん？」

「だと思う――まあ、まずは流刑の前に牢獄船に乗る。生きて船をおりられる人間は少ないぞ」

「だれもさらってなぞいない」男はふたりのあいだで落ち着きなく身動きしながら、ぼそりと言った。

「たしかに、毎回、失敗だったたな。仕事を変えたほうがいいんじゃないか。だが、判事には失敗なぞあまり考慮されないだろうが」ロイスが言った。

　男は、腫れてふさがっていないほうの目でフィッツを見て、それからあたりを見まわした。フィッツは頭を振った。

「ぼくなら、逃げることなど考えないな。ここにいるぼくの兄は、すでにおまえより足が速いことを証明している。しかも、おまえがそういう状態になる前のことだからな。それにご承知のとおり、ぼくは銃を持っている」身ぶりで見せた。「さらに、おまえには気の毒だが、ぼくは射撃の名手だ。もちろん、おまえから話を聞きたいから、脚しか狙わないが。ところで、なにを話すか、考えはじめたほうがいいぞ」

男は具合のいいほうの目をくるりとまわし、フィッツからロイスへ、そしてマリーとローズを見た。ローズは疲れたパイレーツを抱きあげている。しかしパイレーツも、知らない人間に唇をむいてうなるだけの余力はあった。

「くそ犬め」男がぼやいた。「くそ田舎め」彼は周囲の木々も、一同も、険悪な顔つきでにらみつけたが、そのあとは足もとに視線を落として、力なく歩いた。

長く、大きな重音の笛の音が前方から響くと、すぐに前方の木から葉のこすれる大きな音がした。大枝が揺れ、ブーツを履いた人影が、いちばん下の枝の上あたりから現われた。人影は身をかがめたかと思うと、枝にぶらさがり、地面までの残り二フィートを飛びおりた。

カメリアだった。男の子の格好をし、黒っぽい縁なし帽に明るい髪を押しこんでいる。革のバンドにライフルを吊って背負い、拳銃はベルトに挿している。彼女は一同ににんまりと笑った。

「つかまえたのね！」大声で言い、彼らのほうに駆けてきた。「あそこを歩いていくのは見ていたの。パイレーツがついてきていたわね。笑いをこらえるのに必死だったわ」犯人をちらりと見やったカメリアは、腕の包帯を見て満足げにうなずいた。「ははあ！　やっぱり弾は当たっていたのね。でも、少し右側にそれちゃったけど」

一同が道を進んでいると、サムが小走りにやってきた。「笛の音が聞こえて」少し息を切らし、すぐに視線がローズに飛んだ。

彼の姿を見たローズは、小さく叫んで彼のもとへ走った。サムがしっかりと彼女を抱きしめ、残りの面々は慎み深くふたりをそっとして歩を進めた。まもなく、茂みから出てきたリリーにも会った。彼女もまた周囲にまぎれるような服を着ていたが、濃い緑色のドレスはカメリアの着衣よりはまともだった。

一行の人数がひとり増えるたび、つかまった男は元気を失っていくようで、ウィローメアの敷地に着くころには、すっかりしょげていた。そしてとどめは、立派な玄関ドアをくぐり、大理石の玄関ホールと廊下を長々と歩くあいだ、両側からいかにも貴族然とした表情の、先祖代々の肖像画に見おろされたことだった。フィッツとロイスは捕虜を引っ立てるかのような風情で、男をオリヴァーの仕事部屋に連行した。

オリヴァーは、彼らが戻ってきた音は耳にしていたのだろうが、一同が部屋に入っても顔を上げることすらなかった。しばし書類を読んでから顔を上げたが、そのまなざしは冷ややかで侮蔑に満ちていた。

「この男が、わが従妹殿を恐怖に陥れた犯人か？」ようやく口にした。

「そうだ。ミス・バスクームとミス・ローズを襲ったところをつかまえた」

「襲われたのはこっちでさ」男はマリーのほうに手を振り、銃で殴られて痛む箇所にふれた。

「おまえがローズをつかまえて、マリーを殴ったからだろう」ロイスが鉄のように冷たい声で言った。「ご婦人がたの目の届かない、地下室に連れていったほうがいいぞ、オリヴァー。地下室で知りたいことをしゃべってもらおう」

「そんな！　いやだ！」男は半狂乱できょろきょろし、味方を探した。「おれはなにもしてねえし、なにも知らねえ」

「まあ、ふつうはそうだろうが」オリヴァーが立ちあがった。「今回の場合、おまえはわたしにとって大切な情報を持っているはずだ」そこでロイスに向きなおる。「しかし、それを聞きだすために暴力を振るうことはない。それはすでに充分にしているようだからな」

「おとなしくさせただけだ」ロイスが言った。「マリーと妹たちにどうして害をなそうとするのか、それさえもまだぜんぜんわかっていない」

「そんなことはしてねえ！」男は声を張りあげた。「だれにも害はなしてねえぞ。少なくとも、そっちがおれを殴りはじめるまでは。それに、全員にじゃねえ」

「全員じゃない？」オリヴァーがおもねるように言った。「では、だれを狙ったんだ？」

男はオリヴァーを見つめ、なにやらのどが詰まったような声を出した。「だれも狙ってねえ。だれも。だれにもけがなんかさせてねえし。頼む、解放してくれ。ほかにはなにもしないと誓うよ。ロンドンに戻る。かならず。そんで、もう二度とロンドンからは出ねえ」あまりにもつらそうに懺悔《ざんげ》している様子で、本心から言っているのだろうとマリーは思った。

「おや、おまえを解放する可能性はゼロだ」オリヴァーが言った。「おまえは牢屋に入るんだ。問題は、どんな罪で入るか、だな。誘拐、殺人未遂──」

「うそだ！　ちがう！　だれも殺すつもりなんかなかった！」男は泣き叫んだ。

「あるいはもう少し軽い刑で、不法侵入や襲撃」オリヴァーが例を出す。「もちろん、わたしが判事に話す内容は、おまえがどれだけ話をするかによる」

「話？　なんでもお望みどおりに話すぞ。なにが知りたい？」

「まず、だれに雇われた？」

男は目を丸くした。「なんでそんなことがわかる？」

「そうよ」カメリアが言った。「どうしてだれかに雇われたなんてことがわかるの？」

「この男を見てみろ。自分ひとりで誘拐なぞ考えそうに見えるか？」そして犯人を振り返り、オリヴァーは言った。「よし、まずは名前を教えろ」

「ジェイミーだ、だんな、ジェイミー・ランダル」

「ロンドンで雇われたのか？」

男はうなずいた。「あいつがやってきて、娘っこたちのあとをつけろって」

「娘のひとりをさらえと言われたのか？」

「黒髪の娘だと言った。べっぴんだと」

「どうしてその娘を？」

ランダルはかぶりを振った。「そういうことは言わなかった。ただ〝やれ〟としか」

「それで、ロンドンで実行したのか？」

「どんな娘か、まずはあとをつけた。あとでさらうつもりだったが、チャンスがなかった。それで、娘たちが街を出たときに追いかけないといけなくなった」

「おまえを雇ったのはだれだ?」

「知らねえ」

「おい、ランダル、そんな話を信じると思うか」

「うそじゃねえ! あいつ、名前は言わなかった。なにをするかってことだけしか」

「その男をなんと呼んでる?」

「だんな《サー》」

その返事にオリヴァーの口の端がゆがんだが、すぐ元に戻った。さらにいろいろな側面から探りを入れたものの、ランダルの返事は同じだった——雇った男の名前はわからない。

「どんな風貌の男だ?」ロイスが尋ねた。

ランダルは無表情でロイスを見つめた。「さあ。おれよりは年がいってる。背は……高くねえ」彼は自分の腕に手を上げ、肩の高さくらいを示した。

「髪の色は?」

「茶色っぽくて——白髪まじりだ。白くはねえ」

マリーの胃が不安で震えた。ランダルの言うことは、すべてコズモ・グラスに当てはまる。

「どんな話し方だった?」彼女も口をひらいた。「あなたのようなしゃべり方か、ここにいる紳士のようなしゃべり方か、それともわたしたちみたいな?」

ランダルはしばし彼女に見入ってから答えた。「よくわからねえ——なんとなく、このだんながたみたいかな」フィッツと、兄ふたりを手で示す。

マリーは胸をなでおろした。それではコズモではない。彼なら、マリーたち姉妹よりもずっとアメリカ訛りが強い。ロイスに目をやると、彼が問いかけるようなまなざしをしていたので、わずかにかぶりを振った。

さらに訊いたところ、ランダルは〈かがり火の丘〉の廃墟で野宿したことを認めたが、彼が言うには気味の悪い場所で、夜には幽霊のような音が聞こえたと言った。

「あいつはずっと見はってたよ、ずっと。あの遠くを見る小さな機械で。それで、おれに行けと命令したんだ」

「その男はずっとその場を離れなかったのか？」ロイスが訊いた。

ランダルは肩をすくめた。「ときどきだれかに会いに行ってた。だれかは言わなかったが」

ロイスの質問を先まわりして、言い添えた。

「そのだれかというのは、館にいる人間か？」オリヴァーが鋭く訊いた。ランダルが黙ってかぶりを振ると、こうつづけた。「かばんのことは？　革の肩掛けかばんを野営地に持って帰ってきたか？　それとも、おまえが盗んだのか？」

「おれはなにも盗んじゃいねえ。あるときあいつが帰ってきたら、持ってたんだ。最初は喜んでたみたいだったが、そのうち、これじゃだめだとかなんとか言いだして」

「なかに入っていた書類をどうした？」ロイスが尋ねる。

「たたんで、やつが内ポケットに入れてたよ」

「どうしてそれが必要か、なにも言わなかった?」マリーが訊いたが、ランダルは首を横に振った。

「やつは、おれにはなにも言わなかった」

それがランダルの決まり文句のようだった。オリヴァーは質問をつづけたが、彼からはもうそれ以上なにも聞きだせないことがまもなくわかった。とうとうオリヴァーは肩をすくめ、ランダルを召使いたちにまかせ、判事に引きわたせと命じた。

ランダルが連れていかれると、一同は顔を見合わせた。

「さて」口をひらいたのはオリヴァーだった。「あまりあきらかになったことはなかったが、ともかく誘拐犯は捕らえたな」

「でも、ランダルを雇ったという男はどうなるんです?」マリーが言った。「まだローズには身の危険があるのでしょう?」

「その男は、自分では手を下そうとしないんじゃないかな」ロイスが言った。「一度やって、失敗しているだろう。体の大きな男でないことは、みなの意見が一致している。自分には無理だと、やつも思っているだろう」

「またべつの人間を雇うかもしれないな」オリヴァーも同じ意見だった。「ロンドンの人間にちがいない。ロンドンでこの男を雇ったんだから。ここで人をさらわせるために悪党を探すのは、またたいへんなことだぞ」

「でも、彼にはすでにもうひとり協力者がいるわ」カメリアが口をはさんだ。「少なくとも、わたしにはそう思えるけれど。ランダルが言うには、ここに忍びこんでかばんを盗んだのは彼ではないんでしょう」

オリヴァーの顔がけわしくなった。「そんな裏切り者がこの邸にいるとは思えない」彼はフィッツとロイスを見た。「どう思う？」

ロイスは肩をすくめた。「ぼくもそんなことは考えられないが、金の力は大きいからな」

「従僕は長年仕えてくれている者だ。ほとんどがこの近辺の出身だし」

「男性の召使いとはかぎらないでしょう？」マリーが言った。「女性の召使いのしわざのように、わたしには思えるけれど」驚いた顔でこちらを向いた男性陣に、マリーは言った。

「わたしのかばんを盗ったのがだれであれ、だれにも気づかれなかった。従僕も二階に来ることはあるけれど、四六時中、部屋に出入りしているのは小間使いだわ。小間使いがわたしの部屋からなにか持ちだしていても、だれも不審には思わないでしょう」

「プルーかもしれないと？」ローズがショックの声をあげた。「それか、ジュニー？」

「いえ、そういうわけでもないの。あのふたりは、わたしたちや伯爵さまに仇なすことをするとは思えないわ。ただ、小間使いを除外して考えるわけにはいかないと思っただけ」

「そのとおりだ」オリヴァーがうなずいた。「あらゆる可能性を考えなければならない。男本人が押し入ったのかもしれないし。日ごろから空き巣を生業《なりわい》としている人間という可能性も高いからな」

「少なくともここ数日は、なにごとも起こらないんじゃないかと思うが」ロイスが言った。

「たしかに」とオリヴァー。「だがもちろん、警戒の手をゆるめるわけにはいかない。しかしひとまず犯人はなりをひそめていると思う。あるいはロンドンに戻ってべつの悪党を雇っているか」

「よし」ロイスが短くうなずいた。「それなら、ぼくは明日〈アイヴァリー館〉に行ってくる」

「〈アイヴァリー館〉！」マリーの心は沈み、反対せずにいるのが精いっぱいだった。

「行ってしまわれるの？」リリーが悲嘆に暮れた声で言い、マリーが口にできないことを代弁した。「でも、レディ・サブリナの舞踏会はどうなさるの？　壁の花にならないためには、あなただけが頼りなのに」

ロイスは声をあげて笑った。「きみがパートナーに苦労することはないと思うよ。だが、舞踏会までには戻ると約束しよう。だからきみたちそれぞれ、ワルツはぼくのために一曲とっておいてくれたまえ」

マリーはオリヴァーをうかがい見た。彼の顔はいつもどおり表情が読めなかった。しかしフィッツはロイスの急な決断を聞いても驚いた様子がなかった。彼らは前もって知っていたのだろう。ロイスは〈アイヴァリー館〉に戻ることをふたりには伝えていたのに、彼女には知らせてくれなかったのだ。

傷ついたことを知られたくなくて、マリーはきびきびした声で言った。「楽しい旅をお祈りしていますわ、サー・ロイス。さあ、みなさんよろしければ、二階に引きあげさせていただきます。今日は疲れました」

みな賛成し、ドアのほうへ動きはじめた。部屋を出るとき、マリーはロイスのほうを見ないようにした。リリーとカメリアのあいだに入り、早足で廊下と階段を進み、一度も振り返ることはなかった。

マリーは必死で気づかぬふりをしていたが、ロイスのいないウィローメアはむなしく感じられた。きっと慣れるわと、自分に言い聞かせる。そもそもロイスがあきらめて彼女と結婚しないことになったら、同じ運命だったのだから、いまのうちに慣れておいたほうがいい。気のまぎれることがあるうちに——いまウィローメアは、ローズとサム・トレッドウェルの婚約のニュースに沸いていた。

「昨夜、サムがまた求婚してくれたの。とびきりロマンティックに」翌日ローズの部屋で、姉妹に囲まれたローズが話した。「大切なのはわたしだけだって。オリヴァーにわたしと結婚させてほしいと頼んだけれど、それは、すべてを少しのけちもつかないようにしたかったからでしかないって。だから、とても怒れなかったわ。イエスと返事をしたの。見て、指輪を用意してくれたのよ。何カ月も前から用意していたんですって」

「伯爵さまは彼になんて言ったの？　これからの展望や、きちんと姉さまの面倒が見られるか、問いただしていたの？」リリーが訊いた。

「ええ！　でも、どうやらサムは、もしお父さまの意にそむいて結婚したことで縁を切られてもわたしを養っていけると、伯爵さまを納得させたみたい――でもサムの話では、伯爵さまはそんな展開にはとんでもなく渋い顔をなさっていたようだけれどね！　サムは何年もお金を貯めていて、荷馬車の運送会社をおこしたいと思っているんですって。西部の奥地で石炭が発見されたから、それを運んでくるのだそうよ。彼の堅実さと商才に、伯爵さまは感心なさったみたい。それに――信じられないでしょうけど――オリヴァーはわたしに持参金まで出してくださるのよ！」

「持参金？　なんて古くさいの！」カメリアが声を張りあげた。

「わたしたちが生きている世界では、そうでもないようよ。オリヴァーがじかにわたしに話をしてくださったの。わたしたちのおじいさまが遺言からお母さまをはずしたから、これで公平になるって。今週と来週の日曜日に結婚予告を出したら、そのあと結婚できるのですって。とても急な話になってしまったから、シャーロットがつくってくださったドレスを着ることになりそうよ。でも、サムはアメリカに戻りたがっているの。わたしも結婚するのが待ちきれないわ！」

「しかたがないわよね」マリーは妹のところへ行って抱きしめた。

「でも、わたしたちを置いていくなんて」リリーがべそをかいた。「さびしくて耐えられないわ！　姉さまはほんとうに戻りたいの？」

「ええ。ええ、戻りたいわ。ふるさとがなつかしいの――あのたたずまいや、あの雰囲気が。

ここではなにもかもが堅苦しくて、いつも召使いがまわりにいて、なんでもやってくれるのがいやなの」

「まあ！」リリーが両腕を振りあげ、またベッドに座りこんだ。「わたしはとってもすばらしいと思うけど！　いっぱいのドレスも、これから参加するパーティも」リリーはまわりの姉を見まわした。「あら、そう。わたしだけなのね」

「いいえ、わたしもここが好きよ」カメリアがみなを驚かせた。「いえ、たしかにここの人たちはときどきものすごく変だし、ミス・ダルリンプルのレッスンは大きらいよ。でも、レッスンはじきに終わるわ。わたしは乗馬が大好き。馬が大好きなの。ヴィヴィアンからは銃の撃ち方を教えてほしいと言われているし、フィッツは的当てをしようと言ってくれているし。彼と一緒に射撃の練習ができるわ。アーチェリーも教えてくれるって。それにクロケットも」カメリアは肩をすくめた。「わたしはフィッツもシャーロットもロイスもヴィヴィアンも好きよ。そう、オリヴァーだって」

マリーはうなずいた。彼女もここが好きだった。予想していたよりずっと――ただ、ロイスがいないときの、あの奇妙なむなしい感覚さえなければいいのに。マリーはほほえみ、ローズを抱きしめた。「さびしくなるわ、でも、あなたには幸せになってもらいたいの」

「なるわ。幸せに」

「週に一回は手紙を書いて、ぜんぶ知らせてね」リリーがベッドから飛びおり、姉たちをそろって抱きしめた。

カメリアも加わり、四人は長いこと抱き合っていた。これから自分たちに迫っている大きな変化を、痛いほどに感じながら。やがて、小さく鼻をすする音を響かせつつ、姉妹は離れ、結婚式になにを着るかという問題に戻っていった。

迫る結婚式よりほんのわずかに重要度は落ちるが、三日後にひらかれるレディ・サブリナの舞踏会も話題の的で、姉妹は生まれて初めての大きな催しに着ていくものや髪型に悩んで、何時間も楽しい時間をすごした。シャーロットが持ってきてくれたイブニングドレスは、これまで姉妹が持っていたどのドレスよりもはるかに優雅なものだったが、レディ・ヴィヴィアンが言うには、そのドレスでさえも田舎の集まりやダンスの場であれば申し分ないが、レディ・サブリナの舞踏会にはもう少しおしゃれなものが必要だということだった。

そこで舞踏会のことを知るや、レディ・ヴィヴィアンは大急ぎでマダム・アルスノーに手紙を送り、姉妹に新しい舞踏会用ドレスを注文した。舞踏会の前日、ヴィヴィアンはトランクを運ぶ従僕ふたりを連れて、ウィローメアに到着した。

「ドレス四着をすべて白で仕立てて、しかもどれにもそれぞれのすばらしさを出すのはむずかしいと思ったけれど」ヴィヴィアンが話した。「でも、マダムのセンスと才能で、なんとかなったわ」

プルーとジュニーがトランクから舞踏会用のドレス四着を出し、マリーの部屋のベッドに広げた。ドレスそのものは四着ともほぼ同じ――パフスリーブで、白いサテンのアンダードレスの上にレースのふんわりとしたオーバードレスが重なる。スカートの裾には白いレースの花づな飾りがつけられ、花づなを留めつける部分のひとつひとつにサテンのバラの房があしらわれている。それぞれのドレスのちがいは、サテンのバラの色と、半袖とハイウエストの周囲につけられたリボンの色だった。青いサテンのリボンとバラはローズ、リリーはピンク、カメリアは黄色、そしてマリーは楚々としたラベンダー色だった。さらに白い子ヤギの革手袋、白いサテンの室内履き、そろいのリボン飾りがついた白のレースの扇で、装いの総仕上げをすることになっていた。

「ヴィヴィアン！」バスクーム姉妹から、感謝が雨あられとふりそそいだ。

ヴィヴィアンはにっこり笑ってこう言った。「あなたたちが初めて公の場に出るというのに、マダム・アルスノーのドレスがないなんて耐えられなかったの」

翌日の夜、ドレスをまとった姉妹は、髪をフレンチツイストの夜会巻きにし、ドレスの縁飾りと同じ色の小さなサテンのバラを髪にも留めつけていた。そんな四人が勢ぞろいすると、清楚でありながら壮観でもあった。

妹たちと階段をおりるマリーは、これまでで最高の自分を自負していた。じれったいほどの期待に胸が高鳴る。ロイスは四日間も留守にしていた。その日の午後に戻ったと聞いていたが、二階で舞踏会の支度のまっ最中だったので、彼には会っていない。認めたくはないけれど、どんなに彼に会いたかったか。どんなにさびしかったか。そして、一日に何度、彼のことを思ったか。

姉妹が階段をおりかけたとき、ロイスはフィッツや伯爵と玄関の通路で立ち話をしていた。

振り返ってマリーに目を留めたときの彼の反応は、まさにマリーが望んでいたとおりのものだった。彼はとっさに足を一歩踏みだし、張りつめた表情で、瞳に炎を燃やした。

「マリー……」

彼女は勝利の笑みを抑えることができなかった。もしかしたら、ふたりには希望があるかもしれない。もしもロイスと結婚したら、いつか彼の欲望が真の愛へと変わるかもしれない。

ロイスはマリーの上にかがみ、つぶやいた。「目にまぶしいくらいだよ、マリーゴールド。きみと一緒に舞踏会に到着したら、男ども全員にねたまれるだろうな」

「うれしいことをおっしゃってくださるのね、サー」マリーは答えた。「でもダンスをしたあとは、みなさんがどんな気持ちになりますことやら」

舞踏会では、レディ・サブリナが夫のかたわらで客に挨拶をしていた。アイスブルーのサテンのドレスを涼やかに着こなし、首には真珠のネックレスが巻かれ、耳たぶにも真珠が白い光を放っていた。月の女神のようだわと、マリーは思った。美しく、手の届かない存在。どんな男性もが焦がれるような。

「まあ、マリー!」サブリナは笑顔で迎えたが、目までは笑っていないことが見て取れた。「なんてすてきなの。初めての舞踏会で、緊張していなければいいのだけれど。あなたなら、つまずくことも、なにか失敗することもないでしょうね」

「ええ、とても楽しくて、そのようなことをする暇も見つからないと思いますわ」マリーはのほほんと答えた。「あなたもとてもすてきですわ。なんてみごとなドレスでしょう。でも、レディ・ヴィヴィアンはどちらかしら？　彼女もあなたとご一緒に、お客さまにご挨拶していらっしゃると思っていましたのに」まちがいなく、サブリナは客の出迎え役からわざとヴィヴィアンをはずしたのだろう。彼女はヴィヴィアンのまばゆいばかりの美しさと競い合いたくないのだ。

「そうなのよ、あのヴィヴィアンですからね」サブリナは当たりさわりのない笑みを浮かべ、マリーからハンフリー卿へと視線を移した。「そして、サー・ロイス」鈴を転がすような声で言い、握手の手を差しだした。「またお目にかかれて、ほんとうにうれしいですわ」

「ごきげんよう、レディ・サブリナ」ロイスはおざなりな一礼をした。「すてきな舞踏会ですね」そしてハンフリー卿の手を握った。

マリーはまず、ロイスとコティヨンを踊ったが、そのあとオリヴァーとフィッツがつづき、レディ・ヴィヴィアンの堂々たるおじにエスコートされてフロアに出るころには神経がすり減っていた。しかしそれでも小さなステップをひとつ失敗しただけですんだ。

まわりを見まわしてみると、妹たちがなんの問題もなく踊ったり会話をしたりしているのがわかり、ほっとした。ふだんはひかえめなローズも、今夜はずっと生き生きとしている。おそらくそばにサム・トレッドウェルがいてくれるからだろう。マリーはシャーロットやレディ・ヴィヴィアンとおしゃべりした。ヴィヴィアンは、黒いレースの縁飾りと、エレガントな短めのもすそを引いたエメラルド色のシルクのドレス姿で、はっとするほど美しかった。

ダンスや会話をしながらも、マリーはときおり視線を泳がせて、ロイスの姿を探さずにはいられなかった。一度はシャーロットと踊っていて、またべつのときは、マリーの知らない年配の紳士と話をしていた。次に見たときには、レディ・サブリナをフロアにエスコートしているところだった。

マリーは急に体が冷たくなり、動けなくなった。曲はワルツ。どうしても目をそらせずに見ているうち、ロイスとサブリナはフロアをまわりはじめた。必死でふたりの姿を目で追うが、顔はほんの一瞬しかとらえることができない。ロイスの表情は読めなかったが、サブリナはいつ見ても笑顔だった。完璧な美しい顔を輝かせ、青い瞳をきらきらさせて。サブリナはいまでもロイスを想っているのだ。それに気づき、マリーは心臓が締めつけられた。

少し前に感じたはかない希望など、いまやばかげたもののように思えた。この女性と張り合えるなんて、どうして思えたのだろう。彼女はロイスが初めて愛した人。そして彼の心を石に変えた人。

ワルツが終わり、マリーが手に入れられるのは、ロイスの抜け殻だけ。それで満足なの？

マリーはそそくさと離れた。ずっと見ていたことを、ロイスに知られたくなかった。扇をもてあそび、スカートを直していた彼女は、ロイスがすぐそばに来るまで気がつかなかった。

「きゃ！」ロイスが目の前で止まり、マリーは驚いて飛びあがった。

「このダンスを一緒に」彼の顔に笑みはなかった。それどころか厳粛で、いかめしいと言ってもいい表情だ。

「ええ、もちろん」マリーは彼の腕に手をかけたが、いまは彼と一緒にフロアに出たくない気持ちだった。少なくともワルツではなかった。おかげで、会話をつづけようと気を遣うこともない。

しかし驚いたことに、ロイスは彼女をフロアから遠ざけた。マリーはけげんそうに彼を見た。

「きみに話したいことがある」彼は両開きのドアを抜けて廊下に彼女を連れだし、向きを変えて、短い廊下の突き当たりにあるドアへ歩いていった。

「なんのお話？　誘拐事件の黒幕の手がかりでもあったの？」

「えっ？　いや。それとはまったくべつの話だ。そのために〈アイヴァリー館〉まで行ってきたんだ」

「まあ」マリーの好奇心がむくむくと頭をもたげた。

ふたりは〈ハルステッド館〉の裏手と側面をぐるりと囲む、屋根のあるベランダに出た。さらにロイスは、鉄製のベンチが置かれた人目につかない暗がりの隅に目を留め、腰かけるようマリーに手ぶりで示した。

「どうぞ、掛けて」

「ええ」マリーは腰をおろして彼を見あげた。ロイスは様子が変だった。どこかぎこちなく、神経質になっているような。こんなロイスを見たときの、前の記憶がよみがえり、マリーは急に気持ちが沈んだ――そう、彼に求婚された、あの午後と同じ。マリーは立ちあがりかけた。「ロイス――」

「いや」彼はマリーの腕をつかみ、ベンチにふたたび座らせた。「頼むから話を聞いてくれ。今度はへまのないよう、きちんとしたいんだ。ぼくが邸に戻ったのは、あるものを取ってくるためだった」ロイスはマリーの前の敷石にひざをつき、マリーをびっくりさせた。「マリーゴールド・バスクーム、どうかぼくの妻になってください」

ロイスはポケットに手を入れ、箱を取りだした。ふたを開けてマリーに差しだす。そこには、サテンに守られるかのように、深紅のルビーの指輪が収まっていた。受け取ったマリーはルビーを目に近づけ、深い赤に見入った。

「ウィンズロウ家の指輪だ。一六七八年以降、ウィンズロウ家に嫁ぐ花嫁に代々贈られてきた。ぼくの父が母に贈り、そしていま、ぼくがきみに贈りたいと思う」

「どうして?」マリーは彼の顔を見ながら尋ねた。

ロイスがため息をつく。「マリー……ぼくがその理由を話すたび、きみは怒るじゃないか。ぼくは正しいやり方を貫こうとしているんだよ、きみにその証を――」

「それであなたは、わたしがほしいものは指輪だと思っているの?」マリーの声がうわずった。

「ちがうよ。だからつまり、きみが指輪をほしいかどうかはわからないが」ロイスはくたびれ、うろたえたような声に変わった。「だが、ぼくが真剣で、本気できみと結婚したいと思っていることをわかってくれると思ったんだよ」

「それはわかるわ。でも、あなたはちっともわかっていない」マリーは立ちあがった。

「そうとも」ロイスもしなやかに立った。その瞳はぎらぎらと燃えていた。「きみの言うとおりだ。わからない。ぼくらは話をしたり、冗談を言ったり、なにをするのでもうまくいくように思う。それにベッドをともにするときは――まあ、とても言葉では言いつくせないほどだ。それなのに結婚を申しこむと、きみはよく考えもせずに断わる。最初は、申しこみ方が悪かったんだと思った。無様で、愚かで、ぼくはまったく自分を見失っていた。邸に戻ってウィンズロウ家の指輪を取ってきて贈れば、正しく結婚を申しこむことになり、きみが受けてくれるようなことが言えるのではと思ったんだ」

「だめなの！」マリーは涙声だった。「わからないの？　わたしだってそれくらい強い思いを――それ以上の思いを持っているわ。あなたを愛しているから。わたしがあなたと結婚できないのは、あなたを愛しているからよ。これから一生、毎日、あなたに愛されていないんだと思い知らされつづけて生きるなんて、できないの！」

マリーは指輪をロイスの手に押し戻し、彼を押しのけて館のなかに駆けこんだ。ロイスは立ちつくし、ぼう然と彼女のうしろ姿を見つめていた。冷たく光る指輪を手にして……。

マリーは矢のように廊下を走った。ここから出ずにはいられない気持ちだった。最初に来た方向を見て、とても大広間には戻れず足を止めた。いま、みなと顔を合わせることなどできない。帰ることができたら、どんなにいいか。ウィローメアまで帰って、思いきり泣き明かしたい。けれど、もちろんそんなことはできない。妹たちはそれぞれに散り、楽しい時間をすごしている。自分がつらいからというだけで、妹たちまで帰らせるのはおかしい。

庭に出よう、とマリーは決めた。脇目もふらず、急ぎ足で大広間を抜けた。だれかと目が合って、笑顔をつくったり立ち止まって話をしたりしたくない。とにかくテラスのドアにたどり着きたい一心だった。一度、だれかに名前を呼ばれたが、視線をめぐらすことはなかった。

テラスのドアは、涼しい夜気を入れるために開いており、マリーはするりと外へ出た。ふた組の男女がテラスに立ったり散歩したりしていたが、マリーは目もくれずに階段を駆けおり、庭へ出た。そして噴水に向かった――なんと噴水のそばにはミス・ダルリンプルが座り、あたりをうかがいながら落ち着きなく足をとんとんと打っていた。

「ミス・ダルリンプル」マリーは驚いて足を止めた。

最悪の事態だった。とにかくひとりになりたいときに、付き添い婦人に出くわすとは。あちらはまるで亡霊でも見たかのような顔でマリーを見つめたが、同じ馬車に乗ってやってきたのだから、それもおかしなことだった。それに、どうしてミス・ダルリンプルがこんなところに座っているのかも、理解できない。ここしばらく彼女は上機嫌で、得意げな様子さえ見られた――レディ・サブリナが彼女個人宛てにも舞踏会の招待状を送ったからだ。けれどもレディ・サブリナを見る目が以前とは変わったマリーとしては、ミス・ダルリンプルが招待されたのも、舞踏会のあいだじゅうバスクーム姉妹のお目付役としてけちをつける人間がほしかったからではないかと思っていた。

「いったいなにをして――」マリーが言いかけた。

「あなたですか！」ミス・ダルリンプルは噛みつくように言ってマリーをにらんだ。「どうしてあなたがここへ？」

マリーはなんと答えればよいのかわからず、目をしばたたいた。

「あのばか娘！　あの娘があなたをよこしたのですか？　自分で来るようにと、はっきり言っておいたのに」

「だれのことです？　いったいなんのお話です？」

ミス・ダルリンプルは目を細めた。「いいんです。あなたはただ言うことを聞いていれば」

「なんですって？」ミス・ダルリンプルに腕をつかまれ、庭につづく小径へと引っぱられて、マリーはよろめいた。「なにをしているの？　どこへ行こうというの？」彼女は頭でもおかしくなったのかと、マリーは思いはじめた。

「リリーとあの青年を探しにいくのですよ。わたしはローズに言ったのですが。だから、てっきりあなたはローズから聞いたのだと思って」

「なにを聞いたのですって？」マリーは眉をひそめたが、リリーがなにか問題に巻きこまれているらしいとわかって、足が速くなった。「妹たちにはだれも会っていませんわ」

「リリーが青年と外に行ったのです。風評を落とすようなことをさせるわけにはまいりません。ひどい醜聞になってしまいますよ」

「リリーが知らない男性と庭に出たというのですか？　あの、ミス・ダルリンプル、あなたがごらんになったのは、ほんとうにリリーでしたか？」

「ええ、もちろんですとも。わたしの目は節穴ではないし、ばかでもありません。まったくあの娘らしいわ、いつも夢みたいなたわごとで頭がいっぱいで」

たしかにリリーは夢見がちであきれるところもあると、マリーも思う。しかしそれでも、知らない男性と暗くなった庭に出るなんて、おかしい気がした。なんと言っても、この数週間はこわい思いをしているというのに――。

マリーの背筋を冷たいものが這いのぼった。足取りにためらいが生まれ、ミス・ダルリンプルを見る。ミス・ダルリンプルがあまりに腕をきつくつかんでいるので、生け垣の角を曲がるときに引っぱられて痛かった。

曲がったところに立っていたのは、両手でなにか布のようなものを持った、イーガートン・サタスビーだった。

一瞬、彼もマリーも驚愕して互いを見つめた。やがて、彼の顔が怒りに赤らんだ。

「おまえは！　まちがえたな！」彼は勢いよくミス・ダルリンプルに向いた。「このばか！　ちがう娘を連れてきやがって！」

マリーはきびすを返して走ろうとしたが、まだミス・ダルリンプルに腕をきつくつかまれたままだった。ミス・ダルリンプルはもう片方の手でもマリーをつかみ、がっちりとつかまえた。

「それがなんだというのです？　この娘が出てきたのだからしょうがないでしょう！　だれ

でもいいと言ったではありませんか！」

ミス・ダルリンプルは、マリーが思っていたよりも力が強かったし、驚きのあまり馬鹿力を発揮していて、しばらくマリーを押さえることができていた。そこでマリーは大声で悲鳴をあげて彼女の向こうずねを蹴りつけ、ミス・ダルリンプルは悲鳴をあげて手を放した。しかしマリーが二歩も進まぬうちに、サタスビーの屈強な腕に抱えられ、彼の手で口をふさがれた。マリーは背後に足を蹴りあげ、必死でもがき、身をよじった。彼の脚に当たり、鋭い悪態をつくのが聞こえたが、それでもマリーはうしろ向きに引きずられた。彼の手はマリーの顔にぴたりと張りついていたものの、彼女はなんとか口を開けて、指の付け根の下にあるふくらんだ部分に嚙みついた。

サタスビーは悲鳴をあげて手を引っこめた。マリーは息を吸って声のかぎりに叫んだ。抱えられた彼の腕がゆるむのを感じて、ふたたび蹴りつけ、もがきはじめる。

「くそ、あんた、手伝ってくれ！　とんだおてんばだぜ！」サタスビーが怒鳴った。マリーを抱えなおそうとして、わずかに腕がゆるむ。

その一瞬の隙をついて、マリーは力いっぱい彼のみぞおちにひじ鉄を食らわせた。彼がうなり、悪態をついて手が離れる。マリーは身をよじって彼に面と向かった。

「あなただったのね！」吐きだすように言う。「今度のことは、ぜんぶあなたが！」

マリーはきびすを返して走ろうとしたが、ミス・ダルリンプルが立ちはだかっていた。マリーは一方に行くと見せかけて反対方向に動いた。ミス・ダルリンプルはマリーの動きに惑わされたものの、なんとか先まわりしてマリーのスカートをつかみ、しがみついた。イーガートンがマリーのうしろにまわり、持っていた袋を彼女の頭にかぶせた。そして両腕で抱え、黒っぽい袋のなかで身動きできなくした。それでもまだ叫んだり足をばたつかせたりはできたので、マリーはそうした。

「静かにしろ！」イーガートンが怒鳴ってマリーの頭を思いきり殴る。マリーの歯と歯がぶつかり、目には涙がにじんだ。

そのとき、彼女の名を呼ぶロイスの声が聞こえた。マリーはもう一度悲鳴をあげた——今度は走る足音と自分の名前がはっきりとわかった。だれかが彼女のそばめがけて飛びつき、サタスビーにぶつかって地面に倒した。

自由になったマリーは、よろめいて倒れた。死にものぐるいで袋の端をつかみ、引っぱって頭から取る。振り向くと、ロイスがサタスビーを引きずって立たせて殴り、サタスビーがよろよろと茂みに倒れこんでいるのが見えた。ちがうほうを向くと、ミス・ダルリンプルが反対側に逃げようとしている。マリーはもがくように立ちあがり、スカートを持ちあげて彼女を追いかけたが、すでに彼女のほうがだいぶ先に行き、しかも全速力で走っていた。

ミス・ダルリンプルの向こうに、妹たちが姉の名を呼びながら駆けてくるのが見えた。

「つかまえて！」マリーは叫んで指さした。「彼女も《ヽ》ぐるよ！　つかまえて！」

妹たちは一瞬で事情をのみこみ、反応した。まっすぐにミス・ダルリンプルに向かう。ミス・ダルリンプルはほかの小径に進路を変えて、べつの方向に逃げたが、カメリアがひざまでスカートを上げて猛然と追いかけ、リリーとローズも数歩の差であとにつづいた。

息が限界だったマリーは止まり、ひざをついた。

「マリー！」ロイスが駆けより、彼女のそばにしゃがんで、彼女に腕をまわした。「大丈夫か？」彼女の頭と顔にキスの雨を降らせる。

「ええ。ええ、大丈夫よ」マリーは彼に抱きつき、彼の胸に顔をうずめて彼のにおいを吸いこみ、彼のたくましさに包まれるうち、体のなかの震えが落ち着いてきた。そうしてやっと、顔を上げた。「サタスビー！　彼はどこ？」

「やつか？　やつはどこにも行かないよ」ロイスは地面にぐったりと伸びている男にあごをしゃくった。

「ああ。あなたが来てくれてよかった。どうしてわかったの？」

「きみの姿が見つからなかったものでね。ぼくはきみに話をしたかった——いや、それはさておき——とにかく、妹さんたちがやってきて、きみの姿がどこにも見あたらない、庭におびきだされたんじゃないかと言うんだ。それでぼくも急いで外に出て、きみを探した」

「ほんとうにありがとう」マリーは彼の首にまわした腕に力をこめ、背伸びをしてキスをした。

ロイスの唇がしゃにむに、しっかりと重なった。あまりに強く抱きしめられて、マリーは骨が折れるかと思った。それでも、このまま永遠に、こんなふうに抱きしめていてほしかった。

「マリー姉さま！　彼女をつかまえたわよ！」カメリアの声が響いた。「あら！　ごめんなさい」

ロイスは悪態をついて顔を上げ、マリーを離した。マリーも内心ため息をついてそちらを見ると、三人の妹が数フィート先で、好奇と興奮の入り交じった顔をして立っていた。カメリアとローズがミス・ダルリンプルの両脇を固め、彼女を引きずるように抱えている。リリーはうしろに控え、ミス・ダルリンプルを前に押しやっていた。ミス・ダルリンプルの髪は乱れて片側が崩れ、頬には泥がこびりつき、スカートは裾が破れて草の上に引きずられていた。

ロイスは立ちあがり、マリーにも手を貸して立たせた。ちょうどそのとき、フィッツとオリヴァーが小径をすべるかのように駆けてきた。そのうしろにサム・トレッドウェル、シャーロット、ヴィヴィアンがつづく。

「ロイス！　マリー！　いったいなにがあった？　サムから聞いて――」オリヴァーは足を止め、一同の向こうで草の上に横たわっている男を見た。「それはいったいだれだ？」

「誘拐犯」ロイスが簡潔に言った。「そして彼女も」ミス・ダルリンプルを指さす。

「ちがいます！」ミス・ダルリンプルは憤慨して言った。「この娘たちはおかしすぎます！　手に負えません。埒もないことを言っているのです」

ロイスは殺気だった一瞥で彼女を黙らせた。「この目ではっきりと見たんだ。あの悪党はマリーを連れ去ろうとしていた。そしてあなたはそれに手を貸していた！」

「やっぱり、とんでもない付き添い役だったのね」ヴィヴィアンが言い、オリヴァーから鋭い一瞥を受け取った。

一同の向こうでサタスビーがうめき、頭を動かした。フィッツとオリヴァーが草の上を歩いていき、彼を立たせた。ふたりのあいだで、サタスビーはふらついた。

「悪党め」オリヴァーが冷ややかに言った。「このあいだの男よりひどい有様じゃないか。まったく、ロイス、こうやって人をぶちのめす癖は直さなくてはならんぞ」

「やつはマリーに悪さをした」ロイスの声も、表情と同じくらい冷酷だった。

「なるほど。まあ、もはやだれにも悪さはできんさ」オリヴァーは一同に向きなおった。「トレッドウェル、フィッツヒュー、この悪党を判事のところへ連れていくぞ。邸の横をまわっていく。みなに見られたくないからな。わたしはミス・ダルリンプルを連れて、ついていく」オリヴァーは彼女の腕をしっかりとつかみ、ヴィヴィアンに向いて片眉をつりあげた。「レディ・ヴィヴィアン。従妹殿。きみたちはもう舞踏会に戻って……」

「ええ、ええ、わかっていますわ。わたしたちは戻って、騒動などなかったかのようにふるまうのね」ヴィヴィアンはシャーロットと腕を組んだ。「そうね、こちらの紳士たちがこんなに急にお帰りになるなんて、どう言い訳すればいいかしら？　いっせいにおなかの具合が悪くなったとか？」

マリーの妹たちはためらい、不安げにマリーを見た。

「彼女のことならぼくにまかせて」ロイスが言った。「舞踏会に戻ってくれたまえ。マリーはぼくが館に送り届けて、また馬車をこちらによこしておくよ」

「行ってちょうだい」マリーは妹たちにほほえんだ。「初めての舞踏会なのに帰ることはないわ。でもカメリア、そのひだ飾りはピンで留めておきましょうか。どこかでやぶれたのでしょうね」

カメリアはにんまり笑った。「あのね、ミス・ダルリンプルがなかなかの反撃っぷりだったのよ」

妹たちはヴィヴィアンやシャーロットについて邸内に入り、庭にマリーとロイスだけが残った。ロイスはマリーを抱きあげると、男性たちがさきほど通ってきた邸をまわりこむ小径をたどって、庭のほうへと戻った。

マリーは忍び笑いをした。「運んでくれなくても大丈夫よ。歩けるわ。どこもけがしていないし」

「いや、いいんだ」彼の声には有無を言わせぬ響きがあり、マリーは引きさがって、ただありがたく彼の胸に頭をもたせかけた。

馬車まで行くとロイスは彼女を乗せ、御者にはミス・バスクームは足首をねんざしたのだとそっけなく告げた。自分も馬車に乗りこんだロイスは、ふたたびマリーを腕に抱き、ウィローメアに着くまでずっとそのままだった。マリーも抗わなかった。

しかしウィローメアに着いて、ロイスが馬車から彼女を抱いておろして館に運ぼうとしたときには、さすがに反対した。「ねえ、ロイス、こんなのはおかしいわ。病気でもないのに」

「しーっ。世話を焼かせてくれ。ぼくは山ほどまちがいをしたんだから、これから埋め合わせをするつもりなんだよ」

召使いが心配の声をあげてふたりに群がったが、ロイスは強いブランデーの用意とミス・バスクームの小間使いを呼ぶよう申しつけ、召使いたちはあわてて散っていった。ロイスは彼女を二階に運び、やさしくベッドにおろした。そしていったん部屋を出ると、あとはプルーがマリーをナイトガウンに着替えさせたり、髪をとかしたり、かいがいしく世話をした。ロイスが部屋をノックし、ブランデーを持って戻ってきて、今日はもういいと小間使いを下がらせると、マリーはほっとした。

「ほら、これをどうぞ」ロイスは、ベッドで半身を起こして枕にもたれているマリーにグラスをわたした。

「意識はしっかりしているわ」と言いつつ、マリーはグラスを持ちあげ、ひと口飲んだ。液体がのどを焼き、胃にたどり着いてはじけたかのような感覚に、彼女はたじろぎ、小さく身震いした。

「それはわかっているが、飲んでもらうときみがもっと従順になるかと思ってね」

「わたしを誘惑するつもり？」マリーはいたずらっぽく笑みを浮かべた。

「いや、求婚するつもりだ」そこで言葉を切り、顔をしかめる。「四度目の」

マリーはくすくす笑い、もうひと口ブランデーを飲んだ。「五度目だと思うけれど」

酒がきいてくる前から、すでにマリーは頭がぼんやりしていた。もうロイスがなにを言おうと関係ない。答えはわかっていた。イーガートン・サタスビーにつかまってもがき、もう二度とロイスに会えないかもしれないと思ったときから、わかっていたのだ。不幸になるかもしれないからと言って彼との人生を放りだしてしまうのは、ばかげていると気づいた。もしいま彼に愛されていないのなら、一生かけて変えていけばいい。挑戦することをおそれるようなマリーではないのだから。

ロイスはほほえんだ。「ぼくをいじめて楽しんでいるね。まあ、それも当然だ。ぼくはばかだった。長いあいだずっと。しかもこの数週間は、輪をかけてばかだった。何年も前にサブリナを愛していたことは認めよう。若いころにありがちな、のぼせあがりだった。そして彼女がハンフリー卿と結婚するからと言って捨てられたときは、逆上した。愛なんてものはないと思いこんだ。そして、女などみんな同じだと思った。だがとうとう、それが大きなまちがいだったと気づかされたんだ」

「どういうこと？」マリーはグラスをテーブルに置き、彼を見あげた。

「愛というものが、夢みるロマンチストがつくりあげた愚かな想像の産物ではないということさ。いや、もしそういうものだとしたら、ぼくが愚かな想像の産物に屈したということだな」ロイスはこぶしでマリーの頬をなでた。「きみを愛している。サブリナよりもはるかにきみを愛している。サブリナへの気持ちなど、お笑いぐさにしかならないほどだ。今夜、彼女に会ったとき、ぼくはなにも感じなかった——欲望も、怒りも、軽蔑の気持ちさえ。とにかく……まったくなにも感じなかった。ぼくが考えていたのはきみのことだけだ。どういうふうに求婚すれば、きみが受けてくれるのか。ところがそれで、またしても大失敗に終わってしまったわけだが」

「ええ、そうね」マリーはほほえんで彼の腕を取り、引っぱってベッドに座らせた。彼の腕を両腕で抱え、彼の肩に頭をもたせかけた。

「ぼくは、愚かしい言い訳ばかりしていた」ロイスは話をつづけながら、マリーの髪を耳にかけてやった。「真実に気づくまいと自分をごまかしていた。ほんとうは、きみを愛していたから求婚していただけだったのに。ぼくはこれからの人生を、きみとともに生きたい。今夜、きみの悲鳴が聞こえたとき、きみを失うかもしれないと思ったときは、耐えられなかった」

「ロイス」マリーの目に涙があふれる。「ああ、ロイス……」

彼はマリーに向きなおり、手を取った。「もう一度、きちんとさせてほしい。マリーゴールド・バスクーム、ぼくはきみを、命よりも愛しています。どうか、ぼくの妻になってください」

「はい《イエス》」マリーは彼の胸に飛びこみ、首に抱きついて、彼の顔じゅうにキスをした。「はい、はい、あなたと結婚します。千回でも、あなたと結婚するわ」

「一度で充分だと思うよ」ロイスは親指と人さし指でマリーのあごをつまみ、彼女の瞳を覗きこんだ。「その一度を、存分に堪能しようじゃないか」

ロイスは前かがみになって、口づけた。なじみのある熱さがふたりのあいだに湧いてきて、ロイスは彼女を抱いて引きよせた。何度も、何度もキスをして、ようやく、名残惜しそうに離れて、立ちあがった。

「行かなくては」

「どうして?」マリーは彼にほほえみかけ、ベッドにもたれ、誘うように両腕を頭の上に持ちあげた。薄いナイトガウンの下で、胸が盛りあがる。「ここにはほかにだれもいないわ。だれかが戻ってくるまでには、何時間もあるし」

ロイスは上から彼女を見おろした。マリーの手が、ナイトガウンのいちばん上の結び目に届き、彼と視線を合わせたまま、それをほどく。さらに次の結び目へと、手がすべりおりた。

「なんて女だ、きみは」ゆっくりと、官能的な笑みがロイスの唇に浮かんだ。「これはぜったい、きみに振りまわされそうだ」彼は身をかがめ、両手を彼女の両脇について体を支えた。

「そうね」マリーは両腕を上げ、ロイスはベッドに沈んで唇を下げていった。

「ぼくの美しいおてんばさん」ロイスがつぶやいた。「ぼくの大切な人」

エピローグ

マリーはテーブルの下で、ロイスと手を重ねた。ロイスが彼女を見てほほえみ、指をからめる。翌朝の、朝食の席についていた。席順はいつもどおり、略式だった。もちろんオリヴァーは上座についているが、ほかの者は適当でばらばらだ。シャーロットまでが早起きし、サム・トレッドウェルは寝泊まりしている村の宿から歩いてきていた。この一週間、彼は毎日そうしている。

サムとローズはマリーとロイスの向かいに座っていた。ふとマリーは、自分とロイスもふたりと同じように見えるのではないかしらと思った。今朝はずっと、だれからも好奇の目を向けられていた。みな、彼女とロイスのあいだにこれまでとはちがったものを感じているのだろう。そう、これまでと同じではとてもいられない。

いままでのところ、みな食事をしていたので、話すことはひかえめで他愛のないおしゃべりに限られていた。けれども空腹がだいぶ満たされると、マリーは昨日のことをすべて聞きたいという気持ちになった。

「わからないのだけど」マリーはローズに話を切りだした。「昨夜は、わたしがどうにかかなっているって、どうしてわかったの？」

「姿が見えなかったからよ。ミス・ダルリンプルがわたしのところに来て、手を貸してほしいと言われたの。リリーが若い男性と庭に入ってしまったから、このままではリリーの評判に傷がついてしまうって」

リリーは鼻息を荒くした。

「ものすごくおかしいと思ったわ」ローズはいちばん下の妹に、にっこり笑った。「ミス・ダルリンプルがわたしになにかする気だろうとは思わなかったけれど、彼女がだれかにだまされているのではないかと思ったの。姉さまと相談したかったから、彼女には外で会うと言ったのよ。それで、寒かったからショールを取ってこなくてはならなかった。でも姉さまが見つからなくて、だからサムに話したの。姉さまを探しても、どこにもいない。そうこうするうち、リリーが走ってきて――」

「彼女に閉じこめられたのよ！」リリーが会話に飛びこんだ。「想像できる？　衣装だんすみたいな、小さな部屋に。ミス・ダルリンプルが伯爵さまからの手紙を持ってきて――いいえ、そう言われて渡されたのだけど――伯爵さまがその部屋で会いたいという内容だったの。とんでもなくあやしいと思ったわ。でも、どういうことかしらと行ってみたくて」

「でしょうね」マリーが大きな笑顔を見せた。

リリーはしかめ面を返した。「その部屋に入ったとたん、だれかに背中を押されて、ドアを閉められて、鍵をかけられたわ。それで、立ってすぐにドアをたたきはじめて、しばらくしてやっとだれかが聞きつけて出してくれたの。それからローズ姉さまのところへ行ったのよ」

「どう考えても、ものすごくおかしかったわ――でもわたしは、やっぱりミス・ダルリンプルはだれかにだまされたのだろうと思っていたの」ローズがつづけた。「サムがオリヴァーを探しにいって、わたしはロイスを探して……まあ、ここから先は姉さまも知っているわよね」

「わからないのは、どうして彼女がそんなことをしたかってことだ」フィッツが言った。「この仕事だけでなく、これからの先の仕事だってだめにするかもしれないと、わかっていたはずなのに」

「金だよ」オリヴァーは肩をすくめた。「それに彼女は、ばれないだろうと思っていたんだ。犯人に指示されたことはすべて――少なくとも、最後の指示までは――だれにも知られないことだった。宿のスープに阿片チンキを入れたり、かばんを盗んだり、仮病を使って一日休み、きみたちが空いた時間でどこかに出かけないかと画策してみたり。うまくすれば、見つからないと思っていたんだな。昨夜のことだって、おそらく自分もだれかにかつがれたふりができると思っていたんだろう」

「ローズが誘拐されそうになったあの日、彼女がわたしたちを池《ターン》まで行くように仕向けたということ？」カメリアが尋ねた。

「そういう機会をつくったということだ。きっとサタスビーは、きみたちのように元気な娘が四人もいれば、厳しいレッスンから解放されたらどこかへ出かけると思ったんだろう。彼らはお膳立てだけして、あとは様子をうかがっていたんだ」オリヴァーはしばらく無言で、フォークをもてあそんでいた。しかしやがて、フォークの柄にある渦巻き模様をなでる指を見たまま、くだけた調子でこう言った。「サタスビーの話では、もうひとりかかわっている人間がいた。聞いたことはないだろうが——コズモ・グラスという男だ」頭を上げ、マリーとロイスを見る。

バスクーム姉妹は、あっと息をのんだ。シャーロットとフィッツはけげんな顔だ。

「話してくれてもよかったんじゃないかな、ロイス」オリヴァーが言った。

ロイスは肩をすくめた。「当面、関係がなさそうだったので話さなかったんだ。ランダルが、自分を雇った男は英国訛りがあったと言っていたから、コズモではないと思った。サタスビーはどうやら英国の生まれらしいが、彼がかかわっているとは思わなかったし」

「ごめんなさい」マリーは申しわけなさそうにオリヴァーに謝った。「わたしが悪いんです。ロイスはついこのあいだまで、なにも知りませんでした。あの——あなたにどう思われるかと思うと、こわかったんです」

「だが、彼はきみたちの継父にすぎないじゃないか。その男のことで、きみたちのことまで悪く思うわけがない。身内のことまで責任は持てないものだよ——考えてもみたまえ、ユーフロニアおばの肩代わりをしなければならないとしたら、どんなにたいへんか。それに比べたら、継父など赤の他人も同然だ」

「そうですね。いままでは、あなたにお話ししていればよかったと思います。でも、相手がコズモなら、自分たちでどうにかできると思ったんです。あなたにあれ以上、恥をかかせてはいけないと思って」

「いや、たしかにコズモという男はけしからん男のようだが、われわれが気に病む必要はない。サタスビーも、いったん劣勢に転じたとたん、ひとり置いていかれたことを恨みがましく語っていたよ」

カメリアが声をあげて笑った。「コズモらしいわ」

「どういうことなの？　コズモ・グラスというのはだれなの？」シャーロットが言い、ほかのみなは笑った。

コズモのことをシャーロットに説明したあと、またカメリアが質問する側にまわった。

「わからないことがひとつあるわ。どうしてサタスビーはこんなことをしたのかしら？　だって、たしかにローズ姉さまは美人だしいろいろと惹かれるのはわかるけれど、大西洋まで越えて追いかけてくるなんて、おかしくない？」そこでサムを見て、まっ赤になり、一同はまた大笑いした。

「言っていることはわかるでしょう」カメリアは負けていなかった。「サムとローズ姉さまは愛し合っているわ。サムは姉さまも同じ気持ちだと知っている。でもサタスビーの場合、ローズ姉さまはきらっていたのよ。同じ町に住んでいたころも、めったに話したこともない。しかも彼は、求婚するのではなくて、誘拐しようとしたなんて！」

「なにかにとりつかれた人間のことは、よくわからないものだよ」オリヴァーが言った。

「そうですね、でも、ほかにも気になることがあるんです」マリーが言った。「わたしがミス・ダルリンプルに庭まで引っぱられて行ったとき、彼はちがう人間を連れてきたなと言って、ミス・ダルリンプルはだれでもいいでしょうとかなんとか答えていました。それで彼は文句を言いながらも、わたしを代わりに連れていこうとしたんです。ローズに夢中なのだとしたら、そんなことをするでしょうか」

ロイスが頭を振った。「肩掛けかばんのこともある。われらが友ランダルによると、中身の書類が狙いだったそうだ。だが、入っていた書類だけでは不充分だと、サタスビーは言ったらしい」

「なにが不充分なのかしら」リリーが訊き、ロイスは肩をすくめた。

「すみません、そのかばんにはなにが入っていたんですか?」サムが尋ねた。

「たいしたものはなにも」マリーが答える。「古い領収証と、不動産の譲渡書類くらいよ」

「譲渡書類? なんの?」とサム。「もしかしたら値打ちのある土地で、サタスビーはそれが狙いだったのかもしれない。無理にでもローズと結婚すれば、その不動産を自由にできる」

「スクールキル郡のちっぽけな農場よ」マリーが言った。「昔、住んでいたことがあるの。でも、ぜんぜん——」

「スクールキル郡!」サムは身を乗りだした。「それだ! 石炭が出たんだよ!」

マリーはうなずいた。「たしか父さまがそんなことを話していたわ。採掘できればと言っていたけれど、現実には無理よ。石炭を運ぶには遠すぎるもの」

「いまはそうでもないんだ」サムが興奮ぎみに言った。「いま、運河が建設されつつあるんだ」ローズに向く。「以前、ぼくは西部で荷馬車の運送業をはじめたいと言っただろう？　ぼくが行こうと思っているのは、まさにその地域なんだ。炭坑から運河まで、石炭を運ぶんだよ。そこからは船を使えば、フィラデルフィアまで運べる」

「それでわかったわ！」マリーはロイスを見た。「ローズを手に入れればお金が入るということね」

ロイスはうなずいた。「ローズと結婚すれば、きみたち四人に代わって自分が実権を握っても、文句は言われないからな」

「譲渡書類は、彼が持っていた」オリヴァーが言った。「昨夜、館に戻ったときに金庫にしまったよ。サム、きみが彼の地へ行くなら、そこの土地でなにができるか考えてみてほしい。ローズや姉妹にとって、いい投資になるかもしれない」

「もちろんです。採炭には詳しくありませんが、詳しい人間に貸してもいいでしょう。あるいは、ぼく自身が炭鉱の経営を勉強するか」

ローズが大きな笑みを浮かべた。「もしくは、わたしがね」

廊下に足音が聞こえ、すぐにレディ・ヴィヴィアンが部屋に入ってきた。緑のベルベットの乗馬服を着た彼女は、昨夜のエレガントなイブニングドレスのときよりもさらに美しく見えた。

「勘弁してくれ」オリヴァーがぼそりと言った。

「昨夜のことを詳しく聞かずにはいられなくて」オリヴァーを無視してヴィヴィアンはのたまった。「朝食もとらずに来たのよ」輝くような笑みを一同に振りまく。「まだ終わっていなくてよかった」

「どうぞ、ご自由に」オリヴァーが言うあいだにも、ヴィヴィアンはサイドボードまで行って皿を取っていた。

レディ・ヴィヴィアンは肩越しににっこりと笑った。「あなたが朝はものすごく機嫌が悪いってこと、忘れていたわ、オリヴァー。まあ、でも、あのダルリンプルって女がいなくなってせいせいしたわ。まったく退屈な人だったもの」ヴィヴィアンはサイドボードを進んで皿に料理を盛った。「でも、徒歩で引っ立てていくのは、少し厳しすぎたんじゃないかしら？」

「ふむ、次にわたしを困らせたくなったら、それを思いだしてくれたまえ」

ヴィヴィアンは声をあげて笑った。あたたかで、ほかのだれもが口もとをゆるめてしまうような笑い声だった。「そうね、そうするわ」彼女は皿をテーブルまで運んだ。「さあ……ぜんぶ聞かせてくださいな」腰をおろし、食事をはじめる。

オリヴァーはため息をついた。「あまり広めたい話ではないんだが」

ヴィヴィアンは目をくるりとまわした。「わたしはだれにも話したりしないわ」

「たしかに。きみはおしゃべりではないな。よろしい」

オリヴァーはミス・ダルリンプルの裏切りと、ミスター・サタスビーのローズ誘拐計画を簡潔に話したが、一同から何度も補足説明がついた。ヴィヴィアンは夢中で耳を傾けていた——が、話を聞きながらも食べ物はたっぷりと胃袋に収めていた。話が終わるころには、考えこんだ様子で紅茶を飲んでいた。

「お力になれると思うわ」しばらくしてヴィヴィアンは口をひらき、カップをソーサーに置いた。

オリヴァーは警戒した目で彼女を見た。「どういう形で?」

「あら、そんな目で見ないで。今回のこの騒動のことではないわ。あなたなら、これでもかというくらいもみ消してしまえるでしょうからね。わたしは、姉妹と社交シーズンのことを言っているの」彼女はシャーロットを見やった。「あなたも賛成してくれると思うけれど、シャーロット」そう言い、くるりとオリヴァーに顔を戻す。「家庭教師を付き添い婦人にする必要はないわ。彼女たちに必要なのは、現役で社交界で活躍しているご婦人よ。そういうご婦人に仕えたことがある、という人ではだめ。もしダンスや音楽、絵画を身につけさせたいというのなら、それぞれ個別に家庭教師を雇えばいいわ。でも、会話や立ち居ふるまいや、身の処し方を教えるには、実際に社交界に出ている貴婦人でなければ」

「すでに心当たりがあるような口ぶりに思えるが?」オリヴァーは腕を組んで彼女を見た。

「さすがに頭が切れるわね。そうなの。そのかたはたいへんな名家の出で、ブルース・ホーソーン少佐の未亡人よ」

「そんな少佐は聞いたことがないが」オリヴァーが頭を振る。

「いいえ、いらしたのよ。どこかの伯爵かなにかの孫にあたるかたなのだけれど、残念ながら成功されなかった。亡くなって、ミセス・ホーソーンは文無しになってしまった。彼女はご親戚のご厄介になっているから、喜んで引き受けてくださるはずよ」

オリヴァーは従妹たちを横目で見た。「その女史は……この状況に対応できるかただろうか？」

「もちろんよ」ヴィヴィアンはバスクーム姉妹ににっこり笑った。「彼女なら、きっとあなたたちの気に入ると思うわ。けっして社交界で失敗しないように指導してくれるけれど、脅すようなやり方はしないわ」そこでオリヴァーに向きなおる。「彼女は慎み深くて有能よ。評判もすこぶるいいわ。付き添い婦人として完璧よ」

オリヴァーはわずかにためらったが、肩をすくめた。「いいだろう。その女史に手紙を書いて、引き受けてもらえるかどうか確認してくれ。いつごろ来られるだろうか？　フィッツを迎えにやろう」

ヴィヴィアンが片方の眉を上げる。

オリヴァーはため息をついた。「わかったよ。女史に手紙を書いてください」

「ええ、いいわよ」

「ぼくには、ひとことないわけ？」フィッツが言った。

オリヴァーは目をきょろりとまわした。「冗談もたいがいにしろ。劇的な騒ぎが収まったものだから、なにもすることがないと退屈していたずらに走るつもりだな。それに、おまえにとってはお手のものだろう——年増の貴婦人の心をつかむのは」彼はヴィヴィアンを見た。「女史は年寄りではないのだろうね？」

「え、そうね、おばあさんではないわね」とヴィヴィアン。うつむいて皿を見たが、その前に彼女の瞳に楽しげな光がきらめいたのを、マリーは見逃さなかった。

「出発の前に」ロイスが立ちあがった。「発表したいことがある」向きを変え、マリーを見おろす。「光栄にも、ミス・バスクームはわが妻となることを承知してくれました」

「いい頃合いだね」フィッツが言い、妹たちは歓声をあげた。

そのあと、みなで抱き合い、笑い声をあげ、瞳まで潤ませたが、やがてじょじょにみなは散っていった。ロイスとマリーはのんびりとテラスに出て、庭を眺めた。

「さて」ロイスが言った。「きみが一日じゅうレッスンを受けることもなくなって、今日はふたりだけですごせるね」

「それに、もうだれにも見はられていないから、なんでも好きなことができるわ」マリーも言った。「乗馬でも、散歩でも」

「あずまやに行ってみようか」

彼の瞳の輝きを見て、マリーはうふふと笑った。「それがいいかも」

ロイスは彼女に腕をまわし、頭を下げて、額を合わせた。「結婚予告が出されるのを待たずに、特別許可証をもらうほうがいいかもしれないな」

「しーっ。ローズが結婚してからでもかまわないわ。まずは、あの子に特別な佳《よ》き日を迎えさせてあげなくちゃ。あなたとわたしなら……大丈夫」

「そうだね」ロイスは彼女の額に口づけた。「ああ、愛しているよ」ロイスはそっと唇を重ねた。そして、いま一度キスをしようと唇をずらしたとき、こんなささやきをもらした。

「きみなしでは生きていけない」

マリーはほほえみ、背伸びをして彼の唇を受けた。彼女はようやく、やすらぎの場所を見つけたのだ。

あとがき

大ベテラン作家キャンディス・キャンプの『英国レディの恋の作法』（原題〝*A Lady Never Tells*〟）をお届けします。

ハーレクインでおなじみの読者の方もいらっしゃると思いますが、本作はハーレクイン以外から初めて邦訳される作品となります。ますます筆に磨きがかかり、活躍の場を広げていくことまちがいなしの意欲作です。

新聞社の経営部門で働く父と、新聞記者の母のあいだに生まれたキャンディス・キャンプは、物心ついたときから手近にあるお人形や物を使ってお話をつくっていたといいます。実際に文字で書きはじめたのは十歳のころ。とても内気な性格だった彼女は、おしゃべりは苦手でしたが、〝書く〟という行為のなかでは言いたいことも思ったことも自由自在に表現でき、彼女にとってはなによりもやすらぎを与えてくれる時間だったそうです。

そんな著者ですが、最初から作家を目指していたわけではなく、趣味で執筆をつづけるかたわらテキサス州の大学を卒業し、教師や銀行員という職に就き、ロースクールにも通います。そのころ初めて一冊の本を書きあげ、一九七八年に出版されることとなりました。

やがて法律家ではなく作家への道に進むことを決意した彼女は、ペンネームで作品を上梓するだけでなく、本名のキャンディス・キャンプでもハーレクインから作品を発表するようになり、じつに三十年以上にわたって六十冊以上もの作品を送りだしてきました。

コンテンポラリーとヒストリカルの両方で才能を発揮している著者ですが、テキサス州で育ったこともあってか、当初のヒストリカルはアメリカの南北戦争後を舞台にしたものが主だったようです。しかし近年、華やかでロマンティックな世界が広がるべつの時代と舞台――十九世紀のイングランド――にも惹かれ、リージェンシー・ロマンスを手がけています。

そのひとつにして最新シリーズの第一話であるのが、本書です。

舞台は十九世紀イングランド。ですが、主人公はアメリカからやってきた四姉妹となっています。『若草物語』を彷彿させる個性豊かな美人姉妹が、わけあって大海原を渡り、ロンドンに到着したところから物語ははじまります。

長女のマリーは面倒見のよいしっかり者、次女のローズは心やさしい姉妹一の器量よし、三女のカメリアは銃やナイフの扱いに長けた頼れる男勝り、末娘のリリーは読書好きな夢みる少女――とまあ、この四人が集まれば楽しくないわけがない、といった面々です。

対し、これまた魅力たっぷりの美男子貴族の三兄弟が、姉妹を迎え、サポートします。ひとりは伯爵家を継いだ長兄オリヴァー、もうひとりは父母の再婚によりオリヴァーの義弟となったロイス、そして、オリヴァーとロイスの両方と半分ずつ血のつながったフィッツ。みな性格も立場もちがい、それぞれにいい味を出していて甲乙つけがたい……と思ったら、それもそのはず、この〈ウィローメア〉シリーズは、この三兄弟を軸に紡がれる三部作となります。本書ではロイス、第二話 *"A Gentleman Always Remembers"* ではフィッツ、第三話 *"An Affair Without End"* ではオリヴァーにスポットが当てられている、とだけ申しあげておきましょう。

この三兄弟と四姉妹は、成長してきた国も境遇もあまりにちがい、それがこの物語のおもしろさのエッセンスになっています。アメリカは、ご存じ自由の国。いっぽう十九世紀のイングランド、しかも貴族社会というと、慣習や礼儀作法にがんじがらめになった堅苦しい世界です。日常のほんのささいなことからして、価値観がまるでちがいます。いきなりアメリカからやってきた四姉妹にとって、イングランドの貴族社会は異世界でした。それに戸惑いながらも、新しい世界になじもうと奮闘する姉妹の姿が、どこかほほえましく、あたたかなまなざしで描かれていきます。しかし、アメリカ育ちならではの強さと独立心を忘れない姉妹は、ときに反発し、それがゆえに周囲を魅了していく存在ともなっていくのです。

もちろん、熱く燃えあがる一筋縄ではいかないロマンス、そして、姉妹に忍び寄る黒い影、それに関わる名脇役たち……と、盛りだくさんな読みどころがたっぷりと用意されています。いったいどんな展開が待ち受けているのでしょうか。

さあ、どうぞ、ページをめくり、心ときめく物語の世界に入り込んでみてください。きっとやさしい気持ちになって、読書の愉しさをあらためて感じていただけることでしょう。

二〇一一年　七月

23 ザ・ミステリ・コレクション

英国《えいこく》レディの恋《こい》の作法《さほう》

著者　キャンディス・キャンプ
訳者　山田香里《やまだかおり》

発行所　株式会社 二見書房
東京都千代田区三崎町2-18-11
電話　03(3515)2311［営業］
03(3515)2313［編集］
振替　00170-4-2639

印刷　株式会社 堀内印刷所
製本　株式会社 関川製本所

落丁・乱丁本はお取り替えいたします。
定価は、カバーに表示してあります。

ISBN978-4-576-11092-9
http://www.futami.co.jp/

その夢からさめても
トレイシー・アン・ウォレン
久野郁子［訳］

大叔母のもとに向かう途中、メグは吹雪に見舞われ近くの屋敷を訪ねる。そこで彼女は戦争で心身ともに傷ついたケイド卿と出会い思わぬ約束をすることに……!?

夜風にゆれる想い
ラヴィル・スペンサー
芹澤 恵［訳］

一八七九年米国。ある日、鉄道で事件が発生し、町に負傷した男ふたりが運びこまれる。父を看取り、仕事を探していたアビーはその看病をすることになるが…

運命の夜に抱かれて
ペネロペ・ウィリアムソン
木下淳子［訳］

花嫁募集広告に応募したデリアは、広告主の医師タイに惹かれる。だが、実際に妻を求めていたのはタイの隣人だった。恋心は胸にしまい、結婚を決めたデリアだったが…

はじまりはいつもキス
ジャッキー・ダレサンドロ
酒井裕美［訳］

破産寸前の伯爵家の令嬢エミリーは借金返済のために出席した夜会で、ファーストキスの相手と思わぬ再会をするが、資産家の彼に父が借金をしていることがわかって…

灼けつく愛のめざめ
シェリー・トマス
高橋佳奈子［訳］

短い結婚生活のあと、別々の道を歩んでいた女医のブライオニーと伯爵家の末弟レオ。だが、遠く離れたインドの地で再会を果たし…。二〇一〇年RITA賞受賞作！

月夜に輝く涙
リズ・カーライル
川副智子［訳］

婚約寸前の恋人に裏切られ自信をなくしていたフレデリカ。そんな折、幼なじみの放蕩者ベントリーに偶然出くわし、衝動的にふたりは一夜をともにしてしまうが……!?